张 军 ◇著

A Study on the Construction of
Contemporary American Jewish
LITERATURE
and American National Identity in the
Process of Modernization

现代化进程中当代美国犹太文学与美国民族认同的建构研究

图书在版编目 (CIP) 数据

现代化进程中当代美国犹太文学与美国民族认同的建构研究 / 张军著. — 北京：北京大学出版社，2024.3

ISBN 978-7-301-34878-9

Ⅰ.①现⋯ Ⅱ.①张⋯ Ⅲ.①犹太文学–文学研究–美国 Ⅳ.①I712.06

中国国家版本馆 CIP 数据核字 (2024) 第 049267 号

书　　　名	现代化进程中当代美国犹太文学与美国民族认同的建构研究 XIANDAIHUA JINCHENG ZHONG DANGDAI MEIGUO YOUTAI WENXUE YU MEIGUO MINZU RENTONG DE JIANGOU YANJIU
著作责任者	张　军　著
责 任 编 辑	谭术超
标 准 书 号	ISBN 978-7-301-34878-9
出 版 发 行	北京大学出版社
地　　　址	北京市海淀区成府路 205 号　100871
网　　　址	http://www.pup.cn　新浪微博：@北京大学出版社
电 子 邮 箱	编辑部 pupwaiwen@pup.cn　总编室 zpup@pup.cn
电　　　话	邮购部 010-62752015　发行部 010-62750672　编辑部 010-62759634
印　刷　者	北京溢漾印刷有限公司
经　销　者	新华书店
	720 毫米 ×1020 毫米　16 开本　28.5 印张　460 千字 2024 年 3 月第 1 版　2024 年 3 月第 1 次印刷
定　　　价	98.00 元

未经许可，不得以任何方式复制或抄袭本书之部分或全部内容。
版权所有，侵权必究
举报电话：010-62752024　电子邮箱：fd@pup.cn
图书如有印装质量问题，请与出版部联系，电话：010-62756370

该著作受到国家社科基金项目《现代化进程中当代美国犹太文学与美国民族认同的建构研究》，以及江苏"紫金文化人才培养工程"培养对象（社科英才，2020）资助。

序

首先祝贺张军教授的新作《现代化进程中当代美国犹太文学与美国民族认同的建构研究》出版，为国内美国犹太文学研究增添了新的成果，可喜可贺！

从现代化进程中考察当代美国犹太文学有着独特的意义。自19世纪下半叶以来，犹太民族接受欧洲主流社会的启蒙思想，走出社区并开启了自己的思想启蒙运动。他们开始学习"世俗文化"，从事原来犹太传统宗教文化所禁忌的艺术和社会活动。可以说，犹太人开启思想启蒙运动的过程也是他们融入现代化进程中的一个过程。犹太人移居美国后，逐渐从身份焦虑中走了出来，转身融入到美国的主流社会中去，亦即融入到现代化进程中去。从另一个角度看，美国社会的现代化进程也极大地影响了美国社会生活的方方面面，其中包括美国文学，特别是美国犹太文学。犹太移民在从传统的宗法社会走进现代化进程的过程中，经历了种种坎坷，也做出了多方探索，这一切在美国犹太作家的作品都得到了程度不同的反映。

当代美国犹太作家取得了不菲的成绩，有索尔·贝娄、艾萨克·巴舍维斯·辛格和鲍勃·迪伦三位作家获得诺贝尔文学奖；还有许多作家获得了美国国家图书奖等重要奖项。作为美国文学的重要组成部分，当代美国犹太文学自然成为国内外学界的研究热点。学界研究主要话题或视角有：美国犹太作品中所反映或折射出来的身份问题、同化与异化问题、犹太性问题、犹太宗教文化危机问题、大屠杀及其幸存者问题、文化冲突问题、以及大流散等问题，已经取得了很大的成就。

自20世纪初，美国政府提出"百分之百美国化"、美国民族"一体化"等主张后，美国民族认同问题构成为现代化进程中当代美国犹太文学的重要内容之一。不过，就现有的资料来看，国内外学者多把美国民族认同与美国主流文学或非文学元素联系在一起，很少有考察它与美国少数族裔文学之间的内在关联，相关研究成果相对少一些。张军教授出版的这部《现代化进程中当代美国犹太文学与美国民族认同的建构研究》在这些方面做出了有益的探讨，为我们提供了许多新的思考和方法。具体地说，他的著作主要探讨了如下三个方面的问题：（1）现代化进程中当代美国犹太文学在哪些方面完成对美国民族认同的建构？（2）不同建构策略背后的文学内涵是什么？（3）"现代化进程中当代美国犹太文学对美国民族认同的建构"对"中国少数族裔文学以及中国文学建构中国民族认同"具有哪些启示？这些问题对于我们深入思考当代美国犹太文学的内涵及其外延都有很大的帮助。

  张军教授所采用的研究方法也值得借鉴。他在著作中运用了文献分析、实证研究、归纳、理论/观点阐释与文本细读相结合等方法。具体地说，他的研究进路大致如下：首先回溯了美国现代化进程的历史，并概述了美国现代化进程中当代美国犹太文学的发展状况。其次，他从一般意义上的认同、族裔文化认同等基本概念出发，分析现代化进程中当代美国犹太文学建构美国民族认同的核心内容及其主要原因。他在论述过程中，以索尔·贝娄、艾萨克·巴什维斯·辛格、菲利普·罗斯、伯纳德·马拉默德等几位重要的犹太作家为例，通过回溯这些作家的生平资料、传记、访谈及相关论述等文献，深入分析了现代化进程中当代美国犹太文学建构美国民族认同的核心内容。最后，他从宏观上探讨不同建构策略的意义，尝试把处于现代化进程中的中国少数族裔文学纳入讨论之中，以期从"现代化进程中当代美国犹太文学建构美国民族认同的策略"的探讨中，找到建构中国民族文学认同的契合点及途径。

  张军教授扎实的学术功底也体现在对文献资料和理论观点的总体把握上。他的论述中涉及到大量的文献资料和理论观点，如曼纽尔·卡斯特、斯图亚特·霍尔、尤尔根·哈贝马斯、周宪、董小川、暨爱民等关于认同/民族认同的理论或观点；迈蒙尼德关于犹太教教规的论述；阿瑟·库什曼·麦吉弗特、阿尔比恩.W.斯莫尔等关于美国基督教的论述；瓦尔特·本雅明关于历史救赎的观点，以及约翰.N.尼姆、大卫·西伦等关于美国历史的论述等等。可谓上至艰涩理论，下至具体文本，洋洋大观，详详细细，娓娓道来。

  张军教授著作的论述重点主要是论述了现代化进程中当代美国犹太文学对美国历史、文化、认同、公民身份、社会制度、主流社会意识形态等各方面的认同、现代化进程中当代美国犹太文学建构美国民族认同的文学意义，以及"现代化进程中当代美国犹太文学建构美国民族认同"对"现代化进程中中国少数族裔文学及中国文学"的启示等。另外，该著作还分析了现代化进程中当代美国犹太文学中的空间书写与美国民族认同建构之间的内在关系。

这部著作的鲜明特色主要体现在发掘美国犹太文学与美国主流民族的认同建构这一点上，对美国犹太文学研究和其他少数族裔文学研究提供了一定的参考价值，也为美国犹太文学研究界做出了贡献。我期待张军教授能继续推出更多好作品。

乔国强

2022年4月于上海

目 录

第一章　绪　论 ………………………………………………………………… 1
　第一节　美国现代化进程回顾 ………………………………………………… 1
　第二节　现代化进程中的当代美国犹太文学总概 …………………………… 7
　第三节　现代化进程中当代美国犹太文学的四大奠基作家 ………………… 10
　第四节　现代化进程中当代美国犹太文学国内外研究现状 ………………… 16

第二章　现代化进程中当代美国犹太文学建构美国民族认同的核心内容、主要原因以及相关研究问题 ……………………………………………… 62
　第一节　现代化进程中当代美国犹太文学建构美国民族认同的核心内容 … 62
　第二节　美国犹太作家建构美国民族认同的主要原因 ……………………… 69
　第三节　美国民族认同的研究现状 …………………………………………… 70
　第四节　相关研究问题 ………………………………………………………… 76

第三章　现代化进程中当代美国犹太文学对美国基督教的认同 …………… 82
　第一节　犹太教与基督教的基本教义及美国基督教概况 …………………… 82
　第二节　犹太教与基督教之间的差异性及其矛盾 …………………………… 85
　第三节　美国犹太人对美国基督教认同的根源 ……………………………… 87
　第四节　认同表征一：犹太主人公能理解基督徒的困境或赞美基督徒的高尚行为 ……………………………………………………………………… 100
　第五节　认同表征二：犹太主人公在信奉犹太教的同时又在一定程度上信奉基督教 …………………………………………………………………… 105
　第六节　认同表征三：犹太主人公皈依美国基督教或与基督徒通婚 ……… 107
　第七节　认同表征四：犹太主人公质疑契约论或推演得出基督教的合理性 ……………………………………………………………………………… 110

第四章　现代化进程中当代美国犹太文学对美国历史的认同 …… 116
第一节　美国历史的回顾 …… 116
第二节　认同表征一：作品体现出对19世纪下半叶至20世纪初美国历史的认同 …… 118
第三节　认同表征二：作品体现出对美国大萧条历史的认同 …… 121
第四节　认同表征三：作品体现出对二战前后至20世纪50年代美国历史的认同 …… 126
第五节　认同表征四：作品体现出对20世纪60—70年代美国历史的认同 …… 140
第六节　认同表征五：作品体现出对20世纪80年代以后美国历史的认同 …… 146

第五章　现代化进程中当代美国犹太文学对美国文化的认同 …… 156
第一节　美国文化的核心要素 …… 156
第二节　认同表征一：作品体现出对美国"多元文化/文化融合"的认同 …… 160
第三节　认同表征二：作品体现出对美国"平等与民主理念"的认同 …… 166
第四节　认同表征三：作品体现出对美国"竞争理念"的认同 …… 171
第五节　认同表征四：作品体现出对"为美国梦而奋斗"这一理念的认同 …… 173

第六章　现代化进程中当代美国犹太文学对美国精神的认同 …… 179
第一节　美国精神的核心要素 …… 179
第二节　认同表征一：作品体现出对"自由精神"的推崇 …… 182
第三节　认同表征二：作品体现出对"冒险精神"的赞赏 …… 188
第四节　认同表征三：作品体现出对"爱国精神"的赞赏 …… 190
第五节　认同表征四：作品体现出对"乐观精神"的推崇 …… 194
第六节　认同表征五：作品体现出对"博爱精神"的赞赏 …… 199
第七节　认同表征六：作品体现出对"重视亲情"这一理念的认同 …… 210
第八节　认同表征七：作品体现出对"重视传统道德"这一理念的认同 …… 220

第七章　现代化进程中当代美国犹太文学对美国公民身份的认同 …………… 227
第一节　美国犹太人对美国公民身份认知改变的原因 ………………… 227
第二节　认同表征一：犹太主人公直接传递对美国公民身份的认同信息 … 230
第三节　认同表征二：犹太主人公体现出对美国人生活方式/行为方式的认同
……………………………………………………………………… 236
第四节　认同表征三：犹太主人公减少犹太属性而增强美国公民属性 …… 239

第八章　现代化进程中当代美国犹太文学对美国社会制度的认同 …………… 245
第一节　美国社会制度的核心要素 …………………………………… 245
第二节　认同表征一：犹太主人公高度称赞美国政治制度的基石——三权分立制 ……………………………………………………………………… 250
第三节　认同表征二：犹太主人公对美国经济制度及社会保障制度持认同态度
……………………………………………………………………… 253
第四节　认同表征三：犹太主人公秉持私有财产不可侵犯理念 ………… 256
第五节　认同表征四：作品体现出对美国法律法规的称颂和对社会秩序的期盼
……………………………………………………………………… 260
第六节　认同表征五：犹太主人公对美国教育制度持认同态度 ………… 267

第九章　现代化进程中当代美国犹太文学对西方意识形态的认同 …………… 271
第一节　美国社会中西方意识形态的核心要素 ………………………… 271
第二节　认同表征一：作品体现出对"天赋人权"与"主权在民"理念的认同
……………………………………………………………………… 275
第三节　认同表征二：作品体现出对"选民意识"的认同 ……………… 283

第十章　现代化进程中当代美国犹太文学对西方中心论的认同 ……………… 289
第一节　西方中心论的内涵及其产生原因 …………………………… 289
第二节　认同表征一：作品呈现"东方主义"论调 …………………… 292
第三节　认同表征二：作品对非裔美国人或非洲黑人进行负面描写 …… 298
第四节　认同表征三：作品对第三世界进行负面描写 ………………… 301

第十一章　现代化进程中当代美国犹太文学对美国优越主义的认同············305
　　第一节　美国优越主义的内涵············305
　　第二节　认同表征一：作品直接传递对美国优越主义的认同信息··········307
　　第三节　认同表征二：作品对欧洲国家进行负面描写··············310

第十二章　现代化进程中当代美国犹太文学对美国实用主义的认同··········315
　　第一节　美国实用主义的内涵············315
　　第二节　认同表征一：作品体现出对"在日常生活中采用实用主义"这一理念的认同············318
　　第三节　认同表征二：作品体现出对"在宗教领域采用实用主义"这一理念的认同············324
　　第四节　认同表征三：作品揭示了无视实用主义可能造成的负面影响····327

第十三章　现代化进程中当代美国犹太文学中的空间书写与美国民族认同的建构研究············330
　　第一节　空间理论的相关概念············330
　　第二节　地理空间书写············331
　　第三节　社会空间书写············335
　　第四节　地理空间书写与美国民族认同的建构············339
　　第五节　社会空间书写与美国民族认同的建构············343

第十四章　现代化进程中当代美国犹太文学建构美国民族认同的文学意义···346
　　第一节　现代化进程中当代美国犹太文学对"美国基督教"认同的文学意义············347
　　第二节　现代化进程中当代美国犹太文学对"美国历史"与"美国文化"认同的文学意义············348
　　第三节　现代化进程中当代美国犹太文学对"美国公民身份"与"美国社会制度"认同的文学意义············353

第四节	现代化进程中当代美国犹太文学对"美国精神"与"美国实用主义"认同的文学意义 ………………………………………… 360
第五节	现代化进程中当代美国犹太文学对"西方意识形态"与"西方中心论及美国优越主义"认同的文学意义 ……………………… 364
第六节	现代化进程中当代美国犹太文学进行空间书写的文学意义 ……… 369

第十五章 "现代化进程中当代美国犹太文学建构美国民族认同"对"现代化进程中中国少数民族文学及中国文学"的启示 ………………… 372

中国少数民族文学与中国文学概念简概 …………………………… 372
对中国少数民族文学及中国文学的启示 …………………………… 373

第一节	作品应体现对中国历史的认同 ………………………………… 374
第二节	作品应体现对中国文化的认同 ………………………………… 378
第三节	作品应体现对中国精神的认同 ………………………………… 382
第四节	作品应体现对中国公民身份的认同 …………………………… 386
第五节	作品应体现对中国社会主义制度的认同 ……………………… 391
第六节	作品应体现对社会主义核心价值观的认同 …………………… 396
第七节	作品应弘扬共产主义精神 ……………………………………… 402
第八节	作品应服务于社会主义现代化建设的需求 …………………… 406

参考文献 ……………………………………………………………………… 409

第一章
绪　论

第一节　美国现代化进程回顾

自1776年7月美国独立以来，这个一直以来被英国殖民，思维模式、生活方式、文化形态、政治体制、宗教信仰等深受英国影响的新生国度，面临着如何破解各种困境，最大限度解决各种困难，开发调动各种资源，起草制定各种制度，努力推进国家建设这一重大问题，当然这个建设的最终目标是把美利坚合众国建设成为一个强大的、繁荣富强的现代化国家。纵观美国发展历程，美国也是这么做的。这个国度在不同阶段，采取不同的路径或措施，一步一步向现代化进程迈进。

美国的现代化从广义来说涉及诸多内容，如经济现代化、政治现代化、科技现代化、社会科学现代化、文艺现代化等。美国现代化的不断发展及其重要性催生了美国现代化理论，这一"理论大致可追溯至美国政治精英和学者对二战后国际背景的回应。"（Tipps，1973：200）彼得·N.斯特恩斯Peter N. Stearns指出，在美国，"许多与他人不同的现代化理论被提出，但这些现代化理论往往聚焦政治的或经济的现代化。"（Stearns，1980：189）可见，国外学者在讨论美国的现代化理论时往往从狭义方面讨论政治或经济，考虑到从狭义方面更易于聚焦问题，因此，本处讨论的美国现代化进程也从狭义着手，关注美国经济现代化进程和政治现代化进程。

美国经济现代化进程为政治现代化进程提供了发展的原始动力，并不断推动政治现代化，政治现代化进程为经济现代化进程提供了制度上的有力保障，因此也对经济现代化有一定的促进作用，经济现代化进程和政治现代化进程相互联系，互为支撑，互为推动。总体看来，美国现代化进程主要伴随着美国行业发展（尤其是工业革命的发展）以及政治体制的不断推进而向前发展，可以大致分为如下几个时期。

一、美国现代化进程的萌芽期（1776—1789）

18世纪之后，随着经济文化的逐步发展，英国的殖民统治已严重妨碍美利坚民族的进一步发展。1776年，《独立宣言》的颁布宣告美国正式与英国殖民统治的决裂。1775年至1783年，北美殖民地人民通过开展艰苦卓绝的反英独立战争，赢得了民族独立，建立了美利坚合众国。1787年制定，1789年生效的《1787年宪法》（《美利坚合众国宪法》，首部较为完整的资产阶级成文宪法）的颁布，为美国政治制度提供了法律依据，立法、行政、司法三权分立的政治治理体系得以建立，这是美国现代化进程中政治现代化的萌芽标志。与此同时，美国经济上逐渐摆脱英国的束缚，逐渐走向独立，经济社会进入新的发展时期，各行各业不断发展，取得了一系列前所未有的成绩，从而推动了经济的发展，促成了美国经济现代化进程的萌芽。

二、美国现代化进程的发展期（1790—1865）

18世纪末，美国政治上已摆脱英国的统治与束缚（比如废除了英国制定的禁止向西移民的禁令），已经达到完全独立，政治运行体系更加健全，从而形成了美国政治化进程的发展期。随着西进运动的推进，美国人口数量激增并向西部以及城市集中（比如1820年阿巴拉契亚山以西的人口比例已占全国人口的四分之一）。美国还通过屠杀并强迫印第安人签订《印第安人迁移法》，占据印第安人的大片土地；发动美墨战争，攫取了大量墨西哥的土地；占领西班牙所属的佛罗里达州；从法国人手中购得路易斯安那州；抢占了英国所属的俄勒冈州。美国通过殖民扩张等方式，不断扩大其疆域。此外，大量的移民不断涌入，为美国的经济发展提供了廉价劳动力。在种种因素的共同作用下，美国首先从棉纺织业开始了其工业革命。为推动工业革命，当时的美国政府通过多种途径筹措工业发展的资金，"美国工业革命所需的资金主要是通过吸收外资、商业资本转化、土地投机和政府的财政政策等途径积累起来的。"（韩毅，2007：45）有了充足的资金，美国的工业发展取得了长足进步。"从1790年到第二次独立战争结束的1815年，是美国工业革命的初始阶段。"（韩毅，2007：54）1812—1814年"第二次独立战争是美国工业发展史上的重要转折点。"（韩毅，2007：54）这是因为在这次战争之后，美国商业资本开始向工业资本转化，军火工业、纺织工业、交通运输、钢铁工业、动力系统、机械制造得到大力发展，美国北部工业革命初步完成。布鲁克·辛德（Brooke Hindle）和史蒂文·卢巴（Steven Lubar）撰写的《引擎改变：美国工业革命：1790—1860》（*Engines of Change: The American Industrial Revolution, 1790-1860*，1986）很好地反映了这一阶段美国的工业发展情况，该书"聚焦美国工业化"（Kornblith，1987：326），"展示了1790—1860年期间美国至关重要的工业：铁路工业、纺织工业、枪械工业、钟表工业、机械制造业。"（Workman 1988：115）1861年至1865年，美国内战爆发（也被称为美国南北战争），这一战争之后，"阻碍资本主义工商业发展的奴隶制种植园经济遭到破坏，并逐渐被小农经济和资本主义大农场所取代。基础薄弱的南部工业越来越多地得到北部的投资和先进技术。"（韩毅，2007：69）于是，美国南方的纺织工业、钢铁工业、木材加工工业等诸多工业领域等得到强力发展，美国南部工业革命也初步完成。此外，在美国北部以及南部工业革命的积极影响下，美国西部的工业也得到快速发展，西部工业革命也初步完成。第一次工业革命的完成，极大促进了美国各行各业的发展，拉动了美国经济的快速发展，带来了美国经济现代化进程的发展阶段。

这一时期，美国政治现代化也得到进一步发展。除了三权分立的政治体制得到进一步完善外，《1787年宪法》也得到进一步修正。1791年生效的《美国权利法案》（《美利坚合众国宪法》的前十条修正案）详细说明了宪法的正文中未明确指出的那些自由与权利，比如言论、集会、宗教、新闻等自由，个人及其所属财物不得受到无理搜查与扣押、个体可携带武器、只有大陪审团才可以发出起诉书、陪审团应被赋予快速且公开的审判、不得进行双重审判等权利。此外，该法案还规定了宪法中没有明确赋予联邦政府，但也没有明确禁止各州可以行使的权力。《美国权利法案》扩大了州以及公众的权利，在多个方面保障了个人自由，同时对政府的司法以及其他方面的权力加以限制，在相当程度上消除了那些反联邦党人的担忧。之后通过的第十四条修正案，使得《美国权利法案》中大部分条款在各州得到应用，从而推动了美国政治现代化进程。

三、美国现代化进程的快速发展期（1866—1939）

自美国内战结束到第一次世界大战，随着国外大量移民的到来，美国人口激增，随着移民的数量不断提升，资本积累的数量不断增加，投资规模和销售市场（包括国际市场）越来越大，技术也越来越先进，加之政府通过税收杠杆进行了合理调控，美国工业得到了进一步发展，于是美国迎来了第二次工业革命。这一次工业革命以电的发明与使用为主要特征，让世界进入电气时代。除了电力工业之外，钢铁工业、汽车与机车制造业、造船工业、机械制造工业、食品工业、纺织工业、服装加工工业等飞速发展，美国作为世界头号工业强国的地位得以确立。随着工业的迅速发展，农业、交通运输业、商业、贸易等其他行业也得到长足发展。1894年，美国的工业生产总值排名世界第一，1913年，美国发展成为世界头号经济强国，美国的现代化进程进入一个新的阶段。

一战期间，美国的工业（尤其是军事工业、钢铁工业、矿业食品工业等）再次得到快速发展，并快速推动了运输、贸易、农业等相关行业的发展。尽管1920—1921年出现短暂的经济危机，但20世纪20年代被贴上了经济繁荣的标签（1920年初步实现城市化），这一繁荣一直延续到1929年。在这一时期，"福特主义席卷了汽车工业，并让1910—1929年的欧洲和美国随处可见汽车工厂，美国整个中西部也很快对汽车城底特律的号召做出了回应。"（Page & Walker 1991：309）除了汽车工业外，这一时期的电气工业、建筑业、航空工业、化学工业、石油工业等也得到飞速发展，与此同时，企业合并不断涌现，垄断市场不断扩大，在很大程度上促进了经济的发展。

1929—1933年的经济危机给美国的工业造成重大冲击，也在一定程度上影响着美国的现代化进程。在此期间，大量工厂倒闭，工人失业，股票市场崩盘，金融信用危机加剧。胡佛总统反危机措施和罗斯福新政帮助美国度过了经济危机，使得美国的私人垄断资本主义走向了国家垄断资本主义，美国各个行业的生产得到恢复，美国现代化进程出现短暂倒退后又向前迈进。

总体来说，在这一阶段，美国的经济得到长足发展，经济现代化进程不断推进。与此同时，美国的政治体制也不断发展，尤其是《美利坚合众国宪法》在经济发展过程中不断得到合理的修订、解释与完善，联邦政府与地方政府的权力边界被不断界定，使得双方能够通过合作，针对社会福利、国民教育、住房补贴、国家安全、交通运输等不同领域制定一系列较为合理的制度或规定，在相当程度上保障了各行业、各领域的发展，以及各项工作的运作，因此美国的政治体制随着经济的发展而越发成熟。可见，这一阶段内的美国社会方方面面发生着深刻变化，美国的现代化进程进一步深入，进入了快速发展时期。

四、美国现代化进程的成熟期（1940年至今）

进入20世纪40年代后，美国经济继续保持平稳发展。第二次世界大战的爆发，再次促进了美国的工业发展，与军事有关的重工业，如飞机制造（1944年美国制造了9.6万多架飞机）、造船工业（比如仅1942年造船总吨位达到809万吨）、钢铁工业、冶金工业、煤炭工业、汽车产业等得到快速发展。在此带动下，合成橡胶工业（比如1945年达到82万吨）、农业（农业机械化有了长足发展，比如1945年有拖拉机240多万台，联合收割机50多万台）、交通运输（比如1940年全国建有2600多个航空港和飞机场，1945年空运旅客人数接近700万人）、贸易（尤其是军火贸易）等行业也得到大力发展。

特别应指出的是，1945年《布雷顿森林协定》的签订，使得以美元为主体的世界货币体系得以形成，并确立了美元在全球的霸主地位，从此，美国成为全球经济与政治中心。

20世纪50—60年代，美国迎来了第三次工业革命（也称为信息革命），除了与军需相关行业的产品数量有所下降外，其他行业（比如小汽车在1955年达到917万辆）得到快速发展，工业生产指数继续上升。因为其他资本主义国家在二战期间遭受巨大破坏导致工业总产值的下降，而美国的工业总产值占世界的一半以上，因此具有极其明显的优势。随着美国科技革命的推进以及教育质量的不断提升，国家对经济的调控力度不断增强，全球市场以及海内外贸易也不断扩大。1961—1969年，美国经历了约翰·费茨杰拉德·肯尼迪（John Fitzgerald Kennedy，1917—1963，任总统时间1961—1963）与林登·贝恩斯·约翰逊（Lyndon Baines Johnson，1908—1973，任总统时间1963—1969）两任总统，约翰逊基本延续了肯尼迪的施政方针。约翰逊通过实施"伟大社会"计划（与肯尼迪的"公平施政""新边疆"计划一脉相承），推行有利于民众的福利/民权法案，组建服务美国志愿者组织（Volunteers in Service to America）、打造模范城市（Model Cities），号召向贫穷宣战。从1961年至1969年，美国工业保持高速增长态势，年平均增长率为5.9%，到1970年国内生产总值（GDP）已突破2900亿美元。

1970—1973年，美国工业处于继续发展阶段，除原有工业外，原子能工业（1971年发展经费已超5亿美元）、电子工业（比如70年代初全国有6000多家电子企业）、生物技术、空间技术等新兴工业得到快速发展。从1974年至今，美国工业发展经历过短暂停滞，但总体处于稳定增长态势。此外，随着美国经济的快速发展，美国第一、二、三产业比重占比也发生了较大的变化，第三产业、第二产业比重占据前两位，随着美国社会的发展，第三产业的比重越来越大。第二、第三产业比重的扩大，进一步促进了美国经济的发展，美国经济现代化进程进入全新阶段。

随着美国经济现代化进程进入了全新阶段，美国的政治现代化进程同样进入新的阶段。第二次世界大战后，现代化被美国视作一种国家使命，到了20世纪50年代，"美国对现代化产生了更加浓厚的兴趣，并把它视作完成担负世界使命的一种方式。"（Ekbladh，2010：153）现代化带来的这种国家使命，促使美国及时跟进政治层面上的现代化进程。此外，兴起于20世纪50年代，结束于70年代的民权运动（美国少数民族，尤其是美国黑人在全国各地如火如荼地开展了争取权利的运动），在相当程度上推进了美国的民主进程。1964年颁布的《民权法》，1965年颁布的《选举权法》，以及其他法令和法规事实上为种族隔离的废除提供了法律依据，并且提高了美国少数民族参政议政的积极性，提升了美国少数民族的政治地位，进一步完善了美国的民主政治。迈克尔·爱德华·莱瑟姆（Michael Edward Latham①）在其博士论文中，通过研究美国社会科学中的现代化、以和平为指向的现代化以及处于交战（指越战）中的现代化，得出1961—1963年的美国现代化可被视为基于意识形态的，体系较为完备的政治现代化。肯尼迪总统与约翰逊总统曾评价这一阶段的美国政治体制，认为它是成体系的，并坚称在这一政治体制下，"国家施政纲领在保证国家安全的前提下，能精准处理国内外社会问题。"（Fisher，2002：27—28）约翰逊政府更是

---

① 参见：Latham, Michael Edward. *Modernization as Ideology: Social Scientific Theory, National Identity, and American Foreign Policy, 1961-1963*[D].Los Angeles：University of California, 1996.

"把美国现代化理论视作政府履行职责之前必须遵守的理论框架。"（Fisher，2002：28）20世纪80年代至今，美国的政治现代化进程得到平稳有序推进。总体看来，20世纪40年代以来美国的政治体制更为完备，各种法律法规的出台，进一步确保美国政治体制运行顺畅，因此，这一阶段的美国政治现代化进程进入成熟阶段。

第二节　现代化进程中的当代美国犹太文学总概

美国现代化进程极大地影响着美国的政治、经济、文化、军事、外交、艺术等诸多领域，也给美国文学提供了成长的养分。作为美国文学的重要组成，美国犹太文学同样在这一进程中吸收了养分，并伴随着这一进程的不断发展逐渐壮大起来。

一、第一次世界大战之前的当代美国犹太文学

美国犹太文学开始于19世纪下半叶，爱达·爱沙克丝·门肯（Adah Isaacs Menken，1835—1868）是最早的美国犹太诗人，得到美国犹太文学史家索尔·李普特津（Sol Liptzin）的高度赞扬："尽管19世纪初期犹太诗人就开始出现在美国场景里，他们主要在盎格鲁—犹太杂志上发表诗作，即使是他们当中那些不是最有才华的，如爱达·爱沙克丝·门肯或佩尼娜·莫伊斯，也能与新英格兰的大诗人亨利·沃兹沃斯·朗费罗、约翰·格林里夫或奥利弗·温德尔·霍姆斯相媲美。"（乔国强，2008：29）门肯的主要诗作《我自己》（*Myslef*）、《听啊，以色列》（*Hear, O, Israel*）等多刻画以色列的光荣历史，期待以色列子民能重塑辉煌。19世纪另一位杰出的女诗人阿玛·拉扎鲁斯（Emma Lazarus，1849—1887）的诗作[如《14至16岁期间的诗歌与翻译》（*Poems and Translations: Written between the Ages of Fourteen and Sixteen*，1866）]既刻画了美国犹太人较高的文化素养，还描写了犹太人经历的困难。内森·迈耶（Nathan Mayer，1838—1912）是19世纪的美国犹太小说家，他的小说《差异》（*Differences*，1867）、《致命的秘密》（*The Fatal Secret*，1858）分别描述了美国内战期间犹太人遭受的困难，以及16世纪葡萄牙宗教审判机构采取卑鄙手段

对犹太人施加的迫害。

20世纪初至一战之前，美国犹太作家逐渐增多，在文坛也逐渐活跃起来。亚伯拉罕·卡恩（Abraham Cahan, 1860—1951）是这一时期犹太左翼小说家，他的作品 [如《耶克尔：关于纽约隔都的一个故事》（*Yekl: A Tale of the New York Ghetto*, 1896）《移民新郎以及其他关于纽约隔都的故事》（*The Imported Bridegroom and Other Stories of the New York Ghetto*, 1898）等]主要描写了美国犹太人对美国梦的追逐，犹太移民在美国发生的变化，以及美国犹太人的心酸经历。他的自传体小说《戴维·莱文斯基的发迹》（*The Rise of David Levinsky*, 1917）聚焦俄裔犹太少年戴维来到美国之后的成长经历，刻画了他如何通过打拼融入美国，如何实现美国梦，如何忠于自己赖以生存的美国而疏远自己的民族等经历。玛丽·安婷（Mary Antin，1881—1949）是这一时期重要的女作家，她的自传体小说《应许之地》（*The Promised Land*, 1921）从多个视角记述了她及其亲人在俄国，以及移民美国之后的困惑、压抑以及欣喜。短篇小说《谎言》（"The Lie"，1913）描写了美国犹太移民鲁廷斯希望儿子融入美国主流社会的迫切心情，体现了作者对融入美国主流社会的深度思考。美国犹太女作家安吉娅·耶吉尔斯卡（Anzia Yezierska，1885—1970）的作品[如《饥饿的心》（*Hungry Hearts*, 1920）]聚焦东欧犹太人移民美国后的艰辛，以及老一代与新一代犹太移民之间的冲突。安娜·玛高琳（Anna Margolin, 1887—1952）是这一时期著名的女诗人，她的诗作[比如《诗集》（*Poems*, 1921）]深度刻画了犹太人在历史上遭受的各种苦难。

二、当代美国犹太文学的二次高潮

第一次世界大战至第二次世界大战之间，美国犹太文学逐渐走向主流文学，这一阶段也可被称为美国犹太文学的第一次高潮。格特鲁特·斯坦因（Gertrude Stein，1874—1946）作为一名知名美国犹太作家发表了很多部小说，如《Q. E. D》（*Q. E. D*, 1903）、《三个女人》（*Three Lives*, 1909）、《美国人的素养》（*The Making of Americans*, 1925）、自传体小说《艾丽丝·B.托克拉斯的自传》（*The Autobiography of Alice B. Toklas*, 1933）、《软纽扣：物体、食品、房间》（*Tender Buttons: Objects, Food, Rooms*, 1914）等，这些作品带有很大的实验性质。路德维格·路易松（Ludwig Lewisohn，1882—1955）是又一名值得关注的美国犹太作家，他的作品《破碎的罗网》（*The Broken Snare*, 1908）描述了主人公对融入主流社会的渴望之情。《罗马的夏天》（*Roman Summer*, 1927）讨论了犹太身份问题。《在岛屿之中》（*The Island Within*, 1928）刻画了祖孙三代犹太人对犹太身份的情感纠葛。A.莱耶理斯（A. leyeles，1889—1966）是这一时期主张内省的诗人，他的诗作《迷宫》（*Labirint*, 1918）、《初秋》（*Yungharbst*, 1922）、《回旋诗及其他的诗》（*Rondeaux and Other Poems*, 1926）对现代社会进行了深刻反思，有的诗作则对美国精神进行了讴歌。另一位诗人雅各布·格莱特斯坦（Jacob Glastein, 1896—1971）的诗作多刻画犹太人的悲伤历史。迈克尔·戈尔德（Michael Gold，1893—1967）是这一阶段较为知名的美国左翼犹太作家，他的小说《没钱的犹太人》（*Jews Without Money*, 1930）描写了犹太男孩米基8—12岁时不堪回首的经历。小说还通过描述因生活所迫只好靠出卖肉体谋生的犹太女孩玛莎，道出了当时美国犹太人的贫困状况，并对她给予极大的同情。亨利·罗斯（Henry Roth, 1905—1995）是奥地利裔美国犹太小说家，他的作品《称它睡眠》（*Call It Sleep*, 1934）刻画了犹太男孩戴维遭遇的困惑：如何面对并解决紧张的家庭关系、宗教信仰与文化之间的冲突等，无法找到答案的他最终求助于上帝，精神始终处于高度紧张的他在逾越节中寻觅到一丝慰藉，于是"他的精神得到放松，并融入阳光里。"（Roth，1934：247）

伴随着美国现代化进程成熟期的到来，二战后美国犹太文学也进入成熟时期，一大批美国犹太作家群迅速形成，其中不乏诺贝尔文学奖、普利策奖、美国图书奖等重要奖项得主，美国犹太文学不但走向了美国文学的中心，而且引起了世界文坛的广泛关注，从而在世界文坛占据重要位置，美国犹太文学迎来了第二次高潮。这一阶段比较有影响力的美国犹太作家有：小说家索尔·贝娄（Saul Bellow）、艾萨克·巴什维斯·辛格（Issac Bashevis Singer）、伯纳德·马拉默德（Bernard Malamud）、菲利普·罗斯（Philip Roth）、E.L.多克托罗（E.L.Doctorow, 1931—2015）以及辛西娅·奥齐克（Cynthia Ozick, 1928—）、J.D.塞林格（J. D. Salinger, 1919—2010）、诺曼·梅勒（Norman Mailer, 1923—2007）、约瑟夫·海勒（Joseph Heller, 1923—1999）、剧作家阿瑟·米勒（Arthur Miller, 1915—2005）、文学评论家欧文·豪（Irving Howe,

1920—1993）、犹太裔诗人艾伦·金斯伯格（Allen Ginsberg, 1926—1997）以及卡尔·夏皮罗（Karl Shapiro, 1913—2000）等。

李公昭指出，尽管从广义上来说，所有犹太裔作家都应划入犹太作家的范畴，但"狭义上讲只有像贝娄、辛格、马拉默德、罗斯等在作品中体现出对犹太传统关注的作家，才应该列入犹太作家的行列"。（李公昭，2000：215）车成凤在分析贝娄及其作品时曾指出，从广义来看，"贝娄是美国犹太人，因此他的文学创作属于美国文学"；从狭义来看，"其创作应归属犹太文学，因为他之创作离不开犹太教影响。"（车成凤，2010：82）以此类推，从狭义上看，辛格、罗斯、马拉默德等美国犹太作家的作品也应归为美国犹太文学。本书也遵循李公昭、车成凤等研究者的观点，从狭义的视角考量美国犹太作家。

第三节 现代化进程中当代美国犹太文学的四大奠基作家

一、索尔·贝娄

索尔·贝娄（1915—2005）出生于加拿大魁北克省蒙特利尔市的拉辛镇，父母是俄裔犹太移民（父亲是犹太商人，母亲是家庭妇女）。1924年，随全家迁入美国芝加哥。1937年获西北大学人类学、社会学学士学位，后被授予耶鲁大学、哈佛大学、西北大学的荣誉博士学位。曾任教或受聘于明尼苏达大学、芝加哥大学、纽约大学、普林斯顿大学、波多黎各大学、菲斯泰洛齐—福禄培尔教育学院等多所高校，也曾在美国商船队短期服役。作为俄裔美国犹太作家，贝娄或许是第二次世界大战后美国犹太作家群中最杰出的代表，"他无疑占据着美国当代小说的中心地位。"（王守仁，2002：26）"索尔·贝娄被公认为20世纪下半叶最杰出的美国作家，也被公认为最伟大的美国犹太作家。"（Aharoni & Weinstein，2006：26）他"和诗人罗伯特·洛威尔（Robert Lowell）一道，是人们首先会想到的、同时代三四个作家中名气和成就足以引领美国文学从根本上得到国际承认的20世纪文坛巨匠的合法继承人之一。"（Rovit，1975：3—4）格洛丽娅·L. 克罗宁（Gloria L. Cronin）认为，"贝娄在战后美国的文学地位只有本世纪初期的海明威或福克纳才能与之相比。"（Cronin & Goldman，1989：1）海兰·彼得（Hyland Peter）毫不吝啬他对贝娄的称颂："美国文学界有充足的理由选贝娄作为战后美国作家中的精英。这样，人们把贝娄作为一种文化图标，很多人买他的书很可能就是因为他是贝娄，一个用小说背负伟大的美国传统、展示当代美国多样性体验、描述美国志向的人。"（Peter，1992：2）诺曼·梅勒（Norman Mailer）把贝娄称作"同辈作家中想象力最为丰富的一位。"（Quayum，2004：1）《纽约时报书评》更是称他为"当代首席小说家。"（李公昭，2000：226）1976年，贝娄由于"作品中融合了对人性的理解和对当代文化细致的分析"而摘得诺贝尔文学奖。1978年，本·西构这样评价贝娄："显而易见的是，索尔·贝娄一直被认为是最擅长描写当代生活中的现实和怪诞的作家。现已六十多岁的索尔·贝娄在过去三十多年里已向人们证明，他是美国最严肃认真、最富有活力、具有喜剧特点的观察者。"（Siegel & Bellow，1978：143）由此可见，贝娄在美国文坛乃至世界文坛的重要地位。

  贝娄在长达60余年的时间里，出版了4部中篇小说：《勿失良辰》（*Seize the Day*, 1956）、《贝拉罗莎暗道》（*The Bellarosa Connection*, 1989）、《偷窃》（*A Theft*, 1989）、《真情》（*The Actual*, 1997）；10部长篇小说：《晃来晃去的人》（*Dangling Man*, 1944）、《受害者》（*The Victim*, 1947）、《奥吉·马奇历险记》（*The Adventures of Augie March*, 1953）、《雨王汉德森》（*Henderson the Rain King*, 1959）、《赫索格》（*Herzog*, 1964）、《赛姆勒先生的行星》（*Mr Sammler's Planet*, 1970）、《洪堡的礼物》（*Humboldt's Gift*, 1975）、《院长的十二月》（*The Dean's December*, 1982）、《更多的人死于心碎》（*More Die of Heartbreak*, 1987）、《拉维尔斯坦》（*Ravelstein*, 2000）；1部散文随笔集：《集腋成裘集》（*It All Adds Up: From the Dim Past to the Uncertain Future*, 1994）；2部短篇小说集：《莫斯比的回忆》（*Mosby's Memoirs and Other Stories*, 1968）、《口没遮拦的人》（*Him With His Foot in His Mouth And Other Stories*, 1984）；1部剧本：《最后的分析》（*The Last Analysis*, 1965）；1部游记：《耶路撒冷去来》（*To Jerusalem and Back: A Personal Account*, 1976）以及其他散评杂论50余篇。

  二、艾萨克·巴什维斯·辛格

  艾萨克·巴什维斯·辛格（1904—1991）出生于沙俄占领下的波兰莱昂辛小镇，父亲、祖父、外祖父皆为犹太拉比，母亲是传统的犹太家庭妇女。1923

年辛格为哥哥伊斯雷尔·约书亚·辛格主编的报刊做校对工作。辛格在哥哥的影响下走上了文学创作之路，1927年发表第一部短篇小说《在晚年》（"In Old Age"）。1935年，在哥哥的帮助下逃离波兰，移居美国。之后曾为《犹太前进日报》撰写书评、发表小说以及散文。1943年，入美国籍。作为波兰裔美国犹太作家，辛格不但在美国犹太文学领域而且在世界文坛享有极高的地位。陆建德称他为20世纪世界著名作家中"异类中的异类"（作者注：此处的异类指辛格的作品充满魅力）（陆建德，2006：前言）理查德·布尔津认为多种原因让辛格具有重大的影响，但在这些原因中，"也许更重要的是，他对人物、情节、宽容的描写，以及亨利·米勒所说的，旨在'让文学回归生活'的描写，已普遍见于他所有的小说，从《格雷的撒旦》和他的第一部主要小说《莫斯卡特一家》，到最近的《老有所爱及其他故事》。"（Burgin，1980：61）辛格不但创作了多部影响深远的长篇小说，而且在短篇小说方面也有重大建树，"被中国的读者誉为域外的蒲松龄，并认为他写的短篇小说与《聊斋志异》的篇章有异曲同工之妙，所以成为中国读者所喜爱的外国作家之一。"（仲子，1989：123）1935年，辛格发表了他的第一部长篇小说《格雷的撒旦》（Satan in Goray）。《傻瓜吉姆佩尔》（Gimpel the Fool, 1953）经贝娄翻译成为英文后，"辛格的作品开始走向广大英语读者，逐步成为主流媒体和各种文学奖项的常客。"（虞建华，2015：1274）"辛格是一位很会写故事的作家。同时，也特别擅长塑造人物。在长达六十多年的创作生涯里，他成功塑造了成百上千个栩栩如生的人物，构建起一个五彩缤纷、绚丽多彩的人物世界。"（乔国强，2008：129）至20世纪70年代，辛格已跻身美国主流作家行列。1978年，辛格因其作品"充满激情的叙事艺术，扎根于波兰犹太人的文化传统，反映了人类的普遍处境"荣获诺贝尔文学奖。

在半个多世纪的文学创作中，辛格发表了大量作品。除《格雷的撒旦》以及《傻瓜吉姆佩尔》外，还有《莫斯卡特一家》（The Family Moscat, 1950）、《卢布林的魔术师》（The Magician of Lublin, 1959）、《市场街的斯宾诺莎》（The Spinoza of Market Street, 1961）、《奴隶》（The Slave, 1962）、《短暂的星期五及其他故事》（Short Friday and Other Stories, 1964）、《在父亲的法庭上》（In My Father's Court, 1966）、《庄园》（The Manor, 1967）、《产

业》(*The Estate*, 1969)、《敌人，一个爱情故事》(*Enemies, A Love Story*[①], 1972)、《皇冠上的羽毛》(*A Crown of Feathers*, 1973)、《萧莎》(*Shosha*, 1978)、《原野之王》(*The King of the Fields*, 1988)、《短篇小说集》(*The Collections of Short Stories*, 1982) 以及《悔罪者》(*The Penitent*, 1983)（又译《忏悔者》）等。

三、伯纳德·马拉默德

伯纳德·马拉默德（1914—1986）出生于纽约布鲁克林一犹太移民家庭，父母是俄裔美国犹太移民，父亲曾是小店店主，在布鲁克林经营一家杂货店，母亲则在店里帮助丈夫打理小店。他先后从纽约市立学院、哥伦比亚大学获得学士、硕士学位，之后在俄勒冈州立大学、本宁顿学院等多所高校任教，并在业余时间从事文学创作，直到中年才正式步入文坛，曾获多个文学大奖。马拉默德是战后极其重要的美国犹太作家，被西德尼·里奇曼称为"当代最重要的作家之一"（Richman，1966：19），"犹太性最强的犹太裔作家。"（褚慧敏，刘凤，2011：79）"由于他的八部小说和四部短篇小说集都享有很高的赞誉，所以他被视为美国重要的小说作家，也是人们所熟知的索尔·贝娄和菲利普·罗斯在内的三人组合中的一员，这界定了20世纪犹太裔美国文学的最终成就。"（Skloot，2008：18—19）他不但发表多部长篇小说，还创作了多部脍炙人口的短篇小说，有"当代短篇小说大师"以及"本世纪最优秀的短篇小说家之一"等美誉。马拉默德在美国文坛占据重要地位，曾担任国际笔会美国分会主席，以及美国作家协会常务理事。

马拉默德一生创作了8部长篇小说：《天生运动员》(*The Natural*, 1952)、《店员》(*The Assistant*[②], 1957)、《新生活》(*A New Life*, 1961)、《基

[①] 也有译者（比如杨怡），把它翻译作《冤家，一个爱情故事》。
[②] 杨仁敬等把 *The Assistant* 译为《店员》，参见：伯纳德·马拉默德.店员[M].杨仁敬等，译.南京：江苏人民出版社，1980；叶封诗、刘绍铭、涵琳把它译为《伙计》。参见：伯纳德·马拉默德.伙计[M].叶封诗，译.南京：译林出版社，1980；伯纳德·马拉默德.伙计[M].刘绍铭，译.台北：大地出版社，1983；伯纳德·马拉默德.伙计[M].涵琳，译.台南：文言，1983.

辅怨》(*The Fixer*①, 1966)、《费德曼的写照》(*Pictures of Fidelman: An Exhibition*, 1969)、《房客》(*The Tenants*, 1971)、《杜宾的生活》(*Dubin's Lives*, 1979)、《上帝的福佑》(*God's Grace*, 1982)。马拉默德发表的短篇小说集包括：《魔桶》(*The Magic Barrel*, 1958)、《白痴优先》(*Idiots First*, 1963)、《伦布兰特的帽子》(*Rembrandt's Hat*, 1974)、《伯纳德·马拉默德故事集》(*The Stories of Bernard Malamud*, 1983)、《那些人及未收集的故事集》(*The People and Uncollected Stories*, 1989)、《短篇小说全集》(*The Complete Stories*, 1997)。他的著名短篇小说主要有：《犹太鸟》("The Jewish Bird", 1963)、《天使莱温》("Angel Levine", 1958)、《哀悼者》("The Mourners", 1955)、《监狱》("The Prison", 1950)等。除已发表的作品外，一生勤勉的马拉默德还有大量未出版的材料。"在伯纳德·马拉默德1986年去世后的近十年里，他的家人和遗嘱执行人已经在国会图书馆获得了成千上万页的大部分未出版的材料，这对伯纳德·马拉默德的读者和仰慕者们来说是非常幸运的事。这一巨大的遗产既是作为艺术家的伯纳德·马拉默德私生活的见证，也是他长期关注小说的艺术的证明。"（LaHood，1997：164）

四、菲利普·罗斯

菲利普·罗斯（1933—2018）出生于美国新泽西州的纽瓦克市。罗斯的父母是第二代移民。罗斯的父亲笃信正统的犹太教，曾在中东欧的加利西亚（今波兰与乌克兰交界处）生活，后来到美国纽瓦克市，做过诸如制鞋、推销员等工作。他的母亲则在家照顾丈夫与孩子。1954年、1955年罗斯分别获得巴克内尔大学学士学位、芝加哥大学硕士学位。1957年专门从事写作。作为第二代移民的后代，罗斯早在大学时代就开始了文学创作。短篇小说集《再见了，哥伦布》

---

① 杨仁敬，杨凌雁把 The Fixer 译为《基辅怨》，参见：伯纳德·马拉默德.基辅怨 [M].杨仁敬，杨凌雁，译.南京：译林出版社，1998；伯纳德·马拉默德.基辅怨 [M].杨仁敬，译.南京：江苏人民出版社，1984。陈雄仪、钟玉澄把它译为《修补匠》，参见：伯纳德·马拉默德.修补匠 [M].陈雄仪，译.台北：大中国，1991；伯纳德·马拉默德.修补匠 [M].钟玉澄，译.台北：志文出版社，1983。黎惟东、陈明新把它翻译为《我无罪》，参见：伯纳德·马拉默德.我无罪 [M].黎惟东，译.台北：好时年，1982；伯纳德·马拉默德.我无罪 [M].陈明新，译.台南：文言，1983；还有许多研究人员在讨论该作品时，把它译为《装配工》。

的发表，为他带来多个文坛奖项，也标志他真正走向文坛。到20世纪90年代，罗斯作为美国当代极其重要的小说家地位已牢固确立。在长达半个多世纪的文坛生涯里，罗斯创作了大量作品，甚至年逾古稀的他仍笔耕不辍。2012年11月，79岁的罗斯宣布封笔，这一消息震惊了整个文坛。他在接受法国《摇滚怪客周刊》杂志采访时说，"过去三年我一个字没写，我想说的都已经说完了。"他表示写作对他而言，是一种每天都要面对的挫败，"我再也不能面对写了五页纸，然后把它们全部撕掉的日子……如果继续写，可能写出失败的作品，有谁喜欢平庸的东西呢？"（丁扬等，2013：国际先驱导报）可见，在作品质量上，罗斯对自己要求极高，近乎苛刻。作为新一代犹太小说家的杰出代表，菲利普·罗斯是美国文坛上第一个三次获得笔会/福克纳小说奖的作家。丽塔·D. 雅各布认为"罗斯是一位艺术大师。"（Jacobs，1989：486）马丁·格林认为"罗斯将自己的智慧和感情转化为严肃小说特有的措辞，比贝娄更坚定，比梅勒更丰富，比其他任何人更耐心、更稳重、更有品位、更得体。"（Green，1978：156）2001年，《时代》周刊把罗斯评为美国最优秀的小说家。罗斯还是第三位在世时作品就被美国文库收录的作家。2005年《纽约时报书评周刊》开展过去25年来最优秀的美国小说评选活动，结果，罗斯的小说在得票最多的前20部小说当中占据6部。2011年，奥巴马总统将美国国家人民奖章授予罗斯，以褒奖他对美国文学作出的巨大贡献，罗斯在当代美国文坛的影响力可见一斑。当然，罗斯的作品有时也会引起争议，正如王守仁所指出的那样："马拉默德曾提出'人人都是犹太人'的观点，而罗斯则反其道而行之，他笔下的犹太人都是普通人，他的作品也常常因为大胆描写那些打破保守的犹太传统的人物而引起争议。"（王守仁，2002：260）近年来，罗斯几乎每年都是呼声最高的诺贝尔文学奖候选人之一。很多美国人认为，世界欠罗斯一个诺贝尔文学奖。2018年5月，一代泰斗罗斯仙逝，美联社发表"当代最伟大作家去世"这一消息，表达了对罗斯的哀思与敬意。

罗斯的一生发表了33部作品，其中小说有29多部。他的作品主要包括：《再见，哥伦布》（*Goodbye, Columbus*, 1959）、《放任》（*Letting Go*, 1962）、《她是好女人的时候》（*When She Was Good*, 1967）、《波特诺的怨诉》（*Portnoy's Complaint*①, 1969）、《我们这一帮》（*Our Gang*, 1971）、《乳房》（*The Breast*, 1972）、《伟大的美国小说》（*The Great American Novel*, 1973）、《我作为男人的一生》（*My Life As a Man*, 1974）、《欲望教授》（*The Professor of Desire*②, 1977）、《鬼作家》（*The Ghost Writer*, 1979）、《被释放的祖克曼》（*Zuckerman Unbound*, 1981）、《解剖课》（*The Anatomy Lesson*, 1983）、《被束缚的祖克曼》（*Zuckerman Bound*, 1985）、《反生活》（*The Counterlife*, 1986）、《事实：一个小说家的自传》（*The Facts: A Novelist's Autobiography*, 1988）、《欺骗：一部小说》（*Deception: A Novel*, 1990）、《遗产：一个真实的故事》（*Patrimony: A True Story*, 1991）、《夏洛克在行动》（*Operation Shylock: A Confession*, 1993）、《萨巴斯剧院》（*Sabbath's Theater*, 1995）、《美国牧歌（"美国三部曲"之一）》（*American Pastoral*, 1997）、《我嫁给了共产党人（"美国三部曲"之二）》（*I Married a Communist*, 1998）、《人性的污秽（"美国三部曲"之三）》（*The Human Stain*, 2000）、《垂死的肉身》（*The Dying Animal*, 2002）、《反美阴谋》（*The Plot Against America*, 2004）、《凡人》（*Everyman*, 2006）、《退场的鬼魂》（*Exit Ghost*③, 2007）、《愤怒》（*Indignation*, 2008）、《羞辱》（*The humbling*, 2009）、《复仇者》（*Nemesis*, 2010）。文论散文集有：《读我自己与他人》（*Reading Myself and Others*, 1975）、《随谈录》（*Shop Talk*, 2001）。

第四节　现代化进程中当代美国犹太文学国内外研究现状

作为美国文学乃至世界文学的重要组成，现代化进程中的当代美国犹太文学是国内外学界重点关注的研究领域之一，并且掀起了国内外研究的热潮。适时对其国内外研究现状进行梳理与回顾，有助于更深入、更清晰地了解学界对现代化

---

① 国内学界在谈论 *Portnoy's Complaint* 时，也常把它翻译为《波特诺的抱怨》。
② 张生庭把 *The Professor of Desire* 翻译为《情欲教授》，参见：虞建华主编. 美国文学大辞典 [M]. 北京：商务印书馆，2015：774.
③ 国内学界也常把 *Exit Ghost* 翻译为《退场的幽灵》或《鬼退场》。

进程中当代美国犹太文学的研究特点、趋势，对如何开展进一步的研究具有一定的借鉴意义及启发作用。

一、国外研究现状

国外当代美国犹太文学的研究开始于20世纪初，但比较有深度的研究要从20世纪50年代算起。从研究脉络看，50年代的研究往往聚焦反映大萧条时代的作品，且多围绕作品简介与简评展开，涉及作家较少，研究还不够深入，但西奥多·弗雷德曼（Theodore Friedman）对辛格作品中宗教的研究、艾伦·罗斯（Alan Ross）对纳撒尼尔·韦斯特作品中异化的研究、马歇尔·史克拉（Marshall Sklare）围绕犹太人的生活方式开展的研究，以及斯坦利·库尼茨（Stanley Kunitz）在其主编的论文集《二十世纪的作家》（*Twentieth Century Author*，1956）中对部分美国犹太作家的研究值得关注。

20世纪60年代的研究总体上以重点作家为主，但研究视野已有所开拓，丹尼尔·亚伦（Daniel Aaron）对左翼犹太作家的意识形态开展研究，欧文·马林（Irving Malin）等对不同作家的犹太伦理观进行研究，他还从心理分析视角出发，重点研究了贝娄的作品。约翰·雅各布·克雷顿（John Jacob Clayton）分析了贝娄作品中的人道主义思想。妮娜·A. 斯蒂尔斯（NinaA.Steers）对贝娄进行了采访并进行了深度研究。哈布·哈桑（Ihab Hassan）分析了贝娄作品中主人公的精神导师。本·西构（Ben Siegel）出版《艾萨克·巴什维斯·辛格》（*Issac Bashevis Singer*，1969）一书，对辛格及其作品进行了比较全面的研究。西德尼·里奇曼（Sidney Richman）的著作《伯纳德·马拉默德》（*Bernard Malamud*，1967）重点分析了马拉默德作品中的犹太性。丽塔·娜塔莉·科索夫斯基（Rita Nathalie Kosofsky）梳理了马拉默德研究的注释清单。格伦·米特（Glenn Meeter）和罗德里克·耶勒玛（Roderick Jellema）深入分析了马拉默德及罗斯的作品，并出版著作《伯纳德·马拉默德和菲利普·罗斯：评论文章》（*Bernard Malamud and Philip Roth: A Critical Essay*，1968）。威尔·赫伯格（Will Herberg）以及哈钦·海普伍德（Hutching Hapgood）围绕犹太教等方面的研究值得关注。欧文·豪对犹太作品的推崇在当时的评论界起了导向性作用，也是辛格获诺贝尔文学奖的重要推力。

20世纪70年代的研究领域更加广泛，更侧重用新视角研究作品。亚伯拉罕·查普曼（Abraham Chapman）对美国犹太文学进行了多维度透视，并出版了著作《美国犹太文学：小说、诗歌、自传以及批评集》（*Jewish-American Literature: An Anthology of Fiction, Poetry, Autobiography and Criticism*, 1974）。艾伦·葛特曼（Allen Guttmann）聚焦美国犹太作品中主人公的身份危机以及同化危机。一大批研究者对贝娄及其作品进行研究。欧文·豪（Irving Howe）、凯斯·奥普戴尔（Keith Opdahl）以及布丽奇特·希尔—夏茨勒（Brigitte Scheer—Schäzler）从不同视角讨论了贝娄多部小说。约翰·厄尔·罗维特（John Earl Rovit）全面分析了贝娄作品的创作主题。D. P.M.索尔特（D. P. M. Salter）分析了贝娄作品中的乐观主义。爱德华·亚历山大（Edward Alexander）、诺姆·乔姆斯基（Noam Chomsky）以及本杰明·德莫特（Benjamin DeMott）分别讨论了贝娄作品中的大屠杀描写、政治观、宗教观。恰兰坦·库尔舒埃斯塔（Chirantan Kulshresta）的《索尔·贝娄：肯定性问题》（*Saul Bellow: The Problem of Affirmation*），萨拉·布拉契·科恩（Sarah Blacher Cohen）的《索尔·贝娄的神秘笑声》（*Saul Bellow's Enigmatic Laughter*, 1974）也是贝娄研究的重要成果。有对单部作品进行讨论的，比如简·霍华德（Jane Howard）以及威廉·J.谢赫（William J. Scheick）都深入分析了贝娄的作品《赛姆勒先生的行星》。基列·莫拉格（Gilead Morahg）以及哈罗德·M.莫舍（Harold M. Mosher）分别撰文讨论了贝娄的作品《勿失良辰》以及《赫索格》。汉娜·沃斯—纳希尔（Hana Wirth—Nesher）讨论了贝娄多部作品，尤其是《赛姆勒先生的行星》中的大屠杀书写。罗伯特·波伊尔（Robert Boyers）、库西瑞萨·席兰顿（Kulshrestha Chiranton）、玛莎·达菲（Martha Duffy）、马修·C.劳德奈（Mathew C. Roudane）对贝娄进行了访谈并开展了一定的研究。斯坦利·特拉亨伯格（Stanley Trachtenberg）主编了贝娄的评论文集。桑福德·平斯克（Sanford Pinsker）回顾了贝娄在大学执教情况。罗伯特·基根（Robert Kegan）对贝娄、马拉默德等多位美国犹太作家进行了深度评述。针对马拉默德的研究也占据不少比例。莱斯利·菲尔德和乔伊斯·W.菲尔德（Leslie A. Field and Joyce W. Filed）主编了《伯纳德·马拉默德与批评家》（*Bernard Malamud and the Critics*, 1970）。有针对1—2部作品进行研究的著作，如罗伯特·杜沙姆

（Robert Ducharme）出版的《伯纳德·马拉默德小说中的艺术和思想：以〈基辅怨〉为例》（*Art and Idea in the Novels of Bernard Malamud: Toward the Fixer*, 1974）、杰弗里·海特曼（Jeffrey Helterman）的《伯纳德·马拉默德的〈店员〉：批判性评论》（*Bernard Malamud's The Assistant: A Critical Commentary*, 1974）、露丝·霍尔科姆·马吉尔（Ruth Holcomb Magill）的《爱：马拉默德短篇小说〈魔桶〉与〈白痴优先〉中爱的主题》（*Love: Malamud's Theme of Love in His Short Stories The Magic Barrel* and *Idiots First*，1974），以及M·托马斯·英奇（M.Thomas Inge）出版的《文学中的族裔经验与美学：马拉默德的〈店员〉和罗斯的〈称它睡眠〉》（*The Ethnic Experience and Aesthetics in Literature: Malamud's The Assistant and Roth's Call It Sleep*, 1974）等。莫里斯·约翰内斯堡·谢尔（MorrisJohannesburgSher）梳理了针对马拉默德作品研究的参考书目。理查·德伯金（Richard Burgin）分析了辛格作品的犹太性。保罗·克雷什（Paul Kresh）深入研究辛格的作品，并出版专著《艾萨克·巴什维斯·辛格：西86号街的魔术师》（*Issac Bashevis Singer: The Magician of West 86th Street*, 1979）。约翰·N.麦克丹尼尔（John N. McDaniel）围绕罗斯作品中后异化表征展开研究，并出版专著《菲利普·罗斯的小说》（*The Fiction of Philip Roth*, 1974）。伯纳德·F.罗杰斯（Bernard F. Rodgers）则出版了著作《菲利普·罗斯：参考书目》（*Philip Roth: ABibliography*, 1974）。理查德·波伊莱尔（Richard Poirier）分析了诺曼·梅勒作品中的幽默。内森·A.司各特（Nathan A. Scott）讨论了诺曼·梅勒以及贝娄中的道德元素。阿尔弗莱德·卡津（Alfred Kazin）在《缤纷斑斓的生活之书：美国小说家及说故事的人——从海明威到梅勒》（*Bright Book of Life: American Novelists and Storytellers from Hemingway to Mailer*, 1973）中论述了包括诺曼·梅勒在内的多位美国犹太作家。朱尔斯·萨麦斯基（Jules Chametzky）对亚伯拉罕·卡恩小说的研究也值得关注。

到20世纪80年代，国外学界研究的深度与广度进一步提升，更多的美国犹太作家进入研究视野。艾伦·L.伯格（Alan L. Berger）、希锡德拉·德科文·埃兹拉（Sidra Dekoven Ezrahi）、辛西娅·奥齐克（Cynthia Ozick）等围绕大屠杀开展了研究，分别出版了著作《危机与契约：美国犹太小说中的大屠杀》（*Crisis and Covenant: The Holocaust in American Jewish Fiction*, 1985）、《只用语言表达：文学中的大屠杀》（*By Words Alone: The Holocaust in Literature*, 1980），以及《披巾中的罗莎》（"Rosa" in *The Shawl*, 1989）等。萨拉·布拉契·科恩（Sarah Blacher Cohen）和山姆·B.格格斯（Sam B. Girgus）分别聚焦犹太幽默、犹太教。有针对具体作家作品展开研究的，就贝娄及其作品而言，重要研究成果包括：马尔科姆·布雷德伯里（Malcolm Bradbury）的《索尔·贝娄》（*Saul Bellow*, 1982）、朱迪·纽曼（Judie Newman）的《索尔·贝娄和历史》（*Saul Bellow and History*, 1984）、利拉·H.戈德曼（Liela H. Goldman）的《索尔·贝娄：犹太经历的批判性研究》（*Saul Bellow: A Critical Study of the Jewish Experience*, 1983）、乔纳森·威尔逊（Jonathan Wilson）的《论贝娄的行星：来自黑暗一方的阅读》（*On Bellow's Planet: Reading from the Dark Side*, 1985）、珍妮·布雷厄姆（Jeanne Braham）的《有点像哥伦布：索尔·贝娄小说的美国之旅》（*A Sort of Columbus: The American Voyage of Saul Bellow's Fiction*, 1984）、罗伯特·R. 杜顿（Robert R. Dutton Dutton）的《索尔·贝娄》（*Saul Bellow*, 1982）、格洛丽娅·L. 克罗宁（Gloria L. Cronin）和L. H. 古德曼（L. H. Goldman）主编的《20世纪80年代的索尔·贝娄：评论文集》（*Saul Bellow in the 1980s: A Collection of Critical Essays*, 1989）、丹尼尔·福克斯（Daniel Fuchs）的《索尔·贝娄：愿景与修订》（*Saul Bellow: Vision and Revision*, 1984）、埃德蒙德·希瑞盆（Edmond Schraepen）和皮埃尔·米歇尔（Pierre Michel）的《雨王汉德森的注释》（*Notes to Henderson the Rain King*, 1981）、格哈德·巴赫（Gerhard Bach）主编的《对索尔·贝娄的批判性回应》（*The Critical Response to Saul Bellow*, 1989）、约瑟夫·F. 马卡登（Joseph F. MaCadden）的《索尔·贝娄小说中来自女性王国的航班》（*The Flight from Women in the Fiction of Saul Bellow*, 1980）等。就马拉默德的研究而言，主要研究成果有：罗伯特·梭罗塔罗夫（Robert Solotaroff）的《伯纳德·马拉默德：短篇小说研究》（*Bernard Malamud: A Study of the Short Fiction*, 1989）、杰弗里·海特曼（Jeffrey Helterman）的《解读伯纳德·马拉默德》（*Understanding Bernard Malamud*, 1985）、哈罗德·布鲁姆（Harold Bloom）的《现代批评观点：伯纳德·马拉默德》（*Modern Critical Views: Bernard Malamud*, 1986）、

谢尔登·何西瑙（Sheldon J. Hershinow）的《伯纳德·马拉默德》（*Bernard Malamud*, 1980）、乔尔·扎尔茨贝格（Joel Salzberg）的《伯纳德·马拉默德：参考指南》（*Bernard Malamud: A Reference Guide*, 1985）、海伦·本尼迪克特（Helen Benedict）的《伯纳德·马拉默德：道德和惊讶》（*Bernard Malamud:Morals and Surprises*, 1983）、萨巴格亚·库马拉·米斯拉（Saubhagya Kumara Misra）的《伯纳德·马拉默德：英雄主义的思想》（*Bernard Malamud: The Idea of Heroism*，1984），以及玛丽·图基（Mary Tookey）的《基督徒、异教徒和族长：马拉默德的符号系统》（*Christians, Pagans, and Patriarchs: Malamud's System of Symbols*, 1985）等。还有研究者对菲利普·罗斯展开研究并出版有一定影响力的成果，比如亚瑟·Z.米尔鲍尔（Asher Z. Milbauer）和唐纳德·G.沃特森（Donald G. Watson）的《解读菲利普·罗斯》（*Reading Philip Roth*, 1988），以及朱迪斯·帕特森·琼斯（Judith Paterson Jones）和格韦纳维亚·A.南丝（Guinevera A. Nance）的《解读菲利普·罗斯》（*Reading Philip Roth*, 1985）等。爱德华·亚历山大对辛格开展了研究，并出版著作《艾萨克·巴什维斯·辛格：意第绪语，第三世界科学院582》（*Isaac Bashevis Singer: Yiddish, Twas 582*, 1980）。此外，丹尼尔·沃尔登（Daniel Walden）对20世纪美国犹太作家的研究，詹姆斯·内格尔（James Nagel）对约瑟夫·海勒的研究值得关注。与此同时，这一时期还有不少博士论文，比如安尼塔·卡根（Anita Cagan）的《儿子们和厌恶女人的人：索尔·贝娄小说中的主人公研究》（*Sons and Misogynists: A Study of The Protagonists in Saul Bellow's Novels*, 1983），以及利拉·H.戈德曼（Liela H. Goldman）的《肯定与含糊其辞：索尔·贝娄小说中的犹太教》（*Affirmation and Equivocation: Judaism in the Novels of Saul Bellow*, 1980）等。

进入20世纪90年代，越来越多的研究者加入研究队伍，国外相关研究进入快速发展时期，研究视角得到进一步拓宽，研究的深度得到进一步提升。有针对索尔·贝娄开展研究的，比如彼得·海兰（Peter Hyland）的《索尔·贝娄》（*Saul Bellow*, 1992）、艾伦·皮弗（Ellen Pifer）的《格格不入的索尔·贝娄》（*Saul Bellow Against the Grain*, 1990）、利拉·H.戈德曼（Liela H. Goldman）

和格洛丽娅·L. 克罗宁（Gloria L. Cronin）的《索尔·贝娄：马赛克》（*Saul Bellow: A Mosaic*, 1992）、迈克尔·P. 克莱默（Michael P. Kramer）主编的《勿失良辰新论》（*New Essays on Seize the Day*, 1998）、麦克尔·K. 格兰德（Michael K. Glenday）的《索尔·贝娄和人文主义的衰落》（*Saul Bellow and the Decline of Humanism*, 1990）、格洛丽娅·L. 克罗宁（Gloria L. Cronin）和格哈特·巴克（Gerhard Bach）的《小行星：作为短篇小说家的索尔·贝娄》）（*Small Planets: Saul Bellow as Short Fiction Writer*, 1999）、格洛丽娅·L. 克罗宁（Gloria L. Cronin）和本·西构（Ben Siegel）等主编的《与索尔·贝娄对话》（*Conversations with Saul Bellow*, 1994），以及尤金·霍拉汉（Eugene Hollahan）的《索尔·贝娄和在中心的战斗》（*Saul Bellow and the Struggle at the Center*, 1992）等。有的研究成果聚焦马拉默德，比如劳伦斯·拉舍（Lawrence Lasher）的《与马拉默德对话》（*Conversations with Bernard Malamud*, 1991）、爱德华·A. 艾布拉姆（Edward A. Abramson）的《重访伯纳德·马拉默德》（*Bernard Malamud Revisited*, 1993）以及丽塔·娜塔莉·科索夫斯基（Rita Nathalie Kosofsky）的《伯纳德·马拉默德：描述性书目》（*Bernard Malamud: A Descriptive Bibliography*, 1991）等。有讨论菲利普·罗斯的，比如阿隆·阿普菲德（AronAppelfeld）和杰弗里·M. 格林（Jeffrey M. Green）的《超越绝望：菲利普·罗斯三讲和访谈》（*Three Lectures and a Conversation With Philip Roth*, 1993）、艾伦·库伯（Alan Cooper）的《菲利普·罗斯和犹太人》（*Philip Roth and the Jews*, 1996），以及乔治·J. 西尔斯（George J. Searles）的《菲利普·罗斯访谈》（*Conversations with Philip Roth*, 1992）。还有讨论辛格的，比如莱拉·珀尔（Lila Perl）与唐娜·鲁夫（Donna Ruff）的《艾萨克·巴什维斯·辛格》（*Isaac Bashevis Singer*, 1995）、格雷斯·法雷尔（Grace Farrell）的《艾萨克·巴什维斯·辛格的评论文章》（*Critical Essays of Isaac Bashevis Singer*, 1996）、I. 比莱特斯基（I. Biletzky）的《艾萨克·巴什维斯·辛格作品中的上帝、犹太人、撒旦》（*God, Jew, Satan: In the Works of Isaac Bashevis Singer*, 1995），以及爱德华·亚历山大的《艾萨克·巴什维斯·辛格：短篇小说研究》（*Isaac Bashevis Singer: A Study of the Short Fiction*, 1990）等。莎拉·R. 霍

洛维茨（Sara R.Horowitz）的《为死寂世界而呐喊：大屠杀小说中的缄默与记忆》（*Voicing the Void: Muteness and Memory in Holocaust Fiction*，1997），以及斯蒂芬·怀特菲尔德（Stephen Whitefield）的《寻找美国犹太文化》（*In Search of American Jewish Culture*，1999）分别从历史、文化视角讨论美国犹太文学，值得关注。斯蒂芬·韦德（Stephen Wade）的《1945年以来的美国犹太文学》（*Jewish-American Literature Since 1945*，1999）对战后美国犹太文学进行了全面梳理。

这一时期也有不少研究者撰写了相关博士论文，比如彼得·卡尔·苏瑞思（Peter Carl Surace）的《20世纪50年代塞林格，贝娄以及巴斯小说中的巡回旅行》（*Round trips in the Fiction of Salinger, Bellow and Barth During the Nineteen Fifties*，1996）、帕特里夏·巴伯·维罗恩（Patricia Barber Verrone）的《美国学院派小说中的教授形象》（*The Image of the Professor in American Academic Fiction, 1980—1997*，1999），以及索菲亚·巴迪昂·莱曼（Sophia Badian Lehmann）的《追寻过去：历史和当代美国犹太文学》（*In Pursuit of A Past: History and Contemporary American Jewish Literature*，1997）（涉及大屠杀历史对犹太民族影响的讨论）等。

进入21世纪后，国外美国犹太文学研究呈井喷状态，更多的研究者，从更多的视角展开研究，成果数量与质量都大幅提高。当然针对贝娄、辛格、罗斯以及马拉默德的研究仍然占据绝对比例。

就贝娄研究而言，有围绕其生平及其人际交往展开研究的，比如詹姆斯·阿特拉斯（James Atlas）的《贝娄：自传》（*Bellow: A Biography*，2000）、诺曼·马尼亚（Norman Manea）和索尔·贝娄的《索尔·贝娄》（*Saul Bellow*，2013）、本杰明·泰勒（Benjamin Taylor）的《索尔·贝娄：信件》（*Saul Bellow: Letters*，2012）、菲利普·M.帕克（Philip M. Parker）的《索尔·贝娄：韦伯斯特的时间年表》（*Saul Bellow: Webster's Timeline History, 1904 – 2007*，2009）、M·A.卡庸（M.A.Quayum）和苏赫比尔·辛格（Sukhbir Singh）的《索尔·贝娄：其人其作》（*Saul Bellow: The Man and His Work*，2000）、安·温斯坦（Ann Weinstein）的《我和我的精神导师：索尔·贝娄：我的文学恋情

回忆录》（*Me and My Mentor: Saul Bellow: A Memoir of My Literary Love Affair*, 2007）、格雷格·贝娄（Greg Bellow）的《索尔·贝娄的心：儿子的回忆录》（*Saul Bellow's Heart: A Son's Memoir*, 2014）；有围绕政治、文化、超验主义、艺术、人文主义、女性视角等开展研究的，比如格洛丽娅·L. 克罗宁（Gloria L. Cronin）和李·特雷帕尼尔（Lee Trepanier）的《索尔·贝娄政治指南》（*A Political Companion to Saul Bellow*, 2014）、普拉迪亚夏利·巴格万·萨瓦伊(Pradnyashailee Bhagwan Sawai）的《索尔·贝娄和艾萨克·巴什维斯·辛格的文化定位：〈受害者〉和〈肖莎〉的比较》（*Location of Culture in Saul Bellow and I. B. Singer: A Comparative Statement on the Victim and Shosha*, 2015）、M·A. 卡庸（M.A.Quayum）的《索尔·贝娄和美国的超验主义》（*Saul Bellow and American Transcendentalism*, 2004）、大卫·米克斯（David Mikics）《贝娄笔下的人：索尔·贝娄如何把生活融入艺术》（*Bellow's People: How Saul Bellow Made Life into Art*, 2016）、贝丽尔·达令·维奥利特（Beryl Darling Violet）的《索尔·贝娄小说选集中的概念：人的尊严》（*The Concept of Man in the Selected Novels of Saul Bellow: Dignity of Man*, 2016），以及拉姆·普拉科萨·普拉丹（Ram Praksah Pradhan）的《索尔·贝娄小说中的女性》（*The Woman in the Novels of Saul Bellow*, 2006）等；有把贝娄与其他作家进行对比、归纳研究的，比如J·巴克（J. Bakker）的《作为生存策略的小说：欧内斯特·海明威和索尔·贝娄主要作品对比研究》（*Fiction as Survival Strategy: A Comparative Study of the Major Works of Ernest Hemingway and Saul Bellow*, 2009）、哈米科·瓦西那伍（Harmik Vaishnav）的《索尔·贝娄和杰罗姆·大卫·塞林格小说中的异化和折磨》（*Alienation and Affliction in the Fictions of Saul Bellow and Jerome David Salinger*, 2011），以及斯蒂芬妮·S.郝道森（Stephanie S. Halldorson）的《当代美国小说中的英雄：索尔·贝娄和唐·德里罗的作品》（*The Hero in Contemporary American Fiction: The Works of Saul Bellow and Don Delillo*, 2007）等；有围绕人物分析、修辞、阐释学、现代主义视角等进行探讨的，比如贾马尔·阿萨迪（Jamal Assadi）的《弗朗西斯·司各特·菲茨杰拉德和索尔·贝娄小说选中的表演、修辞与阐释》（*Acting, Rhetoric, and Interpretation in Selected Novels* by F. Scott Fitzgerald and Saul Bellow, 2006）、G.尼拉康坦（G. Neelakantan）的《索尔·贝娄和现代荒原》（Saul Bellow and the Modern Wasteland, 2001），以及阿米尔·巴拉米（Amir Bairamy）的《索尔·贝娄选集列维纳斯式的解读：索尔·贝娄笔下人物新论》（A Levinasian Reading of Saul Bellow's Selected Works: A new look to Saul Bellow's Characters, 2014）等；有从宏观视角，聚焦指南这一关键词开展研究的，比如维多利亚·阿伦斯（Victoria Aarons）的《剑桥索尔·贝娄指南》（The Cambridge Companion to Saul Bellow, 2016），马克·康奈利（Mark Connelly）的《索尔·贝娄：文学指南》（Saul Bellow: A Literary Companion, 2016），圣智学习集团盖尔公司（Cengage Learning Gale）还于2017年推出索尔·贝娄作品系列学习指南，主要有：《索尔·贝娄的〈奥吉·马奇历险记〉学习指南》（A Study Guide for Saul Bellow's The Adventures of Augie March）、《索尔·贝娄的〈赫索格〉学习指南》（A Study Guide for SaulBellow's Herzog）、《索尔·贝娄的〈勿失良辰〉学习指南》（A Study Guide for Saul Bellow's Seize the Day）、《索尔·贝娄的〈离别黄屋〉学习指南》（A Study Guide for Saul Bellow's "Leaving the Yellow House"）、《索尔·贝娄的〈洪堡的礼物〉学习指南》（A Study Guide for Saul Bellow's Humboldt's Gift）、《索尔·贝娄的〈银碟〉学习指南》（A Study Guide for Saul Bellow's "A Silver Dish"）等。

就马拉默德研究而言，有开展生平研究的，比如玛丽·查德—哈钦森（Marie Chard-Hutchinson）的《伯纳德·马拉默德》（Bernard Malamud, 2000）、马拉默德的女儿简娜·马拉默德·史密斯（Janna Malamud Smith）的《我父亲是一部书：伯纳德·马拉默德回忆录》（My Father is a Book: A Memoir of Bernard Malamud, 2013）、菲利普·戴维斯（Philip Davis）的《伯纳德·马拉默德：作家的一生》（Bernard Malamud: A Writer's Life, 2007）、哈罗德·布鲁姆（Harold Bloom）的《伯纳德·马拉默德》（Bernard Malamud, 2000），以及巴里·罗伯茨·格里尔（Barry Roberts Greer）的《马拉默德与俄勒冈州立大学的腐败》（Malamud and Corruption at Oregon State University, 2012）等；有从美学及叙事视角进行研究的，比如马考斯·亚伯拉罕（Markose Abraham）的

《美国移民美学：作为移民的伯纳德·马拉默德和巴拉蒂·慕克吉》（*American Immigration Aesthetics: Bernard Malamud and Bharati Mukherjee as Immigrants*, 2011），以及伊夫林·格罗斯·艾弗里（Evelyn Gross Avery）的《伯纳德·马拉默德的魔术世界》（*The Magic Worlds of Bernard Malamud*, 2001）等；有针对具体作品开展研究的，比如金嘉·克拉吉斯茹伟慈（Kinga Krajcsirovits）的《伯纳德·马拉默德〈基辅怨〉和〈魔桶〉中的异化和侵犯：伯纳德·马拉默德在〈基辅怨〉和〈魔桶〉中真的强调异化和侵犯吗？》（*Alienation and Aggression in Bernard Malamud's The Fixer and The Assistant: Does Bernard Malamud lay Stress on Alienation and Aggression in The Fixer and The Assistant?*, 2008）；圣智学习集团盖尔公司于2017年推出的伯纳德·马拉默德作品系列学习指南值得关注，主要有：《伯纳德·马拉默德的〈天生运动员〉学习指南》（*A Study Guide for Bernard Malamud's The Natural,*）、《伯纳德·马拉默德的〈基辅怨〉学习指南》（*A Study Guide for Bernard Malamud's The Fixer*）、《伯纳德·马拉默德的〈魔桶〉学习指南》（*A Study Guide for Bernard Malamud's Magic Barrel*）、《伯纳德·马拉默德的〈白痴优先〉学习指南》（*A Study Guide for Bernard Malamud's Idiots First*）等。

就罗斯研究而言，有从生平经历开展研讨的，比如哈罗德·布鲁姆（Harold Bloom）的《菲利普·罗斯》（*Philip Roth*, 2003）、托马斯·大卫（Thomas David）的《菲利普·罗斯》（*Philip Roth*, 2005）、大卫·布罗纳（David Brauner）的《菲利普·罗斯》（*Philip Roth*, 2007）、马丁·史密斯（Martin Smith）的《再见，菲利普·罗斯》（*Goodbye, Philip Roth*, 2011）、赫尔迈厄尼·李（Hermione Lee）的《菲利普·罗斯》（*Philip Roth*, 2011）、艾梅·L. 波佐斯基（Aimee L. Pozorski）的《菲利普·罗斯》（*Philip Roth*, 2013），以及艾梅·L. 波佐斯基（Aimee L. Pozorski）和德里克·帕克·洛雅尔（Derek Parker Royal）的《罗斯和名人》（*Roth and Celebrity*, 2012）等；有围绕具体作品进行谈论的，比如黛布拉·沙士塔克（Debra Shosta）的《菲利普·罗斯：〈美国牧歌〉，〈人性的污点〉，〈反美阴谋〉》（*Philip Roth: American Pastoral, The Human Stain, The Plot Against America*, 2011）、丹·希夫曼（Dan

Shiffman）和艾梅·L.波佐斯基（Aimee L. Pozorski）的《菲利普·罗斯研究：关于菲利普·罗斯〈退场的鬼魂〉、〈反生活〉和〈夏洛特在行动〉中加路特的羞辱、罗斯笔下当代悲剧中的公众舆论，以及〈人性的污点〉的圆桌会议讨论》（*Philip Roth Studies : Roundtable Discussion on Philip Roth's Exit Ghost; Humiliation of Galut in Roth's Counterlife & Operation Shylock; Public Opinion in Roth's Contemporary Tragedy, the Human Stain*, 2009）、苏菲·弗兰克尔（Sophie Frankl）的《解读菲利普·罗斯的〈人性的污点〉》（*Understanding Philip Roth's The Human Stain*, 2014），以及简·斯塔特兰德（Jane Statlander）的《菲利普·罗斯的后现代美国式浪漫：选集的评论文章》（*Philip Roth's Postmodern American Romance: Critical Essays on Selected Works*, 2010）等；有的研究涉及包括罗斯在内多位作家的探讨，比如约翰·厄普代克（John Updike）和卡特里娜·凯尼森（Katrina Kenison）的《本世纪最好的美国短篇小说》（*The Best American Short Stories of the Century*, 2000）（涉及对罗斯，辛西娅·奥齐克的讨论）、詹姆斯·鲍德温（James Baldwin）的《从作品透视伟大的美国作家：第一卷》（*Great American Authors Read from Their Works*, Volume 1, 2014）（涉及对罗斯的讨论）等；有讨论创作阶段及其特征的，比如大卫·古巴拉（David Gooblar）的《菲利普·罗斯的主要创作阶段》（*The Major Phases of Philip Roth*, 2011），以及大卫·古巴拉（David Gooblar）和艾梅·L.波佐斯基（Aimee L. Pozorski）的《80岁之后的罗斯：菲利普·罗斯和美国文学的想象》（*Roth After Eighty: Philip Roth and the American Literary Imagination*, 2016）等；有探讨历史、心理、艺术、焦虑、文学意蕴、权力、自由主义、受难形象的，比如艾梅·L.波佐斯基（Aimee L. Pozorski）的《罗斯和创伤：后期作品中的历史问题（1995—2010）》（*Roth and Trauma: The Problem of History in the Later Works [1995-2010]*, 2013）、简·斯塔特兰德（Jane Statlander）的《菲利普·罗斯—继续存在：心理学主题新论》（*Philip Roth - The Continuing Presence: New Essays on Psychological Themes*, 2014）、罗斯·波斯纳克（Ross Posnock）的《菲利普·罗斯直言不讳的真话：未成熟的艺术》（*Philip Roth's Rude Truth: The Art of Immaturity*, 2008）、布雷特·阿什利·卡普兰（Brett Ashley Kaplan）的

《犹太人的焦虑和菲利普·罗斯的小说》（Jewish Anxiety and the Novels of Philip Roth, 2015）、韦莉卡·D. 伊万诺瓦（Velichka D. Ivanova）的《菲利普·罗斯与世界文学：大西洋彼岸的视角与令人不悦的段落》（Philip Roth and World Literature: Transatlantic Perspectives and Uneasy Passages, 2013）、帕特里克·海耶斯（Patrick Hayes）的《菲利普·罗斯：小说与权力》（Philip Roth: Fiction and Power, 2014）、安迪·康诺利（Andy Connolly）的《菲利普·罗斯与美国自由主义传统》（Philip Roth and the American Liberal Tradition, 2017），以及尼娜·西蒙·萨默（Nina Simone Sommer）的《菲利普·罗斯作品中遭受苦难的犹太人形象：基于对选集的调查》（The Figure of the Suffering Jew in Philip Roth's work: A Survey of Selected Works, 2013）等；有从整体视角开展研究的，比如弗兰克·克莫德（Frank Kermode）的《让自己满意：从贝奥武甫到菲利·普罗斯》（Pleasing Myself: From Beowulf to Philip Roth, 2013）、克劳迪娅·罗斯·皮尔庞特（Claudia Roth Pierpont）的《解除束缚的罗斯》（Roth Unbound, 2015）、黛布拉·沙士塔克（Debra Shosta）的《菲利普·罗斯：反文本，反生活》（Philip Roth- Countertexts, Counterlives, 2004）、德里克·帕克·洛雅尔（Derek Parker Royal）的《菲利普·罗斯：一位美国作家新论》（Philip Roth: New Perspectives on an American Author, 2005）、斯蒂文·米洛维茨（Steven Milowitz）的《受人尊敬的菲利普·罗斯：美国作家聚焦的宇宙》（Philip Roth Considered: The Concentrationary Universe of the American Writer, 2016）、保罗·麦克唐纳（Paul McDonald）和萨曼莎·罗登（Samantha Roden）的《通过凯普什的镜头看菲利普·罗斯》（Philip Roth through the Lens of Kepesh, 2016），以及莎乐美·奥索里奥（Salomé Osório）的《解读罗斯：菲利普·罗斯的一名读者》（Reading Roth, A Philip Roth Reader, 2010）等；有从指南这一关键词入手开展研究的，比如圣智学习集团盖尔公司于2017年推出的菲利普·罗斯作品系列学习指南，主要包括：《菲利普·罗斯的〈再见了，哥伦布〉学习指南》（A Study Guide for Philip Roth's Goodbye, Columbus）、《菲利普·罗斯的〈美国牧歌〉学习指南》（A Study Guide for Philip Roth's American Pastoral）、《菲利普·罗斯的〈犹太人的改宗〉学习指南》（A Study Guide for Philip Roth's "Conversion of the

Jews"）、克劳迪娅·弗兰齐斯卡·布鲁海维拉（Claudia Franziska Brühwiler）和李·特雷帕尼尔（Lee Trepanier）的《菲利普·罗斯的政治指南》（*A Political Companion to Philip Roth*, 2017）、保罗·麦克唐纳（Paul McDonald）的《菲利普·罗斯的学生指南》（*Student Guide to Philip Roth*, 2003）、艾拉·布鲁斯·纳德尔（Ira Bruce Nadel）的《菲利普·罗斯的批评指南：其生活和工作的文学指南》（*Critical Companion to Philip Roth: A Literary Reference to His Life and Work*, 2011），以及蒂莫西·帕里什（Timothy Parrish）的《剑桥菲利普·罗斯指南》（*The Cambridge Companion to Philip Roth*, 2007）等。

就辛格研究而言，有围绕生平、成长经历开展讨论的，比如佛罗伦萨·诺伊维尔（Florence Noiville）的《艾萨克·巴什维斯·辛格：一生》（*Isaac B. Singer: A Life*, 2008）、伊兰·斯塔文斯（Ilan Stavans）的《艾萨克·巴什维斯·辛格：纪念册》（*Isaac Bashevis Singer: An Album*, 2004）、珍妮特·哈达（Janet Hadda）的《艾萨克·巴什维斯·辛格：一生》（*Isaac B. Singer: A Life*, 2003），以及布鲁斯·戴维森（Bruce Davidson）的《艾萨克·巴什维斯·辛格和下东区》（*Isaac Bashevis Singer and the Lower East Side*, 2004）等；有从整体视角讨论辛格作品的，比如赛斯·L.沃里茨（Seth L. Wolitz）的《隐藏的艾萨克·巴什维斯·辛格》（*The Hidden Isaac Bashevis Singer*, 2011）；圣智学习集团盖尔公司于2017年推出的艾萨克·巴什维斯·辛格作品系列学习指南值得关注，主要有：《艾萨克·巴什维斯·辛格的〈市场街的斯宾诺莎〉学习指南》（*A Study Guide for Isaac Bashevis Singer's "Spinoza of Market Street"*）、《艾萨克·巴什维斯·辛格的〈山羊兹拉特〉学习指南》（*A Study Guide for Isaac Bashevis Singer's Zlateh the Goat*）、《艾萨克·巴什维斯·辛格的〈来自美国的儿子〉学习指南》（*A Study Guide for Isaac Bashevis Singer's "The Son From America"*），以及《艾萨克·巴什维斯·辛格的〈傻瓜吉姆佩尔〉学习指南》（*A Study Guide to Isaac Bashevis Singer's Gimpel the Fool*）等。

有对美国犹太文学开展整体研究的，比如迈克尔·P.克拉默（Michael P. Kramer）与汉娜·沃思—内舍尔（Hana Wirth—Nesher）的《剑桥美国犹太文学指南》（*The Cambridge Companion to Jewish American Literature*）、朱尔

斯·恰米特斯基（Jules Chametzky）等主编的《美国犹太文学：诺顿文集》（*Jewish American Literature: A Norton Anthology*, 2001）、丹·希夫曼（Dan Shiffman）的《驶向大学：美国犹太文学中的教育追求》（*College Bound: The Pursuit of Education in Jewish American Literature,* 2017）、汉娜·沃思—内舍尔（Hana Wirth—Nesher）的《称之英语：美国犹太文学的语言》（*Call It English: The Languages of Jewish American Literature,* 2016）、汉娜·沃思—内舍尔（Hana Wirth—Nesher）的《剑桥美国犹太文学历史》（*The Cambridge History of Jewish American Literature,* 2015）、黛博·拉沃茹本斯坦（Deborah Wallrabenstein）的《新一代的声音：论当代美国犹太文学》（*Sounds of a New Generation: On Contemporary Jewish-American Literature,* 2017）、艾伦·L.伯格（Alan L. Berger）和格洛丽娅·L.克罗宁（Gloria L. Cronin）主编的《美国犹太人和大屠杀文学》（*Jewish American and Holocaust Literature,* 2004），以及唐纳德·韦伯（Donald Weber）的《在新世界中出没：从卡恩到戈德堡一家的美国犹太文化》（*Haunted in the New World: Jewish American Culture from Cahan to the Goldbergs,* 2005）等。

值得注意的是，这一时期还出版了一大批相关博士论文，进一步推动了相关研究，比如荷昂云·罗（Heongyun Rho）的《索尔·贝娄后期小说中知识分子的异化》（*Alienation of intellectuals in Saul Bellow's Later Novels,* 2000）、埃兹拉·卡佩尔（Ezra Cappell）的《美国犹太小说新方向》（*New Directions in Jewish American Fiction,* 2002）以及杰森·保罗·斯蒂德（Jason Paul Steed）的《爱开玩笑的犹太人：美国犹太小说中的幽默与身份论文集》（*Joke-making Jews/Jokes Making Jews: Essays on Humor and Identity in American Jewish fiction,* 2004）等。

二、国内研究现状[①]

国内当代美国犹太文学的研究开始于20世纪70年代，依据CNKI期刊检索，当时发表的论文不到20篇，因此这一时期的研究可归属于萌芽阶段。董衡巽呼

---

① 该部分涉及的作家姓名及其作品名称的翻译依据的是当时发表的文章上的翻译。

吁当时国内学界关注包括美国犹太作家在内的美国作家,他说:"西方当代许多大作家,例如法国的萨特、英国的格林、意大利的莫拉维亚、德国的标尔、美国的贝娄和梅勒,在各自的领域里都有自己独特的成就,有的已经成为西方思想界的头面人物,为什么不能引起我们重视呢?"(董衡巽,1979:19)杨怡认为当时的美国犹太文学已呈现良好的发展态势,他在《读书》上这样高度概括了这一态势:"美国的犹太文学,自十九世纪形成后,从来没有像今天这样汇成一股引人注目的潮流。伯纳德·马拉默德,菲利普·罗斯等人是这一流派中的佼佼者。索尔·贝娄和艾萨克·巴什维斯·辛格分别获得1976年和1978年的诺贝尔文学奖金,更为这一流派造成显赫的声势。犹太作家笔下出现的人物,不是愤世嫉俗、落落寡合、到处碰壁的可怜虫,就是一些不断探索不断寻求的犹太知识分子。"(杨怡,1979:56)

当时有一部分研究者对美国犹太作家及其作品进行了简要介绍。陆凡的《美国当代作家索尔·贝娄》(《文史哲》1979年第1期)介绍了索尔·贝娄及其主要作品。陈焜、汤永宽同时在《世界文学》1979年第4期发表论文,分别介绍了索尔·贝娄及其作品《赛姆勒先生的行星》。施咸荣的《艾萨克·巴什维斯·辛格》(《世界文学》1979年第2期)、冯亦代的《卡静论辛格》(《读书》1979年第1期)、梅绍武的《1978年诺贝尔奖金获得者艾萨克·辛格》(《读书》1979年第1期)、冀平的《美国作家伊·巴·辛格获1978年诺贝尔文学奖金》(《世界文学》1979年第1期)对辛格及其作品进行了介绍。董乐山在《世界文学》1979年第2期上发表论文,介绍了辛格的三篇短篇小说:《市场街的斯宾诺莎》《皮包》《奥勒和特露法——两片树叶的故事》。杨仁敬先生当时翻译了部分美国犹太文学作品。

还有一些研究者则对美国犹太文学作家作品进行了评论。黄育馥在《外国文学研究》1979年第3期发表《艾萨克·辛格谈文学》,阐述了辛格的文学创作观。欧阳基则在《文史哲》1979年第4期上发表文章,讨论了伯纳德·马拉默德的小说《店员》。王齐洺从存在主义视角分析了美国当代小说,认为存在主义进入美国大致经历两个阶段,即受欧洲存在主义影响的第一阶段,以及受美国存在主义影响的第二阶段。前一阶段的小说突出对物质世界的逃避,第二阶段的小说强调人对自我本质的肯定与追求。据此，他把贝娄的小说《受害者》《只争朝夕》①《晃来晃去的人》②《奥吉·马奇历险记》归为第一阶段的小说，"《雨王汉德森》（Henderson the Rain King）标志着他从第一阶段欧洲式存在主义向第二阶段美国式存在主义的根本转折。"（王齐迨，1979：13）之后的《赫索格》《赛姆勒先生的星球》，以及《洪堡的礼物》》都归属于第二阶段的小说。董鼎山在《读书》1979年第9期上发表的《美国文学界的一场大笔战》聚焦约翰·加德纳（John Gardner）如何通过《小说的艺术》（The Art of Fiction）一书，而掀起针对美国当代小说家（包括索尔·贝娄、约翰·加德纳、伯纳德·马拉默德）的文学论战。尤为值得关注的是，陆凡的《美国犹太文学》一文回顾了犹太人移民美国的历程，分析了美国犹太文学形成原因："宗教的、文化的以及生活方式的传统或是这种传统残留的痕迹反映在文学作品中形成了美国犹太文学这样一个流派。"（陆凡，1979：53）论文介绍了第一代犹太作家玛丽·安婷以及亚伯拉罕·卡恩等及其作品，第二代美国犹太作家迈耶·莱文及其作品，以及当时最为著名的几个犹太作家（索尔·贝娄，伯纳德·马拉默德，菲利普·罗斯）及其作品。论文还概述了部分美国犹太诗人、剧作家及其作品。陆凡的这篇文章涉及同化、父与子、犹太人与非犹太人通婚等多个视角的讨论，具有较高的深度。

此外，《读书》1979年第7期上的短讯《全国美国文学研究会成立③》提及的参会论文中，研究美国犹太作家辛格的篇数达到4篇。王佐良在《读书》1979年第9期上发表的《〈美国短篇小说选〉编者序》一文，对马拉默德以及辛格给予了高度赞扬。

进入20世纪80年代后，国内美国犹太文学的研究论文逐渐增多，研究视角

---

① 王誉公把 Seize the Day 翻译为《勿失良辰》，参见：索尔·贝娄. 勿失良辰 [M]. 王誉公，译. 长沙：湖南人民出版社，1981.
② 张生庭把 Dangling Man 翻译为《荡来荡去的人》，参见：虞建华主编. 美国文学大辞典 [M]. 北京：商务印书馆，2015：142.
③ 《读书》上的这一短文介绍了第一届全国美国文学研究会的相关情况：召开时间为1978年8月22日—9月1日，地点为山东烟台市，与会人数70余人，提交论文20多篇，选举出理事35人。吴富恒教授担任会长，陈嘉、杨周翰、杨岂深三位教授担任副会长，陆凡兼任秘书长。常设机构包括秘书组、情报资料组、编辑出版组。会议决定，第二届会议于1981年在上海召开。

第一章 绪 论

也逐渐丰富起来,国内美国犹太文学研究进入初步发展阶段。当然,像70年代一样,这一阶段也有研究者针对作家作品进行的介绍。仲子①在《读书》上发表文章,对辛格的新作长篇小说《原野之王》以及短篇小说集《弥杜撒拉之死》进行了介绍。作者还援引辛格所言来阐释作者进行短篇小说创作的原因:"在短篇创作中,你能讲究质量。在长篇小说中,你只能提供要点;在短篇小说中,你能够涓心雕琢。"(仲子 1989:123)海②发表于《世界文学》1989年第2期上的一篇论文专门介绍了辛格的《原野之王》。邢惕夫的《艾萨克·巴施维茨·辛格小传》(《文化译丛》1981年第3期)介绍了辛格生平及他的《莫斯卡特一家》《傻瓜耿伯及其他》③《卢布林的魔术师》《奴隶》等作品。小风,刑历曾在《世界文学》发表短讯,介绍了1982年1月25日美国《时代》周刊刊登的一篇关于贝娄新作《校长的十二月》(*The Dean's December*)的书评,该书评认为,"《校长的十二月》④为贝娄在文化知识虚无主义方面的战斗开辟了第二战场。"(小风⑤,刑历1982:304)叶子在《读书》(1987年第11期)上发表文章,介绍了贝娄的新作《再遭情变》(*More Die of Heartbreak*⑥)。陆凡在《文史哲》1984年第6期撰文对贝娄的新作《失言者》进行了介绍。朱泰则在《读书》(1984年第11期)上发文介绍了贝娄的《倒霉的人及其他》。彼得·普雷斯科特和姚富清联合署名,从体裁这一视角入手,在《文化译丛》(1987年第2期)上刊登文章介绍了马拉默德。之岱⑦在《读书》(1984年第6期)上发表文章,简要概述了马拉默德的《自选集》。仲子在《读书》(1987年第9期)上

---

① 仲子应该是这篇文章的作者的笔名。
② 海应该是这篇文章的作者的笔名。该篇论文的名称是:辛格的长篇新作《原野之王》。
③ 现在,国内学界一般把 *Gimpel the Fool* 译为《傻瓜吉姆佩尔》,参见:艾萨克·巴什维斯·辛格.辛格短篇小说集[M].戴侃,译.北京:外国文学出版社,1980.
④ 更多的译者把 *The Dean's December* 译为《院长的十二月》,参见:索尔·贝娄.院长的十二月[M].陈永国,赵英男,译.石家庄:河北教育出版社,2002.
⑤ 小风应该是这篇文章的作者的笔名。
⑥ 也有译者把 *More Die of Heartbreak* 译为《更多的人死于心碎》或《愁思伤情》,分别参见:索尔·贝娄.更多的人死于心碎[M].李耀宗,译.北京:中国文联出版社,1992;索尔·贝娄.愁思伤情[M].林珍珍,姚暨荣,译.南京:译林出版社,1990.
⑦ 之岱应该是这篇文章的作者的笔名。

简要介绍了菲利普·罗斯的作品《对立的生活》（The Counter Life①）。夏政在《山东外语教学》1988年第2期上发文介绍了美国犹太女作家辛西娅·奥扎克。

除了对作家、作品的介绍外，还有不少评论性文章。有讨论文学创作观的。王宁在《外国文学》1985年第7期上发表《浅论索尔·贝娄的小说创作》，文章认为贝娄的小说既反映了当代资本主义社会中物质文明的发达却造成精神文明缺失这一基本问题，还指出了西方社会中家庭关系面临崩溃、人与人之间高度异化等问题，体现了贝娄的创作特点：现实主义与现代主义相结合。毛信德聚焦贝娄的《奥吉·马奇历险记》《雨王汉德森》《赫索格》《赛姆勒先生的行星》等作品，结合贝娄的成长历程，分析贝娄如何在作品中实现人道主义与文化的结合，如何深入刻画人物的精神世界，从而成为美国当代文坛现实主义的主要代言人。作者在结论中指出："我们在看到贝娄创作中所受到的现代主义、存在主义影响的同时，不能忘记他对十九世纪以来现实主义传统的怀念……作为一个犹太人移民的后代，第二次世界大战以来描写美国的犹太人生活的最重要的小说家，他高擎起美国文学的大旗，成为六七十年代美国文坛上无可非议的带头人。"（毛信德，1982：75—76）徐新把发表在《特拉维夫评论》1988年第1期上，由D.B.阿克瑟洛德，J·G.汉德以及S.巴肯三人共同完成的对辛格的采访内容（起名为《辛格谈文学创作》）翻译成汉语，发表在《当代外国文学》1989年第2期上，采访内容涉及辛格对斯宾诺莎、弗洛伊德、理智与情感、犹太人与基督徒的差异、宗教的作用、伦理道德等诸多方面的看法。徐新还把发表在美国《星期六评论》1980年7月号上，由他和凯瑟·波利特（Katha Pollitt）一道完成的对辛格的采访内容（起名为《辛格谈创作》）翻译成汉语，发表在《当代外国文学》1981年第2期上，采访内容涉及辛格对坚持作品质量第一、是否区别对待英文读者与意第绪语读者、如何对待严肃文学与通俗文学、文学的前途等话题。

有研究单部作品的，比如宋兆霖发表在《世界文学》1986年第3期上的《略论贝娄的〈赫索格〉》，王长荣发表在《外国语》1983年第6期上的《伯纳德·马拉默德代表作〈店员〉的文体与语言技巧试析》。陆凡在《文史哲》（1980第1期）上发表论文，不但详细介绍了菲利普·罗斯新作《鬼作家》的故

---

① 仲子把 The Counter Life 译为《对立的生活》，也有译者把它译为《反生活》，参见：菲利普·罗斯. 反生活[M]. 楚至大，张运霞，译. 长沙：湖南人民出版社，1988.

事情节，还深入剖析了小说背后深层次的内涵："这篇小说以叙述、倒叙、回忆、幻想、内心独白、潜台词等等多种艺术手法，几乎提出了美国犹太文学中全部主要的传统主题，如：犹太人在美国社会中的同化与特殊身份问题，个人奋斗与成功问题，父与子两代犹太人的矛盾问题，犹太人的神圣家族问题，犹太人受迫害与歧视的问题，犹太人与非犹太人通婚，即所谓'婚姻同化'问题等等。这篇小说可以说是当代美国犹太文学中具有典型意义的一篇最新的代表作。"（陆凡 1980：32）

有从比较文学视角以及女性视角开展研究的，如陆凡发表在《文史哲》1980年第4期上的《索尔·贝娄小说中的妇女形象》、李岫发表在《北京师范大学学报》1986年第4期上的《马拉默德的〈伙计〉与茅盾的〈林家铺子〉》。刘洪一在《求是学刊》1989年第1期上发文讨论了贝娄作品中主人公的两性意识。欧阳基在《文史哲》1980年第5期上讨论了马拉默德作品中无处不在的异化问题。徐新在《外国文学研究》1986年第2期上讨论了施勒密尔[①]形象。还有从叙事视角展开讨论的，如郁诚炜发表于《河南师大学报（社会科学版）》1984年第2期上的《辛格短篇小说的结尾艺术》、潘维新发表于《西南师范大学学报（人文社会科学版）》1986年第S1期上的《马拉默德短篇小说的象征手法》等。还有开展述评研究的，如黄家修发表于《现代外语》1983第4期上的《当代美国犹太小说发展述评》等。

比起20世纪80年代，20世纪90年代国内美国犹太文学的研究论文更多，研究视角也更为丰富，国内美国犹太文学研究进入快速发展阶段。像80年代一样，这一阶段也有研究者（尤其是冯亦代先生）对作家作品进行介绍。

海舟子[②]依据《纽约书评》杂志1997年6月26日刊发的关于贝娄的新书《实际情况》（*The Actual*[③]）的报道，分别在《外国文学动态》（1997年第4期），以及《世界文学》介绍了该书，认为"他（即贝娄——作者注）以这部新作为自己展示芝加哥犹太人社会风情和美国民主的漫画廊增添了新内容。"（海舟子，

[①] 施勒密尔（schlemiel），即笨手笨脚的人或倒霉的人。
[②] 海舟子应该是这篇文章的作者的笔名。
[③] 冯亦代先生把 *The Actual* 译为《实际情况》，也有译者把它译为《真情》，参见：索尔·贝娄. 偷窃 真情贝拉罗莎暗道 [M]. 段惟本，主万，译. 石家庄：河北教育出版社，2002.

1997：313）冯亦代先生在《读书》1990年第3期上介绍了贝娄的作品《比拉罗赛内线》（*The Bellarosa Connection*①）。冯先生在《读书》1991年第12期介绍了辛格生前最后一部小说《卑贱的人》（*Scum*②），在《读书》1993年第6期介绍了辛格的小说《证件》，在《读书》1993年第8期介绍了罗斯的《夏洛克战役》③，在《读书》1996年第3期发文介绍了罗斯的《萨巴斯的戏剧》④，在《读书》1990年第5期介绍了马拉默德的遗作《平民及未名故事集》（*The People and Uncollected Stories*），在《瞭望周刊》1991年第42期发文悼念辛格。小马尔科姆·琼斯和吴格非联合署名，在《文化译丛》1992年第4期对辛格进行了评介。慧辉在《外国文学评论》1991年第1期发表短讯文章，介绍了罗斯刚出版的小说《骗术》（*Deception: A Novel*）（又译作《欺骗》）。

　　这一时期的研究视角主要有犹太性、犹太文化、犹太身份、宗教、女性意识、哲学、比较、叙事等。虞建华和刘洪一对犹太性开展了深入研究，集中代表了当时此类研究的水平。虞建华认为："犹太性，首先是犹太文化传统在文学中的表露。'犹太性'也是一种无处不在的灾难感和对历史的反思。'犹太性'也表现为弥漫在文学作品中的忍耐精神和苦斗精神。'犹太性'在文学中也表现为一种孤独和异化感，'犹太性'还表现为不懈的理智追求。'犹太性'覆盖广泛，内涵深沉，还有其他多方面的表现。譬如，'犹太性'也可以表现为一种文学的世界主义；'犹太性'也反映为一种还乡思念；'犹太性'还表现为创作上的神秘倾向。"（虞建华，1990：3）刘洪一指出："犹太文学是犹太历史文化的产物和表征，犹太文学中的犹太性与世界性作为犹太文学本体品性的一种基本构成，是一组对立统一的范畴，是犹太文学这块"硬币"不可分割的两面，因为犹太性的本身便包涵了一定的世界性意义，而世界性的实现则又进一步丰富、充实

---

① 也有译者把 *The Bellarosa Connection* 译为《贝拉罗莎暗道》，参见：索尔·贝娄. 偷窃真情贝拉罗莎暗道[M]. 段惟本, 主万, 译. 石家庄：河北教育出版社, 2002.
② 也有译者把 *Scum* 译为《人渣》，参见：艾萨克·巴什维斯·辛格. 人渣[M]. 于而彦, 译. 台北：业强出版社, 1994.
③ 冯亦代先生把 *Operation Shylock* 译为《夏洛克战役》。张生庭把它译为《夏洛克行动》，参见：虞建华主编. 美国文学大辞典[M]. 北京：商务印书馆, 2015：777.
④ 冯亦代先生把 *Sabbath's Theatre* 翻译为《萨巴斯的戏剧》。张生庭把它译为《萨巴斯剧院》，参见：虞建华主编. 美国文学大辞典[M]. 北京：商务印书馆, 2015：772.

了犹太性的内涵。"（刘洪一，1997：21）胡碧媛在《南京邮电学院学报（社会科学版）》1999年第2期发表了《犹太文化与犹太身份：美国犹太文学人物剖析》，该文聚焦贝娄的《洪堡的礼物》、辛格的《卢布林的魔术师》、马拉默德的《店员》与《基辅怨》等四部小说，分析犹太身份如何受到犹太文化的深刻影响。汤烽岩在《青岛海洋大学学报（社会科学版）》1999年第1期撰文，从宗教与语言入手，讨论受到冲击的美国犹太文化的现代内涵。黄凌讨论了辛格短篇小说中的宗教元素，在他看来："辛格在宗教题材短篇小说中用独特的题材和独到的观点，表达了他对传统（犹太教宗教文化传统——作者注）和现实的看法。在这里，他既坚守传统的阵地，同时又对现实作出让步。"（黄凌，1998：34）刘国枝，刘卫在《湖北大学学报（哲学社会科学版）》1998年第1期上发表文章，也讨论了辛格作品中的宗教意蕴。汪海如在《国外文学》1995年第4期上撰文讨论了贝娄作品中的职业女性，尤其是女性意识的觉醒过程。王阳从二项对立这一哲学视角出发，讨论贝娄作品中无处不在的二项对立及其文学内涵。王阳分析贝娄作品后认为："贝娄的抽象—具体二项对立可归结为句段关系同联想关系的对立，除具体—抽象之外，最引人注意的是人物自嘲的悲—喜剧风格。所谓'贝娄式结尾'即小说结尾的歧义性，似可作为意义建构的二项对立的典型例证。"（王阳，1996：50—52）陈榕在《解放军外国语学院学报》1999年第11期、陈春发在《西南师范大学学报（哲学社会科学版）》1994年第4期上分别撰文讨论了贝娄作品《赫索格》中的书信技巧、创作技法。李知在《小说评论》1994年第6期上撰文讨论了贝娄小说的叙述信息密度。苏晖在《外国文学研究》1995年第3期上发文，认为贝娄小说中主人公经历了'焦虑→探索→回归'的心理模式。刘文松还在《当代外国文学》1997年第4期撰文，从比较视角入手，讨论了《赫索格》与贝娄其他小说的差异。

  主题研究是这一时期美国犹太文学研究的重要内容。乔国强在《东方论坛（青岛大学学报）》1997年第1期、1998年第3期上分别撰文聚焦贝娄作品中的历史主题，以及马拉默德的道德主题。代树兰在《河南大学学报（社科版）》1998年第3期发文讨论了贝娄作品《奥吉·玛琪历险记》中的追寻主题。刘洪一在《外国文学评论》1992年第3期发表《"父与子"：文化母题与文学主题——

论美国犹太文学的一种主题模式》一文,详细论述了美国犹太文学中的父与子主题。傅少武在《徐州师范大学学报》1997年第2期上发表《论索尔·贝娄小说的流浪汉形象》,讨论了贝娄小说中的流浪主题,他在《国外文学》1998年第1期上发表的《论索尔·贝娄小说主人公的认识方式》一文,再次聚焦贝娄小说的流浪主题,探讨了主人公在流浪中特有的认知方式、这一认知方式背后的哲学动因——存在主义的强大影响,以及犹太历史文化对流浪者潜移默化的影响。邹智勇在《武汉交通科技大学学报(社会科学版)》1999年第4期上发表《菲利浦·罗斯小说的主题及其文化意蕴》一文,围绕代沟、异化、回归三个方面探讨罗斯小说的主题表达模式及其文化内涵。

还有一批研究者对这一时期的美国犹太作家进行了整体评介研究。徐新对贝娄的作品进行了深入研究后认为:"贝娄在小说创作中既继承欧美文学的现实主义伟大传统,同时也汲取现代主义的手法,既描绘光怪陆离的现实社会,又挖掘人物复杂纷乱的内心世界,这种将现实主义和现代主义两种迥然不同的创作方法有机地融合在一起的方法,使贝娄在用艺术反映当代资本主义社会生活的本质方面达到了新的高度。在长期的创作实践中,贝娄逐步形成了一种被评论界称之为'贝娄式风格'的独特艺术风格。"(徐新,1991:167)傅勇对罗斯多部作品进行了研究,分析了作品如何刻画犹太人面临的母子冲突、父子冲突、异化、代沟、如何寻找自我等多种问题,他对罗斯及其作品做了综合评价:"罗斯的作品体现了当代美国文学最明显的特点:无根基的感受和空虚。这是他对当代美国文学的巨大贡献……罗斯堪称犹太作家的典范。他的小说文风坦率,情节清楚,人物栩栩如生。尽管有时情节发展显得突然,故事结构有些松散,但这决不会使他充满活力的作品有所逊色。他的作品内容虽不尽相同,但均深刻地揭示了当代美国的社会风貌和时代特征。在创作手法上,他比较善于吸收各家之长。"(傅勇 1997:31—33)聂林研究辛格的作品后认为,在文学理论上,辛格赞同十九世纪的现实主义文学传统,"此外,在语言运用、人物塑造故事背景等方面,辛格都体现出明显的传统取向。而正因如此,他才成为独树一帜的犹太作家,成为当代世界文坛巨匠之一。"(聂林,1994:142)乔国强梳理了马拉默德成长历程及其作品,他的论文《论伯纳德·马拉默德与当代美国犹太文学运动》(《天津外国语学院学报》1999年第2期）认为，马拉默德的作品侧重刻画有意义的磨难，从而丰富和完善了受难这一主题，强调对道德的追求和对自我的完善，采用个体指射喻整体写作方法、重视通过喜剧和幽默元素缓解作品的压抑感，其创作风格体现在三个层面。一是采用了全方面的叙述视角；二是重视象征手法；三是熟练运用双语（意第绪语以及英语）来体现人物的不同身份。

此外，刘洪一在《当代外国文学》1997年第4期、《国外文学》1993年第2期发文，分别讨论美国犹太文学的世界化品性、阈限界定等问题。曾令富在《外国文学评论》1995年第4期上撰文讨论了美国犹太文学的发展趋势。1992年，全国首届犹太文学学术研讨会在庐山召开，有研究者归纳整理会议成果并撰写了相关文章，比如，吴晗在《外国文学研究》1992年第3期上发表《1992"犹太文学庐山研讨会"纪要》、敏捷在《上海师范大学学报（哲学社会科学版）》1992年第3期发表《全国首届犹太文学学术研讨会在庐山举行》短讯。

进入21世纪后，国内美国犹太文学研究达到新的高度，整体来看论文质量得到大幅提升，而且论文的数量激增，甚至可以用井喷来形容，国内美国犹太文学研究进入高速发展阶段。

就作家及其新书评介而言，因为一、二代美国犹太作家逐渐淡出文坛，所以对第三代作家罗斯及其新书的评介占据绝对比重。苏鑫回顾了罗斯的创作历程，得出如下的结论："罗斯就是这样一位勇敢的作家，他丝毫不掩藏其真实的想法，而是用最为直接的方式表达出来，也许正因为如此，罗斯才成就并继续着他不老的文坛神话。"（苏鑫，2010：13）《书城》2013年第1期刊发《菲利普·罗斯专辑》一文，简要介绍了罗斯成长经历及获奖情况，列举了罗斯14部代表性作品。《书城》2009年第7期刊登短讯《美国当代文学大师菲利普·罗斯作品系列》，介绍了罗斯的两部作品《再见，哥伦布》和《凡人》，另列举了即将出版的几本译著：《波特诺伊的怨诉》《反美阴谋》《夏洛克行动》《萨巴斯的戏院》。陈红梅评介了罗斯的新作《复仇女神》（Nemesis[①]），她认为："《复仇女神》不能和罗斯巅峰时期的著名作品相比，但它有着自己的特色，是

---

① 陈红梅把Nemesis翻译为《复仇女神》，张生庭把它译为《报应》，参见：虞建华主编.美国文学大辞典[M].北京：商务印书馆，2015：772.

部发人深省、启迪人们如何处置生命中不可控制的具有生命之虞事件的佳作。"（陈红梅，2011：27）毛燕安在《外国文学动态》2004年第6期上简介了罗斯的《反美阴谋》。孟宪华与李汝成联合署名在《外国文学动态》2009年第4期上推介了罗斯的新作《愤怒》。田冬青在《外国文学动态》2007年第2期介绍罗斯荣获笔会/福克纳小说奖等信息。邹云敏则在《外国文学动态》上推介了维京成年人出版社于2010年11月推出的《索尔·贝娄书信集》（*Saul Bellow's Letters*），采用编年体完成的《书信集》收录了贝娄708封信件（占其信件总数的20%），时间跨度长达70余年（1932—2005）："既如实呈现了贝娄的心路历程，也从一个侧面再现了二十世纪美国社会的风雨苍茫。"（邹云敏，2012：47）

像20世纪90年代一样，在这一时期很多研究者开展了各种主题研究，如伦理道德、历史、文化与身份、宗教、犹太性、受难、流浪、父与子、大屠杀、种族书写、异化、受虐、冲突、引路人、知识分子、女性形象、回归、性爱、婚姻、欲望、人文主义/人道主义、身体、主题模式等。

刘兮颖、祝平、袁雪生、苏鑫等开展了伦理道德主题研究。刘兮颖讨论了贝娄作品中的犹太伦理，她认为："贝娄小说中的人物设置、主题的凸显以及情节的书写均存在着一定的模式化倾向，而伦理线和伦理结正蕴含在其中。父与子、兄与弟等伦理关系构成的伦理结主要体现为犹太伦理与美国实用主义伦理之间的冲突，而犹太知识分子的婚姻中则交织着犹太婚姻伦理与现代婚姻伦理的矛盾与对抗。"（刘兮颖，2010：114）祝平在《国外文学》2009年第2期、《外国语文》2009年第3期上分别撰文分析了贝娄作品《只争朝夕》《晃来晃去的人》中的伦理观。祝平分析贝娄的作品后得出如下结论："贝娄的小说指向一种超越悲观现实的'肯定'伦理，使人们在浓密的乌云背后看到一抹亮色。"（祝平，2007：34）袁雪生针对罗斯的作品展开研究，他指出："他的小说充满对传统犹太文化的背离，通过性爱主题下的伦理拷问、反叛意识里的道德冲突和生存处境下的命运反思，刻画了犹太社会中家庭伦理道德、宗教伦理道德乃至公共伦理道德的嬗变，体现了深刻的伦理道德指向。"（袁雪生，2008：122）许娟在《沈阳大学学报（社会科学版）》2015年第6期讨论了罗斯作品"美国三部曲"中的家庭伦理。苏鑫在《外国文学研究》2015年第6期上发文讨论了罗斯进行自传体书写时遭遇的伦理困惑。乔传代在《河北联合大学学报（社会科学版）》2015年第6期、《沈阳大学学报（社会科学版）》2015年第6期上分别发文，探讨了罗斯作品《垂死的肉身》《人性的污秽》的伦理观。徐世博在《学术交流》2013年第2期上分析了罗斯后期小说中的伦理观。

朴玉、姚石等进行了历史主题研究。比如朴玉在《当代外国文学》2010年第4期上发文，讨论了罗斯在《反美阴谋》中的书写历史策略。姚石在《江淮论坛》2013年第5期发表文章，讨论了罗斯作品中随处可见的历史书写，以及在历史意识方面，罗斯如何完成对亨利·詹姆斯的继承和超越。

王长国、黄铁池、罗小云、汪汉利、张生庭等开展了文化与身份主题研究。王长国、黄铁池经过研究发现："美国犹太作家辛格的文学作品生动演绎了犹太人在散居异域时，怎样将自己寄寓于本民族独特的文化空间，从而说明了犹太文化格托在抵御异族同化、保护民族存续方面，远远胜于居所格托的功用。这无疑对解决现代社会的民族文化杂合和民族同化问题带来深刻的启示。"（王长国，黄铁池，2008：48）张生庭，张真分析罗斯的作品后认为："罗斯阐释了美国犹太作家身份的矛盾性：就身份而言，他们既是美国人也是犹太人；就道德准则而言，既有作家良知，也有犹太情结；就生存状态而言，既生活在现实中，也生活在虚构里。"（张生庭，张真，2012：78）邹智勇在《武汉理工大学学报（社会科学版）》2001年第3期上发文讨论了贝娄小说中的犹太文化内涵，认为夹缝文化导致小说人物的身份困境。汪汉利在《西南交通大学学报（社会科学版）》2012年第4期上讨论了贝娄作品《赫索格》中的文化冲突以及身份认同问题。徐慧在《学术交流》2013年第2期上发文分析了马拉默德牺牲以及救赎背后蕴含的犹太文化内涵。

乔国强、郑丽、陈雷、张军、梁翠等讨论了宗教主题。乔国强对辛格的作品进行了全面剖析，他认为，"辛格在其作品中不断向'契约论'发起挑战，以揭示其在反犹主义盛行语境下的虚妄性和欺骗性。但这一行为也不表明辛格要彻底地否定上帝，进而解构掉整个犹太民族的传统。相反，他是在一个更深层次上来维护其民族利益。"（乔国强，2007：96）黄凌认真分析了辛格作品中的宗教元素，他在《外国文学研究》2003年第6期发表《多棱镜下的辛格宗教思想》

一文，文章指出，辛格的宗教观充满矛盾性，因为辛格在信奉上帝的同时，又怀疑上帝的仁慈，时常处于自我矛盾，自我否定之中。陈雷在《外国文学评论》2015年第3期上发表《"人为信条"与荒谬感——谈辛格的宗教观》一文，文章认为犹太教规定了犹太人需要遵守的各种信条，但因为信条的独断性又让犹太人在接受、执行过程中产生一定程度的荒谬感，这种荒谬感往往以嘲笑的形式表达出来，《傻瓜吉姆佩尔》就是一个很好的例证。李洪梅在《伊犁师范学院学报（社会科学版）》2010年第1期发文，讨论了辛格短篇小说中的宗教意识。张军在《江西社会科学》2008年第12期上，以《市场街的斯宾诺莎》《傻瓜吉姆佩尔》为例，讨论了辛格内心深处精神层面以及世俗层面的两个迦南，揭示了辛格对犹太宗教伦理的困惑。张军，周幼华在《江西社会科学》2010年第3期撰文讨论美国犹太文学中宗教具有的社会功能。梁翠，邓天中聚焦罗斯的《凡人》，指出主人公"很早就拒斥'体制化宗教'，即传统宗教中远离生命的僵死说教；实际上，他一生都在以虔诚的态度尝试生命的各种可能性，体现了一种全新的'生命宗教'理念。"（梁翠，邓天中，2017：101）郑丽以贝娄的《受害者》为切入点，探讨了贝娄的宗教思想，她认为："贝娄对人的尊严的肯定与犹太教对人性本善的信仰是相符的。《受害者》充分体现了贝娄的犹太伦理观：对善恶的关注、对人性尊严的捍卫、对生活意义的坚守。"（郑丽，2012：20）王瑾，王红叶在《江苏科技大学学报（社会科学版）》2009年第4期上撰文分析了马拉默德小说中的宗教元素。

乔国强、李冰、黄丽双、高婷、李冰等探讨了犹太性主题。乔国强在《外国文学评论》2012年第4期发文讨论了贝娄的犹太性与托洛茨基的关联性。他还以贝娄的《拉维尔斯坦》为例，讨论了贝娄犹太性的转变："如果说贝娄在早期创作中以一种曲折或间接的方式，表达了对反犹主义和"大屠杀"等关于犹太人问题的看法，那么在他的晚年，贝娄则几乎抛开了所有的顾虑和含蓄，放开地对这些问题进行讨论。贝娄经过一生的摸索，在结束自己创作生涯的时候，终于回归到了自己的民族上，为自己犹太性的发展划上了一个完美的句号。"（乔国强，2011：75）李冰在《文艺争鸣》2013年第7期上，以贝娄的《洪堡的礼物》为例，从其中隐含的三大主题（负罪与救赎、流浪、回归）来讨论贝娄的犹太性。

黄丽聚焦贝娄的《拉维尔斯坦》《晃来晃去的人》，认为贝娄小说中的犹太性体现出一定的嬗变，"即从早期小说中犹太性的表层局部地呈现到中期隐蔽性地渗透，再到晚期纵横开阖地深刻呈现。"（黄丽双，2009：91）李冰在《文艺争鸣》2014年第9期发表论文，以罗斯的《美国牧歌》为例，认为罗斯故意淡化主人公的犹太身份，而赋予其普世意义的内涵，正体现了作家对犹太性的超越。高婷在《外国文学》2011年第3期上以辛格的小说《卢布林的魔术师》《奴隶》《傻瓜吉姆佩尔》为例，认为辛格实现了对犹太性的传承。她还在该文中以罗斯的短篇小说《犹太人的改宗》《信仰的卫士》为例，从罗斯反拨犹太教这一举动，认为罗斯的这一行为其实是为了实现对犹太教的某种超越。邹智勇考察了贝娄、马拉默德、罗斯的作品后认为，美国犹太作家"在各自的作品中对犹太性的运思和升华显现出不同的侧重点：索尔·贝娄将犹太民族的流浪史程消解为文学的潜在媒质，伯纳德·马拉默德致力于阐释犹太民族的受难精神，菲利普·罗斯则关注在双重文化的夹击下犹太人的困惑心理以及所引起的人性的变异现象。"（邹智勇，2001：38）刘珍兰在《河北理工大学学报（社会科学版）》2011年第2期上讨论贝娄、马拉默德作品体现的犹太性。

邹智勇、王阿晶、徐慧、吴银燕等围绕受难与救赎主题开展研究。邹智勇在《武汉理工大学学报（社会科学版）》2001年第1期发文，聚集马拉默德的《装配工》《店员》两部作品，分析作品中主人公的受难形象，认为犹太人受难形象兼具犹太性与世界性双重特性。王阿晶在《长春教育学院学报》2012年第4期上撰文，聚集马拉默德的《店员》《装配工》《魔桶》《犹太鸟》等作品，分析了各种受难人物的文学意蕴。徐慧在《学术交流》2013年第2期上，分析了马拉默德的《账单》中的潘内萨夫妇、《我之死》中乔西浦和艾米利欧等主人公，从犹太文化视角入手，讨论了负罪→牺牲→救赎这一命运模式在犹太文化层面的深刻内涵。卢迪在《辽宁行政学院学报》2009年第7期，吴学丽在《理论学刊》2003年第2期上撰文，分别讨论了马拉默德的《银冠》《上帝的惩罚》中主人公救赎的过程及其意义。白英丽，张海燕在《喀什师范学院学报》2010年第2期上讨论了贝娄小说中知识分子救赎的模式：负罪→受难→死亡→救赎。吴银燕，李铭敬分析了贝娄的《寻找格林先生》《赛姆勒先生的行星》，认为"作品中的弥赛亚救赎理想是在荒诞现代社会中积极寻找终极意义,是以善良意志、自律来开创正义、公平、平等的新时代。"(吴银燕,李铭敬,2015:123)张静在《英语广场》2016年第5期上讨论了辛格作品中的女性救赎者。

朱路平、韩西莲等开展了流浪主题的研究。朱路平以贝娄作品《奥吉·玛琪历险记》《赛姆勒先生的行星》《雨王汉德森》《赫索格》等为例,分析了其中的流浪主题,他认为这一主题揭示了人类精神世界的贫困,既体现了作家对人道主义的关切,还"更为深刻地体现了他(贝娄——作者注)对东西方民族的古老智慧以及现代西方哲学思维成果的新颖整合。"(朱路平,2005:174)韩西莲在《怀化学院学报》2008年第5期发文,以贝娄小说为例探讨了贝娄作品的流浪主题,她认为,贝娄作品中的流浪意识不仅属于美国犹太人,还属于全人类,因而这一流浪意识具有普世意义。

刘兮颖、傅勇、任淼、黄新川等开展了父与子主题研究。刘兮颖仔细分析了贝娄的作品《勿失良辰》《洪堡的礼物》《更多的人死于心碎》《雨王汉德森》《晃来晃去的人》,她认为贝娄作品中的父与子类型"可以分为'血缘父子'、'精神父子'和'异化父子'。作者(即贝娄——-作者注)将隐喻的'父与子'主题与美国文化相结合,从中生发出关于整个人类的文化哲学思考,既表现出了深厚的犹太文化内涵,又超越了犹太民族属性,具有世界性的普遍意义。"(刘兮颖,2004:61)傅勇以马拉默德的小说《店员》《魔桶》《基辅怨》《新生活》《上帝的福佑》为切入点,围绕"寻父""弑父""叛父""杀子为祭"等话题展开父与子主题的讨论,他认为,马拉默德"在表现'父与子'母题上既不趋向彰显'寻父'的意义,也未滑至'叛父'或'弑父'的极端,而是在这两极的对立统一中展开他对犹太民族生存现状的历史文化反思。"(傅勇,2008:71)黄新川在《重庆科技学院学报(社会科学版)》2012年第22期上发文,聚焦罗斯的"美国三部曲",讨论了其中的父与子冲突。任淼和赵博在《沈阳工程学院学报(社会科学版)》2015年第3期撰文,讨论了马拉默德的《店员》中的父与子关系。

张群、申劲松、苏鑫、武跃速、赵军等聚焦大屠杀主题研究。张群在《东华大学学报(社会科学版)》2002年第4期发文,通过分析贝娄的《晃来晃去的人》与《赛姆勒先生的行星》，马拉默德的《基辅怨》与《魔桶》，辛格的《敌人，一个爱情故事》，罗斯的《鬼作家》中主人公的人生际遇，来阐释大屠杀给幸存者带来的肉体上、精神上的摧残。申劲松在《国外文学》2010年第2期上撰文，聚焦马拉默德的短篇小说《湖畔淑女》，讨论了男主人公大屠杀幸存者弗里曼为何无法与另一位大屠杀幸存者伊莎贝拉结合的深层次原因，揭示了大屠杀给主人公带来的巨大伤害。武跃速，蒋承勇在《浙江工商大学学报》2015年第4期上发文，描述了贝娄作品中的主人公受大屠杀影响后做出的各种催人深思的反应及其原因。赵军在《琼州学院学报》2012年第3期上撰文，以辛格的《敌人，一个爱情故事》为例，说明大屠杀罪行给犹太人带来的无法磨灭的影响。

傅勇、顾华等围绕种族书写主题进行了研究。傅勇在《当代外国文学》2009年第2期上发表《移民的境遇——马拉默德小说中的种族抒写》一文，聚焦三部中长篇小说《店员》《基辅怨》《房客》，两部短篇小说《天使莱温》《黑色是我喜欢的颜色》（"Black is My Favorite Color"，1963），围绕历史、后殖民、宗教等元素剖析马拉默德作品中映射的种族关系，文章指出，马拉默德的作品在体现犹太特性的同时，又传递了人类共存的多种可能方式。顾华，赵黎明在《辽宁大学学报（哲学社会科学版）》2010年第4期上发文，以马拉默德的长篇小说《房客》，两部短篇小说《黑色是我喜欢的颜色》以及《天使莱温》为切入点，讨论了美国犹太人与美国黑人之间紧张的种族关系，指出了马拉默德渴望各民族消除成见，坦诚相待，最终达到共荣共生的创作意图。

邹智、勇赵莉、刘忠宝等围绕异化主题开展了研究。邹智勇围绕贝娄的《晃来晃去的人》、马拉默德的《新生活》与《房客》、罗斯的《再见吧,哥伦布》与《波特诺的怨诉》等作品，认为"作品中的异化主题不仅发掘了犹太人一贯的困惑和难题，同时也表现了形而上、世界性的人类境遇，显示了超越种族、国界的普遍意义。"（邹智勇，2000：572）赵莉，刘忠宝在《经济研究导刊》2012年第5期上发文，从罗斯的作品《退场的鬼魂》入手，围绕主人公精神异化、父女异化、母女异化、夫妻异化等不同异化类型进行分析，以探究其背后深刻的文学内涵。

张军、郑鹤彬等讨论了受虐主题。张军在《外国文学》2010年第3期上发文，通过对贝娄作品《更多的人死于心碎》《勿失良辰》的分析，考察了两部作品中主人公严重的受虐狂现象的具体表征、运行机制，及其背后蕴含的社会功能。郑鹤彬在《名作欣赏》2015年第3期上撰文，通过分析贝娄作品《赫索格》《赛姆勒先生的行星》《院长的十二月》等作品，讨论了作品中诸多主人公的受虐情况及其深刻的文学内涵。

薛春霞、王革、刘阿娜等开展了冲突主题的研究。王革，乔春芳在《长春工程学院学报（社会科学版）》2007年第3期上撰文，以辛格的《卢布林的魔术师》和《童爱》为切入点，分析了犹太文化与西方文化之间的冲突。薛春霞在《外国文学》2014年第6期发文，以罗斯的朱克曼三部曲（《鬼作家》《解放的朱克曼》《解剖课》）以及《布拉格狂欢》为切入点，深入讨论作品中的两大冲突主题：美利坚民族的个体观念和犹太民族的集体意识之间的冲突，美国现实与犹太情感之间的冲突，以及冲突隐射的美国犹太人自由化倾向。刘阿娜在《沈阳农业大学学报（社会科学版）》2013年第5期撰文，聚焦罗斯的小说《波特诺的怨诉》，指出主人公波特诺的怨诉看似源自家庭内部宗教信仰以及婚姻观念的冲突，实则源自美国现实与犹太文化的冲突，揭示了美国化的艰难历程。

张军等开展了引路人主题研究。张军在《当代外国文学》2013年第2期上发文，以贝娄作品《贝拉罗莎暗道》为例，讨论了引路人如何指引主人公构建历史轴线；他在《外国文学》2013年第3期上撰文，以贝娄的小说《赛姆勒先生的行星》为例，讨论了主人公赛姆勒先生如何在引路人指引下，实现了宗教意识的复苏；在《外语教学》2013年第6期上，他以贝娄的小说《勿失良辰》为例，讨论了主人公威尔姆如何在引路人的帮助下，如何摆脱困境，走向新生。文章认为引路人既具有显性功能，还具有隐性功能："既揭示了20世纪50年代美国犹太人令人担忧的生存状况，又传递了贝娄呼吁美国犹太人肯定犹太身份的信息，表达了贝娄希望美国犹太人建立'亲社会'观的迫切之情；既体现了贝娄对当时美国文学界新感知运动及荒原观的反驳，又道明了贝娄积极乐观的创作理念；既表明了贝娄对人文主义思想的执着追求，又让贝娄充当了当时纽约犹太知识分子的发言人。塔莫金医生的引领为当时的美国犹太人制定了恰当的行动纲领。"（张军2013：78）

程丽、蒋书丽、刘文松、周慧敏等开展了知识分子主题研究。程丽在《平原大学学报》2006年第2期上撰文，聚焦贝娄的作品《洪堡的礼物》《赫索格》《更多的人死于心碎》中的知识分子，分析了在理想与现实的冲突中他们徘徊与挣扎的历程。蒋书丽在《东北大学学报（社会科学版）》2009年第2期上讨论了贝娄作品中知识分子成长的三个阶段：对抽象精神的寻求→对现实世界的逃离→到被现实世界的同化。刘文松分析了贝娄的《院长的十二月》与《赫索格》两部作品，他认为："贝娄小说中知识分子夫妻之间的权力关系有三种模式：竞争、控制、平等；两种性质：压抑性和生产性。作者在小说中，对压抑性的权力关系作否定、贬抑的描绘；对生产性的权力关系作肯定、赞美的描述。贝娄的小说通过揭示男女知识分子之间的权力关系，突出了这些女性人物本身的知识品格和职业道路。"（刘文松，2002：122）林会丽在《剑南文学》2013年第3期上讨论贝娄作品中知识分子多舛的命运。王春艳在《大众文艺》2014年第5期上讨论了犹太文学作品中知识分子的人文关怀。赵娜聚焦辛西娅·欧芝克的小说《微光世界的继承者》，围绕知识的层级、知识产生的价值、性别政治等三个方面展开讨论，认为"欧芝克再次警示大屠杀与知识分子命运的关联,同时揭示信仰与研究隔阂是知识分子困境的内在原因，而科学至上主义加剧了等级制世界关系确立的霸权性社会实践,导致了扭曲的价值观以及残酷的人类伦理。"（赵娜2017：116）

乔国强、张群、郑丽、唐碧莲等围绕女性形象主题展开研究。乔国强在《外国文学评论》2005年第1期发表《辛格笔下的女性》一文，聚焦辛格的作品《犹太学校中的男生彦陶》中的彦陶，《奴隶》中的旺达，《敌人，一个爱情故事》中的玛莎、塔玛拉与娅德玮伽，《萧莎》中的萧莎，《格雷的撒旦》中的莉切尔，《忏悔者》中的萨拉等不同女性，认为犹太教及其文化在很大程度上影响着贝娄对犹太女性形象的塑造，因此，这些女性的命运必须让位于犹太民族的整体利益。张群仔细分析了贝娄的作品《晃来晃去的人》中的伊娃与《赫索格》中的马德琳两位女性，认为"这些女性形象从不同的侧面表现了贝娄对在男性占统治地位的世界中女性所处的社会地位、家庭与事业的关系、男女关系等问题的认识，深刻地揭示了处于劣势状态下的女性的内心世界和思想情感，尤其是她们渴望受到别人，尤其是男人特别是她们的丈夫的尊重、理解和爱，展现了贝娄对男人世界中的女性的特有的关爱和理解。"（张群，2002：78）郑丽分析了贝娄《赫索格》《洪堡的礼物》《更多的人死于心碎》以及《雨王汉德森》中的女性，她认为："贝娄对女性形象的构建既是潘多拉神话的映射与隐喻，又反映了潘多拉从沉睡、苏醒到解放的整个过程。"（郑丽，2009：67）唐碧莲在《四川外语学院学报》2006年第3期发表文章，从女权运动的视角解读贝娄作品中的女性形象。傅勇在《当代外国文学》2007年第2期上，讨论了马拉默德作品中追寻自我意识的女性形象。余韬在《时代文学》2010年第8期上发文，认为马拉默德的《伙计》中女主人公海伦因为寻求理想的生活而体现出与众不同的女性形象。

韩颖、罗小云等讨论了回归主题。韩颖在《外国文学》2012年第2期上发表《由〈忏悔者〉看辛格小说中的回归主题》，该文聚焦辛格的小说《忏悔者》，在探讨主人公夏皮罗精神回归的同时，分析了辛格对犹太人逐渐走向同化的担心和关切。在韩颖看来，精神回归或回归犹太信仰与上帝，即真正意义上的回归难度远大于肉体上的回归难度。罗小云深入分析了罗斯的《再见，哥伦布》《波特诺的抱怨》《我嫁给了共产党人》《反美阴谋》等作品，认为"罗斯从早期的叛逆、对犹太传统文化弊端的抨击，到以多元共存的心态加以包容和回归，其态度发生了根本性转变。特别在"9·11"事件之后的创作中，罗斯已超越族裔文化的界限，转向新现实主义，形成自己的特色，着重以自我反省、重建历史的手法揭示国内外政治局势对个体的影响和探索悲剧的根源。"（罗小云，2017：7）

苏鑫、黄铁池等分析了美国犹太文学作品中的性爱主题。苏鑫，黄铁池在《外国文学研究》2011年第1期发表《"我作为男人的一生"——菲利普·罗斯小说中性爱书写的嬗变》，该文梳理了罗斯的《我作为男人的一生》《乳房》《羞辱》《垂死的肉身》《凡人》《再见,哥伦布》《波特诺的抱怨》等作品，分析了其中的性爱描写，认为罗斯作品中的性爱描写打上了弗洛伊德精神分析的烙印，并经历了"年轻时期的性叛逆——中年时期的性困顿——老年时期的性功能减弱以及对死亡临近的恐惧"这一变化过程，体现出深刻的文学内涵。苏鑫还在《名作欣赏》2010年第18期上讨论了罗斯的小说《垂死的肉身》中的性爱描写及其文学意蕴。

王瑾、汪汉利等围绕婚姻主题进行了研究。汪汉利在《世界文化》2016年第1期发表《索尔·贝娄的婚姻》一文，梳理了贝娄五次婚姻的经历，与情人的交往，并认为多次婚姻给贝娄的创作带来的灵感。王瑾围绕马拉默德的作品《基辅怨》《杜宾的生活》以及《店员》，讨论了马拉默德的婚姻观：夫妻双方应重视道德与责任、应具有爱心与宽容、应理智对待同化问题。

乔传代、王小翠等围绕欲望主题进行了研究。乔传代，杨贤玉分析罗斯的作品后认为，"'凯普什三部曲'重点展示了欲望主体在极度情欲下对性爱和死亡的困惑，而'美国三部曲'则转向欲望危机下的伦理道德冲突，后期的作品《反生活》则开始探寻犹太人自身身份认可和回归这一深刻主题。"（乔传代，杨贤玉，2014：50）王小翠在《文学界（理论版）》2010年第10期上发文，聚焦罗斯的《垂死的肉身》，认为凯普什对康秀拉的迷恋是因为她的身体、青春的气息以及它们带给他的无穷无尽的欲望以与丰富的想象。

戚咏梅、王亚敏、杨卫东等围绕人文主义/人道主义主题进行了研究。戚咏梅分析了贝娄作品中的人文主义，认为"贝娄以对人类生存本质执着而持久的关怀，重新审视和思考人在现代社会中的生存形态和精神存在，并试图重新肯定人的价值，重建人文主义理想。异化世界中人性的诉求，是贝娄文学创作的内在动力，也是他的作品所着力表现的精神指向。"（戚咏梅，2004：69）王亚敏，韦丽在《赤峰学院学报（汉文哲学社会科学版）》2010年第5期发文，以马拉默德的作品《银冠》为切入点，讨论了在异化的社会里作家如何通过作品表达对人道主义的关怀。杨卫东在《外国文学评论》2011年第4期，围绕《房客》与《杜宾的生活》，讨论了马拉默德作品流露出的深切的人文主义情怀。

陈广兴、张建军、李俊宇等围绕身体主题开展研究。陈广兴深入分析了罗斯的作品《乳房》，他认为："《乳房》通过身体的变形，对人的主体性和社会身份进行多重估衡，让变化的身体承担对人的主体性的探讨,乃至对文学主体的思考。"（陈广兴，2009：104）张建军从罗斯的作品《人性的污秽》入手，认为作品中的"身体意识作为身体美学的核心，是20世纪社会、历史、文化发展对个体意识产生压抑和束缚，以及个体对自身身份进行选择的双重思考。罗斯这样所为，是为了还原身体意识中疯狂行为与欲望表达的主体性，从而确定身体意识是身份建构的主体，并在两者之间形成统一的逻辑关系。"（张建军，2016：77）李俊宇也围绕罗斯作品中的身体主题展开讨论，认为罗斯作品中的身体具有叙事功能，这种身体叙事由"性爱、疾病、衰老以及死亡"四个方面组成，体现了对个体生存的关切，对所属身份的追问。

还有围绕美国梦主题开展研究的，比如线宏力在《齐齐哈尔大学学报（哲学社会科学版）》2016年第6期上发表的《从马拉默德短篇小说〈湖畔女郎〉看异化的美国梦》、崔化在《中国矿业大学学报（社会科学版）》2010年第4期上发表的《历史观照下的美国梦与犹太身份文化变迁——菲利普·罗斯〈美国牧歌〉解读》，以及他在《淮海工学院学报（社会科学版）》2011年第4期上发表的《伊甸园中的噩梦——试论菲利普·罗斯〈美国牧歌〉中美国梦的主题变奏》等文章。

高迪迪、程爱民、朱殿勇、崔化等则围绕主题模式展开讨论。高迪迪在《外语学刊》2011年第3期上发文，以贝娄的《赫索格》《晃来晃去的人》《雨王汉德森》《受害者》为例，认为贝娄早期小说中犹太人发展的主题模式为：主人公与现实世界对立→深陷矛盾→与现实世界和解。程爱民以辛格的《卢布林的魔术师》《莫斯卡特一家》《萧莎》为例，认为辛格的小说主题模式为背弃→回归，这一模式"通过三个方面得到凸现与强调，即对犹太身份、犹太教义和犹太传统道德的背弃与复归。辛格小说中这种从背弃到回归的主题模式实际上是反映了现代犹太人在思考文化变迁与保留问题时的心路历程，表现了犹太民族在面临这一问题时的两难境地。这一主题模式蕴含了辛格对犹太世界犀利深入的观察及其在此基础上所作出的价值判断与文化预测。"（程爱民、郑娴，2001：57）朱殿勇聚焦罗斯的《退场的鬼魂》《波特诺的抱怨》《凡人》《再见，哥伦布》《狂热的艾利》《放任》等作品，认为尽管罗斯前后期作品都涉及异化、死亡、生存状态、反抗、身份等主题，但其后期作品"综合了更多社会主题要素，且各自之间呈现了并行发展状态。这些要素作为构成小说悲剧性根源的多重文化要素并行互动，形成了内在逻辑统一，进而构成了菲利普·罗斯后期小说深层主题和文化生发机制。"（朱殿勇，2014：96）崔化在《学术交流》2011年第11期上发表论文，认为罗斯的前后期作品主题虽然都离不开性爱、死亡、美国梦、身份困惑、同化等主题，但后期作品中融入了历史元素，使得原有的那些主题不断与历史形成呼应，并不断被重新定义，具有新的内涵。

李秀艳、纪艳、白晶等从比较的视角展开研究。李秀艳在《延边大学学报（社会科学版）》2002年第2期发文，联系贝娄诸多作品与钱钟书的《围城》，把贝娄与钱钟书做了比较，认为二位作家分别采用不同的艺术手法表达了对知识分子的关切。纪艳在《湖南医科大学学报（社会科学版）》2009年第5期发文，围绕鲁迅的《孔乙己》《孤独者》《在酒楼上》等作品，贝娄的作品《雨王汉德森》《赫索格》《洪堡的礼物》《奥吉·马琪历险记》《更多的人死于心碎》等作品，比较了两位作家笔下的知识分子的形象：都遭受心灵的痛苦，并经历孤独，都有使命意识（相似性）；努力实现奋斗目标、以悲剧结束（鲁迅笔下的知识分子）VS追求人文主义、在犹太文化与美国主流文化的夹缝中求生存（贝娄笔下的知识分子）。白晶，王抒飞在《开封教育学院学报》2014年第4期上撰文，从贝娄的《赫索格》，福克纳的《八月之光》入手，比较了贝娄与福克纳的男女性别观。

综述研究也是这一时期一大亮点。魏新强在《新闻爱好者》2012年第4期发表《国内的辛格研究》一文，把国内相关研究分萌芽（20世纪70年末——80年代）、沉寂（20世纪80年代末——20世纪末）、兴起（21世纪初）三个阶段。乔国强在《当代外国文学》2012年第3期上发表文章，梳理了新世纪以来的美国贝娄研究，认为这一时期的相关研究无论是成果数量还是研究的广度都有所减弱，文章"重点介绍克罗宁撰写的研究贝娄小说中女性人物和奎厄姆所撰写的贝娄与美国超验主义两部专著的主要内容，并扼要地介绍巴赫与克罗宁合编的论述贝娄短篇小说的论文集的主要内容和《贝娄书信集》中所披露的一些重要信息资料。"（乔国强，2012：17）张军，吴建兰，纪楚楚在《外语教学》2016年第1期围绕研究成果、研究视角、译介和接受、问题和展望等开展了贝娄国内研究综述研究。祝平在《外语教学》2007年第2期上撰文，从历史、主题两个角度归纳了国外贝娄研究现状。他还在《当代外国文学》2013年第2期撰文讨论了1949—1979年间相关研究，1980—2010年间经历的萌芽、发展、初步繁荣三个阶段，并指出国内贝娄研究原创性还不足。宋德伟在《河南师范大学学报（哲学社会科学版）》2006年第6期撰文，围绕专著以及译著、综述研究、作品评论、相关问题讨论了2000—2006年间贝娄研究现状。邢淑，陈小强梳理了俄罗斯学界对贝娄的研究，认为"对其创作的研究侧重于分析俄罗斯文化和文学对作家的影响，对其创作艺术特色的研究则主要指向作品内容的密实性、体裁的模糊性和对美国浪漫主义文学传统的继承"（邢淑，陈小强，2013：116）何建军在《时代文学》2012年第5期撰文，从译著与专著、期刊论文等方面，总结了20世纪90年代以来日本贝娄研究的现状。刘文松在《外国文学动态》2003年第3期上讨论了国内、国外学界对贝娄的研究现状，文章提到贝娄研究的期刊、研究会等比较新的信息。杨金才，朱云在《当代外国文学》2012年第4期围绕文体、文化、作品研究三个方面讨论了国内罗斯研究现状。苏鑫在《广西社会科学》2010年第8期上从译介、综述、简评、研究生学位论文等相关研究梳理了罗斯国内研究简况。叶远荷在《群文天地》2012年第1期上讨论罗斯作品的译介情况、出版信息、主要论点，以及研究空白。金万锋，邹云敏在《长春工业大学学报（社会科学版）》2010年第2期上讨论了近50年来国外对罗斯的研究情况。李莉莉在《牡丹江师范学院学报（哲学社会科学版）》2012年第4期上分析了国内对马拉默德研究的五个主要方面：主题、文化、技巧、策略、人物形象等。

  有一批研究人员开展了美国犹太文学作家的整体研究。在贝娄诞辰100周年之际，乔国强发表文章，"从贝娄的文学史意义、人道主义思想以及他的犹太性方面来缅怀这位伟大的作家。与此同时，为了把贝娄的创作形态更真实、完整地呈现出来，也指出了其创作中的局限性。"（乔国强，2015：48）他在《东吴学术》2013年第2、3期上讨论了贝娄的学术史研究；在《当代外国文学》2005年第4期发表《批评家笔下的辛格》，梳理并评述了学界对辛格研究的五个主要方面：现代性、美国化、二元性、色情、犹太特性与犹太传统间的关联性；在《外国文学研究》2003年第5期上发表《后异化：菲利普·罗斯创作的新视域》一文，分析了罗斯如何在二战后的后异化时期进行全新的创作，如何处理与阿拉伯人之间的关系，为美国文学作出了哪些贡献。夏光武在《外国文学评论》2004年第4期上，聚焦中国台湾地区跨文化视角下的贝娄研究，指出这些研究带来了淡化、深化两种趋势，认为这两种趋势是本土化研究中的新特点。郭英剑在

《博览群书》2011年第7期上从整体上讨论了罗斯荣获2011年度布克奖的三个原因：学者型的创作、保持文坛常青树美誉、在健在的美国作家中获奖最多。苏鑫在《湘潭大学学报（哲学社会科学版）》2012年第2期发表《美国犹太作家菲利普·罗斯文学世界的流变》一文，分析了罗斯创作的四个阶段：50年代初——60年代关于犹太后代的反犹太传统书写、70——80年代中陷入困惑中的文学教授在两性以及文本世界里的种种挫折、80年代中——90年代在自传与虚构之间切换的各种后现代创作、2000年后更加关注个体尤其是老年人的性爱、欲望、衰老、疾病以及死亡等描写。黄铁池，苏鑫在《外国文学研究》2013年第3期上回顾了罗斯的创作历程，认为他在后期创作中，赋予新一代美国犹太青年形象以更多的内涵，创作题材也更为广泛。曾艳钰在《外国文学》2012年第1期上撰文，聚焦罗斯四部作品，《欺骗》《遗产》《事实》以及《夏洛克在行动》，把它们归为辩护文本，并深入讨论了罗斯在作品中融入虚构以及真实的创作目的。陈红梅考察了罗斯多部作品，分析了作家后现代主义创作手法的流变历程及其原因，"认为在罗斯的后期创作中，他因此形成的'人物扮演'有效地表现了其所关注的问题，成为他后期优秀作品迭出的重要原因之一。"（陈红梅，2015：78）李硕在《燕山大学学报（哲学社会科学版）》2016年第4期上讨论了罗斯的卡夫卡情节。傅勇以马拉默德作品中美国神话的描写为切入点，认为"马拉默德始终站在人类终极关怀的乐观主义立场上，刻画主人公探寻人类精神价值的生活轨迹。"（傅勇2011：1）

有一大批研究者从叙事视角开展研究。裘乐英在《江西财经大学学报》2005年第1期上撰文讨论了贝娄作品《赫索格》的叙述方式、结构、模式以及视角。赵霞在《兰州大学学报》2003年第6期上分析了贝娄《晃来晃去的人》中的日记叙事，以及《赫索格》中的书信叙事，认为贝娄的写作技巧得到了发展。魏小梅分析了辛格的短篇小说《巴士》的空间叙事特征："诸多物理空间的叙事功能、主题的空间聚集效应、人物的空间化塑造。空间感的生成，不仅来自于小说线性时间流或时间顺序的中断及读者阅读速度的减缓，更依赖于读者阅读过程中心理空间的积极构建，即从整体结构中把握细节，仔细辨别，重新拼贴。"（魏小梅2012：3）程雪芳在《湖北社会科学》2012年第7期上撰文，以《巴士》为切入点，认为二元对立是辛格作品重要的叙事特征，这一叙事特色使故事悬念迭起，引人入胜，有助于体现犹太人在历史与现实之间的身份危机以及各种困惑。李乃刚认为辛格在《巴士》中，"利用文学叙事手段构建出静态的舞台空间、灵动的绘画空间和飘忽的电影空间。"（李乃刚，2010：19）杨惠莹在《山东社会科学》2013年第8期也发文讨论了《巴士》的叙事艺术。王敏在《名作欣赏》2015年第20期上对比分析了张爱玲的《封锁》与辛格的《巴士》的叙事艺术。毕青在《江苏师范大学学报（哲学社会科学版）》2014年第6期上撰文分析了辛格的《傻瓜吉姆佩尔》中的第一人称叙事，认为这一叙事技巧既与《圣经》中关于先知何西阿的描述形成互文，凸显了作家对犹太教的质疑，对反犹主义的审视，对民族苦难的反思。郭萌在《内蒙古工业大学学报（社会科学版）》2008年第1期上发文，也讨论了《傻瓜吉姆佩尔》的叙述技巧，认为小说既有三个矛盾单元，又有虔诚与背叛构成的深层二元结构，这一结构赋予小说以深刻文学内涵。潘洞庭聚焦罗斯的《凡人》，认为"罗斯将传统的叙述方式与时代错误、时空跳跃、叙事浓缩等后现代叙述方式融合，是对后现代叙事手法复杂性的一种所谓'去神圣化'，目的是对后现代文学写作进行不断创新。作家用这一独特的叙述框架完美地实现了对古代同名寓言剧的暗指，旨在探索人类经历的普遍性问题，也就是对人类未来命运这一普遍主题的关注和忧思。"（潘洞庭，2011：104）黄铁池在《上海师范大学学报（哲学社会科学版）》2009年第1期讨论了罗斯的创作手法，认为1959—1969为现实主义创作阶段，20世纪80年代为模仿现代主义创作阶段，自《鬼作家》开始走向后现代主义创作阶段。林莉砸在《当代外国文学》2009年代4期撰文讨论了罗斯《鬼退场》的叙事策略，认为该小说中运用了复杂而又多变的叙事策略，以引起读者对文学主题的关注。江颖认为罗斯的《复仇女神》"运用希腊悲剧中的复仇女神涅莫西斯、大力神赫拉克勒斯、俄狄浦斯、阿波罗以及《伊利亚特》和《奥德赛》中的种种意象反映巴基的稳健、可靠和责任心，并借助新闻报道等叙事手段和简短质朴的语言以及时空角度突显巴基性格缺陷下随着命运发展一步步走向毁灭。"（江颖，2013：131）桂锦，鲁鹏程，鲁有周等在《巢湖学院学报》2012年第2期讨论了罗斯作品《反生活》中的后现代叙事。郭铭在《黑龙江教育学院学报》2002年第6期上分析了马拉默德的《店员》，认为作者将意第绪语与美国习语相结合，有助于揭示主人公的身份。郭铭在《佳木斯大学社会科学学报》2002年第1期上讨论了《店员》中的象征手法的应用。

有许多研究者从作家的文学观展开讨论。邓宏艺在《聊城大学学报（社会科学版）》2003年第4期、2004年第3期，韩玉群在《黑龙江教育学院学报》2004年第3期上撰文，认为贝娄受欧洲存在主义思潮的影响，并体现在多部作品中。韩福乐在《河南师范大学学报（哲学社会科学版）》2004年第5期上发文，认为贝娄小说深深打上现代性的烙印，因为贝娄关注：个体在现代社会的生存状况、对生命意义的探寻、如何在需求自我中完成自由选择、如何反抗来自现实世界的巨大压力。武跃速同样认为贝娄深受现代性影响，并在三个方面得到体现："一是对社会现代化的审视，物质主义蔓延并形成了浸透消费观念的社会机制，给20世纪带来许多新问题；二是对个人的审视，现代人在一个祛魅时代，靠科学技术获得了闲暇的同时，表现出对秩序的破坏情绪和混乱，迷失了生命方向；三是技术—经济体制和大众文化对人性和诗性的戕害，心灵、精神价值等无处置放。"（武跃速，2014：109）唐永辉在《苏州大学学报（哲学社会科学版）》2011年第3期上以《赫索格》为例，分析了贝娄对20世纪60年代美国女性主义可能走向极端的焦虑与担忧。蓝仁哲在《四川外语学院学报》2004年第6期上以《雨王汉德森》为切入点，通过分析汉德森的探索经历，以及与华兹华斯的诗歌《永生颂》的互文性，来阐明浪漫主义思潮对贝娄创作的影响。李俊宇在《上海理工大学学报（社会科学版）》2015年第1期撰文，认为祛魅是罗斯文学创作上的重要特点，通过祛魅，罗斯揭示了犹太人以及美国主流社会内心深处真实的一面，表现出其对人道主义的关怀。郭晓宁，苏鑫分析了罗斯的创作观，认为"他的'之'字形书写方式使得其各个时期的创作具有紧密的关联性和对立性；在"腹语师"的文学表演中表达了罗斯严肃的道德关怀。纵观罗斯创作观念的形成、发展和嬗变，反映了具有自觉意识的学者型作家对创作实践的总结和对文学创新的及时回应，体现了罗斯鲜明的时代意识。"（郭晓宁，苏鑫，2012：175）苗媛，崔化在《长春师范学院学报（人文社会科学版）》2010年第1期聚焦罗斯的美国三部曲，讨论了作品蕴含的新现实主义创作理念，并认为这一理念包含三个文化元素：美国社会的特殊历史时期、特殊的地理空间，以及生活在此背景下典型的中产阶级。高婷在《山东社会科学》2010年第3期上围绕《美国牧歌》讨论了罗斯作品的新现实主义倾向。杨东在《北方论丛》2016年第3期上发文，讨论了罗斯后期作品中的新现实主义元素，认为此时的罗斯告别了实验手法，关注社会现实，重新走向现实主义。许晶讨论了罗斯作品中的女性主义文学观，认为"他对女性形象进行了阳具化、性物化和被死亡化的男性书写，隐藏了他隐秘的厌女情愫。"（许晶，2014：100）金明在《当代外国文学》2002年第1期上，依据罗斯作品中无处不在的非理性、性爱描写、信仰危机、各种怀疑与否定等，分析了罗斯的后现代主义文学观。李洪梅在《伊犁师范学院学报（社会科学版）》2011年第2期上探讨了存在主义对罗斯创作的影响。曾艳钰分析了马拉默德的文学创作观，认为他的作品深深打上了自然主义的烙印，曾指出，"马拉默德自然主义思想的形成一方面是由于左拉的影响,另一方面则源于他的犹太身份和他强烈的犹太身份意识。马拉默德早期作品中自然主义趋向最重要的特征主要表现在其小说创作中运用实验的方法,强调环境的影响和他对现实巨细无遗的描述。他不仅再现了犹太人各个方面的真实境遇,而且对犹太民族自古而来的牺牲精神、命运定式等都作了有力的阐释,从而反映出整个犹太民族的生存状况。"（曾艳钰，2003：45）程爱民在《南京林业大学学报（人文社会科学版）》2001年第1期上发文，认为辛格在创作过程中高度重视传统和革新之间的对抗，聚焦三个方面的背弃和回归：犹太身份、犹太宗教律法、犹太传统道德。辛格的创作体现出他对犹太民族精神世界以及各种困惑的关注。王长国撰文，发表在《湘潭大学学报（哲学社会科学版）》2012年第2期上，认为辛格的创作思想紧紧围绕信仰与敬畏来展开，前者是后者的结果，后者是前者的基础，二者互相关联，共同支撑犹太人的精神世界。乔国强讨论了犹太思想家斯宾诺莎（主张爱上帝时要保持理性，要注意到上帝属性的能动性，要重视世俗的快乐等）对辛格文学创作观的影响，讨论了辛格如何在斯宾诺莎思想的指导下，通过作品来揭示犹太人直面传统和现代时的两难处境。

还有研究人员对美国犹太作家进行了访谈。杨向荣翻译了《巴黎评论》对罗斯访谈，并在《书城》2013年第1期上以《菲利普·罗斯访谈》为译作名称发表出来。乔伊斯·卡罗尔·欧茨曾对罗斯进行访谈,二人就"罗斯的自我认识、与其他作家和批评界的关系、创作主题、对女性的看法、创作态度(彻底的游戏状态与致命的严肃关怀)等问题深入地交换了意见。"(欧茨,2013:167) 1974年,《安大略评论》(Ontario Review)创刊号刊发了此次访谈,金万锋翻译了此访谈后,成果发表在《当代外国文学》上,该文的译者前言认为,了解这次访谈有助于我们深入了解罗斯的创作理念。

除期刊论文外,国内高校以及研究机构还出版了几十篇博士论文,以及大约1000篇硕士论文。这些论文集中在2000年以后,大部分聚焦贝娄、辛格、罗斯以及马拉默德四位美国犹太作家。

就博士论文而言,有从犹太性入手的,比如薛春霞的博士论文《论菲利普·罗斯作品中美国化的犹太性》(上海外国语大学,2010年)、赵博的《流变中的犹太意识—伯纳德·马拉默德小说研究》(吉林大学,2014年)、魏啸飞的《美国犹太小说中的犹太精神》(中国社会科学院研究生院,2001年),以及申劲松的《后大屠杀意识中的犹太维系与普世化反思——菲利普·罗斯"朱克曼系列小说"研究》(西南大学,2013年)等。

有从伦理道德与生存困境入手的,比如高迪迪的《家族伦理与丛林生存法则的冲突——以索尔·贝娄早期小说为例》(东北师范大学,2011年)、祝平的《乌云后的亮光——索尔·贝娄小说(1944—1975)的伦理指向》(上海师范大学,2006年)、施锦芳的《文化的融合:辛西娅·奥兹克小说中犹太道德观和西方美学的研究》(上海外国语大学,2013年)、李莉莉的《困境与救赎—伯纳德·马拉默德小说的伦理主题研究》(上海外国语大学,2013年)、籍晓红的《行走在理想与现实之间——索尔·贝娄中后期五部小说对后工业社会人类生存困境的揭示》(浙江大学,2009年)、白爱宏的《抵抗异化:索尔·贝娄小说研究》(南京大学,2010年)、裴浩星的《伯纳德·马拉默德作品的苦难主题研究》(东北师范大学,2013年)、车凤成的《为被承认而斗争—贝娄作品主题分析》(东北师范大学,2011年)、孟宪华的《追寻、僭越与迷失——菲利普·罗斯后期小说中犹太人生存状态研究》(中央民族大学,2011)等。

有从身份与文化视角入手的,比如朴玉的《于流散中书写身份认同——美国犹太作家艾·辛格、伯纳德·马拉默德、菲利普·罗斯小说创作研究》（吉林大学，2008年）、汪汉利的《索尔·贝娄小说的文化渊源》（天津师范大学，2008年）、张生庭的《冲突的自我与身份的建构——〈被缚的朱克曼三部曲〉研究》（上海外国语大学，2004年）、施锦芳的《文化的融合：辛西娅·奥兹克小说中犹太道德观和西方美学的研究》（上海外国语大学，2013年），以及曲佩慧的《寻找真我：菲利普·罗斯小说中的身份问题》（吉林大学，2013年）等。

有从宗教、历史以及政治视角开展研究的，比如苗青的《伯纳德·马拉默德小说的犹太教主题与基督教主题研究》（中央民族大学，2015年）、陈娴的《种族的记忆，文学的救赎——论奥兹克的"礼拜式文学"》（华中师范大学，2008年），以及文圣的《索尔·贝娄与菲利普·罗斯大屠杀小说中的记忆政治研究》（北京外国语大学，2013年）等。

有从叙事学视角开展研究的，比如李乃刚的《辛格短篇小说的叙事学研究》（上海外国语大学，2012年）、李海英的《视角与意识形态——辛格短篇小说叙事研究》（上海外国语大学，2014年）、丁玫的《艾·巴·辛格小说中的创伤研究》（上海外国语大学，2012年）、洪春梅的《菲利普·罗斯小说创伤叙事研究》（天津师范大学，2014年），以及金万锋的《菲利普·罗斯后期小说越界书写研究》（东北师范大学，2012年）等。

有从成长小说和城市小说视角开展研究的，比如买琳燕的《从歌德到索尔·贝娄的成长小说研究》（吉林大学，2008年）、张军的《索尔·贝娄成长小说中引路人的影响作用研究》（上海外国语大学，2011年），以及张甜的《索尔·贝娄城市小说研究》（华中师范大学，2012年）等。

有从女性观、空间理论、哲学视角开展研究的，比如纪琳的《论索尔·贝娄女性观的演进》（上海外国语大学，2014年）、管阳阳的《声音符码的编织与都市空间的解读——索尔·贝娄城市小说中的芝加哥》（复旦大学，2014年），以及姜振华的《神圣的污秽——用斯宾诺莎磨制的镜片看"情色"作家菲利普·罗斯》（武汉大学，2011年）等。

有讨论创作观、主人公特征分析以及美国梦的，比如傅晓微的《艾·巴·辛格创作思想及其对中国文坛的影响》（四川大学，2005年）、王玲的《索尔·贝娄主要作品中男主人公的受害特征》（上海外国语大学，2008年），以及敬南菲的《出路，还是幻象：从〈应许之地〉〈店员〉〈美国牧歌〉看犹太人的美国梦寻》（上海外国语大学，2010年）等。

还有从比较视角开展研究的，比如周南翼的《追寻一个新的理想国：索尔·贝娄、伯纳德·马拉默德与辛西娅·奥齐克小说研究》（厦门大学，2001年）。

就硕士论文而言，研究视角也多种多样，有研究知识分子的，比如李保龙的《渴求尊严的"受害者"——贝娄小说知识分子形象分析》（南京师范大学，2007年）、王小红的《赫索格——美国知识分子的影像——评索尔·贝娄的〈赫索格〉》（福建师范大学，2003年）等；有研究犹太性的，比如韩飞武的《伯纳德·马拉默德小说中的犹太性》（华中师范大学，2007年）、李新军的《论伯纳德·马拉默德作品中犹太性的流变》（兰州大学，2007年）等；有研究创作观的，比如赵锦玲的《犹太作品中的存在主义——从〈奥吉·马奇历险记〉看索尔·贝娄的人文观》（苏州大学，2013年）、杨丽云的《困境中的选择与超越——从存在主义视阈解读辛格〈冤家，一个爱情故事〉》（浙江师范大学，2016年）等；有研究叙事学的，比如张建慧的《〈洪堡的礼物〉的写作技巧与主题分析》（黑龙江大学，2005年）、张焱的《论马拉默德小说〈伙计〉的写作技巧》（山东大学，2006年）等；有研究女性形象的，比如张东妮的《辛格，马拉默德，罗斯和贝娄笔下的犹太女性形象研究》（南昌大学，2008年）、钱丽娟的《异性的想像——当代美国男性犹太作家笔下的女性形象评析》（江西师范大学，2006年）等；有研究犹太性的，比如王兴盈的《内敛与外化——论索尔·贝娄作品中犹太性的表现》（山东师范大学，2008年）、韩飞武的《伯纳德·马拉默德小说中的犹太性》（华中师范大学，2007年）等；有开展宗教研究的，比如郑春丹的《宗教的叛离与回归——从雅夏剖析辛格思想的双重性》（东北林业大学，2008年）、闵燕的《徘徊于上帝和撒旦之间——解读〈格雷的撒旦〉中辛格宗教思想的矛盾性》（南京师范大学，2012年）等；有谈论受难与救赎的，比如吴敏之的《被动受难者，主动受难者——马拉默德的小说〈伙计〉中所体现的犹太精神的延续和升华》（上海外国语大学，2009年）、张永慧的《受难中的精神升华——马拉默德〈店员〉的伦理学解读》（吉林大学，2007年）、韩军娥的《探析索尔·贝娄小说中精神救赎机制的构成——以〈洪堡的礼物〉和〈赫索格〉为例》（内蒙古大学，2011年）、李晓平的《苦难与救赎——马拉默德小说苦难主题研究》（江南大学，2010年）等；有开展创伤研究的，比如郭瑞的《马拉默德〈修配工〉中的创伤研究》（宁夏大学，2013年）、凌建平的《论伯纳德·马拉默德小说〈店员〉中的创伤》（河南大学，2012年）等；有进行身份研究的，比如班旭空的《马拉默德小说中体现出的犹太民族身份意识以及对历史的反思》（内蒙古大学，2010年）、纪国君的《马拉默德小说的犹太—美国身份建构》（北京语言大学，2009年）等；有进行文化研究的，如付稳的《索尔·贝娄再现新女性背后的文化动因》（南京大学，2014年）、李琪的《晃来晃去的人——论贝娄的文化归属》（华东师范大学，2006年）等；有进行历史研究的，如刘连智的《从〈赫索格〉看贝娄的历史哲学思想》（上海外国语大学，2012年）、陈华生的《塑型消逝的历史——艾·巴·辛格家族小说新历史主义研究》（赣南师范学院，2012年）等；还有研究伦理的，比如毕晓飞的《索尔·贝娄〈洪堡的礼物〉的文学伦理学研究》（山东师范大学，2014年）、张永慧的《受难中的精神升华——马拉默德〈店员〉的伦理学解读》（吉林大学，2007年）等。

除学术论文、学位论文外，国内学界还推出了一批学术著作，主要有：乔国强主编的《贝娄研究文集》（译林出版社,2014年）、《从边缘到主流：美国犹太经典作家研究》（世界图书出版公司，2015年），及其专著《贝娄学术史研究》（译林出版社,2014年）、《辛格研究》（上海外语教育出版社，2008年），以及《美国犹太文学》（商务印书馆，2008年）、高迪迪的专著《索尔·贝娄早期小说研究》（人民日报出版社，2016年）、籍晓红的专著《行走在理想与现实之间——索尔·贝娄中后期五部小说对后工业社会人类生存困境的揭示》（北京理工大学出版社，2015年）、汪汉利的专著《索尔·贝娄小说研究》（浙江大学出版社，2016年）、张军的专著《索尔·贝娄成长小说中的引路人研究》（上海外语教育出版社，2013年）、周南翼的专著《贝娄》（四川人民出版社，2003年）、吴玲英，蒋靖芝的专著《索尔·贝娄与拉尔夫·埃里森的"边缘人"研究》（中南大学出版社，2005年）、林琳的专著《苦难中的坚守——伯纳德·马拉默德文学思想研究》（西南交通大学出版社，2015年）、苏鑫的专著《当代美国犹太作家菲利普·罗斯创作流变研究》（上海三联书店，2015年）、金万锋的专著《越界之旅——菲利普·罗斯后期小说研究》（北京大学出版社，2015年）、李乃刚的专著《艾萨克·辛格短篇小说的叙事学研究》（浙江大学出版社，2013年）、魏啸飞的专著《美国犹太文学与犹太特性》（广西师范大学出版社，2009）、敬南菲的专著《二十世纪初美国犹太女作家研究》（上海交通大学出版社，2015）、刘洪一的专著《美国犹太文学的文化研究》（江苏文艺出版社，1995年）等。

国内外研究现状小结

美国犹太文学国外研究已走过了70多个年头，依据JSTOR, PQDD, Literature Online, Gale等数据库或论文库统计，相关学术期刊论文已上万篇，博士论文及专著已有几百部。美国犹太文学国内研究大约经历了近半个世纪，据"中国知网"等检索，相关学术期刊论文已有几千篇，博士论文及专著近百部。总体来说，美国犹太文学国内外研究方法纷呈，成果多样，水准很高，研究成果从不同视角（包括比较视角、哲学视角、归纳演绎等）围绕诸如文化与宗教、同化与异化、大流散与苦难、大屠杀、历史与传统、女性形象、知识分子、父子关系、叙事策略、创作观念、书写风格、犹太复国主义、犹太性、婚姻家庭、流浪与回归、伦理道德、性爱与欲望、引路人、作家生平及社交圈等内容展开，可以说研究视角已被不断拓展，研究内容精彩纷呈，研究成果越发丰硕，深度不断提升，广度不断延展。从研究趋势来看，今后美国犹太文学国内外研究形势一片大好，因为从事研究的队伍规模越来越大，研究视角越来越丰富，相关会议的不断召开和相关课题的不断立项有力推动了研究，这在很大程度上确保今后会有更多更好的成果问世。

第二章
现代化进程中当代美国犹太文学建构美国民族认同的核心内容、主要原因以及相关研究问题

第一节 现代化进程中当代美国犹太文学建构美国民族认同的核心内容

一、认同及民族认同的概念

（一）认同（Identity）概念

"认同"这一本属于哲学范畴的术语首先在心理学等领域受到关注。第一次提出这一术语的人是弗洛伊德。弗洛伊德把认同"看做是一个心理过程，是一个人向另一个人或团体的价值、规范与面貌去模仿、内化并形成自己的行为模式的过程，认同是个体与他人有情感联系的原初形式。"（弗洛伊德，1988：375）英国学者吉姆·麦克盖根认为："认同是一种集体现象，而绝不仅是个别现象，它最频繁地被从民族主义的方面考量，那些身处民族国家之中的人们被认为共同拥有的特征。"（麦克盖根，2001：228）哈贝马斯指出："认同归于相互理解、共享知识，彼此信任，两相符合的主观际相互依存。认同以对可领会性、真实性、真诚性、正确性这些相应的有效性要求的认可为基础。"（哈贝马斯，1989：3）查尔斯·泰勒指出："我们的认同，是某种给予我们根本方向感的东西所规定的，事实上是复杂的和多层次的。"（泰勒，2008：34）曼纽尔·卡斯特认为："认同是人们意义（meaning）与经验的来源。通过设计社会行动者（social actor）的认同概念，我把意义建构的过程放到一种文化属性或一系列相关文化属性的基础上来理解。"（卡斯特，2006：5）他还借用安东尼·古登斯的观点，"认同是行动者自身的意义来源，也是自身通过个体化

第二章　现代化进程中当代美国犹太文学建构美国民族认同的核心内容、主要原因以及相关研究问题

（individuation）过程建构起来的"①（卡斯特，2006：5），来说明认同的建构性。与此同时，卡斯特还把建构认同的形式及其来源分为三种："合法性认同（Legitimizing identity）：由社会的支配性制度所引入，以扩展和合理化它们对社会行动者的支配；抗拒性认同（Resistance identity）：由那些其地位和环境被支配性逻辑所贬低或污蔑的行动者所拥有；规划性认同（Project identity）：当社会行动者基于不管什么样的能到手的文化材料，而建构一种新的、重新界定其社会地位并因此寻求全面社会转型的认同。"（卡斯特，2006：6—7）克雷格·卡尔霍恩把认同看做是一种自我认识，他这样评价道："没有名字、没有语言、没有文化，我们就不知道有人。自我与他人、我们与他们之间的区别，就是在名字、语言和文化当中形成的……自我认识——不管如何觉得自我是发现出来的，终归是一种建构的结果——永远不会和他人按照独特的方式所做出的判断完全相脱离。"②（Calhoun，1994：9—10）查尔斯·泰勒还指出："一个人只有在其他自我之中才是自我。在不参照周围的那些的情况下，自我是无法得到描述的。"（泰勒，2008：44）可见，认同是在发现差异性中建构的。斯图亚特·霍尔认为："认同就是这样一个概念——在颠覆和出现的缝隙中，在'消解之中'运作的概念。这是一个不能用旧方式加以思考的概念，但没有这个概念，就无法思考某些关键问题。"（周宪，2008：4）斯图亚特·霍尔所言体现出他的建构主义认同观。英国学者戴维·莫利认为："差异构成了认同，因此，界定种族集团至关重要的因素便成了该集团相对其他集团而言的社会边界…而不是边界线内的文化现实。"（莫利，2001：61）莫利所言表明了界定种族集团在认同这一概念中的重要性。英国心理学家贝特·汉莱密认为，"认同可以分为三个层次，即群体认同、社会认同和自我认同。"（梁丽萍，2004：17）可见，国外研究者从多个方面讨论了认同。

国内研究者李素华认为认同概念包括两方面："一是认为跟自己有共同之处而感到亲切、承认、认可和赞同；二是自觉地以所认可的对象的规范要求自己，

---

① 参见：Giddens, Anthony. *Modernity and Self-identity: Self and Society in the Late Modern Age*[M]. Cambridge: Polity Press, 1991.
② 该引文为曹荣湘翻译安东尼·古登斯文章后的译文，参见：曼纽尔·卡斯特. 认同的力量 [M]. 曹荣湘，译. 北京：社会科学文献出版社，2006：5.

按所认可对象的规范行事。认同具有以下的特点：第一，认同是社会性的，是一种集体行为，认同根源于个人与他者之间的关系；第二，认同是动态的、自然发生的，认同会发生变化，具有可塑性；第三，认同是客观社会存在与个体意识作用相结合形成的。"（李素华，2005：17）梁丽萍（2004）[①]认为认同是一种社会心理，它具有群体性。团体所秉持的价值观对个人的成长具有特别意义。徐贲认为："认同一词的名词形式可以作三种不同的解释。第一种解释是同一性或等同，即某种具有本质意义的，不断延续或重复的东西。认同的第二种解释是确认和归属。确认是指一个存在物经由自己与他物之共同特征，从而知道自己的同类所在，肯定了自己的群体性……认同的第三种解释是赞同或同意。"（徐贲，2005：12）袁其波认为："认同是表示一定社会体系中的主体（个体或群体）在社会生活中产生的对认识对象情感和意识上的归属感，以及在社会生活中基于自身价值积极支持、参与认识对象的实践行为活动。认同的这一本质概括包括三层含义：其一，从主体的活动属性来看，认同既是一个心理活动过程，又是一个实践活动过程；其二，从主体的行为意向来看，认同既是一种消极、被动的行为，又是一种积极、主动的行为；其三，从认同形成以后对主客体的意义来看，认同是实现主客体各自价值的重要资源。认同具有社会性、实践性、多维性、意识性、动态性和以主体为中心的主体主导性等特征。"（袁其波，2008：47）有研究者指出："所谓认同，不仅可以从适用于此处全部讨论的那种严格和相当正式意义上加以理解，而且也可以在更加广泛的意义上把它看做是部分政治，部分文化和心理的'现象'"（复旦大学历史系，复旦大学中外现代化进程研究中心2003：120）周宪主张"把认同看做一个持续不断的建构过程，一个在历史中不断发展变化的历程……从精神分析、解构主义和文化研究的发展来看，认同不再被当做一个连续不变的范畴，而是被看做不断发展变动的时间范畴。"（周宪，2008：241）

可见，国内外很多研究者都对"认同"这一概念进行了讨论，成果丰富。总体分析下来，研究者对"认同"的内涵研究主要涉及以下方面：对他民族行为模

[①] 参见：梁丽萍.中国人的宗教心理——宗教认同的理论分析与实证研究[M].北京：社会科学文献出版社，2004：13—15.

第二章　现代化进程中当代美国犹太文学建构美国民族认同的核心内容、主要原因以及相关研究问题

式的模仿与认可、归属感、对差异性的寻求、共同拥有的特征/集体现象、意义与经验、自我认识、复杂性、多层次性、与时俱进性、变化性、社会性、形式与来源、建构性视野、特殊的心理现象等。

（二）民族认同（National identity）概念

当我们把"认同"放在民族这一框架下进行讨论时，就有了"民族认同"这一概念。暨爱民指出："宏观地看，一个国家内部的认同体现为多元多层的复杂结构……表现最突出的则是民族认同。"（暨爱民，2016：47）

民族认同这一概念在18世纪启蒙运动时期被提出，之后引起了研究者的广泛关注。国外研究者雷金纳德·J. 阿尔斯通与卡拉·J. 麦克恩，（1998）[①]认为，民族认同是指个体对民族的信念、态度以及对民族身份的接受与承认，它属于一种群体认同，通常由四个基本元素组成：群体的认识、群体的态度、群体的行为和群体的归属感。迈尔威利·斯徒沃德（2001）[②]认为，民族认同是指某一民族把本民族与他民族视作同一民族，而且对此民族的物质以及精神文化保持相近的态度。利奥妮·赫迪与内狄亚·哈提卜把民族认同定义为"归属于民族的主观或内在感受。"（Huddy & Khatib 2007：65）安东尼·史密斯认为，民族认同是"对构成民族与众不同的遗产的价值观、象征物、记忆、神话和传统模式持续复制和重新解释。"（史密斯，2006：18）

国内研究者王希恩把民族认同视为："社会成员对自己民族归属的认知和感情依附。"（王希恩，1997：140）陈枝烈把民族认同看作"关于个人的思考、知觉、情感与行为组型归属于某一族群的情形。"（陈枝烈，1998：275）李继利认为民族认同"是一个包括认知、情感、行为的动态过程。"（李继利，2006：52）郑晓云认为民族认同是"一个民族对于其文化以及族体的认同。"（郑晓云，1992：131）樊义红认为民族认同的内涵包含三个方面："民族身份指认、文化特质把握和民族情感归属。"（樊义红，2016：30）

---

① 参见：Alston, Reginald J. and Carla J. Mccowan. "Racial identity. African self—consciousnes, and career decision makig in African Ameren college women" [J].*Journal of Multicultural Counseling and Deveoment*, 2（1998）：98—108.

② 参见：迈尔威利·斯徒沃德. 当代西方宗教哲学 [M]. 周伟驰等，译. 北京：北京大学出版社，2001：86—93.

杨筱指出，"认同是社会过程的产物，并随着社会制度、社会利益的改变而改变。由于社会生活存在着复杂性，多种认同是可以集于一身的，因此，认同的概念具有社会性、可塑性和可共存性三个基本特点。"（杨筱，2000：32）因此，民族认同也具备上述三个基本特点。刘吉昌在论述民族认同的层次时认为，"由民族认同的逐步发展过程，体现出民族认同的层次性，即由语言、地域，经济的认同发展到价值观念、审美意识、道德、宗教的认同，由对自身民族的认同扩大到异民族的认同。"（刘吉昌，2003：35）庄锡昌，顾晓鸣，顾云深等（1987）①把民族认同分为广义、狭义两种。广义的民族认同是个体对主权民族国家的认同，狭义的则指一个国家的各民族对本民族的文化或族群认同。王鉴，万明钢等认为，"可以从三个层面构建现代意义上的民族认同，族群认同（也可以说最初的民族认同）、'民族—国家'认同和较广义的文化认同……全球化时代的民族认同表现为以上三个不同层次的相互交替、相互依存，这种关系我们可以概括为'立足本民族．面向民族—国家，放眼全球多元文化的分层认同模式'。"（王鉴，万明钢，2004：27）

由此可见，国内外学界对"民族认同"这一概念进行了深入研究，取得了丰硕的成果。总结学界观点，有的研究者（如王希恩、郑晓云等）认为民族认同主要是对本民族的认同，有的研究者（如迈尔威利·斯徒沃德、庄锡昌等）认为民族认同既包括对民族的认同（狭义），又包括对他民族的认同（广义），体现出更加辩证的、全面的考量。总体看来，民族认同含有几个非常重要的特征：既包括对本民族的认同又包括对他民族的认同；多种认同、多层次认同可以同时并存；它是社会的产物，呈现动态的建构性特征；它会呈现从对本民族的认同向他民族认同转换的态势；它集社会性、可塑性和可共存性于一身；它涉及很多要素，体现出一定的复杂性与层次性。国内外学界对"民族认同"的内涵研究主要涉及以下内容：对民族的信念、民族身份、群体认同、对本民族原有价值观等元素的重新梳理、民族归属、民族情感依附、与他民族保持物质与文化的一致性、动态的建构性、对他文化以及族体的认同等。

---

① 参见：庄锡昌，顾晓鸣等，顾云深．多维视野中的文化理论[M]．杭州：浙江人民出版社．1987：45—48．

第二章　现代化进程中当代美国犹太文学建构美国民族认同的核心内容、主要原因以及相关研究问题

二、现代化进程中当代美国犹太文学建构美国民族认同的核心内容

当把民族认同放到美国这一具体国家框架下的时候，就有了美国民族认同这一概念，该概念被利奥妮·赫迪与内狄亚·哈提卜定义为"成为美国人或感受做美国人的那种感觉。"（Huddy & Khatib，2007：65）这里讨论的美国民族认同，是指美国犹太人对美国的民族认同，而不是对本民族的民族认同。前面已经论述，民族认同是一个动态的，不断建构的过程。现代化进程中当代美国犹太文学建构美国民族认同同样是一个动态的过程，它的核心内容需要探究。

首先从一些研究者对民族认同/族群认同的论述中找到一些启示。周大鸣认为："任何族群离开文化都不能存在，族群认同总是通过一系列的文化要素表现出来；共同的历史记忆和遭遇是族群认同的基础要素；语言、宗教、地域、习俗等文化特征也是族群认同的要素；家庭、亲属、宗族的认同也会影响到族群的认同。"（周大鸣，2001：16）可见，周大鸣认为文化认同是民族认同的重要内容。张海超指出"族群认同的依据最少包含三个方面：文化是族群认同的基础和天然边界；历史记忆为其提供合法性，并且在必要的时候成为认同本身的组成部分；上述两者必须接受社会因素的改造。"（张海超，2004：81）不难看出，张海超认为文化认同、历史认同是民族认同的重要组成。张宝成认为，国内外学界已将认同的外延不断扩大，种类不断扩大，"身份认同、文化认同、公民认同……一系列概念应运而生。"（张宝成，2012：246）从上述研究者的观点可见，民族认同应包含文化认同、历史认同、身份认同、公民认同等，这些内容也应该是美国民族认同的重要组成。

其次，还可以从部分研究者针对美国民族认同组成内容直接开展的研究中找到一点启发。董小川分析了美国民族认同的组成内容，他认为："美利坚民族认同问题包括文化认同、种族认同、宗教信仰认同、思想认同四个主要方面。在文化认同上，美国经历了从WASP文化、熔炉文化到多元文化的历史过程；在种族认同上，美国历史上出现了种族主义、白人民族主义、本土主义和排外主义思潮和政策，其间涉及人种问题、种族问题、民族问题和移民问题；在宗教认同上，美国走过了基督新教主流、基督宗教多元化和信仰多元化的道路；在思想认同上，形成了一个从追求自由、平等和民主的民族到统一民族思想和思维的模

式。"（董小川，2006：48）庞连栓认为美国民族认同包含美国精神这一重要内容，认为这一精神既是美利坚民族形成之日起在政治、经济、社会、思想、文化和道德等方面的演变结果，又是美利坚民族赖以生存，得以继续发展的动力源泉。"（庞连栓，2008：摘要1—2）

据此，诸如对美国历史、美国文化、美国基督教、美国精神、美国公民身份、美国精神的认同，应该是现代化进程中当代美国犹太文学建构美国民族认同非常重要，必不可少的部分组成内容。

最为关键的是，若要全面考察现代化进程中当代美国犹太文学建构美国民族认同的核心内容，还需密切关注当代美国犹太文学自身。经过仔细考证，当代美国犹太文学通过多种形式，传递出大量信息，如下十一个方面的信息需引起特别关注：（1）美国是一个绝大部分人都信奉宗教，而且基督教占据宗教界绝对主导地位并体现出优于其他宗教的国家；（2）美国是一个尽管历史不长，但却充满重大历史事件，而且美国犹太人积极参与并认可国家历史的国家；（3）美国是代表西方主流文化，而且美国犹太人以主流文化引以为豪的国家；（4）美国是一个独具民族精神，而且美国犹太人也深受该精神感染的国家；（5）美国是一个公民身份受到美国犹太人热捧的国家；（6）美国是一个社会制度得到美国犹太人高度认可的国家；（7）美国是一个西方意识形态已深入美国犹太人内心的国家；（8）美国是西方中心论已融入美国犹太人血液的国家；（9）美国是一个美国犹太人认为具有其他国家无法赶超其优越性的国家；（10）美国是积极推崇实用主义，而且此理念也为美国犹太人积极践行的国家；（11）美国还是一个具有独特空间，而且该空间被美国犹太人认可的国家。

上述十一个方面的信息传递，一一折射出现代化进程中当代美国犹太文学建构美国民族认同十一个方面的核心内容（这十一个方面的核心内容也涵盖了上述讨论的美国民族认同组成内容）：（1）对美国基督教的认同；（2）对美国历史的认同；（3）对美国文化的认同；（4）对美国精神的认同；（5）对美国公民身份的认同；（6）对美国社会制度的认同；（7）对西方意识形态的认同；（8）对西方中心论的认同；（9）对美国优越主义的认同；（10）对美国实用主义的认同；（11）通过空间书写建构美国民族认同。

第二章　现代化进程中当代美国犹太文学建构美国民族认同的核心内容、主要原因以及相关研究问题

第二节　美国犹太作家建构美国民族认同的主要原因

对移民美国的犹太人或在美国出生的犹太人来说，他们都面临来自"以盎格鲁——撒克逊裔为代表"的美国主流社会的强大压力，这使得他们原有的民族文化自然成为主流文化背景下的弱势文化。福柯指出，生活中的权力无处不在，美国社会也不例外。迈克尔·A. 豪格以及多米尼克·阿布拉姆斯在讨论社会范畴（social categories）中的不同维度时，认为："'权力和地位关系'这一维度指社会中的一些范畴比另一些范畴拥有更高的权力、声望和地位等。"（豪格，阿布拉姆斯，2010：14）在美国社会的范畴内，普通美国犹太人（不包括那些为数不多的拥有极高政治权力或经济地位的美国犹太人）的"权力"相对有限，并不拥有比其他民族高出许多的地位，整体情形使得犹太民族没有骄傲的资本。

事实情况是，在美国现代化进程中，美国犹太人遭遇了诸多困惑，甚至是困境，需要处理一系列新的问题，也面临着这一历史进程中的各种发展机遇，如何对现代化进程中一系列新的情况做出调整，是摆在美国犹太人面前的一个重大问题。如果仅囿于原有的族群认同或对本民族的认同，而排斥美利坚民族，则会导致犹太民族生活与美国主流社会割裂的状况，会导致民族自身发展的严重滞后于时代甚至倒退，这是对美国犹太人极其不利的情况。在此形势下，美国犹太人表现得非常理性，他们通常跳出原有仅对本民族认同的视野，而把自己的民族置身于一个更加广阔的、更有利于民族发展的视野之中——秉持美国民族认同。需要承认的是，尽管在历史上（尤其是犹太人在欧洲的历史）遭遇各种苦难与曲折，但总体来说犹太人对本民族情感是深厚的，难以割舍的，因此，他们秉持美国民族认同的理念并非否定犹太人对本民族的情感。

美国犹太作家是美国犹太人这一群体的重要代表，他们也曾体验过或正在体验美国犹太人才有的那种感受。辛格在接受哈罗德·弗赖德访谈时，曾道出他刚到美国时面临的巨大压力。他说他到美国后有长达五年的时间没有写作，因为他来到一个他连地铁、列车等都无法用意第绪语叫出名称的国家，一下子不知所措，导致好多年不能写作，如他在访谈中感慨的那样："从一个国家移民到另一个国家，可能是一场危机。我老觉得自己的语言已经不复存在。我熟悉的情景已

不复存在。还有我碰到的各种事物、对象，没法用波兰的意第绪语叫出它们的名字。我觉得自己失语了，找不到对自己周围这些事物的感觉。于是，谋生和自我调整适应新的环境自然都出现了麻烦。"（弗赖德，2007：124）辛格的感慨代表了很多犹太作家共同的感受。在此形势下，美国犹太作家明白自己有必要，也有责任通过作品向美国犹太人发出调整生存策略，建构美国民族认同的信息。

此外，和普通美国犹太人一样，在美国现代化进程中，不同时期的美国犹太作家虽然遇到所属时代的困惑、困境、生存压力，甚至潜在的歧视，但总体来说，他们在不断适应发展环境后，在某种程度上感受到了这个具有特殊国情的国度给他们带来的自由、民主、平等、人权、权利、希望、荣誉、自豪等。他们深受这一国度的影响，自身也打上了这一国度的烙印，于是不知不觉中成为美国民族认同的推崇者与实践者，并通过文学作品来加以体现。

第三节　美国民族认同的研究现状

美国民族认同历来是学界研究的重要内容。目前，研究者在探讨美国民族认同时，往往从文学（尤其是美国主流文学）或非文学视角入手，分析作者或者文学作品中来自美国主流社会各行各业的主人公，或非文学等其他要素如何体现出对美国民族认同的建构意识或建构意图。

一、国外研究现状

（一）有不少从文学视角考量美国民族认同的研究成果

目前，国外有一些研究者从文学视角开展了美国民族认同的研究，有聚焦系列小说展开讨论的，比如托马斯·C.福斯特（Thomas C. Foster）的《塑造美国的25部书籍：〈白鲸〉，〈绿灯〉，〈焦躁不安的情绪〉如何锻造民族认同》（*Twenty-Five Books That Shaped America: How White Whales, Green Lights, and Restless Spirits Forged Our National Identity*，2011）；有通过作家的体验来探讨的，比如约翰·K.罗斯（John K. Roth）的《美国的多样性、美国认同：界定美国体验的145位作家的生活与作品》（*American Diversity, American Identity:*

第二章　现代化进程中当代美国犹太文学建构美国民族认同的核心内容、主要原因以及相关研究问题

The Lives and Works of 145 Writers Who Define the American Experience, 1995）；有围绕文学表达方式进行研究的，比如鲁明纳·塞提（Rumina Sethi）的《民族之谜：民族认同与文学表述》（*Myths of the Nation: National Identity and Literary Representations*, 1999）；有从语言特点开展相关研究的，比如约翰·C.哈弗德（John C. Havard）的《西班牙语的特点与早期的美国文学：西班牙、墨西哥、古巴和美国民族认同的起源》（*Hispanicism and Early US Literature: Spain, Mexico, Cuba, and the Origins of US National Identity*, 2018）；还有的以戏剧文本为切入点进行探究的，如杰森·谢弗（Jason Shaffer）的《践行爱国主义：殖民和革命时期美国戏剧中的民族认同》（*Performing Patriotism: National Identity in the Colonial and Revolutionary American Theater*, 2007）等。

（二）有较为可观的从非文学视角考量相关问题的研究成果

有许多研究成果从宪法渊源、传记片、好莱坞西部片、音乐/音乐剧、艺术考察其如何与美国民族认同产生关联的，比如：理查德·比曼（Richard Beeman）与爱德华·C.卡特二世（Edward C. Carter II）的《超越联邦：宪法渊源与美国民族认同》（*Beyond Confederation: Origins of the Constitution and American National Identity*, 1987）、R.巴顿·帕尔默（R. Barton Palmer）和威廉·H.爱泼斯坦（William H. Epstein）的《虚构的生活，想象的共同体：传记片与美国民族认同》（*Invented Lives, Imagined Communities: The Biopic and American National Identity*, 2017）、迈克尔·科因（Michael Coyne）的《拥挤的草原：好莱坞西部片与美国民族认同》（*The Crowded Prairie: Hollywood Western and American National Identity*, 1998）、莱蒙德·克纳普（Raymond Knapp）的《美国音乐剧与民族认同的形成》（*The American Musical and the Formation of National Identity*, 2006）、吉尔·特里（Jill Terry）的《美国根源音乐：民谣、蓝调与民族认同》（*Transatlantic Roots Music: Folk, Blues, And National Identities*, 2012）、佐治亚大学出版社出版的《听起来很美国式：民族认同与密西西比河下游河谷的音乐文化, 1800—1860》（*Sounds American: National Identity and the Music Cultures of the Lower Mississippi River Valley, 1800-1860*, 2011）、旺达·M.科恩（Wanda M. Corn）

的《美国的伟大之处：现代艺术与民族认同，1915—1935》（*The Great American Thing: Modern Art and National Identity, 1915-1935*, 2001），以及珍妮·巴雷特（Jenny Barrett）的《拍摄美国内战：电影、历史与美国民族认同》（*Shooting the Civil War: Cinema, History and American National Identity*, 2008）等。

有从外交政策、战争、"9·11"事件、政治、权力、人口结构、移民、同化、暴力等探讨其如何建构美国民族认同的，比如：沃尔特·希克森（Walter Hixson）的《美国外交之谜：民族认同与美国外交政策》（*The Myth of American Diplomacy: National Identity and U.S. Foreign Policy*, 2009）、亨利·R.诺（Henry R. Nau）的《国内国外：美国外交政策中的认同与权力》（*At Home Abroad: Identity and Power in American Foreign Policy*, 2002）、保罗·T.麦卡特尼（Paul T. McCartney）的《权力与进步：美国民族认同、1898美西战争与美国资本主义的兴起》（*Power and Progress : American National Identity, the War of 1898, and the Rise of American Imperialism*, 1969）、A·罗杰·艾克奇（A. Roger Ekirch）的《美国圣所：兵变、殉难与革命时代的民族认同》（*American Sanctuary: Mutiny, Martyrdom, and National Identity in the Age of Revolution*, 2017）、约瑟夫·马古利斯（Joseph Margulies）的《当一切都改变后发生了什么改变：9.11和民族认同的塑造》（*What Changed When Everything Changed: 9/11 and the Making of National Identity*, 2013）、约翰·R.吉利斯（John R. Gillis）的《庆典：民族认同的政治》（*Commemorations: The Politics of National Identity*, 1996）、汤姆·K.王（Tom K. Wong）的《移民政治：党派之争、人口结构变化与美国民族认同》（*The Politics of Immigration: Partisanship, Demographic Change, and American National Identity*, 2017）、斯坦利·A.任逊（Stanley A. Renshon）的《50%美国人：恐惧时代的移民与民族认同》（*The 50% American : Immigration and National Identity in An Age of Terror*, 2005）、香农·拉克金·安德森（Shannon Latkin Anderson）的《移民、同化和美国民族认同的文化建构》（*Immigration, Assimilation, and the Cultural Construction of American National Identity*, 2016），以及卡罗尔·史密斯·罗森柏格（Carroll Smith—Rosenberg）的《这个暴力

第二章　现代化进程中当代美国犹太文学建构美国民族认同的核心内容、主要原因以及相关研究问题

帝国：美国民族认同的诞生》（*This Violent Empire : the Birth of an American National Identity*, 2010）等。

有从教育、政策范式、宗教、景观图像、身份、地理革命、越战、同性恋、总统言辞、总统任职、美国式体验考虑其与美国民族认同关系的，比如：埃里森·L.帕尔马德萨（Allison L. Palmadessa）的《美国民族认同、政策范式和高等教育：高等教育与美国之间的关系史，1862—2015》（*American National Identity, Policy Paradigms, and Higher Education: A History of the Relationship between Higher Education and the United States, 1862–2015*, 2017）、道格拉斯·麦克奈特（Douglas McKnight）的《教育、清教律令和美国民族认同的塑造：延伸至旷野的教育使命》（*Schooling, the Puritan Imperative, and the Molding of An American National Identity : Education's Errand into the Wilderness*, 2003）、史蒂芬·丹尼尔斯（Stephen Daniels）的《视野：英格兰与美国中的景观图像和民族认同》（*Fields of Vision: Landscape Imagery and National Identity in England and the United States*, 1994）、阿尔伯特·J.韦瑟黑德三世（Albert J Weatherhead III）的《我们是谁：美国民族认同的挑战》（*Who Are We: The Challenges to America's National Identity*, 2005）、马丁·布鲁克纳（Martin Brückner）的《早期美国的地理革命：地图、读写能力和民族认同》（*The Geographic Revolution in Early America: Maps, Literacy, and National Identity*, 2006）、克里斯蒂安·B.阿皮（Christian B. Appy）的《美国账单：越战与我们的民族认同》（*American Reckoning: The Vietnam War and Our National Identity*, 2016）、纳丁·霍布斯（Nadine Hubbs）的《美国声音中的同性恋成分：现代同性恋者、美国音乐和民族认同》（*The Queer Composition of America's Sound: Gay Modernists, American Music, and National Identity*, 2004）、凡妮莎·B.比斯利（Vanessa B. Beasley）的《你们，人民：总统言辞中的美国民族认同》（*You, the People: American National Identity in Presidential Rhetoric*, 2011）、玛丽·E.斯塔基（Mary E. Stuckey）的《界定美国人：总统任职与民族认同》（*Defining Americans : the Presidency and National Identity*, 2004），以及兰德尔·班尼特·伍兹（Randall Bennett Woods）与维拉德·B.盖特伍德（Willard B. Gatewood）的《美国式体

验：简史》(*The American Experience: A Concise History*, 2002)等。

二、国内研究现状

（一）有为数不多的从文学视角考量美国民族认同的研究成果

江宁康撰写了《美国当代文学与美利坚民族认同》一书，该书共有八章，即美国文学与民族身份建构、美国信念与民族认同危机、美国与'他者'的文化碰撞、当代文化转向与美利坚民族叙述、欧裔白人作家与新教文化沉浮、非裔黑人作家的寻根与觉醒、犹太—印第安—西裔作家的认同困惑，以及亚裔作家的美国梦寻和家园情怀。该书在导言中即指出："民族文化认同与本民族的文学创作是密切相连的……白人和非白人、土著和移民都在重写的文学史中找到了自己共同的文学起源，美利坚民族文化认同的大业就在文学创作和批评中得到了崭新而生动的实施……美国学者们从本土民间文化中寻找民族传统的活力，这既是重新勘定民族文化身份的努力，也是更新人们对美国文学传统边疆界的一种尝试。这种现象反映了民族文学与民族认同的良性互动，也表现了民族文化发展进程中的一些基本规律，这是在美国这样一个移民国家强化民族认同的必然需要，也是美国当代社会矛盾和民族文化多样性的必然反映。"（江宁康，2008：导言II—XI）丁夏林撰写了该书的书评，认为："美国文学与美利坚民族认同是共生共荣的，前者与后者的关系要么继续良性互动，要么互相牵制，因此确保文学之树长青,同时也确保世世代代美国人民在不断追问'我们是谁？'中成长壮大,力争维持自己的文化霸权地位。"（丁夏林，2011：233）

刘敏霞聚焦独立战争到内战期间的美国哥特小说，分析了詹姆斯·库珀（James Cooper）的《莱昂内尔·林肯》(*Lionel Lincoln*, 1825)、纳撒尼尔·霍桑（Nathaniel Hawthorne）的《福谷传奇》(*The Blithedale Romance*, 1852)、华盛顿·欧文（Washington Irving）的《瑞普·凡·温克》("Rip Van Winkle", 1819)、埃德加·爱伦·坡（Edgar Allan Poe）的《阿瑟·戈登·皮姆的故事》(*Narrative of Arthur Gordon Pym of Nantucket*, 1838)、赫尔曼·麦尔维尔（Herman Melville）的《皮埃尔》(*Pierre, or the Ambiguities*, 1852)，以及查尔斯·布朗（Charles Brown）的《威兰》(*Wieland*, 1798)等作品，她认为："民族身份的研究源于历史、政治、和社会学研究中。被很多评

第二章　现代化进程中当代美国犹太文学建构美国民族认同的核心内容、主要原因以及相关研究问题

论家认为无关政治的哥特小说一直在参与民族身份的建构。"（刘敏霞 2011：摘要第2页）

王立新、王钢以福克纳的《八月之光》为切入点，讨论宗教与民族认同的关联，他们认为："小说主要以人物的记忆为核心来呈现个体身份认同和寻求社会归属等重大人生问题，并在种族主义、暴力和性等多视角上揭示出了作家的宗教多重性思想。从美国文学传统的角度来看，小说在美利坚国家民族身份认同的宏大叙述主题上也占据重要地位。"（王立新，王钢，2011：9）胡凌以菲利普·罗斯的《再见，哥伦布》为例，讨论作品中的文化认同，认为"盎格鲁—新教文化的独尊使美国犹太人摒弃本族传统文化价值观念，抹除自身的身份标记，排斥、轻视本族同胞，从而导致他们无法将犹太族裔身份和美利坚民族身份和谐统一起来。解决这一问题需要少数民族以平等的方式参与美国文化身份的建构。"（胡凌 2015：76）

（二）有一些从非文学视角考量相关问题的研究成果

杨恕、李捷从美国民族政策入手，探讨了美国民族政策对美国民族认同的重要意义，认为美国法律赋予少数民族以平等权利以及群体权利，依据哈贝马斯提出的新型归属感理论，他们认为美国少数民族可以"通过对公民个人权利和自由的法理建构而营造出公民对国家共同体的认可。"（杨恕、李捷，2008：24）马德益以美国教育改革作为切入点，讨论了美国民族认同与美国教育改革的关联，他认为："美国教育改革的重要特征就是民族认同心理的成功营造。民族认同心理是美国教育改革的动力源。美国教育改革的民族认同心理就是美利坚民族内心深处对教育改革的真正认识、热爱深情与高度自觉性,是对国家、教育与民族互动关系的深刻把握与积极行为。"（马德益，2005：74）马军撰写了《美国体育运动塑造民族认同的缘起及机制》（2015第十届全国体育科学大会论文摘要汇编），文章从体育运动入手，并且以棒球为例，从民族神话、民族英雄、民族仪式、民族乡愁等方面，分析了美国的体育运动如何塑造民族认同。

何良讨论了美国少数民族的国家认同，认为美国的"国家认同构建渗透到各个方面，最可取的一点是坚持了'一体'与'多元'的平衡，克服了民族、语言、文化等异质性带来的冲突甚至是离心倾向。美利坚民族共同体的建构经历完

成了从'民族国家'向'公民国家'的创造性转换,给予全体国民平等的公民身份,以更高层次的统一的国家民族涵盖各个'文化民族',促使族群认同向主权政治共同体认同的转型。"(何良,2010:摘要3—4)杨卫东认为:"以新教为核心的基督教价值观形成美利坚民族特有的国家认同。在这种信仰体系支配下,源于基督教文化层面的哲学观渗透到美国的外交哲学,并对美国外交理念产生持久性的影响。"(杨卫东,2011:1)

第四节 相关研究问题

一、研究问题的产生

前面的研究表明,多种原因促使现代化进程中当代美国犹太文学建构美国民族认同,其核心内容在十一个方面得到体现。但是,从美国民族认同国内外研究现状来看,目前国内外学界要么从语言特征、作家群体体验、叙述学、系列作品、文学起源、民族文化、文学派别(如哥特小说)、宗教元素等文学元素分析美国主流文学与美国民族认同的关联,要么从美国的民族政策、教育改革、体育运动、宗教、外交政策、战争"9·11事件"、政治权力、宪法、传记片、影视艺术、音乐、人口结构、移民政策、同化趋势、暴力犯罪、景观图像、身份塑造、地理革命、同性恋、总统言辞与任职等非文学因素来分析它们与美国民族认同的内在关系。即,美国民族认同国内外研究总体认为美国民族认同和美国主流文学或非文学元素密切相关,而很少考察它与美国少数民族文学之间的关联,其结果是,针对现代化进程中当代美国犹太文学(通常被归为美国少数民族文学)和美国民族认同的建构研究成果非常稀少([比如,尽管说江宁康教授所著的《美国当代文学与美利坚民族认同》中第七章"犹太—印第安—西裔作家的认同困惑"曾讨论美国犹太作家的认同困惑,但着眼点是认同困惑,而不是专门探讨美国犹太文学如何建构美国民族认同]),这与美国犹太文学极高的地位不太相称,并且成为现代化进程中当代美国犹太文学研究的重大缺憾。本书试图深入探讨这一问题以及与之关联的其他两个问题:

(1)现代化进程中当代美国犹太文学如何在十一个方面完成对美国民族认

同的建构?

（2）不同建构策略背后的文学内涵是什么?

（3）"现代化进程中当代美国犹太文学对美国民族认同的建构"对"中国少数民族文学以及中国文学建构中国民族认同"具有哪些启示?

二、文本分析为何主要聚焦贝娄、辛格、马拉默德与罗斯等作家的作品

索尔·贝娄曾获诺贝尔文学奖、美国普利策奖（凭借长篇小说《洪堡的礼物》）、三次美国全国图书奖（分别凭借长篇小说《奥吉·马奇历险记》《赛姆勒先生的行星》《赫索格》）、美国国家文学艺术院奖、美国文学艺术院金质奖、法国文艺骑士十字勋章、美国总统里根颁发的自由奖章，以及美国全国图书基金会颁发的终身成就奖等。

艾萨克·巴什维斯·辛格有"20世纪短篇小说大师"美誉，曾获诺贝尔文学奖、美国全国图书奖（凭借短篇小说集《皇冠上的羽毛》）。

伯纳德·马拉默德曾获美国普利策奖（凭借小说《基辅怨》）、两次美国全国图书奖（分别凭借小说《魔桶》《基辅怨》）、欧·亨利奖（凭借小说《抽屉里的人》），以及罗森萨尔奖（凭借小说《店员》）。

菲利普·罗斯多次提名诺贝尔文学奖，曾获普利策奖（凭借小说《美国牧歌》）、两次美国全国图书奖（分别凭借短篇小说集《再见了，哥伦布》《萨巴斯剧院》）、美国书评家协会奖（凭借小说《遗产》）、三次笔会/福克纳小说奖（分别凭借小说《人性的污秽》《夏洛克行动》《凡人》）、美国历史学家协会奖（凭借小说《反美阴谋》）、法兰西外国最佳图书奖（凭借小说《美国牧歌》）、美国国家艺术奖、卡夫卡文学奖、美国文学艺术院奖、古根海姆奖、霍顿·米夫林文学奖（凭借短篇小说集《再见了，哥伦布》）等，是现代化进程中第二代与第三代美国犹太作家的精英代表，具有极强的文坛影响力。

乔国强指出，"罗斯与辛格、贝娄、马拉默德共同构筑了美国犹太文学的基本框架，或者说，共同成为支撑美国犹太文学这座殿堂的四根主要支柱。"（乔国强，2008：441）傅勇也指出，"在现实主义、现代主义、后现代主义的众多流派思潮中,像贝娄、马拉默德、辛格、罗斯等犹太作家都不同程度地扮演了先锋角色,在主题思想、创作方式、语言技巧等方面,都一定程度地领导了当代美国

文学的趋势。"（傅勇，1997：33）

因此，基于上述作家极高的文学地位，同时也为了相对聚焦更有代表性与典型性的当代美国犹太文学作品，本书在进行文本分析时，主要聚焦贝娄、辛格、马拉默德（第二代作家代表）、罗斯（第三代作家代表）等现代化进程中美国犹太文学的奠基/支柱式作家。

三、研究思路与方法

研究思路

首先简要回溯美国现代化进程的历史，接着总体概括美国现代化进程中的当代美国犹太文学的发展状况，并单独回顾为这一发展历程做出突出贡献的贝娄、辛格、马拉默德、罗斯等当代美国犹太文学四大奠基作家的生平及文学创作，然后梳理现代化进程中当代美国犹太文学国内外研究状况，从而对现代化进程中的美国犹太文学有一个较为宏观的把握。

其次，从认同、民族认同概念出发，分析现代化进程中当代美国犹太文学建构美国民族认同的核心内容及其主要原因。通过分析美国民族认同的国内外研究现状，发现学界认为美国民族认同通常与美国主流文学或非文学元素存在密切关联性，很少有研究者关注美国少数民族文学如何建构美国民族认同。在此背景下，现代化进程中当代美国犹太文学与美国民族认同建构成为学界鲜有涉足的研究领域，这一研究领域正是本书旨在关注的，因此研究问题随之浮现。

再次，在研究过程中，本书立足索尔·贝娄、艾萨克·巴什维斯·辛格、菲利普·罗斯、伯纳德·马拉默德等美国四大犹太作家（本书也涉及对美国犹太作家玛丽·安婷、辛西娅·奥齐克、亚伯拉罕·卡恩、亨利·罗斯部分小说的讨论）的小说文本，通过回溯作家传记、生平资料、访谈及评论界相关观点，结合相关理论、观点或论述（如曼纽尔·卡斯特、斯图亚特·霍尔、尤尔根·哈贝马斯、利奥妮·赫迪、内狄亚·哈提卜、安东尼·史密斯、周宪、董小川、李素华、暨爱民等关于认同、民族认同的理论或观点；《圣经》中有关基督教与犹太教的教义教规、迈蒙尼德关于犹太教教规的论述，以及阿瑟·库什曼·麦吉弗特、阿尔比恩·W.斯莫尔等关于美国基督教的论述；瓦尔特·本雅明关于历史救赎的观点；约翰·N.尼姆、大卫·西伦、卡尔·N.代格勒等关于美国历史的论

第二章　现代化进程中当代美国犹太文学建构美国民族认同的核心内容、主要原因以及相关研究问题

述；米哈伊尔·巴赫金、爱德华·W.赛义德、H·S.康马杰、霍米·巴巴、詹姆斯·伯恩斯、罗伯特·杨、王恩铭、董小川、庄锡昌等关于美国文化的论述；H·S.康马杰、杰罗姆·巴伦、托马斯·迪恩斯、王恩铭、李其荣、且东、尹钛等关于美国精神的论述；斯图亚特·霍尔、齐格蒙特·鲍曼、罗杰斯·布鲁贝克、周宪、江宁康、郭台辉等对身份、公民身份的论述；H·S.康马杰、麦克斯·J.斯基德摩、罗伯特·D.马库斯、王恩铭、孙祥和等关于美国社会制度的论述；马克思、恩格斯、洛克、塞缪尔·亨廷顿、H·S.康马杰、丹尼尔·贝尔、王恩铭、袁明等关于西方意识形态的观点；爱德华·W.赛义德、鲍比·S.赛义德、萨米尔·阿明、任东波、于沛等关于西方中心论述；塞缪尔·亨廷顿、亨利·基辛格、乔治·班克罗夫特、唐世平、綦大鹏等对美国优越主义的论述；查尔斯·桑德斯·皮尔士、威廉·詹姆斯、约翰·杜威等学者的实用主义思想；亨利·列斐伏尔、米歇尔·福柯、大卫·哈维、弗莱德里克·詹姆逊、爱德华·索亚、陆扬、程锡麟关于空间的论述等），逐个分析现代化进程中当代美国犹太文学建构美国民族认同的11条核心内容（也可被称为11条建构策略）。同时，以整体视角为观照，探讨不同建构策略的意义，以及处于现代化进程中的中国少数民族文学以及中国文学如何从"现代化进程中当代美国犹太文学建构美国民族认同的策略"中获得启示，找到其建构中国民族认同的契合点及途径。

研究方法

（一）文献分析法：通过分析相关文献，考察美国现代化进程不同阶段的具体状况、现代化进程中的美国犹太文学总概、美国犹太文学国内外研究述评、学界对美国民族认同研究的简要现状、梳理学术界的诸多评价。

（二）实证研究法：通过回溯作家传记、访谈录（被别人访谈以及访谈别人）等来考察作家的创作历程及创作诗学。

（三）归纳法：通过此法寻求每一种建构策略的表现形式。

（四）理论/观点阐释与文本细读深度结合法：首先对相关理论/观点进行阐述，之后在进行每一个文本分析时回溯相关理论/观点，而不是在文本总体分析后泛泛地套用一下理论/观点，这样实现了理论/观点阐释与每一个文本细读的深度结合，以此法达到对每一个建构策略的深刻认识。

（五）平行研究的方法：采用此法，依据美国犹太文学对美国民族认同十一个方面的建构举措，大体按照一一对应的方式，指出现代化进程中的中国少数民族文学以及中国文学应该从"现代化进程中当代美国犹太文学建构美国民族认同的策略"中找到建构中国民族认同的相应启示，并对相应启示一一开展研究。

四、本书特色与学术价值

本书特色

（一）研究视角具有显著特色：以往研究在论证民族认同时，通常探讨主流文学对主流民族的认同，或探讨少数民族文学对少数民族自我的认同，本书落脚点不是探讨美国犹太文学对美国犹太民族的认同，而是挖掘美国犹太文学与美国民族认同的建构，这打破了常规研究思路，体现出研究视角的独特特色。

（二）研究成果内容具有全面性与系统性特征：以往研究多围绕1—2部犹太小说中个别问题展开研究。本书从整体视角出发，选取几十部具有代表性的美国犹太小说，借鉴大量学者的理论或关于某个问题的论述，从美国基督教、美国历史、美国文化、美国精神、美国公民身份、美国社会制度、西方意识形态、西方中心论、美国优越主义、美国实用主义、空间书写等十一个方面梳理美国犹太文学建构美国民族认同的相关文学表征，探讨它们如何在上述十一个方面体现出对美国民族认同的建构，美国民族认同十一个方面的建构策略蕴含的文学内涵，以及现代化进程中的中国少数民族文学及中国文学应从"现代化进程中当代美国犹太文学对美国民族认同的建构策略"中获得那些启示，这些都体现了此研究的全面性与系统性特色。

学术价值

（一）美国犹太文学占据美国文坛的重要地位，已涌现两位诺贝尔文学奖得主以及其他多位文坛巨匠，但目前国内还没有专著类成果专门探讨"现代化进程中的当代美国犹太文学与美国民族认同的建构研究"，相关论文也很少，这与美国犹太文学的文学地位不相称。本书是学界第一次全面、深入、系统地开展此类研究，具有较高的学术价值，将为国内美国犹太文学研究的深化与综合做出重要贡献。

（二）本书既分析了美国犹太文学建构美国民族认同十一个方面的相关举

措，又以此研究现代化进程中的中国少数民族文学以及中国文学如何从"现代化进程中当代美国犹太文学建构美国民族认同的策略"中获得相应启示，找到其建构中国民族认同的契合点及途径。本书这一研究方式并不停留在常见的泛泛而谈的启示类研究，而是按照一一对应的方式深入、系统、全面地开展平行研究，对学界开展类似研究提供了较高的学术借鉴。

（三）目前，少数民族文学研究是学界热点之一，为此，一批又一批研究者从不同视角对相关问题进行了研究，在此背景下，本书为学界开展其他国家的少数民族文学研究提供了有益的学术参考。

第三章
现代化进程中当代美国犹太文学对美国基督教的认同

第一节 犹太教与基督教的基本教义及美国基督教概况

犹太教、基督教、伊斯兰教是三大信奉一神信仰的天启宗教，作为犹太民族生活方式以及精神支柱的犹太教（Judaism）是其中最古老的一神论宗教。基督教、伊斯兰教都起源于犹太教。犹太教创立于公元前13世纪，主要典籍有三部。第一部是所有犹太人必须忠诚信奉的《希伯来圣经》（又称《塔纳赫》，Tanakh），它的前五卷被称为《托拉》（Torah，即《律法书》或《摩西五经》），被视为是第一部中最重要的著作。第二部是《塔木德》（Talmud），该部分仔细阐释了《托拉》以及犹太教经文中的"613条戒律"。第三部是《米德拉什》（Midrash，又译作《米德拉西》或《密德拉西》），被视为犹太教的通俗性典籍，分为两种，即《哈拉哈》和《哈加达》，前者以通俗的方式阐释《圣经》中的律法、教义、行为规范以及礼仪，并告诉犹太人应该如何在日常生活中践行律法，后者则是用于阐述《圣经》的故事、逸事、传奇、寓意等。

犹太教主要教义和诫命源自《托拉》（Torah）。犹太教的基本信仰主要有"1. 崇拜独一神雅赫维（即上帝）；2. 信仰以色列民族是与神立约的特选子民；3. 除信仰《圣经·旧约》外，认为律法书代表了神的旨意，集中体现在摩西十诫中：第一，除了上帝雅赫维外，不信别的神；第二，不敬拜或雕刻偶像；第三，不可妄称主神的名字；第四，当守安息日为圣日；第五，要孝敬父母；第六，不可杀人；第七，不可奸淫；第八，不可偷盗；第九，不可作假证；第十，不可贪恋他人所有的一切；4. 相信救世主弥赛亚将拯救以色列人和全人类。"（宗教研究中心，2004：69）12世纪以后，迈蒙尼德对犹太教信仰进行了概括，并总结出已被犹太人广为接受的十三个条款，"（1）创世主创造并管理一切受造之物；（2）创世主为独一真神；（3）创世主无形无体无相；（4）创世主是最先的，也是最后的；（5）除创世主外，不敬拜他物；（6）相信先知的一切话皆真实无误；（7）摩西是最大的先知，其预言真实可靠；（8）犹太教的传统律法是神最初传给摩西的，并无更改；（9）律法永不改变，也不会被取代；（10）创世主能洞察世人的一切思想和行为；（11）创世主对遵守律法者赐予奖赏，对践踏者给予惩罚；（12）救世主弥赛亚终将会再来；（13）最终，死人将复活。"（宗教研究中心，2004：69）由此可见，特选子民观念、一神论思想、律法意识、弥赛亚思想及复活思想等是犹太教的核心理念。

基督教"建立的根基是耶稣基督的生平、教导、死亡与复活。"（基恩，2005：2）它产生于公元1世纪初罗马帝国管辖下的一个省区——巴勒斯坦地区。"当时，原始的基督教社团组织是作为犹太教内部的一个小派别存在的。"（宗教研究中心，2004：8）那时，遭到罗马帝国迫害的犹太人在反抗罗马的过程中，内部教派不断分化，犹太人渴望弥赛亚来拯救他们，基督教的产生刚好迎合了这一形势。原始基督教塑造了自称为上帝儿子的耶稣基督，即先知曾预言的弥赛亚。出生于公元前四年的耶稣成年后，"除了布道，他还治愈病人并开展驱魔行动。他与穷人和社会流浪汉交往，对妇女和儿童特别友善。他在巴勒斯坦北部地区，传播上帝的旨意。"（Carmody & Carmody，1983：76）可以说，从一开始，耶稣基督就以善良友善的面貌出现，占据了道德的制高点，他无所不能的特有品质又赋予他独特的地位，使得基督教更容易被世人接受，也帮助基督教不断传播。于是基督徒在继承犹太教的基础上，编辑完成了自己的经典《圣经·新约》。随着基督教的影响不断扩大，它最终发展成为世界性的宗教，与佛教、伊斯兰教并称世界三大宗教。从规模以及影响来看，基督教已成为世界第一大宗教。

基督教的经典有《旧约全书》（是继承犹太教的经典）和《新约全书》（成书于公元1—2世纪，包含福音书，使徒行传，使徒书信，启示录），其基本教义有："（1）十诫；（2）三位一体。这是基督教的基本信仰之一。相信上帝唯一，但有三个'位格'，即圣父——天地万物的创造者和主宰；圣子——耶稣基督，上帝之子，受上帝之遣，通过童贞女玛利亚降生为人，道成肉身，并'受死'、'复活'、'升天'，为全人类作了救赎，必将再来，审批世人；

圣灵——上帝圣灵。三者是一个本体，却有三个不同的位格。（3）信原罪；（4）信救赎；（5）因信称义（即凭借信仰即可救赎）；（6）信天国（人的生命是有限的，但灵魂会因信仰得到上帝的拯救而重生）和永生；（7）信地狱和永罚；（8）信末世。"（宗教研究中心，2004：11）

美国基督教包含基督教新教、天主教以及东正教三大派别。按照大卫·S.沙夫的总结，美国基督教具有如下特点："在新大陆被发现和殖民化的过程中，基督教信仰的传播具有非常明显的、公开承认的目的；所有旧世界中的基督教新教宗教团体，以及天主教教徒都坚定地定居在我们的土地上（即美国）；强调基督教教育；福音精神得到很好的阐释；有组织的一神论；在各种形式的宗教活动中开展宗教工作，并在不同基督教派别的合作中找到更高的义务。"（Schaff，1912：52—61）基督教新教包含的主要教派有：路德教派（Lutheran Church）、长老会（Presbyterian Church）、浸礼会（Baptist Church）、卫理公会（The Methodist Church）、圣公会（The Episcopal Church）、基督教教会（Churches of Christ）、五旬节教会（PentecostalChurch）、公理会（Congregational Church）等。基督教新教的宗教思想主要基于马丁·路德及约翰·加尔文的神学观点。马丁·路德认为信徒的得救在于个人的信仰，强调《圣经》本身的权威高于教会的权威，提倡教会的多样性。加尔文强调预定论（Predestination），即上帝预定一部分人得救/上天堂，一部分死亡/下地狱，加尔文同时指出，只有更积极努力信奉上帝的信徒，才更有可能得到上帝的恩赐。美国天主教包含理性教义、启示教义两种。"理性教义主要包括两个部分：（1）天主主宰宇宙，造化万物，赏善罚恶：（2）天主造化灵魂，灵魂不死不灭。启示教义指超出人所能理解的、需经天主指示方可得到的教义。启示教义的来源来自三个方面：（1）《圣经》；（2）圣传（自古以来经教会、信徒世代相传的统一信念）（3）历史上教皇的决定。"（王恩铭，吴敏，张颖，2007：167）基督教新教与天主教"都宣传一神论的上帝、天堂、地狱、顺从等基督教的基本信仰。"（顾嘉祖，1981：94）美国东正教的核心教义主要有：耶稣是唯一的救世主、三位一体、道成肉身等。

"美国基督教自二十世纪尤其是第二次世界大成以来，各派之间的差别正在濒于消失,它们彼此正在发生互相接近的趋势,出现了'基督教合一运动'。"(顾嘉祖,1981:94)总体看来,美国基督教派别之间宗教教义基本相似,只是宗教仪式与管理等方面有一些小的差异,比如基督教新教简化了天主教烦琐的宗教仪式,准许采用民族语言开展宗教);隶属于五旬节教会的上帝会(Assemblies of God)主张采用非正规的宗教仪式,而路德教派与圣公会通常采取正规的宗教仪式;卫理公会、圣公会具有层级管理体系,但公理会则独立开展宗教活动,没有层级管理。

有研究者指出了美国基督教的作用,认为它对美国经济发展以及美国民主都不无裨益。比如阿尔比恩·W.斯莫尔认为"基督教一直以来都在促进美国的经济正义。"(Small,1920:674)阿瑟·库什曼·麦吉弗特认为,"美国基督教一方面向美国民主学习,一方面又反过来给美国民主好好上了一课。"(McGiffert,1919:45)

第二节 犹太教与基督教之间的差异性及其矛盾

尽管基督教源自犹太教,并且和犹太教具有许多相同之处(都信奉唯一的神——创造世界的耶和华上帝、都崇拜《圣经·旧约》中的许多英雄和人物、都强调善举),但二者也存在较大的差异性。"犹太教的核心是律法和祭祀。基督教的核心则是信仰和道德。"(赵林,2007:8)具体来说,主要差异体现在如下几个方面:犹太教认为犹太子民是上帝的"特选子民",反对三位一体,拒绝承认《新约》是《圣经》的一部分,拒绝把耶稣视作神,认为被钉十字架的耶稣不为神祝福,而被神诅咒,因此耶稣不可能是弥赛亚和救世主,也不认为他的血可以免去人的罪恶,因此犹太人认为弥赛亚还未到来,犹太人应继续等待。基督教信奉三位一体,坚持认为耶稣是上帝的儿子,凡信奉上帝的人都是上帝的"选民",认为耶稣就是真正的弥赛亚,他已经到来,来拯救世人。在礼仪方面,犹太教强调戒律和繁缛礼仪,而基督教则采取较为简便的宗教仪式。犹太教要求子民遵行割礼制度。在《创世纪》中上帝曾对亚伯拉罕说:"你们都要受割礼。这是我与你们立约的根据。你们世世代代的男子,无论是家里生的,是在你后裔之外用银子从外人买的,生下来第八日,都要受割礼……这样,我的约就立在你们的肉体上,做永远的约。但不受割礼的男子,必从民中剪除,因他背了我的约。"(《创世纪》,17:11—14)后来,是否行割礼成为是否是犹太特选子民的标志。基督教则废除了割礼制,耶稣明确指出:"外面肉身的割礼,也不是真的割礼……真割礼也是心里的,在乎灵不在乎仪文。"(《创世纪》2:28—29)在对待仇敌上,犹太教强调采取不宽容的态度,如《圣经·旧约》所记载的那样:"以命偿命,以眼还眼,以牙还牙,以手还手,以脚还脚,以烙还烙,以伤还伤,以打还打。"(《创世纪》,21:23—25)基督教则强调采取宽容的态度,如《新约·马太福音》所描述的那样:"只是我告诉你们,要爱你们的仇敌,为那逼迫你们的祷告。"(5:44)在婚姻观上,犹太教禁止犹太人与外族人通婚,而基督教则不加以限制。

  基督教在不断壮大和发展的过程中,和犹太教的分歧和冲突越来越多,越来越严重。以普世面目出现的基督教,最终在世界各地得到广泛传播,基督教信仰已成为欧洲、美洲、非洲的主流,基督教文化也和希腊文化一起,成为支撑西方文明发展的两大支柱,也让基督教在和犹太教的冲突中保持了绝对优势。"因为基督徒通常拥有更大的政治权力,他们通过大屠杀、驱逐以及各种针对犹太人的歧视,能够随时发泄怒火。"(Carmody & Carmody, 1983:237)而在犹太教这一端,在特选子民意识的作用下,"犹太教的全部预想和全部目标是致力于改变这个世界,或者更确切地说,是致力于教导这个世界。"(傅有德,2002:223)此外,"犹太教是以民族命名的宗教,这在世界著名的宗教中绝为罕见。"(周燮藩,2003:21)突出民族特色,在一定程度上缺乏包容性与开放性,契约论签订之后犹太教徒以上帝特选子民自居,拒不承认耶稣基督是上帝的儿子和弥赛亚,否认《圣经·新约》,这些都让基督徒难以接受。加之《圣经·新约》中记载着犹太人犹大出卖耶稣基督,导致耶稣基督被钉在十字架上致死,以及历史上种种对犹太人的负面称号(如劣等人、歹毒奸诈者、放贷狂、投毒犯),这些都加重了基督徒对犹太人的憎恨和敌视,结果"犹太人注定成为基督教世界中永远的被疏远者。"(Blau, 1996:2)

  基督教与犹太教之间的尖锐矛盾,从《圣经·新约》中耶稣基督与犹太人之间的一段对话也可见一斑："我（耶稣基督）知道你们（指犹太人）是亚伯拉罕的子孙，你们却想要杀我，因为你们心里容不下我的道。我所说的，是在我父那里看得见的；你们所行的，是在你们的父那里听见的。你们是出于你们的父魔鬼，你们父的私欲，你们偏要行，他从起初是杀人的，不守真理。因他心里没有真理，他说谎是出于自己，因他本来是说谎的，也是说谎之人的父。出于神的，必听神的话；你们不听，因为你们不是出于神。//犹太人回答说："我们说你是撒玛利亚人，并且是鬼附着的，这话岂不正对吗？//耶稣说："我不是鬼附着的，我尊敬我的父，你们倒轻慢我。"（《约翰福音》，8：37—49）从上述对话以及本章其他地方的描述可以看出，在耶稣基督心里，犹太人的父亲是魔鬼，杀人犯，爱说谎的人，充满私欲的人，不相信也容不下基督的人。而在犹太人看来，他们认为自己在做着父辈亚伯拉罕以及唯一的神让他们做的正确的事情，根本不相信基督，不认为基督见过亚伯拉罕，甚至用石头击打耶稣基督。基督教徒在《旧约》的基础上撰写了理论完备的，成体系化的《新约》，新与旧的对照似乎在暗示世人，犹太人已经不再是上帝的选民，上帝的选民已经变成了基督徒。

第三节　美国犹太人对美国基督教认同的根源

生活在美国的犹太人并没有因为犹太教与基督教的差异性而一味排斥基督教，相反，美国犹太人对美国基督教做出认同或一定程度上认同的态度或姿态，他们之所以这么做是由诸多元素决定的，这一认同背后的根源值得探索。

一、美国基督教歧视下犹太教被迫做出一定程度的认同

因为和影响力广泛的基督教产生了较大的分歧和争执，早在公元前4世纪亚历山大大帝征服犹太人后，欧洲就开始了反犹传统。后来作为一种主义，反犹主义（即对仇恨犹太教以及犹太人各种行为、思想的总称，起源于俄国和巴尔干半岛，在奥匈帝国和法国得到发展；在不同历史时期打着不同的幌子，主要表现为把犹太人视作谋杀耶稣基督的人、贪婪阴险之人，企图掌控政治与经济之人等）开始产生、发展、进而不断蔓延，犹太教不断遭到来自基督教世界的排挤、诬陷、敌视、镇压甚至是惨无人道的屠杀。

自公元4世纪末罗马帝国确立基督教为国教后,犹太人的宗教活动和各种权利受到限制或被剥夺,大约半个世纪后颁布的《狄奥多西法典》(Codex Theodosianus)甚至做出了犹太人不得与基督徒通婚、不得新建教堂的规定。从中世纪至20世纪,犹太人又遭受了十字军的屠杀,经历了西班牙、沙皇俄国、葡萄牙等国家的各种反犹活动。1933—1945年期间的纳粹大屠杀则让大约600万犹太人失去生命。可以说,犹太人遭受到各种势力,尤其是受到基督教信仰占主体的欧洲人的无端指责和残酷迫害。对犹太人来说,各种诬陷、诋毁、迫害和屠杀已司空见惯,犹太人早早进入流散状态:"从应许之地来到东欧犹太人小村镇(shtetl),从小村镇来到隔都(ghetto),从隔都进入现代社会。"(Bradbury,1982:51)从亚历山大帝国开始反犹算起,犹太人在欧洲已被歧视、迫害了两千多年。

二战之前,犹太人认为,他们的居住之地,尤其是欧洲,充满了纷繁复杂的冲突、矛盾以及针对犹太人的各种迫害,面对生存的巨大压力,不断遭到迫害的犹太人需要离开,甚至是逃离原居住地,到一个相对安全的环境中生存,于是他们想到了远离欧洲、远离战火,到物产丰富、被称为山巅之城的美国。这个山巅之城曾庇佑过来自欧洲遭受宗教迫害的人士,比如一大批乘坐"五月花号"帆船,不远万里来到美国的英国清教徒。随着英国海外扩张的脚步不断扩大,北美与英国的矛盾不断激化,进而引发了独立战争,这场战争最终使美国获得独立。在上述过程中,美国与一直对其进行剥削与殖民的英国在诸多价值观上发生碰撞。在美国人的眼里,以英国为代表的欧洲奉行不断扩张政策(尤其是海外殖民政策),并且对秉持不同信仰者进行迫害,从而造成各种不公、矛盾、困惑、痛苦、灾难与迫害,因而当时的美国人认为,只有这个山巅之城才是人间净土,才是照亮世界的灯塔。在这里,美国人认为自己是上帝的选民,肩负拯救全人类的重任,于是"美国人从其国家生活一开始就坚信他们的命运是——以身作则地向一切人传播自由和社会正义,把人类从罪恶之路上引导到人世间新的耶路撒冷。"(斯帕尼尔,1992:10)来到北美的那些清教徒,始终怀着完成上帝赋予其神圣使命的伟大梦想,在北美大地不辞辛劳地传播基督教信仰,最终使得基督教在美国不断生根、发芽,从而成为美国国教。

第三章　现代化进程中当代美国犹太文学对美国基督教的认同

一个不争的事实是,遭受各种磨难的犹太人来到美国发现,这个所谓的山巅之城并不像想象的那么美好,甚至在许多时候同样给他们带来痛苦和磨难。一个最为重要的原因就是教义不同而带来的敌意和歧视在美国同样存在,于是秉持基督教信仰的美国人总体上对以犹太教为精神支柱的犹太人始终抱有成见,在历史进程的不同阶段甚至可能演变为迫害。

回顾历史,尽管美国被犹太民族视作上帝赐予犹太人的应许之地,但犹太民族在美国的屈辱史从16世纪就开始了。早在1585年,就有犹太冶金家和采矿工程师约阿希姆·高恩斯来到洛克岛,并在卡罗来纳州做土壤实验,但后来受到亵渎罪的指控。之后有一批犹太人来到波士顿,但受到了当地人的警告驱离。1654年,"葡萄牙夺取了巴西一些荷兰殖民地后,当地的犹太人四处逃亡。一艘载有23名荷属巴西犹太人的船只(作者注:一艘法国小型护卫舰"圣凯瑟琳"号)到达新阿姆斯特丹(New Amsterdam,即今日纽约),船上是逃避葡萄牙宗教异端裁判所迫害的塞法利亚人。"(黄陵渝,2004:149—150)他们期望在这建设新的家园,这一年正式成为美国犹太教的开始。同年,一些来自荷兰和德国的犹太难民来到了新阿姆斯特丹,经过打拼并在新尼德兰及其附近地区定居下来,但他们刚打到美国时,"占统治地位的荷兰改革派教会的牧师已经感到深深的不安。他们担心自己作为殖民地唯一得到合法承认的信仰的特权为犹太人所篡夺。"(萨纳,2009:2)当时,新尼德兰总督彼得·斯图佛逊起初对这些难民表示同情,但是当他得知犹太难民希望征召一名牧师组织圣会时,便加以阻挠,"他还迫使他们只能私下里从事祈祷活动,若有不从,一些人甚至被判交罚金和监禁。"①(萨纳,2009:66)他这么做的理由是,犹太人具有欺骗性、言行不一、令人憎恶、亵渎耶稣基督。"按照他的理解,对犹太人做出的决定将成为先例,并在以后永远地决定殖民地的宗教政策倾向。"(萨纳,2009:2)

不仅在新尼德兰,美国其他地方(在许多地方,犹太人只能居住在政府划定的隔都里)对犹太人的歧视和敌意也普遍存在。可见,从一开始,踏入美国的犹

---

① 新尼德兰总督彼得·斯图佛逊的举措,也可参见 Rink, Oliver A. "Private Interest and Godly Gain: The West India Company and the Dutch Reformed Church in New Netherland, 1624" [J]. *New York History*, 72 (July 1994): 245—264; Kessler, Henry H. & Eugene Rachlis. *Peter Stuyyesant and His New York*[M]. New York: Random House, 1959: 66.

太人便遭到各种阻挠，类似欧洲那样的歧视、限制时有发生。

美国这个被称为外来者天堂的国度，其实是一个非常强调基督教信仰的国家。来自欧洲的新教徒占据人口的绝对比例，也成为美国社会发展的中流砥柱。之后的现代化进程吸引了大约两千万来自欧洲的天主教、东正教和犹太移民，其中犹太移民高达两百多万人，新教一家独大的局面有被打破的可能，新教徒对此非常担忧。因为新教、天主教以及东正教均源自基督教，因此这些外来的天主教以及东正教教徒与美国新教徒有着对犹太教的天然敌意，也自然充当了美国反犹势力的主力。

19世纪末20世纪初，美国这个信奉基督教又拥有反犹传统的国度面对不断涌入的大批犹太移民感到非常困惑，众多主流文化的卫道士对这些移民进行了诋毁。著名作家亨利·詹姆斯"在20世纪初就担心犹太移民粗劣的发音方式可能会对美国语言的未来产生无法抹去的负面影响。"（Weber，2005：159）著名社会学家E. A.罗斯在其著作《新世界中的旧世界》直接采用"犹太人侵者"的措辞，他这样写道："我们之所以不喜欢犹太人，并不是因为其信仰，而是其行为方式……他们沿袭旧世界的做法，在我们的新世界里欺骗和撒谎……他们很快处于寄生状态，被世人藐视和诅咒。"（Ross，1914：154—164）"这些反犹者声称犹太人挤入了曾经封闭而有序的美国……（他们担心）美国社会的、经济的和性的边界将要遭到侵犯，担心美国主流社会文化之根要被外来血液玷污。"（Weber，2005：159）贝娄曾援引著名作家亨利·詹姆斯在《美国游记》（*American Scene*, 1907）所描写的对犹太人的印象，来说明当时美国主流社会对犹太人的歧视状况："当他参观下东区时，詹姆斯被他看到的犹太移民惊呆了，因为他们古怪的、不吉利的相貌，他们的怪诞行为和急促不清的说话。"（Bellow，1994：145）正如内森·W.阿克曼概括的那样，"对反犹人士来说，他们在犹太人身上看到他们需要的一切。"（Ackerman，1950, 58）贝娄本人也曾切身感受到主流社会的歧视，他在接受戈登·劳埃德·哈珀的访谈时，曾这样说道："我想所幸自己是在中西部地区长大的,这种影响在那里不是很强烈。如果我生长在东部,而且上了一所常青藤联盟的大学,我可能会被摧毁得更加厉害。"（哈珀，2007：123）在美国主流社会的歧视与偏见的推动下，20

世纪初美国国内第一次反犹浪潮爆发，大批反犹人士和反犹团体（比如三K党，甚至连汽车大王福特也加入了反犹阵营）宣称要把犹太人赶出美国，甚至把犹太人看做是1929年美国经济大萧条的一大推手。20世纪30年代美国又爆发了第二次反犹浪潮，在多达100多个反犹组织以及各种反犹势力的操控下，大量的犹太教堂和墓地被摧毁，与第一次反犹浪潮相比，在本次反犹浪潮中犹太人遭受了更大、更多的摧残。到了20世纪50年代，麦卡锡主义甚嚣尘上，对包括美国犹太人在内的少数民族造成极大的影响。1952年通过的《麦卡伦—沃尔特移民和归化法》（McCarran—Walter Act）[1]则对包括犹太人移民在内的所有移民作出了极其严格的限制，在一定程度上制约了犹太人在美国的发展[2]。20世纪50年代之后，美国社会的排犹现象继续存在，而且形式更为隐蔽。因此，许多美国犹太作家让他们作品中的主人公，"代表着犹太移民发出了异化者及异乡客的感受"。（Peter 1992：3）

可见，在基督教作为主流宗教的美国，受到歧视与敌意的犹太教始终有着宗教上的巨大压力，因此，美国犹太人需要向主流宗教基督教靠近，并在某些方面做出认同，这样才能避免更大的歧视，换来一定的生存空间，促进美国犹太人的进一步发展。

二、美国犹太人全国人口占比过低带来较大的生存压力

尽管美国的犹太人口不断增加（1660年只有大约50人），到2000年已有大约600万人，但其人口占比还比较低。美国是一个拥有多样化种族以及民族的国家，共有人口3.24亿（截至2017年1月），从其人口组成来看，欧裔美国人占比大约为62.1%（约2/3），少数民族占比约1/3。在少数民族人口中，拉丁族（西班牙裔和拉丁裔美国人）占比为17.4%，非洲裔占比13.2%，亚裔占比

---

[1] 依据该法案，所有的种族都拥有加入美国籍的权利，成立亚太三角区（区内各国每年的限额是100名），给亚洲很低的限额比例，而给欧洲很高的限额比例；各国每年移民的限额不得超过该国当年限额数量的10%；各类急需人才拥有移民限额优先权；殖民国以及附属国利用宗主国的移民限额受到限制；移民的安全审查以及归化管理得到强化，有31类人被禁止入境。

[2] 需要承认的是，二战期间，美国政府还是大量接受了来自欧洲的犹太难民，《麦卡伦—沃尔特移民和归化法》出台于二战结束之后的50年代初期，因为麦卡锡主义的缘故，该法案针对移民的安全审查更为严格，因而从这一点来说，对那一时期美国犹太人的发展的确产生一定的影响。

5.4%，印第安人、阿拉斯加州原住民、夏威夷原住民以及其他太平洋岛民占比1.4%（少部分人被其他族群重复统计），美国犹太人口占比大约为1.7%。美国犹太人全国人口占比过低带来了较大的生存压力，因为能够参政，能够为犹太民族争取生存权利的人数较少。此外，就宗教信仰来说，信奉新教的人口占比54.6%，信奉天主教的占比23.9%，信奉东正教的占比1.6%，因此信奉基督教（新教、天主教、东正教）的人口占比超过了80%，而信仰犹太教的占比仅为1.7%。因此，在美国，相比基督教，犹太教还只是一个规模较小的宗教，其影响力与基督教无法相提并论。可见，在美国这么一个基督教信仰占据主体地位的国度里，美国犹太人在宗教上应该做出何种选择或者说秉持什么样的宗教观，的确是每一代美国犹太人必须考虑的严肃话题，也是包括美国犹太作家在内的所有犹太人无法回避、必须考虑的重大话题。在人口比例以及信奉犹太教的人口占比双低的情况下，从信仰上靠近主流宗教，并作出一定程度认同的选择，成为美国犹太人的无奈之举。

三、美国宗教世俗化需要美国犹太人作出相应调整

自1776年建国之后，美国社会不断发生变化，尤其到了现代，美国诸多科学技术领先全球，经济发展迅猛。二战之后，美国经济开始腾飞，成为全球最大的经济体，也是世界第一强国。经济的迅猛发展带来了物质财富的快速积累，美国也迈入丰裕社会[①]，丰裕社会深刻影响着人们的精神生活，一个最明显的变化是美国社会的世俗化趋势越发明显。受此影响，美国宗教生活也变得愈发世俗化。

在美国基督教这一端，尽管美国基督教堂有二三十万个，"95%的公民声称信仰上帝、40%的公民声称正常进教堂守礼拜"（Gitelman，2009：312），尽管美国被美国教会历史学家西德尼·米奥尔称为"一个有着教会精神的国家"（宗教研究中心，2004：484），一个总统宣誓就职时需要把右手置于《圣经》之上的国家，一个美元上印有"我们信仰上帝"的国家，但进入20世纪后，"大体来说，今天在美国人中间实际流行的宗教，已经丧失了它的许多真正的

---

① 美国经济学家约翰·加尔布雷斯（John Galbraith）曾把战后的美国称为"丰裕社会"，参见：陆镜生. 美国人权政治 [M]. 北京：当代世界出版社，1997：430.

基督教的内容。"（林克，卡顿，1984：384）其实，早在19世纪后期，美国基督教就已呈现出世俗化趋势，当时美国基督教研究领域的学者詹姆斯·B.沃森曾分析美国的基督教状况，并指出美国在过去的25年里物质财富取得了显著进步，但"物质财富的增长蒙蔽了基督徒的眼睛，让他们未能注意到这样一个事实：精神成长未能与物质增长同步。"（Wasson，1889：646）之后，美国基督教世俗化趋势从未中断。"到了20世纪60年代，很多学者预言，美国正进入一个后宗教社会时期，甚至哈佛大学神学院教授、神学家哈维·考克斯（Harvey Cox）在1967年发表的《世俗城》（*The Secular City*）中也持有相同看法。"（董小川，2002：123）20世纪60至70年代，美国社会随处可见民权运动、反战运动、新左派运动、嬉皮士运动、妇女解放运动、性解放运动，结果，性规范问题、堕胎问题、单身父母问题、女权问题、毒品问题、同性恋问题困扰着美国人，各种动荡、喧嚣、反叛、不满、金钱至上、堕落、暴力、枪杀、抢劫、强奸、性病传播、贪污腐败、犯罪等充斥着美国社会，美国社会的道德标准和价值体系受到严重考验，宗教也受到了很大冲击。"许多人去教会不是为了表达某种集体意向，而是为了实现某种个人意向。"（董小川，2002：120）甚至"美国的神职人员也不把人的视线引向和固定于来世，而是让人更多地注意现世。"（托克维尔，1997：545）

　　美国的现代化进程在造成社会世俗化的同时，也督促美国基督教做出改变。事实上，在这一形势下，美国基督教已主动采取一系列适应世俗化策略（如简化宗教仪式、以较为世俗的方式开展宗教活动等），不断做出改变，做到与时俱进，其本质上是让美国基督教更好地顺应时代与形势，不断发展并壮大自己，使其始终在美国宗教界保持领袖地位。美国基督教在世俗化浪潮中能随着时代的发展而不断变革，这让其始终保持着美国宗教领域的绝对优势和强势地位。

　　在美国犹太教这一端，随着现代化进程的推进，犹太社会同样受到世俗化的影响，犹太教也感受到了世俗化带来的冲击。出生于美国波士顿，后成为著名的美国犹太拉比的纳夫塔利·鲍尔曾详细分析了美国犹太社会走向世俗化原因："在19世纪，犹太教徒对犹太教充满激情。实际上，从19世纪下半叶到20世纪上半叶，在很大程度上人们对社会的各种主义充满激情，如资本主义、共产主义、法西斯主义、民族主义、社会主义。犹太社会也无法摆脱这些疯狂的意识形态,这样我们可以在上述一串串主义的后面增加哈西德主义、世俗主义、锡安主义。……当我们进入20世纪下半叶,社会发生很大变化。人们通常不再对意识形态感兴趣。对他们来说更重要的是谋生、教育子女和偿还抵押贷款的能力。在市场,消费者忠诚不太存在了。一切都是选择,消费者在市场里四下快速浏览,寻找对他们来说最有价值最好的宗教商品。后宗教时代的犹太人在宗教意识或意识形态作用下只能做到这些。因各种原因,有一些期望保持正统派礼仪行为的年轻犹太人在非正统派犹太教堂中感到更惬意。"(Brawer,2008:237—240)

在此形势下,"世俗化已普遍存在于以色列国内外所有的犹太社区"(Gitelman,2009:267),结果美国犹太社区内犹太人的宗教活动越来越呈现世俗化趋势[①],这是犹太社会世俗化的一个重要表征。在世俗化的作用下,很多居住在纽约的犹太人并不去教堂开展宗教活动,有人调查发现,因受世俗化影响,"20世纪60年代纽约市多数犹太人并没有犹太教堂。"(Gitelman,2009:303)于是,对很多美国犹太人来说,"所谓拯救,已经意味着在工业、商业、艺术和社会领域中人生奋斗的自我表现(即获得世俗意义上的拯救——作者注)。"(开普兰,2002:15)犹太社会世俗化的又一表征是犹太人对通婚的态度逐渐发生变化,而这在过去无法想象。因为依据犹太传统以及犹太经典,传统犹太人长期把不得与外族通婚作为延续历史文脉、抵抗被其他民族同化的重要手段,因此,"两千年来,犹太人与非犹太人的婚姻一直是一个禁忌……如果某个犹太人选择了通婚,就会被其家人视作遗失或死亡了。"[②](杨傲雪,2008:9)对此,犹太典籍有着极其严格而明确的规定。在《圣经·旧约》[③]中

---

① 卡尔·多布拉(Karl Dobbelaere)曾对美国犹太人的世俗化做过深入研究。在他看来,犹太人的世俗化可分为三类:功能世俗化(犹太教丧失支配一切的地位);机构世俗化(涉及道德、价值观、宗教仪式的变化);个体世俗化(宗教仪式、信仰、道德观、行为以及态度的统一规范)越发不再重要)。参见:Dobbelaere, Karl. *Secularization: An Analysis at Three Levels*[M]. Brussels: PIE—Peter Lang, 2002: 52.
② 此处引用文字为杨傲雪对 *Jewish Choices: American Jewish Denominationalism* 的部分译文,收录于其2008年的硕士论文《20世纪下半期美国犹太人异族通婚问题研究》中。英文原文参见:Lazerwitz, Bernard. *Jewish Choices: American Jewish Denominationalism*[M]. New York: Suny Press, 1998: 93.
③ 也被称作《希伯来圣经》(Tanak),共有三集。"'律法书'5卷,'先知书'(Navim)8卷,'圣录(Chetubim)'11卷,共24卷,即日后所称'二十四书。'"参见:周燮藩.犹太教小辞典[M].上海:上海辞书出版社,2003:78.

亚伯拉罕曾这样对仆人说："我要叫你指着耶和华天地的主起誓，不要为我儿子娶这迦南地中的女子为妻，你要往我本地本族去，为我的儿子以撒娶一个妻子。"（《创世纪》24：3—4）摩西也曾这样告诫以色列人："不可与他们（外邦）结亲，不可将你的女儿嫁给他们的儿子；也不可叫你的儿子娶他们的女儿，因为他必使你儿子转离不跟从主，去侍奉别神，以致耶和华的怒气向你们发作，就速速地将你们灭绝。"（《申命记》7：3—4）由此可见，传统犹太人对异族通婚非常恐惧。因而，"很久以前犹太家长把选择通婚的孩子视作已经死去的孩子并默默静坐为其哀悼，这种情况并不罕见。如今，尽管多数家长希望孩子在犹太人内部选择配偶，但如果孩子选择与非犹太人通婚，他们也不会像过去那样感到羞愧。"（Brawer，2008：243）结果，在新的形势下，犹太人与非犹太人之间通婚比例也逐渐增高。依据1971年开展的全国美国犹太人口调查[①]，20世纪前40年美国犹太人和非犹太人（主要是基督徒）通婚比例为2%—3%，40—50年代已升至6%以上，1961—1965年为17.4%，1966年至70年代初已达30%以上。

纽斯纳·雅各布曾分析了20世纪80年代初美国犹太教的状态，并指出，美国犹太教作为一种看待世界、反映美国犹太人存在状况的宗教，"代表了一种不参与世界的体系……这样的犹太教并不与现实调和。"（Neusner，1981：5）可见，犹太教不但面临犹太社会世俗化带来的巨大冲击，而且在相当程度上还面临自我封闭、僵化守旧的问题，因此，犹太教做出改变的确是迫在眉睫的事情。

令人欣慰的是，像美国基督教一样，美国犹太教管理层也能不断观察形势，并作出调整，以适应世俗化趋势。结果，和欧洲犹太教一样，美国犹太教也随着时代的发展出现了改革派（Reform Judaism）、保守派（Conservative）、正统派（Orthodoxy）、重建派（Reconstructionism）等派别。其中改革派的影响力最大，"以坚决反对犹太教中僵化的观点和刻板墨守成规的做法著称"（徐新 2006：178），呼吁美国犹太教在新的形势下应该做出改变，主张"将乐器引进礼拜仪式，试行男女混坐，简化祈祷仪式"，这些做法和基督教的祈祷仪式并

[①] 参见：North American Jewish Data Bank ("National Jewish Population Survey 1971—Intermarriage." p.10.); See: http://www.jewishdatabank.org/NJPS1971.asp (August 7, 2007)

无二致,在一定程度上体现出犹太教对基督教的认同。改革派的《匹兹堡纲领》指出:"犹太教是一个进步的宗教,她曾为获得与理性的一致性而苦心孤诣。基督教和伊斯兰教是犹太教派生的宗教,但我们赞赏他们为推广一神教和道德真理所尽的努力。"(鲁达孚斯基,1996:328)改革派在费城会议上指出:犹太人的流散与漂泊不是因为上帝要惩罚犹太人,而是为了更好地让犹太人在全球传播上帝的旨意。改革派还明确指出,尽管希伯来语的训练非常重要,但教堂中必须使用英语。改革派还针对婚嫁、离婚以及家庭法律作出一些规定:没有孩子的寡妇可以再婚(依照《申命记》27章第7节这在以往是被禁止的);丈夫失踪的妇女可以再婚(依据《塔木德》这在以往是被禁止的);孩子没有接受割礼也被认为是犹太人;针对结婚程序,允许新郎、新娘交换戒指和公开婚姻信息,而以往只有新郎才有这个权限。《哥伦布纲领》对一些宗教节日(比如安息日、逾越节等)的举行方式做出了改变。依据该纲领,《圣经》诵读放在礼拜五的晚上而不是星期天的早晨,女孩也有了成人礼,妇女获得与男子平等地位,妇女也可以做拉比等。应该说,美国犹太教的改革派给美国犹太教注入了继续前进的燃料。

总之,在美国主流社会以及美国犹太社会不断世俗化的推动下,在美国基督教采取适应世俗化举措的启发下,美国犹太教发现应该针对现代化进程带来的新形势做出调整。因此,向美国基督教看齐,做出某些方面的改变,继而表现出认同的姿态,成为美国犹太人的重要选择。

四、美国主流社会在一定程度上希望并欢迎犹太教徒皈依美国基督教

从历史上来看:"犹太人一直生活在偏见之中,很少有基督徒不曾轻视过亚伯拉罕的子孙。传教士从来没有停止过对犹太人的强行要求,要求犹太人改宗,以拯救他们的灵魂——同时灭绝犹太教。"(马库斯,2004:118)大卫·S.沙夫也指出美国基督教的使命除了让政教分离外,还包括:"证明'凡人也可以在世俗王国中信奉上帝'的重要性;表明基督教的丰富经验和虔诚的基督徒使基督教与其他教派很容易兼容;让全美国人都信奉基督教。"(Schaff,1912:65—69)由此可见犹太人面临的宗教压力。

基督教作为在美国宗教领域占据绝对统治地位的宗教,一直期望保持自己的宗教强势地位。保持宗教强势地位的手段与方法有很多,比如在社区、单位(如

第三章　现代化进程中当代美国犹太文学对美国基督教的认同

大学、中学、企业、部队、政府机构等）开展各种宗教活动，广泛宣传美国基督教的教义，宣扬上帝无所不能、至高无上的力量，以及耶稣基督带给世间的福音；比如邀请教皇访问美国，通过教皇强化美国基督教的影响力，并打造全美基督教徒强大的凝聚力，因为作为天主教基石、超越国界、被耶稣基督授予权柄的"半人半身"的宗教领袖，教皇的一举一动、一言一行对其信徒，甚至是包括政客（比如民主党的肯尼迪家族、美国总统拜登、原美国国务卿克里、共和党的布什家族政治新星杰布·布什等都是天主教徒。教皇方济各在国会大厦向民众演讲时，美国众议院议长博纳甚至被感动得不断拭泪）在内的全体国民具有深远的影响。在这些手段与方法中，最为直接的一个就是动员还没有基督教信仰的美国人皈依基督教，美国犹太教徒自然也在被动员之列。因此，生活在美国的犹太人自然感受到这种被宣传、被动员带来的压力。

此外，到20世纪后半叶，犹太教和基督教新教，以及罗马天主教之间的关系得到极大的改善。罗马天主教于1965年发表了对犹声明（Nostra Aetate）。该声明历经四稿，第三稿表达了期望犹太教徒皈依基督教的愿望。第四稿即最终版的声明认为当时并非所有的犹太人（即只有直接造成耶稣基督之死的当时的犹太权威人物及其追随者才有罪）都对耶稣基督之死负责，现在的犹太人也不被认为因耶稣基督之死而有罪，因而"犹太人不应受到上帝的拒绝或诅咒"，呼吁基督教新教和天主教"不教导任何不符合福音真理和基督精神的东西。"（萨纳，2009：266）可见，这份声明极具宣传效果，它鼓励美国犹太教徒与美国基督徒密切沟通乃至深度融合，从其第三稿的行文，以及第四稿对犹太人若干问题的澄清来看，该声明点出了基督教与犹太教的许多共通之处，既为基督教接受犹太人皈依基督教提供了一定的理据，又在一定程度上发出了欢迎犹太教皈依基督教的信息。在此形势下，美国犹太教与美国基督教的交流逐渐增多，美国加利福尼亚州立大学圣芭芭拉分校（UC Santa Barbara）宗教学教授韦德·克拉·克鲁夫（Wade Clark Roof）甚至预言："（美国）犹太教与其他宗教融合的现象将变得司空见惯。"（黄陵渝，2004：160）在犹太教与基督教不断融合的情况下，不少犹太人甚至皈依了基督教，这也迎合了美国主流社会期望皈依犹太教徒的想法。

上述情形在美国犹太文学作品中也有所体现。贝娄的小说《赫索格》中的摩西·赫索格在康涅狄格写《浪漫主义与基督教》一书的第一章《浪漫主义与狂热信徒》时，第一任妻子戴西回了娘家，此时赫索格和他的邻居爱德沃尔（牧师）夫妇关系极为融洽。一天，爱德沃尔牧师"突然拿了几张照片来给赫索格看，拿这作为犹太拉比改信基督教的证据。"（贝娄《赫索格》）：172）[①]赫索格谢绝了牧师，但之后，"这位牧师不但没有放过他，反而更热心地来劝说他皈依基督教了。"（172）无独有偶，在贝娄的短篇小说集《口没遮拦的人》的一则短篇小说《银碟》中，南芝加哥一店铺主人莫里斯和儿子伍迪·塞尔伯斯特乘坐电车去拜访斯科格隆太太。莫里斯期望能从基督徒斯科格隆太太借五十美元，借口是要用这笔钱帮助店铺的周转，否则店铺里的员工要流落街头。斯科格隆太太的女仆约迪丝明知莫里斯人品不高，但她还是放他们进了屋，因为"她在一片雪白的包围之中梦想着一个新的耶路撒冷，梦想着耶稣的第二次降临，梦想着耶稣的复活，梦想着最后的审判再度到来。为了耶稣早日降临，为了实现所有这些理想，她必须感化他们——这两个冒着暴风雪前来行骗的叫花子的心。"（贝娄《可没遮拦的人》：229）斯科格隆太太同样知道莫里斯低劣的人品，但她还是给他开了五十美元的支票。在给完支票后，她进行了祷告，"耶稣基督啊，赐给我们光明吧，赐给我们启示吧，在莫里斯的心中换上一颗新的心吧。"（237）由此可见，以爱德沃尔牧师、斯科格隆太太、约迪丝等为代表的美国主流社会不但期望犹太教徒皈依美国基督教，而且采取了一系列实际行动来加以推进。因此，在美国主流社会各种举措的影响下，美国犹太人做出对美国基督教的某种认同是一件合乎逻辑，不足为怪的事情。

现代化进程中当代美国犹太文学对美国基督教的认同表征

前文论述了在现代化进程中，美国犹太教围绕基督教认同做出一定调整的根源。社会现实必然在文学作品中有所映射，美国犹太人在压力之下的认同选择必然在作品中有所反映，美国犹太作家应该承担起反映现实的重担。这些犹太作家明白，美国犹太人要想在这个全新的国度取得更好的发展，就不可一味地抱怨

---

① 因贝娄多部译著在同一年出版，此处参考文献体例是作家加作品再加页码。为简化之便，后面再出现该小说的引文页码，直接在括号内标注页码。其他小说的引文页码也做类似处理。

第三章　现代化进程中当代美国犹太文学对美国基督教的认同

主流社会，而应该通过作品勇于揭露犹太教的不合理之处，使这些作品起到督促犹太教做出调整的作用，在这些作家看来，这是犹太教对美国基督教认同的前提条件，美国犹太作家在许多作品中对诸多社会边缘人物进行描写正是出于这一目的。

亚历山大·波特诺是菲利·普罗斯的作品《波特诺的诉怨》中一个具有反叛意识的犹太青年，他需要通过非正常的性行为来缓解心理上的巨大压力，但在犹太教的无形影响下，始终无法挣脱羞耻感与焦虑。凯普什教授是《欲望教授》中的犹太主人公，虽然试图摆脱犹太教的影响与束缚，但始终无法做到这一点，因此，多年来一直挣扎于灵与肉的冲突中，内心的羞愧让他痛苦不已。辛格作品《市场街的斯宾诺莎》中的犹太学者费舍尔森无法摆脱犹太教影响，聚焦精神生活而深陷贫困之中。《忏悔者》中的约瑟夫·夏皮罗虽试图拥有世俗的快乐，但犹太教的强大影响力又使他痛苦不堪。

作为《辛格短篇小说集》中重要的短篇小说，"《傻瓜吉姆佩尔》描绘了现代人类在'社会反常轨迹'中的挣扎，辛格认为这是世界发展状况导致的地方病。"（Hennings，1983：11）有评论者认为辛格作品中这些社会反常行为的发生地通常是波兰的乡村，而该短篇小说则是很好的例证，因为"《傻瓜吉姆佩尔》从民间故事村中的喧嚣生活开始写起，后转向围绕预言愿景衍生的自相矛盾的智慧。"（Clasby，1996：90）《傻瓜吉姆佩尔》起初用意第绪语创作完成，后被贝娄翻译成英文。贝娄在接受罗马尼亚裔美国作家诺曼·马内阿的访谈时，曾这样称赞这部小说："它是篇绝妙的故事。那是辛格第一次以英语亮相。我翻译了它，然后把它发表在《党派评论》上。那是《党派评论》可以宣扬的荣耀之一。"（马内阿，2015：119）小说中的吉姆佩尔是一个孤儿，被犹太社区里的人冠以一系列称号："低能儿、愚蠢驴、亚麻头、呆子、苦人儿、笨蛋和傻瓜。"（辛格，1980：1）虽然妻子埃尔卡给他戴了绿帽子，给他生下了多达六个私生子，使他痛苦不已，陷于自我矛盾之中，因为他一直向往美好生活似乎遥不可及。依据小说情节的发展，怒火中烧的吉姆佩尔最后在犹太教的内省下，默然接受了这一切。

美国犹太作家笔下诸如波特诺、费舍尔森、夏皮罗、吉姆佩尔等社会边缘人物试图拥抱世俗的快乐，但又都在犹太宗教伦理的影响下处于极度痛苦状态，他们的际遇道出了犹太宗教伦理的现代危机，实际上发出了犹太教教义及犹太人行为方式应该做出调整或部分调整的信号。

回顾现代化进程中的当代美国犹太文学，不难发现，美国犹太文学作品往往通过多种形式的书写，体现出犹太教对基督教的认同。

第四节　认同表征一：
犹太主人公能理解基督徒的困境或赞美基督徒的高尚行为

许多美国犹太作家在对犹太教充满感情的同时，又对基督教有着深刻的理解，对耶稣精神有着深深的共鸣。马拉默德曾说人人都是犹太人，一定程度上道出了他对也曾受苦受难的基督徒的同情与理解。贝娄在《奥吉·马奇历险记》中曾借凯约·奥伯马克对奥吉说的话表述了类似的观点："每个人在他所选择的事物中都有苦处，耶稣就是为此遇难的。"（贝娄《奥吉·马奇历险记》：356）依据犹太传统，犹太人心中的上帝是《旧约》而非《新约》中的上帝，而且他们并不承认《新约》中的耶稣基督及其神迹，贝娄对受难的耶稣基督充满同情，在相当程度上表明了他对基督教的认同。贝娄在接受《波士托尼亚》杂志（*Bostonia*）的编辑基思·博茨福德（Keith Botsford[①]）采访时，承认"他首先把《旧约》转化成自己的内心生活"（贝娄《集腋成裘集》：359），但同时他还这样谈论对耶稣基督的感受："大约八岁的时候，我受到一次很大的震动。我住了一年半左右的医院。来了一位女教士，她给我一本儿童用的《新约全书》，我读了读，被耶稣的经历深深感动，我把他认作一位犹太同胞。"（354）在接受诺曼·马内阿的访谈，贝娄曾坦陈年少时的他"觉得自己爱上了耶稣，这是件永远也不能向家人提起的事。"（马内阿，2015：34）贝娄还曾这样表述道：

[①] 基思·博茨福德（Keith Botsford, 1928 - ），美国作家（出版 4 部小说，3 部自传作品，以及系列短篇小说），波士顿大学荣誉教授。此外，他还是 *Delos* 以及 *Kolokol* 两份杂志的创刊编辑。他曾与贝娄合办如下杂志：*ANON*; *The Noble Savage*; *News from The Republic of Letters*。他是如下杂志的编辑：*Bostonia*; *Poetry New York*; *Grand Prix International*; *Yale Poetry Review*；他还是下列杂志的特约编辑：*Leviathan*; *Stand*; *The Warwick Review*；目前，他是 *News from The Republic of Letters* 的编辑。

"在《赫索格》和《雨王汉德森》中,我对基督怀有开玩笑的成分。但在《赛姆勒先生的行星》中,我完全暴露了我的观点(作者注)。"(Pifer,1990:7)因此,《赛姆勒先生的行星》标志着贝娄对耶稣基督认识的转折点,即他对耶稣基督持高度认真、相当程度上认同的态度。贝娄曾在《赛姆勒先生的行星》出版几年之后,这样对班级学生说:"你们读《新约》,知道一直以来基督做出的假设是人们可以立刻区分善与恶……这毫无疑问。这意味着有某种勿用言明的知识——非常古老,如果不是永恒的话——人类确实共享这种知识,如果他们把相互间的关系建立于这种知识之上,其生存状况就会改变(向好的一面改变——作者注)。"(Pinsker,1973:977)上述文字表明贝娄、马拉默德等美国犹太作家对基督教深厚的情感,这也为他们在作品中书写对基督教的认同打下了一定的基础。

在贝娄的小说《受害者》中,基督徒柯比·阿尔比认为犹太青年阿萨·利文撒尔是造成他失去工作的罪魁祸首(但真正的原因是他嗜酒成性),因此与利文撒尔之间产生了矛盾,并且以多种方式向后者找茬,甚至在利文撒尔的家中和妓女寻欢。起初,利文撒尔非常反感阿尔比无止无休的跟踪与纠缠,甚至恼怒不已。小说中关于两人矛盾、纠缠的描写占据不少篇幅,因此诸如贝格利这样的研究者认为"《受害者》是一本针对'城市孤独、反犹太主义,在20世纪40年代美国社会普遍存在的绝望和倦怠现象'进行研究的重要作品。"(Begley,2007:437)贝格利是从消极的一面来展开讨论的,实际上,小说还呈现出许多积极的态势。随着小说情节的推进,利文撒尔想找阿尔比的老朋友威利斯顿诉说此事,但又担心威利斯顿也觉得他应该为阿尔比负责,在这一过程中,尽管他的内心十分纠结,但后来"利文撒尔认为自己生性就不爱猜疑人。他宁肯自己吃亏,也不愿意不相信别人。能够真正地不猜疑别人当然是好事,这就是人们所谓的基督精神。"(贝娄《晃来晃去的人受害者》:244)可见,利文撒尔已经把自己能够逐渐理解阿尔比的境遇视作基督精神。之后,在被阿尔比跟踪而只好与其被动接触的过程中,他突然对阿尔比的面孔和身体产生了在动物园中曾有过的亲近感,他还想象自己站在阿尔比身后,仔细观察阿尔比的皱纹与毛发,吸入其身上的气味。他甚至觉得自己可以感觉到阿尔比身体的重量。在亲切感的无形作用下，利文撒尔甚至让阿尔比住进自己家里。在故事结尾处，利文撒尔不断对自己进行反思，最终萌生了和阿尔比命运相连的感觉，如文中所言："两个人对视着，利文撒尔感到自己奇怪地受到一种感情的吸引。这种感情压迫着他。他不知道应该怎么对待这种感情，而他又喜欢这种感情。"（364）利文撒尔对阿尔比的那种亲近感以及独特的感情，折射出一名犹太教徒对基督教徒受难状况的同情、理解，继而达到对基督精神的深度理解。应该说，贝娄在故事结尾处发出了一个极其重要的信号：犹太教徒与基督徒的命运是紧密相连的，暗示主人公应秉持对基督教的认同态度。此外，小说还提及利文撒尔请假去带弟媳妇（基督徒）的孩子看病一事，因为他觉得弟弟不在家，弟媳妇独自带孩子绝非易事，决定"必须照料他的家属。"（201）利文撒尔的所作所为再次体现出犹太教徒对基督徒遭遇困境的理解。

贝娄的小说《赛姆勒先生的行星》中犹太大屠杀幸存者赛姆勒先生的内侄女玛戈特（犹太人）的丈夫阿尔金（也是犹太人）在去辛辛那提某希伯来学院讲学途中，因飞机坠毁身亡。之后，赛姆勒先生注意到，"玛戈特用他（即阿尔金）的名义说话，好像他可能本来会这样说，而又没有人来维护他的观点似的。这也是苏格拉底和耶稣的共同命运。"（贝娄《赛姆勒先生的行星》：19）这表明在赛姆勒先生的心中，阿尔金去神学院讲学与耶稣基督到四处布道相似，在基督教占主导地位的美国，阿尔金基于犹太教的讲学观点未必会得到主流社会的维护，正如耶稣基督的布道未必会得到当时罗马执政当局的支持一样，前者坠机身亡与耶稣基督受难而死产生宗教上的关联性。赛姆勒先生对阿尔金的死充满怜悯之情，继而把他与耶稣基督的命运联想到了一起，体现出赛姆勒先生对基督受难的同情，体现出对基督教的认同。

贝娄的小说《拉维尔斯坦》发表于2000年4月，5月即登上《纽约时报书评》畅销书的排行榜。迈克尔斯·伦纳德给予了这部作品高度评价："索尔·贝娄最新的一部小说《拉维尔斯坦》讲述的是一位名叫拉维尔斯坦的政治哲学教授与一位名叫齐克的作家之间的友谊。虽然没有什么叙事发展，但这部小说的事件、观察、思考和贝娄式的对话风格牢牢地吸引着你。"（Michaels，2001：11）小说中的德裔美国犹太人莫里斯·赫伯斯特需要心脏移植手术，恰好密苏

第三章　现代化进程中当代美国犹太文学对美国基督教的认同

里州的一位美国年轻人因车祸去世，于是该年轻人的心脏就被移植给了莫里斯，小说如此描写既表明美国犹太人的发展离不开基督教的无私帮助，又赞扬了基督徒的高尚行为，体现出犹太主人公对基督教的认同。

《店员》是马拉默德的代表性之一，历来受到学界广泛关注，也赢得了众多好评，从里贾纳·高兹考斯卡的评价可见一斑："马拉默德的准象征、准现实意义的'抑郁故事'——《店员》是公认的具有民间传说特征的小说。虽然失去了幽默的语调，虽然小说中习语的使用目的是获得诗意的、不太明显的讽刺效果，但它的民间习语和笨蛋—倒霉蛋式的民间人物使该小说归属于传统的意第绪喜剧故事。"（Gorzkowska，1982：35）小说聚焦对莫里斯、弗兰克、海伦等人物的刻画。故事中的小店店主犹太人莫里斯·波伯的女儿海伦·莫里斯起初遭到基督徒弗兰克·阿尔拜的非礼，对他非常厌恶与反感。之后，弗兰克进行了一系列的忏悔与救赎行动，以自己的实际行动拯救了小店，而且深深感动了海伦。在深度接触的过程中，海伦认识到，如果弗兰克对他隐瞒了什么，那也无非是他过去遭遇的苦难，孤儿的生活以及之后遭受的一系列折磨，她逐渐爱上了弗兰克，对他的感情越来越深，于是她认为："弗兰克不是犹太人这一点，不久前还是他们之间最大的障碍，也是她藉以防止自己爱上他的屏障。可是现在，连这一点也不见得那么重要，那么不可逾越的了。"（马拉默德，1980：140）可见，犹太徒海伦已经高度欣赏基督徒弗兰克的高尚行为，体现出了她对基督教的认同。小说中犹太社区里的另一户人家糖果店店主萨姆曾提到，他小的时候，一名老牧师常带他们去孤儿院，"每次他都给我们念一个圣方济各①的故事。这些故事直到今天我还记得很清楚。"（30）可见，犹太人萨姆被基督教界伟大人物圣方济各的崇高行为所感动，体现出他对基督教的某种认同。

《杜宾的生活》是马拉默德的重要作品，受到评论界的好评，从莱昂·埃德尔的评价可管窥一斑："评论家们已深入剖析了马拉默德富有人性的小说中的许多魅力之处。尽管有某些缺点，《杜宾的生活》描述了一个非典型的传记作

---

① 圣方济各（San Francesco di Assisi，1182—1226），又被称为亚西西的圣方济各或者圣法兰西斯），他是天主教方济各会以及方济女修会的创始人。据说，圣方济各身上印有耶稣基督受难时的五伤（即双手、双脚以及左胁上的伤）/ 圣痕，该圣痕是迄今为止唯一得到罗马教廷官方承认的圣痕。

者，在这种情况下，故事为我们提供了对传记艺术和写作技巧的见解。"（Edel 1980：131）小说中犹太主人公杜宾的妻子基蒂知道杜宾的情人就是之前在家中做清洁工的芬妮后，与杜宾大吵一架。之后，寝食难安，无心工作，深陷痛苦与自责中的杜宾开始反思自我，不由感慨道："就像基督他生来就是精神、语言、男人、汉子。你的犹太人的思想是同积极的男人的原则背道而驰的。你不敢像男人应该的那样生活。"（马拉默德，1998：380）由此可见，犹太人杜宾非常赞赏耶稣基督的精神，体现出他对基督教的认同。

《秘密》是辛格的系列短篇回忆录《在父亲的法庭上》中的一则故事，其中一名犹太妇女与一名基督徒生下私生子后，把婴儿放进篮子里，并把篮子放在基督教堂附近，遗弃了孩子。孩子的父亲也逃逸了，全然未尽父亲职责。该私生子被人收养后接受了洗礼变成了基督徒，但孩子的母亲全然不知道孩子成长后的任何情况。多年后，已变成奶奶的那名妇女来到辛格家找辛格的爸爸（一位犹太拉比）来忏悔往事，辛格的爸爸安慰她说："异教民族（即基督教徒）也是我们需要的。经上甚至写着，上帝将《托拉》先交给以扫和以实玛利①，只是他们拒不接受以后，上帝才给了犹太人。到了世界末日，他们也会认识到真理，异教民族中的义人也可以进天堂……"（辛格《在父亲的法庭上》：90）可见，辛格通过其父亲之口，表明了犹太人对"以那名私生子为代表的"受苦难的基督徒的理解。

《在父亲的法庭上》中有一则故事《洗衣妇》，讲的是一名基督徒洗衣妇如何勤勤恳恳，任劳任怨为包括辛格家在内的人家洗衣服几十年，甚至快80岁的时候依然做一名洗衣妇来养活着自己。她每隔两三周来辛格家一次，用包裹包好要洗的衣服，然后背着这个包裹走很远的路回家，经过十多道工序才把衣服洗干净，收的工钱也比较低。在某个寒冷的冬天，她稍弱的身躯背走衣服后，有两个来月没有回到辛格家，当全家人认为老妇人可能已过世时，她又用尽最后一口气把衣服送了回来。之后她再也没有来取过衣服。故事结尾处，辛格感慨道："早已衰朽不堪的身体倒下了。无论这些圣洁的灵魂在地上扮演什么样的角色，说那

---

① 依据《圣经》，以扫是以撒和利百加的长子（雅各是其弟弟）。以扫后来成为阿拉伯人的祖先，雅各则成为犹太人的先祖。以实玛利是亚伯拉罕和侍女夏甲的儿子，被认为是阿拉伯人的先祖。

第三章　现代化进程中当代美国犹太文学对美国基督教的认同

种语言，信仰什么宗教。我无法想象伊甸园会不接纳这个洗衣妇。"（30）可见，对犹太教有着深厚感情的辛格也被洗衣妇这名基督徒的精神所感动，为他的高尚品格所折服，体现出辛格对基督教的某种认同。

需要指出的是，尽管辛格的作品往往刻画的是波兰犹太人，但考虑到他长期定居美国，早已把这个山巅之城视作自己心中的迦南，因此，他笔下波兰犹太人对基督徒困境的理解或基督徒高尚行为的赞美，同样体现了辛格本人借助刻画波兰犹太人所作所为，达到对美国基督教认同的态度。

第五节　认同表征二：
犹太主人公在信奉犹太教的同时又在一定程度上信奉基督教

几乎每一个犹太人对自己所属宗教犹太教都充满深厚的感情。与此同时，长时间生活在美国这个基督教在宗教领域占绝对统治地位的全新国度里，美国犹太人对基督教教规教义，以及基督教徒的行为举止有了近距离的、全面而深刻的了解，自然被其合理性、先进性的元素所吸引，因此在一定程度上又会表现为对基督教的信奉。这种情况在美国犹太文学作品中有所体现。

贝娄的小说《赛姆勒先生的行星》中的苏拉是赛姆勒先生的女儿，也是大屠杀幸存者，二战期间，她在一座波兰修道院里躲藏了四年，才幸免于难。后来父亲的侄儿格鲁纳大夫把她和父亲带到了美国纽约。生活在美国这个全新的国度，在全新环境的作用下，"她（即苏拉）也有信奉基督教的时期。在复活节的时候，她几乎总是一个天主教徒。"（26）考虑到天主教是基督教的一大分支，可见，犹太人苏拉至少部分信奉基督教，正如赛姆勒先生在与格鲁纳大夫的儿子华莱斯谈到苏拉时评论的那样，"在圣诞节和复活节，（苏拉）有点儿像（基督徒）。"（99）赛姆勒先生的亲戚布鲁克也是犹太人，也在一定程度上信奉基督教，他在街上行走时还会猛然叫起来："基督是咱们的真诚朋友——上帝保佑你，老爷。"（60）贝娄的短篇小说集《口没遮拦的人》中一则短篇小说《今天过得怎么样》主要描写了女主人公卡特里娜·戈利格在身体欠佳、正在布法罗演讲的74岁男主人公维克托·伍尔皮的邀请下，从芝加哥乘机到纽约州去接他的故事。艺术家维克托与情人卡特里娜的行为举止隐约折射出他们的犹太人身份。上了年纪之后，维克托开始频繁地回忆往事，他参悟出"基督教《圣约·新约》中的《启示录》暗示了上帝的孩子犹太人要坚持不懈地以成熟的智慧，决心实现上帝对成人神圣的诺言。"（137）对《圣约·新约》的认可，表明维克托对基督教的部分认同。

贝娄在其小说《雨王汉德森》中虽然没有直接写出汉德森的族裔身份，但他的言行举止，包括他流浪——受难——得救的非洲经历，都在暗示他基本可被确定为犹太人。汉德森与在非洲遇到的向导洛米拉尤逃亡时，不得不依靠蝗虫充饥。这时他对洛米拉尤说道："这么说，我终于像施洗约翰一样，靠蝗虫过日子了。'在旷野有人声喊着说①……'""我（指汉德森——作者注）还大念《圣经》中的经文并唱歌。"（贝娄《雨王汉德森》：357）汉德森在回国的飞机上，还回顾自己在哥哥狄克死后，曾离家出走到加拿大安大略省的某个公园，公园负责人让他睡在马厩里，"我躺在马厩里，常会想起狄克之死，想起父亲。"（370）汉德森提到的《马太福音》中的约翰，以及所唱的赞美诗，都在被基督教奉为神明的《圣经·新约》框架内。他提到的马厩与耶稣基督出生的马厩显然具有互文性。此外，洛米拉尤生来是个基督教，每晚都会向上帝祷告。汉德森在洛米拉尤做祷告时也让洛米拉尤代他祷告几句。如文中所言："这时，我会坐在地上，鼓励他说：'你祷告吧！给上帝说说。也代我祷告几句。'"（57）考虑到洛米拉尤的祈祷对象是基督教中的上帝，而非犹太教中的上帝，所以，汉德森的举动表明他一定程度上信奉基督教，体现出他对基督教的部分认同。

贝娄的小说《洪堡的礼物》中犹太作家查理·西铁林曾在赌博时欠了表兄坎特拜尔大约600美元，给他开了偿还支票后，得知坎特拜尔在赌博时作了弊，于是要求停付支票。之后，坎特拜尔砸了西铁林的奔驰汽车，并让西铁林带现金去狄维仁街的俄国澡堂，在那儿坎特拜尔手持棍棒准备打他，这时的西铁林本能地说道："坎特拜尔，看在基督面上……"（贝娄《洪堡的礼物》：113）可见，长期生活在基督教的环境里，美国犹太人西铁林已一定程度上产生了基督教信

---

① 依据《圣经·马太福音》第3章第3—4节："……'在旷野有人声喊着说，预备主的道，'修直他的路。'这约翰身穿骆毛的衣服，腰束皮带，吃的是蝗虫与蜜蜂。"

仰，从而体现出他对基督教的部分认同。

《口没遮拦的人》中有一则短篇小说《堂表亲戚们》，故事中的叙述者艾扎·布罗德斯基是犹太人，在表弟坦基·梅茨格的姐姐尤妮斯恳请下，他通过给法官写信，施加影响，帮助表弟坦基·梅茨格减了刑。他在分析自己为何帮助表弟时认为，家族成员已经受到基督教爱人如己，帮助他人等教义的深刻影响，如文中所言："我知道不能拒绝（作者注：即不帮助表弟）。还在库利奇当总统时，布罗德斯基一家就在姨妈沙娜家的地板上睡过觉。我们挨饿时，她喂我们。基督以及先知的教导永远留在有些人的血液里。"（266）艾扎去看望因车祸而感染肺炎的莫迪舅舅时，莫迪提到了艾扎的堂兄肖勒姆·斯塔维斯，后者在做完癌症手术后写下了自己的遗嘱，依据他的遗嘱，其铭文应这样写道："《约翰福音》第十二章二十四节：'我实实在在地告诉你们，一粒麦子不落在地里死了，仍旧是一粒。如是死了，就结出许多籽粒来。'"（294—295）犹太人墓碑上即将刻上《圣经·新约》的铭文，在相当程度上体现出肖勒姆对基督教的认同。

"辛格1972年的小说《冤家，一个爱情故事》让人想起了本世纪初的移民小说，但与此同时，由于其大屠杀后的故事背景，它又显得截然不同。"（Bilik，1981：90）小说中的大屠杀幸存者犹太姑娘玛莎希望用基督教婚礼的方式与男主人公布罗德结婚，一定程度上体现出玛莎对基督教的认同。

第六节　认同表征三：犹太主人公皈依美国基督教或与基督徒通婚

从基督教的发展史看，早期基督教徒的殉道行为曾给那些非基督教教徒带来极大的心理震撼与冲击，殉道者的激情与勇气也极大地感染着旁观者，于是，出于敬佩、怜悯等因素，许多异教徒皈依了基督教，甚至罗马帝国的皇帝君士坦丁一世也皈依了基督教。杨锐博士曾对君士坦丁一世的皈依行为做过分析，认为"特殊的人生经历使他对基督教有一定的了解和好感，所以他就决定不再在别的神灵那里浪费时间，而是以基督教为信仰，与一个强大的上帝结成联盟以谋求政治上的胜利。"（杨锐，2003：106）君士坦丁一世的皈依行为，对我们理解美国犹太人在宗教领域的表现有所帮助。像曾经被基督教的高尚行为所感动而皈依基督教的那些非基督徒一样，生活在美国的部分犹太人在深度了解基督教历史，并被基督徒的各种高尚品行感动之后，会选择皈依基督教，这种现象在美国犹太文学中也有所呈现。

贝娄的作品《赫索格》中的马德琳虽然不是传统的犹太女性，但身上流的是犹太人的血液，深陷困境后，她皈依了基督教的一大分支天主教，着实让周围的人大吃一惊。正如赫索格在马德琳去神父那儿忏悔时所评价的那样："犹太人对信奉基督的高尚的淑女或君子的行为的解释，是社会舞台史上不同寻常的一章。"（152）马德琳皈依基督教一事，表明了她对基督教的认同。

贝娄的短篇小说《银碟》里的莫里斯一家是波兰裔美国犹太人，犹太主人公伍迪母亲的妹夫犹太人科夫纳博士原本是研究犹太法典的学生，但后来皈依了基督教，并成为一名基督教牧师。伍迪的母亲在她妹夫的影响下，也皈依了基督教，而且成了一名非常虔诚的基督徒。伍迪的两个姐妹也皈依了基督教。伍迪自己曾是唱诗班的优秀歌手，但"他从小就从科夫纳博士那里受到了基督教的熏陶。"（215）在科夫纳博士的强力影响下，"他曾当众宣告自己改变宗教信仰。丽贝卡姨母常常打发他去坐满了斯堪的纳维亚人的教堂，当众宣布他，一个犹太小男孩，改信了基督教。"（219）后来，"伍德罗（伍迪的爱称）接受了耶稣基督，把他当做自己灵魂的拯救者。"（218）可见，《银碟》中莫里斯一家成员里，除了莫里斯还信奉犹太教外，其他成员全都皈依了基督教，这种极其强烈的信号，表明了美国犹太主人公对基督教的认同。

如前所述，当美国犹太人深度接触基督徒并被基督徒的言行举止触动后，不但可能做出皈依基督教的举措，而且可能做出与基督徒通婚的决定。随着美国宗教世俗化的逐步加深，更多持不同信仰的人选择通婚，这种情况也在美国犹太人身上得到体现，并且在美国犹太文学作品中有所呈现。

辛格的长篇小说《冤家，一个爱情故事》中的犹太主人公赫尔曼·布罗德是大屠杀幸存者，二战后生活在美国纽约，先后有三位妻子，其中有两位是犹太妻子（塔玛拉和玛莎），一位是非犹太妻子（赫尔曼的波兰女佣基督徒娅德玮伽），娶娅德玮伽为妻体现了赫尔曼对基督教的认同。辛格的另一部小说《莫斯卡特一家》受到了评论界的好评，如菲尔德·莱斯利所评价的那样："尽管辛

第三章　现代化进程中当代美国犹太文学对美国基督教的认同

格的创作生涯已超过30年，但他的早期作品最为成功，尤其是一些较短的作品和长篇小说《莫斯卡特一家》。在这部长篇小说中，辛格以虚构的方式再现了1900—1938年波兰犹太人的生活。"（Field，1981：32）小说中的犹太主人公玛莎是富翁莫斯卡特的孙女，她嫁给信仰天主教的波兰军官后，也皈依了基督教的分支之一——天主教，小说的故事背景尽管不是美国，但辛格借助波兰犹太主人公对基督教认同的态度，体现了他希望为美国犹太人提供借鉴的意图。

贝娄的短篇小说《泽特兰：人格见证》里的马克斯·泽特兰是来自芝加哥的犹太难民，来到纽约发展，与基督徒绿蒂结了婚。贝娄的《勿失良辰》中的美国犹太人威尔姆，娶了主流社会的基督徒玛格丽特为妻。贝娄的小说《更多的人死于心碎》中的犹太主人公本诺·克雷德是一名美国植物学家，他的第二任妻子玛蒂尔德·拉雅蒙是美国主流社会的基督徒。在《贝拉罗莎暗道》中，贝娄安排无名叙述者这名俄裔美国犹太主人公迎娶主流社会的基督徒德里达，两人的婚后生活非常幸福。无名叙述者在妻子过世后非常痛苦，把阅读她曾阅过的书籍视作极其重要的事，因为他认为"了解她的想法也是相当要紧的事……我的习惯是在床上读到午夜，注意力集中在德里达标出的段落以及她在书尾写的心得上。"（贝娄《偷窃真情贝拉罗莎暗道》：245）

在《拉维尔斯坦》中，小说的叙述者犹太人齐克无法忍受第一任妻子薇拉的傲慢，齐克认为他和薇拉如同同一个地球、同一个太阳下各不相干的两个个体，闹到水火不容后二人离了婚。他的第二任妻子罗莎曼是主流社会的基督徒，她是典型的知识分子（博士），也是一位贤妻良母，善解人意又非常年轻的她让70多岁的齐克保持着活力。齐克认为他与罗莎曼能够相互欣赏与关心，使得他的第二次婚姻生活始终保持在高水准上。

在罗斯的小说《美国牧歌》中，犹太主人公塞莫尔·欧文·利沃夫迎娶的是信奉天主教的爱尔兰移民后裔，美国主流社会的新泽西小姐多恩·德维尔，"新娘在大西洋城竞选1949年美国小姐前还获得联盟县小姐以及乌普萨拉的春天女王等称号。"（罗斯《美国牧歌》：11—12）罗斯的小说《我作为男人的一生》具有"更明显的元小说技巧"（Royal，2010：128），获得了评论界的好评，被贴上了如下标签："对罗斯的最终评价，非常成功。"（Green，1978：

158）小说中的美国犹太主人公彼得·塔诺波尔以优异的成绩毕业于布朗大学后成为一名作家，1960年因《一个犹太人的父亲》荣获美国文学艺术研究院颁发的罗马奖。他迎娶的是来自纽约的基督徒莫琳·约翰逊。婚后，塔诺波尔发现，莫琳既是抽象派画家、雕塑家、短篇小说家，但也是一名"女演员（一个了不起的女演员！），一个爱说谎的人和一个精神变态者。"（罗斯，1992：101）可见，在塔诺波尔眼中，妻子让他无法忍受，结果，这段开始于1959年的婚姻于1962年走到尽头。甚至在离婚几年后，当弗洛西·凯尔纳打电话告诉他莫琳已死于车祸时，"我（塔诺波尔——作者注）没有相信他的话。我以为那是莫琳想出的诡计，目的在于让我在电话中说些什么，让她们录下来，拿到法庭上指控我。我想：'她又要来索取更多的赡养费了。'"（360）

《更多的人死于心碎》《勿失良辰》《我作为男人的一生》《冤家，一个爱情故事》中犹太主人公与基督徒通婚后的婚姻状况还不令人满意，但《贝拉罗莎暗道》中无名叙述者与德里达，《拉维尔斯坦》中齐克与罗莎曼，《泽特兰：人格见证》中的泽特兰与绿蒂，以及《美国牧歌中》的利沃夫和德维尔的婚后生活已让人比较满意，可见，以无名叙述者、德里达、齐克等为代表的美国犹太主人公已经对犹太人与基督徒之间的通婚已充满信心，折射出他们对基督教的认同。

第七节 认同表征四：
犹太主人公质疑契约论或推演得出基督教的合理性

在犹太民族发展过程中，他们经历过短暂的辉煌，但更多时候遭受的是歧视、不公、磨难、苦难甚至是屠杀。因而，虽然犹太人的意志力极其顽强，但在各种灾难的打击下有时也对契约论提出一定的质疑。质疑契约论，表明在部分犹太人看来，上帝的诺言没有兑现，他们心中的弥赛亚一直没有出现，犹太教显然存在不合理之处。在很多犹太人看来，长期以来基督徒得到的是繁荣、幸福、自由与民主，即使受到磨难，但也比犹太人少得多，这似乎在暗示基督徒的幸福之路与基督教的合理性密切相关，也在一定程度上暗示犹太人，犹太人遭遇太多的磨难应该与犹太教的不合理相关。因此，对犹太教不合理性的揭示，对其合理

第三章　现代化进程中当代美国犹太文学对美国基督教的认同

性的质疑，在相当程度上表明犹太人对基督教合理性的承认。事实上，在犹太民族发展过程中，犹太人在反省犹太教自身问题的同时，也察觉到基督教的诸多合理、理性之处。美国犹太作家敏锐观察到犹太民族在发展中面临的问题，出现的变化，并在犹太文学作品中加以体现。

质疑契约论是美国犹太作家质疑犹太教合理性的重要表现。依据犹太历史，"四千年前，有个叫亚伯拉罕的男人遇见了名叫耶和华的上帝。犹太人与上帝的对话就开始了。"（朱维之，1997：3）这种对话，让那时的犹太人认为他们已与上帝之间立下了契约：以色列人把上帝奉为唯一的神，听上帝的话，而上帝则把迦南赐给以色列人作为其永久的基业。"①大约公元前1720年，亚伯拉罕的儿子雅各率领族人迁徙埃及，之后经历了长达430年的奴役生活，结果，他们对契约论逐渐淡漠了。大约在公元前1290年，摩西带领犹太人逃离埃及，并在西乃山领受上帝赐予的法律，并接受上帝颁布的十诫。西乃山之约确立了犹太人和上帝之间牢不可破的、双向选择的契约关系，并且以法律的形式加以确认，使其变成真正意义上的契约论，也从此让犹太人以上帝特选子民自居，并且把契约论视作民族的精神支柱。然而，之后犹太民族遭遇的一系列苦难，又让辛格、马拉默德等美国犹太作家对契约论有所质疑。

辛格在《格雷的撒旦》中描写了17世纪波兰格雷小镇上的犹太人被哥萨克人屠戮时的各种惨状："他们见人就杀，活剥男人的皮，杀戮小孩；他们奸淫妇女，剖开其肚子……多数房屋被大火烧毁。他们焚烧格雷小镇几周后，小镇上横放的尸体无人掩埋。"（Singer，1955：13）屠杀之后，犹太幸存者回到了小镇。因为犹太教传统认为救世主弥赛亚会出现在罪恶满盈的地方，于是在等待弥赛亚来临之前，整个小镇上的大屠杀幸存者在拉比格达利亚的号召下，沉湎于种种罪孽之中，"他们认为每一次犯罪都会让自己越发迈向纯洁和精神的提升。"（137）事实上，这个所谓的"弥赛亚"是一名普通的犹太人萨巴泰·泽韦，这个伪君子被抓捕后皈依了伊斯兰教。小说对大量犹太人被屠杀的描写以及犹太人各种堕落的刻画，体现了辛格对契约论的质疑。

---

① 参见：中国基督教三自爱国委员会，中国基督教协会.《圣经》和合本[M]. 上海：中国基督教两会出版部发行组，2007：《创世纪》17：1—12.

在辛格的小说《奴隶》中，大量的犹太人被哥萨克人以各种方式屠杀，甚至女人的乳房与舌头都被割下，婴儿与儿童也被活埋。于是辛格用下列话语折射出他对契约论的质疑："'为何这种事情会发生在我们犹太人身上？'其中一个人问道。另一个人则回答说，'这是上帝的旨意'……是同一个上帝安排了天庭里的多元性。"（Singer，1973：102—109）辛格在《忏悔者》传递了类似的质疑信号："信仰上帝，同时赞颂上帝不凡的智慧，可是无法瞧见或不能颂扬其仁慈。"（Singer，1983：168）《辛格短篇小说集》中的著名短篇小说《渎神者》描述了查兹凯尔悲惨的一生，小说中的查兹凯尔是马洛波尔村本迪特家里6个孩子当中唯一的男孩，自小学时，就质疑上帝："如果上帝是仁慈的，为什么小孩子要死去？如果他爱犹太人，为什么非犹太人要揍他们？……一个这么残酷折磨一匹无辜老马的上帝就不能称为上帝，而是个凶手……上帝是个聋子，而且他憎恨犹太人。在克迈尔尼斯基把孩子活活烧死的时候，上帝拯救过他的人民吗？……这全是上帝的错。"（318—331）他还在经院学习期间，就指出《圣经》以及《犹太教法典》当中自相矛盾的地方，惹得艾菲里姆·盖布里尔拉比恼怒不堪，结果他不但挨了父母亲的责罚，被逐出经院，在困境中度完余生。在该短篇小说集的短篇小说《皮包》中，辛格这样写道："他不是上帝。他是魔鬼。他也是一个希特勒——这就是严酷的事实。"（280）在《辛格短篇小说集》的另一则短篇小说《外公和外孙》中，辛格愤慨而言："上帝的面容是被遮蔽住的；可是，全能的上帝难道就不能找到另一个方法来显示他的力量吗？"（385）虽然说辛格的上述小说背景是欧洲而非美国，但考虑到辛格发表上述小说时，已移居美国，因此，这些小说对契约论的质疑或质问可被认为是美国犹太作家对犹太教合理性的一种思考。

马拉默德在《上帝的恩赐》中借助小说中科恩质问上帝的话语同样表达了他对契约论的质疑："在第一次大毁灭之后，你曾向我们保证今后不会再发洪水——'今后永远不会再发洪水毁掉地球了'……相反，你又一次让洪水泛滥。"（Malamud，1982：12）上帝则这样回答："因为他们陷入罪恶之中，我将最终让他们灭亡……我给予人类自由，但自由被他们滥用了，于是他们将自己毁了……他们没能依据契约的规定进行生活，所以，我让他们自我灭亡。"

（12—13）

  罗斯的朱克曼①三部曲、《欲望教授》《乳房》，以及被称为"刻画罗斯小说中后来出现的那些典型的滑稽而又神经过敏人物的先驱之作"（Aarons 2004：170）的《波特诺的怨诉》等作品揭示了美国犹太人种种困境，甚至是苦难，在相当程度上传递了作者质问契约论的信息。

  罗斯的短篇小说集《再见，哥伦布》得到评论界的好评，从科恩·约瑟夫的如下评论可管窥一斑："罗斯早期的辉煌作品《再见，哥伦布》（1959年）、《波特诺的怨诉》（1967年）体现了作者的艺术、他的想象力、超凡的听觉和他对自己所写的中产阶级犹太人行为方式神秘且准确的描绘。"（Cohen，1989：197）该短篇小说集中的短篇小说《犹太人的改宗》刻画了"敢于通过推演得出基督教合理性"的奥齐·菲德曼，一个只有13岁大的美国犹太主人公。不同于其他上神学课的孩子，爱提问题的他并没有盲目相信犹太教宣扬的一切教义，而是怀着理性的心态对其进行质疑，进而推演出基督教的合理性。他在与同班同学伊齐·利伯曼的对话中这样说道："耶稣基督的母亲是马利亚，他父亲可能是约瑟，新约说他真正的父亲是上帝。"（罗斯《再见，哥伦布》：131）他借用宾达拉比的话这样回顾道："耶稣在历史上确有其人，是你我那样的人。"（131）奥齐"想知道，宾达拉比怎能称犹太人为'上帝特选的子民'，而《独立宣言》却声称人类生而平等。宾达拉比试图用政治平等和精神合法性两者的区别来说服他，但奥齐感情激烈地坚持说，他想要知道的与此不相干。这导致他母亲第一次被召往学校。"（131）他还这样质疑宾达拉比，"如果上帝能在六天内创造一切，那他为什么不能使女人不交合就生孩子？"（131）他对伊齐这样表述道："伊齐，我整整想了一个小时，现在我相信上帝有能力这样做。"（132）由于他向宾达拉比提出上述难以回答的问题，恼羞成怒的拉比让奥齐的母亲菲德曼太太二次来校进行检讨，菲德曼太太也对奥齐进行了责罚。后来，奥齐爬到教堂的顶部，宣称要用跳楼来对抗楼下的宾达拉比、菲德曼太太，以及赶来救援的消防人员。当站在楼顶的他质问宾达拉比是否相信上帝，是否相信上帝能做任何事情，宾达拉比全部用"是"做回答。他还这样对宾达拉比说，"告诉

---

① Zuckerman 经常被学界译成朱克曼或祖克曼。

我你相信上帝无须交合就能创造生命。"（145）宾达拉比也用相信来做回答。他还让在场的所有人（包括他的母亲和宾达拉比）都重复一遍。"然后他又要所有人起誓说他们相信耶稣基督——先一个个起誓，再全体一起起誓。"（146）他们一一照办。最后，奥齐从楼上纵身跳下，摔入消防人员早已布置好的大网之中。由此可见，罗斯借助奥齐之口，不但揭示了犹太教与基督教之间的分歧，而且还传递出基督教具有合理性这一重要信息：因为既然上帝无所不能，那么上帝完全可以做到让耶稣基督无须通过交合就可以降生；如果前者成立，那么耶稣基督应该是上帝的儿子，犹太人也就应该承认耶稣基督。拉比等人的起誓在很大程度上表明他们已发现犹太教不尽合理之处，并且已认识到基督教的合理性。

在贝娄的小说《赛姆勒先生的行星》中，在欧洲遭受各种苦难的大屠杀幸存者赛姆勒先生愤怒不已，甚至对上帝产生了质疑，如文中他对拉尔博士所说："在战争期间，我没有宗教信仰，我那时一直厌恶东正教一套，当时我看到死亡并没有感动上帝。地狱是对他无足轻重的东西……上帝难道不过是活人的闲扯？"（235）在战争期间，他近距离射杀了一名德国兵，尽管他知道这样的做法与十诫中"不准杀人"[①]这一条相冲突，但他还是那么做了，因为"那时候，他心中并没有上帝。有好多年，在他自己的心里，除了他自己外，并没有其他的审判人。"（141）此外，贝娄在《贝拉罗莎暗道》《只争朝夕》《受害者》等作品同样揭示了美国犹太人的各种困惑、困境与抱怨，是以间接的方式传递了作者质问契约论的信息。

贝娄的小说《赫索格》中的赫索格和芝加哥精神病学家埃德维谈论自己的

---

① 摩西十诫是犹太教的律法根基。摩西十诫分别出现于《圣经·出埃及记》（20：3—17）以及《圣经·申命记》（5：7—21）。摩西十诫的内容是："1.我是耶和华－你的上帝，曾将你从埃及地为奴之家领出来，除了我之外，你不可有别的神；2.不可为自己雕刻偶像，也不可做什么形象仿佛上天、下地，和地底下、水中的百物。不可跪拜那些像，也不可侍奉它，因为我耶和华－你的上帝是忌邪的上帝。恨我的，我必追讨他的罪，自父及子，直到三四代；爱我、守我戒命的，我必向他们发慈爱，直到千代。"即不可崇拜偶像；3.不可妄称耶和华－你上帝的名；因为妄称耶和华名的，耶和华必不以他为无罪；4.当纪念安息日，守为圣日。六日要劳碌做你的工，但第七日是向耶和华－你上帝当守的安息日。这一日你和儿女、仆婢、牲畜，并你城里寄居的客旅，无论何工都不可做；因为六日之内，耶和华造天、地、海、和其中的万物，第七日便安息，所以耶和华赐福与安息日，定为圣日；5.当孝敬父母，使你的日子在耶和华－你上帝所赐你的土地上得以长久；6.不可杀人；7.不可奸淫；8.不可偷盗；9.不可做假见证陷害人；10.不可贪恋人的房屋；也不可贪恋人的妻子、仆婢、牛驴，并他一切所有的。"

妻子犹太人马德琳时曾说:"我不赞同尼采的说法,认为是耶稣把他的奴隶哲学传染给世人,把这个世界弄得病态了。可是尼采自己却有着基督教的历史观,总是把'现在'看作是一种危机,一种人心不古的堕落,一种腐败,或者是一种需要救赎的罪恶。这种看法,我称之为基督教的历史观。无疑,马德琳也有这种看法。从某种程度来说,我们中不少人有这种历史观。认为我们需要消毒,需要治疗,需要救赎。马德琳就需要一个救助的人。"(80)可见,犹太人赫索格并不认为耶稣基督是把世界弄糟,让世界呈现病态的恶人,相反,他认为耶稣基督是给世人带来救赎理念的善人,他的第二任妻子马德琳就是应该被救赎的人之一。赫索格的上述言论既高度赞扬了基督教的历史观,又体现出他秉持基督教具有合理性这一观点。

第四章
现代化进程中当代美国犹太文学对美国历史的认同

第一节 美国历史的回顾

1606年，经英国女王批准，伦敦弗吉尼亚公司以及普利茅斯公司分别在北美南部、北部开展建立殖民地的活动。1606—1607年，普利茅斯公司在缅因州建了殖民地。1607年5月，伦敦弗吉尼亚公司装载的移民在北美詹姆斯河河口登陆并建立了定居点，这次行动也被认为是英国在北美建立殖民地的开端。1620年"五月花号"帆船把一批英国政治避难者送到北美大陆，他们在马萨诸塞州登陆，并在那建立了普利茅斯城，为英国在新英格兰建立殖民地打下了基础。之后涌来的移民者不断建立殖民地，到1733年，英国人在北美一共建立了十三个[①]殖民地。在这一百多年里，殖民地之间经济往来频繁，统一的市场逐渐形成，英语逐渐成为通用语言。"在北美新大陆，欧洲各族移民形成一定的共同体意识，融合为一个有别于英国人的新民族——'美利坚民族'。"（范悦，2005：11）殖民地建立之后，由于英国对北美殖民地实行剥削政策，严重阻碍殖民地的经济发展，造成殖民地人民极大的愤慨与不满，也逼得他们走上了抗争的道路。

1775年4月，莱克星顿打响了美国独立战争（也称美国革命或北美独立战争）的第一枪。经过长达8年的战争，英国承认13个北美殖民地获得独立，这标志着北美殖民地最终摆脱了英国的统治，赢得了这场争取民族独立、抵抗殖民统治的战争。这场战争也是世界史上第一次由殖民地战胜宗主国、规模较大的殖民地争取独立自主的战争。当然，美国建国的标志并不是独立战争的结束，而是1776年7月4日第二届大陆会议通过的由托马斯·杰斐逊主笔起草的《独立宣

---

① 这十三个殖民地为：弗吉尼亚、康涅狄格、新罕布什尔、马萨诸塞、特拉华、纽约、新泽西、罗得岛、宾夕法尼亚、南卡罗来纳、北卡罗来纳、马里兰、佐治亚。这些殖民地隶属英国，虽然被英国女王授予政治自治权，但不得占据英国议会席位。1607—1733年期间曾有16个，后被兼并保留至13个，即美利坚合众国刚建国时的那13个州。

第四章　现代化进程中当代美国犹太文学对美国历史的认同

言》的发表，它宣布"我们这些联合一致的殖民地从此是，依照公理，也应该是，自由和独立的国家；我们取消一切对于英国王室效忠的义务……我们以自由独立国家的地位，有全部的权力来宣战、缔和、联盟、通商和采取独立国家有权采取的一切行动。"（康马杰，1979：14）1787年，随着《美利坚合众国宪法》的通过，美国成为一个联邦制国家。

获得独立之后的美国通过发动战争，使得领土面积不断扩展，逐渐从大西洋沿岸拓展至太平洋沿岸。由于北部与南部经济发展方向上的无法兼容及其他原因，南北战争（又称美国内战）爆发，最终代表资产阶级利益的北方获得了胜利。在相当程度上，这是自由资本主义对蓄奴制的胜利，从而推动了美国资本主义的快速发展。"1776—1867年北美出现的民族国家（主要指美国、加拿大——作者注）拥有许多共同之处：它们都挣脱了殖民统治；它们都在拒绝欧洲帝国的过程中找到了民族定义；它们都以牺牲印第安人为代价来进行领土扩张，它们都与奴隶制与殖民经济作斗争。"（Cayton，2002：106）

南北战争之后，美国进入重建时期，1877年随着美国南方进步法令的制定，民主重建宣告结束。之后，美国完成了具有重要意义的工业革命，经济实力剧增。值得注意的是，18世纪末开始、20世纪初结束的西进运动是这100年来的重要历史事件，"西部边疆带来了激情年代，在这一年代里移民者变成了美国人，美国人依靠自己的努力取得成功。"（Higham，1994：1295）总的来说，"在19世纪，美国不断创新的神话已经传播到美国人的日常生活中。"（Higham，1994：1292—1293）

之后，美国大萧条历史使得美国经济发展受挫，民众生活受到一定的影响。第一次与第二次世界大战确立了美国在资本主义世界的领导地位。之后的冷战造成美苏争霸，两极格局的形成。冷战之后，美国成为全球唯一超级大国。20世纪60—70年代，美国深度介入越南战争（也被认为是冷战中的局部战争），并深陷战争泥潭。20世纪50—70年代，随着美国民权运动的广泛开展，一批又一批的美国少数民族，在"20世纪50年代末—60年代初所谓黑人革命"（Degler，1980：9）的指引下提升自我意识。

20世纪80年代，美国经济平稳发展，进入20世纪90年代后，美国的计算机等产业带动了高科技信息产业的发展,美国开始了新一代产业革命,之后不断发展,直至今日。2001年,美国经历"9·11"事件,纽约世贸中心一、二号楼被攻击后相继倒塌,五角大楼的局部结构也遭到破坏,美国本土遭受史上最严重的恐怖袭击,遇难人数约3000人。"9·11"之后,美国的反恐力度不断增大,对外用兵也趋于活跃。

对任何一个国家来说,国家历史至关重要,美国也不例外。"美国人需要国家历史,因为美国的自由民主政治依赖于塑造国家共同体的历史进程。"(Neem,2011:50)在此背景下,"报纸、政治家、专家以及爱国组织已经呼吁把美国历史作为大学必修课,几所大学已经把美国历史学习作为毕业的前提条件。"(Strayer,1942:537)正如卡尔·N.代格勒所指出的那样:"美国历史不断帮助美国人明白我们从何处来,我们是谁。而且因为它关注价值,所以美国历史还有助于我们决定往哪去。总的来说,美国历史不但有用,而且对每一位美国人的生活来说都必不可少。"(Degler,1980:25)

现代化进程中当代美国犹太文学对美国历史的认同表征

美国犹太人作为美利坚合众国的一部分,同样随着美国不同历史阶段的发展而见证、参与了美国历史的每一个阶段。美国犹太作家作为美国犹太人的重要代表与民族的传声筒,必然要对如何看待美国历史表明态度。从美国犹太文学作品来看,美国犹太作家总体对美国历史秉持认同的态度。

第二节 认同表征一:
作品体现出对19世纪下半叶至20世纪初美国历史的认同

19世纪下半叶至20世纪初是美国社会发生重大变化的时期,也是美国现代化进程中的重要时期。此时的美国被贴上"镀金时代"这一标签,生产力得到大幅提升,托拉斯组织越来越多,城市化进程加快,中产阶级群体越来越壮大,美国成为进步主义运动的引领者。良好的发展态势在美国犹太文学作品中也得到体现。总体看来,美国犹太文学作品间接体现出对这一时期美国历史的认同态度。

第四章 现代化进程中当代美国犹太文学对美国历史的认同

亚伯拉罕·卡恩于1860年出生在立陶宛的一个犹太家庭。1881年沙皇被刺杀后,卡恩差一点遭到逮捕,为躲避灾祸,他告别父母,离开祖国,来到了美国。他的自传体小说《戴维·莱文斯基的发迹》发表于1917年,但小说的背景主要是19世纪的俄国与美国。小说中的犹太人戴维出生在俄国的一个小村庄,庄子里既有犹太教堂还有对犹太人虎视眈眈的哥萨克人。戴维的母亲与非犹太人发生一点冲突后,被非犹太人杀害,戴维也被痛打一顿,后到明斯克居住。1881—1882年俄国发生针对犹太人的大屠杀之后,戴维设法来到了美国。在美国这个全新的国度,戴维立刻被处于第二次工业革命中的美利坚合众国所吸引,决心融入美国主流社会中去。于是,戴维不断打拼,从一个普通的工人变成了百万富翁,成为自由主义的信奉者。长期生活在美国的他听到美国国歌时都会肃然起敬。他对美国充满感情,曾在小说中这样说道:"我们在这面国旗下面不会受到迫害。我们终于寻觅到了一个家。"(Cahan,1917:424)可见,戴维对比了他所经历的19世纪俄国历史与19世纪的美国历史,认为正是在美国,他才实现了人生目标,找到了尊严、自由与民主,找到了真正意义上家的感觉,因此,他高度认同19世纪的美国历史,并且把自己深度融入这一历史进程中。

玛丽·安婷于1881年出生于俄国一犹太家庭,从小就生活在隔都里。父亲是一名鞋匠,但生意惨淡,只好带领全家移民美国。玛丽随父亲于19世纪末来到美国,后来她克服语言障碍,以及其他的初期不适,经不断努力,从一名工人成为一名知名作家。她的自传体小说《应许之地》发表于1912年,小说的时间跨度为19世纪后期至20世纪初,涉及的地点是19世纪后期的俄国和19世纪末—20世纪初的美国。玛丽在小说中回顾了家人在俄国的遭遇与困惑,正如她在小说中所写的那样:"当我还是一个小姑娘时,世界就被分为两个部分:一个地方是波罗特斯克,即我居住的地方(即犹太隔都——作者注),另一个地方是被称为俄国的那个陌生地方。"(Antin,1912:1)可见,玛丽认为隔都把她及其家人与俄国人隔离开了,而且她与她的家人受到了种种限制、歧视与不公,于是生活在隔都里的玛丽并不认为自己属于俄国。她收到来自父亲的让全家人立刻赶赴美国的信件后,兴奋不已,感觉"星星变成了数百万计的太阳,风从外部吹入家里,在我的耳畔鸣响。'美国!美国!'"(162)之后,她通过努力,完成了大学学业,嫁给了牧师的儿子,找到了归属感,每次想到自己成为美国人时,常激动不已。来到美国之后,她甚至有重生的感觉,感觉这个应许之地赋予了她特别的礼物,她在自传结尾处这样写道:"美利坚合众国是最年轻的国度,继承了历史上的一切东西。我是这个国家最年轻的孩子,传递到我这儿的是这个国度无价遗产。我拥有着整个庄严肃穆的过去和光芒耀眼的未来。"(364)可见,玛丽对比分析了两段历史,19世纪末她和她的家人在俄国那段不堪回首的历史,19世纪至20世纪初在美国这段让她找到尊严、方向、未来的全新历史,从而表明玛丽对这段美国历史的认同态度。

在《应许之地》发表后,玛丽·安婷又出版了短篇小说《谎言》("The Lie", 1913),小说中的犹太移民鲁丁斯基向校方瞒报了儿子戴维的年龄(少报两岁),以便让儿子能顺利接受美国教育,进入美国主流社会。因为年龄原因,入学后的戴维显得比较孤单而又拘谨,此时他的教师拉尔斯顿小姐给予了戴维以极大的关心,甚至让他在班级活动中担任重要角色,以便对他加以鼓励,增强他的信心。戴维被拉尔斯顿小姐的行为所感动,也为自己在年龄上说谎而十分羞愧。后来戴维突然生病,卧床不起。得知戴维生病后,拉尔斯顿小姐亲自登门看望,让戴维及其家人感激不尽。小说中的拉尔斯顿小姐对戴维的关心与接纳,让她具有超出教师身份的特定身份。在小说结尾处,作者这样写道:"戴维永远不会忘记接下来的那个时刻。这个女性总是回想起在昏暗角落处躺着的那个男孩炽热的眼神。那个男孩总是忆起老师的声音如何让他心灵悸动,老师那双冰冷的双手放在他的手中,屋子里的灯光如何在她的头顶形成一个光环。"(Antin, 2001: 200)可见,戴维眼中的拉尔斯顿小姐已经成为一个大写的人物,成为犹太人眼中的"应许之地"。当戴维拒绝唱美国国歌时,拉尔斯顿小姐则告诉他,美国国歌是为了讴歌美利坚合众国开创者而创作的,犹太人同样参加了美国独立战争,因此也是美国的开创者。她还告诉戴维,美国重视个体的勇敢及其对美国的贡献,而并不在乎个体的宗教信仰。小说借助拉尔斯顿小姐之口,为"把美国看作是犹太人的应许之地"找到了充分的理据。考虑到小说的出版时间和故事发生的时间大体在19世纪末至20世纪初,在这一时期,戴维在拉尔斯顿小姐的关心帮助下找到了生活的信心与前进的方向,可见,戴维的行为道出了他对这段美国历史的认同态度。

第三节　认同表征二：作品体现出对美国大萧条历史的认同

第一次世界大战之后，美国经济发展迅速。1923年，时任美国副总统约翰·卡尔文·柯立芝（John Calvin Coolidge Jr.，1872－1933）因为原总统哈定病逝于任内，随即被递补为总统。1924年他成功连任，成为美国第30任总统，在他的任期内（1923—1929），通过革新技术、优化固定资本、经济扩张、提高企业生产以及管理水平，美国社会经历了快速发展时期，而此时的英法德等欧洲国家经济处于停滞或恢复状态，因此，柯立芝担任总统的那段时间又被称为"柯立芝繁荣"时期。此时，美国"伴随着工农业生产的增长和经济的高涨，已经形成了空前活跃的证券市场。1927年以后，骤发的投机狂潮又掀起可怕的巨浪。到1929年夏，证券狂涨已经到了极端不合理的程度，证券市场的崩溃势在必然。"（余志森，1992：261）可见，由于当时股票投机成风，这一繁荣本身具有一定的欺骗性与虚假性，并孕育着巨大的危机。1929年10月24日（星期四），美国证券市场1300万股股票易手，大量经纪人与小投机者破产，这一天被称为"黑色星期四"。到当年的11月中旬，纽约证券交易所证券价值贬值一半，到年底累计损失高达400亿美元。证券市场的崩溃，引发了经济环节的连锁反应，于是，股票的恐慌性抛售使美国陷入空前的经济危机，这一危机甚至蔓延至欧洲和日本。美国一直处于危机的中心，遭受了最为沉重的打击。其结果是，美国的生产大为缩减，大批银行倒闭，企业破产，失业者剧增，这一糟糕的情况一直持续到1933年。

这场席卷美国的1929—1933年经济危机，带来了史无前例的经济大萧条，也正因为此，大萧条历史成为包括美国犹太文学在内的文学界关注对象。尽管从物质层面来说，美国大萧条给包括美国犹太人在内的全体美国人带来了不小的影响，但美国犹太作家并没有一味地抱怨这一历史时期，而是从中找到其有益元素，通过文学作品体现出对这一独特历史时期的认同态度。

在贝娄的小说《奥吉·马奇历险记》中，奥吉在回忆大萧条历史时，曾说当时包括知名人士在内的所有人都不好过,这些人除了个人生存而进行有限度的交流之外,不再关心任何东西,克雷道尔经常发脾气,摔东西;艾丽诺精神委靡不振,常躲在房里哭泣。奥吉本人要不是因为迷恋希尔达·诺文森,会更加痛苦不堪。但在如此艰难的岁月里,奥吉以及他的家人不畏艰难,想方设法渡过难关。奥吉以及他的哥哥西蒙在此期间做过各种报酬不高、不太体面的工作,甚至做过窃书贼,但依据小说,他们从未有过抱怨,始终着眼于解决困难的具体措施。小说在描写奥吉全家应对大萧条时,语气是诙谐的,幽默的,甚至把这段历史看做是丰富人生的重要过程,看做是一笔弥足珍贵的财富。奥吉的母亲,尽管"心里也很不安,她并没有像通常那样露出什么痕迹,你须得善于察言观色才能发觉。我注意到她恭顺中含有倔强。她那双视力不好的绿眼睛,时常久久地停留在周围的物品上。有时候,无论干多少费力的活,也不见他高耸的胸脯有所起伏。"(75)由此可见,奥吉的母亲并未被大萧条击倒,而是充满信心,沉着应对。小说对奥吉一家在大萧条时期的描写,体现出主人公对大萧条历史的认同态度,在主人公看来,这段历史是犹太人成长过程中的重要阶段。

在贝娄的小说《勿失良辰》中,威尔姆的精神导师塔莫金医生希望威尔姆不要被大萧条时期的困难所吓倒,他鼓励威尔姆在这一阶段大胆投资,曾如他在文中所言:"有谁不知道一九二八——二九年以来一直是这样,而现在仍然处在高潮呢?有谁没有看过《大光明报》上的调查吗?天上地下到处都是钱。大伙都在大量地往家里扒钱。"(贝娄,1981:8)可见,塔莫金眼中的大萧条时期仍然充满了挣钱的机会。文中的塔莫金居无定所,生活并不宽裕,但他不但能坦然面对这段历史,而且积极鼓励他人积极应对,并给出相应的建议,体现出他对这段历史的认同态度。的确,犹太主人公威尔姆在大萧条时期也经历种种困境,但他并未对这段历史加以抱怨,而是希望从中找到机会,期望实现自己心目中的美国梦。物质上遭遇困境,投资上遭遇失败的威尔姆决心再试一次。诚如鲁斯·米勒对小说进行深入分析后指出,"尽管被现实击败,汤米所想的是再获得一次机会,再试一次,重新开始,找到可以更好、更正确生活的途径。"(Miller,1991:94)在小说结尾处,威尔姆决定采取行动,把全部资金投入股票市场,因为他始终坚信即使在大萧条时期,机会仍无处不在,而且他还认为:"他(威

第四章　现代化进程中当代美国犹太文学对美国历史的认同

尔姆）一定能够挽回他生活中的荣誉、幸福和无忧无虑的安宁。"（98）可见，威尔姆也对大萧条历史秉持认同的态度。

在贝娄的小说《赫索格》中，赫索格的朋友卢卡斯·阿斯弗特与赫索格聊天时，曾对赫索格说，大萧条时期，他全家不得不搬进一家设施极其简陋的客栈，他的父亲在客栈的顶楼上隔出一套房子供全家居住。他还问赫索格是否记得不远处的那家干草市场剧院，赫索格回答说："那个演脱衣舞的剧院？哦，记得，卢卡斯。那时我经常逃学去看她们跳脱衣舞。"（349）可见，在物质极度贫困的大萧条时期，以赫索格及其朋友卢卡斯·阿斯弗特等为代表的美国犹太人能积极面对困境，并能找到生活中的快乐之处，缓和大萧条带给人们的令人不悦的心境，体现出他们对这一段历史的认同态度。

《院长的十二月》是贝娄的重要作品，得到了评论家的好评，西蒙别·茨基认为"贝娄的最新小说《院长的十二月》（1982）是他最有影响力的小说之一。在我看来，它为20世纪美国作家的文学作品做了最好的辩护。"（Betsky，1984/5：59）小说中阿尔伯特·科尔德是芝加哥一所著名学院的院长，与科尔德一起长大的杜威·斯潘格勒曾回忆起大萧条时期，他和他的家人"去第十二街和纽伯利的批发处拿一点'包退包换'的货，然后挨门叫卖——比如太阳镜、桌子滑槽、连衣内裤、棉布袜之类。"（130）科尔德十分了解斯潘格勒家的具体情况，以及斯潘格勒家如何度过大萧条历史。当斯潘格勒和科尔德在罗马尼亚见面时，他曾感慨："想想吧，这样的聚会怎么能不引起杜威快乐的乡情呢？"（贝娄《院长的十二月》：130）可见，斯潘格勒十分期待与科尔德分享乡情，分享那段难忘的大萧条历史，因为正是在那样的环境里，他们一起成长，见证了美利坚民族艰难的岁月，这表明了以斯潘格勒为代表的犹太人对美国大萧条历史的认同态度。

贝娄的短篇小说集《口没遮拦的人》中有一则短篇小说《口没遮拦的人》，故事的叙述者肖穆特博士在写给罗斯小姐的信件中，曾描写自己的母亲在大萧条期间仍乐观向上，操持生计，"那时候，她的神经也许就有些不正常，行为夸张，爱哭闹。但是在管理这个家时，她却很有些大将风度。我们家的厨房是她的指挥部。"（48）小说对精神不太正常的肖穆特母亲却能从容面对、毫不抱怨大萧条给全家带来的困境等描写，凸显了她对大萧条历史的认同态度。在该小说集的另外一部短篇小说《泽特兰：人格见证》中，泽特兰每当回忆起自己进入大萧条时期的商店时总是热泪盈眶，应该说，泽特兰对大萧条这段历史充满深刻的感情，也是在这段历史中，他对美国历史以及个人的价值塑造有了更深刻的理解，这也体现出他对美国大萧条历史的认同态度。

在贝娄的小说《拉维尔斯坦》中，拉维尔斯坦的好友齐克回忆起在大萧条时期，他带艾贝·拉维尔斯坦去买衣服的情景："出生于大萧条时期的我，只要得到中等的回报，便觉得很幸福。我的生活标准确立于缺衣少穿的三十年代。"（贝娄，2004：32）可见，犹太人齐克并没有抱怨大萧条这段历史，而试图从中找到快乐，并依据大萧条时期的生活标准来定位自己的生活标准，折射出齐克对大萧条历史的认同态度。

《集腋成裘集》是贝娄重要的散文随笔集。"正如不同的短篇小说在同一序列里呈现的意义超越了它们各自本身，这本由散文、演讲和几次访谈组成的合集也会作为贝娄某种想象的自传打动你的心弦。"（Alves，1997：41）在《集腋成裘集》中，贝娄回忆起大萧条岁月，认为它的确代表一段严酷而艰难的岁月，但作者话锋一转，又认为不像在物质丰裕时代人们对物质生活的过度追求，在那个物质贫瘠的时代，极其简朴的生活就能使人们得到极大的满足，如文中所言："回头看看三十年代，我们靠着花生就能过活。那时，单身公寓里每周的房租很少超过三美元。在杂货铺里，站在柜台前面吃顿早饭，只花十五美分。用蓝色盘子盛的特餐，比方说，油煎肝尖洋葱和油菜色拉，外加考司托布丁甜点心，在胶版誊写版印制的菜单上，写着三十五美分。对于教师，全国青年会付给几块钱，稍微贴补贴补，在戈尔德百货公司看守仓库，还能拿到几块钱。"（27）可见，贝娄对大萧条历史是充满情感与包容的。贝娄在谈论大萧条历史时，还曾借助彼得·德鲁克所说的话这样充满感情地回忆道："经历了一场地震、洪水和风之后，社会不分阶层，来相互救……互相帮助的承诺，和冒险救人的心甘情愿，是萧条美国所特有的。在另一边的欧洲，绝无这类事情。在那里，萧条只能引发怀疑、抑郁、恐惧和嫉妒。"（32）可见，与同处萧条时期的欧洲相比，美国人能做到通力协作、互相帮助，共度难关，这再次证明以贝娄为代表的美国犹太

第四章　现代化进程中当代美国犹太文学对美国历史的认同

作家对大萧条历史的认同态度。

在罗斯的小说《凡人》中，犹太主人公去世后，他的哥哥豪伊在他的葬礼上回顾大萧条历史时，并没有对这段历史表示不满，而是充满深情地说道："'大萧条，来了，但我们还有婚礼；有营业员姑娘；有用信封包着价值数百元的钻石放在方格纹口袋里、坐公共汽车去纽瓦克的旅行，每个信封上都有父亲写给钻石镶嵌师或切割师的要求；有五英尺高的莫斯利牌保险箱。"（罗斯《凡人》：8）豪伊用上述言语概括了弟弟这名犹太凡人对待大萧条这段历史的态度：不慌不忙，从容应对，不抱怨。这都表明了以凡人为代表的美国犹太人对大萧条历史的认同。

在马拉默德的小说《店员》中，店主莫里斯的生意在大萧条的冲击下非常惨淡，杂货店举步维艰，入不敷出。此外，他还受到了反犹分子的各种侮辱与迫害。反犹分子奥托·伏格尔曾劝弗兰克别给犹太佬莫里斯干活，极端反犹分子沃德和弗兰克①抢劫杂货店时对弗兰克说只要是犹太人就只管抢劫。沃德打伤莫里斯后，用如此语言侮辱莫里斯，"你这个犹太佬撒谎…你这个犹太猪很笨，懂吗？"（26—27）莫里斯周边的欧洲移民也对莫里斯充满敌意与仇视。小店的老顾客，来自波兰的一名妇女总是对莫里斯充满仇视，而且这种反犹情绪是她从故乡带来的，有时她会带着挖苦的神情说要买犹太面包或犹太泡菜。她发现莫里斯的伤口时，只是盯着他头上的绷带，既不过问他的头部伤势，也不问他为何没有露面。来自德国的移民达斯特和彼得逊是莫里斯生意上的竞争对手，也是典型的排犹分子，他们在莫里斯的店里拨弄着收款机时，"叽里咕噜地讲着德语，根本不理会他结结巴巴说的犹太话。"（183）尽管在大萧条期间遭遇物质与精神上的双重打击，经营的小店甚至遭到反犹人士的抢劫，但莫里斯每周仍然坚持开业七天时间，每天工作十六小时。面对大萧条历史以及在此期间被歧视的现状，莫里斯用埋头苦干、毫不抱怨主流社会、报以宽容的态度来应对，诚如他在小说中

---

① 起初，弗兰克一开始有点反犹倾向，在沃德的怂恿下和沃德一起抢劫了莫里斯的杂货店，但并没有像沃德那样动手打莫里斯。后来，弗兰克承认了抢劫行为，请求莫里斯原谅自己的过错。

这样的总结："多灾多难的世界呀，哪一个人不吃苦头？"（5）可见，以莫里斯为代表的美国犹太人不光把自己视作犹太人，而且视作美国人，从而有了与美国同呼吸共命运的感觉，道出了他们对大萧条历史的认同态度。

第四节 认同表征三：
作品体现出对二战前后至20世纪50年代美国历史的认同

第二次世界大战是人类历史上的重大事件，对人类进程产生了深远影响，也深刻改变了美国社会的方方面面。因此，二战前后以及二战之中的很多事件、人物成为美国犹太作家笔下的重要素材。二战结束之后至20世纪50年代，是美国战后恢复与发展的重要时期。为了凸显美国历史发展历程以及历史的重要性，美国于1958年在华盛顿开建美国国家历史博物馆（National Museum Of American History，1964年对外开放），建成之后，"该馆展出了美国经济、技术以及社会历史等方面的成果。"（Porter，1987：320）这增强了包括美国犹太人在内的美国民众的历史感，以及对国家的自豪感。应该说，这一时期的历史同样是美国犹太作家的关注重点，于是美国犹太作品也通过多种书写，表达了对这一时期历史的认同态度。

在贝娄的小说《赫索格》中，赫索格曾在火车上给他待在华沙期间款待过他的贝什可夫斯基教授写信，依据小说情节，贝什可夫斯基教授认为美军占领联邦德国并不正确，因此，他以贬损性的口吻撰文描述了美军占领联邦德国这一历史事件。赫索格在信件中指出，贝什可夫斯基教授所写的那篇文章中有许多事实令他不快，他还告诉贝什可夫斯基教授，在联邦德国："那里没有一届政府是诚实可信的。"（69）可见，在赫索格看来，联邦德国是纳粹德国的代名词，美军占领联邦德国这样没有诚信、给犹太人造成巨大伤害的国家是完全正确的，赫索格在信中所写体现出他对二战历史的认同。

赫索格的父亲老赫索格曾开过面包店、耕种土地、做过废品商与批发商、开过婚姻介绍所，也做过私酒生意，均不太顺利，受过不少苦。但是，赫索格把父亲的经历与二战中欧洲犹太人的遭遇进行对比后评价道："看过上次大战中发生

第四章 现代化进程中当代美国犹太文学对美国历史的认同

的事,赫索格父亲所诉说的,实在算不上特别的苦了。现在,'受难'的标准已经更加残忍,有了一种新的极端的标准,一种不管人死活的标准。"(198)这个对比,再次凸显了赫索格对二战历史的认同。赫索格还在火车上给史蒂文森州长写信,信中这样写道:"朋友,一九五二年您竞选总统时,我支持过您。像许多其他的美国人一样,我认为我们这个国家的伟大时代也许已经到来,聪明才智终将在公众事务中取得应有的地位,知识分子得其所矣。这在爱默生的《论美国学者》中也有所叙述。"(94)赫索格对史蒂文森州长于1952当选为美国总统一事非常兴奋,认为在他的领导下,美国将迎来伟大的时代,知识分子将受到尊敬并能发挥其应有作用,这体现出以赫索格为代表的美国犹太人对20世纪50年代美国历史的认同态度。

贝娄的短篇小说集《口没遮拦的人》中有一则短篇小说《泽特兰:人格见证》,故事中的犹太主人公泽特兰曾经历过二战,他的妻子绿蒂在战时产下了儿子,绿蒂把刚生下下来的儿子起名为康斯坦丁,因为"绿蒂想要他有一个巴尔干名字。"(209)考虑到康斯坦丁为希腊国王(1868-1923)的特殊身份,并且多次经历战争这一事实,绿蒂把自己的儿子命名为康斯坦丁,足见绿蒂对美国也参与的二战历史充满情感和怀念,也映射出她对这一时期美国历史的认同态度。

在罗斯的小说《凡人》中,没有姓名的那名凡人回忆在他很小的时候,每年夏天他的父母都带着他和哥哥豪伊在新泽西海域附近租一套房间,并在那住一个月。尽管在大多数日子里海水非常清澈,他不用担心踏进浅浅的海浪时,会碰着溺水者的尸体,但有时还是情不自禁地想起去年夏天被德国鱼雷击沉的美国油轮上的水手溺水死亡,尸体被冲上海滩一事。当时,美国海岸警卫队的巡逻艇在离他们住的那栋房子不远处的沙滩边,发现了这具带着油污的尸体和船的残骸。"他(凡人)害怕自己会一脚踩在一具尸体上,或是希特勒派来的、刚刚登岸的破坏分子身上。海岸警卫队员配着步枪、冲锋枪,(通常)还牵着警犬,在几十英里无人的海岸线上日夜巡逻,防备破坏分子登陆。"(20)由此可见,凡人这名犹太人非常憎恨纳粹德国的暴行,对美国政府密切关注德国破坏分子登陆海滩的举措非常赞赏,对被德国潜艇击沉的油轮上的美国水手失去生命感到惋惜。在凡人看来,美国人在二战中经历了考验,看清了纳粹的丑恶罪行,民族凝聚力得到提升，这无不体现出他作为一名美国犹太人对这一时期美国历史的认同态度。

罗斯的《美国牧歌》被认为"避免了文学实验主义，看起来像是一部很好的老派现实主义小说。"（Gentry，2000：76）小说的叙述者作家祖克曼描写在日本无条件投降六个月之后的美国状况："大家正处于美国历史上集体陶醉的最幸福时刻。能量的爆发向四下传播，周围的一切生机勃勃，牺牲和限制已经过去，大萧条也不见踪影，所有的东西都在运动，盖子已被打开，美国人又从头开始，大家齐心合力。"（32）可见，祖克曼认为美国参加二战对日作战非常正确，而且非常认可战后美国所处时期，因为此时美国上下生机勃勃，大家齐心合力，充满干劲，对未来充满希望，这些都体现出祖克曼对这一时期美国历史的认同态度。

罗斯的短篇小说集《再见，哥伦布》中的一则短篇小说《信仰的卫士》以二战为背景，故事中的犹太主人公新任军士长内森·马克斯中士，于1945年5月换防回国，此后至大战结束一直留在密苏里州的克罗德军营。马克斯中士曾随同美国第九集团军多年征战欧洲战场。在该军营，士兵谢尔登·格罗斯巴特向马克斯中士报告说，他们不希望在星期五晚上大扫除，因为那天晚上像他这样的犹太士兵需要到教堂守礼拜，但军营里有人认为犹太士兵游手好闲，不同意他们周五晚上去守礼拜，而要求他们留下来大扫除。马克斯中士在了解情况后，认为犹太士兵可以不留下大扫除而去守礼拜，为此，他还向克罗德营地非少数民族指挥官保罗·巴雷特上尉做了汇报，并得到了上尉的同意。作为一名犹太人，马克斯中士还于星期五晚上自发来到教堂，与谢尔登·格罗斯巴特、迈克尔·哈尔佩、拉里·菲贝尔等犹太士兵一起守了礼拜。

在战火纷飞的年代犹太人能够得到容许，走进教堂，信奉上帝，表明美国主流社会对犹太人的理解与包容，也让格罗斯巴特为代表的美国犹太人对二战这段岁月自然产生了理解与认同的情感。文中多个地方还体现出马克斯中士对二战历史的理解。他经常回忆起在欧洲战场征战的岁月，并评价说："对一个远离和平与家乡的青年，这是一种美好的回忆，于是往事接踵而来，自我变得无比亲切。实际上，我已沉浸在一种强烈的梦幻之中，就像有一只无形的手正伸向我心

第四章　现代化进程中当代美国犹太文学对美国历史的认同

灵的深处。……伸过无暇泣悼的殉难者；伸过永无休止的残酷战争。"（155）可见，在马克斯看来，尽管他非常憎恨法西斯主义者发起的战争，但他仍然对这段历史充满真挚的情感，甚至让他一直有进入梦幻，直击灵魂深处的感觉，体现出马克斯中士对二战历史的认同态度。文中的巴雷特上尉曾对马克斯中士说，他愿意和任何人并肩作战，无论他是黑人还是犹太人，只要他们证明是真正的男子汉。尽管巴雷特上尉不是犹太人，但他已把犹太人，黑人以及其他少数民族视作美国人，视作为抵御法西斯主义的共同体成员，这让马克斯中士感到无比欣慰，也让马克斯中士增强了对这一时期美国历史的认同意识。

在小说结尾处，格罗斯巴特的父亲塞缪尔·E.格罗斯巴特给众议院议员弗兰科尼写信，感谢他对谢尔登·格罗斯巴特的关心，塞缪尔在信中还感谢了马克斯中士以及保罗·巴雷特上尉。塞缪尔在信中曾这样写道："那孩子（即他的儿子谢尔登）是个很虔诚的信徒，因此，只有经过艰苦努力，方能令他相信为国家为全人类而甘受触犯宗教戒规①的痛苦，实乃信守宗教法规之表现。即使上帝本人也一定会要谢尔登这样做的。经过一番努力，众议员先生，他终于悟出了其中的道理。于是他说，'我认为你是对的，爸爸。成千上万的犹太人为杀敌而献身，难道为早日结束这场战争，恢复上帝子民的尊严和人权，我连这点宗教遗规都不肯暂时牺牲一点吗？'那番话，众议员先生，任何一位父亲都会为之而骄傲的。"（168）上述描述表明，谢尔登·格罗斯巴特已经在二战的炮火洗礼中成长起来，战争让他明白应该克服因个人宗教信仰而带来的饮食上的困境，应该把美利坚民族整体利益置于个人利益之上，应该为了美利坚民族而牺牲自己的一切，甚至暂时违背一部分宗教信仰。这些无不体现谢尔登·格罗斯巴特对这一时期美国历史的认同。当然，从塞缪尔·E.格罗斯巴特所写内容也可以看出，他对这一时期的美国历史也秉持认同的态度。

在罗斯的小说《欲望教授》中，叙述者大卫·凯普什的父亲带着他的朋友巴拜特尼克先生来大卫·凯普什家做客，吃饭的时候，大卫·凯普什问巴拜特尼克先生是如何从集中营幸存下来的。巴拜特尼克先生回答说，他坚信"有开始，

---

① 这里指的是谢尔登·格罗斯巴特因为战争形势所迫而不得不吃一些犹太教规定不应该吃的食物，因此受到心理上的折磨。

就会有结束的那一天。我要活着看到这一暴行的结束,每天早晚我都这么跟自己说。"(罗斯《欲望教授》:287)他还认为纳粹不可能杀死所有人,总有人会活下来,哪怕只有一个人。他还告诉自己,这个人一定会是他。依据小说,苏军发动解放集中营的行动时,德军把巴拜特尼克带走了。在行进的路上,他设法逃走,并逃进森林,依靠一名德国农妇提供的食品活了下来。巴拜特尼克回忆说,某个晚上,那位德国农妇告诉他,美国人来了。起初,他认为她在撒谎。但第二天他看见美军坦克穿过树林开了过来,于是他拼命大叫着冲了出去,终被美军搭救。詹姆斯·D.华莱士曾指出:"罗斯遵循詹姆斯·乔伊斯永远不变的钉子精神,努力纪念受伤和受伤的人。"(Wallace,1991:24—25)的确如此,小说中的巴拜特尼克先生就是那名需要纪念的受伤人。令人欣慰的是,他被美军救出后定居在美国,他的信念得到验证。从巴拜特尼克先生的所言所行以及小说的字里行间都可以看出,他痛恨二战大屠杀暴行,对美国参与二战并对德国作战表示赞赏,对美国营救他以及最终接纳他表示感激。他明白也正是在美国人的帮助下,他才过上了舒适的生活,告别了纳粹暴行,由此可见,以巴拜特尼克为代表的美国犹太人对美国这一时期历史秉持认同态度。

"菲利普·罗斯的《垂死的肉身》是一部优秀而震撼人心的小说。这部小说呈现的意义甚至更加深远,因为它表达了对伯纳德·马拉默德(罗斯的老同事)的敬意。更具体地说,是向马拉默德的小说《新生活》表达了敬意。"(Zucker,2008:47)小说集中描写了古巴女孩康秀拉与大学教授凯普什之间的故事。康秀拉在与凯普什的谈话中曾说,20世纪50年代因为古巴革命而逃到美国的古巴人都有着较为独特的世界观,工作都非常出色。通常来说,像康秀拉家这样的首批流亡者工作非常努力,为美国做出了巨大贡献。诚如她在故事中所言:"我爷爷跟我们说,他们中有些人刚来到这里时需要政府补助,因为他们身无分文——几年后,美国政府就开始收到他们的偿还款了。政府不知道该拿这笔钱怎么办,这是美国财政部有史以来第一次收到偿款。"(罗斯《垂死的肉身》:14)可见,康秀拉对20世纪50年代的美国历史是非常认同的,在这一历史进程中,美国政府首先补助这些身无分文的流亡者,然后这些流亡者通过勤奋工作回报美国政府,达到了外国移民与美国政府的双赢。贝娄此举意在提醒像凯普什这样的美国犹太人应该像康秀拉那样的古巴移民看齐,认同美国历史,增强历史认同感,达到美国犹太人与美利坚合众国的双赢。

在罗斯的作品《行话》中,罗斯曾在意大利都灵市采访普利莫·莱维①,罗斯在莱维的书房中发现很多书籍,"最唤起人记忆的是一个最小的物件:一幅不醒目的关于奥斯威辛集中营半被毁坏的带刺铁丝网的草图。"(罗斯《行话》:5)尽管莱维不是美国犹太作家,但作为一名犹太人,他始终不忘二战历史,并把奥斯威辛集中营中带刺铁丝网的草图放在屋子中,时刻提醒自己记住那段历史,回味、理解那段历史。因此,在很大程度上,罗斯也在用莱维的所作所为来提醒美国犹太作家,甚至是全体美国犹太人不应忘记二战历史,而应从中找出有益于成长的元素,增强历史意识。罗斯在耶路撒冷采访以色列作家阿哈龙·阿佩尔菲尔德(Aharon Appelefeld, 1932—2018)时,阿佩尔菲尔德曾告诉他,在撰写《1931年的巴登海姆》中,他试图"把童年的情景与大屠杀时的情景结合起来。我的感觉是,我必须要忠实这两个领域。也就是说,我不应该美化受害者,而是不加任何掩饰地按其本来的面目刻画他们,但与此同时,我也要指出他们与生俱来的命运,虽然他们对此毫不知晓。"(35)阿佩尔菲尔德尽管不是美国犹太作家,但他所言再次强调了二战历史对犹太人的重要意义以及犹太作家应挖掘这一历史背后内涵的使命担当。从罗斯的口气可以看出,他认为二战大屠杀这段历史对犹太人来说太过残忍。联想到来到美国之后的犹太人,正是在参加二战的山巅之城的庇佑下,告别了那样的历史,迎来了全新的发展,过上了幸福生活。因此,罗斯借此谈话,同样传递出美国犹太人应该认同这一时期美国历史的强烈信息。

在罗斯的短篇小说集《再见,哥伦布》中的一则短篇小说《狂热的艾利》中,纽约伍登屯社区犹太学校的校长利奥·图里夫向艾利·派克律师解释为何那名身穿黑衣,头戴黑帽子的男士和当地犹太人的穿着风格极不兼容时,说那名男子是一名犹太大屠杀幸存者,在二战期间已经失去了父母、孩子和妻子,"他

---

① 普利莫·莱维(Primo Levi, 1919—1987),意大利作家、化学家,他还是奥斯维辛集中营里编号为174517的囚犯,出生在都灵一犹太家庭。他的写作生涯多围绕大屠杀历史,奥斯维辛集中营成为他最重要的写作素材。

们(纳粹分子——作者注)在他身上做医学实验"(241),他受尽了摧残,一无所有,所以到美国纽约伍登屯犹太社区时,根本买不起第二件衣服。利奥·图里夫校长所言,道出了二战期间犹太人遭受的困难史。利奥·图里夫校长还告诉艾利·派克律师,在伍登屯社区,"现在一切都处于很好的状态——像人与人间的关系,伍登屯不会发生犹太人大屠杀,对吗?因为没有宗教狂热者,没有疯子——只有互相尊重,互不干涉的居民,艾利,常理主导一切。我支持常理,懂得适度。"(255)在图里夫校长看来,在战后的美国,宗教狂热者与疯子已难以寻觅,犹太人受到了尊重,理智主导一切,没有发生大屠杀这种可能。图里夫校长所言,道出了以他为代表的美国犹太人对二战结束后不久的美国历史的认同态度。

《鬼作家》"通常被认为是罗斯最好的作品之一。"(Royal,2010:127)小说发表于1979年,但小说的背景是1956年。小说的叙述者是23岁的犹太作家内森·祖克曼,他刚刚出版第一部短篇小说,正考虑撰写一部大部头作品。于是,他决定去新英格兰地区拜访一位娶了当地一家名门望族的闺秀,而且是犹太移民后代的知名犹太作家E. L. 洛诺夫。文坛新人祖克曼对文坛前辈仰慕已久,见面之后,被洛诺夫身上的"王者气质"所震撼,认为自己能够见到他是个奇迹。因为第一次见到文学界大人物,祖克曼羞羞答答而又上气不接下气地陈述了个人简历,言谈举止可以看出他期待前辈的指点与青睐,诚如他在小说中所言:"我就是为了要想充当E. L. 洛诺夫的精神上的儿子而来的,就是为了要祈求得到他道义上的赞助,如果能够做到的话,得到他的支持和钟爱的神奇庇佑。"(罗斯《鬼作家》:281)像《尤利西斯》中的青年诗人斯蒂芬寻找精神之父布卢姆一样,祖克曼期待E. L. 洛诺夫成为自己精神上的父亲。祖克曼的亲生父亲是个治脚病的医生,二十年来与儿子无话不谈,而且几乎从未间断,但最近他对儿子所写的东西感到迷惑不解,于是就跑去找自己的精神导师,一个叫做奥波德·瓦普特的法官,希望这位法官能帮他的儿子醒悟过来,但如今,这名法官也帮不上什么忙,"我也就到别的地方去找父辈的支持了。"(281)可见,祖克曼的父亲遇到困惑时也找自己的精神导师,并期望他的精神导师能够为儿子指点迷津,虽然说这位法官的确在祖克曼的成长过程中起到很大作用,但奥波德·瓦普特法官目前能提供的智力支持已经无法满足祖克曼的需要了,所以,祖克曼需要求助于像洛诺夫这样能给他提供更大智力支持的精神导师。罗斯在小说中反复在暗示犹太人需要精神导师,指点困惑,在这个问题上辛格与罗斯持相似观点,正如他在接受D. B. 阿克瑟洛德,S. 巴肯和J. G. 汉德的共同采访时所言:"我们的祖父一辈就不需要精神病医师。可是,我们这一代人就非常需要精神病医师了。唯一的原因是现在精神病医师本人也需要精神病医师。"(阿克瑟洛德,巴肯,汉德,1989:146)回到这部小说,在与洛诺夫接触的过程中,祖克曼了解到洛诺夫与他的女学生兼秘书爱美·贝丽特保持暧昧关系,而与妻子霍普之间关系比较紧张。洛诺夫告诉祖克曼,他本人过于重视艺术创作,侧重文字游戏与文学想象力,但对现实生活的元素关注较少,长期的创作习惯让他模糊了写作与生活之间的界线。大学时期,祖克曼曾接触过另外一名作家菲利克斯·阿布拉瓦内尔,他强调积极入世,与强调"为艺术而艺术"、消极遁世的洛诺夫较为不同。在思考与反思的过程中,祖克曼意识到像洛诺夫这样擅长文学创作,强调艺术至上的作家面对现实生活时,也和他一样有时不知所措。

  小说的发展思路表明,在20世纪50年代,包括犹太人祖克曼在内的美国作家或文艺家在二战刚结束不久的这一历史阶段,虽然面临着这样或那样的困惑,但他们没有置困惑于不顾,也并没有对这一历史阶段加以抱怨,而是积极寻找精神之父,寻找前进的方向。尽管说文学上的精神导师也面临困惑,面对现实时有时也似乎无能为力,但从更大、更高层面来说,他们仍然代表这个时代前进的方向,总体值得信赖。这表明,以罗斯为代表的美国犹太作家对20世纪50年代的认同态度,因为在他们看来,这一时代的精神导师们能基本确保这一阶段的前进方向。

  辛格同样重视历史问题,他的多部作品涉及大屠杀历史。《莫斯卡特一家》发表于20世纪50年代,聚焦二战爆发前后的华沙,刻画了波兰犹太人在大屠杀即将到来时遇到的悲惨遭遇以及传统伦理道德逐步沦丧[①]的过程。在小说的结尾

[①] 莫斯卡特是一位很有名气的犹太富翁,但儿女们在他死后,想的不是如何振兴家业,而是做了各种缺乏伦理道德的事情。女儿哈达萨置丈夫于不顾,与品行不端的管家考佩尔私奔去了美国。儿子纽尼坚持与妻子离婚,因为他认为她是"瘟疫"的代名词。女婿周旋于不同女子。

处,纳粹飞机在波兰上空投下一枚又一枚炸弹,以莫斯卡特家族为代表的波兰犹太人难逃被屠杀的命运,这也印证了结尾处的那句话"死亡乃是弥赛亚。"(Singer,1966:611)这样的描述无不体现辛格对二战历史的独特思考。

作为辛格的重要作品,《冤家,一个爱情故事》受到了评论界的好评,从本·西构的评价可见一斑:"在艾萨克·巴什维斯·辛格小说中,先知、粗鲁之人与苦难及悲剧进行斗争。没有哪本小说比《冤家,一个爱情故事》更全面、更深入分析这一道德挣扎。"(Siegel,1978:398)虽然发表于20世纪70年代,但涉及20世纪50年代的美国历史,小说的聚焦点是二战前后的波兰历史。辛格在作者序中曾写道,尽管他没有经历希特勒发动的大屠杀,但他在纽约和经历过这种苦难的难民一起生活了许多年。因此,他向读者说明,这部小说决非某个具有典型性的难民的故事。如同他绝大多数虚构性小说一样,"本书通过几个独特的人物和对各种事情独特的组合,提供了一个特殊的故事。书中的人物不仅是纳粹的受害者,也是他们各自个性和命运的受害者。假如这些人物符合于一般情况,那是因为特殊包含在一般之中。"(罗斯,1982:作者序)可见,辛格在小说一开场就表明,这部小说旨在体现犹太民族遭遇大屠杀这一历史事实。小说对赫尔曼及其周边人物命运的描述强化了大屠杀历史对犹太民族的深刻影响。

依据小说,主人公赫尔曼·布罗德从目击者那儿得知,他的全家几乎都在二战大屠杀中丧生了,包括他的妻子塔玛拉,以及两个孩子。赫尔曼之所以能活着,是因为雅德维珈这名波兰妇女把他藏在她家乡的一个草料棚里。后来他们一起被送到德国,进了集中营,被关押了一年多的时间。从集中营出来后,他与雅德维珈按照世俗仪式结了婚,于是这名非犹太女性成为他的第二任妻子。随着故事的发展,他们到了美国,一起生活了三年多的时间。小说进展表明,塔玛拉其实被没有被打死,她活了下来,并且费尽艰辛来到美国,寻找到了赫尔曼·布罗德,但丈夫此时已与雅德维珈成为夫妻,而且与另外一名大屠杀幸存者玛莎保持着情人关系。后来,困惑不已的赫尔曼·布罗德最终选择了逃避——离家出走。回顾小说,赫尔曼在美国期间为米尔顿·兰帕特拉比工作,该拉比拥有六个疗养院,在布鲁克林建造了不少公寓大楼,还是一家营造公司的合伙人。赫尔曼拥有自己的办公室,主要工作内容是为兰帕特拉比写书、写文章和演讲稿,收入不

第四章　现代化进程中当代美国犹太文学对美国历史的认同

菲，已过上中产阶级生活。在小说"尾声"这一部分，辛格告诉读者，在赫尔曼·布罗德离家出走后，雅德维珈生了个女儿，起名小玛莎；兰帕特拉比出资承办了玛莎以及她母亲希弗拉·普厄的葬礼，为小玛莎购买了全套生活用品以及玩具；塔玛拉接管了她叔叔那套公寓和书店，她还安排雅德维珈和小玛莎搬到她的住处一起住，雅德维珈料理家务，她则在书店工作。兰帕特拉比"为她找来了顾客，还有免费送书给她的人，只收很少一点钱，就把书卖给她的人。"（294）尽管玛莎的自杀、赫尔曼的离家出走，给小说带来了很多悲伤的元素，但小玛莎这一新生命的诞生，塔玛拉和雅德维珈已过上较为幸福的生活给小说带来了积极的基调。雅德维珈接受拉比的建议，对出生的孩子仍命名为玛莎，说明以她为代表的美国犹太人在当时并没有选择忘记过去二战大屠杀历史，而是对那段历史有了更为独特的理解。小说的结尾表明塔玛拉和雅德维珈逃离欧洲，来到美国之后，已立住了脚跟，并且把美国作为她们的现实家园，字里行间体现出她们对二战后美国历史的认同态度。

辛格的《萧莎》被理查德·图雷克称为"辛格最为重要的小说之一"（Turek，1981：118），它也"是一本战前波兰的半自传体小说，作者实际上是在重写自己的生活。"（Wisse，1981：157）1974年辛格曾用《心灵探索》作为书名，连续把它刊登于《犹太前进日报》上。小说虽发表于1978年，但故事背景却是二战爆发前的华沙，主要描写了小说的叙述者犹太青年作家艾伦·格雷丁戈，与犹太姑娘萧莎之间的爱情故事。在克罗奇马纳街上，萧莎是格雷丁戈小时的邻居与玩伴。少年时期的叙述者常被其他孩子欺负，而萧莎是一个傻乎乎、不善表达、个子很矮的小姑娘，二人于是常逃逸在童话世界中相互倾诉心声，分享内心的秘密，在增进了解的同时也建立了非常深厚的友情，甚至是一种少年恋情。但二战爆发前的一系列事情把他们分开了。格雷丁戈于1917年离开了原先生活的克罗奇马纳街，之后辗转多个地方，但在文学上仍然没有很大的起色，后来加入了作家俱乐部。该俱乐部里的成员莫里斯·菲特尔松博士把他介绍给了美国阔佬萨姆·德莱曼以及萨姆的情妇演员贝蒂·斯洛宁。为捧红贝蒂，萨姆购买了格雷丁戈正撰写的剧本，格雷丁戈的经济状况立刻转好，于是他开始周旋于不同的女子之间，如贝蒂、多拉、西莉娅等。

针对犹太人的大屠杀越来越迫近，形势变得越来越危急，很多人打算或已经采取措施移居美国。菲特尔松等人也劝说格雷丁戈赶快设法移居美国，如文中他对格雷丁戈所言："楚齐克（即格雷丁戈的昵称——作者注），别留在波兰，一场大屠杀即将来临，比赫米尔尼茨基[①]时期更可怕的灾难。要是能弄到护照——哪怕是旅游护照也行——那就逃走吧！"（辛格，1993：160）最后，在贝蒂的帮助下，格雷丁戈开始申请办理护照，准备移民美国。在准备离开华沙前往美国的前几天，他与贝蒂意外回到了克罗奇马纳街上，他发现萧莎全家竟仍生活在20多年前的地方，萧莎的身段、穿着与表情仍然同20年前一样没有变化。这次相见，在格雷丁戈内心激起了巨大的涟漪，童年的往事与梦幻般的现实达到了深度交融，于是格雷丁戈不顾母亲以及周边很多人的反对，决定娶萧莎为妻。在很大程度上，格雷丁戈之所以娶萧莎为妻是因为萧莎身上映射出的特有的犹太文化传统与格托精神深深打动并吸引了格雷丁戈，让他在思想与情感上找到了共鸣点。二人甚至发誓纳粹来时宁愿一起死去，这一誓言的背景是犹太人已遭受的各种屠杀，以及希特勒即将发动的大屠杀，内中蕴含深刻的历史内涵。贝蒂曾在作家俱乐部里告诉其他成员，她的父亲哈希迪被苏联布尔什维克枪毙了，"为什么呢？他曾经很富有，但战争使他倾家荡产。人们捏造事实，罗织莫须有的罪名坑害他。"（27）格雷丁戈也曾这样说道："二十年代已经过去，三十年代来临了。希特勒正在迅速成为德国的统治者。在俄国，清洗行动已经开始。"（20）贝蒂与格雷丁戈所言，都道出了二战前夕波兰犹太人遭到迫害、屠杀的历史事实。

格雷丁戈办好签证后，只身去了美国，之后在一家报社谋得稳定的工作，也成了有些名气的作家，收入不菲。在收到一部小说（需要翻译成英文）的预付款500美元后，他便周游巴黎、伦敦以及以色列。在以色列城市海法，格雷丁戈见到了以前的老朋友夏怡穆尔·岑希娜，得知13年前（可以推测出格雷丁戈访问

[①] 赫米尔尼茨基（Chmielnitsky，1595—1657）是波兰农民起义发起者，也是哥萨克人的首领。

第四章　现代化进程中当代美国犹太文学对美国历史的认同

海法的时间大约为20世纪50年代），萧莎在他离开华沙①，前往美国后的第二天便死去了。历史问题是小说的重要议题，如何看待历史值得思考。夏怡穆尔与格雷丁戈在海法见面时曾这样感慨道："所有的岁月都流向了何处？我们死后还有谁记得那些逝去的岁月？……肯定有那么个地方，世上的一切都保存在那儿，甚至最细微的详情也会记录在档的。"（280）夏怡穆尔提醒格雷丁戈记录历史、增强历史意识的重要性与紧迫性。当然，依据小说，格雷丁戈比较强调历史意识，当时他之所以选择与萧莎结合，在很大程度上体现出他要与萧莎共度历史难关的意图。来到美国之后，他也没有回避、遗忘二战前后那一段历史，而是对它有了更深刻的理解。

联想到辛格曾于1923年在华沙的一家报社工作，依靠文字编辑、写作为生，后来在美国这个山巅之城获得了成功，成为世界知名作家，赢得了国际名誉，因此，格雷丁戈的奋斗过程和欧洲遭遇似乎是辛格本人的真实写照。考虑到美国也深度参与了二战历史，而且能让一批又一批像他这样的欧洲犹太人移民美国，并为像他那样的人提供成功的机遇，因此辛格对他在美国经历的历史是心存感激的，表明了他对二战期间以及二战之后这一时期美国历史的认同态度。此外，像他塑造的格雷丁戈一样，他始终没有忘记二战历史对犹太民族整体以及每一个个体的重要内涵，因此，辛格借助这部小说呼吁犹太人不能忘记，并且需要认同过去的历史。

马拉默德的《魔桶：马拉默德短篇小说集》中有一则短篇小说《湖畔女郎》，故事中的主人公是出生于纽约的第二代犹太移民亨利·利文，30岁的他在美国梅西书店工作，最近获得一笔遗产。由于对过去的生活感到厌倦，不满种种强加在他身上的限制，他辞掉了书店的工作，出国去寻求浪漫与自由。一直处于焦虑之中的他先来到巴黎，后登上了去米兰的快车，但他并未在米兰下车，而

---

① 依据小说，格雷丁戈离开华沙前往美国纽约时，并没有带上萧莎，格雷丁戈给出的理由有二：一是萧莎无法离开她的母亲单独生活，如果他把她带到美国，她可能无法生存；二是他和萧莎结婚时只有拉比主婚，而没有官方证明书，无法在护照上体现他的婚姻状况，因此无法带萧莎到美国。夏怡穆尔对格雷丁戈说，萧莎与夏怡穆尔·岑希娜等在通往比亚利斯拉克公路上行走时突然坐下，转眼工夫就死去了，在夏怡穆尔看来，萧莎不像是因为疾病而死，而是因为她不想活下去。夏怡穆尔还告诉格雷丁戈，萧莎的母亲芭谢尔、贝蒂、莫里斯、萨姆等许多人都死了。

是在靠近意大利斯特雷扎不远的马乔列湖旁住了下来。尽管在旅馆入住登记时使用了真实姓名,他却更喜欢称自己为亨利·R.弗里曼（英文原文中的Freeman,即自由人,译成弗里曼）。他还告诉女房东,以后凡是寄给弗里曼的信就是给他的。马乔列湖附近有许多岛屿,如戴尔·东戈岛、贝拉岛、马德雷岛等。在戴尔·东戈岛旅游时,他遇到了美丽的犹太姑娘伊莎贝拉,并为她心动。之后,他在写给她的信中,签名为弗里曼。起初,伊莎贝拉告诉亨利·利文自己出身名门望族,目的是让亨利·利文对自己产生好的印象。后来,她向亨利·利文坦陈自己并非名门之后,而是一名收入不高的看房人,导游正是自己的父亲,为了家庭生计,在父亲的要求下她冒充贵族小姐。每次见面时,伊莎贝拉都问亨利·利文是否为犹太人,亨利·利文都坚决予以否认,因为他担心自己的犹太身份会让自己遭到他人的鄙视。最后一次见面时,伊莎贝拉再次问到这个问题,但还是被亨利·利文断然否认。当亨利·利文问伊莎贝拉为何反复问此问题时,伊莎贝拉回答说,她希望他是犹太人。

在这次见面中,伊莎贝拉还解开她紧身胸衣的扣子,叫亨利·利文注意她的胸部,并告诉他,她胸口上发紫的横横竖竖的条纹是编码数字,这些数字是许多年前,当她还是个孩子被关在布痕瓦尔德[①]集中营时被纳粹烙上去的。在《规训与惩罚》中,福柯曾这样写道:"肉体也直接卷入某种政治领域;权力关系直接控制它,干预它,给它打上标记,训练它,折磨它,强迫它完成某些任务、表现某些形式和发出某些信号"（福柯,1999:27）可见,身体也可成为历史的承载物,成为权力机制规训与惩罚个体的起点处。伊莎贝拉身体上的烙印,恰恰成为犹太民族被奴役、践踏、屠杀的标志,成为二战历史中代表犹太民族境遇的独特符码。当亨利·利文对伊莎贝拉说他要娶她时,伊莎贝拉明确对他说:"我不能嫁给你,我是犹太人。我的过去对我很有意义。我十分珍视我以往所受到的苦难。"（马拉默德,2001:161）可见,伊莎贝拉已深刻体会二战期间犹太民族的苦难史对她的重要意义,因此她始终珍惜这段历史,而不是排斥或遗忘这段历

---

① 布痕瓦尔德(Konzentrationslager Buchenwald),是原民主德国(即东德)西南部的一个村庄,二战期间,德国法西斯曾在此建集中营,屠杀大量的反法西斯战士以及犹太人。

第四章　现代化进程中当代美国犹太文学对美国历史的认同

史，她期望来自美国的亨利·利文是一名犹太人并嫁给他，这样拥有相似历史的夫妻二人可以共同继承犹太传统与信仰，这体现出伊莎贝拉对二战历史的认同。尽管伊莎贝拉是意大利犹太人而非美国犹太人，但马拉默德通过她对历史的态度，在很大程度上传递出他希望美国犹太人以伊莎贝拉为榜样，认同二战历史这一信息。

长期生活在美国的亨利·利文没有经历过令人悲愤的大屠杀历史，生活环境也较为宽松，物质生活无忧，基本融入了主流社会。但令人遗憾的是，他仍然担心自己会因为犹太身份而遭到社会的歧视，过分强调生活给他带来的限制而非便利。这表明作为一名犹太人的他不但没有对美国社会表示感激与感恩，反而代之以抱怨与不满，从而进入异化状态，"在这异化身份的状态下，人的生存依靠的不再是自己，而是自身之外的某种力量，人们丧失了自我意识，丧失了自身的主体性，人已经不再是他应该成为的、潜在的那个样子，人的存在与人的本质已相分离。"（张璐，2009：105）在小说结尾，伊莎贝拉拒绝了亨利·利文的请求，二人未能走到一起，这似乎是马拉默德对他错误行径的惩罚。小说的情节构思以及结尾意在表明，亨利·利文无视美国社会给他带来正面的、积极的元素是极端错误的行为。马拉默德通过情节的安排意在指出，像亨利·利文那样的美国犹太人应及时纠正错误观念，应该对自己所处时期的美国历史持认同态度，否则会带来糟糕的后果。

马拉默德一直重视历史问题，他的短篇小说集《魔桶：马拉默德短篇小说集》中有一则短篇小说《停战协议》，该短篇小说中的主人公莫里斯·利伯曼在美国纽约的布鲁克林区开了一个蔬菜店（兼营熟食），至今他还记得十五岁时（19世纪末，20世纪初——作者注）经历的沙俄对犹太人的屠杀。到美国生活后，尽管利伯曼从无线广播听到纳粹迫害犹太人的报道时仍感到恐惧，但他坚持听下去。蔬菜批发站的店主以及给莫里斯送货的司机都嘲笑利伯曼，并且对他说"这场战争与美国人没有什么相干，根本不要把它当回事儿。"（2）他的十四岁的儿子利奥纳德，每次见父亲如此紧张，总想关掉无线电，但利伯曼却不让儿子这样做。他坚持要听，"因为他认为他听到这些消息是在分担他们民族的痛苦和悲哀。"（1）二战刚开始时，他寄希望于法国军队能打败德国，解救犹人，但1940年5月当德军突破法军防线攻陷色当，以及之后法国被迫签订投降协议的消息传来后，他每一天都焦虑不安。小说中土生土长的美国人加斯对法国的冷嘲热讽，对整个战事的毫不关心让利伯曼非常愤怒，二人为此甚至差点大打出手。应该说，利伯曼对二战历史的关注，增强了其历史意识，既让他对有美国参战的二战历史有了更深的理解，又让他对德国法西斯的历史罪行痛恨不已。马拉默德对《停战协议》情节的安排，一方面指出生活在美国的犹太人应该像利伯曼那样关心二战历史，而不能像加斯那样对缺乏历史意识；另一方面，考虑到利伯曼生活在美国期间，美国不但参加二战，而且为打败法西斯立下汗马功劳，拯救了无数像莫里斯·利伯曼这样的犹太人，因此，利伯曼关注二战历史，传递了他希望全体犹太人应该关注并认同这一时期美国历史的信息。

第五节　认同表征四：
作品体现出对20世纪60—70年代美国历史的认同

20世纪60—70年代的美国常被冠以"动荡"二字，在这一时期，美国的民权运动、黑人解放运动、新左派运动、反越战运动、反主流文化运动在全国开展得如火如荼，但美国经济仍在取得进步。美国民众对这一时期总统以及政治人物的管理总体比较满意，从美国年轻人如下观点也可见一斑："针对20世纪60年代早期美国政治的研究再次表明，美国年轻人通常认为总统与政治家是仁慈的、无所不能的、睿智的、可靠的、诚实的，法律是公平的，政府是值得信任的。"（Joslyn，1977：373）作家是时代的重要发声器，美国犹太作家也不例外。一个值得注意的现象是，美国犹太文学作品在反映这一"动荡"的同时，还能仔细观察这一"动荡"背后积极、正面的要素，从而从不同角度体现出对这一时期美国历史认同的态度。

马拉默德的短篇小说集《魔桶：马拉默德短篇小说集》中有一则短篇小说《我的儿子是凶手》。故事中利奥的儿子哈里大学毕业已达半年之久，但仍未找到合适的工作。正值青春年少、又接受过高等教育的他憧憬过上与父辈不同的全新生活，但不太令人满意的现实把他变成了一个高度异化的人。小说中的他性情

第四章　现代化进程中当代美国犹太文学对美国历史的认同

乖僻，封闭自我，拒绝与他人交流与沟通，甚至闭门不出。他害怕政府的征兵通知，感到与这个世界格格不入。他在孤独与绝望中苟延残喘，与活死人似乎没有两样。由于像囚犯一样禁锢自己，这让包括他父母在内的所有人似乎无法理解他的内心世界，无法了解他精神上的困惑。他对父母的关心、安慰无动于衷，甚至非常反感，与父辈之间存在难以逾越的鸿沟。父亲所言非但不能给他排忧解惑，反而招致他极大的愤懑，父子之间形同陌路，这令父亲悲伤不已。父亲曾私下阅读了一位姑娘写给哈里的信件（要求哈里尽快归还对她来说非常重要的两本书），哈里知道后，威胁父亲说如果下次还这么私下阅读写给他的信件，他会杀了利奥，弄得父亲更加伤心。为此事，哈里还离家出走，焦虑不安的父亲悄悄跟在他的身后，一直跟到海边，发现哈里穿着鞋子站在海水里。父亲不断劝说孩子回家，告诉他海水太冷，容易感冒，但哈里纹丝未动，一直站在海水里。海风吹掉了父亲的帽子，父亲把它捡起来，之后帽子又被吹掉。劝说儿子无效后，父亲只好离开，留下儿子站在海水里，此时小说体现出极其悲伤的色调。

联想到故事发生时正值越战，因此，征兵局寄给哈里的那份征兵通知的内容可想而知。在父亲看来，哈里的生存状况令人担忧，他担心这会导致孩子的毁灭。因此，他在小说中这样劝说哈里："哈里，我所能告诉你的就是谁的生活是容易呢？它对我从前不易，对你现在也不易。这就是生活！但是如果一个人不想活下去，那么就是他死了又能怎样呢？于事无补，最好还是活下去。"（346）在父亲看来，哈里需要接受现实，适应生活。但实际情况是，哈里拒绝接受现实，拒绝适应生活，这等于说他拒绝那时的美国历史。小说的发展趋势在暗示，如果哈里不做出改变，等待他的只有死亡。尽管小说没有点名利奥一家的身份，但从字里行间可以推断出，利奥一家非常可能是犹太家庭。因此，这则故事，表达出美国犹太主人公对20世纪60年代美国历史的认同态度。

马拉默德的小说《杜宾的生活》的故事背景主要是20世纪60年代的美国。小说中的犹太主人公杜宾雇佣了芬妮做他家的清洁工，之后杜宾逐渐对芬妮产生好感，总寻找机会接近她。九月初的一个清晨，杜宾发现芬妮在他的书房里注视着墙上自己的照片以及纪念品，尤其是蓝白色镜框里带饰带的那枚金质奖章，她甚至低声念着奖章上刻的文字。在芬妮看来，在这一历史时期，美国政府对文人的激励措施令她感到羡慕与欣慰，体现出她对当时历史的认同。杜宾也在心里默念奖章上的文字："美利坚合众国总统林登·约翰逊授予威廉·杜宾，以表彰他传记写作之艺术成就。一九六八年十二月于白宫。"（33）尽管杜宾不太喜欢约翰逊总统逐步升级越战的做法，但从他心里默念总统表彰他时的那份真诚、那份感激，可以看出他非常感谢总统对包括他在内的文学家的褒奖，这也体现出他对20世纪60年代美国历史的认同态度。

　　《解剖课》是罗斯的重要作品，在詹姆斯·D.华莱士看来，"《解剖课》对欧文·豪的早期评论文章《重新评价菲利普·罗斯》①（1972年12月）进行了猛烈报复。"（Wallace，1991：20）应该说，《解剖课》总体上还是赢得评论界的好评，从约瑟夫·科恩的评价也可管窥一斑："罗斯将犹太人的理想与希腊和基督教的史诗元素巧妙地融合在一起。《解剖课》讲述了祖克曼经历地狱般的痛苦后取得的进步。"（Cohen，1989：199）小说发表于1983年，但其背景是20世纪60—70年代的美国。小说中的犹太作家祖克曼在完成父亲的葬礼后，深受疾病带来的痛苦，甚至连写作也难以继续，加之几次婚姻给他带来的不愉快经历，于是陷于焦虑之中。令人欣慰的是，正是在这一历史时期，祖克曼在念旧情绪、乐观情绪以及文学野心的驱使下，决心重返芝加哥大学攻读医学学位，体现出他能正面看待并接受这一段历史。他在与西索夫斯基的谈话中还了解到二战期间捷克犹太人的悲惨状况："镇上所有的犹太人都被赶到了犹太人居住区……那个年代，根本没有法律禁止在家里甚至在大街上射杀犹太人。"（罗斯《解剖课》：264—265）小说对大屠杀历史的回溯，反衬美国犹太人在二战期间以及之后在美国较理想的历史状况，再次体现了以祖克曼为代表的犹太人对20世纪60—70年代美国历史的认同。

　　贝娄的小说《赛姆勒先生的行星》尽管涉及二战大屠杀的描写，但其主要内容聚焦20世纪60年代的美国社会。在这一动荡时期，赛姆勒先生目睹了美国社会种种无序与混乱，也目击了自己身边一大批人所做的邪恶、淫乱之事。起

---

① 欧文·豪（Irving Howe）曾对罗斯早期的小说《再见，哥伦布》给予很高的赞扬，认为它主题鲜明，情节设置合理，独具特色。但之后，欧文·豪对罗斯之后的作品不太满意，甚至发表《重新评价菲利普·罗斯》（"Philip Roth Reconsidered"）一文，对罗斯进行了猛烈攻击。

初他曾这样评论当时的状况："纽约使人想到文明的崩溃，想到索多玛和蛾摩拉，想到世界末日。在这儿，末日的到来不会令人惊讶。许多人应挨近它了。"（301）正因为此，赛姆勒先生常常为现实所困惑，也深受现实带给他的影响，于是不愿与现实有过多的接触，而把大量的时间花费在抽象的思辨以及对往昔的回忆、反思之上，甚至很多时候陷入孤独、沮丧、失望与焦虑之中。但随着时间的推移，他对美国社会有了更多的了解，尤其是在侄儿格鲁纳大夫所作所为（毫不抱怨社会、无私帮助他人、勤奋工作、设法融入主流、坚守信仰、保持品行、重视伦理、努力教育子女、乐观向上等）的指引下，赛姆勒先生对这一历史时期的认识越来越深。如文中所言："我可不知道，人类是否当真有那么糟。现在四下都在传说，多少事都将崩溃，我也受到了它的影响。我一向憎恶人们断定这就是结局。"（301）可见，长期生活在美国的犹太人赛姆勒先生虽然对20世纪60年代的美国历史时期现状曾有过不满，但最终他还是坚信，60年代的美国走向与结局仍然值得期待。这都体现了以赛姆勒先生为代表的美国犹太人对20世纪60年代历史的认同态度。

贝娄的小说《洪堡的礼物》从20世纪20年代西铁林的童年时代写起，一直写到20世纪70年代洪堡的遗骨被重新安葬，时间跨度长达半个多世纪。小说聚焦老一代作家洪堡与新一代作家西铁林的人生沉浮。生于匈牙利一犹太家庭的洪堡曾于20世纪30年代出版《滑稽歌谣》而一鸣惊人，但是他的成功并没有维持太久，到40年代末，他只好和妻子从纽约格林尼治村搬到新泽西州的乡下。不甘沉默，甚至期待用艺术改造社会的他积极参加政治[①]，希望史蒂文森能够在美国大选中获得成功，在美国建立魏玛共和国[②]。但是，艾森豪威尔当上了美国总

[①] 贝娄本人其实也比较关注政治，他曾指出美国的学术期刊高度关注政治，在《集腋成裘集》收录的散文《自我访谈录》中，贝娄这样评价道："它们的编辑想要讨论的，只是国内外的最有意义的问题，全神贯注于'相关'事务。说'相关'，它们的意思是指政治上的事务。"（105）

[②] 魏玛共和国（Weimarer Republik）指的是1918—1933年间实行共和宪政政体的德国，这一称号并非德国政府的官方用名，而是历史学家给予这一期间德国的称呼。魏玛共和国产生于德国十一月革命之后，成为德国历史上首次走向共和的尝试。弗里德里希·艾伯特（Friedrich Ebert, 1871—1925）为魏玛共和国的首任总统，他于1919年确认了魏玛宪法，使其在法律上得以生效。1933年，阿道夫·希特勒上台，纳粹政府采取一系列破坏共和宪政政体的政策，魏玛共和国不复存在。

统,这对洪堡造成非常大的打击。为日后东山再起,他想方设法在大学谋取诗歌教授一职,但未能成功。他怀疑妻子凯丝琳出轨,而妻子则无法忍受他的监视与虐待,只好离他而去。精神失常的洪堡被送到疯人院,后流落街头,最后因心脏病突发死于纽约一家设施极为简陋的旅馆中,后来被埋在一座义冢中。

  生于美国中西部的西铁林是俄国犹太移民的儿子,曾坐长途汽车专门奔赴纽约去追随洪堡,白天做推销员,晚上听洪堡高谈阔论,后在洪堡提携下担任大学讲师。他以洪堡为原型创作了剧本《冯·特伦克》,并在百老汇上映,引起轰动,而此时的洪堡已处于潦倒之际。西铁林后来成为肯尼迪总统的座上客,荣获美国普利策奖,法国骑士勋章。他混迹于上流社会的时候,曾在纽约街头看见落魄不堪的洪堡,因为怕失身份,并未与洪堡打招呼,不久他在报上看到洪堡的讣告。之后,他不再周旋于上流社会,下定决心与势利的妻子丹妮丝离婚,同时又与情妇莱娜达打得火热。前妻利用打官司把他的钱几乎扒光,他的奔驰汽车被他人破坏,甚至被迫领着情妇的孩子住在档次很低的膳食公寓,落魄之际的他把洪堡生前留给他的以他为原型的故事提纲卖给电影公司,而挣得一笔钱。此时故事已经到了1974年4月的某一天,深处内疚之中的西铁林用这笔钱重新安葬了洪堡以及他的母亲。

  尽管小说时间跨度很长,但从小说结局来看,20世纪70年代是小说重点关注的年代。在小说中,贝娄对这一动荡时期西铁林等人物感受到的巨大压力给予了不少笔墨,正如埃德蒙德·思科瑞盆所评价的那样:"在出版《洪堡的礼物》之前,贝娄从未给予世界的纷乱以过多的关注,而《洪堡的礼物》让我们几乎从生理上感觉到'这个世界对我们的压力太大了'。"(Schraepen,1981:164)令人欣慰的是,正是在这一时期,西铁林对美国社会有了更深刻的认识,对这个社会有了更多的信心,他的伦理道德得到进一步加强。正如在小说结尾西铁林和孟纳沙把洪堡与他的母亲重新安葬后所言:"正因为这件事办得这样完满而得体,所以悲哀中我又有些欣慰。"(602)西铁林之所以感到欣慰是因为他能在动荡的社会中找到了自己,强化了自己的伦理道德,最终能够弥补过去的过错,减轻心理上的愧疚。安葬之后,孟纳沙和西铁林驾车离开的时候,孟纳沙问西铁林路边开的是否为春天里的花,西铁林回答说:"是的,我想这终归会发生

第四章　现代化进程中当代美国犹太文学对美国历史的认同

的。我是自小在城里长大的。一定是番红花吧。"（606）纵观全文，西铁林并没有对20世纪70年代这一美国历史阶段进行抱怨，而认为这个年代里始终存在大量积极的元素，进而把它视作让他变得成熟、走向理智的年代，也正为此，他才认为春天里的番红花才会如期开放。此外，西铁林还借助朋友乔治·斯威贝尔常说的一句话概括了欧洲犹太人的悲惨历史："杀犹太人，造机器，这就是那些德国人的真本事。"（57）西铁林回顾了二战大屠杀历史，以此表明犹太人来到美国之后（直至该小说发表的时间，即20世纪70年代），他们在欧洲悲惨的历史际遇已不复存在。因此，西铁林所做所言无不表明以他为代表的美国犹太人对20世纪70年代这一历史阶段的认同态度。

"贝娄的《耶路撒冷去来》对20世纪美国文学做出了重要贡献。"（Budick，1991：68—69）发表于1976年的贝娄的游记《耶路撒冷去来》，描述了1975年贝娄在耶路撒冷期间的观察与思考。在该游记中，贝娄曾接受时任以色列总理拉宾的宴请，与他以及其他人讨论了很多政治问题。宴会结束后，贝娄曾这样回顾了欧洲的反犹态势："在法国和德国还有左派反犹主义传统。天哪，反犹主义的历史多么漫长而肮脏，而我想，这个古老的左倾反犹主义在欧洲知识分子中仍然在继续存在。"（贝娄《耶路撒冷去来》：124）尽管游记聚焦的是以色列而不是美国，但贝娄用20世纪70年代这一历史阶段欧洲反犹主义仍继续存在的现状，反衬了同一时期犹太人在美国相对良好的政治待遇，间接体现了贝娄对这一阶段美国历史的认同。

贝娄的散文随笔集《集腋成裘集》中有一则故事《签约①的日子》同样把眼光投向20世纪70年代，描述了在美国总统卡特的斡旋下，埃及与以色列在美国纽约签署和平协议一事。贝娄对70年代的这一重大历史事件给予了高度重视。作为举足轻重的阿拉伯国家首脑之一，埃及总统安瓦尔·萨达特的这一决定，虽受到了巴解组织的欢迎，但遭到了近20个阿拉伯国家的强烈反对，这些国家决定切断与埃及的外交关系，并对埃及实施经济制裁。尽管20世纪70年代的美国

---

① 此处的签约指的是在美国卡特政府的斡旋下，1978年9月埃及和以色列之间签署的《戴维营协议》（Camp David Accords）。依据此协议，以色列答应三年内把军撤出西奈半岛，一年内撤出它占领的产油区，并答应采取相应步骤成立巴勒斯坦自治政府。因为伊朗政府宣布对以实施石油禁运，协议还规定埃及必须向以色列出售石油。

社会被贴上动荡的标签,但对贝娄而言,它是一个给犹太民族带来希望、和平与幸福的年代,因为这一协议的签署打开了结束战争的通道,加速了巴以谈判进程,为中东和平找到了新的路径,使阿以关系开始由对抗转向对话,这些都为以色列获得了更多的发展空间,对美国犹太人的发展也至关重要。于是,贝娄在故事中用如下词语描写当时签约状况:"随着那一历史性时刻的渐渐到来,天空也放晴了。风儿吹起来,万里无云,阳光倾在一大群来宾和记者身上。他们聚到白宫北草坪上,来观看埃及—以色列和平条约的签署。……拍摄着这一场面:贝京总理、卡特和萨达特总统……圣约翰教堂响起钟声,来庆贺这一盛况。"(274)贝娄描述上述签约仪式时的心情是喜悦的,呈现的场面是恢弘的,签约时的天气状况是良好的,而且强调了美国在这一仪式签署中发挥的重要作用,这些体现了以贝娄为代表的美国犹太作家对20世纪70年代美国历史的认同态度。

第六节 认同表征五:
作品体现出对20世纪80年代以后美国历史的认同

20世纪80年代里根政府的新自由主义让美国经济得以恢复,社会秩序比较稳定,国力更加强大。军事上,里根政府推行星球大战计划,试图进一步遏制苏联。90年代以后,美国经济得到进一步发展,社会保持稳定。随着华约的解散,苏联解体,两极争霸格局结束,美国的影响力进一步加强,已成为全球最强的一极。当然,20世纪80年代之后,美国政府对外进行了一系列代理人战争,给世界增添了许多不安宁元素,也为作家提供了从战争观察问题的视角。在20世纪80年代之后这一历史时期,美国犹太文学作品继续对历史给予关注,并体现出认同的姿态。

贝娄一直重视历史问题,为了解大屠杀历史,理解"犹太人的孤立无助感和对灭绝的恐惧感"(潘光,汪舒明,盛文沁,2009:17),他曾与阿尔弗莱德·卡津(Alfred Kazin)等人观看关于大屠杀的影片,指出这些影片"令人深感羞辱和人性的卑微",因为"犹太人已经失去了其他人所享有的权利。"(Atlas 2000:126)贝娄把他对大屠杀历史的关切嵌入多部作品之中,比如

第四章　现代化进程中当代美国犹太文学对美国历史的认同

"《勿失良辰》就是一部被死亡萦绕，被大屠杀影响的作品，它描绘了一个'死亡是正常的'世界。"（Chametzky，1998：118）德国著名社会学家、哲学家、法兰克福学派重要代表人物西奥多·W. 阿多诺甚至悲观地断言："认为战后的生活可以回归正常，或认为文化可以重建的想法……是痴心妄想的。数以百万计的犹太人被屠杀，似乎那是一个幕间表演而不是屠杀……死亡是正常的。"（Adorno，1986：811—812）当然，贝娄没有阿多诺那么悲观，始终对美国历史发展的方向充满信心，体现了他对美国历史的认同态度。当然，贝娄本人也曾遭受过这样或那样的歧视，他曾这样描述自己打算从事文学创作时遭遇他人歧视的情景："当我作为犹太人，作为一名俄国犹太人在大学里学习文学的时候，人们已向我清楚地表明我可能永远无法正确地感受盎格鲁—撒克逊传统。"（Rovit，1975：9）贝娄当时的感受，与哈布·哈桑的下述评论完全一样："对我们来说，夏洛克的痛苦可能比其他人更大，因为我们是犹太人。"（Hassan，1961：294）总体看来，贝娄认为他在美国遭受的歧视与美国带给他的益处相比处于次要位置，因此，他总体秉持感恩美国的态度，因而他笔下的主人公对美国历史秉持认同态度。

贝娄的小说《贝拉罗莎暗道》发表于1989年，对二战大屠杀历史给予了高度关注，正如约翰逊所评价的那样："这本小说是对大屠杀、犹太历史、个体与文化之间关系的无常性之深度思考。"（Johnson，1991：366）在20世纪80年代，像方斯坦这样来自欧洲的犹太大屠杀幸存者，已经成为见证二战大屠杀历史的活化石，他们身上承载的信息体现出非常独特而重大的历史内涵，这一内涵需要有人去挖掘、去分析。在这一关头，方斯坦的妻子索莱拉这名来自新泽西地区的犹太人站了出来，决心帮助丈夫方斯坦揭示历史真相。索莱拉不断了解有关种族灭绝的技术细节，并通过各种方法接近贝拉罗莎暗道的组织者与策划者比利·罗斯，在这一过程中，她虽遭受比利的各种怠慢与侮辱，但她的生命意义得到彰显。虽然非常顽固的比利不愿意告诉她更多大屠杀时期的相关细节，包括贝拉罗莎暗道这一地下组织运作的细节，但索莱拉至少可以获得想象的体验。在想象过程中，索莱拉最终把每一个幸存者的个体历史与犹太民族的整个历史关联起来。此外，联想到索莱拉在小说中还这样说道："在大西洋这一边，我们没受到这种威胁（大屠杀威胁——作者注）。"（225）不难看出，这体现出以索莱拉为代表的美国犹太人强烈的历史意识以及对美国历史的认同态度。

在记忆专家无名叙述者这一端，他通常把记忆与职业而非民族历史挂钩，通常封闭自我，认为个体无需寻找新的历史踪迹、无需补充新的历史细节，因为个体大脑中固有记忆足可让个体立足社会，维持交流的需要。为满足对客户开展记忆训练的需要，他还借助意志力来消除外界对记忆元素的影响，凡此种种，造成其历史意识严重缺失。他在小说中曾这样坦陈："什么屠宰场，焚尸炉——所提出的历史及心理问题我可不愿意去思考。"（198）小说中的比利、斯维德洛夫妇以及方斯坦的儿子吉尔伯特等对待大屠杀历史的态度与无名叙述者非常类似。格哈德·巴赫曾说："死刑的现代变体是选择忘记。"（Bach，1991：28）小说中像无名叙述者这样的美国犹太人都是选择忘记的典型。丽金·罗森塔尔对小说研究后这样说道："在新世界的影响下，人们不再重视精神力量，他们争相挣脱记忆的羁绊，拒绝过上富有人性的、有意义的生活。"（Rosenthal，1995：334）的确，在美国有一大批像无名叙述者（包括比利·罗斯）这样生活在远离欧洲，未曾经历大屠杀历史，在宽松环境下长大的犹太人，对他们来说，大屠杀历史过于遥远，而且与他们的生活似乎没有关联，如小说中所说的那样："在新大陆，你的力量不会耗尽（你不会被屠杀——作者注）。"（247）也正因为此，他们无法理解那段历史及其承载的信息与符码，无法明白大屠杀幸存者那种难以言明的感受。位于耶路撒冷的雅德·瓦谢姆（Yad Vashem）大屠杀纪念馆可以称为犹太民族国家记忆的汇集地，它的纪念碑文的一行文字具有深刻的历史内涵："我一个人幸存下来，去告诉大家，去提醒大家，并且要求大家记住。"（Bloom，1986：127）碑文强调了记住大屠杀历史的紧迫性，也指出了幸存者的重要性。哈罗德·布鲁姆曾指出："幸存者与反抗者及受害者不同……与西方思维中的'超越'及'牺牲'这些宏大的概念不同，这样一种人物似乎是不光彩的，平淡无奇的。然而，在过去一个世纪的磨难中，幸存的概念可能是我们最需要的。"（Bloom，1986：127）可见，幸存这一概念不但不能被忘记，反而应该得到强化。若要强化幸存这一历史概念就需要通过回溯过去的历史，正如大卫·西伦所指出的那样："历史的挑战在于找回过去并把它介绍给现在。"

（Thelen，1989：1117）因此，对小说中像无名叙述者这样的犹太人来说，他们需要下定决心重新回顾那段历史。

令人欣慰的是，在小说结尾，无名叙述者在20世纪80年代末三月的一天，因接到一名以色列拉比让他帮助寻找哈里·方斯坦联系方式的电话，他开始了寻找方斯坦夫妇的艰难历程，并在这一过程中了解了方斯坦的历史遭遇，以及方斯坦夫妇以实际行动增强历史意识的举措，于是方斯坦夫妇充当了叙述者的历史引路人，并帮助叙述者理解了他们执意会见比利·罗斯的历史内涵，体会到叙述者自己所处的环境——美国给他带来的自由、民主与幸福，从而体现了他对20世纪80年代美国历史的认同。

辛西娅·奥齐克是美国著名的犹太作家，父母都是俄国犹太移民，出生于美国纽约的奥齐克，先后从纽约大学、俄亥俄州立大学获得学士、硕士学位。她曾分别花费七年的时间研究亨利·詹姆斯的后期小说，以及如何创作长篇小说。在成名之前，她吃过很多苦，做过很多工作，也做过广告撰稿人。自从她的长篇小说《信任》（*Trust*, 1966）发表之后，她受到了评论界的广泛关注。珍妮特·汉德勒·伯斯坦称赞"辛西娅·奥齐克是当代美国犹太人中发出最振奋人心的声音的那一位。……她的小说可为如何理解艺术愿景和艺术犯罪提供一个新的视角。"（Burstein，1987：101）维克多·斯特兰德博格认为："在美国传统中，辛西娅·奥齐克以如此方式呈现她的犹太文化，从而大大丰富了我们的民族文学内涵。"（Strandberg，1983：311）辛西娅·奥齐克的作品往往把大屠杀作为小说的背景。除《信任》外，辛西娅·奥齐克的主要作品包括：《吃人的银河系》（*The Cannibal Galaxy*, 1983）、《斯德哥尔摩的弥赛亚》（*The Messiah of Stockholm*, 1987）、《围巾》（*The Shaw*, 1989）、《帕特麦斯档案》（*The Puttermesser Papers*, 1997）、短篇小说集有《异教拉比及其他故事》（*The Pagan Rabbi and Other Stories*, 1971）、《升空：五部小说》（*Levitation: Five Fictions*：1982）、《流血与其他三个中篇小说》（*Bloodshed and Three Novellas*, 1976）等。

《罗莎》（"Rosa"）是辛西娅·奥齐克的短篇小说集《围巾》（*The Shaw*)中的一部短篇小说，发表于1989年，描写了一位犹太母亲罗莎在纳粹集中营的悲惨遭遇。在寒冷的冬天,骨瘦如柴的罗莎抱着包裹在围巾中一岁多的女儿玛格达,跟着犹太难民队列,在德国士兵的看守下向"死亡"行进。她不敢停留,因为怕德国士兵开枪,也不敢让别的妇女抱一下玛格达,因为害怕惊吓别人,同时还担心小玛格达从围巾中掉出去。尽管玛格达试图吸母亲的乳汁,但母亲干瘪的乳房无法为小玛格达提供营养,饥饿不堪的小玛格达甚至连哭的力气也没有。与罗莎同行的大约十四五岁的少女斯特拉为了能使自己暖和一些,一把夺下那条围巾,小玛格达摔在地上死去了。罗莎没有哭喊扑过去抱起孩子,而是站在那里,因为她知道:"如果她奔跑过去,德国士兵就会向她开枪。"(Ozick,1989:10)小说情节较为简单,但非常感人,正如苏珊娜·克林根斯坦所分析的那样:"《罗莎》之所以如此深深地打动读者,是因为它采用了一种间接的策略来描写大屠杀。失去女儿是罗莎在集中营里遭受苦难的一个缩影。未来生活的丧失映射出罗莎被过去所束缚这一事实,这反过来又象征着她对披肩的极度依恋,让玛格达回到了罗莎的脑海中。"(Klingenstein,1992:165)约瑟夫·阿尔卡纳在分析这部小说时,这样评价道:"通过塑造这样一个棱角分明的主人公,奥齐克不仅为故事设置一个前提;她还采取立场反对普遍主义——这一她与其他犹太作家发现的令人烦恼的趋势,即把人类的苦难都置于普遍的存在主义或神学的困境这一大标题之下的那种趋势。"(Alkana,1997:966)也就是说,奥齐克不愿意把犹太大屠杀看做是普遍主义或神学层面的一个借口,而是对之悲愤不已,难以释怀,这体现出作者极强的历史意识。

依据小说,罗莎后来来到了美国,但仍无法摆脱大屠杀的深刻影响。大屠杀幸存者罗莎曾这样描述像她这样的大屠杀幸存者在美国的感受:"在美国猫有九条生命,但对我们这些幸存者来说——我们不如那些猫,我们只有三条生命。之前的生命,之间的生命和之后的生命……之前是一场梦,之后是一个笑话。只有之间还存在着。称之间为生活,这是个谎言。"(57—58)尽管无法摆脱大屠杀的影响,甚至无法适应美国现代生活,但不管怎么说,罗莎在美国没有遭遇欧洲那样的极端行为,因此对来美国之后的历史总体心存感激,秉持认同态度。

罗斯的小说《遗产:一个真实的故事》发表于1991年,1992年荣获全美书评人大奖,在这部自传性极强的小说中,菲利普·罗斯深情回忆了刚刚去世的父亲赫曼·罗斯,一位平凡的犹太老人。赫曼·罗斯曾邀请了一位名叫沃尔特·赫尔曼的男士来家里做客,沃尔特曾"在两个集中营呆过,幸免于难,1947年来到纽瓦克,当时只会说德语……他(赫曼·罗斯——作者注)请沃尔特来,是因为沃尔特正在写一本关于他战时经历的书。"(罗斯《遗产:一个真实的故事》:173)在开饭之前,大家都在客厅里就座的时候,罗斯想起几星期前父亲曾对他提起过这位朋友,当时罗斯与沃尔特通过电话,并在电话里告诉沃尔特,他在亨特学院的文学课上正在讨论一本关于奥斯维辛集中营的书。可见,无论是罗斯本人,沃尔特·赫尔曼,还是罗斯的父亲,他们谈话的话题都触及二战犹太大屠杀这段历史。联想到这些主人公在二战后来美国的历史,尤其是20世纪80年代这一阶段,即小说的高潮发生阶段主人公早已融入主流,过着衣食无忧的生活,间接表达了他们对20世纪80年代的美国历史的认同态度。

  值得注意的是,《贝拉罗莎暗道》《罗莎》《遗产:一个真实的故事》等美国犹太文学作品发表于20世纪80年代末或90年代初,当时美国现状容易让美国犹太人对过往历史产生淡漠意识,而且美苏冷战[①]正在进行,东欧剧变正愈演愈烈,整个世界包括美国在内仍然笼罩在战争的阴云之下。作为犹太作家,他们本能地感受到反犹行动有可能在欧洲再次发生,类似于二战大屠杀的历史有可能在欧洲再次上演,于是借助自己的作品向包括犹太人在内的所有人发出了警告。他们知道,犹太民族不能忘记过去的历史,尤其是在欧洲遭遇的苦难史,因为这些苦难史不仅仅是苦难的代名词,而且也是个体成熟与民族成长的推进剂。

[①] 冷战(Cold War)指1947—1991年期间,以美国以及北约(即1949年8月成立的北大西洋公约组织)为主的资本主义阵营,与苏联以及华约(即1955年5月成立的华沙条约组织)为主的社会主义阵营之间进行的一系列政治、军事、经济斗争。英国前首相温斯顿·丘吉尔1946年3月发表的"铁幕演说"拉开了冷战序幕。1947年3月杜鲁门主义的出台标志冷战的正式开始。1991年,随着华约解散以及苏联解体,前后长达44年的冷战结束,两极格局也走向终结。冷战期间,尽管双方努力避免第三次世界大战的爆发,但为了争夺霸权,双方除了进行军备、科技、太空等竞赛外,还常常借助局部代理人的方式进行对抗,如代理人战争。冷战是当时世界动荡的主要原因。此外,为推动对冷战的深度研究,服务于国家利益,冷战期间,美国政府甚至资助了一批从事冷战研究的人员,或在高校设立冷战研究奖学金。参见:Citino, Nathan J. "Between Global and Regional Narratives"[J]. *International Journal of Middle East Studies*, 2(May 2011):313—316.

进入21世纪后，美国犹太作家继续进行对美国历史认同的描写。贝娄的小说《拉维尔斯坦》发表于2000年，小说的前两部分描写犹太人拉维尔斯坦生命中最重要、也是最后的一个阶段，后一部分描写叙述者齐克濒临死亡时的一系列经历。穿插于两部分中间的是两人之间的交往。拉维尔斯坦出生于俄亥俄州代顿市一犹太家庭，父亲一生潦倒，童年不幸的他很早就独闯社会，经过打拼，成为名牌大学的教授，国内外知名学者，英国首相与美国总统的座上客。他的很多学生成为历史学家、教师、专家、智囊团成员，他的不少学生身居要职，甚至在海湾战争中承担重要角色。在密友齐克的建议下，他以自己的教学研究成果为素材出版了一本书，结果畅销全球，让他名利双收。但功成名就之际，他被诊断患上艾滋病，意识到自己将不久于人世，他请求齐克为自己写一传记。纵览小说，拉维尔斯坦是一个富有魅力的人物。他既推崇古典音乐，强调精神至上（包括爱情），又追求世俗快乐；既挑战权威，质疑美国社会与美国教育中不合理之处，又热衷于各种社交活动；既关心政治又喜好流言蜚语；既有严肃专注的一面，又有幽默诙谐的一面。他才华横溢，不拘小节，有大量的拥趸。斯图尔特·库兰德高度评价了这部小说，认为"《拉维尔斯坦》文学遗产的价值在于它的主题。"（Kurland，2001：59）的确，小说涉及大量主题描写。爱情是其中的一个主题。友谊则是另外一个，"像《利西达斯》中的弥尔顿或《悼念》中的丁尼生一样，贝娄创作这部小说不仅是为了纪念逝去的朋友，更是为了证明友谊，为了证明唤起这种情感的能力已减弱的状况，以及作者感知这种状况的能力，为了让自己承担助手的角色并记录这一切。"（Kurland，2001；59）

值得注意的是，除爱情、友谊主题外，由死亡这一主题隐射的历史问题值得关注。一般来说，死亡通常与疾病相关联，比如文中的拉维尔斯坦所患的格林—巴利二氏综合征（依据小说细节，他所患的这种病是因他携带的艾滋病病毒导致的并发症——作者注），但就这部小说而言，死亡与历史问题，尤其是二战大屠杀历史紧密相关。文中的拉维尔斯坦与齐克都是犹太人的后裔，对二战大屠杀历史仍记忆犹新，他们一致认为，二战时期，死亡存在于从俄国的古拉格群岛到大西洋海岸的各个地方，而针对犹太人的歧视与屠杀无处不在，文中有多处加以说明。

第四章 现代化进程中当代美国犹太文学对美国历史的认同

拉维尔斯坦住院之前,交了一万美元定金在法国巴黎租了一套公寓,供旅游时使用,但因为他住了院,无法前往,他想把定金要回来,但"他十分清楚,无法通过法律的途径来追回他的钱。尤其是在这种情况下,因为房客是一个犹太人,房东的家谱图上有个叫高必诺的,这些高必诺们是著名的仇视犹太人的家伙。而我不仅是犹太人,更糟的是,我是一个美国犹太人——他们认为美国犹太人对于文明世界越发危险。"(69)可见,即使是在20世纪90年代以后,欧洲人对犹太人的敌视仍然没有消除。

在历史问题上,拉维尔斯坦曾提醒齐克,薇拉的朋友格里莱斯库其实是在利用齐克,因为这个家伙是一个法西斯分子,是希特勒的支持者。拉维尔斯坦还提醒齐克别忘记反犹分子的罪行,如文中他所言:"你还记得布加勒斯特大屠杀吗?记得他们把人活生生吊死在屠宰场挂肉的钩子上,屠宰他们——活活地扒他们的皮吗?"(119)在撰写回忆录的过程中,齐克发现,拉维尔斯坦一直能从历史视角思考犹太民族。齐克曾向莫里斯·贺伯斯特提起此事时说,拉维尔斯坦只要还有口气,就会思考犹太民族的历史问题,因为"'这是他心目中最重要的一件事,因为它关联着一宗极大的罪恶。'我完全理解他指的是什么。战争清楚地表明,几乎每一个人,都赞同犹太人没有权利生存。那使你不寒而栗。"(171)齐克在回顾犹太民族历史时之所以使用不寒而栗的表述,是因为"希望犹太人死亡的愿望被广泛集中的意见所确认和辩护,这种意见一致认为,他们的消失和灭绝将会使世界得到改善。"(172)

对比犹太人在美国的历史与犹太人在欧洲的历史,以拉维尔斯坦为代表的美国犹太人明白,尽管美国还存在这样或那样的不足,但他们还是对美国心存感激,因为长期生活在美国的他们已经在美国社会取得了成功。以拉维尔斯坦为例,"事实上,他在美国的生活环境非常好"(46),而且"他深深地喜爱这舒适的环境,喜欢想象自己居住在某栋豪华公寓楼房之中,这些楼房过去住的是清一色来自白种盎格鲁—撒克逊新教徒家庭的教授。"(60)可见,以拉维尔斯坦、齐克等为代表的美国犹太人对20世纪90年代后美国历史是持认同态度的,因为在这一时期,他们在物质生活上得到极大的满足,在个人事业上取得了更大的发展,对美国的社会环境总体满意。

当然，拉维尔斯坦、齐克等明白，在20世纪90年代后，许多美国犹太人对二战大屠杀历史往往采取选择回避或遗忘的态度，因此他们的历史意识已非常淡漠。针对如何解决这一问题，拉维尔斯坦等认为，美国犹太人不能抛弃犹太血统，不能忘记犹太历史。随着对历史问题认识的不断加深，齐克最后不禁感慨："拉维尔斯坦快要死的时候，还在思考着这些问题，他要发表的意见已经形成体系。结论之一是犹太人应该对犹太人的历史深感兴趣——感兴趣于他们的正义原则。"（172）

考虑到小说时间跨度很大，涉及二战到20世纪90年代末半个多世纪的时间，在这一漫长时间里，除大屠杀历史外，冷战衍生的问题也常成为主人公这一历史时期讨论的话题。齐克在文中就曾这样说："美国这个冷战的胜利者，唯一现存的超级霸权国家。在它的市中心贫民区和精神上的混乱之间有着相似之处。"（19）可见，以齐克为代表的美国犹太人认为，尽管美国获得了冷战的胜利[①]，但是20世纪90年代的美国还存在一些问题。如何解决这些问题，拉维尔斯坦建议齐克可以通过重新阅读柏拉图的《会饮篇》找到启示，即"是人就得受苦，被肢解。人是不完全的。"（24）可见，在拉维尔斯坦看来，在20世纪90年代，包括美国犹太人在内的美国人既要明白这一时期历史前进方向的正确性，又要接受这一历史阶段生活中的不完美，甚至痛苦，因为它们是人类生活中的基本元素。借助拉维尔斯坦的启示，齐克后来明白，拉维尔斯坦的建议"将引导他们走向更高级的生活，丰富多彩而又变化多端……"（26）因此，以拉维尔斯坦、齐克为代表的美国犹太人既认同20世纪90年代后的美国历史，又指出这一历史时期存在的一些问题，并给出了自己的参考答案。

罗斯的小说《凡人》发表于2006年（前面曾论述小说体现了对大萧条历史、二战历史的认同态度），在小说的一开始，罗斯就交代前来给已故凡人送行的有一位老人，自从2001年感恩节过后就住在泽西海滨，这表明小说的时代背景涵盖了21世纪之后的时间。依据小说，在凡人很小的时候，他的父亲曾向他解释说为什么哈西德教派信徒两百多年来的生活方式没有什么改变，结果，他

[①] 奥德·阿恩·韦斯塔（Odd Arne Westad）把冷战视为美苏之间的零和游戏，在第三世界埋下了冲突的种子。参见 Citino, Nathan J. "Between Global and Regional Narratives" [J]. *International Journal of Middle East Studies*, 2（May 2011）: 314.

一遍一遍对他的父亲说:"他们现在是在美国,想怎么穿就怎么穿,想剃胡子就剃,爱怎么着就怎么着。"(16)再联想到做完右颈动脉手术后的他临终弥留之际的期待:"他想,日光普照大地,一个又一个夏日的阳光照耀在充满生机的大海上,真是一个光的瑰宝,它如此巨大,如此珍贵,好像他能透过刻着他父亲姓名首字母的夹眼放大镜凝视这个完美、无价的星球,凝视他的家园……他想着自己离死还远、命不该绝,渴望自己心想事成。"(148)可见,凡人在他很小的时候就认同美国的历史,到他去世时的21世纪初,他仍然认同美国历史,期待能继续在这个美丽的家园享受美国给他带来的种种福祉。

第五章
现代化进程中当代美国犹太文学对美国文化的认同

第一节　美国文化的核心要素

文化一词的内涵非常宽泛，涉及一个民族或者国家的传统习俗、风土人情、生活方式、价值观、道德观、世界观、行为准则等诸多内容。美国文化同样是一个极其宽泛的概念，它的产生、发展与美利坚民族的形成与发展同步而行。美国文化的产生有很多因素，朱永涛在其著作《美国价值观》中借美国学者亨利·帕克斯所言，指出了美国文化产生的两大因素："一、驱使男女老少离开欧洲、告别家人、远渡大西洋的动机和希望；二、美国自然条件的影响。"（朱永涛2002：11）帕克斯所言不无道理，因为在很大程度上，美国独特的自然条件在多个层面塑造美国人的文化品格，而欧洲文化，尤其是盎格鲁—撒克逊文化则是美国文化最主要的源头。回溯历史，早期来自欧洲的移民（尤其是英国移民）带来了欧洲文化（尤其是西欧文化），这些文化很快遍及美国各地，并且在美国长期占据主导地位[①]，因此，美国文化在很大程度上继承了欧洲文化的诸多特征，使得美国文化与欧洲文化具有许多相似性，也让"美国文化的建构过程更让人感到不知不觉，更加自然。"（Morgenstern1928：97）当然，美国文化也绝非欧洲文化的简单延伸，因为，美利坚民族在发展过程中还有着其独特的民族经历、人文环境、人口结构、政治体制、经济发展模式等，所以，美国文化还具有它的独特性，这些独特性使得美国文化成为世界文化极其重要的组成。美国虽然建国仅有200多年，却是全球最为强大的国家，美国文化在其中扮演的作用功不可没，这体现出美国文化具有某种强大力量，"意在通过美式价值观内蕴的普世性来确保国内政权稳定和全球战略利益的最大实现。"（田九霞，2013：208）美国文

---

① 按照庄锡昌的梳理，"直到20世纪以前，美国社会文化的主要因素还是来自欧洲尤其是西欧的文化成分。相当长的一段时期中，美国文化缺乏本乡本土的气息。美国文化的美国化一直要进入20世纪后。"（庄锡昌，1994：2）

化之所以具有如此大的影响，是因为它具有很多使其强大的核心要素，这些要素在深刻影响美国人的思维方式与行为方式，因此简要梳理美国文化的核心要素很有必要。

爱德华·W.赛义德指出，"所有的文化都是你中有我，我中有你，没有哪一种文化是孤立而单纯的，所有的文化都具有杂交性，混合性，内部截然不同……文化从来都不是同质的。"（Said，1993：24—25）就美国文化而言，"它包容其他国家的优秀文化并不断地丰富自己。"（顾宁，2000：1）美国学者雷诺·雅各布·利维也指出，从全球来看，"所有的民族文化和地方文化都处于变化之中，这有助于我们理解美国为何不断接受来自其他国家的观念。"（Moreno，1955：99）事实上，在不断接受其他国家观念以及与各族文化交往过程中，"多元文化/文化融合[①]"这一美国文化核心要素逐渐形成。大卫·R.沙姆韦指出："美国文化的多元性（文化融合）已越来越得到承认。"（Shumway，2003：754）不少例子可对此加以证明，比如，"美国人一直为边疆体验及其他对美国文化的影响所着迷"（Johnson，1981：480），美国西部文化成为美国多元文化/文化融合的重要体现。劳伦斯·W.莱文以美国爵士乐为例，认为"应该把爵士乐视作美国对世界文化的贡献。"（Levine，1989：20）由此可见，作为黑人文化和白人文化结合后的产物，爵士乐也成为美国多元文化/文化融合的有力证明。

平等理念是美国特殊的历史条件的产物。"因为宪法禁止颁布贵族头衔，美国没有正式的等级系统。在美国早期的历史中，许多人离开古老的欧洲移居美国，因为他们认为在美国更有机会获得成功。在'古老'的欧洲，他们在社会中的地位已经被出生时他们所属的地位所决定。"（梅仁毅，2002：505）可见，当时的欧洲人在很大程度上是因为美国社会没有等级体制而移民美国的。的确，美国没有经历过等级观念严格的封建社会，从早期的美国人开始，他们就广泛接受平等观念。约翰·威尔逊在分析美国平等理念时，在其著作中谈到戴维·波

[①] 依据国内美国历史文化研究方面的专家董小川的分析，美国的多元文化/文化融合主要体现在："宗教文化与世俗文化的结合；本土文化与外来文化的融合；主流文化与边缘文化的磨合；传统文化与现代文化的汇合……熔炉文化与多元文化的整合。"（董小川，2002：13）

特对这一问题的认识:"平等乃美国人的主要特征,是剖析美国国民性的关键所在,平等理念似乎是其他所有事实的基础。"(Wilson,1991:39—40)康马杰指出:"平等观念溶透到国人的生活和思想领域,他们的行为、工作、娱乐、语言和文学、宗教和政治,无不体现平等观念,现实生活中的各种关系无不受这种观念的制约。除七月四日独立节外,他们很少谈论平等,因为他们认为这是理所当然的,就像他们享有言论自由和宗教信仰自由的权利一样。"(康马杰,1988:16)马丁·戴蒙德也指出,"《独立宣言》在美国政治存在中植入了'平等的自由'这一理念……托克维尔很久以前就指出,我们时代的主导理念,尤其是政治秩序方面的主导理念是平等。对美国人来说,平等是主要的原则……在所有方面都建构了平等。"(Diamond,1976:315—322)此外,美国有着悠久的民主传统,早在殖民地时期,美国就有了立法议会这个自治机构,为美国的民主共和体制打下了扎实的基础。J.L.莫雷诺指出:"从传统上来说,美国人通常与'民主'一词密切相关。民主意味着民治政府……它逐渐意味着某个社会组织如此有序,以至于所有市民都有同等的机会去生活和谋生。"(Moreno,1955:95)可见,对美国人来说,民主理念是极其重要的理念。"在平等与民主理念基础上,美国权力制衡的政治结构、民主选举的机构、政治制度、民主宪政国家的价值观得以建立。"(Garceau,1951:69)因此,美国的"平等与民主理念"是美国文化的又一核心要素。

"美国政治上的自由主义,思想经济上的自由放任哲学和社会上的民主平等观念为人与人之间和群体与群体之间的竞争提供了理想的条件和最根本的基础。"(王恩铭,吴敏,张颖,2007:215)于是,"美国文化几乎一直体现出竞争特征,并且处于不断发展中。"(Morone,1996:425)巴特林·比约恩等也认为,美利坚民族是一个极其喜欢竞争的民族,"竞争已成为美国人的一种个性特征。"(Bartling,Fehr,Maréchal & Schunk,2009:93—94)因此,"竞争理念"成为美国文化的又一核心要素。

詹姆斯·亚当斯于1931年在他的著作《美国史诗》中第一次提出美国梦这一概念,在该书中,詹姆斯称美国这一"梦想之地是一个能给每一个个体提供更好、更富有、更丰富生活的地方,它按照能力或成就赋予每个人成功的机

第五章　现代化进程中当代美国犹太文学对美国文化的认同

会。……它不光是对拥有汽车、高收入这样的梦想，而且还包含对社会秩序的梦想，在这样的社会秩序中，不管他们的出生或地位，每一个男人和每一个女人都能最大充分地发挥他们与生俱来的能力，并得到他人的承认。"（Adams，2012：214—215）毋庸置疑的是，"美国梦在美国是一个占主导地位的主题。"（Hanson & Zogby 2010：570）不少研究者对美国梦进行了差别不大的定义。索尔·K. 帕多弗认为，"美国梦意味着对'个体自由、依照法律应得到的正义、教育与经济方面平等的机遇'的追求，以及物质以及幸福感的不断提高。"（Padover1956：404）在薇薇安·路易看来，"美国梦指的是对幸福的追求，能够寻找到更好的生活，拥有你能得到的一切，拥有愿意为你支付教育费用、愿意为你提供某些服务以便让你能够过上这种生活的政府。"（Louie，2012：39）南茜·迪托马索曾针对美国梦做过实证调研，受访对象中的三分之二认为不管发生什么，每个美国人都可以实现美国梦，因为他们认为："因为这是美国，因为每个人都有一样的机会，因为每个人都有自己可以做的事，因为只有那些放弃的人才会失败，因为他们已经听说了能证明这一观点的故事，因为他们已经在自己的生活中体验过美国梦，因为即使你必须付出代价、牺牲或遇到障碍，成功对你来说确实是一件你越来越想实现的事。而且，他们说，还有政府项目来资助需要资助的人。"（DiTomaso，2013：101—102）此外，许多美国诗人表达了对美国梦的赞美。格伦·贝克这样称颂道："美国梦在艰难岁月中成长。它隐藏在人的神秘内心，被希望的春天滋养和维系。最后终于开花结果……小人物不断前进，沐浴在他的思想，他自己的生命和祭坛的'明亮的阳光'中。对他人不带仇恨，对所有人保持宽容。……这就是人类的希望——美国梦。"（Baker，1949：397）埃迪·托瑞斯则在诗作中写道："梦想径直向前，连头都不转看看发生了什么。因为它们一旦离开闹市区，就奔向各自的美国梦。"（Torres，1994：191）可见，美国梦已深入美国人的内心。建国伊始，美利坚民族就坚信，每一个美国人都可以通过不懈的努力与辛勤的工作（而不依赖于某一特定阶层和他人的帮助）过上更好的生活，于是两百多年以来，"美国梦"一直是激励无数美国人（包括世界各地的移民）不断前进的重要动力，"为美国梦而奋斗"也自然成为美国文化的核心要素。

现代化进程中当代美国犹太文学对美国文化的认同表征

美国文化对包括美国犹太作家在内的全体美国人产生了深刻影响,也为美国犹太作家提供了很好的写作素材。需要承认的是,"美国犹太移民第二、三代受到双重文化冲击,美国社会结构的熔炉性特征使他们不断美国化,赋予他们美国人的特点。此外,本民族的文化传统也对他们有影响。他们长期生活在两种文化的夹缝中,普遍有身份困惑和非我意识。"(苗青,2015:5)因此,刚来美国的犹太人或其他族裔的人在新的环境中起初会有那种"无家可归的感觉,或者陷于两种相互抵触的文化之中,被霍米·巴巴(Homi Bhabha)称为文化流浪(unhomeliness)。"(Bressler,2004:203)但当他们逐渐适应环境,深入了解美国文化之后,会受到美国文化潜移默化的影响,进而对其产生认同感,这种情形也会反映在美国犹太文学作品中。正如罗小云所指出的那样,美国犹太文学"发展过程经历从意第绪语(Yiddish)创作到英语创作、传统犹太移民形象变化和美国文化代言人几个阶段。"(罗小云,2013:78)成为美国文化代言人的阶段显然是产生认同的阶段。美国犹太作家作为时代的旗手,敏锐地观察到美国犹太人对美国文化产生的认识上的变化(从起初的不适应到适应之后的认同),于是把这种认同感视作他们必须高度重视的问题,并将其嵌入美国犹太文学作品中。依照前面分析的美国文化核心要素,现代化进程中的美国犹太文学对美国文化的认同主要体现在如下几个方面。

第二节 认同表征一:
作品体现出对美国"多元文化/文化融合"的认同

罗伯特·杨在谈论文化杂交时指出,"杂交就是融合。"(Young,1995:23)马尔万·M.克拉迪认为,"杂交,作为文化的一种属性,与全球化是兼容的,因为它有助于全球规则的形成……杂交包含了存在于每一种文化中其他文化的痕迹。"(Kraidy,2005:148)在克拉迪看来,"杂交可以发挥其社会与政治潜力,减轻社会压力,表达人类创造力的多样性。"(Kraidy,2005:161)

第五章 现代化进程中当代美国犹太文学对美国文化的认同

就美国犹太人而言，他们知道美国犹太文化若要封闭自己，就会造成犹太文化被隔绝的状况，最终会失去犹太文化的活力，因此，他们积极主张犹太文化融入美国文化，并通过美国文化了解犹太文化的现实状况，最后达到对美国多元文化/文化融合的认同这一目的。这种现象在现代化进程中美国犹太文学的许多作品中得到体现。

保罗·格雷认为："《更多的人死于心碎》这部小说的闪光之处在于肯尼思试图以笨拙的方式和冗长的句子叙述小说。"（Gray，1987：71）的确，小说中的肯尼思常常对美国文化以及其他现象进行冗长的评论，既让小说独具特色，又让故事得到延展。犹太主人公肯尼思刚到美国中西部时，不适应那儿的文化，不知不觉把自己视作外来者。后来，他发现"这里开计程车的是伊朗人，开果蔬店的是朝鲜人和叙利亚人，餐馆侍者是墨西哥人，修理我的电视的是埃及人，上我的俄国课的是日本学生。至于意大利人他们已是第五代了。"（贝娄，1992：18）可以看出，在美国生活一段时间后的肯尼思已明白，美国是一个多元文化融合的社会，并在这个社会里，找到了家的感觉。肯尼思的舅舅犹太人本诺·克雷德的第一任妻子列娜是犹太人，妻子去世后，他周旋于不同的女性，后来迎娶了白人玛蒂尔德·拉雅蒙为第二任妻子。纵观全文，玛蒂尔德虽然非常美丽、性感，但也对本诺施加了许多性虐待，并且期望利用本诺为拉雅蒙家族谋取更多的私利，夫妻二人闹出不少矛盾。在故事的结尾，本诺没有如约与玛蒂尔德在巴西相聚，而是跟随一个各国科学家组成的研究小组去了北极，对北极的地衣展开研究，解决形态学上的一些疑惑。贝娄对本诺第二任婚姻的设置也是贝娄对不同文化融合（犹太文化与美国主流文化）的尝试。

这一尝试，也在肯尼思身上得到体现。与他同居的翠姬是肯尼思非常喜欢的美国白人，在肯尼思看来，"翠姬，这个丰满的少妇如此善解人意，如此令人赏心悦目。……从一开始我就特别对她的身材曲线产生共鸣，因为我感觉到它仿佛与一种物理的——我是说一种行星的，或者更广义地说，一种万有引力有着一种成比例的关系……翠姬个子小，而我欣赏这种结合了'女性的成熟'的'浓缩'。我爱上了这个性感的女孩。"（55）肯尼思多次向翠姬表达结婚的意愿，但翠姬没有答应，保持同居状态，后育有一女儿南茜。因为翠姬是个性受虐狂，只有被伴侣打得鼻青脸肿才能得到畸形的性满足，每次似乎都要向肯尼思展示她身上被其他男人寻欢作乐时留下的伤痕，而肯尼思不是那种在相爱时动粗的男人，最终，带着十分的不舍，肯尼思与翠姬友好分手。

翠姬在和肯尼思在谈到对南茜的抚养时，鼓励肯尼思根据情况随时来看孩子，并说"小孩的教养越是多样化越好。毕竟美国是个多元的社会。本来就是多种文明的融合。"（306）之后，肯尼思和曾选修他俄语课的一个学生迪塔好上了。迪塔是来自中西部的、非常成熟、重视独立而又有想象力的美国白人女孩，很愿意倾听肯尼思的诉说，喜欢他那天南海北、不着边际、荒诞不经的漫谈，甚至为了取悦于肯尼思而做皮肤手术。二人情投意合，很多时候，"迪塔常常不等我说完就已经会意，所以我们非常默契……"（182）当迪塔问肯尼思他的表兄维利泽的情况时，肯尼思这样评价道："她知道我的意见——也就是，总的来说，这是个混合人的世纪，如果你不是个混合人，如果你自称是根据一种古典的，传统的标准来生活的话，那你是没赶上时代。"（182）因此，在肯尼思看来，不同文化背景的人（包括像他这样的犹太人与像迪塔、翠姬那样的美国白人）应该混合在一起而成为混合人。尽管说肯尼思与翠姬未能最终走到一起，但他与迪塔的成功牵手似乎表明，贝娄对犹太文化与美国主流文化的融合越来越有信心。总体而言，肯尼思的感受以及所作所为，体现了他对美国多元文化/文化融合的认同态度。

在贝娄的短篇小说集《口没遮拦的人》中的短篇小说《银碟》中，犹太主人公伍迪曾感慨，他的父母、科夫纳博士、丽贝卡、斯科格隆太太等不同的人都在传教，于是在迪维逊街的每一个地方，甚至每盏路灯下都有人在发表演说。"无政府主义者、社会主义者、斯大林主义者、单一税主义者、犹太复国主义者、托尔斯泰主义者、素食主义者、基督教原教旨主义者——简直应有尽有。有的发牢骚，有的鼓吹某种希望，有的宣扬某种生活方式或者救世之道，有的则表示抗议。"（221）各种各样的主义持有者聚集到了一起，争论与抗议的场面时有发生，但他们代表着不同的理想信念与人生追求。考虑到持不同主义的人士往往拥有不同的文化信仰，伍迪的所言隐射芝加哥的迪维逊街是美国多元文化（美国的颓废文化、左翼政治文化、犹太文化、基督教文化等）融合的一个缩影，是"把文化视作合成实体"（Kraidy2005：153）的实践，这也表明了美国犹太主人公对美国多元文化/文化融合的认同。

《口没遮拦的人》是短篇小说集《口没遮拦的人》中的一则短篇小说，故事中的肖穆特博士给罗斯小姐的信中提到美国著名作家金斯堡，说他"生在美国，笃信佛教，坚持同性恋。"（27）考虑到金斯堡的犹太身份，因此，上述评论表明美国犹太人金斯堡身上体现出犹太文化、佛教文化、同性恋文化等多种文化融合的特征，体现了贝娄对文化融合的认同。贝娄的小说《受害者》中的犹太主人公阿萨·利文撒尔因基督徒柯比·阿尔比的不断纠缠，反而成为某种程度上的受害者，在这一阶段，犹太文化与基督教文化处于冲突状态。后来，利文撒尔与阿尔比对彼此的文化有了更多的了解，前者产生了与后者同呼吸共命运的特殊感觉，后者最终也对前者坦陈："我没有想要伤害你，可是我当时没有想到……我知道我对不住你。"（贝娄《晃来晃去的人 受害者》：426—427）小说结尾处犹太文化与基督教文化达到相互理解，这体现了美国犹太主人公对美国多元文化的推崇。

在马拉默德的小说《店员》中，弗兰克是来自意大利的天主教徒，深受天主教文化影响。来到美国之后，甚至对莫里斯的小店实施抢劫，对莫里斯的女儿施行非礼，但在与莫里斯一家及其周边犹太人的接触过程中，他试图更多地了解犹太文化。于是，他阅读一本关于犹太人简史的书籍，了解犹太人在十字军东征和宗教审判过程中遭受的困难，"对犹太人的文化和成就那几章，他读得很仔细。他还读了'犹太人区'的故事。那里，为赎罪的人们饿得半死，胡子满脸，花了毕生的心血，去探讨他们是'上帝的选民'的缘由。"（111）在对犹太文化有了更多的了解之后，弗兰克最终皈依了犹太教，这映射了天主教文化与犹太教文化融合后的良好反应，也体现了马拉默德对文化融合的期待与认同。实际上不光弗兰克，海伦以及其他犹太人都希望实现文化融合，而且也在不同程度上达成了这一目标，正如查尔斯·H. 罗威尔分析的那样："在《店员》一书中，伯纳德·马拉默德将犹太人的价值观与美国主流文化积极的价值观相结合……这些移民就如同马拉默德故事中的海伦·波伯一样，最终都能够进入'主流'。"（Rowell，1969：67）

马拉默德的小说《房客》还告诫世人，忽视多元文化可能带来恶果。小说里的哈利·莱瑟是一名美国犹太作家，威利·斯皮尔敏特是一位黑人作家，尽管两位作家起初还能讨论写作技巧，和睦相处，但随着对他文化的敌意与漠视，彼此矛盾越来越深，以至于发展到相互残杀的地步，这一结局体现出作者对多元文化的强烈渴望。

在马拉默德的小说《杜宾的生活》中，犹太人杜宾的女儿毛德长期生活在美国环境中，受到多元文化的影响。依据小说情节，她厌倦大学生活，不希望回学院读书，而希望借助佛教文化平复自己的内心。正如她在小说中对父亲所言："我先盼着接受坐禅沉思的教导……最后要达到精神的启蒙，并结束内心的混乱和痛苦。我很想变成跟我现在不同的人。我在寻找幸福。我要成为伟大的自我的成员，我一定从做'空'开始……我要在禅宗教导下自我完善。"（334—335）可见，平时受到犹太文化、美国主流文化影响的毛德在遇到困惑时，又希望借助佛教文化消除内心的痛苦与混乱，体现了她对多元文化的灵活应用，也表明了她对多元文化的认同态度。

在罗斯的小说《凡人》中，凡人的哥哥豪伊在凡人去世后，曾回忆自己的父亲开钟表店的情况，那时，父亲总是雇两个刚刚高中毕业，十八九岁或二十岁出头，来自伊丽莎白市本地的女孩，帮他站柜台。"她们都是基督教徒，大都来自信奉天主教的爱尔兰移民家庭，父亲、叔伯、兄弟都在胜家缝纫机厂、饼干公司或是码头上干活。他认为基督教家庭里出来的姑娘待人和气，会令顾客感觉自在。"（6）犹太教徒雇佣基督徒为店员，表明凡人的父亲在尝试把犹太文化与美国主流文化进行融合，也体现了罗斯对文化融合的推崇。

罗斯的小说《垂死的肉身》曾直接这样评价康秀拉："她以一种虔诚古老的方式发现文化的重要性。……她是那种觉得印象派画家引人入胜的人。"（6）可见，罗斯笔下的康秀拉是非常重视文化，具有文化内涵的人。62岁的大卫·凯普什教授与24岁的康秀拉·卡斯底洛之间的忘年之恋与心灵上的交往可被视作是犹太文化与古巴文化，甚至在某种程度上是犹太文化与主流文化之间的交流，因为康秀拉一直在为融入主流文化而努力，而且她的身上已具有主流文化的诸多特征。在小说结尾处，在康秀拉的要求下，凯普什教授为即将死去的康

第五章　现代化进程中当代美国犹太文学对美国文化的认同

秀拉认真而又感情真挚地拍摄一系列裸体照片，这表明凯普什教授与康秀拉的文化融合达到了某种程度上的成功，也体现了罗斯对文化融合的赞赏与认同。阿里斯蒂德·特伦德尔评价这部小说时曾说："这些基本话题：美丽和色情、智慧和死亡，都在《垂死的肉身》这本以教学为背景的小说中得到了体现。"（Trendel，2007：57）美丽、智慧、死亡等话题的确在小说中得到充足的体现，但无论是两人之前的恋情还是裸体照片的拍摄在很大程度上还算不上是色情行为，因为这些行为的背后既体现了某种人性的关怀，更体现了某种文化交融。

在辛格的短篇小说《主教的衣钵》里，已年过花甲、妻子身患癌症后的犹太人雅可布·葛慈思是伯纳德·乃豪斯创办的一家出版公司的主编，乃豪斯去世后，他的儿子清理了出版公司，结果雅可布失去了工作。此时，比雅可布还大几岁的建筑商的遗孀贝茜·范其维兹对雅可布情有独钟，二人迅速结婚并搬到弗吉尼亚居住。在那里，贝茜认识了一名俄裔犹太人菲莉斯·古尔丁，一位据说可以施催眠术、占卜算命、招魂念咒的女性。贝茜把菲莉斯当做亲姊妹一样，即使自己的丈夫，贝茜都与她分享。菲莉斯曾告诉贝茜与雅可布，她每次去美国东部都会到父辈墓前祭扫。有一次，她跪拜在父母、祖父母的墓前进行招魂时，她的父辈对她说，"在他们所在的地方，不分什么犹太人、基督徒、白人、黑人、美国人、欧洲人。所有的灵魂都居住在一起，寻求精神从一个星宿升到另一个星宿，帮助新到的灵魂找到精神上的归宿。"（357）依据此描述，菲莉斯的父辈所在的地方是另外一个世界，在那个世界里居住持不同文化信仰的人，他们彼此理解对方的文化信仰，进而达到相互帮助，各自找到了精神上的归属。在菲莉斯父辈的眼中，美国的文化融合程度还需要进一步提高才可能达到父辈的那个世界里达到的高度。菲莉斯的父辈所言说明，美国文化融合仍然需要进一步推进，这也体现了他们对文化融合的渴望与认同态度。

《市场街的斯宾诺莎》是《辛格短篇小说集》中的一则短篇小说。丹尼尔·B.施瓦兹认为："辛格对人物刻画最为生动的作品要数《市场街的斯宾诺莎》，这是辛格短篇小说中受到广泛赞誉的一部，描述了在20世纪初期犹太人居住的华沙这座城市中一位想要成为斯宾诺莎的人物。"（Schwartz，2012；155）这位人物就是哲学（主要研究斯宾诺莎）博士犹太人菲谢尔森，他一直轻视世俗文化，而着迷于宗教文化，认为"七情六欲从来就不是什么好东西。"（27—28）他甚至认为飞虫都跟人类一样，一心贪图眼前的欢乐。进入晚年的他生活在波兰华沙某街道的阁楼中，曾卧病在床，生命垂危，后在邻居女黑人多比的调理下渐渐恢复健康，还与多比萌生了真情。在新婚之夜，"菲谢尔森博士身上长期沉睡的力量苏醒了。"（44）虽然说故事背景地并非美国，但小说发表之际正值20世纪60年代，这时美国已具有宗教文化与世俗文化共存的氛围，美国犹太作家也深刻感受到了这种氛围，因此，小说传递了辛格期待重视宗教文化与世俗文化能融合的信息，体现了他对美国多元文化/文化融合的认同。

第三节 认同表征二：作品体现出对美国"平等与民主理念"的认同

美国文化在接受其他文化的过程中，逐渐尊重他文化，把每一个他文化都视作美国文化同等重要的组成。大卫·布里翁·戴维斯认为，"美国人始终拥有对平等以及社会正义的梦想。"（Davis，1989：752）约翰·F. 比迪认为，美国人高度重视平等观念，并且把"平等理念与个体权利紧密相关。"（Biddy，1992：17）可见，平等理念已扎根于美国文化之中。

此外，美国人有追求民主理念的强大基因。詹姆斯·伯恩斯（1995）认为，美国的民主理念的基础是相信人民以及人民的怀疑态度。克林顿在其首次就职演说中这样赞扬美国的民主："我们的民主制不仅应当成为全世界羡慕的对象，而且应当成为我们自己复兴的动力。"（李剑鸣，章彤，1997：480）不难看出，美国的"平等与民主理念"作为美国文化的核心元素，已进入包括美国犹太人在内的全体美国人的血液之中，正如马丁·戴蒙德所言："美国平等理念以及宪政民主理念是在高度重视德行这一背景产生的……成为美国人的骄傲。"（Diamond，1976：329—330）在此背景下，对美国"平等与民主理念"的认同自然成为美国犹太作家的关注内容，并在美国犹太文学的多部作品都有体现。

玛丽·安婷在《应许之地》中毫不掩饰她对美国平等理念的推崇，正如她在小说中所写的那样："在美国的法庭里，没人低人一等，没人被欺压。人人平等

第五章　现代化进程中当代美国犹太文学对美国文化的认同

自由。"（Antin，1912：260）玛丽·安婷的感慨直接道出了她对美国平等理念的认同。

在贝娄的小说《贝拉罗莎暗道》中，叙述者在寻找方斯坦的过程中曾做了一个梦，在梦中，他对比分析了犹太人在欧洲以及美国的遭遇，继而感慨道："在新大陆……你跟别人是平等的，你是强壮的，在这儿你不会被处死，而在那儿犹太人没能逃脱被处死的劫难。"（247）这表明，叙述者感到非常幸运地生在美国这个强调平等的国度里，享受到了美国的平等，而那些不幸生在欧洲的犹太人则无此运气。叙述者还曾这样赞扬美国的平等与民主："我们是一个伟大民主国家的子女，生来平等，四周没有束缚我们的樊篱。"（194）叙述者眼中的美国是一个伟大而民主的国度，像他这样的美国犹太人生来不受樊篱的束缚。他在谈论索莱拉的成长与美国的民主时还这样说道："她这个女人有巨大的智慧力量，而在当今民主时代里，不论你是否意识到，总是不断地向往更高一层的类型……索莱拉是个杰出的女人。"（229）在叙述者看来，索莱拉生在民主氛围浓厚的美国，从而为她不断前进打下了基础。由此可见，小说中的叙述者反复夸赞美国的平等与民主，字里行间体现出像他这样的美国犹太人对美国平等与民主理念的认同态度。

在贝娄的小说《赫索格》中，摩西·赫索格给日本情人园子写信后，曾去拜访美国的情人雷蒙娜。在这一个过程中，他感悟到："每个人都是一个小宇宙，每个人都无限宝贵，每个人都有自己独特的财宝。"（230）赫索格的感悟说明，长期生活在美国的他认为每个个体都是一个有价值的小宇宙，都是平等的，这体现了犹太人赫索格对美国平等理念的认同态度。在《赛姆勒先生的行星》中，赛姆勒先生一直认为人生来是平等的，因此对德国纳粹夺去他多名亲人的残暴做法深恶痛绝，因此，出于报复，战争期间的他曾近距离开枪打死一名德国士兵。来到美国之后，他一直秉持平等的理念与周边的人（如侄儿格鲁纳大夫、女儿、女婿等）相处，体现了像他这样的犹太大屠杀幸存者对美国平等理念的赞赏。在贝娄的《更多的人死于心碎》中，犹太主人公肯尼思评价他的舅舅本诺时，认为本诺之所不介意洗烫衣服、缝补扣子、洗地板、不辞辛劳地保持实验室的整洁，是为了表示，"我不是你们那种高人一等的人。他特别崇尚平等。"

（44）这表明长期受美国"平等理念"耳濡目染的本诺，高度认同美国的平等理念。

在贝娄的小说《拉维尔斯坦》中，拉维尔斯坦与齐克谈论薇拉时，评论齐克与薇拉打算离婚时的维权做法，认为齐克这么做是有法理基础的，因为"法律面前人人平等。十分令人安慰的是，你有宪法保证。"（111）这说明了以拉维尔斯坦与齐克为代表的美国犹太人对美国"平等理念"的赞赏。《勿失良辰》中的威尔姆后来之所以从乐嘉芝公司辞去工作，一个重要原因是他觉得该公司的管理层任人唯亲，漠视平等与民主，这对重视平等与民主理念的威尔姆来说，是无法接受的。

在《集腋成裘集》收录的散文《杰弗逊讲座演说》中，贝娄曾回顾了波兰老兵在纽约洪堡公园伴随美国国歌游行一事，贝娄认为这些主要操着英语，非常爱国的波兰老兵已把自己当作美国人。针对此事，贝娄评价道，做一名美国人这一想法与一代一代人形成的某种概念关系密切，这种概念曾被亚伯拉罕·林肯详细阐释，"例如'以自由为理想'或者'致力于实现人人享有天赋的平等权利为目标'。我提醒大家注意'目标'和'理想'这样的字眼儿。移民的美国主义，从某种程度上说是理性的，涉及了智力的选择。"（183）可见，在贝娄看来，他和这些移民美国的波兰老兵一样，被美国的平等理念所吸引，因此认为他们移民美国是理性的，正确的，体现了他们对美国平等理念的推崇。

在贝娄的短篇小说《口没遮拦的人》里，犹太主人公肖穆特博士在给罗斯小姐的信件中，提到一位女士曾写信给《波士顿环球报》，指责美国人的祖先在制定民主政体的时候未能考虑猫和狗的权利，因为她认为应该给予动物同样的人权。在这位女士看来，"《人权法案》应该对那些不得不依赖人类才能生存的动物规定出一些保护条例。我对此事最大的感受就是，没想到平等主义已经延伸到了动物世界。"（44）由此可见，肖穆特博士借那位女士之口道出了美国"平等理念"已深入美国人内心这一事实，体现了他对美国平等理念的认同姿态。此外，肖穆特博士借评价美国作家金斯堡之际，这样评论美国民主："必须对美国的民主表示同意并为之敲锣打鼓：美国注定成为发扬人道主义的光辉典范。"（27）他把斯大林视为独裁者，迫害民主的人士，认为苏联的民主状况非常糟糕。对比美国与苏联情况后，他这样评价了美国的情况："至于我们，在美国的情况，那可不一样，我们所处的是多种文明构成的民主社会。"（36）显而易见，肖穆特博士高度赞扬了美国民主理念，体现出他对美国民主理念的认同态度，其实这也是"富有人道主义精神的作家"（乔国强，2015：113）贝娄的态度。

在贝娄的短篇小说《堂表亲戚们》中，犹太主人公艾扎·布罗德斯基在驱车看望住院的莫迪舅舅时，思考了许多问题，比如美国的民主问题，在他看来"主流最终会转化为广泛的、中立的、自由进化连续体制，而这种连续体制已在西方民主国家初现端倪。以此看，不难理解肖勒姆为何去从军。他要捍卫的不仅是民主，还有自己的理论。"（293）可见，艾扎·布罗德斯基认为美国社会不断发展的体制催生了美国民主，他为此骄傲自豪，肖勒姆甚至通过参军来捍卫美国民主而使其不受侵犯，这都体现了他对美国民主的高度认同态度。在《集腋成裘集》收录的散文《罗斯福先生的岁月》中，贝娄曾回忆罗斯福总统[①]在第一次就职演说时的演说词："我们并不怀疑基本民主的未来。美国人民……要求领导之下的纪律和指导。"（32）可见，贝娄借罗斯福总统之口，道出了他对美国民主的认同。

罗斯一贯赞赏平等、民主的理念，他的多部作品都传递了这一信息。在《我作为男人的一生》中，美国犹太主人公彼得·塔诺波尔遭受了妻子莫琳·约翰逊的各种纠缠与欺凌，经常处于气急败坏、狼狈不堪的状态，甚至脱光衣服，穿上女人的内裤，戴上女人的胸罩，来发泄自己的情感。他渴望家庭里能拥有美国那样的平等、民主氛围。妻子去世后，他曾泪流满面，心里五味杂陈，感慨自己"重新成了一个独立自主的人。"（369）这种感慨，体现了彼得对美国民主、美国平等的强烈渴望与坚决认同。《垂死的肉身》中的康秀拉在很大程度上被美国的民主与平等理念所吸引来到美国，之后，一直被这样的理念所指引，并积极践行这样的理念，体现了她对美国民主与平等理念的认同。

辛格同样推崇平等、民主的理念。在欧洲生活期间，辛格及其家人受到很

[①] 富兰克林·德拉诺·罗斯福（Franklin D.Roosevelt, 1882—1945），美国第 32 任总统。

多歧视、不公，和其他犹太家庭一样，感受到了即将到来的大屠杀给家庭带来的恐怖。在欧洲，他在很长一段时间内都未曾感受到民主与平等。《萧莎》中的萧莎及其周边大量的波兰犹太人不断感受到二战大屠杀的迫近，在他们生存的字典中，犹太人能够享受的民主与平等早已不再存在，在故事结尾处，犹太人因为遭受迫害而四处逃散，萧莎等人甚至失去了生命。犹太青年作家艾伦·格雷丁戈及时逃离了波兰，在美国享受到了民主与平等，这就形成了欧美之间巨大的反差，这也是艾伦·格雷丁戈认同美国平等与民主理念的重要原因。

《庄园》是辛格的重要作品，它和《产业》和《莫斯卡特一家》"组成了现实主义'三部曲'，辛格最为关切的不是探究文化差异，而是记录了从本质上来看归属于中世纪的社会让位于工业化时，基督徒和犹太人遭遇的共同命运。"（Gladsky，1986：8）当然，就《庄园》而言，辛格更多的还是关心犹太人的命运。小说的故事背景是1863年民族起义①被俄国血腥镇压之后的波兰。起义失败后，无神论、无政府主义、民族主义、犹太复国主义、社会主义等各种思潮汇聚波兰，原有文化习俗及家庭伦理遭到削弱。此时的波兰也开始进入工业革命时代，旧秩序逐步被新秩序取代。"生活在这一时期敏感且充满期待的犹太人被这场巨大的历史变革所吸引，开始淡化乃至放弃阻碍他们融入主流社会的民族传统所赋予他们的宗教文化身份。"（乔国强，2006：165）《庄园》中各色人物也迫切希望抓住时代变迁的"机遇"改变自己。故事中的主人公卡尔门·杰柯贝是沙滩居民区的区长，一位有一定身份与地位的犹太人，拥有四个女儿的他租赁了原雅姆波尔斯基伯爵的庄园，由此发迹。但为了事业的发展，他只好与那些异教徒打交道，受够了他们的脸色，也遭受了各种屈辱。小说曾交代弗拉迪斯拉夫·雅姆波尔斯基伯爵因为参加反抗政府的起义而被流放西伯利亚，以他命名的庄园被政府没收，并赐给了一个公爵。小说一开头就写道，那个公爵没有发布消息就来到了雅姆波尔庄园，在庄园里安顿后，派一名哥萨克人骑马去把打算租赁庄园的卡尔门叫来与他见面。此时的场景令犹太人心碎不已：哥萨克人在前面骑着马，后面跟着的是卡尔门，"沙滩的居民们几乎都惶恐起来了。他们害怕犹

---

① 波兰历史上一次声势浩大，影响深远的反抗俄国压迫的民族起义。起义开始的时间是1863年1月，1864年4月，起义被镇压。

太区受到诬告①，等待着惩罚、灾祸和杀戮。卡尔门的妻子齐尔达带着孩子们护送了卡尔门一段路程，她号啕大哭，好像他已经死了似的。谣传庄园的院子里已经树立了一具绞刑架；卡尔门将因为同反叛者做生意而受到惩罚……雅姆波尔的农民怨恨这个非基督徒的犹太人。"（辛格，1981：4—5）在小说结尾处，卡尔门与克拉拉的私生子沙夏直接问卡尔门，"我要做个工程师，但是机械和别的一切东西都属于非犹太教徒，犹太人为什么不拥有自己的土地？他们为什么不住在巴勒斯坦？"（487—488）可见，在当时的波兰，犹太人完全没有平等、民主，沦为了二等公民，整日担心被诬告，惩罚和杀戮。这些描述梳理了当时的欧洲犹太人毫无平等与民主的现状，从另外一个视角隐射了长期生活在美国的辛格对美国平等与民主理念的推崇，因为在山巅之城，辛格充分享受到了美国的平等与民主，同时作为犹太人特有的敏感性又让他自然把视角延伸到他本人以及他的父辈们曾享受不到民主与平等的欧洲。

第四节　认同表征三：作品体现出对美国"竞争理念"的认同

"竞争是同一群体内部或不同群体之间、人与人相互交织的一种基本形态。它反映了利益差异的各方为实现各自目标相互争夺的过程。竞争的结果是优胜劣败……因此，竞争的压力会使人们产生紧迫感、危机感和最终激发集体或个人的进取心，充分发挥他们的主观能动性、创造性，以保证在竞争中立于不败之地。"（娄礼生，1990：96—97）尽管竞争并非美国人所独有，但美国人尤其崇尚竞争，不畏竞争环境，希望通过把竞争与个人奋斗相结合而出人头地，因此竞争理念已被美国社会广泛接受与认同。受这一理念的长期影响，美国犹太人也广泛认同竞争理念，并在美国犹太文学作品中有所体现。

在贝娄的小说《勿失良辰》中，犹太人威尔姆在与父亲以及珀尔斯谈话中提到自己长期担任着乐嘉芝有限公司东北分号的代理人一职，对公司副总经理一职

---

① 小说中的卡尔门因为要租赁被政府认定为反叛者雅姆波尔斯基伯爵的产业，因此，有可能被非犹太人诬陷为同反叛者做生意的人，因此，他的家人以及沙滩的犹太居民区里的犹太人非常恐惧。小说中的卡尔门见到公爵立刻跪下并亲吻公爵的长靴恳求宽恕也说明了这一点。

志在必得，但就在这时，公司领导把自己的一个女婿安插进这个部门，惹得威尔姆非常生气，他决定离开那个公司，并与该公司展开业务上的竞争。于是，他这样对父亲说，"我绝不让他们把我的地盘抢走，而且这是一个信心问题。那个地盘是我给他们开辟的。我完全可以回去作为一个竞争的敌手，与他们较量一番，并且把他们的顾客夺走。那些人原来就是我的顾客。他们越是企图动摇我的信心，我就越要有勇气。"（44）可见，犹太人威尔姆并不惧怕竞争，决心通过竞争，打败对手，赢得地盘，这表明了犹太人威尔姆非常认同竞争理念，并在积极践行这一理念。

马拉默德的小说《店员》中的弗兰克在莫里斯生病期间帮助照看杂货店，但附近杂货熟食店的老板一直用各种低价推销方法争取顾客，挤压莫里斯的小店生意，逼得莫里斯的妻子艾达做出准备卖掉杂货店的打算。在这种形势之下，弗兰克（后皈依犹太教）不畏竞争，"他用尽了各种办法，如让顾客赊购特价商品，把货物卖出去一半。"（198）在弗兰克的经营之下，小店逐渐有所起色，没有被竞争对手打到。弗兰克不怕竞争、勇于竞争，体现了他对竞争理念的认同态度。

罗斯的小说《人性的污秽》是他的美国三部曲①的第三部小说，故事背景是20世纪90年代新英格兰地区马萨诸塞州雅典娜学院，故事叙述者是犹太作家内森·祖克曼，71岁的科尔曼·西尔克则是他邻居。科尔曼的父亲是一名酒吧老板，期望自己的儿子有朝一日能出人头地，做一个体面的上流人，再也不用受别人异样的眼光，于是他要求科尔曼不要畏惧与同学的竞争，要求儿子仔细查找学习上的问题，认真完成学业，结果科尔曼的成绩一直名列前茅，而他的父亲也"早已决心把他（科尔曼）——三个孩子中最聪明的一个——送进历史悠久的黑人大学，和黑人知识阶层儒雅之士的享有特权的后代一起求学。"（罗斯《人性的污秽》：88）尽管始终处于竞争环境，但科尔曼最终还是在竞争中脱颖而出，成为一名有重要影响力的大学教授，并经过奋斗当上古典文学系的主任，后做了学校的教务长。美国黑人科尔曼不惧竞争获得成功的案例，为美国犹太人如

---

① 罗斯的美国三部曲指《美国牧歌》（美国三部曲之首）、《我嫁给了共产党人》《人性的污秽》（三部曲的最后一部）。

何面对竞争做出了榜样，也体现了罗斯对美国竞争理念的推崇与认同态度。在美国以及美国犹太文学中，存在许多像科尔曼这样的人物，诚如艾伦·格斯尔对这部小说的评价："罗斯对过去与现在——这二者之间关系的洞察十分敏锐，且极具启发性。他告诉我们科尔曼·西尔克的故事是普遍存在的：就像我们所有人一样，他与他的根以及属于所有美国人的历史遗产是密不可分的。"（Gerstle，2001：98）对科尔曼来说，这个历史遗产包含美国历史演进中已被美国人接受的竞争意识，这也体现了他对竞争理念的认同态度。

第五节　认同表征四：
作品体现出对"为美国梦而奋斗"这一理念的认同

长期以来，整个美利坚民族都伴随美国梦而成长起来，为美国梦而奋斗这一理念已深入美国人的骨髓，正如奥巴马在其自传作品《无畏的希望：重申美国梦》中所言："通过我们自己的积极努力我们可以也一定能过上我们想要的生活——每个美国人都知道。这个思想日复一日地给我们指引方向，确定路线。"（奥巴马，2008：54）美国梦不光是信奉新教的盎格鲁—撒克逊裔的美国人，也是包括美国犹太人在内其他族裔的人共同的梦。作为美国文化的核心元素，"为美国梦而奋斗"这一理念已给在美国生活的每一个个体烙上了深深的印迹，这一印迹同样可见于现代化进程中当代美国犹太文学的多部作品中。

在贝娄的短篇小说《泽特兰：人格见证》里，犹太人老泽特兰（马克斯·泽特兰）是个移民，喜欢美国这个充满机会的国度，为实现自己的美国梦，"他慢慢地开创自己事业。先在富尔顿街鸡市场学做鸡蛋生意，后来成为一家大百货公司的采办助理。"（192）他不但实现物质层面的美国梦，还对精神层面的美国梦有所追求。为此，他广泛阅读俄语和意第绪语诗歌，结交了许多艺术家、波西米亚服装设计师、托尔斯泰主义者等不同领域的重要人物。他还参加讲座、辩论、音乐会和朗诵会。他尊重智者，接受高雅文化，还对乌托邦主义持有兴趣。正如薇薇安·路易指出的那样："父辈致力于美国梦，'期望成为某个成功的人'，这是通过个体努力能够实现的结果。"（Louie，2012：39）"总的来说，父辈认为移民经历已被证明很棒，而且相信自己正生活在美国梦之中。"（Louie，2012：34）老泽特兰恰恰代表了那些认为自己可以实现美国梦而且认为自己正生活在美国梦中的美国犹太人。他的儿子伊莱亚斯·泽特兰一直希望通过自己的勤奋学习与工作，过上体面的生活，并希望以此向父亲证明自己能够在美国获得一席之地。为此，他疯狂阅读天文学、数学、地质学等书籍，努力学习法语、德语等语言。他广泛涉猎历史、诗歌、绘画、音乐，甚至深入研究康德等哲学家的著作。这名在芝加哥长大的犹太青年和来自马其顿的姑娘绿蒂①结婚后，为了更好的发展，来到了纽约，在哥伦比亚大学得到教职，从事哲学研究。经过诸多事情之后，为了更好的发展，泽特兰从哥伦比亚大学辞职，继续开展自己的研究，通过奋斗，泽特兰已成为文学先锋派与政治激进派的成员之一。这些都道出了老泽特兰与小泽特兰为了实现美国梦的奋斗历程，体现了他们对通过拼搏实现美国梦这一理念的认同。

在短篇小说《口没遮拦的人》中，犹太人肖穆特博士通过自身努力，实现了美国梦，已经跻身于中产阶级。短篇小说《堂表亲戚们》中的艾扎也是一个通过奋斗实现美国梦想的犹太人。小说中的他刻苦学习，以优异的成绩从法学院毕业，收到几家重要律师事务所的邀请，做过律师，接手处理过很多重要案件。他担任过电视节目主持人，后成为媒体名人，因此能够在自己的表弟遇到困难时，有能力帮其摆脱困境。小说中艾扎的舅舅莫迪凯"一生颇有成就，也许是全城最出色的面包师。他富有，大方，是个公认的正直人。"（284）贝娄通过对肖穆特博士、艾扎以及艾扎的舅舅莫迪凯奋斗历程的描述，体现了他对通过努力实现美国梦这一理念的认同。

在短篇小说《银碟》中，犹太主人公伍迪·塞尔伯斯特家境贫寒，决心通过自己的努力改变命运，实现自己的美国梦。他"劲头十足地涉猎了多种多样的书籍，订阅了《科学》以及其他种种能够给你真正知识的杂志，还在德保罗大学和西北大学上过夜校，学过生态学、犯罪学以及存在主义哲学等课程。"（211）

---

① 绿蒂结婚后，为了更好的发展，和丈夫一起来到了纽约。绿蒂获得社会学硕士学位后，在一家事务所工作。在丈夫辞掉大学教职之后，她也辞掉自己的工作，陪伴丈夫，并鼓励丈夫继续开展研究。她曾和丈夫在纽约格林尼治村待过一段时间。

第五章 现代化进程中当代美国犹太文学对美国文化的认同

可见，伍迪为了美国梦而竭尽所能，最终成为南芝加哥的一个商人，从事瓷砖承包业务。这些描写体现了犹太人伍迪对美国梦的不懈追求，以及对通过拼搏，实现美国梦这一理念的认同。

在《贝拉罗莎暗道》中，叙述者谈到比利·罗斯时曾这样评论道："他出身低贱。当然在美国这块充满机会的土地上这毫无问题。在美国，你可以来自底层却依然昂然而立。"（210）小说中的诸多人物都是美国梦的追逐者。犹太人比利·罗斯出生卑微，但通过自己的奋斗，已成为商界大亨，早早跻身上流社会。犹太主人公方斯坦夫妇同样是美国梦的追逐者，通过勤奋努力，尝试做过多种工作，后来，"这对夫妻很快便从小康之家过渡到赚大钱。他俩在普林斯顿东面置办了产业，还面向大洋；他们培养儿子；夏天来临，他们把他送入夏令营后便出门旅行。"（199）小说中的无名叙述者通过开办记忆力训练学院而大获成功，成功跻身上流社会。叙述者的亲戚海曼·斯维德洛同样跻身主流社会，衣着不凡，身上穿的是勃鲁克斯兄弟公司出品的灰色服装及棕黄色皮鞋。贝娄借对方斯坦夫妇、无名叙述者、海曼·斯维德洛等美国犹太人努力拼搏，实现美国梦的描述，体现出他对实现美国梦这一理念的高度认同态度。

《勿失良辰》中的老艾德勒医生通过刻苦奋斗，在医术上精益求精，他既教过内科学，还是一位诊断专家，"是纽约名医之一，来找他看病的人多得挤破门。"（11）威尔姆也是美国梦的追求者，当莫里斯·维尼士这名凯西客亚电影公司的招聘员给他发出招聘演员的信件后，威尔姆甚至放弃了大学学业，立即赶赴纽约与维尼士见面，并得到维尼士的鼓励："当演员却会一举成名。你会像罗斯福和斯旺森那样享有鼎鼎大名……必将摆脱凡夫俗子的那种焦虑和狭隘的生活。"（24—26）于是，威尔姆把梦想寄托在好莱坞这个地方。在好莱坞发展不顺利之后，威尔姆到罗克斯巴勒地区的乐嘉芝公司工作，差一步就做到公司副总经理。后来，他遇到了精神导师塔莫金医生，又把希望放在了期货市场。尽管说威尔姆的美国梦一直在路上，但他始终没有放弃，坚信自己能够成功。小说对艾德勒医生以及威尔姆这对父子为了美国梦而奋斗的描写，再次体现了他们"为美国梦而奋斗"这一理念的推崇。

《洪堡的礼物》中叙述者西铁林的哥哥尤利克指出："美国是物质上成功

的乐土。"（527）这表明尤利克把美国视为一个充满机遇，有利于实现美国梦的地方。的确，小说中很多人物都在为美国梦而奋斗，冯·洪堡·弗莱谢尔与查理·西铁林两位作家就是典型。前者通过刻苦而又富有灵感的写作，在文学界取得了较大成就，同时还希望在高校以及政界有所发展。后者追随洪堡的足迹，既在大学谋得教职，还在好莱坞上映作品，成为美国总统的座上客，获得多项文学大奖。小说对新老作家追逐美国梦历程的刻画，道出了主人公对"为美国梦而奋斗"这一理念的赞赏与认同态度。

在《更多的人死于心碎》中，维利泽的儿子费舍尔曾和肯尼思谈论自己的父亲以及切特尼克法官，通过这次谈话，肯尼思了解到费舍尔一直为美国梦而奋斗，期望自己能够在房地产取得成就，诚如小说所写的那样："他（费舍尔）热爱创业精神……要跟生物医生、航天、太空或通讯工业较量高下。'我不承认失败'，他向我说。'精力旺盛的人绝不认输，他们根本不把失败放在心上。'他认为自己是个聪明、有韧性、扎实、锲而不舍的人，他注定要成为大牌公司的总裁。"（169—170）可见，费舍尔对美国梦充满期待，并为之采取了行动，体现了他为美国梦而奋斗的坚定信念。

在《赛姆勒先生的行星》中，犹太人安纳德·伊利亚·格鲁纳从东欧移民美国后，像其他犹太移民一样，努力实现美国梦，以融入主流。为此，他曾做过医生，后在商界摸爬滚打，终于获得成功。他不但在美国投资地产与股票，而且在以色列拥有不动产，还在多个地方购置豪宅。正如他的妻子评价他那样，"他是一位好大夫——有妻子有儿女的人，事业成功，是美国人，很阔绰地退休下来，有一辆劳斯莱斯。"（299）在《集腋成裘集》收录的散文《与黄仔一席谈》中，贝娄曾回忆与赫赫有名的罪犯黄仔聊天的经历，在这次聊天中，黄仔曾对贝娄说，在他成年之前，爱上了一位年轻美丽的姑娘，但考虑到自己拮据的经济状况，他认为自己不可能被那姑娘接受。因此，"从那一刻起，我就决心也当一个百万富翁，我居然成功了。"（65）在《艾伦·布鲁姆》一文中，贝娄回顾与艾伦·布鲁姆的交往，认为他是一位美国犹太人实现美国梦的典型代表，因为他通过努力，成为一个著名学者，"智力过人、多才多艺，博通人文。《美国精神的终结》一书的发表使他变成公众注意的人，成了名人；他有了钱，受到崇

第五章　现代化进程中当代美国犹太文学对美国文化的认同

拜。"（342）上述描述都体现了贝娄对为美国梦而奋斗这一理念的认同。

马拉默德的小说《店员》中的莫里斯"到了美国后，想做个药剂师，在夜校读过一年，学过代数、德语，还有英语。"（87）像其他来到美国的犹太人一样，他尝试做过多种工作，后来，开了个杂货店。尽管杂货店生意不太景气并让他在困境中挣扎，但他的心中一直装着美国梦，一直相信通过自己的辛勤劳动，小店的生意会有所起色。于是，他多年来省吃俭用，拼命工作，多处调研，摸索经营之道，二十多年如一日，成为全家最重要的依靠。尽管说莫里斯的家境并不富有，但总体看来他实现了精神层面的美国梦。处于困境中的莫里斯的女儿海伦希望通过读书改变命运，到大学深造学习，实现自己心中的美国梦，于是"她如饥似渴地阅读那些介绍远方各地的书刊"（11），并开始攒钱作为将来上纽约大学的费用。与此同时，她还期望与弗兰克结婚后，夫妻共同奋斗，过上中产阶级的生活，这样，他们就可以离开纽约，到全国各地去游览。她还设想，如果这一切打算都能最终实现的话，她的母亲艾达和父亲莫里斯总有一天会把杂货店卖掉，她还畅想全家都住在加利福尼亚州，"她父母住在自己一座小别墅里，孙子孙女都离得很近，这样他们可以享享清福，安度晚年。"（142）莫里斯一家努力拼搏，为美国梦而不断奋斗，体现了他们对"为美国梦而奋斗"这一理念的认同。

罗斯的小说《凡人》中的犹太主人公凡人的心里同样装着一个美国梦。他在广告界摸爬滚打了一辈子，"先是做美术指导，再晋升为创意总监，获得了相当的成功，退休以后，他几乎每一年、每一天都在画。"（5）最后，他成为一家公告公司的创意总监。主人公的哥哥豪伊同样心装美国梦。尽管他就读的那所高中招收的是来自中低收入家庭的子女，但他能够始终保持优异成绩，在高中毕业后申请到了宾夕法尼亚大学的奖学金，然后去沃顿商学院攻读了MBA。他从高盛公司的收账员干起，后做了信息传递员，并成为货币交易柜台的顶级好手，能力与经验不断增加之后，他开始投资于股票市场。"他经常出差去见客户，并且继续向他看中的公司投资，到三十二岁，他已经赚到了第一个一百万美元。"（31）在他退休之前，年薪已达千万美元。退休后，他很快进入了许多公司的董事会，并被任命为某知名公司的董事会主席。到七十多岁时，他又担任波士顿一家金融业投资公司的顾问，经常往来于全国各地，寻找有可能收购的项目。可见，犹太主人公和他的哥哥都是美国梦的追逐者和实现者，他们的奋斗历程与奋斗结果都表明了罗斯对"为美国梦而奋斗"这一理念的认同。

在《被释放的祖克曼》中，犹太作家祖克曼的前三部作品未能引起较大反响，但他并未气馁，而是继续苦心构思，认真创作，期望能出版引起世人轰动的作品，实现自己的美国梦。他的第四部作品《卡诺夫斯基》的出版，让他变成家喻户晓的作家。成名后，他乘车去纽约新上东区，第五十二大街投资专家事务处会见一个投资专家，"这是由他经济人安德烈谢维茨安排的，为了使他的资产分散保值。祖克曼那段只担心如何赚钱的日子一去不复返了：今后他要为钱生钱的问题操劳了。"（罗斯《被释放的祖克曼》：3—4）可见，在罗斯的心中，作家应该实现创作上的美国梦，而不为经济担忧。蒂莫西·L.帕里什分析罗斯的《美国牧歌》后认为："通过对祖克曼的偶像瑞典人利沃夫的描写，以及从祖克曼的视角审视20世纪后半叶的美国社会的文学内涵，《美国牧歌》重新塑造了罗斯的全部作品。"小说的确用大量的笔墨从祖克曼的视角描写利沃夫，美国梦是其中一个重要内容。小说中的主人公塞莫尔·欧文·利沃夫是瑞典裔犹太移民后代，曾是非常知名的学校棒球队明星，但他拒绝球探的请求，选择完成学业，以图今后更大的发展。他怀揣美国梦，并为之不断努力，创办了知名皮革公司，甚至"在波多黎各也有分公司，瑞典佬本人成为年轻的董事长。"（10）这分别体现了《被释放的祖克曼》中的祖克曼、《美国牧歌》中的利沃夫对"为美国梦而奋斗"这一理念的认同。

在《遗产：一个真实的故事》中，罗斯的父亲赫曼·罗斯的朋友，犹太大屠杀幸存者沃尔特·赫尔曼在二战结束后来到美国纽约的纽瓦克地区，筹集到一小笔钱之后与别人合伙在钱瑟勒大道上开了一家小糖果店，"以此发达起来，买下整幢楼，又买下隔壁的房子，越买越多，五十年代中期，他赶在房地产市场开始跌到谷底前，把自己在纽瓦克庞大的房产全部卖掉，转而做二战前他们家在德国经营的皮草生意，就此发财。"（173）可见，沃尔特来美国之后不断奋斗、实现美国梦的人生经历，传递了他对"为美国梦而奋斗"这一理念的认同。

第六章
现代化进程中当代美国犹太文学对美国精神的认同

第一节 美国精神的核心要素

一个国家的国家精神通过该国的民族精神得以体现。像民族文化一样，民族精神也是一个极其宽泛的概念。李其荣认为"民族精神主要指一个民族能使自己生存发展的民族文化心理素质，是该民族中积极、进步、精粹的部分，但同时也包含着某些非进步性的精神本质。"（李其荣，1998：7）按照这一定义，李其荣提炼了美国精神的几个重要元素，如重视个人自由、个人主义、爱国主义等。美国知名学者H. S. 康马杰把美国精神视作"一种独特的美国思想、性格和行为方式。"（康马杰，1988：前言第1页）按照康马杰的分析，美国精神的核心要素主要包括"重视荣誉、美德、勇敢、纯贞……爱国主义……信仰自由。"（康马杰，1988：606）且东（2006）[1]在分析美国精神后认为，美国精神涉及"冒险、个性、英雄主义、爱国主义、信仰自由、'勇气在，希望在'的乐观精神"等元素。此外，尹钛（1998）[2]在其专著《美国精神》指出，美国精神应包括"'不自由，毋宁死'的自由精神、重视诚信、亲情、'没有办不到的事'的乐观精神、爱国精神、博爱精神"等元素。应该说不同的学者对美国精神的理解存在互补现象。总概前述学者的诸多观点，美国精神大体包括如下几个核心要素："自由精神""冒险精神""爱国精神""乐观精神""博爱精神""重视亲情""重视传统道德"等。

作为美国精神的重要内容，自由精神广泛渗透进美国的政治经济、思想文化、宗教生活的方方面面。奥巴马在《无畏的希望：重申美国梦》中这样评价美国的自由理念，"的确，个体自由的价值观在我们心里根深蒂固，以至于我

---

[1] 参见：且东.美国精神：美利坚风雨二百年[M].北京：中国友谊出版公司，2006.
[2] 参见：尹钛.美国精神[M].北京：当代世界出版社，1998.

们以为它是天经地义的。……这种观念在一些国家仍旧遭受排斥……我们美国人本质上是自由主义的。"（奥巴马，2008：54—55）从奥巴马的评价可见自由精神之于美国精神的独特地位。詹姆斯·莫顿·史密斯从美国的言论自由管窥美国的自由精神，并这样评价道："一个受民众拥护的政府依赖于公众拥有对相反观点的表达权。既然合理的公众观点对民主政府非常关键，那么自由表达显得非常必要。如果人们不能向彼此自由表达思想，其他自由也无法得到保障。"（Smith，1952：497）彼得·伯科威茨也指出："美国的自由精神支撑自由制度。这样一种精神能容忍反对的观念与不同的选择……在自由制度下的生活经历培养了美国人的自由性格。"（Berkowitz，2007：16—17）事实上，"美国人总认为他们自己的国家长期以来秉持的价值观具有跨越种族的普世意义。因为他们以这种观念看待诸如自由、平等这样的理念，因此他们声称在美国这样美好、公正的国家里，这些崇高的理念将最终战胜狭隘的理念……作为美国生活中的主导价值观，自由精神总是与平等理念相伴而行，并与其竞争。"（Ferguson，2011：45—47）"冒险精神是对危险的痴迷以及对未知的强烈渴望。"（Fulmer & Kell，1990：230）马丁·格林（Martin Green）指出，美国是一个具有"盎格鲁—撒克逊冒险传统的国家。"（Hulan，2002：128）"在美国，冒险成为激励人们的帝国神话。"（Hulan，2002：103）比如，"对西部的探索成为美国生活中的一个重大冒险。"（Nash，1991：5）推崇冒险精神的美国人甚至在国内多个地方建立冒险学校，开展了许多冒险活动。因此，冒险精神已扎根于美国人的内心。

作为美国精神核心内容之一的爱国精神同样根植于美国人的内心深处。"从早期殖民地时期，到革命战争时期，再到今天，美国已涌现成千上万的爱国事例。"（Kohler，1896：90）不少研究者对爱国精神进行了定义。乔恩·赫维兹（Jon Hurwitz）、马克·佩弗利（Mark Peffley）等认为爱国精神定义是"对国家的忠诚感，对国家象征的爱，对国家优越性的特定信念，公民对成熟国家情感依赖中的关键元素。"（Huddy & Khatib 2007：63）里克·考斯特曼（Rick Kosterman）和西摩·费什巴赫（Seymour Feshbach）认为爱国精神是"对国家那种深深的感情依附或对国家的爱或自豪。"（Huddy & Khatib，2007：63）

第六章　现代化进程中当代美国犹太文学对美国精神的认同

　　威廉·埃弗雷特则把爱国精神定义为"对国家的爱，对我们出生地的忠诚，不但是一种是和蔼可亲的、鼓舞人心的情感，而且是一种至高无上的责任。"（Everett，1900：151）乔恩·赫维兹和马克·佩弗利先对爱国精神进行如下定义："对国家矢志不渝的爱，对某人祖国优越性的沙文主义观念。"（Sullivan, Fried & Dietz，1992：203）他们继而指出，美国的爱国精神是"对美国制度以及习俗与生俱来的偏爱。"（Sullivan, Fried & Dietz，1992：203）

　　乐观精神同样深入美国人的脊髓。莱昂内尔·泰戈尔（Lionel Tiger）把乐观精神定义为"与'对社会或事物的发展期望'相关联的一种心境——即评价者认为其自身优势或快乐所需的那种心境。"（Tiger，1979：18）路易斯·B. 赖特援引其他学者的观点，把乐观精神定义为"对'既然自然界的一切都是上帝的作品，那么一切都会往最好方面发展'的信念。其引申意就是抱着最乐观的心态。"（Wright，1950：18）就美国人而言，"他们的乐观精神是一种信念，对自己、对未来、对环境的信念。"（Wright，1950：18）事实上，"从1607年建立詹姆斯敦定居点到1849年建立圣弗朗西斯科，来到美国的早期开拓者拥有的所有品质中最为持久稳固的是其乐观精神。"（Wright，1950：18）康马杰也指出："美国人的乐观精神是异乎寻常的。就总体而言，他们从来不知道失败、贫困或是压迫；他们认为这些不幸是旧世界所特有的。"（康马杰，1988：6）

　　融入美国人血脉之中的还有博爱精神。康马杰指出，在美国，"博爱精神总是能够透过阶级壁垒，……让美国人摒弃过去特权阶层的那种语言和腔调。"（康马杰，1988：18）朱尼珀·赫奇豪格在分析美国的博爱精神时这样评论道："对整个世界来说幸运的是，不管盎格鲁—撒克逊民族在地球上如何分布，但他们说同一种语言，而且将永远使用同一种语言，这种情形本身赋予他们一种责任，即领着所有人，结成整个人类大家庭的兄弟情谊。"（Hedgehog，1846：114）可见，博爱精神对美利坚民族的发展具有重要意义，也正因为此，美国人高度推崇博爱精神。

　　"美国亲情以清晰的、可传播的方式体现了美国主流价值观的本质。"（Schneider & Homans，1955：1208）美国人对亲情的维护体现在日常生活中的方方面面，重视亲情在很大程度上是博爱精神的延伸。

"道德一词指的是一特定社会过去的与现在的规范性行为准则。"（Cracraft，2004：39）道德既是"社会行为或个体存在于社会的一种形态"（Csordas，2013：536），又被苏格拉底称为"沉着与自制的艺术。"（Boutroux，1921：166）道德具有强大的作用，它"将引领人们监督彼此行为，支持政治的和合法的制度，秉持更多的统一价值观。"（Arruñada，2010：890）正因为道德的重要性及其强大作用，所以美国人高度重视道德问题，正如康马杰所分析的那样："美国人只在一个领域循规蹈矩，那就是道德领域。"（康马杰，1988：28）康马杰还指出："美国不仅继承了英国的传统，也继承了欧洲的传统，不仅继承17、18世纪的传统，也继承了两千年来的传统。……美国所保持的国家、教会和家庭的基本制度以及他们珍惜的基本价值观念都表明了这种悠久的来源和关联。"（康马杰，1988：4）由此可见，美国是一个重视传统道德的国家。

现代化进程中当代美国犹太文学对美国精神的认同表征

美国精神作为美利坚民族的独特精神塑造了美国的民族性格、习俗信仰、宗教文化、价值追求等，成为美利坚民族赖以生存与发展的精神支撑。不同国家都有与其他国家不尽相同，但又被该国公民认同的国家精神，因而对"美国精神"的认同是美国民族认同的重要部分。长期以来，美国作家比较重视对美国精神的认同，沃尔特·惠特曼的诗歌中对自由精神的赞美与渴求，赫尔曼·麦尔维尔作品中对冒险精神，露易莎·梅·奥尔科特对亲情的刻画等都体现了这一点。现代化进程中的美国犹太作家同样重视对美国精神的刻画，并通过美国犹太文学作品从多个方面传递了主人公或作者本人对"美国精神"的认同。

第二节 认同表征一：作品体现出对"自由精神"的推崇

"美国的自由文化是美国政治发展中的最强大力量。"（Morone，1996：426）自由文化催生了美国自由精神。在美国，从总统到普通民众都重视自由精神，比如1941年，美国前总统富兰克林·罗斯福总统在向美国国会做的国情咨

第六章 现代化进程中当代美国犹太文学对美国精神的认同

文演说中就曾提到《美国独立宣言》中的四种自由,"言论自由、宗教自由、免于恐惧的自由、免于贫困的自由。"(Spigelman,2010:543)美国自由精神还受到学界的广泛关注。杰罗姆·A.巴伦(Jerome A.Barron)、C.托马斯·迪恩斯(C.Thomas Dienes)等研究者甚至讨论了美国自由的几个范畴:"(1)免除肉体制约的自由,或'人身自由';(2)实质性的宪法权利;(3)其他基本自由。"(巴伦,迪恩斯,1995:131)简而言之,自由精神在美国具有极其重要的地位,得到了人们的广泛关注与高度认同。"事实上,在为消灭歧视而进行的每一次努力中,美国少数民族、女性以及她们的朋友都通过诉诸自由精神而赢得了最大的胜利。"(Berkowitz,2007:22)这也道出了作为美国少数民族一分子的犹太民族为何如此重视美国自由精神。纵观犹太民族的历史,不难发现犹太人移民美国而非其他国家的部分原因在于他们认为美国是一个自由精神得到推崇的国度,受到美国自由精神潜移默化的影响,于是在美国犹太文学作品体现出对它的认同态度。

在贝娄的《贝拉罗莎暗道》中,犹太主人公无名叙述者对美国的自由精神给予高度赞扬,如他在文中所言:"我们这一代长得高大是因为我们有更好的营养。况且我们不那么受限制,有更大的自由空间。我们在成长时周围的影响和思想更为丰富多彩。"(194)可见,叙述者眼中的美国给予像他这样的人以很少的限制,更多的自由,更丰富多彩的思想。他还对比了犹太人在欧洲以及犹太人在美国的状况,进而感慨道:"在新大陆,你是自由的,在自由中成长。"(247)因此,在叙述者看来,移民美国之前像他父母那样的欧洲犹太人只有服从、甚至是被处死的命运,而在新大陆美国,犹太人是自由的,平等的,不会遭遇他们在欧洲的厄运。这些都体现了像无名叙述者这样的美国犹太人对美国自由精神的认同。

《勿失良辰》中威尔姆的祖父给他起了一个意第绪语中的名字威尔,父亲给他起了一个靠近意第绪语又稍微接近美国发音的名字威尔基,威尔姆本人则置祖父与父亲的意见于不顾,执意取了个容易让美国人接受的名字汤米·威尔姆,"他知道这是他争取自由权利的尝试;在他个人心目中,'艾德勒'是一种分门别类的名称,而"汤米"则是个人自由的象征。"(28)从起名就可以看出威尔姆对美国自由精神的向往与认同。《赫索格》中的赫索格在给他的老师哈里斯·普弗的信中说，他崇尚自由精神，不愿意受别人的摆布，因为"每个人都有权利改变自己的生活。"（219）在《更多的人死于心碎》中，肯尼思曾直接赞美美国的自由开放，他说"我们是个开放社会，在开放社会里，你爱干什么就可以干什么。什么也拦不住你，唯一可以挡住你的路的是因循守旧的思想。"（19—20）在肯尼思看来，在美国这样一个自由开放的国度，除非你的思想被禁锢，否则每一个个体都可以自由地做着自己想做的事情，体现了肯尼思对美国自由精神的推崇。

在《院长的十二月》中，当科尔曼和妻子在罗马尼亚的岳母家接待同事和表亲时，客人们都愿意聆听科尔曼谈论美国在全球政治中的作用与地位，因为对罗马尼亚人来说，他来自神圣的西方世界，"他有言论自由，而对于他们这是不可能的，与外国人的所有谈话都得上报。"（72）可见，依据小说，在当时的罗尼尼亚，人们没有言论自由，甚至与外国人的谈话内容都要上报给政府。对当时罗马尼亚人民没有言论自由的描述，表明贝娄既对这种情况进行了批评，又变相对美国的自由精神给予了高度赞扬。在贝娄的短篇小说《泽特兰：人格见证》里，泽特兰和绿蒂从芝加哥来到纽约四十二大街后，他们难以抑制来到世界之都后的激动心情，于是在路边上不断拥抱亲吻，因为"在这里，他们可以自由自在、随心所欲地表现自己。在这里，知识、艺术、卓然不群都有立足之地，无须任何借口。"（203）泽特兰和绿蒂在纽约这个象征美国自由精神的地方自由地展示自我，知识界以及艺术界人士在这儿尽显风采，这体现了他们通对美国自由精神由衷的赞美之情与认同态度。

在《拉维尔斯坦》中，看到齐克愿意为妻子薇拉做很多无私的事情，拉维尔斯坦认为齐克这样做不值得，但同时他又评价说，作为一名犹太人，一名移民，齐克"可以自由地做你想做的事，可以完完全全地实现你的愿望。作为一个美国人，你有权在喜欢的地方买土地，建房屋，充分地享受你的权利。"（111）拉维尔斯坦所言，体现了他对美国自由精神的赞美。《晃来晃去的人》的故事背景是二战期间的芝加哥，在这座城市里犹太主人公约瑟夫辞掉了工作，在等待入伍的时间里，依靠妻子养活自己。在足不出户的时间里，约瑟夫沉浸在自己的内心

第六章　现代化进程中当代美国犹太文学对美国精神的认同

世界里，把对人生的思考、世界的看法以及情感的变化都记录在日记之中。他在这段时间里的所作所为无法得到家人与朋友的理解与认同，自然被家人与朋友逐渐疏远，于是日记成了他的宣泄情感的地方。二月二十二日的那篇日记的主题是"追求"的意义，约瑟夫在日记中认为，他的最高理想就是求得自我解放，这种自我解放值得每一个人为之奋斗一生，但很多时候，个体会不知不觉抛弃了自己原有的理念。他不赞同对名声以及荣誉的追求，认为这种追求会导致屠杀、盗窃和牺牲。最后，他这样总结道："在我看来，追求的最终目的，就是渴望得到纯粹的自由。"（124）这体现约瑟夫对自由精神的渴望与推崇。

《奥吉·马奇历险记》的奥吉在成长过程里，形形色色的人物都试图为奥吉设计一条发展路线图。可以说"他所处的环境却是一个对他而言'强人'济济的时空，是一个隐形的全景敞视监狱式的、等待对他进行规训的历史空间。他周围的每个'强人'都形成以他们为中心的领地，如同监狱中隔离设置的单个囚室。"（白爱宏，2012：49—50）劳希奶奶希望把奥吉打造成一名绅士。艾洪叔叔告诉奥吉可以不择手段地达到目的。西蒙哥哥告诉奥吉私利大于一切。伦林太太期望把奥吉培养成完美无缺的人。但充满自由精神的奥吉一一拒绝了他们，决心遵循自己为自己设计的路线图，他不停告诫自己"要独自努力地爬着，骑着，乘着，跑着，走着，朝着个人的目标，要自力更生，留心世上那些有钱有势的可畏人物。"（433）虽说奥吉后来成为一名掮客，但他知道他一贯追求的自由会带给他尊严、人格、自我与自信，正如小说结尾处他感慨的那样："也许我的努力会付诸东流，成为这条道路上的失败者，当人们把哥伦布戴上镣铐押解回国时，他大概也认为自己是个失败者。但这并不证明没有美洲。"（728）这些描述体现了奥吉对自由精神的推崇与认同。与奥吉相似的是，《勿失良辰》中的威尔姆不愿接受父母为他做出的种种安排，只身到好莱坞寻找发展路径，同样体现出威尔姆对自由精神的向往。

在罗斯的小说《再见，哥伦布》中，二十三岁的犹太主人公尼尔·克勒门是来自纽瓦克地区的一位图书馆管理员。他与犹太富翁之女布兰达在游泳池边邂逅，对她一见钟情。虽然这对青年的出身和经历有着巨大差别，但在自由精神的影响下，尼尔与布兰达开始了一段时间不长、但感人至深的恋情。在相爱的时间里,两人暂时抛却了来自双方家庭的各种束缚与羁绊,沉浸在自由的恋爱之中,相互倾诉对彼此的爱意。尽管小说的结尾处,两人还是因为家庭的阻力,尤其是布兰达家的阻力而未能继续,尼尔最终回到了纽瓦克继续原先的工作,但小说的字里行间还是透露出罗斯对自由精神的期待、向往与赞美。

在罗斯的小说《垂死的肉身》中,珍妮·怀亚特直接对她的老师,一名校园诗人说,在美国,"我们是平等的,我们是自由的。"(57)大卫·凯普什教授在评价珍妮和卡罗琳等女孩组成的"流浪女孩"小集团时,认为"她们已不再屈从于陈旧的制度或受制于任何制度——她们认识到她们什么都能做到。"(57)这都体现珍妮和卡罗琳等女性既推崇自由精神,又在现实生活中积极践行自由理念。小说中的康秀拉与凯普什教授达到性高潮以后,猛咬大卫一口,"仿佛她在说,那是我所能做的,那是我想做的……那是具有激活作用的一咬,使她摆脱了自身的管制……这个本能的女孩冲破的不只是装满她虚荣的容器而且还有她那舒适的古巴家庭的藩篱。这是她成为主宰的真正开端。"(36)这些细节的描述表明,康秀拉的一咬是她告别自身的束缚以及古巴家庭的藩篱,积极追求人生自由极其重要的一步,这一步的迈出还说明她的自由意识得到不断提升,她的自由精神得到塑造,标志着一个极富自由精神的全新的康秀拉的诞生。这些,都体现了康秀拉对自由精神的推崇与认同。

罗斯的小说《乳房》通常认为是"在卡夫卡作品的基础上创作的"(Green,1978:158),小说中变成乳房后的大卫·凯普什教授用"《格列佛游记》当中国王的侍女为了取乐,让在大人国游历的格列佛在她们的乳头上散步"这一描述,给自己找到心理上的慰藉。与此同时,他又评价格列佛是个可怜的人物,因为这名来自英国的医生为了生存,只好在巨人国里处处小心翼翼。"可这里,我的朋友,这里是在自我实现的时代里的幸运之地,而我是大卫·艾伦·凯普什,是一只乳房,我要按自己的想法活着。"(罗斯《乳房》:130)可见,尽管变成巨乳这一事件给凯普什教授带来极度痛苦,但这种痛苦并没有锁住凯普什教授的自由理念,在自由精神的影响下,凯普什教授决定按照自己的想法自由地生活,即把自己的心扉彻底敞开,毫无保留地展示自己的内心。这就是小说结尾那句话"你必须改变你的生活"(135)传递的信息。这种改变,意味着凯普什教

第六章　现代化进程中当代美国犹太文学对美国精神的认同

授的思维理念向自由世界迈进了一步，在这个世界里，他告别了，至少是短暂告别变成乳房带给他的羁绊、顾虑、担心、痛苦、甚至绝望，代之以平常心，且不受任何干扰的自由状态下重新审视这个世界，这体现了凯普什教授对自由精神的向往与推崇。

在马拉默德的小说《杜宾的生活》中，犹太作家杜宾的妻子基蒂为了庆祝丈夫56岁生日，邀请一些朋友举办了一个宴会。宴会结束以后，基蒂与杜宾聊天时，建议丈夫咨询精神治疗医生王代克，看如何摆脱烦恼的心事。这时杜宾对基蒂说，"我不需要他的劝告。他的人生观是还原剂。对他来说比对我来说，有更多的问题需要决定。我知道我多自由！我还是决定走自己选择的路。"（157）在杜宾看来，王代克自身有太多的问题需要解决，根本没有资格来帮助他解决问题。同时，他的言谈表明他重视自由，自己决定应该选择的道路，而不愿意受任何人摆布，体现了像杜宾这样的美国犹太人对自由精神的竭力推崇。

其实，20世纪下半叶之后，随着美国犹太教与基督教交流的增多，双方改宗以及通婚现象渐多，并在美国犹太文学作品中有所体现。《店员》中的基督徒弗兰克最终被以莫里斯为代表的犹太人诸多良好品质所感染，皈依了犹太教。马拉默德的小说《上帝的佑福》中的黑猩猩布兹主张宗教信仰自由，而且已经接受了基督教教义，当主人公科恩希望布兹接受犹太教义时，遭到了布兹的拒绝，布兹甚至把科恩杀死，小说的情节说明，不管是犹太徒还是基督徒都不应对宗教信仰自由进行干涉，否则会带来不好的，甚至是可怕的结果。辛格的小说《奴隶》中的基督徒旺达被雅各布这名犹太徒的独特品格所吸引，最终皈依了犹太教。尽管小说的背景并非美国，但考虑到辛格的美国作家身份，以及小说出版之际（20世纪60年代）正是美国宗教信仰比较自由的时期，我们可以看出辛格对宗教信仰自由的向往。可见，在马拉默德和辛格等美国犹太作家看来，无论是盎格鲁一撒克逊裔美国人还是美国犹太人改变或坚守原有的宗教信仰都应得到支持与理解，这些犹太作家对宗教信仰自由的渴望，在很大程度上体现出他们对美国自由精神的认同。

第三节　认同表征二：作品体现出对"冒险精神"的赞赏

自从第一批来自英国的移民踏入北美大陆，他们就在这片资源非常丰富、（当时）条件比较险恶的土地上开始艰苦卓绝的拼搏，培养了一代又一代具有顽强毅力的美国人，也培养了美国人的冒险精神，可以说冒险精神已根植于美国人生活中的方方面面。蕾妮·胡兰认为："尽管冒险的英雄所属国家可能不同，但他们在国家建设中所起的作用是相同的。如果不把冒险精神考虑在内，你就无法解释他们在国家竞争与民族认同中所起的作用。"（Hulan，2002：106）可见，在胡兰看来，冒险精神对国家建设与民族认同的建构具有重要意义。美国人也相信冒险精神具有重要意义，因为他们认为："冒险会带来巨大的成功，胆小鬼是永远不会有所作为的。"（且东，2006：77）美国人认为，除了法律之外，其他一切都可能成为创新的障碍，机会无处不在。在推崇冒险精神的美国环境中，美国犹太人也不知不觉地受到美国冒险精神的深刻影响，进而逐渐形成对冒险精神的赞赏态度，这在美国犹太文学作品中有所呈现。

在贝娄的小说《赫索格》中，赫索格曾给《纽约时报》写信，在信中，他认为："自从原子弹轰炸广岛以来（杜鲁门先生把质问他作出这一决定的人，叫做'慈悲心肠派'），文明国家的人的前途（因为他们生活在恐怖的均势中）就建立在冒险的基础上了。"（74）可见，在赫索格看来，像美国这样的文明国家受到势均力敌的敌人的危害，美国政府冒险参加二战与日本、德国等法西斯国家作战，拯救美国文明的举措是正确而合理的，那些质疑杜鲁门总统做出决定的人是错误的，这体现出赫索格对冒险精神的认同态度。

《奥吉·马奇历险记》对包括冒险在内的一系列事件的描述，让小说获得了极高的赞誉，诚如格里克所言："贝娄的第三部小说《奥吉·马奇历险记》于1953出版……该小说标志着贝娄的文学事业达到了一个高峰。"（Gericke，1990：77）小说中的律师明托奇恩鼓励犹太主人公奥吉冒险，如文中他所言："你得按你的本性去冒一下险，你又不能坐着不动。"（658）在冒险精神的浸染下，奥吉也的确多次进行冒险。比如，奥吉与女友西亚在墨西哥城冒险训练飞鹰，因生活所迫与他人冒险偷书（数量以及次数极少）。此外，奥吉在海军

第六章　现代化进程中当代美国犹太文学对美国精神的认同

服役期间乘坐的山姆·麦克麦纳斯号船在非洲加那利群岛附近被敌人的鱼雷击中下沉了。幸运的是，奥吉在海水中找到了一只救生艇，并把科学家巴斯特肖也救到救生艇上，而其他船员要么被鱼雷炸死，要么被海水淹死了。经过一段时间的航行，古怪的巴斯特肖甚至把细胞质带上船进行科学实验，并坚称救生艇已靠近陆地，但奥吉不太相信巴斯特肖所言。当奥吉释放浓烟这一求救信号时，巴斯特肖要求奥吉把浓烟熄灭，奥吉表示自己不会放过任何求生的机会而拒绝了巴斯特肖，结果巴斯特肖对奥吉发动了攻击，在打斗中，强壮的巴斯特肖把奥吉捆绑起来，而且"他在我（奥吉——作者注）的背上打出了一大条伤痕，我朝前挪时刮破了伤口，我只得不时停下来咬住嘴唇忍痛。"（695）之后，巴斯特肖发烧昏迷不醒，而奥吉也心力交瘁，疲惫不堪，随时有失去生命的危险。奥吉后来发现有一艘英国邮轮，立刻发出求救信号，二人终于得救。对奥吉来说，他在面临困难时，能做到从容不惊，始终对未来抱有希望，并积极采取行动。这次海上之行是他人生最大的一次冒险，因为出海本身就意味着有被鱼雷击沉的危险，对巴斯特肖来说，他同样经历的一次冒险，而且因为他的科学实验计划没有完成，他还打算"再次登船出海"（697），再来一次人生冒险。可见，奥吉与巴斯特肖的所作所为体现了他们对冒险精神的推崇。

《口没遮拦的人》中的伍迪"喜欢冒险，（认为）冒险是一种美妙的刺激。"（211）他曾经从堪培拉带回一包大麻，想骗过海关的检查员，于是他把雨衣往海关柜台上一扔，如检查员检查他的口袋，他就准备说雨衣是别人的。结果，他还真的蒙混了过去，尽管伍迪为私带大麻而冒险这种做法属违法行为，但仍然在一定程度上体现了犹太人伍迪对冒险精神的推崇。其实，在写这部小说之前，贝娄曾到非洲考察铍矿生意，之后他与同学大卫·佩尔兹一同回国时，从司机那买了些大麻，准备带上飞机。"临上飞机前，贝娄一直怀疑佩尔兹能不能蒙混过关，还好有惊无险。"（周南翼，2003：219）可见，生活中的贝娄也有冒险经历。

安尼塔·德赛曾坦陈，"我从未被任何书所震撼，除了《雨王汉德森》。"（Desai，1995：63）德赛之所以被震撼，与书中汉德森的非洲经历紧密相关。书中的主人公汉德森的非洲之行就是一次充满冒险的旅行。他在非洲的瓦利利部落举行的祈雨仪式上，竭尽全力搬起雨神门玛像并将其移动一定距离，从而被部落的人推举为雨王圣戈，但当时他若不能搬起门玛像，将立刻被处死。他还在漆黑的夜晚把死尸背走，否则他会被恶人陷害致死。他冒着随时被咬死的危险，多次近距离接触狮子阿蒂。为帮助达孚国王，他与国王等人全力捕捉狮子格米罗，在这一过程中，多次与死神擦肩而过。此外，他还多次遭到达孚国王的政治对手布南姆等人布置的陷阱，差点失去性命。多次冒险打造了汉德森顽强的意志力，也让自己获得了精神上的成长经历，冒险经历得到了回报，让他协助国王最终完成部落重任，这些都体现了贝娄对冒险精神的赞赏。在写《雨王汉德森》之前，贝娄其实并没有到过非洲。1970年2月，小说发表之后，他怂恿他在图莱中学的同学大卫·佩尔兹到非洲投资铍矿，后来两人来到肯尼亚首都内罗毕。尽管生意没有做成，但他两人在那遇见了艺术家索尔·斯坦伯格，他们三人一起飞往乌干达首都坎帕拉，在三人乘汽艇在靠近穆奇逊瀑布的河上漂流时，差点被鳄鱼吃掉。由此可见，生活中的贝娄也是喜欢冒险的。

在《魔桶：马拉默德短篇小说集》里的一则短篇小说《瞧这把钥匙》中，来自美国的卡尔·施纳德是哥伦比亚大学的研究生，专攻意大利问题研究。他打算到意大利首都罗马去收集第一手材料，以便完成以意大利文艺复兴运动为主题的博士论文，同时顺带欣赏意大利的风光。他的妻子诺玛认为他这一想法太过冒险，一来他们所有的积蓄只有三千六百美元，二来他们还要带上两个孩子。但卡尔劝妻子说，自己今年已经二十八岁，妻子已经三十岁，现在不去，今后可能没法去了。正如他在文中所言："人的一生总要做那么一两件与众不同的事，否则就会碌碌无为。"（162）在他的劝说下，"她还是没有放过这个机会，匆匆地就动了了身。"（162）这表明，卡尔及其妻子对冒险精神非常推崇，并通过行动积极实践，这也体现了马拉默德对冒险精神的推崇。

第四节　认同表征三：作品体现出对"爱国精神"的赞赏

伊莎贝尔·库什曼认为，"爱国主义历史就是利他主义的演进史"（Cushman，1899：91），他还通过下列描述道出培养爱国精神的途径："爱我们所

第六章 现代化进程中当代美国犹太文学对美国精神的认同

有的男性与女性同胞,爱权力,爱真理,爱正义,爱我们的国家——不惜任何代价并甘愿冒任何危险爱他们、服务他们。"(Cushman,1899:92)威廉·埃弗雷特也指出,"实际上,在爱国精神的感召下,如果我们发现我们的国家已与他国交战,无论战争的结果如何,无论是怎样的愚蠢行为或邪恶行径破坏了和平,无论我们在战争爆发之初如何反对这场战争……我们都应该在战争期间坚决地、公开地支持祖国……爱国精神要求我们支持我们的国家,反对其他国家。"(Everett,1900:155)可见,爱国精神需要通过具体途径加以培养。事实情况是,美国人往往通过多种途径来培养自己的爱国精神,比如他们在自家门外、办公室、工厂、车站、机场、商店门口、超市等地方都挂着星条旗,甚至运动员的紧身裤以及模特的无袖衫都配有国旗图案。美国的学校对学生进行了形式多样的爱国主义教育,美国的博物馆、纪念馆等机构也通过各种方式开展爱国主义教育。美国阿波斯特托莱德应用研究中心曾于1982年开展一项调查,结果显示,"在欧美等18个国家中,最愿意在国家危急时刻挺身而出的是美国人。"(李冰 2016:1)"9·11"之后,美国人的爱国热情更是空前高涨。依据一项调查报告,高达80%的美国青年赞同如下观点:"国家利益重于个人利益,青年不为国家出力意味着背叛。"(陈立思,1999:129)因此,爱国精神已深入美国人的内心。

回顾历史,每当国家遇到危险或国家发出召唤时,美国人会积极参加军队,为国分忧。美国犹太人(包括美国犹太作家也通过自己的作品体现他们的爱国精神,如1940年贝娄曾在商船上短期服役,在纽约长岛的羊头湾接受训练;罗斯则在1955年,即他获得硕士学位的当年到部队服役,后来因为背部在训练中受了伤,结束了部队生涯;二战期间,马拉默德期望参军,但因为他是父亲的唯一赡养人,而无法服役)同样热爱他们的生活地——美国,在美国的发展过程中,他们积极到部队服役,"甚至犹太墓地也见证了犹太人在战争中英勇卓绝的行为。"(Kohler,1896:90)可见,美国犹太人富有爱国精神,为美利坚民族的发展立足了汗马功劳,这在美国犹太作品中也有体现。

贝娄的小说《奥吉·马奇历险记》中的奥吉在二战这一特殊历史时期,心系国家安危,深刻理解这一历史阶段对全体美国人的重要意义,最终决定积极参军，报效国家，于是他做了腹股沟疝的手术，顺利参军，当时，"他所关心的只有战争，全身的热血在沸腾……我就像发了疯似的，我恨透了敌人，迫不及待地要去参加战斗。"（620）可见，在国家危难之际，奥吉想到了自己的使命，于是他不但接受了手术，而且极度憎恨法西斯主义者的他希望立刻赶赴前线，参加战斗。此外，奥吉的叔叔艾洪的儿子与奥吉的表兄霍华德·考布林还一块参加海军陆战队去攻打桑地诺①。这些描述，都传递出像奥吉、艾洪的儿子、考布林等美国犹太人对爱国精神高度认同的信息。

《雨王汉德森》中的汉德森同样是爱国人士，当美国军方认为他年龄偏大，不让他参加战斗时，他仍积极争取参加战斗的机会，如文中所说："本不让参加战斗的，不过我死不甘心，直赶到华盛顿去硬纠缠他们，直到他们同意我的请求才罢休。"（9）后来，汉德森参加了在意大利蒙特卡西诺进行的战斗。依据历史，战斗从1944年2月1日开始，至5月17日结束，期间盟军与据守蒙特卡西诺的德军进行了长达三个多月的战斗。依据小说，在战斗中，"许多德克萨斯州人牺牲了。事后，我（汉德森——作者注）所属的部队，也被打垮了，原来的人马只有尼基·戈尔德斯坦和我本人活了下来。"（28）战斗的残酷性可见一斑。汉德森因为在军队的卓越表现，荣获军方颁发的紫心勋章。小说对汉德森参军参战的描述，表达了他对爱国精神的高度认同态度。

在《赫索格》中，赫索格回到路德村后，写信给曾给他做过体格检查的德马·佐卓医生，在信中，赫索格回忆1942年左右，当德马说他的智力发展很不成熟无法参军时，他对这个诊断感到很苦恼，因为他非常希望通过参军报效国家，因此"我把这一切都看得很严重。不管怎么说，后来我之所以从海军退伍，完全是由于气喘病，而并非幼稚病。我爱上了大西洋。"（415）可见，赫索格后来成为美国海军部队的一员，并且爱上了大西洋这个他一直服役的地方，体现了他大力推崇并积极践行爱国精神。

在《更多的人死于心碎》中，本诺的"哈洛德舅舅在第二次世界大战期间因爱国而参军。"（274）贝娄的短篇小说集《口没遮拦的人》中的短篇小说《泽

---

① 奥古斯托·塞萨尔·桑地诺（Augusto Cesar Sandino, 1893—1934）是中美洲尼加拉瓜共和国反抗美国的游击队领导人。他领导的游击队人数最高时达到3000多人。

第六章　现代化进程中当代美国犹太文学对美国精神的认同

特兰：人格见证》里的犹太主人公马克斯·泽特兰也充满爱国精神，依据小说，当得知二战爆发的消息后，"泽特兰想服兵役"（209），为国出力。在《赛姆勒先生的行星》中，大屠杀幸存者赛姆勒先生来到美国之后曾评价美国人的爱国热情，"人们都参加了战争。他们拿的是他们所拥有的武器，于是向前挺进走向前方。"（193）可见，赛姆勒先生被美国人的爱国精神所感染，不由得对其给予了高度赞扬。

《堂表亲戚们》中故事的叙述者艾扎·布罗德斯基在二战期间也积极参军，为国出力。当日本偷袭珍珠港之后，艾扎的堂兄肖勒姆·斯塔维斯也加入了武装部队。退伍之后，肖勒姆做了一名出租车司机。已经退休的他后来做了一次癌症手术，并立下遗嘱，其中的一条内容是"他希望将他葬在易北河畔的托儿葛，靠近打败纳粹军队的纪念碑。"（294）这再次体现了艾扎、肖勒姆等美国犹太人的爱国热忱。

罗斯的小说《凡人》中没有名字的主人公凡人参加了美国对外的一系列战争。年事已高做完疝气手术后的他和情人沿着沙滩散步回家时，突然感到恐惧，但"他在海军英勇服役时也曾面对浩瀚的大海与无垠的夜空，但感受不是这样的——那时他从未想到过丧钟。"（23—24）可见凡人在国家危难之际都自发挺身而出，表现出他对美国的无比热爱与忠诚，也是他高度认同爱国精神的体现。

在罗斯的小说《美国牧歌》中，瑞典佬利沃夫于1945年6月从威夸依克高中毕业，当天就加入了海军陆战队，急切地期望参加结束这场大战的战斗。他的做法遭到父母的劝阻，"但瑞典佬不可能被人劝阻，而不去接受这种男子汉的爱国主义挑战，这是他在珍珠港事件时私下为自己定的目标。既然他高中毕业后国家还在参战，就要争做勇士中最勇敢的人。"（10—11）由此可见，瑞典佬不但要参军，还要做勇士中最勇敢的人，足以见他真挚的爱国之情。

在《征兵》一文中，辛格曾回忆沙皇统治下的波兰，经常有拉比或犹太人被怀疑偷卖军事秘密而被吊死，在华沙，那些乡下来的犹太人在不同的学经堂之间流浪，在救济所吃东西。当时，"妈妈满含眼泪，哀求她的儿子（即辛格的哥哥伊斯雷尔·约书亚·辛格）不要走。可是如果他不去报到，他就会以逃兵罪入狱。"（213）可见，在当时的波兰，遭受歧视甚至是屠杀的犹太人生活异常艰辛。辛格的母亲尽管不舍儿子参军，但又担心儿子被扣上逃兵的帽子。那时的波兰犹太人并不是因为爱国而参军，而是被政府强制参军，爱国精神无从谈起。据文中交代，在当时的波兰，好多人通过刺穿耳鼓，拔掉牙齿，切断手指等方式来逃避兵役。约书亚后来成了逃兵，他逃回家的时候告诉家人，如果给抓住，就会被处死，因此又匆匆从家里离开，躲了起来。诚如莱博维茨·赫伯特所言："《在父亲的法庭上》是一部令人辛酸的纪录片，记录了一种生活文化，它在欣然遵守法律中得到滋养，在希特勒下令建造的火葬场中消失。"（Leibowitz 1966—1967：669）可见，受居住国的欺压，辛格笔下像伊斯雷尔那样生活在欧洲却对居住国缺乏爱国情怀的情况普遍存在，与居住在美国的犹太人对山巅之城强烈的爱国热情形成强烈对比与巨大反差，在凸显美国犹太人的家国情怀的同时，也以间接的方式体现了辛格对爱国精神的认同。

第五节　认同表征四：作品体现出对"乐观精神"的推崇

"持乐观精神的人认为将来会发生美好的事情，并从这一思维中受益……实际上，乐观精神已经与幸福、满意、士气、人际关系满意度、生活满意度、整体表现满意度、学校满意度、工作满意度密切相关。"（Kluemper, Little & Degroot，2009：210—215）可见，乐观精神对个体的发展具有重要意义。就美国而言，"乐观精神为美国人提供了一种快乐的、悠然的态度。在美国发展成为伟大国家的过程中，乐观精神主导了美国人的思维。"（Wright，1950：23）事实上，自从新大陆被发现，到西部边疆大开发，再到信息爆炸时代，"美国人基本上一直以乐观豁达的眼光注视着周围的一切。"（王恩铭，吴敏，张颖，2007：214）理查德·科威尔认为："我们时不时需要的是某种正强化（positive reinforcement），这有助于我们面对每天的挑战。"（Colwell，1985：13）这里的正强化与乐观精神紧密相关，这再次凸显践行乐观精神的重要性。

美国人的乐观精神自然成为作家笔下的素材，体现在文学作品中。长期生活

第六章　现代化进程中当代美国犹太文学对美国精神的认同

在崇尚乐观精神的美国，美国犹太人自然受到这一精神的影响。美国犹太作家则通过作品把这一影响书写出来，体现出他们对美国乐观精神的推崇。

贝娄的小说《勿失良辰》中的犹太主人公威尔姆遭遇了一系列困境，他在好莱坞的发展并不顺利，成为明星的想法未能实现。之后，他期望做乐嘉芝公司的副总经理愿望也未能如愿。在期货投资领域，他投资的黑麦、猪油等期货几乎全部损失，他委托给塔莫金医生的全部家当700美元打了水漂。在个人情感上，他虽然把大部分财产都给了妻子玛格丽特，支付了两个孩子以及岳母的保险费，但妻子仍拒绝离婚，使他与情人奥莉芙无法成婚。他和父亲关系紧张，在他贫困落魄而向父亲求助时，遭到了父亲的拒绝和冷嘲热讽。威尔姆似乎陷入了空前的困境，但在此情形下，他仍然保持乐观的态度，认为他之前把事情弄得太复杂了，现在，"可以把它们简化。东山再起是完全办得到的。"（98）这体现了威尔姆的乐观精神。贝娄曾说："尽管生活向我们展示了它最糟糕的一面，但也展示了它的全貌。"（Bellow，1950：789）可见，贝娄认为即使个体在生活中出现最糟糕的情况也不能气馁。就这部小说而言，贝娄借威尔姆保持的乐观态度体现了他本人对乐观精神的推崇。

贝娄的短篇小说集《莫斯比的回忆》中有一则短篇《离别黄屋》，故事中的主人公海蒂年轻的时候，同婆婆一起住在埃克斯莱斯班。她们曾与一位英国将军及其副官在泥浴的时候打桥牌。因为游泳池里有人造的波浪，结果她游泳衣被波浪吹掉了。面对这个困境，海蒂的反应是："不管什么难事，一个人总会度过。"（贝娄《只争朝夕 莫斯比的回忆》：176）再联想到海蒂遇到困难时（与丈夫詹姆斯·约翰·瓦格纳第四离婚、72岁高龄时受伤住院、年轻时被迫进入妓院等）总能从容面对，我们不难看出海蒂一贯的乐观精神。文中的海蒂是一名美国基督徒，她的乐观精神给美国犹太人树立了一个好的榜样，也表明贝娄期望包括美国犹太人在内的全体美国人像海蒂那样培养乐观意识，推崇乐观理念。詹妮弗·M.贝利认为，"在《莫斯比的回忆》中，情感力量令人信服，使得这个故事成为继《雨王汉德森》之后最优秀的作品。"（Bailey，1973：74）小说中海蒂身上永远乐观的情感特质给人留下了深刻印象。

《拉维尔斯坦》中的齐克与拉维尔斯坦聊天时曾提及他对自己很严格，"我永远乐于和自我那个变化多端的妖魔斗争,所以我是有希望的。"(91)这体现了齐克一贯秉持的乐观精神。《晃来晃去的人》是索尔·贝娄的第一部小说,得到加洛威的如下高度赞扬:"尽管索尔·贝娄的第一部小说《晃来晃去的人》出版已超过25年了,但人们仍然认为,与贝娄的其他任何一部作品相比,这部小说更好地界定了贝娄的人文关怀和他的创作野心。"(Galloway,1973:17)小说中的约瑟夫在日记里曾写道,自己读到歌德的《诗与生活》时感慨自己应该乐观面对千变万化的现象,看到好的一面,应该"尽情享受它们"(10),而不是报之以恐惧、厌恶。在《罗斯福先生的岁月》这篇文章里,贝娄回忆了罗斯福在第一次就职演说时的部分演说词:"我们这个伟大的民族,将会一如既往地坚韧不拔,将会复兴和繁荣。"(32)贝娄通过展示美国前总统罗斯福的乐观精神,体现了他对乐观精神的赞赏态度。短篇小说《银碟》中伍迪的父亲莫里斯也是一名具有乐观精神的美国犹太人,他"不喜欢讲大道理,而始终为伍迪指出一个目标:豁达乐观,精神饱满,保持本色,讨人喜欢。"(240)

《受害者》中的阿尔比曾想在利文撒尔家开煤气了结自己的生命,但他没有注意到利文撒尔也在家,利文撒尔闻到煤气味后及时救了自己和阿尔比,但他误以为阿尔比想谋害他,于是两人吵了一架。后来阿尔比离开了利文撒尔家,再也没回来。很久之后的某一天,两人突然在戏院遇到,阿尔比已经摇身一变成了有钱人,两人聊起了往事和近况。阿尔比告诉利文撒尔自己在电台找了一份差事,做广告推销业务。他把自己比作登上了列车的乘客,而不是左右局面的大人物,但他对这一切持乐观态度。正如他对利文撒尔所说的那样:"世界不完全是为我而创造的,这世界大体是为我创造的就够好的啦。我现在在享受人生。"(427)小说通过非常紧凑的情节设置,自然实现了塑造乐观理念这一目的,难怪戈登认为:"《受害者》是一部情节紧凑、文风简洁、形式优雅的小说,里面几乎所有的内容都有其存在的目的。"(Gordon,1979:129)

《赫索格》中的犹太主人公赫索格遭遇一系列危机,做出了许多出格的事情,如给上帝、自己以及死人写信,甚至对他人进行偷窥。这也使得整部小说在呈现困惑、危机的同时,具有不同于其他小说的特点,如罗赛塔·拉蒙特所评价的那样:"毋庸置疑,《赫索格》广受好评的原因不仅在于小说深刻的内在

第六章　现代化进程中当代美国犹太文学对美国精神的认同

品质,更是在于它刻画了让文学世界中的偷窥狂们一直以来倍感挫折的窥探欲望。"(Lamont,1965:630)尽管遭遇多重危机,但赫索格始终没有放弃对生活的信念,不断寻找各种解决危机的办法,始终坚信能够度过危机,克服困境,体现了他既认同乐观精神,又积极践行这种精神。

罗斯的小说《再见,哥伦布》中的主人公尼尔·克勒门与布兰达曾经热恋,但经过一系列事件与心理活动之后,尼尔对自己以及布兰达有了新的认识,于是他决定离开布兰达。小说结尾处,他在犹太新年的第一天,太阳冉冉升起之际,搭乘去纽瓦克的列车,提前回到了原先的工作岗位。犹太新年的第一天,太阳冉冉升起等描述与全新的生活密切关联,体现了尼尔的乐观意识。正如他在文中自问时所言:"是什么使胜利归于失败,又把失败——谁知道——转为胜利呢?"(128)在尼尔看来,他很有可能把这件失败的事情转为胜利,再次体现出他对乐观精神的渴望与推崇。《凡人》中的犹太主人公凡人尽管遭受阑尾穿孔、腹膜发炎等带来的痛苦,但康复后的他对自己的健康仍然非常自信。当他和第二任妻子菲比在月光照射下的玛莎葡萄园岛上散步时,"他安慰自己,要到七十五岁时才需要担心湮灭的问题。"(32)主人公的所作所为,体现了他对乐观精神的推崇。

在马拉默德的小说《店员》中,看到父亲莫里斯的杂货铺生意不景气,海伦把自己的工资补贴给爸爸,这让他的父亲感到内疚。他说自己既没能帮助海伦上大学,也没有给她提供舒适的生活环境。但海伦却笑着说:"我自己会给自己的,还有希望。"(21)父女间的对话体现了海伦无比乐观的精神。小说中的纸品商犹太人阿勒·马卡斯虽然身患癌症,但仍能乐观面对,他说要是待在家里不出来做生意,殡仪馆的伙计就要跑上楼来敲他的门。"这样嘛,他至少得挪挪屁股,到处找我才成。"(91)当艾达了解到两个挪威人开了一家商品店,准备低价售卖商品与莫里斯的杂货店展开竞争时,建议丈夫卖掉杂货店。当看到莫里斯显得非常沮丧时,艾达心平气和地说:"莫里斯,别这么担心。天无绝人之路,我们总会有饭吃的。"(183)艾达的乐观精神跃然纸上。海伦与弗兰克聊天时曾认为弗兰克年龄偏大,找工作有些偏晚时,弗兰克则说,好多人起步和他一样晚,甚至有些人比他还晚,"年龄算不了什么,年龄大,不一定比别人少些什么。"（101）弗兰克所言，同样表明了他对乐观精神的推崇。

贝娄的《集腋成裘集》中一则散文《心灵问题》曾说：只要你果敢采取行动，朝自己期望的生活迈进，那么"你卷向上流生活——这是完全可能的，即使在一个充斥着股票、钢铁和乌合之众的城市里。"（92）这体现了贝娄的乐观精神。贝娄在接受诺曼·马内阿的访谈时曾坦陈："我很喜欢康拉德。他是最后几个这样的作家之一：对他们而言，宇宙仍旧是不容置疑的事实，是你很少会提出异议的终极理论家。在康拉德那里，自然在台风中巍然屹立，让人类经受考验，然后他会问，他们会如何反应，在那种环境下，什么是应该有的最佳态度。在康拉德看来，最好的方法是，把自己限制在某种务实的兴趣中，因为这是在面对这些狂风暴雨时，人类能够做到的最好的事，而不是被打倒。"（马内阿 2015：93）贝娄上述所言表明他之所以喜欢康拉德是因为康拉德的乐观精神给他留下了深刻的印象，表明了贝娄对乐观精神的赞许。

辛格在接受哈罗德·弗赖德采访时这样说道："我会承认，生活条件可能会变得更好……我觉得，虽然我们要忍受如此之多的痛苦，虽然生活永远不会给我们带来期望的天堂，这个世上仍然有某种东西值得为之活下去。"（弗赖德，2007：127）在接受美国诗人、评论家凯瑟·波利特访谈中时，辛格坦陈他并不同情感到自己的作品没有前途的美国作家，他的理由是："假如他们作品的前途渺茫，那是因为他们创作的目的虚无飘渺。假如你为人民而写，你的作品就会被人民接受。"（波利特，1981：62）可见，在辛格看来，作家只要心中装着人民，他就不会感到前途渺茫，而应感到前途是光明的，这体现了辛格的乐观精神。在被问及他对小说的前途有什么看法时，辛格说除了中等趣味的作品外，"杰出的作家和拙劣的作家都是有前途的。高雅文学和低级读物总会有人看的。"（波利特，1981：64）这再次体现了他对乐观精神的推崇。

马拉默德在接受丹尼尔·斯特恩的采访时曾说："我天性乐观……如果幸运的话,我们最终可能会迎来一个共享天下更多财富更多教育机会的社会。"（斯特恩，2008：128）

可见，与笔下主人公一样，美国犹太作家在接受访谈时所言或在其具有自传性质的散文随笔中所写都体现他们对乐观精神的推崇。

第六节　认同表征五：作品体现出对"博爱精神"的赞赏

美国人认为，人与人之间除了需要竞争，还应相互爱护、相互帮助、相互关心，即应该具有博爱精神。"这种认识主要基于美国人对资产阶级人道主义的理解。从理性角度上讲，人道主义的精髓是人的尊严和人的价值。以这个思维方式推论，关心和帮助自己的同类是对人的尊重、对人的价值重视的具体体现。"（王恩铭，吴敏，张颖，2007：217）美国博爱精神也深深影响着美国犹太人，这在美国犹太文学作品中有所呈现。

在贝娄的小说《雨王汉德森》中，汉德森的妻子莉莉对贫民区居民（主要是移民）非常友好，同意他们把牛奶以及黄油放在她的冰箱里，甚至为他们填写社会福利登记表。"她确实是真心诚意地帮助他们的，她热情洋溢地跑来跑去，说上许多互不相干的话，同他们搭腔。"（19）莉莉的善举既体现了她的博爱思想，也表明了贝娄对博爱精神的推崇。《拉维尔斯坦》中拉维尔斯坦的朋友傅拉德医生是一个富有博爱思想的人，他待人诚恳，为学校周边的社区解决过很多棘手的事情，希腊饭店老板的女儿病危时，傅拉德医生及时为她安排了手术，把她救了回来。"全城的人都私下称他为'一个在危急时你能够求助的人。'"（152）拉维尔斯坦本人也富有博爱精神。他的朋友，鳏夫莫里斯·贺伯斯特抚养两个孩子遇到较大困难时，拉维尔斯坦一直能够给予帮助。拉维尔斯坦甚至在自己病危之际，也在思考着他未做完的事情，"企图在最后的时刻干完所有能够干的事情——干完，我的意思是，为了在他关心之下的人，为了他的学生。"（172）这些描写同样体现了贝娄对博爱精神的认同。

《赫索格》中的犹太人赫索格同样具有博爱精神，他坐在火车上时，把一只猴子视为知己，"在它快要死时，竟将它搂在怀中，掰开它的嘴，口对口给它做人工呼吸。"（68）赫索格与格斯贝奇的妻子菲比谈完话之后，打算在朋友卢卡斯·阿斯弗特那过夜。阿斯弗特一直住在研究生们住的肮脏公寓中。尽管很贫穷，但他还是在长沙发上铺上了干净的床单，以便让赫索格睡得舒适。触景生情后的赫索格表示，要是他有一笔意外之财，一定给卢卡斯买几只书架。在强烈情感的作用下，"他（赫索格）的两眼充满了泪水。"（345）可见，赫索格和卢卡斯都推崇博爱精神，并在不知不觉中践行博爱理念。芝加哥律师桑多·希梅斯坦同样拥有一颗博爱的心。赫索格回忆自己在桑多家时，桑多认为自己的女儿琼妮比较可怜，表示要尽力保护她，如文中他所言："作为一个律师，我对你的孩子有社会责任。我要保护她。"（121）

短篇小说《银碟》中的斯科格隆太太在大萧条时期，在自己并不富裕的情况下，还是借了50美元给伍迪的父亲莫里斯，体现出她的博爱精神。在短篇小说《口没遮拦的人》中，故事的叙述者肖穆特博士曾回顾在大萧条时期，勤劳的克拉姆"替我付了上大学的费用。……为全家付房租，养活我们几个。"（47—48）克拉姆为叙述者支付大学费用，热心助人渡过大萧条难关，为肖穆特全家付房租，体现出他的无私奉献，乐于助人的博爱精神。

罗斯的小说《凡人》中，主人公凡人做过疝气手术后，发现临床的男孩不见了，意识到那个男孩已死，这让他非常难受，觉得那个男孩早早失去了生命实在令人痛惜，在博爱思想的作用下，他甚至"忍不住想，这些医生在杀害他。"（22）凡人在同事克莱伦斯去世后，打电话慰问克莱伦斯的丈夫格温，说克莱伦斯非常优秀，受到同事的广泛肯定，对公司非常重要，并表示自己的心和格温的心永远在一起，再次体现了他对博爱精神的赞赏。

罗斯的《垂死的肉身》中的许多人物同样拥有博爱精神。康秀拉在接受乳房切除三分之一的手术前，她的主刀医生很有博爱思想，在宽慰康秀拉的同时，还对康秀拉说会尽最大努力使手术保持在最小范围，尽可能少切除一点。在小说结尾处，康秀拉被告知需要在两个星期之后接受手术。于是，她做了最后一次化疗，出于极度恐惧，于凌晨两点给凯普什教授打来电话，把需要切除她整个乳房的消息告诉了凯普什教授。虽然年轻的康秀拉和年过六旬的教授之间曾经有过一段不同寻常的爱欲关系，但这种关系也给双方带了一定的压力。在接电话之前，二人已经分开了许多年，但得知康秀拉情况后，凯普什教授义无反顾地陪她一起去医院，而且"一直在给他认识的人打电话，给医生打电话，尽力找到治疗乳腺癌的方法。"（151）凯普什教授还反复告诉自己，"她需要我去那儿。她一整天没有吃东西了。她总得有人喂她吃……我必须去，得有人和她在一起"（173）这些描述都体现了凯普什教授不但推崇而且积极践行博爱精神。康秀拉还告诉凯普什教授,她和母亲在纽约麦迪逊大街买鲜花时,花商夸赞她戴的帽子(其实是化疗时戴的帽子——作者注)很好看,后知道原因后不但道歉,而且免费送了康秀拉十二朵玫瑰花,这让康秀拉感慨:"所以你知道人们是怎么样对待一个处于危难中的人的。"(152)这一描写体现了花商对博爱精神的推崇。

在罗斯的小说《欲望教授》中,大卫·凯普什家曾在半山腰开了一家度假旅馆。凯普什的父亲时常遇到态度恶劣的客人,但他总能理解、宽容他们,"他都会把他们当常人看"(14),体现了凯普什父亲的博爱精神。凯普什教授与海伦的婚姻走到尽头后,凯普什教授接到加兰的电话,被告知,警方在海伦的钱包里搜到一包可卡因,海伦被抓进了监狱。此时,加兰表示,"我不希望海伦再出什么事了——再也不要,这些年来,她吃尽了苦头。她是个平凡的女人。"(96)加兰所言,表明他也是一个富有博爱精神的人。凯普什教授的第二任妻子克莱尔在凯普什教授沮丧甚至患抑郁症之际,非常理解他的困境,决定为凯普什教授做三件事,"1.悉心的照顾;2.热情的拥抱;3.良好的环境。"(173)经过她一年来的精心料理,凯普什教授不用再服用治疗抑郁症的药,逐渐摆脱了心理上的各种困惑。这体现出克莱尔极富有博爱精神,并在生活中践行这种精神。

辛格的短篇小说集《傻瓜城的故事》中的一则短篇小说《天作之合》背景是波兰的卢布林,故事中的富民托比亚斯有个傻瓜女儿奇帕,经媒人介绍嫁给了海乌姆的一个傻瓜莱梅尔。富民希望莱梅尔去做生意,但是莱梅尔却屡屡被骗,但这对傻瓜夫妇"比所有的聪明人都具有更多的爱心。"(辛格,2008:47—48)后来,他们越过越好,有了六个男孩与六个女孩,个个本性敦厚,犹太人莱梅尔和奇帕幸福地活到老,活着看到了孙辈,曾孙辈,曾曾孙辈围绕膝前,幸福不已,这些描述道出了莱梅尔和奇帕的博爱精神带来的良好效果。该短篇小说集中的另一则短篇小说《节日前夜的故事》的故事背景仍然是波兰,当时辛格一家住在华沙的克罗赫马纳街。他回忆自己七岁那年,放学后在没有老师送回家的情况下迷了路。此时,他遇到了一个有博爱精神的人,但辛格担心他是坏人,所以假装自己是个孤儿,并在他向自己索要家庭地址时告诉了他一个虚假地址。后来,这名有大爱思想的男子把饥饿交加的辛格带进了一家饭店,并对饭店里的人说，辛格是个可怜的孤儿，差点被车子轧死，他还说："他肚子饿，这个可怜的小东西。快冻僵了。给他点东西吃吃吧。这是件好事。"（83）该男子其实是在替辛格讨饭。可见，无论是《天作之合》还是《节日前夜的故事》都传递了辛格希望美国犹太人需要向欧洲犹太人莱梅尔和奇帕学习，以弘扬博爱精神，也表明了辛格本人对博爱精神的认同态度。

该短篇小说集中的短篇小说《一只名字叫做陀螺的鹦鹉》里的叙述者是一名犹太人，他回忆大约十年前在纽约布鲁克林的某一天，大雪下了整整一天。那天是犹太休殿节的第八天，叙述者的妻子埃丝特在煎土豆饼，他和儿子大卫坐在桌旁玩过节的陀螺，这时候一只鹦鹉落在了我们的窗台上。叙述者知道鹦鹉天性喜暖，无法长久站在严寒之中，于是他马上采取措施把这只鹦鹉救出来，赶进了屋子。辛格借叙述者拯救鹦鹉这件小事体现了他对博爱精神的认同与赞赏。

在该短篇小说集中的短篇小说《恐怖客栈》中，莱贝尔赶走了在客栈中向旅客施展魔法的女巫多博绍娃和她半人半魔的丈夫拉皮特图，解救了被女巫抓来当女仆的三个姑娘：蕾泽、莱泽和内泽，让客栈重获往日的生机。与莱贝尔同行的还有海谢尔、韦韦尔，他们三个男士与三个姑娘正好结成三对夫妻。后来，莱贝尔和内泽这对夫妻决定留在客栈里，因为莱贝尔说，"人们常常迷路，特别是在冬天，应该有人供应他们食物和庇护之所。"（149）莱贝尔和妻子内泽还决定不收客人任何费用，因为多博绍娃的财宝已经让他们十分富有。几年之后，海谢尔成为某神学院的院长，用他的钱帮助困难的学生。韦韦尔成为以行善著称的大商人。小说对上述三对夫妻博爱精神的书写，体现了主人公对博爱精神的推崇。

马拉默德的小说《店员》中的很多人都拥有博爱精神。莫里斯曾发现店里每天少了一些牛奶和面包，后发现为弗兰克所拿，在了解到弗兰克因饥饿而偷吃这一原因后，莫里斯非常同情他，不但给他食物吃，而且还向妻子做了解释，体现了他的博爱精神。依据小说情节，因为种种原因莫里斯后来把弗兰克赶走，之后小店收入骤降，于是他准备把小店卖掉。在此背景下，开鞋店的犹太店主路易斯·卡帕给他介绍了一位波兰买主波多尔斯基，"莫里斯想到这个可怜的波兰难民不知经历了多少辛酸的岁月，不知流出了多少血汗，才挣得几个钱，骤然对他产生了同情。"（215）莫里斯过世后，主持葬礼仪式的教士回顾海伦很小的时

第六章　现代化进程中当代美国犹太文学对美国精神的认同

候，一个意大利妇女忘了拿走放在柜台上的五分硬币，为了不让那名女士担心，莫里斯在没戴帽子，没穿大衣，没穿护脚套的情况下在雪中跑了两条街把钱送给她，这再次让莫里斯的博爱精神跃然纸上。卡帕认为弗兰克是个靠不住的流浪汉，会给莫里斯添麻烦，尤其是在他看到弗兰克与海伦手拉手去看电影后，更忧心忡忡，感慨自己"觉得总该找个办法帮帮不幸的莫里。"（159—160）这同样体现了卡帕的博爱精神。

莫里斯去世后，除莫里斯家人外，主持仪式的教士、他的生前老友、几个远房亲戚、殡仪馆老板、丧事会的熟人、老顾客、供应面包卷给莫里斯整整二十年的面包师特兹、鞋店店主路易斯·卡帕、理发师吉安诺拉和尼克夫妇、卖灯泡的布列巴特、海伦曾经心仪之人纳特、培勒一家人（包括贝蒂和她新婚的丈夫），以及查理·苏贝洛夫及其妻子等纷纷参加葬礼，这些人挤满了大半个教堂，他们低头吻海伦时有的放声哀哭，直接宣泄难以抑制的情感，滚滚泪水流在海伦的手上；有的满怀悲哀之情，心中默念对莫里斯的无限哀思；有的显得严肃庄重或神情严峻，陷入对诸如莫里斯这样渺小但又伟大人物的同情与崇敬之中。那所教堂成为博爱思想的集中展示所，也是犹太主人公推崇博爱精神的有力证明。

巴里斯·沙龙·德凯指出："马拉默德的故事是我们作为人类，即妇女、男人、美国人、幸存者和地球上的居民的反应，他们感受到了挑战，承认了我们的世界，并见证了地球居民的生活经历。"（Baris，1992：56）《店员》中以莫里斯为代表的犹太人在受到各种挑战的同时，仍能够认同这个世界，因为他们见证了周边人的生活经历，在长期的观察、反应中养成了博爱精神，也不知不觉在日常生活中践行这种精神。

《账单》是《魔桶：马拉默德短篇小说集》中的一则短篇小说，小说的背景是美国，故事中的犹太主人公潘内萨这名退休工人把他的全部积蓄3000美元从银行取出，与妻子一起开了一家杂货店。潘内萨太太告诉了看门人威利·施莱格尔的妻子埃塔·施莱格尔，他们开店不是为了挣钱，而是为了在不过分操劳的情况下维持生计。埃塔·施莱格尔把街对面新来的潘内萨夫妇将原先犹太人开的小店盘下来的事告诉了丈夫威利，并说如一时忘了买什么东西而不想去自助商场的话，可以去那买东西。威利的确去了，每次都对潘内萨太太抱怨住户们如何支使他，房东如何压榨他，然后买不值钱的一点东西。有一次，他买了三美元的东西，而身上仅有五角钱，但潘内萨告诉他，他愿意什么时候还都可以。过一两天，威利把钱还上之后，开始不停地赊账，潘内萨并无怨言，而是留下威利的赊账记录。有一次威利尽管有十美元现金，也没有用现金付款而是选择了继续赊账。最后，这个账单的金额高达八十三美元。潘内萨是一个很有博爱思想的人，他告诉威利，他之所以赊账给威利，是因为他信任每一个人，认为每一个人都是善良的，充满爱的，如文中他所言："信用就是我们都是人，如果你是真正的人，你就应该相信别人，而别人也要信任你。"（45）威利也正是利用了潘内萨对他的信任与同情（因为在购买东西期间，潘内萨夫妇知道威利也一贫如洗），而不停赊账的。后来，在某个早晨，威利打开信箱发现一封潘内萨太太写给他的一封信，内容是她的丈夫病了，就待在家里，可家里分文全无，问威利能否先还上十美元给她丈夫治病，剩余的以后再说。读完信后，威利把信件撕碎，躲在地下室一整天，第二天他把大衣当了十美元，准备还给潘内萨太太时，发现街对面停了一辆灵车，原来是潘内萨死了。当他问别人潘内萨怎么死的时候，潘内萨太太听到了威利的问话，大声回答说是老死的。之后，潘内萨太太搬走了，先后与两个女儿居住，威利那份八十三美元的账单一直没还上。

故事中的潘内萨夫妇是极富有博爱思想的人，他们知道威利家很穷，日子艰难，所以在明知威利还不上钱的情况下，还是把东西赊给他。听到威利问别人潘内萨如何死的问话后，潘内萨太太知道如果她说是病死的，会让威利难堪不已，所以她大声说自己丈夫是老死的。加之直到小说最后账单都没有还上，这些细节的描写都凸显了潘内萨太太无比伟大的博爱精神。

《我梦中的女孩》是《魔桶：马拉默德短篇小说集》中的又一则短篇小说，故事背景是美国的某个城市，小说中的主人公都是富有博爱思想的人。米特卡在《环球》报的"开放天地"栏目发表12篇短篇小说而走向了文学创作之路，之后又发表了长篇小说《安魂祈祷》，渐有名气。之后，他耗时三年创作了一部新的小说并希望得到出版商的青睐，然而这部因为大量使用象征主义手法的作品太过晦涩而先后被二十家出版商拒绝，结果经过长达一年半的漂泊之后，书稿又回到了他的手中。沮丧、失望与愤怒之下，米特卡把书稿以及出版社回复他的信件

第六章　现代化进程中当代美国犹太文学对美国精神的认同

（多为拒绝书稿的信件）扔进了垃圾桶，连同秋天的落叶一起付之一炬。伤心欲绝的米特卡把自己关在屋子里，每天昏天黑地地沉睡，甚至做了很多恶梦。她的房东芦茨太太是一名不成功作家，也是一名喜欢周旋于不同男性的女性。她采取多种办法试图接近米特卡都被米特卡一一拒绝了。从小说的情节来看，尽管芦茨太太有放纵行为，如涂抹具有强烈气味的香水诱惑米特卡，但她的所作所为也含有大量的博爱的元素。比如，她不断宽慰米特卡，希望他振作起来；她竭力让米尔特下楼到她的厨房品尝她做的各种各样的菜；她在他门口留下许多收藏的书，以及"还有一些杂志，里面的故事上标着'你能做得更好'的字样。"（54）一天，米特卡在《环球》报的"开放天地"栏目上读到一则以第一人称手法撰写的，关于女孩"马德琳·索恩"的故事。依据此故事，"马德琳"做秘书工作，在课余时间拼命写作，创作了一部完整的作品，期望发表，但粗心的房东却把她打磨多遍、耗费大量心血的书稿当做垃圾，放在垃圾桶里烧掉了，这让"马德琳"伤心不已。读完故事后，米特卡给《环球》报写了一封短信，表达了他对"马德琳"的同情，同时，鼓励她不应该放弃，要继续写。后来，他收到了芦茨太太表示谢意的回信，但信中说那个故事是编造的。

之后，两人有过多次书信往来，在米特卡的提议下，双方在离"马德琳"工作地不远的图书馆分馆见了一面。米特卡原以为"马德琳"是一位风姿绰约的少女，令他失望而又气愤不已的是，和她见面的是一个相貌极其平常，甚至看起来让他感到恶心的一名女性作家，她说她叫奥尔加，"马德琳"是她的女儿。他们后转到一个酒吧聊天，她告诉米特卡，她有两个孩子，现已单身，因为不理解她的丈夫已与她分了手。当奥尔加发现心不在焉、很不耐烦的米特卡对其所言不感兴趣时，她流下了伤心的眼泪。在谈话过程中，她感谢米特卡对她的鼓励，并说自己每一天都期盼收到米特卡的来信。她了解到米特卡的近况后，建议他别丧气，要镇作，每天都要写一点。她告诉他二十年来她从不间断写作，在因某种原因不想写原有故事的时候，她会换另一个故事写，等恢复创作激情之后再回到原先的故事上去。她建议他按照她的方法练习一段时间，就会掌握一些规律。同时，她认为写作也取决于作家对生活的态度。一个成熟的作家应该对生活持积极态度。她鼓励他，只要他能持之以恒，就会走出自己的写作之路。谈话结束时，奥尔加建议米特卡见一下自己的女儿，米特卡欣然答应时又被奥尔加告知，其实她的女儿在二十岁时就死了，否则他准会爱上她，她写的故事实际上都是写她女儿的。彼此道别时，奥尔加问米特卡会不会再与她见面，但得到了否定的回答，非常伤心的奥尔加表示，她非常期盼他继续给她写信，并说："你绝不会知道你的那些信对我意味着什么，我就像一个焦急等待邮递员的年轻的姑娘。……别担心你的写作，多呼吸新鲜空气，养好身体，有了好身体才能更好地从事写作。"（65）之后，奥尔加坐上公交车依依不舍向米特卡挥手告别。听完这些感人至深的话语后，米特卡的内心泛起了涟漪，在同情奥尔加之际，他还感慨道："她的女儿，还有芸芸众生，为什么不该同情呢？"（65）这次见面，极大地触动了米特卡，于是，"他时时处处感到春意就在身边，他想到这个老女孩。他现在将回到家里，给她从头到脚披上滑溜的白纱……把她抱起来，抱进门槛，在他那个写作间的小屋里，用手搂着她从紧身胸衣里溢出的赘肉一起跳起了华尔兹舞。"（66）小说中的奥尔加、米特卡都是富有博爱精神的作家，也正是在双方博爱精神的相互感染下，双方都已找到或即将找到写作上的方法、方向与动力，体现了博爱精神带来的积极作用，以及主人公对博爱精神的呼唤与认同。

《魔桶：马拉默德短篇小说集》中的短篇小说《哀悼者》里的犹太主人公凯斯勒尽管每个月交足了房租，但房主格鲁伯先生为了赚更多的钱，突然于某一天勒令凯斯勒从他的房子里搬出去。遭到凯斯勒拒绝后，格鲁伯先生找来两个人把凯斯勒及其家具强行抬到寒冷的大街上。这时和两个儿子购物回家的一名意大利老太认出了在雨夹雪天气下因寒冷而缩成一团的凯斯勒，她尖叫起来，无法平静，最后，老太太的两个儿子放下购物袋，把凯斯勒背上了楼，还把他的家具抬了回来。之后，意大利老太给凯斯勒做了一些吃的，然后才走。马拉默德对意大利老太太博爱精神的褒扬，反衬了格鲁伯的残忍，体现了他对博爱精神的推崇。正如乔尔·扎尔茨贝格分析《哀悼者》后所指出的那样："马拉默德让我们为令人不安的可能性做好准备，但我们也可以摆脱这种不安。"（Salzberg，1995：1）因为马拉默德对博爱精神的高度认同以及他积极的创作态度，我们才最终摆脱凯斯勒被扔到大街上所带来的不安。巴里斯·沙龙·德凯指出"《哀悼者》这个故事向我们暗示它参考了美国先驱者的文学文本——即聚焦"共享的住所、交际潜能、隐射再生或救赎的内涵"的那些文学作品。"（Baris, 1992: 47）从马拉默德的创作意图来看，的确，只有我们拥有博爱精神，我们才可以共享我们住所、顺利进行交际沟通、获得精神上的再生或救赎。凯斯勒被他人从街上背回住所这一过程，证明作者对博爱精神的推崇。

《最后一个马希坎人》是《魔桶：马拉默德短篇小说集》中的另外一则短篇小说，小说中的犹太主人公阿瑟·费德尔曼是来自美国纽约的一名穷学生，他自知成不了画家，便来到意大利打算写一部研究乔托①的作品。费德尔曼刚到罗马，就遇见了一个从以色列逃亡到罗马的犹太流浪者西门·萨斯坎德。费德尔曼曾多次帮助这个流浪汉（依据小说，萨斯坎德是一名犹太人，因为在意大利的以色列公司很少，所以他很难找到工作，只好靠做点小买卖维持生计。因为护照丢了，他拿不到许可证，所以他做买卖被抓时，每次需要在劳役营里呆六个月，生活异常艰难），但萨斯坎德并没有对费德尔曼感恩戴德。萨斯坎德后来向费德尔曼提出借一套西装的请求，但并不宽裕的费德尔曼给了萨斯坎德五美元，没有把西装借给他，出于报复，萨斯坎德偷了费德尔曼的公文包（里面放着他辛辛苦苦创作出来的关于乔托研究的第一章书稿，依据小说，这一章构思巧妙，结局感人，惟妙惟肖地对乔托进行了描写，达到了乔托再世一般的效果），并烧掉了里面的手稿。为了寻找到那个公文包，费德尔曼报了警，但无济于事，因为萨斯坎德藏匿了起来。费德尔曼确信无疑是萨斯坎德偷了他的公文包，于是四处打听他的住址，后来在街上偶然遇见了萨斯坎德，和他简单谈了一下公文包一事，提出用一万五千里拉赎回书稿，但萨斯坎德对公文包一事装作不知。之后，费德尔曼尾随萨斯坎德，在一处犹太人居住区找到了萨斯坎德的家：一处橱柜大小的地方，放了一张床和一张桌子，门上无锁，无门牌号，也无街名和路牌，一个一无所有的地方。尽管看到这一场景，费德尔曼的心里不太好受，但还是决定第二天趁萨斯坎德外出之际，再来仔细搜寻。第二天，他来到萨斯坎德的住处，令他没想到的是，萨斯坎德竟然在家，并用一张点着的纸在点蜡烛，而那张点燃的纸就

---

① 乔托·迪·邦多纳（Giotto di Bondone, 1267—1337）是十四世纪意大利文艺复兴时期的画家、建筑师、雕塑家。

像是打字稿纸，这让费德尔曼明白书稿已全被烧完了。费德尔曼给萨斯坎德带来了他曾拒绝借给萨斯坎德的那身套装，并说："我把这身套装给你带来了，穿上它，当心别冻着。"（134）当萨斯坎德问费德尔曼想以什么作为交换条件时，费德尔曼说什么也不要，并转身离开了。萨斯坎德跟在费德尔曼身后喊着他的名字，并把公文包放在草垫下，接着跑开了。打开公文包发现里面什么都没有的费德尔曼狂追萨斯坎德，但在奔跑的过程中考虑到萨斯坎德的困境，他带着哭腔喊道："萨斯坎德，回来吧，衣服归你了，我原谅你所做的一切。"（135）可见，费德尔曼在了解萨斯坎德的困境与窘迫后彻底原谅了他，小说对费德尔曼身上博爱精神的刻画，体现了主人公对博爱精神的认同，为美国犹太人如何践行博爱精神树立了榜样。

在《魔桶：马拉默德短篇小说集》中的《女仆的鞋子》这则短篇小说里，来自美国的奥兰多·克兰茨是一位有些神经质的大学法学教授，每年到意大利住上一阵子。他托做勤杂工的老婆帮他找个女佣，勤杂工的老婆自然想起了上次把联络方式留给她的罗莎。他在意大利租了带有三个卧室的大套公寓。因为妻子和女儿八月份返回了美国，他于是让罗莎在其中的一间居住。有一回，在罗莎走后，教授发现她房间的抽屉里有不少他曾经丢进烟灰缸里的烟头，他还注意到她还把已扔进废纸篓里的旧报纸等杂物收集起来，甚至连绳头、橡皮套、纸袋、铅笔头等都舍不得扔。"自从他发现这些以后，他就常把午餐吃剩下的肉，或者有点发干的奶酪等食品让她带回去。"（191）后来，罗莎问奥兰多教授，她该不该接受她的邻居阿曼多期望给她买鞋的请求，因为阿曼多发现她的鞋子很破旧想给她买一双，教授认为阿曼多应该为自己的妻儿而不是罗莎买鞋。后来，他悄悄进入她的房间量了她的鞋子尺寸，并给她买了一双鞋。但第二天，罗莎穿的是无带鞋，感到被愚弄的奥兰多教授把她赶走了。几天后罗莎又找到奥兰多教授，并告诉他她儿子常打他，那双无带鞋是阿曼多买的，还决定把无带鞋还给阿曼多，同时请奥兰多教授继续雇佣她。善良的教授答应了，没过几天，她告诉教授自己被阿曼多弄怀孕了，并从教授那预支了两千里拉说是后面接生孩子所用。第二天她又找了教授，说那两千里拉已给儿子买生日礼物了。教授让医生给她做检查后发现，她并没有怀孕，而是肝脏不好让她产生了怀孕的感觉。最后，罗莎离开了

第六章　现代化进程中当代美国犹太文学对美国精神的认同

教授的住处，而教授则给罗莎支付了那个月的剩余工资，她离开房间时带走了自己的个人物品，但把教授买给她的那双鞋留在了房间里。小说的故事情节一再表明，奥兰多教授是一位富有博爱精神的美国教授，他知道罗莎生活的艰辛，在不厌其烦的情况下，仍不停地资助她，照顾她，展示了他人性的光辉，凸显了他对博爱精神的推崇。亨利·波普金曾这样评价马拉默德："伯纳德·马拉默德热爱犹太人，事实上，他热爱人类、具有怜悯之心以及所有美德。问题接踵而来——是什么使他没有成为另一个萨罗扬，而是对人类的美丽流露出伤感的眼泪？如果有时候伯纳德·马拉默德的作品听起来较为平淡的话，但他至少给了我们提供了一个完美而又极其严肃，服务于偶尔产生的幻想的媒介，并藉此媒介来编织那些故事。"（Popkin，1958：641）在该小说中，这个偶然产生的幻想就是支撑人性的博爱精神，也正是在博爱精神这个媒介上，马拉默德在演绎着这个给人以强烈感染力的故事。

在《魔桶：马拉默德短篇小说集》中的短篇小说《犹太鸟》里，一只穷苦的、精疲力尽的犹太鸟施沃兹在机缘巧合之下来到了亨利·科恩的公寓。科恩对这只犹太鸟十分反感，不让他呆在他的家里，科恩的儿子莫里斯央求父亲："让他就呆在咱家吧，他只是一只鸟儿呀。"（240）科恩只同意施沃兹在家呆一个晚上。第二天，科恩要把鸟赶走，但莫里斯哭了起来，央求自己的父亲，于是施沃兹又呆了一天。后来，在妻子伊迪的恳求下，科恩勉强同意妻子把犹太鸟放在阳台上的笼子里。科恩给犹太鸟买了些干谷粒，但犹太鸟告诉他自己可以吃鲱鱼，但无法吃干谷粒，因为吃了会胃绞痛，结果科恩气愤不已。善良的伊迪则为鸟购买了鲱鱼，并且在科恩不注意时还给鸟儿一点土豆粉饼或肉汤。文中的犹太鸟也具有博爱精神，他为了报答莫里斯、伊迪，把大部分的时间用来监督莫里斯写作业。他总是耐心而又和蔼地劝莫里斯要安下心来学习。有时，还会听他练提琴，一起玩多米诺骨牌游戏。莫里斯生病时，对故事毫无兴趣的犹太鸟会给莫里斯朗读一些幽默故事。后来，莫里斯的学习以及拉琴方面都取得了很大的进步。"伊迪把这些成绩归功于施沃兹，这只鸟却并不以为然。"（242）后来，莫里斯在一次算术考试中未能取得好成绩，愤怒的科恩开始在犹太鸟身上撒气，向他发动攻击，犹太鸟出于自卫用鸟喙叼了科恩的鼻子，结果，科恩把犹太鸟的鸟喙扯下，摔打之后，把犹太鸟摔出窗外，扔到了大街上。妻儿回来后，很是伤心。鲁丁·尼尔曾对比分析了卡夫卡与马拉默德作品中的犹太鸟，进而指出："总而言之，通过对卡夫卡的格拉胡斯和马拉默德的犹太鸟之间进行比较，我们发现了值得注意和有趣的相似之处。这两只鸟在一个难以理解的世界中流浪，寻求友好的港湾与和平。"（Rudin，1975：15）的确，犹太鸟施沃兹一直在试图寻找港湾与和平，但最终没有逃过多舛的命运，令人唏嘘不已。

令人欣慰的是，小说结尾处的描写再次凸显了莫里斯的博爱精神："春天到了，冰雪消融了，那个男孩子突然想起这件事，就在周围邻居那里转来转去，想找到施沃兹。"（247）小说中的伊迪、莫里斯都是极富有博爱精神的人物，他们把犹太鸟视作一个具有情感的同类，尽力照顾它，呵护它，这与残忍的科恩形成了强烈的反差。犹太鸟同样富有博爱思想，他尽其所能汇报恩人，不计得失，并且付出了生命。小说情节的设置，再一次表明了马拉默德对博爱精神的赞赏与推崇。爱德华·A.艾布拉姆森这样总结这部短篇小说："在《犹太鸟》中，犹太人，即这个局外人，是一只蓬乱的乌鸦；在其他作品的表现形式中，伯纳德·马拉默德把他描述成一个非犹太人，一个黑人天使和大猩猩。在每一个文学实例描写中，犹太人逐渐退到幕后而且其犹太特性逐渐消退，尽管《犹太鸟》中的这一情况不如在其他作品中那么明显，但他们的象征意义和隐喻意义却凸显而出。马拉默德的伟大之处在于他对人和人性的强调。"（Abramson，1994：150）小说对莫里斯、伊迪、施沃兹博爱精神的描写，正是主人公对人性关怀的体现，也是他们推崇博爱精神的力证。

第七节 认同表征六：作品体现出对"重视亲情"这一理念的认同

美国人重视亲情，在亲人遇到困难时，美国人会通过各种方式（经济上的、情感上的、人力上等）给予亲人关心与帮助。美国人对亲情的重视体现了他们对亲人的尊重，对亲人的价值的高度重视。包括美国犹太人在内的美国人对"重视亲情"这一理念的认同同样成为美国作家创作的素材，在美国犹太文学作品中有也有所呈现。

第六章　现代化进程中当代美国犹太文学对美国精神的认同

　　贝娄的小说《洪堡的礼物》中的西铁林是一个重视亲情的犹太主人公，总给八岁的女儿玛丽讲解他的过去，非常疼爱自己的女儿。依据小说，他希望把自己的精神灌输给孩子，以便在他无法工作、老弱昏聩之际，好让她有强大的精神支撑。他为女儿操心，为她单独做笔记以及备忘录，以防自己哪天遭遇不测时让孩子有个念想。当玛丽问西铁林父辈的事情时，西铁林说他的父母平时无微不至地关心他，父母在他住院时，轮流照看他，给他做各种好吃的食品以便调养他的身体。西铁林的如下陈述，再次体现了他对亲情的重视："我是那样热诚地爱着他们（西铁林的父母——作者注），我都被爱撕碎了，我是从心底里爱着他们的。我常常在疗养院里痛哭，因为我怕我再也不能回家去看他们了。他们肯定不会想到我是这样爱着他们的。玛丽，那时我在害肺病，也害着相思病。在学校里，我老是心里充满着思念。在家里，我如果先起床而看到他们还在酣睡，我便不由地难过起来。我要他们都醒来好让整个奇迹般的事继续下去。我也爱那个房客孟纳沙和我的哥哥。"（104—105）可见，西铁林无论是对女儿、父母，还是他的哥哥，都充满浓浓的爱意，体现了他对亲情的呵护与重视。

　　在《勿失良辰》中，遇到困境的犹太主人公威尔姆请父亲阿德勒医生帮助自己，说父亲如拒绝帮助，他的孙子也无法过上舒适的生活，如文中威尔姆所言："他们是我的孩子，爸爸。我的孩子。我爱他们。我不忍心让他们缺这少那的。"贝娄通过描写犹太人威尔姆非常重视亲情这一细节，表明了他对"重视亲情"这一理念的关切与认同。

　　《赫索格》中的赫索格非常重视亲情，"他非常坦率地爱自己的亲属，甚至可以说是身不由己。他也爱哥哥威利，爱姐姐海伦，甚至爱堂兄弟和堂姐妹。……有时他不禁思忖，按他自己的话来说，这不知是不是他'史前'天性的表现。"（110）文中有多个地方可对此佐证。赫索格有一次下火车时，突然回忆起40年前，他还很小的时候，在某一个夏天的早晨，在加拿大火车站里"当时她（赫索格的母亲——作者注）怎样用嘴沾湿手帕给他擦脸。"（53）赫索格还想到女儿琼妮站在自己的膝盖上给他梳头。"他怀着深切的父爱，抱着她那娇小的身躯，小女儿那呼出的气息，把他深藏在心底深处的感情都给激发出来了。"（76）赫索格经常回忆起不愿跟他多讲话的儿子马科的种种往事。赫索格回到自己在路德村购置的房子里，收拾房子时又想到自己的儿女。他喃喃自语三条内容：一是希望在夏令营结束后，马科能和他在那所房子里呆上一段时间，并一直急切盼望那一天的早点到来；二是马科的妹妹琼妮非常可爱，漂亮，已收到马科的明信片；三是他考虑留给儿女一些遗产，"给马科一个马萨诸塞州的凹陷的角落，给琼妮一架小钢琴，由她关心备至的父亲亲手漆成漂亮的绿色。"（414）在开车去芝加哥看望女儿琼妮的路上，赫索格期望女儿不要被人伤害。到马德琳的住处看到女儿后，他拥抱着女儿，并说自己早就想要抚摸她，闻一闻她童稚的芳香，看一看她娇嫩的小脸，乌黑的眼睛与头发。他紧搂着她娇小的身躯，结结巴巴地说："琼妮，我的小宝贝，我多想你。"（353）赫索格曾在恳亲节那天看望自己与第一任妻子戴西（盖洛普民意测验所的一个统计员）所生的儿子马科。此时，他认为戴西对孩子非常认真负责，是一个具有博爱思想的母亲，因为她为了马科，购置了许多玩具、各种盆栽、金鱼以及艺术复制品，想方设法把家里的环境弄得愉快一点。丹妮是赫索格第二任妻子马德琳的母亲，得知马德琳与赫索格相爱并打算结婚后，她希望赫索格今后好好照顾马德琳，不要伤害马德琳，并哭泣着说："赫索格先生……我一直夹在他们父女俩之间。……现在一切全靠你了，你得给她惟一能帮助她走上正道的东西。"（148）丹妮的脸和鼻子甚至已经哭红，赫索格这样评价当时岳母的哭泣，"蕴藏着对女儿、对丈夫的真挚感情。"（148）丹妮的举动体现了一位母亲的亲情意识。

　　在《院长的十二月》中，米娜的母亲中风住院治疗后，米娜与丈夫科尔德晚上聊天时说道："她该怎么想？日子一天天过去而我却不在她身边。"（33）米娜所言，道出了她因长期呆在美国而未能照顾母亲的内疚之情，也体现了她作为一位女性、女儿的亲情意识。米娜的母亲瓦勒丽娅也是一位重视亲情的人，她重视传统，爱自己的丈夫，甚至跟随他成为一名共产主义战士，她还挚爱自己的女儿和自己的姐妹。科尔德院长同样重视亲情，他的外甥梅森·扎赫那的黑人朋友被控杀人罪之后，他给予梅森一事以足够的关心。科尔德与梅森谈论那桩案子时，他仔细观察梅森的长相，发现"他长长的侧面和狭窄的前额与埃尔弗里达很相像。科尔德非常喜欢自己的妹妹，他爱她。"（46）埃尔弗里达深爱自己的儿子梅森，当梅森遇到麻烦时，她写信给远在罗马里亚的哥哥，请求他帮助梅

第六章 现代化进程中当代美国犹太文学对美国精神的认同

森摆脱困境,谈到"梅森成长过程中的不可否认的困难阶段"(98),请哥哥理解梅森当时的难处以及成长阶段的困难,这同样说明埃尔弗里达也是重亲情的人。

在《口没遮拦的人》中,犹太人肖穆特博士在给罗斯的信中提到,他办完哥哥菲利普的丧事后要去养老院看望母亲,他说"母亲吃饭得有人喂,所以我总在吃饭时间去看她。喂她吃饭对于我来讲意义重大。我从护理员手里接过这项活儿。"(58—59)他回忆有一次,母亲用橄榄皂给他洗头时,不小心把肥皂水弄进他的眼中,他痛得哇哇直叫,母亲为此心疼得不知所措。还有一次,母亲给他穿上府绸裤,让他参加某个聚会时,她充满爱意地亲吻着他。肖穆特博士以及他的母亲非常重视亲情,体现他们对"重视亲情"这一理念的认同。

在《更多的人死于心碎》中,肯尼思高度重视亲情,非常疼爱他与翠姬所生的女儿南茜,在与翠姬分手后,也反复叮嘱翠姬照顾好南茜。他还对舅舅本诺有着深厚的感情,在舅舅娶了玛蒂尔德·拉雅蒙而被迫卷入一桩阴谋(为拉雅蒙家族的利益而威胁舅舅维利泽归还从本诺父辈那儿欺诈的钱财)时,他决定帮助舅舅,保护舅舅免受伤害,诚如他所说"他(本诺舅舅——作者注)在我心中占有特殊的地位,我爱我的舅舅。"(1)与此同时,肯尼思的舅舅本诺"很重视血缘关系"(35),他孝敬父母,有一次还把肯尼思带到他父母的墓前痛哭一场,为了使父母的墓地显得美观,他还给两块墓地都种上了植物,体现他对亲情的重视。

《赛姆勒先生的行星》中赛姆勒先生的侄儿安纳德·伊利亚·格鲁纳是一个非常重视亲情的人,给自己的儿女最大可能的关爱,还无微不至地关心以色列的亲戚。此外,他把叔叔赛姆勒先生及其家人从欧洲费尽心思带到了美国,并提供了生活保障。赛姆勒先生不禁为他的行为所感动,并这样评价他道:"他内心里保护的本能一向很强。他不披露姓名去施舍行善,这是他的乐趣。他的乐善好施有许多种策略。他渴望宽慰我们,保护我们。"(280—281)可见,格鲁纳大夫为美国犹太人如何维护亲情树立了榜样。

在《受害者》中,利文撒尔在弟弟马克斯不在家的日子里,尽力照顾他的家庭,当侄儿生病时,他努力帮助弟媳救治孩子,可惜终究没有抢救过来。经历过小儿子死亡的马克斯决定以后不再远离家人,要带着家人去南方重新开始,临走时,利文撒尔和弟弟相互拥抱道别,哥哥对弟弟说:"如果有用得到我的地方……"弟弟则回答道:"有事给我打电话。"(382)简单的对话蕴含兄弟亲情,体现了他们对亲情的呼唤。

马拉默德的小说《店员》中的莫里斯一家三口都重视亲情。莫里斯的妻子艾达发现丈夫生病时还坚持开店,坚决不同意丈夫的做法,并威胁莫里斯,如果他不听话,她就大喊大叫。于是,她自己整理店里的物品,为丈夫减轻负担。女儿海伦曾对弗兰克说,因为在经济上要照顾父母,所以她还不能上大学。卡帕在自己的酒店被火烧毁之后,准备买下莫里斯的杂货店,莫里斯听此消息非常高兴准备出门铲雪,这时艾达和海伦担心他身体,分别对他进行劝阻。艾达说莫里斯得过肺炎,不可铲雪。海伦对父亲说,天很冷,父亲不能冒险。莫里斯也非常重视亲情,对妻子,他一直给予无微不至的关心,期望他能过上好日子。对女儿,他视如掌上明珠,倾其所有。他曾对海伦说他记得她小时候的样子,还说"我最大的希望就是使你幸福。"(236)海伦被感动得流下了眼泪,并且说她愿意把一切好东西给爸爸。他甚至在梦中梦到他那早死的儿子伊弗莱姆,他的慈爱涌上心头,答应让儿子过上好日子。在莫里斯葬礼上,当殡仪馆老板和他的助手把棺盖揭开,供人瞻仰莫里斯的遗容时,"海伦看到她父亲那化妆过的蜡黄的面容,头上裹着祈祷用的围巾,瘦瘦的嘴有点歪,不禁纵声大哭起来。艾达挥动双手,用意第绪语对着尸体哭着说:'莫里斯,你为什么不听我的话?你离开了人间,把我和一个孩子孤零零地留在世上。你为什么这样做呀?'"(240)克里斯蒂娜·霍夫·萨默斯指出:"对父母与孩子来说,每个家庭关系都是独特的,其道德品质由家庭成员的特有品质所决定。"(Sommers,1986:448)就小说而言,莫里斯一家不同成员重视亲情这一高尚品质凸显了整个家庭的道德品质。小说对亲情的描述,传递了犹太主人公对亲情的呼唤,也是他们对"重视亲情"这一理念的认同。

《魔桶:马拉默德短篇小说集》中的短篇小说《停战协议》里的父子亲情非常感人。故事写道,来美国之后开蔬菜店的犹太主人公莫里斯·利伯曼在晚上打烊以后,为了不打扰儿子利奥纳德睡觉,它把收音机搬到楼上的卧室,半夜轻轻

第六章 现代化进程中当代美国犹太文学对美国精神的认同

打开收音机听夜间新闻，当得知法国接受了希特勒提出的条件，第二天就签署停战协议时，沮丧至极而又十分疲乏的莫里斯关掉收音机，想上床休息，但无法入睡。这时，儿子光着脚进了父亲的卧室，并劝父亲早点休息，并说"爸，睡不着也得睡，您一天干十六个钟头啊。"（4）这时，莫里斯被儿子感动，他搂着儿子说，我们犹太人怎么办，在看到孩子有些害怕的情况下，答应孩子马上休息。但利奥纳德仍不放心，于是"孩子一直等到他翻过身，用右侧身体躺着，他才离开，他总是用这样的姿势睡觉的。"（4）马拉默德对父子亲情的描述，体现出他对亲情的重视。

《头号白痴》是《魔桶：马拉默德短篇小说集》中的又一则短篇小说，故事背景是美国纽约。犹太人门德尔想把儿子伊萨克送到他的叔叔利奥那里，但因为缺钱购买车票，门德尔仅以八美元的价格便将自己的金表卖了。为了筹集购买火车票的钱，他们父子便去找菲什拜因，想让这个有钱人资助他一张三十五美金的火车票去加州找叔叔，但菲什拜因以从不向私人捐赠为由，拒绝提供帮助。后来，他们去了犹太教堂找拉比帮助，拉比将一件新的皮袄给了他们，典当皮袄之后，他们有了钱买了火车票。但是，当他们赶到月台时，车门已经关上，父亲请求检票员金斯伯格让儿子上车，但被拒绝，于是父亲央求道："我用这条老命求你了，行行好吧！我什么也不求。可是我的孩子会怎么样？……我什么也不求。可是我的孩子会怎么样？"（211）见金斯伯格仍然无动于衷，门德尔先是痛骂，让后用尽力气扭住金斯伯格，并告诉金斯伯格：他的妻子年纪轻轻就过世了，于是他一个人把伊萨克拉扯大。伊萨克智力上存在缺陷，虽已39岁，但仍未长大。门德尔期望给孩子提供好的环境，但一直没有实现这个愿望，而且，随着年岁增加，身体变糟，他已没有能力养活伊萨克，只好打算把儿子送到他的叔叔利奥那里。最后，金斯伯格被门德尔的举动所感动，只好让人把车门打开，让伊萨克上了车。见伊萨克上车后，门德尔在车窗外又央求列车员，请他告诉伊萨克在何处下车。可见，费尽周折之后，门德尔终将儿子送上了火车，这些描写体现出浓浓的父爱与真情。

生活是作品的最好素材。1975年，马拉默德在接受丹尼尔·斯特恩的采访时说，他的父母为人本分，诚实善良。母亲常年患病，父亲一直设法挣钱，维持生计。他父亲开过杂货店的经历成为《店员》的重要素材。在大萧条时代，家里没藏书、油画、唱片，也没有乐器。他九岁时得了肺炎，在康复阶段，"父亲给我买了一套《知识丛书》，总共二十本。考虑到当时的家庭条件，那简直是个了不起的慷慨之举。我上高中时父亲买来一台收音机"，"在某种程度上，父母对我的爱补偿了我小时候就感觉到的文化缺失。"（斯特恩，2008：124）可见，马拉默德的父母比较重视亲情，非常疼爱马拉默德，用爱来补偿儿子的文化缺失，他们对儿子的那份亲情成为马拉默德笔下主人公重视亲情的写作素材。

罗斯的小说《欲望教授》中的很多人物都重视亲情。大卫·凯普什教授的母亲是个非常能干，做事一丝不苟，对儿子和父亲都非常关爱。为照顾丈夫，她将丈夫絮絮叨叨的回信一字不落打印出来。在凯普什小的时候，她曾一丝不苟地教他打字，凯普什甚至说："除了她，从没有谁这么无私、这么耐心教我做过什么。在她之前没有，在她之后也没有。"（17）后来，凯普什的母亲患了重病，癌细胞已经扩散，将不久于人世，凯普什的父亲为了不让妻子难受，而故意没有告诉其实已经知道真相的妻子，而凯普什的母亲还"表现得那么兴高采烈，不过是不想让父亲担心她已经知道真相。他们都在保护对方，不让对方知道这个可怕的事实。"（120）在病重的情况下，凯普什的母亲仍然十分关心凯普什的生活，甚至感慨如果她和丈夫这一次能和儿子多呆一段时间该有多好。小说出现凯普什父子因为凯普什母亲将不久于世而一起潸然泪下的场景，体现了凯普什与自己的父母三人之间浓浓的真情。凯普什教授不但对父母，而且对妻子海伦也充满真情。他与演员海伦婚后生活出现很多问题，海伦曾取走两人共有的所有存款，买了一张单程机票，打算开始全新的生活，但凯普什教授心里仍然放不下她，打算去找回她，并自我解释说，"那是因为爱。"（欲）在母亲病危期间，他还自责为什么没有对海伦给予更多的关心、照顾与宽容。凯普什教授的第二任妻子是克莱尔，克莱尔的父母经常吵架，搞得家庭成员不太开心，这时，"克莱尔和姐姐奥利维亚为了让家里人开心操了不少心，比如互换照片、赠送礼物、庆祝节日、电话问候等。这样看来，好像他们才是成熟老道的父母，而奥运顿夫妇却是不懂事的孩子。"（186）奥利维亚、克莱尔等姐妹非常重视家庭的亲情，并采取实际行动维护这份亲情，体现了她们对"重视亲情"这一理念的认同。

第六章　现代化进程中当代美国犹太文学对美国精神的认同

《凡人》中的许多人物都重视亲情。凡人的父母就是践行亲情、推崇亲情的典型，一例为证。1942年，凡人的母亲带着九岁的凡人坐上公交车去医院给他做疝气手术时，公交车上只有他和母亲，但因为有母亲的陪伴，"暂时忘却了恐惧，有勇气面对手术……在公共汽车上，他觉得自己变小了，需要依偎在妈妈身边。"（13）可见，母爱给了凡人足够的勇气。在手术前一天晚上，父亲宽慰凡人，把手术比作父亲派他坐公共汽车跑腿，或者在店里派他干点杂活，没什么大不了。他父亲还说，明天上午来看他的时候，主刀的史密斯医生会为他办妥一切，并用如下语言鼓励凡人："你能行，儿子。……不管干什么，你从来都不会让我失望。可靠——我两个可靠的孩子！一想到孩子，我激动得连衣服扣子都快绷开了呢。你们干起活来总是像我们从小教导你们的那样一丝不苟，认真、努力。好。我两个儿子真棒。"（18—19）晚上探视时间结束时，母亲在凡人的额头亲吻几下，父母随后走出房间，"泪水顺着那父亲的脸颊流下来。"（18）凡人父母对凡人的疼爱与关切，以及对手术的焦虑与担心油然显现。凡人对父辈也充满感情，在他的父亲葬礼上，当人们往他父亲的棺木上填土时，他的心里非常难受，他感觉他的父亲不仅躺在棺材里，还躺在如此多的泥土的重压下，他仿佛感觉这些泥土"填满他的嘴，蒙蔽他的眼，堵塞他的鼻孔，隔绝他的耳朵。他想叫他们停手，命令他们到此为止——他不想让他们盖住他父亲的脸，阻断他吸收生命力的通道。从我出生起，我就一直看着这张脸——不许掩埋我父亲的脸。"（47）这种令人心碎的场景体现了凡人对父亲那份深情。凡人极其疼爱自己的女儿，体现了父亲对女儿的那份真情。在他手术期间，看到悲伤不已的女儿，"他很想柔声说点什么抚慰她的担心，……有时候，好像除了南希，一切都是错误。所以他担心她，每每经过女装店，他毫无例外总会想到她，然后拐进去看看有什么她可能会喜欢的东西。"（60）女儿南希对父亲也是情真意切。她非常孝顺父辈，每天早晨上班前总会给父亲打一次电话，一次不落。凡人做过不少手术，体内曾一次性植入三根支撑管，后被永久性植入一个心脏除颤器。每次手术，南希都守在父亲的身边。当在病房看到父亲胸口因心脏除颤器而凸起时，她不忍心看而把脸转向一边，与此同时，"泪水不禁流下她的脸庞：她多么希望爸爸还是她在十一二岁时候的那个样子，说话顺溜，动作灵活。"

（59—60）南希在父亲的葬礼上动情地说，希望父亲"能长眠在那些曾经爱他、生他、养他的人旁边。我父亲很爱他的父母，他们应该在一起。我不愿让他孤零零地安葬在别处。"（3）上述描述再次体现了南希对父亲的真挚感情。凡人的哥哥豪伊也具有强烈的亲情意识。在自己的父亲住院与弟弟凡人住院期间，他不停地奔波于不同的医院，尽心照顾父亲与弟弟。他与凡人一起长大，曾耐心教弟弟骑自行车，游泳，带领弟弟参加各类运动，受到弟弟的喜爱甚至是崇拜。在凡人住院期间，他比弟弟的妻子给予凡人的照顾还要多。他不顾弟弟的反对，自己出钱雇了两名私人值班护士，并对弟弟说："只要有我在，就不允许任何人、任何事情干扰你的康复……失去妈妈和爸爸,我只能接受。但我决不接受失去你。"（37）依据小说，当哥哥豪伊从加利福尼亚搭飞机赶来照顾凡人时，凡人感受到了哥哥的亲切、从容、自信。在哥哥的鼓励下，凡人心里默念，哥哥豪伊在这儿，他绝不能死。小说还这样描述道："豪伊弯下腰亲了他的额头，当他一坐在床边的椅子上，握着病人的手，时间就停止了，'现在'消失了，他回到了童年，变回一个小男孩，在跟他邻床而睡的哥哥宽容的保护下不用为什么事情担惊受怕。"（31）可见，哥哥豪伊强烈的亲情意识给凡人带来更多的温馨、鼓励与自信。这也体现了罗斯对"重视亲情"这一理念的大力推崇与强烈认同。小说中的多个人物对亲情的推崇与认同，体现了对容易被淡忘的亲情的日常拯救，正如威廉·芒森所总结的那样："《凡人》的成功在于它让逐渐人们明白，拯救行为最终是可能的。"（Munson，1985：268）

"《我嫁给了共产党人》通过对艾拉·林戈尔德（又名"铁林"）的刻画，揭露了50年代的美国。"（Lyons，2000：106）小说中艾拉·林戈尔德的妻子伊夫·弗雷姆是一个富有亲情的人物，尤其对女儿西尔菲德的感情已到了无以加的程度。依据小说，西尔菲德是伊夫与前夫彭宁顿所生。伊夫后来发现彭宁顿是个同性恋者之后，无法忍受和这样的丈夫继续生活下去，于是在西尔菲德12岁的时候，他们离婚了。女儿西尔菲德从小因父母离异，在性格上发生了扭曲。后来伊夫又结过两次婚，艾拉成为她的第四任丈夫。因为母亲对她的百般依从，西尔菲德渐渐养成了骄纵霸道的性格，对所有人、所有事都无所畏惧，永远随性而行，她常变着法儿地折磨自己的母亲，但伊夫仍无条件，毫无保留地爱着她。

第六章　现代化进程中当代美国犹太文学对美国精神的认同

就在伊夫怀孕之后，伊夫马上告诉艾拉她要堕胎，因为作为一个红遍美国大江南北的好莱坞明星，伊夫没有时间和精力去好好培养一个孩子。艾拉悲痛万分，但出于对妻子深深的爱和理解，他最终还是答应了伊夫。在一个偶然的早晨，他无意间听到了妻子和西尔菲德的对话，才明白原来堕胎的理由是因为伊夫深爱自己的女儿西尔菲德，她的爱已经全部给了西尔菲德而无法再给予腹中的孩子。在伊夫的眼里，西尔菲德就是她的生命，伊夫愿意为女儿做任何事情，哪怕是堕胎。在这一背景下，艾拉仍然在为女儿辩护，说西尔菲德爱她，还给西尔菲德冠以"很美""优秀的音乐家"的称号，艾拉却对伊夫说，他受不了她的女儿，表达对此并不认同的态度。因此，伊夫愤怒地对艾拉吼道："你怎么敢说针对我女儿的话！我要离开这里！不待在这里了！你这是虐待我女儿！我不允许！"（罗斯《我嫁给了共产党人》：222）客观地说，伊夫对女儿的感情是真挚的，但给予感情的方式有些偏颇。罗斯通过此举，意在表明，他既希望美国犹太人重视亲情，但不希望他们像伊夫那样滥用亲情，以防使让亲情变了味。

在罗斯的作品《遗产：一个真实的故事》中，主人公菲利普·罗斯的父亲赫曼·罗斯身患癌症，不久将会离开人世，而菲利普·罗斯自己其实也身患重病，要做一个心脏五重搭桥手术。他在医院做手术和康复的这段时间里，每天装作在康涅狄格的家里给父亲拨打电话，告诉父亲自己在外面工作，甚至挣了不少出场费，以此不让父亲担心。在医院这段时间里，菲利普·罗斯一直心系着父亲。他期望"与餐桌前快喘不过气来、行将就木的父亲互换角色——甚至是代他赴死……我原想等自己完全康复后再告诉父亲我生病的消息——如果可能，甚至可以永远都不让他知道。"（151）后来，罗斯接到《新闻报》以及《邮报》打听有关他住院情况的电话。公关经理提醒罗斯，报纸上可能会刊登关于他住院的消息。此时，罗斯担心脆弱敏感的父亲看到报刊上有关他的消息会非常担心，于是立刻打起十二分精神给远在新泽西的父亲拨打了电话，并告诉父亲，他非常成功地做了冠心动脉搭桥的手术，但没提及五重搭桥手术。赫曼·罗斯暴跳如雷，他告诉罗斯，他们是一家人，一家人之间不应该隐瞒。尽管罗斯直接喊他父亲赫曼以调节气氛，但父亲还是非常严肃地告诉他，"好吧，别再这么做。"（152）在罗斯看来，父亲的话语似乎在告诉儿子"我们还有很长的人生道路要走。"（152）罗斯在医院以及回家疗养的时间里，他每天为父亲祈祷，甚至忍不住想打电话告诉父亲，期望他能一直活下去，如他在文中所说："别死。在我恢复气力以前别死。在我能办事情以前别死。在我自身难保的时候别死。"（153）安德鲁·戈登在谈论罗斯的这部作品时，这样评价道："故事的吸引人之处在于作者不仅在作品中暴露了他们的父亲，还暴露了他们自己。罗斯的挽歌也因它们用近乎冷酷的诚实态度描写犹太父亲和儿子之间的关系而更加感人。"（Gordon，2005：65）大卫·L.弗里曼也给予了该作品高度评价："菲利普·罗斯的《遗产：一个真实的故事》与列夫·托尔斯泰的《伊万·里奇之死》有共鸣之处：疾病和死亡激发了心灵和灵魂的变化。"（Freeman，1991：973）上述评价恰如其分，这则回忆往事的文章既凸显了罗斯对父亲那份沉甸甸的爱，灵魂受到洗礼之后的震撼，也道出了罗斯的父亲对儿子的那份牵挂与关切，父子亲情跃然纸上，传递了他们对"重视亲情"这一理念的强烈认同态度。

《垂死的肉身》中的很多人物都重视亲情，康秀拉对凯普什教授说她非常爱自己的父母。小说中的乔治中风之后，身体的左侧瘫痪了，声带也瘫痪了，只有几天时间可活，这时，每次在乔治睁开眼睛时，他的儿女们就会把他扶起来，给他吮点冰或者啜点水，尽心照顾。"孩子们轮流来照顾他，有时候带着这个或者那个孙辈的孩子。乔治的妻子凯特二十四小时都在那里。他们将乔治扶起来倚靠在枕头上，床支起来一半。他的女儿贝蒂给他喂冰块，她用牙齿咬碎冰块然后将小碎片喂进他的嘴里。"（130—131）小说对亲情非常感人的描述，体现了对"重视亲情"这一理念的赞许。

第八节　认同表征七：
作品体现出对"重视传统道德"这一理念的认同

"重视传统道德"作为美国精神的核心内容之一，一直受到美国人的高度关注，并被美国人视作美国主流价值观之一，这一理念影响着包括犹太人在内的全体美国人。托马斯·J.乔尔达什认为道德的形式与内容体现在以下几点："（1）最少数量的，被禁止的负面道德；（2）最少数量正面的道德如正直、

第六章　现代化进程中当代美国犹太文学对美国精神的认同

正义的原则，以及义务；（3）正面的道德如体面、规范行为应具有的标准、相互关系、和睦、信任、合作，以及友谊；（4）关于美德与卓越的建设性理念。"（Csordas，2013：539）纵观美国犹太文学，不难发现，作品中的犹太主人公所作所为或者作品的主线的确体现出对道德的形式与内容的关切，体现出他们对"重视传统道德"这一理念的认同。

在辛格的短篇小说集《傻瓜城的故事》里的短篇小说《阿懑做买卖》中，海乌姆的执事阿懑决定用妻子的嫁妆费去做买卖，因为听说卢布林的山羊价格比较便宜，便决定去那里购买山羊。他买了一头产奶的母山羊，以便用羊奶做干酪卖。当阿懑用绳子拴住山羊的脖子牵着它回海乌姆的时候，他经过一家酒馆吃点东西，借着酒劲他跟老板炫耀自己的山羊。酒馆的老板正好是个地道的骗子，用自己的一头又老又瞎的公山羊换了阿懑的母山羊。阿懑回到傻瓜城被人们嘲笑时，起先还激烈地争辩，可看到自己买回来的老公山羊时，气得用自己的拳头打自己的脑袋。"他断定是那卖山羊的骗了他，虽然他想不出那人什么时候下手做这件事。"（辛格，2008：21）非常生气、一夜未睡的阿懑第二天又去卢布林，要找那卖山羊的人出气，并打算报警。饭店老板在阿懑发牢骚之际用母山羊替换了那头老公山羊，然后乘阿懑快要牵羊回家之际，又把那头母山羊换了回来。阿懑再次被骗。后来，阿懑又到伦贝格去做买卖，想换一个地方碰碰运气，结果被别人哄骗买了一个据说可以灭火的喇叭，但他岳父家发生火灾后，这个喇叭根本不具备灭火功能。关于阿懑反复被骗这些描述，同样涉及传统道德问题，辛格在描写阿懑被骗时，心情是沉重的，字里行间充满对阿懑的同情，对那些骗子的憎恨。尽管小说的背景不是美国，但对包括美国犹太人在内的全体美国人同样具有启示，体现出辛格对传统道德的维护与重视。

辛格在接受D. B. 阿克瑟洛德，S. 巴肯和J·G. 汉德的共同采辛格时说道："事实告诉我们，真正的文化与伦理道德是紧密联系在一起的。一种文化若是失去了伦理道德，就算不上是一种真正的文化，只能是一种野蛮文化。"（阿克瑟洛德，巴肯，汉德，1989：148）这体现了辛格对"重视传统道德"这一理念的认同态度。

在《魔桶：马拉默德短篇小说集》中的短篇小说《银冠》里，教师阿尔伯特的父亲甘斯生病了，乔纳斯·利夫斯齐兹拉比告诉阿尔伯特需要制作一个银冠，这样他父亲的病就能痊愈，而且拉比告诉他银冠的大小还决定治疗的效果。在是否制作银冠救助父亲，还是要不要耗费986美元制作一顶不知是否有用的银冠这样的道德拷问下，阿尔伯特起初觉得根本不该做什么银冠，但"经过一夜的思想斗争之后，阿尔伯特的情绪又来了一个一百八十度大转弯。……做完之后再看结果，管他是雨雪阴晴呢。我想也不一定有多大效果，但不管怎么样，我的良心上是过得去的。"（381）可见，经过反复犹豫之后，阿尔伯特还是决定耗费一笔不菲的资金制作银冠，尽到儿子该尽的义务，体现了他对传统道德的维护。在小说结尾处，他发现自己上当受骗，决定向利夫斯齐兹拉比要个说法，讨回资金。但就在这时，他了解到拉比家极其困难、落魄的实际情况，并在拉比恳求他放过自己的情况下，他再一次做出了一次道德选择，原谅了拉比并放弃追讨资金。小说对传统道德的维护体现了对"重视传统道德"这一理念的认同。

"《杜宾的生活》有时候听上去像是较为隐晦的色情文学，但就小说本身来说这未必是一件坏事。"（Rosenberg，1979：395）的确，小说对情色的描写（着墨不多）很多时候体现主人公对传统道德的思考。一例为证：杜宾家的清洁工芬妮曾在杜宾的书房里脱光所有的衣服来勾引杜宾，并告诉杜宾，他的妻子还要过一个小时才能回来。见杜宾无动于衷，她还斥责杜宾，说他以前常对她说的抓住时机、享受生活都是骗人的鬼话。但杜宾对她说，"不管你想给我什么，"杜宾说，"我都不能接受。我很遗憾！"（45）愤怒的芬妮赶紧穿上衣服离开，杜宾则又开始写作。尽管说后面芬妮还是成了杜宾的情人，但杜宾能短暂拒绝诱惑这一描述，体现了传统道德曾短暂战胜他的情欲，表明他对"重视传统道德"这一理念的认同。

《新生活》是马拉默德重要的作品。小说中的犹太主人公西摩·莱文一度嗜酒成性，为摆脱痛苦的过去，他从美国东部前往西部小镇卡斯卡迪亚学院任教，教学生写作，试图追求全新的生活。莱文开放的个性与学院同事因循守旧的个性之间的冲突给他在生活及工作中带来一系列麻烦与矛盾。在感情方面，他也陷入困境。他试图与酒店女招待约会但却被指责缺乏男子汉气概。为排除寂寞，满足欲望，他企图与办公室工作人员艾维斯发生关系，也未能成功。后来，他没能

第六章　现代化进程中当代美国犹太文学对美国精神的认同

抵抗住性感年轻的学生纳达丽（要求莱文提高她的期末分数）的诱惑而发生一夜情，但觉得自己滥用了教师的权利而产生了负罪感。在一个非常偶然的场合，莱文与他顶头上司的妻子鲍琳·吉勒相遇，双方情不自禁地陷入热恋之中。与鲍琳在一起给莱文真正带来了温暖、爱情与宽慰，找到了摆脱交际困惑的办法。与此同时，此时的莱文一方面觉得有愧于学生纳达丽，同时与觉得对不起自己的顶头上司。仔细分析后，莱文认为自己与鲍琳不会走向婚姻的殿堂，他开始痛苦地拒绝她，但鲍琳无法放弃对他的爱。后来，他与鲍琳的恋情还是被人揭穿，此时的他在道德的驱使下，鼓起了勇气，辞去了大学教职，带着怀孕的鲍琳以及她收养的孩子离开了小镇，再次去追求新的生活。莱文对爱与道德的理解是渐进式的，之前尽管他深爱鲍琳，但不敢过度投入情感，而是不断压抑情感，以防带来太大的伤害。后来，他意识到，他之所以痛苦，是因为他"没有做出奉献。未能给予他人以爱。"（Bernard，2004：215）他后来懂得，道德是"以保障人权的方式赋予其他生命体以价值。"（Bernard，2004：258）"《新生活》中的一个永恒的主题是一种新的生活，主要指的是莱文重新塑造自我，而且在小说快要收尾处，无论从字面上和象征意义上来看，莱文都在创造新的生活。"（Zucker，2008：41）从小说的情节与结尾来看的确如此，莱文一直在试图过上一种新的生活，并且一直在塑造自己。弗雷德里克·F. 基利在分析小说后这样评价道："伯纳德·马拉默德发现一些大学教授往往遵循令人沮丧的双重标准。尽管小说中的英雄——莱文并非毫无罪孽，但至少他敢于面对自身的缺点。其他人则是将鸡毛蒜皮的小事合理化，指责财政收支状况、行政人员和公众。"（Kiley，1962：381）的确，莱文存在缺点与问题，但他没有遵循两套道德标准，而是敢于直面传统道德，并在小说结尾处担负起了道德的重任，这再次体现了莱文对传统道德的坚守与推崇。

在《店员》中，因为弗兰克在店里越干越好，莫里斯的妻子艾达在小店收入不高的情况下还是决定给他提高工资。弗兰克曾经抢劫过莫里斯的小店，因此，涨工资一事让他经受传统道德的拷问。有一天晚上，他为自己所做的错事而难受至极，并发誓一定改邪归正。他甚至想如果当时抢劫莫里斯小店时他扔掉抢劫用的枪，至少会减少道德拷问带给他的压力。弗兰克逐渐爱上海伦，与海伦亲近时，他甚至打算承认他就是抢劫他的两个罪犯之一，并喃喃自语道："总有一天，他将满面羞愧，含垢忍辱……承认，是他害了他，背叛了他。……是一种迫切的需要，想把发生的一切全部摆脱掉——因为所发生的这一切全错了，他想将他的心灵洗涤干净，以得到一点平静和安宁。"（94）可见，弗兰克的不断忏悔，以及他决定要改变以往的生活方式的举措，表明他的传统道德意识在逐渐增强。小说表明，弗兰克为了生计，曾从小店偷窃了140多元钱，后来，在传统道德的感召下，他开始后悔自己之前令人不齿的行为，决定一点一点把偷窃的钱还上，他的传统道德意识再次增强。在小说结尾处，他的传统道德意识得到极大的增强，决心承担莫里斯曾承担的重任，努力经营莫里斯留下的小店。埃米尔·布特鲁指出："如果人们旨在追求更为高贵、更加永久、更弥足珍贵的人性，那么，道德就要求人们像统一体内的成员那样团结、行动。"（Boutroux，1921：171）小说中的莫里斯一家（含皈依犹太教的弗兰克）为了追求高尚的道德，能够保持团结，并采取相应的行动，这些描述，体现了他们对传统道德的呼唤。

"贝娄是一个道德家，他认为所有的作家都应该如此。他关注人类的生存状况，对现代人持有积极肯定的态度。"（赵霞，2016：前言5）事实的确如此，贝娄的多部小说都体现对"重视传统道德"这一理念的认同。

《赫索格》中的赫索格在目睹周围的人与事之后，感觉传统道德面临危机，因此他在火车上写信给自己中学时曾住同一寝室的朋友夏皮罗时，对这一现象进行评论："是不是所有的传统都已经走到穷途末路？……这是不是毁灭前的最大危机？道德沦亡，良心堕落，对自由、法律、公德心等等的尊重，都已沦为懦怯、颓废、流血——这种肮脏的时刻难道已经来临了么？"（105—106）上述感慨可以看出赫索格对传统道德日渐式微的担忧。尽管前文已经论述，赫索格其实是非常重视家庭亲情的，但他仍然觉得自己做的不够，当他躺在十七街上一套租来的公寓房间的沙发上时，还对自我进行道德拷问。他把自己视作一个坏丈夫，没有能够善待第一任妻子戴西。他认为尽管对儿女不乏慈爱，但自责自己不是个好父亲，认为自己作为父亲做得还远远不够。他还认为自己对兄弟姐妹的关爱远远不够，对朋友表现得有些自高自大，对父母未能做到感恩戴德。赫索格的第二任妻子马德琳坚持认为，赫索格必须先与第一任妻子戴西离婚，然后自己才能和赫索格结婚，她在小说中这样对赫索格说："也许我对旧规矩变得有些入迷了。可是我主意已定，非这样不可。我一定要在教堂里结婚，要不就拉倒。我们的孩子要受洗。"（157）马德琳提出的坚持用传统方式在教堂结婚，孩子要受洗，赫索格先离婚再结婚等要求表明她也非常重视传统道德。

在《赛姆勒先生的行星》中，格鲁纳大夫的儿子华莱斯严重缺乏传统道德，他与赛姆勒先生聊天谈起自己的父亲时，把他比喻为食槽里的一条狗，赛姆勒先生对此非常气愤，质问他这是否是一个恰当的比喻。体现出赛姆勒先生对传统道德的重视。赛姆勒先生的学生弗菲尔是一个忙于诱奸妇女，尤其是那些年轻有为的有夫之妇，但"也挤出时间为残废儿童奔波。他给他们搞到了免费的玩具和曲棍球明星的签名照片。他挤出时间去医院看望他们。他'挤出时间'。在赛姆勒看来，这是一个具有非常重要意义的美国事实。"（42）也就是说，整天周旋于有夫之妇的弗菲尔虽然几乎全部抛弃了传统道德，但他心系残废儿并且为他们做了许多善事，又体现出他身上某些传统道德的因子。这些描述都体现出犹太主人公对传统道德的高度重视。

在《更多的人死于心碎》中，肯尼思与马蒂尔德谈论本诺向维利泽索要被骗资金一事。肯尼思认为这涉及传统道德问题，在肯尼思看来，维利泽骗取别人财富表明他对他人缺乏关爱，映射了他对传统道德的漠视，这一漠视带来了严重的后果。肯尼思接着评论道："每一个人都是生命能力的中心，都具有无限完美的可能性，因此都有能力取得绝对的重要性和价值，人必须高度重视自己。但是如果不让别人取得这种重要性也是不公平的，邪恶的。"（281—282）也就是说，肯尼思认为每一个个体带代表着一个中心，具有鲜活的生命，都可能走向完美，因此每一个个体的重要性与价值必须得到维护，否则会带来不公与恶劣，造成传统道德的丧失。肯尼思所言，体现了他对传统道德的维护与重视。在《受害者》中，贝娄也通过利文撒尔对待阿尔比的方式，表明了他"爱邻如己的伦理道德取向。"（刘兮颖，2011：70）上述论述表明，贝娄一贯重视传统道德。

传统道德问题同样是罗斯的小说《凡人》重点关注的问题之一。托马斯·F.范·拉恩曾这样评价这部作品："《凡人》比其他道德剧更为成功之处在于在剧作家的艺术把控力，在于剧作家拥有在非常简单的素材中实现复杂性描写的能力。该戏剧的风格正是那种艺术性的体现。"（Laan，1963：474）诚如拉恩所言，这部情节简单的小说对传统道德的刻画可谓入木三分，体现出作家极高的艺术把控力。在《凡人》中，主人公去世后，他的两个儿子隆尼、兰迪在父亲的葬礼上，毫无悲伤可言。弟弟隆尼走到父亲墓前抓起土块，准备向棺木上扔去时，整个身体开始摇晃，因为他对父亲的"敌对感使他难以释怀"（10），导致情绪无法控制。性格更为果断，对父亲的积怨也更深的哥哥兰迪立刻从弟弟的手里抓过土块，"代表他们俩，扔到棺材上。发了言，他就完事了。'安息吧，爸爸。'兰迪简短的发言声音中竟丝毫没有亲切、悲痛、挚爱、失落的意味。"（11）克里斯蒂娜·霍夫·萨默斯指出："父母与孩子之间的道德理想应以'爱与相互尊重'为特征。"（Sommers，1986：448）凡人疼爱、尊重这两个孩子，但却换来了两个孩子的不敬。隆尼、兰迪两位兄弟的行为，表明他们几乎完全丧失传统道德。这一令人心痛的场面体现了作者对传统道德的呼唤与高度重视。

罗斯在接受乔伊斯·卡罗尔·欧茨的采访时，曾被问及他作品中的文字游戏与"高度的'道德意识'（欧茨，2013：172），罗斯这样回答道："彻底的游戏状态和致命的严肃关怀是我最亲密的朋友。每天黄昏的时候，它们都陪伴我在乡村小路上漫步。"（欧茨，2013：172）可见，罗斯不光对文字游戏感兴趣，而且对道德非常关注。在接受丹尼尔·桑德斯托姆（《瑞典日报》的文化编辑）采访时，罗斯还谈到作家的创作思想问题，他说："作家的思想在于他总是选择去揭示现实的某一方面……小说的思想体现在小说的道德关注上。"（桑德斯托姆，2017：279）这再次说明罗斯对传统道德的关切。

第七章
现代化进程中当代美国犹太文学对美国公民身份的认同

第一节 美国犹太人对美国公民身份认知改变的原因

齐格蒙特·鲍曼认为:"'拥有一种身份'似乎是人类最普遍的需要之一。"(鲍曼,2009:39)"无论何时人们不能确定其归属就想到身份。"(霍尔,2010:23)可见,"身份认同是人的一种基本需要,人们借此获得情感的归属和确定感。这可看作从终极的意义上认识认同的作用。而在现实的意义上,认同也可能是出于能力和价值的实现或其他功利性目的。"(樊义红,2016:15)据此,身份及其认同问题在人类发展中具有重要意义。

美国犹太人的身份问题较为特殊,因为从历史来看,犹太文化与基督教文化既拥有同源纽带关系,犹太人和美国主流社会之间又存在文化隔阂。这种文化隔阂既让美国犹太人对身份问题感到困惑,又让自己难以在美国主流社会中获得较高地位。正如江宁康所指出的那样:"美国由于在政治上和建国历史上都带有强烈的盎格鲁——新教文化传统,因此,犹太人在经济方面的优势并不能保证他们在上层社会政治决策中占有持久的主导地位,也不能保证他们能和谐地融入其他群体,所以他们的民族身份意识与历史经验教训常常产生复杂的集体记忆。"(江宁康,2008:253—254)这就需要犹太人重新审视身份问题。现实情况是,"犹太人的族群意识和他们在美定居以后产生的美国意识使他们必须修正自己的身份意识以适应美国的现实社会,而不能始终处于'晃来晃去'的境遇。"(江宁康,2008:254)江宁康教授所言'晃来晃去'的境遇,道出了美国犹太人在身份方面的某种缺失。周宪教授指出,"一般来说,认同欲望的产生总是与某种缺失或丧失感相联系的。"(周宪,2008:12)就美国犹太人而言,其身份方面的某种缺失需要某种认同来弥补,这种认同正是对美国公民身份的认同。

公民身份是学界关注的热点之一。罗杰·M.史密斯(Roger. M. Smith)认为

"公民身份是一种核心认同，是在公民内心中发展出一种归属于一个民族和一个国家共同体的感受，而且意识到并往往也能适应其文化特有的规范与价值。"①（郭台辉，2013：19—20）罗杰斯·布鲁贝克认为，"公民身份是社会闭合的强有力工具，它在'现代民族国家与国家体系'的行政结构、政治结构当中处于核心位置。"（Brubaker, 1998：23）罗那·瑞纳将公民身份界定为"'把公民整体聚集至一个一致而稳定的政治共同体，并保持其连续的忠诚'之后所带来的结果。"（Reiner, 1995：1）郭台辉梳理了学界对公民身份的内涵界定，认为"可以把公民身份认同界定为个体或群体成员对所在特定共同体中是否安全、归属、团结、包容或排斥的主观感受，是个体对于所在政治共同体的中心／边缘地位的主观认知，是在政治共同体中是否具有正式成员地位和尊严的表现。"（郭台辉，2013：14）

从上述学界关于公民身份的研究可以大体得出如下推论：美国公民身份认同在美国国家体系中居于核心地位，它是包括美国犹太人在内的全体美国人归属于美利坚民族、对美利坚民族持续忠诚之后的整体感受，这种感受，让他们在整个国家的政治共同体中拥有了安全、归属、团结、包容以及尊严感。

对美国犹太人来说，他们之所以对美国公民身份的认知发生改变，首要原因在于他们意识到美国公民身份能给美国犹太人带来实实在在的利益。美国犹太人明白，"得到美国政府的批准"（Malcolm, 1921：77），或者"在美国出生的每个人（包括犹太人——作者注），不管其肤色或信仰，依据美国法律取得国籍后，都被赋予所有珍贵的公民权。"（Ennis, 1943：5）"这既是公法的基本原则，也得到宪法本身的确认。"（McGovney, 1911：241）同时，依据《美利坚合众国宪法》第四条第二款，"每州公民（包括犹太人——作者注）应享受（其他）各州公民所有之一切特权及豁免权。"（康马杰，1979：35）可见，对美国犹太人来说，认同美国公民身份并把它作为建构美国民族认同的核心内容之一，可让犹太人获得受《美利坚联邦宪法》和各州宪法保护的各种权利，这对美国犹太人的长远发展至关重要，这种重要性促使美国犹太人改变对美国公民身

---

① 此引文为郭台辉翻译整理后的文字，原文参见 Smith, Roger M. "Citizenship and the Politics of People—Building" [J]. *Citizenship Studies*, 1 (2001): 73—96.

第七章 现代化进程中当代美国犹太文学对美国公民身份的认同

份的既有认知,即认为美国公民身份对美国犹太人来说可有可无或遥不可及;认为美国公民身份让美国犹太人感到反感或厌恶;认为美国犹太人应本能地排斥或拒绝美国公民身份等。

其次,随着美国现代化进程的不断推进与深入,新形势下的美国犹太人更需界定或确定身份。斯图尔特·霍尔认为,"若要确定身份,首先需要把它视作一群人基于共有的历史经验以及文化代码而产生的连续且稳定的意义框架;其次要在承认群体的共性这一基础上,重视其文化发展中出现的历史差异,将民族文化身份视为历史演进过程中不断改变的意义建构。"(Hall, 1989: 66)也就是说,美国犹太人对身份的认识应该是与时俱进的、动态的,他们应该认识到"身份不再是某种先于个人的社会给定,或者一劳永逸的建构,而是多,是流动,是变化,是永无终点的一个生成过程。"(周敏,2010:前言III)如果犹太人不能从动态视角看待身份构建问题,始终把自己归为犹太群体而不是把自己置于整个美利坚民族群体之中的话,那么他们对身份的界定或确定仍局限在之前的认知框架内,这会阻止他们对身份问题的深度理解,也让他们无法懂得美国公民身份对美国犹太人的重要性,无法理解做一名犹太人与认同美国公民身份之间的内在逻辑关系。在美国公民身份这个问题上,美国犹太人如果视野不够开阔的话,必然给他们造成非常不利的影响,使他们无法跟上美国现代化进程的发展,这种情形也需要美国犹太人改变对美国公民身份的原有认知。

再次,在与主流社会的交流与沟通中,美国犹太人意识到,如果他们仍一味地秉持犹太身份而不向美国公民身份逐渐靠近,进而认同的话,那么以盎格鲁—撒克逊裔为代表的美国主流社会在相当程度上不会认可,也无法接受,甚至会歧视美国犹太人的生活方式、行为举止,以及与主流社会公民属性差异过大的犹太属性,如果这样的情况继续下去,则会对犹太民族造成巨大的伤害。这种态势同样需要美国犹太人及时做出调整,跟上时代发展节奏,跳出囿于自身身份认同的既有框架,革新对美国公民身份的原有认知,克服原先对是否接受美国公民身份犹豫不决的心理,着眼于如何打造认同美国公民身份的全新框架。

此外,美国犹太人发现,美国政府实则希望更多的族裔群体认同美国公民身份,"从建国之初,美国政府就鼓励通过加入美国籍获得公民身份。"

（Ennis，1943：6）美国前总统托马斯·伍德罗·威尔逊[①]也大力欢迎少数民族获得美国公民身份，并肯定了获得美国公民身份的新公民对美国的重要意义[②]，诚如1916年他在费城对一批刚获得美国公民身份的人所说："美国是世界上唯一一个经历不间断的、反复'重生'的国家……这个国家不停地从新的公民中汲取力量，……一代一代重复这一过程。"（Ennis，1943：6—7）因此，在这一背景下，美国犹太人对美国公民身份的认同体现了他们积极响应美国政府号召的姿态。

值得注意的是，进入20世纪中期之后，美国犹太人与美国主流社会的接触与交流日渐增多，对盎格鲁—撒克逊裔美国人有了深度认识，加上美国犹太人自身发展的需要，美国犹太人逐渐对美国公民身份持认同态度。

现代化进程中当代美国犹太文学对美国公民身份的认同表征

在美国犹太人对美国公民身份认知不断改变的形势下，美国犹太作家顺势而为，能够以动态的、积极的、与时俱进的眼光看待这一形势，美国公民身份，把它视作历史进程中不断变化的意义建构，并通过美国犹太文学作品传递了以主人公为代表的美国犹太人对美国公民身份的认同信息。

第二节 认同表征一：
犹太主人公直接传递对美国公民身份的认同信息

对美国犹太人来说，成为美国公民，意味着他们可以享受"美国每个州的公民都有权享受所有的特权"（McGovney，1911：243），这也成为美国犹太人渴望获得美国公民身份的一个重要原因。美国犹太作家敏锐地捕捉到这一信息，于是通过自己的作品，刻画了犹太主人公对美国公民身份的认同方式。犹太主人公通过直接的方式体现他们对美国公民身份的认同态度，这是美国犹太文学作品

[①] 托马斯·伍德罗·威尔逊（Thomas Woodrow Wilson，1856-1924）是美国第28任总统。
[②] 事实上，包括美国犹太人在内来自世界各地的少数民族的确因获得美国公民身份而得到相应的权利与特权，但也需要注意到，"作为对美国给予其公民权的回报，来自世界各地的移民并非两手空空而来，而是带来了丰厚的遗产，并成为国力的一部分。"（Ennis，1943：6）

第七章　现代化进程中当代美国犹太文学对美国公民身份的认同

的一大特色。

玛丽·安婷在其自传体小说《应许之地》中这样写道："我是华盛顿的同胞，我们都是美国公民。"（224）玛丽·安婷把美国当做"应许之地"，非常自豪地把自己视作美国公民，直接表达了她对"美国公民身份"的认同。

贝娄的小说《奥吉·马奇历险记》中的犹太人奥吉·马奇毫不掩饰他对美国公民身份的渴望与认同，在小说的一开头，他就宣布了自己的美国公民身份："我是个美国人，出生在芝加哥——就是那座灰暗的城市芝加哥。"（1）在文中，他像其他美国人一样为美国梦而不断奋斗，有着与美国公民非常相似的品质：追求自由精神，重视博爱精神，推崇民主与平等理念，保持开放自信，拥有冒险意识等。

《赫索格》中的犹太人赫索格梳洗打扮完毕去见情人雷蒙娜时，曾感到不愉快，因为"她竟然认为他不像一个美国人。这可叫人太伤心了！那他是什么人呢？在军队里，伙伴们也把他看成是个外国人。"（212）可见，无论是在情人眼里，还是在他服役期间，他都希望被别人视作美国人而不是外国人，所以当他被认为仍然是外国人时，他显得非常伤心与失望，这直接体现了像赫索格这样的美国犹太人对美国公民身份的强烈渴望与认同。赫索格离开纽约来到芝加哥看望自己的女儿琼妮时，曾来到已经去世的父亲的故居，看许多照片，其中"有一张是老赫索格的，那是最后一次改变身份时拍的——一个美国公民——文雅英俊，脸刮得干干净净，丝毫没有以前那种桀骜不驯、轻举妄动的模样。"（317）赫索格的父亲同样渴望拥有美国公民身份，甚至在拍照时，也没有按照犹太人而是按照美国公民的习俗装扮自己，甚至表情也是美国式的，体现了老赫索格对美国公民身份的认同态度。

《堂表亲戚们》是贝娄短篇小说集《口没遮拦的人》中的一则短篇小说，小说中的犹太人梅迪·埃克斯丁曾是自由撰稿人和广告商，"梅迪有一个奇特爱好，即做他那个时代的美国人……总之，他是个可敬慕的人，就如一件艺术作品，从形式上以及整体风格上看都是一个完全的美国人。"（298）可见，梅迪为了成为美国公民，在行为方式上完全向美国公民看齐。梅迪还向艾扎说明，他和艾扎"这些长大于美国街头的犹太人根本不是外国人，我们给美国生活注入了那么多热情、朝气和爱，以至于我们就是美国生活本身。"（302—303）这再次说明，像梅迪、艾扎这样在美国成长起来的犹太人，已经觉得自己与美国人毫无差异。这些细节的交代，都体现了以梅迪、艾扎等为代表的美国犹太人对美国公民身份的认同态度。

在短篇小说《银碟》中，犹太主人公伍迪的父亲莫里斯乘坐电车去拜访斯科格隆太太的途中对伍迪说，尽管他对女儿们无法成为真正的美国人既感到惋惜又无可奈何，但他"希望我能跟他一样，成为一个美国人。"（226）这传递了像莫里斯那样的老一代美国犹太人期望下一代犹太人获得美国公民身份的信息，也体现了老一代美国犹太人对美国公民身份的认同态度。在短篇小说《口没遮拦的人》中，叙述者犹太人肖穆特博士曾参观哥哥菲利普的庄园，期间他与菲利普谈话之后，认为哥哥为妻子特蕾西这名美国白人心理医生所着迷，为她身上的美国公民属性所折服，这体现出菲利普对美国公民身份的强烈认同态度。这种强烈的认同态度也是菲利普期望向美国公民身份不断靠近的自我意识不断增强的结果，难怪李·莱蒙说："随着角色的自我意识增加，《口没遮拦的人》也越来越精彩。"（Lemon，1984：110）小说越来越精彩显然与主人公菲利普越来越认同美国公民身份密不可分。

贝娄的短篇小说集《莫斯比的回忆》中的"《寻找格林先生》是贝娄最具代表性的短篇小说，在贝娄作品中占据重要位置。"（汪汉利，2016：72）小说中专门从事福利支票发放的乔治·格里布，在芝加哥贫民窟里无法找到他的支票发送对象——一个叫图利弗·格林的黑人。他坚持寻找，最后终于找到一名女性，替格林先生收下支票。在发送支票的过程中，乔治在芝加哥贫民区一个主要服务黑人的救济站里，发现一名少数民族妇女斯泰卡在大声骂着黑人，同时她还这样夸赞自己说："我父亲母亲坐统舱来的，我生在我们自己的房子里，在休伦湖边的罗贝。我可不是肮脏的移民。我是美国公民。我的丈夫是在法国中了毒气的退伍军人。"（239）可见，斯泰卡强调自己是美国公民，丈夫也是美国军人，斯泰卡所言道出了包括犹太民族在内的美国少数民族对美国公民身份的渴望与认同态度。

贝娄的小说《更多的人死于心碎》中犹太主人公植物学家本诺之所以选择玛

第七章　现代化进程中当代美国犹太文学对美国公民身份的认同

蒂尔德作为结婚对象，很大程度上是因为借助玛蒂尔德的父亲乔·拉雅蒙这名美国白人显赫的家族背景，他可以获得美国公民的那种自豪感，受人尊敬并融入美国主流社会的感觉，如小说中所评论的那样："他（本诺——作者注）很高兴有这些新的亲戚（拉雅蒙家族的亲戚——作者注），他以他们为荣。这些有趣的、地位很高的人非常重视他，欢迎他进入他们的圈子，邀请他加入他们引人入胜的生活。"（127）这直接体现了本诺对美国公民身份的认同。

马文·J.拉胡德指出："虽然可以一口气读完《贝拉罗莎暗道》，但它的角色和主题却会一直萦绕在读者的脑海中。"（LaHood，1990：463）的确，小说中有众多特点鲜明的角色，如比利·罗斯、方斯坦夫妇等，其主题也呈现多样性，对美国公民身份的认同显然是其中的一个。依据小说，来到美国之后的美国犹太人方斯坦夫妇，虽然没有成为像比利·罗斯那样的美国犹太大亨级人物，但从物质层面来看已经跻身上层社会，他们不断勤奋工作的目的之一也是希望得到主流社会的认可，因此，与比利·罗斯相比，方斯坦夫妇是以直接的方式体现她们对美国公民身份的认同。方斯坦夫妇的儿子吉尔伯特的同学也渴望拥有美国公民身份，"他惟一想要的活法是过一个美国人的生活。"（256）这也体现了以吉尔伯特的同学为代表的下一代美国犹太人对美国公民身份的渴求之情与认同态度。

《洪堡的礼物》中的老一代作家洪堡与新一代作家西铁林都是美国犹太人，都曾跻身上流社会，并在那儿找到做一名成功的美国公民的感觉，当年未成名的西铁林专门赶赴纽约聆听已进入上流社会的洪堡高谈阔论，既说明当时的西铁林对一名真正的美国公民身份的渴望，又说明当时的洪堡对自己身上体现出的美国公民身份价值的那份自豪与骄傲。在《院长的十二月》里，科尔德参加完岳母瓦勒丽娅的葬礼之后，和比契研究小组的成员夫拉达讨论比契时，曾抨击了法国人、德国人，还重点攻击了苏联人，认为他们归属虚无主义类型。最后，他赞扬了美国公民的素养，认为美国公民比欧洲公民素养高，因为他们更有理性、勇气、耐心，能保持冷静，这不但体现出科尔德秉持的美国优越主义，而且表明他对美国公民身份的认同态度。小说中的夫拉达加入美国籍不过五六年，但她非常羡慕科尔德这样的美国人，在她眼里，"他（科尔德——作者注）是一个真正的美国人。她有时把话题引向诸如废奴制、南北战争、摩门教一类的问题。不久以前在芝加哥，女人们曾让他在整个宴会及其后谈论水牛猎手、边疆战士、单刃猎刀、印第安战争，一直谈到很晚。"（303）可见，夫拉达眼中的这名美国人知识非常渊博，其不凡的谈吐让大量的女性为之折服。尽管说科尔德不是犹太人，但从小说行文来看，在贝娄心中，他就是美国犹太人需要学习的美国公民中的佼佼者，表明了贝娄本人对美国公民身份的认同态度。

《雨王汉德森》中的汉德森在等待牙医替他诊治之际，一边思量着孩子们、他的过去、他和第二任妻子莉莉的前途，以及他刚和大儿子爱德华之间的一场纠纷，此时他突然想到美国公民极高的能力与素养，不禁感慨道："伟大的事业是由美国人干的。不过不像我和他（大儿子爱德华——作者注）这样的人干的。这种大事是由建造大水坝的斯洛克姆那样的人干的。"（139）在汉德森看来，像他和大儿子这样生活在美国的人与真正有能力的美国人（像斯洛克姆那样）还有着较大差距，这也道出了很大程度上应该是犹太人的汉德森对美国公民身份的渴望与认同。

罗斯的小说《我嫁给了共产党员》借助已经退休的故事叙述者内森·祖克曼，和他高中时的教师莫里重逢之后六个晚上的交谈与回忆，共同回顾了叙述者年轻时的偶像，即莫里的弟弟，美国犹太主人公艾拉·林戈尔德传奇但又具有悲剧色彩的一生。艾拉出生于一个贫困的犹太家庭。喜欢施暴的父亲以及社区中仗势欺人的意大利人，让莫里与艾拉明白唯有奋斗才有出路。莫里后来成为教师，而艾拉则做过矿工、服务员等多项工作。后来他参加了二战，并通过劳工运动领袖约翰尼·奥戴的引介，成为一名共产党员。40年代，他成为知名演员，并迎娶了电影明星伊夫·弗雷姆。但在50年代，他被政府列入政治"黑名单"。与此同时，当伊夫得知他与其他女人有染时，不但终止了这段婚姻，而且借用她写的《我嫁给了共产党人》这份回忆录，污蔑前夫为苏联间谍。艾拉及其家族受到整肃，走投无路的艾拉回到曾工作过的矿场，悲惨地走完余生。恰如索林·拉杜—库库所评价的那样："《我嫁给了共产党人》不仅是关于冷战的作品，还是一部关于'自私'获得合法性的小说。"（Radu—Cucu，2008：184）小说中艾拉的行为举止的确体现了她的自私及其合法化过程，并且给他人造成了极大的伤害。小说的写作重心尽管落在艾拉及伊夫身上，但内森·祖克曼也是需要高度

第七章　现代化进程中当代美国犹太文学对美国公民身份的认同

关注的人物。

小说的叙述者内森·祖克曼是一名犹太人，却极力摆脱自己身上的民族特性，如他在小说中所言："我并不愿有犹太民族的特性。我甚至都不怎么清楚它是什么。也不太想明白。我想有的是国民的特性。对于生在美国的我的父母来说，对于我来说，没有比这更自然更合适的了。"（35）可见，内森希望自己更多体现美国公民的特性，而不是犹太人的特性，这对他的父母以及他本人来说都是再合适不过的事情。这些都直接体现了犹太主人公内森对美国公民身份的认同态度。小说中的伊夫其实也是一名犹太人，但她却隐瞒自己的犹太身份，而且每当莫里在公开场合谈论到犹太二字时，她都示意他终止谈论。某次当她看到某女性抱着婴儿时，她甚至告诉莫里那个孩子长得非常丑陋，因为她一眼就能看出它是犹太人的孩子。也正因为此，她完全把自己视作一名美国公民，其言谈举止无不体现了她对美国公民身份的认同姿态。

在罗斯的小说《垂死的肉身》中，凯普什教授在与大学生肯尼迪谈话时，曾说："我们这样的国家，其主要文献都是关于人的解放的，旨在保证个人自由。"（91）他还和肯尼迪一起重温了声称赋予所有美国人以公民权的《美利坚合众国宪法》等法律文献，这直接体现了凯普什教授对美国公民身份的认同态度。小说中古巴女孩康秀拉曾向凯普什教授坦陈，"我想成为一个美国人。"（170）康秀拉所言与凯普什教授的期望其实不谋而合，都直接表达了他们对美国公民身份的渴望。

在罗斯的短篇小说《狂热的艾利》中，纽约伍登屯社区一所犹太学校里的学生穿着以及行为方式已经与美国人的穿着及行为方式高度相似。由于担心新来的学生的穿着以及行为方式会引起非犹太人的反感，让当地犹太人与主流社会的和睦关系毁于一旦，于是，当地犹太人委托艾利·派克律师来负责处理此事。也就是说，当地犹太人希望这所学校新来的犹太学生能摒弃那些传统习俗，减弱犹太属性，避免出现与20世纪的美国社会格格不入的现象。在此背景下，犹太主人公艾利·派克律师为伍登屯犹太社区制定了管理条例，其中两条核心条例的内容是："1.伍登屯犹太学校的一切宗教、教学以及社会活动都要限定在学校区域内。2.犹太学校的人可以自由出入伍登屯的街道和店铺，前提是他们的穿着必须符合二十世纪美国人的生活品位。"（238）前一条明确了犹太学校学生的活动区域，第二条则规定他们的穿着要与美国公民一样，直接体现了以艾利·派克律师为代表的美国犹太人对美国公民身份的认同。

马拉默德的短篇小说《湖畔女郎》里的美国犹太青年亨利·利文，期望自己被别人视作是美国人，因此他来到意大利时，隐瞒了自己的犹太身份，并告诉别人自己的名字是亨利·R.弗里曼。他非常自信自己会被当作美国人，但令他感到吃惊的是，他在戴尔·东戈岛遇到的伊莎贝拉说他大概是犹太人时，"弗里曼真想长叹一声，但他克制住了。虽然心中暗暗吃惊，但这也并不出乎意料。可是他长得并不像犹太人，也可能会蒙混过关，而且从前也曾那么做过。所以他连眼睛都没有眨一下就说，不，他不是犹太人。"（143）可见，伊莎贝拉的提问既伤及亨利·利文的自尊心，又让他非常失望，因为之前对他通过减弱犹太属性，长相与犹太人已不太相似，一直被他人当作美国人，这体现了像亨利·利文这样的美国犹太人对美国公民身份的认同态度。

第三节　认同表征二：
犹太主人公体现出对美国人生活方式/行为方式的认同

通常来说，每一个个体采取的生活方式或行为方式体现一个个体的价值观取向。美国犹太文学作品中的很多犹太主人公热衷于采用美国的生活方式或行为方式，这同样体现这些主人公的价值观取向，决定这些价值取向的要素很多，而对美国公民身份的认同是其中一个核心要素。

在贝娄的小说《贝拉罗莎暗道》中，比利·罗斯这名美国犹太大亨曾赶赴耶路撒冷捐赠一座雕塑公园，但以色列航空公司弄丢了他的行李（里面还装着高档服装，但对他来说，没有自己的服装，他无法见人——作者注），于是他对该航空公司有关人员大呼小叫，故意体现出他作为一名非常有身份、有地位的美国公民应有的愤怒。叙述者此时这样描述比利·罗斯的表情："你在比利外貌上读到的苦难是一种美国式的痛苦——彻头彻尾美国式的。况且百老汇比利做的是娱乐业生意。在他纽约的宅第里，一切都化解为打情骂俏、调侃游乐、装腔作势甚至

第七章 现代化进程中当代美国犹太文学对美国公民身份的认同

性挑逗。"（212）可见，比利·罗斯非常在意自己的美国公民身份，在外国人面前，尽力表现出这一公民身份赋予他的地位与权威。在美国生意场上，他故意模仿或自如应用美国人打情骂俏、幽默调侃、拿腔作调的行为方式。索莱拉曾带着从哈密特太太那借来的材料（这份材料对比利·罗斯的名声极为不利——作者注）来到比利·罗斯的办公室，威胁比利·罗斯与自己谈判，要求他必须与自己的丈夫方斯坦见一面，并说出"贝拉罗莎暗道"这一地下组织当时的诸多细节，但遭到了比利·罗斯的断然拒绝。愤怒之下，索莱拉把所有借来的材料扔出窗外，这时比利·罗斯拿起话筒要了服务台，并说道："有一包重要文件从我的窗口掉出去了。我要求你们马上把它捡来给我。懂了吗？马上。此刻。"（227）在比利·罗斯的逻辑里，他自认为自己已是而且必须表现为一名真正有身份、有地位的美国人，所以他认为索莱拉是微不足道的小人物，甚至辱骂她是垃圾，采取了一种完全美国式的谈判风格与行为方式，这些都体现出比利·罗斯对美国公民身份的高度认同态度。

在《更多的人死于心碎》中，本诺曾向舅舅维利泽索要之前被诈骗的钱财，并且在电梯里与维利泽有过争执。不久，维利泽去世了，肯尼思与本诺都参加了维利泽的葬礼。在葬礼上，"我（叙述者肯尼思——作者注）坐在后面，听犹太教牧师致辞。他把所有的祷文译成英国下议院式的英文。"（316）可见，犹太教牧师在葬礼上使用主流社会接受的标准英文，表明他已能被美国公民接受的方式行事，体现他对美国公民身份的期待与认同。

短篇小说《堂表亲戚们》中的犹太主人公艾扎·布罗德斯基，曾与刚交了50万保证金而保释在外的表弟犹太人坦基·梅茨格，在纽约意大利村对面的第一国家银行见了面，艾扎询问坦基的日常生活，坦基的回答是每天六点起床打室内网球，到办公室之后，"先读《纽约时报》《华尔街日报》《经济学家》以及《巴伦周刊》，看看秘书准备好的一些打印材料以及信息资料，记录重要事件，之后，就把一切全置之度外，把上午余下的时间全用于自己的私事。"（254）可见，身为犹太人的坦基的生活方式几乎完全按照美国上层社会的行为方式行事，如热衷健身（打网球等），阅读主流报纸而非犹太报纸等。坦基强调他花费大量时间处理私事，这体现他拥有较高的社会地位，暗示他是一名收入很高且每天有大量私事需要处理的美国公民，这同样表明了他对美国公民身份的认同态度。在小说中，艾扎的堂兄犹太人肖勒姆"甚至忍受新教徒所受的痛苦……他会在大环商业区醉酒，像其他美国人一样，醉醺醺地乘坐市郊往返列车回家。"（301）可见，长期生活在美国环境中的犹太人肖勒姆，不知不觉之中习惯于模仿美国人的生活方式与行为方式，这也体现他对美国公民身份的认同态度。坦基的姐姐尤妮斯"也许是因为她母亲不懂英语，也许也因为尤妮斯孩童时说话结巴，而现在流利了，能像最出色的美国人那样说话了，便很得意。"（247）能否熟练使用英语是衡量一个人是否具备美国公民身份特征的重要指标，作为移民后代的犹太主人公尤妮斯不希望像母亲那样不懂英语，不会说英语，因此她在日常生活中不断学习并使用美国英语，当自己能像美国人那样说英语时便非常得意，这同样表明她对美国公民身份的认同。其实，像美国犹太人尤妮斯这样的美国少数民族往往把使用美国英语作为对美国公民身份认同的一种方式。比如在罗斯的小说《垂死的肉身》中，在接受乳房手术前，来自古巴的康秀拉告诉凯普什教授，尽管她非常希望能更多地用西班牙语与父亲交流，而她的父亲也希望女儿这么做，哪怕是用西班牙语叫他一声爸，"但自我幼年以来，我从来不这样叫他。我用英语叫他爸。我必须得这样叫。"（170）英国马克思主义学说的代表人物斯图亚特·霍尔指出："认同是在话语实践中出现的。"（周宪，2008：186）的确如此，自幼年开始，康秀拉通过使用美国英语代表的话语体系，体现出她希望成为美国人，拥有美国公民身份的愿望。

罗斯的小说《美国牧歌》中的瑞典佬犹太人利沃夫通过打拼与努力，最终迎娶了非犹太姑娘多恩·德威尔这名新泽西小姐为妻，体现出他渴望靠近、以期获得以多恩为代表的美国公民身份。婚后，他们一家常到"百老汇看演出或观看哥登园的尼克斯队表演"（16），并在西四十大街的一家比较高档的意大利餐馆用餐。瑞典佬对美国生活方式的接受，体现出他对美国公民身份的向往与认同。

在辛格的《雷布·哈伊姆·哥希苛夫尔》这则故事中，犹太人雷布·哈伊姆·哥希苛夫尔是来自波兰哥希苛夫地区的一位很穷的人，他告诉辛格的父亲，他的孩子们都接连去了美国纽约，他们寄来的信件上说，"跟纽约比起来，华沙只能算个小村庄。在纽约，火车在屋顶上跑，楼房高得让人扭弯了脖子才能见到

第七章　现代化进程中当代美国犹太文学对美国公民身份的认同

顶。如果想从城市的一头走到另一头，就得乘坐地下火车。"（115—116）由此可见，孩子们对美国这一全新的国度给予了充分肯定。他还告诉辛格的父亲，孩子们寄来的信件越来越难懂，因为里面充斥着英语。从他们寄来的照片看，儿女们，女婿，以及媳妇们全都穿得很体面。"男人们还戴着有帽檐的礼帽，有的还是高帽子，后面还拖着尾巴。"（116）这说明孩子们的生活方式（在穿着与语言使用上等）已看齐美国主流社会，希望成为他们当中的一员，体现了这些移民美国的犹太人对美国公民身份的认同态度。

第四节　认同表征三：
犹太主人公减少犹太属性而增强美国公民属性

我们知道犹太民族是个饱经磨难的民族，"受难和忍耐的主题则是更地道的犹太主题；这个主题是从犹太人的大量最凄惨的历史经历中提炼出来的……"（迪克斯坦，1985：48—49）尽管如此，犹太人从未停止过对美好生活的向往与追求。来到美国后，"为了寻求与其他民族的融合，他们（犹太人）在某种程度上故意放弃自己的民族特性。"（刘洪一，2004：25）也就是说，为适应环境，融入主流，很多美国犹太人努力减少犹太属性，竭力消除或减弱其身上原有的犹太特征，甚至期望抹除犹太特征，竭力向美国公民的属性看齐，体现出他们对美国公民身份的认同态度。这一现象在美国犹太文学作品中也得到体现。

在贝娄的小说《贝拉罗莎暗道》中，方斯坦夫妇于20世纪50年代末去了以色列，碰巧在耶路撒冷的大卫王宾馆见到了在那出差的犹太主人公无名叙述者，并告诉了叙述者他们夫妇与比利·罗斯之间谈判的故事。在这次谈话中，叙述者告诉索莱拉，出生于新泽西的他已经成为费城人，而且因为执意迎娶一位先祖是清教徒的上层白人妇女，父亲与他大吵一架。于是，"对我说来，新泽西不过是我去纽约或波士顿顺路逗留的地方。一个心理上的暗区。只要有可能我就不去新泽西。"（207）叙述者的出生地新泽西代表着犹太人传统伦理，叙述者不愿意去新泽西，意在表明他在不断减弱他的犹太属性，努力去增强美国公民属性。其实和比利·罗斯一样，无名叙述者同样对美国公民身份充满渴望，他努力工作，想方设法让自己创办记忆力训练学院生意越来越好，就是要获得主流社会的认可，体现出他内心深处所期待的与美国公民身份相符的社会价值。此外，叙述者还对方斯坦提出忠告："忘了吧（忘了这段历史吧——作者注）。做个地道的美国人。"（198）这表明了叙述者期望方斯坦认同美国公民身份的信息。

在这次见面中，叙述者与索莱拉还讨论了犹太大亨比利·罗斯不愿意与哈里见面的原因，叙述者认为，这主要是因为犹太特性已明显不足、美国公民特性已非常明显的比利·罗斯如果在此时见哈里的话，会让比利觉得"这样的时刻对他说来太犹太化了。把他从一个彻里彻外美国人的宝座上拉了下来？"（194）索莱拉同意叙述者的观点，并附和道："哈里·方斯坦认为这是由于这个国家的移民后裔身上发生了某种变化。"（194）在叙述者以及索莱拉看来，像比利·罗斯这样犹太属性大幅减弱、美国公民属性不断增强的美国犹太人不愿意接近犹太属性相对较强的美国犹太人，以体现自己美国公民身份特有的属性。

依据小说的情节发展，方斯坦夫妇来美国之后，叙述者除了在四五十年代与他们见过一次面，60年代打过一次电话外，在之后30多年的时间里未曾有过联系。到了80年代末的某年三月，叙述者接到一位以色列拉比的电话，该拉比请叙述者找到方斯坦，以帮助一位自称是方斯坦的叔叔，急需方斯坦帮助，且正呆在某精神病院的一名犹太老人。之后，叙述者开始寻找方斯坦夫妇，并重新回顾了之前的往事。在寻找过程里，叙述者给许多犹太亲戚（如斯维德洛、索尔金、弗拉德金、柏莱斯蒂夫等）拨打电话咨询此事。给海曼·斯维德洛拨打电话时，他突然想起，尽管海曼·斯维德洛从父亲那儿"继承了一张古老的犹太人的脸——粗粗黑黑的。海曼却找到一条途径把脸上的犹太遗产排除掉。"（242）此外，斯维德洛的太太说话时竭力"学着莫里斯镇上流社会的腔调。"（235）这些都说明以叙述者的亲戚为代表的美国犹太人在不断弱化犹太属性，努力强化自己的美国公民属性，体现了他们对美国公民身份的渴求之情与认同态度。

在《勿失良辰》中，犹太主人公威尔姆同样在采取措施减少犹太属性，比如他有着与众不同的祈祷方式，因为他不去犹太教堂，而是有时根据自己的情感需要才做祷告。此外，为了让自己的姓名被主流社会接受，他用了与父亲艾德勒医生不同的姓氏，给自己起了一个美国味很浓的汤米·威尔姆，"而把'艾德勒'

第七章　现代化进程中当代美国犹太文学对美国公民身份的认同

扔了。"（15）从祈祷方式的改变以及姓名的变更都可以看出威尔姆在减弱自己的犹太特性，增强自己的美国公民属性，道出了他对美国公民身份的认同态度。在《更多的人死于心碎》中，故事的叙述者肯尼思对美国公民身份也持认同态度，渴望融入主流的他不断减弱犹太属性，甚至"有二十五年没进过任何犹太教堂。"（316）

罗斯在《美国牧歌》中提到，在二十年代早期，来到纽约市纽瓦克地区的第一代犹太移民重组成一个社区，"这种灵感主要来自于美国生活的主流意识，很少模仿他们出生在王子街一带贫穷的第三区、重建波兰犹太人小村落的讲意第绪语的父辈。克尔街的犹太人已有像模像样的地下室、遮阳的走廊和石板阶梯，似乎房屋正面就表现出这些大胆先驱者对美国化形式的渴求。利沃夫一家是先锋中的先锋。"（7）可见，犹太移民的后代从居住环境入手，大幅减少犹太特性，以体现对美国公民身份的认同。在这一过程中，利沃夫一家是改革急先锋，更加体现了他们全家对美国公民身份的态度。尤其值得注意的是，瑞典佬塞莫尔·欧文·利沃夫同其他美国人几乎完全一样，因为"瑞典佬身上的犹太人特性太少，对我们讲话时也和那些身材高大、金发碧眼的球星一个样。我们对待瑞典佬时无形中将他与美国混为一体。"（15）由此可见，通过减弱犹太属性，不断强化自己的美国公民特征，犹太人瑞典佬在外表、语言等方面努力向美国公民看齐，已与美国人无异，体现出他对美国公民身份的高度认同。小说的叙述者犹太人内森·朱克曼非常崇拜利沃夫的行为举止，他坦陈"现在虽已成年，但仍然认为自己不是唯一的在充满爱国主义的战争年代热心于完全美国化的犹太孩子。"（15）他和乔伊在谈话中曾感慨，一代又一代的犹太人发现上一辈人的不足与局限，于是他们一点点地"脱离乡土观念，最大限度地运用在美国的权利，将自己造就成摆脱传统犹太人风俗习惯的理想之人……心地坦然地作为平等公民生活在平等的人群中。"（72）可见，像内森这样的美国犹太人不断摆脱犹太观念，告别犹太风俗习惯，减弱犹太特性，不断向美国公民的做法看齐，体现了内森等美国犹太人对美国公民身份的盼望与认同。

"毫不令人吃惊的是，《卢布林的魔术师》是一部不同寻常的、非常棒的书。它是一部严谨、谨慎、表现克制的作品。"（Chametzky, 1961: 374）该作品通常被评论家认为是辛格最好的长篇小说,故事背景是欧洲的波兰。小说中的犹太主人公雅夏·梅休尔从小是一个孤儿,之后从街头艺人慢慢成为卢布林地区有名的魔术师。他在皮亚斯克市与名叫泽莘特尔的女人有染,但他还一直想着另一个情人埃米莉亚,因为这名丈夫去世后带着14岁女儿独自生活的女子让他神魂颠倒。依据埃米莉亚开出的条件,雅夏必须与妻子离婚,改信天主教,弄到一笔巨款,她才能同他结婚。为了带情人埃米莉亚出国,在情欲支配下的雅夏决定铤而走险以便弄到一笔出国用的资金。后来,在黑夜掩护下,他只身闯入一户人家去撬保险箱,结果偷窃未遂却弄伤一条腿。小说结尾处他回到卢布林进行忏悔。依据小说,他的妻子埃丝特能按照犹太风俗披围巾,按照犹太教有关规定做饭菜,能遵守安息日与所有的教规,但雅夏却"不留胡子,只有在犹太历新年和赎罪节,而他又碰巧在卢布林的时候才去犹太会堂。雅夏在安息日却跟音乐师混在一起,聊天抽烟。遇到最热心的道德家劝他改正这种行为,他总是回答:'你什么时候去过天堂?上帝是什么模样?'"(辛格,1979:2)在与泽莘特尔谈论埃米莉亚时,泽莘特尔认为埃米莉亚开出的条件过于苛刻,雅夏没有必要为埃米莉亚做出这么大的牺牲,冒这么大的风险。但是,雅夏却认为他在这儿奋斗了二十五年,仍然很贫穷,而且作为一名逐渐上年岁的魔术师在绳索上行走将会越来越困难。雅夏说在其他国家,人们欣赏像他这样的人,他会迎来改变命运的机会,正如他在对话中所说的那样:"要是我在西欧出了名,我在这儿,波兰,就会受到不同的待遇。这儿,他们模仿外国的一切。一个演歌剧的歌唱家尽管唱得像猫头鹰叫,要是他在意大利演唱过,人人都喝彩:'好!'(改变宗教信仰)那又怎么样?我怎么知道哪一位上帝是真的?谁也没有到天上去过。反正我也不祈祷。"(50)可见,雅夏既不遵守犹太教规,其装扮方式与行为举止也严重违背犹太传统伦理,他所作所为体现了他不断减少犹太民族属性这一事实,道出了他渴望跻身主流社会的心情,传递了对波兰公民身份强烈认同的信息。

在辛格的《犹太遗风》这篇文章中,比尔格雷镇上的犹太人钟表匠托多罗斯是辛格外公的学生,他放弃学业而去学制衣,还和虔诚的妻子离了婚,他"实际上是镇上启蒙运动的领袖人物……娶了个不戴假发的现代姑娘。在安息日,他不在会堂或是学经堂祈祷,却和工人们一起聚集在裁缝家里读《圣经》……他按

第七章　现代化进程中当代美国犹太文学对美国公民身份的认同

现代方式养育孩子。"（266）可见，当时以托多罗斯为代表的波兰犹太人为了融入主流社会，不断改变传统的犹太行为举止，甚至还把这一理念融入对下一代的教育之中，体现出他们对波兰公民身份认同的态度。在《奇迹》这篇文章中，辛格回忆道，当时他的哥哥伊斯雷尔·约书亚·辛格虽然还穿着哈西德教徒的服装，"他却把时间越来越多地花在画画、读世俗书籍上。他还长时间和妈妈辩论，给她讲哥白尼、达尔文、牛顿的观点。"（147）可见，辛格的哥哥也在不断减弱犹太属性，以期融入主流，这传递出他对波兰公民身份的认同态度。

在《我的家谱》中，辛格谈到自己的母亲之所以喜欢父亲，是因为她觉得父亲非常博学而且愿意献身犹太教事业，同时她母亲还认为，那时候"其他年轻人却变得越来越世俗化。他们衣着入时，阅读间或送到托马兹沃的希伯来语报纸、杂志。"（39）这说明那时的年轻人希望通过弱化犹太属性，而体现出对主流文化的认同态度。在另一篇文章《我姐姐》中，辛格回忆了他的姐姐与雷布·戈德里亚的儿子订婚一事。依据故事，她的未婚夫尽管满脸胡须，但穿的是现代服装。辛格的姐姐"已经接受了一些现代观念，读过意第绪语报纸和书籍，渴望浪漫的爱情，而不是一桩被安排的婚姻。"（139）在这则文章中，辛格自己也坦陈："我也受到现代思想的影响。"（142）可见，那时以辛格的姐姐以及辛格为代表的波兰犹太人已开始弱化犹太属性，表达了他们对融入波兰主流社会的渴望心情，体现了对波兰公民身份认同的态度。

在贝娄的小说《赛姆勒先生的行星》中，阿特·赛姆勒先生的侄儿安纳德·伊利亚·格鲁纳曾问及赛姆勒先生关于波兰家乡的往事，赛姆勒先生回答说，当时波兰的那些犹太亲戚包括自己的母亲都在改变传统的犹太行为方式，如他在小说中的所言："我同会堂没有多少关系。我们几乎都是自由思想者。尤其是我的母亲。她接受了波兰的教育。她给我起了个解放的名字：阿特。"（85—86）可见，赛姆勒当时几乎不上犹太会堂，那时的犹太人都想摆脱传统，追求自由思想，甚至赛姆勒的母亲给孩子起名也体现她有意减弱犹太属性的意图，这些都体现了当时波兰犹太人对波兰公民身份的认同态度。

1988年，罗斯在耶路撒冷采访了欧洲犹太人大屠杀幸存者，出生于罗马尼亚后定居以色列的犹太作家阿哈龙·阿佩尔菲尔德。阿佩尔菲尔德告诉罗斯，在罗马尼亚期间，他深受父母影响，也和父母一道，内化了犹太人的邪恶。当时，他的家人自豪于中产阶级的社会地位，全家都鄙视意第绪语，只说上流社会才使用的德语。因此，他当时生活的家庭是一个被德国同化的犹太家庭，德语既被视作是一种语言，又被看做是一种文化。在当时环境的影响下，"我在成长的过程中感觉到任何犹太的东西都是有瑕疵的。从我最早的童年记忆开始，我所注视的是非犹太人的美丽。他们皮肤白皙，个头高挑，举止自然。他们有教养；即使他们的举止没有体现出教养，至少也是自然的。"（42）可见，像阿佩尔菲尔德家这样的犹太人从童年开始，就已经向非犹太人看齐，期待拥有他们的外貌，仰慕并模仿他们的行为举止，期待成为他们中的一员。甚至在他来到以色列之后，他和其他来到以色列的大屠杀幸存者一样，竭力逃避历史记忆与犹太身份，想方设法减少自己的犹太属性，如他在采访中所言："为了改变自己，我们无所不为地改变自己的外部特征：增高，变白，健体，变成异教徒。"（36）可见，阿佩尔菲尔德道出了欧洲犹太人以及从欧洲移民以色列的犹太人努力消除犹太属性的原委。这从一个侧面反映了包括美国犹太人在内的全球犹太人渴望融入主流的迫切心情，也传递了罗斯期待美国犹太人认同美国公民身份的信息。

从上述分析可见，不但美国犹太人而且欧洲犹太人也为达到认同主流公民身份而竭力减弱犹太属性，这在美国犹太文学作品中有所体现。美国犹太作家通过描述其他国家犹太人的上述做法，一方面意在隐射发生在全球犹太人身上的一个事实：为达到融入主流，认同所在国公民身份而减弱犹太属性；另一方面，这样的描述还传递了美国犹太作家的一个信息，即美国犹太人不妨借鉴上述做法，增强美国公民属性，从而实现对美国公民身份认同的建构。

第八章
现代化进程中当代美国犹太文学对美国社会制度的认同

第一节 美国社会制度的核心要素

美国社会制度是一个较为宽泛的概念，涵盖美国政治制度、经济制度、社会保障制度、私有制、法律制度、教育制度等诸多核心要素。

作为世界上第一个民主宪政国家，美国的政治制度被深深地打上了民主宪政的烙印，在宪政的框架下，政府的全部权力受《美利坚合众国宪法》制约，以避免政府权力得不到有效监督而过度集中。"也就是说，宪法不但把权力进行划分，而且通过诸如总统否决、参议院的建议以及对任命的同意等确立了一套检查与平衡的制度。"（Manning，2011：1952）在此背景下，既相对独立又相互制衡，被称为美国政治制度基石的三权分立制应运而生，在这一体制作用下，整个国家的立法权、行政权、司法权分别由各自对应的三个机关①独立行使，同时这三个机关相互制衡，以确保政府权力体制合理、正确的运行以及公民各项合法权利。也就是说，"政府应由选举产生的执政官，也就是总统执政，由总统掌管行政部门以及各行政机构，总统完全独立于国会这一立法部门，不必对国会负责，这两大部分还要加上以最高法院为首的司法部门……每一部门都有各自的权力范围，制约着另外两大部门的权力。这三大部分各自保持相当程度的独立。"（斯基德摩，特里普，1998：63—64）以行政权为例，"在三权分立体制下，国家行政

---

① 立法权属于由参众两院组成的国会，国会由选民选举产生，负责法律的制定、宪法的修订、对总统以及副总统的复选以及弹劾等，未经审判定罪，国会不得罢免总统。行政权由选民选举产生的总统行使，总统对选民负责而不对国会负责，负责军队的调度、对外条约的缔结、政府官员的任命，针对国会通过的法案做出拒绝或签署的决定等，总统无权解散国会。联邦最高法院，以及国会临时指定或下令设置的低级法院掌管司法权。司法权适用的范围涵盖《美利坚合众国宪法》、法律、条约（包括即将签订的条约）之下发生的一切案件，以及司法监督权。忠于职守的法官可终身任职，除非被国会弹劾罢免。依据三权分立，在任期间，任一机关官员不得担任另一机关的职务。此外，依据每个州的州宪法，各州也成立立法、行政、司法三个部门。

部门并非被总统、议会或法院独自控制。他们三方中的每一方都从不同的角度，以不同的方式控制它。"（Meriam，1939：131）

美国学界也非常关注美国的政治制度，并对其给予了积极评价。罗伯特·D.马库斯认为，"尽管三权分立带来了权力的分散，但它带来的一大成就就是提供了宪政体制下美国政府运行的机制。"（Marcus，1971：4）约翰·A.费尔利指出，"三权分立理论通常被美国视作基本的政治信条"（Fairlie，1923：397）瓦尔特·F.墨菲（Walter F. Murphy）的著作《国会与法院》（*Congress and the Court*，1962）曾研究了国会针对"法院对一系列案件的裁决"做出的反应，并高度赞扬了美国政治制度中司法机构独立运行带来的益处，认为"法院的这些裁决让左翼人士、受到怀疑的同僚、嫌疑犯生活得更轻松，捍卫了民权。"（Kelson1965：150）劳埃德·N.卡特勒和大卫·R.约翰逊也给予美国政治制度较高评价，他们关注了"在总统的同意下，国会如何处理主张成立监管改革全国委员会的一些议案。"（Cutler & Johnson，1975：1395）罗纳德·W.沃尔特斯同样对美国的政治制度给予了称颂，主张为了推进政治制度建设，应努力构建政党平台，并分析了政党平台的三大关键功能："政党平台在竞选环境中充当了政治文件；政党平台的建构方式整合了竞选组织；政党平台把不同的选民群体聚合到了一起并为他们提供了活动的载体。"（Walters，1990：438）秉持类似观点的奥利弗·加尔索指出，美国的政治制度通过其政治进程得以体现，"美国的政治进程可被认为是按照多元的、并行的、协作的、竞争的互动模式来建构的，也可以按照上述模式对其研究……美国的政治进程与政党委员会、立法委员会、行政人员、跨部门委员会、执行委员会紧密相连。"（Garceau，1951：71—81）

美国经济制度是美国社会制度的重要内容。希拉·休斯·肯尼迪针对美国经济制度这样评论道："私营业主为了获利，控制着国家的贸易和工业。自由市场是其显著特征，在这样的市场中，商品的价格以及服务不是由政府，而是由供给与需求决定。"（Kennedy，2014：22）肯尼迪所言，道出了美国经济制度的重要特征。此外，国家干预也是美国经济的重要特点。应该说，美国经济制度为美国经济的发展做出了巨大贡献。20世纪70年代，美国广告委员会与美国商务部、劳动部合作，牵头出版了一本小册子《美国经济体制以及你在其中所起的作用》(*The American Economic System and Your Part in It*)，该小册子的出版成为美国广告委员会历史上最大的项目。"依据该册子，美国经济制度运行良好，它在过去创造了奇迹，未来还会创造更多的奇迹。"（Lutz，1977：865）

作为美国社会制度的重要组成，社会保障制度得到美国政府的高度重视。1940年，美国时任总统富兰克林·德拉诺·罗斯福在对美国卡车司机工会大会发表演讲时曾说："我期待美国将拥有一种国家保障体系，这样我们国内的男人或女人将不再缺少能给他们提供充足食物、衣服与住房的最低数量的养老金。"（Schweinitz，1950：175）经过多年的建设，美国的社会保障制度已经成型，主要通过社会保障体系得以体现，该体系由社会保险、社会福利、社会救济组成。美国社会保障制度开始于20世纪30年代。1934年美国成立经济保险委员会，1935年通过《社会保障法案》（The Social Security Act[①]），1939年补充制定了伤残保险、老年配偶养老保险法。从时间上来看，"美国的社会保障制度在20世纪30年代末期在较全面地开始推行。"（王恩铭、吴敏、张颖，2007：213）1965年和1972年又相继制定了老人医疗保险法、残废者医疗保险法。经过长期的发展与完善，美国已形成庞大而较为完备的社会保障制度。美国社会保障体系也引起了学界关注，比如伊芙琳·M.伯恩斯（Eveline M. Burns），多梅尼科·格力亚朵（Domenico Gagliardo）分别出版著作《美国社会保障制度》(*The American Social Security System*, 1949)、《美国社会保险》(*AmericanSocial Insurance*, 1949)对其加以论述，"两位作者都关注如何向公众呈现美国社会保障事实，这样可以对美国社会保障制度做出合理的评价。"（Ross，1949：286）伊夫琳·M.伯恩斯在分析美国社会保障制度发展历程后指出，"公共保险措施成为美国社会保障制度中的一个重要元素。"（Burns，1949：442）

私有制是美国社会制度的重要内容，私有制的核心是私有财产权。在美国，"私有财产制赋予了个体拥有某个东西的专属控制权"（Barnes，2013：8），因此，"人与人之间的财产关系在某种意义上是行为的指令或指导方针。"（Wunderlich，1974：82）"美国通常被其他国家视作'对财产权加以保护'

[①] 社会保障法案包含三个方面的重要内容，即"老年及遗族保险，失业保险以及公共援助。"（Schweinitz 1950：175）

的典范国家"（Lamoreaux，2011：277），这里的财产权就包括私有财产权。美国前总统乔治·W. 布什曾颁布行政命令来保护美国公民的私有财产权，并许诺说："除非为了公共使用并加以赔偿，否则联邦政府不会触及美国公民的私有财产。"（Lamoreaux，2011：296—297）私有制观念甚至体现在《美利坚合众国宪法》之中。《美利坚合众国宪法》第五条规定："人民不得不经过适当法律程序而遭受生命、自由或财产之剥夺，人民私有财产，如无适当赔偿，不得被征为公用。"（康马杰，1979：38）1791年11月3日生效的美国《人权法案》（又译作《权利法案》，即《美利坚合众国宪法》前10条修正案）明确指出私有财产神圣不可侵犯，其第四条内容是"人们对于他们的身体、住所、文件、财物，有被保障安全，不受无理之搜索和拘捕的权利。"（康马杰，1979：37—38）第十四条内容是"任何州，没有经过适当法律程序，亦不得剥夺任何人的生命、自由、或财产。"（康马杰，1979：39）因此，私有制观念在美国社会制度中根深蒂固。

作为美国社会制度的核心要素之一，美国法律制度历来受到重视，这一制度通过各种法律的制定与颁布得以体现。"宪法、条约以及美国法律①，被认为是美国这片土地至高无上的法律。"（Story，1954：18）"美国法律建立在一系列事实前提、政治信条、司法原则的基础之上。"（McFadden，1997：1753）此外，美国在不同时期制定的诸多法规对维护美国社会制度，推动美国社会发展也起到重要作用，因此也是美国社会制度的核心要素。康马杰指出："美国人表面上轻浮傲慢，但实质上是尊崇法治的。他们引以为豪的是，美国人在法律面前人人平等，任何人，哪怕是最高级的官员都不能免受法律的管制。"（康马杰，1988：4）美国法律具有强大的影响力，甚至出现了全球化趋势，而且"从政治层面来看，美国法律全球化带来的影响是广泛而深远的。"（Kelemen & Sibbitt，2004：132）

值得注意的是，美国法律制度规范着生活在美国的个体和集体的行事原则、行为规范、界线与底线，因此它对建立美国人期待并认同的、稳定而良好的社会秩序具有重要意义。

---

① 从广义上来说，美国法律可分为公法与私法。

第八章　现代化进程中当代美国犹太文学对美国社会制度的认同

"美国教育制度表达了美国社会生活所诉求的精神。美国的学校实际上在打造一种全新的、更为宽泛、举世无双的标准。"（Judd，1914：443）对美国人来说，"美国的教育制度可让每个人，不管其背景如何，专注于美国教育并借此在美国社会中获得地位与经济回报。"（Baker，1995：261）因此，美国教育制度在美国社会制度中占据重要地位。美国的教育制度主要通过三级政府（联邦政府、州政府和地方政府[学区]）控制和资助的教育模式得以体现。就中小学教育而言，州政府制定教育标准，选举产生的学区委员会决定中小学的课程设置、资金运行方式、教学环节和其他政策。查尔斯·H.贾德曾分析了美国的中学教育，认为除了公立学校学费全免之外，还具有其他优越性："最明显的一个事实是我们的学校努力接收所有的学生，并为每个学生提供对其有益的授课内容。第二个显而易见的事实是在美国教育体制中，教师尝试所有可能用于课堂教学的材料。此外，美国学校旨在开展与学生个人能力相吻合，最适合未来社会需求的教学。"（Judd，1914：441）就高等教育而言，它"可追溯到1636年哈佛学院的创建。随着1862年《莫里尔法案》（The Morrill Act of 1862）的颁布，各州用于高等教育的用地增加，美国高等教育得到快速发展。于是，对广大民众来说，之前专属精英阶层的美国高等教育现已成为他们谋求向上流动的一种基本工具。"（Caulkins, Cole, Hardoby & Keyser，2002：11）"美国高等教育的传统使命是研究、培训与服务。它们建立在美国人严格遵循的范式和价值观（学术自由、终身职位、对发表成果的强调、多样性与容忍的重要性，以及对学术'质量'标准的重视）之上。"（Caulkins, Cole, Hardoby & Keyser，2002：24）目前，美国有几千所大专院校，经费主要由政府拨款、学费、学校服务收入三块组成，大学主要分为三类：综合性大学、文理学院、社区大学。通过美国的教育制度，一批又一批美国学子成为不同领域的人才，推动了美国的发展。

现代化进程中当代美国犹太文学对美国社会制度的认同表征

一种社会制度影响着生活在该制度下方方面面的人，美国社会制度也不例外，它深刻影响着包括美国犹太人在内的各个层面的美国人。美国犹太作家作为美国犹太人的杰出代表，也受到这种制度的全方位影响。日久他乡为故乡，长期生活在美国后，美国犹太作家总体来说已逐渐融入美国社会制度之中，因而他们的作品往往在不同程度上体现出对该制度的认同。

第二节 认同表征一：
犹太主人公高度称赞美国政治制度的基石——三权分立制

约翰·F. 曼宁指出，"美国建国时期的政治理论以及政府管理实践表明，多方面调解被认为可以满足分权体制的需求。"（Manning，2011：1947）多方面调解为美国政治制度的基石——三权分立制打下扎实的基础。在这一体制下，总统忠实履行所有的行政权，"最高法院裁决政府的某些决策是否违背三权分立原则"（Manning，2011：1942），作为"重要的政治发明"（Manning，2011：1956）的立法权以及立法否决权也发挥着重要作用。上述机制也是《美利坚合众国宪法》（也被称为《美国联邦宪法》）经过顶层设计后的效果，正如斯蒂夫·G. 卡拉布雷西（Steven G. Calabresi）所指出的那样："美国联邦宪法证明是了不起的成就，结果引起了世界各地统一的民族国家以及议会民族竞相模仿。"（Ackerman，2000：634）"在'三权分立'原则的作用下,美国社会平稳延续了二百余年,没有出现总统或某一集团独断专行的暴政,公众的权利基本上得到保障。"（郭大方，2000：13）由此可见，三权分立已经给美国带来了稳定，保障了人民的基本权利。康马杰在分析美国三权分立时指出，"美国人深信自己的制度是优越的，他们对于几乎任何个人行为的过错都可以忍受，但批评他们的制度则往往不能容忍。"（康马杰，1988：26—27）因此，三权分立制已扎根于包括美国犹太人在内的美国人的内心深处，并且在美国犹太文学作品中也得到体现。

在贝娄的小说《贝拉罗莎暗道》中，犹太主人公比利·罗斯是百老汇娱乐业大亨，二战期间为救援意大利犹太人而秘密成立"贝拉罗莎暗道"，即小说之名。小说中的另一位犹太主人公哈里·方斯坦就是通过这个地下组织逃离意大利，经古巴（在那娶了妻子索莱拉），后和妻子一道来到美国的。小说中的无名叙述者对美国开展营救欧洲犹太人的行动、放宽欧洲犹太人移民美国的限制给

第八章　现代化进程中当代美国犹太文学对美国社会制度的认同

予了赞赏。当美国犹太人打算对二战期间的反犹行径进行表态时，比利·罗斯安排这些犹太人聚集于纽约麦迪逊广场公园，让他们"跟大名人一起唱希伯来歌曲，唱'美丽的美利坚'。还有一些好莱坞明星吹起'绍法'①来……他还安排了新闻报道……时报报道了，而时报是历史记录，因此记录表明美国犹太人采用的方式是集合起两万五千人，以好莱坞的方式公开为发生的大灾难低声哭泣。"（223—224）比利·罗斯的这次集会（参加人数高达2.5万人）安排具有外交活动的诸多特征，也表明了美国政府支持、同情犹太人的态度。对欧洲移民政策的放宽②，以及对麦迪逊广场公园集会的批准，显然是美国立法、行政、司法部门共同协调之后做出的安排，表明美国政治制度的基石——三权分立制产生了良好效果，体现出犹太主人公对美国政治制度的赞赏态度。

在《集腋成裘集》中的一篇文章《罗斯福先生的岁月》里，贝娄重点回顾了罗斯福执政前后美国社会发生的变化。贝娄在这则文章中回忆起罗斯福总统的第一次就职演说辞："美国人民……要求领导之下的纪律与指导。现在，他们使我成了他们意志的工具。"（32）他还这样评价罗斯福总统："他最令人炫目的功绩，在于国内事务和心理上的疗救……罗斯福的影响，特别令那些出生在国外的人感到高兴。他们有几百万人，都热切地希望给包括进来，最终做真正的美国人。……罗斯福说，在这个国家里，我们大家都是外国人……在内政方面，罗斯福获得胜利的直感是，总统必须用最通俗易懂的话语，同公众来讨论各项危机。……罗斯福是个文明人，他给予美国一个文明的政府。"（32—38）上述话语表明，贝娄眼中以罗斯福为代表的美国政府处理国内事务比较到位，整个国家的纪律得到保障，政府得以高效运转，能够与公众直接讨论各种危机，政府对

---

① 古代希伯来人在作战或举行宗教仪式时吹的羊角号。
② 美国是一个移民大国，虽说移民为美国诸多方面的发展做出了重要贡献，但移民的不断增多而随之产生的问题也是美国政府面临的重要问题。20世纪初期，美国秉持限制移民的政策。1952年的《麦卡伦—沃尔特移民和归化法》强化了对移民的安全审查。1965年国会通过《1965年外来移民与国籍法修正案》（也被称为《哈特—塞勒法》）（The Immigration and Nationality ActAmendments of 1965, 或 Hart—Celler Act）之后，这种情况才得到改变。1976年美国出台《1976年外来移民与国籍法修正案》（The Immigration and Nationality ActAmendments of 1976）。80年代之后，又相继出台了一系列移民法案。上述作品中折射出的移民政策主要聚焦于二战期间以及二战结束初期，在这一时期，美国大量接收了二战当中的欧洲犹太难民。

国外移民持欢迎态度,因此,在他的组织带领下,美国政府可被贴上文明政府的标签。应该说,罗斯福政府对国家相关事务的妥善处理同样是美国立法、行政、司法部门之间相互协调后的结果,也体现出贝娄对美国政治制度的基石——三权分立制的认同态度。

帮助马拉默德赢得国家图书奖(1959)的《魔桶》是马拉默德重要的短篇小说集,为评论界广为称颂,从汉斯·P. 古丝的评价可窥豹一斑:"我们如何才能消除现代文学总带给学生的那种阴郁和不祥的感觉呢?我们如何影响其中无处不在的悲观主义——荒原心理,卡夫卡式的恐惧感以及它对荒谬的崇拜?一个有助于我们解决这一问题的地方就是像伯纳德·马拉默德的《魔桶》那样的短篇小说。"(Guth,1972:518)《魔桶》中有一则故事《我之死》,故事中的马库斯在欧洲吃尽了苦头,二战后移民美国,并在这个全新的国度开了一家裁缝店,雇了两位欧洲移民作为帮手,熨烫工乔西普·布鲁扎克和裁缝艾米利欧·维佐(两位员工关系比较紧张,经常吵架,惹得马库斯心烦意乱)。乔西普对每周三邮递员送来的信特别感兴趣,每次看信时几乎忘了工作,看完就大声哭泣。每封信的内容几乎一样,都关于他那患肺结核的妻子,每天都在泥里和猪打交道,还有他那患着疾病的十四岁的儿子。"马库斯也不时地送给这位熨烫工一套西装,或者偶尔给他一点钱,让他寄给他的儿子。可他真的怀疑这些东西能否到达他儿子手里。他有时在想,在过去的十四年中,乔西普只要想接他们还是可以把儿子接过来的,甚至在妻子没患肺结核之前也可以把妻子接过来的。但他却不知什么原因,宁可在这儿为他们伤心难过。"(38)上述文字还表明,在马库斯的眼里,只要乔西普真的想让妻儿移民美国,在现行移民政策下毫无问题,因为正是得益于这样的政策,马库斯,乔西普·布鲁扎克和裁缝艾米利欧·维佐才来到美国的。由此可见,像马库斯这样的美国犹太人,对二战期间以及之后美国政府的欧洲移民政策给予了肯定,在他们看来,这样的移民政策显然是美国三权分立体系下的理性结果,这传递出他们对美国政治制度的基石——三权分立制认同的信息。

第三节　认同表征二：
犹太主人公对美国经济制度及社会保障制度持认同态度

"在经济领域，美国公民和企业拥有相当的经济自由与经济民主，这使美国经济具有较高的灵活性和创新性。"（季铸，2003：177）值得注意的是，"经济制度属于上层建筑范畴，受到生产关系及所有权制度的影响，并与政治制度紧密联系。……经济制度又通过经济机制反作用于社会经济生活。"（彭述华，2005：72）以此类推，美国经济制度带来的灵活性与创新性也一样反作用于社会经济生活，给包括美国犹太人在内的美国人带来了一系列福祉。尽管与欧洲发达国家相比，美国的社会保障制度开展得较晚，但自从《社会保障法案》实施以来，"美国初步建立起社会保障制度体系，经过几十年的不断发展和完善，美国的社会保障制度已经比较完整和统一，有超过97%的工人、1.3亿的人口被这一制度覆盖和保护。"（杜承铭，2004：42）这一保障制度理论上给包括美国犹太人在内的所有美国人提供了生活保障，也得到了他们的高度认同，并在美国犹太文学作品中有所呈现。

在《勿失良辰》中，贝娄让塔莫金医生[①]充当犹太主人公汤米·威尔姆的精神导师，期待威尔姆能在引路人塔莫金医生的引领下摆脱困境，而如何帮助威尔

[①] 学术界通常认为塔莫金医生为"意第绪民间传说中常见的人物。"（Weber 2005：158）在罗伯特·R.杜顿（Robert R. Dutton）看来，塔莫金"不仅仅是心理学家、精神病专家、经纪人、诗人、投机商、顾问、父亲和周游世界的哲学家，他更多的是鳏夫、医生、情人、恩主、希腊文教师、科学家和发明家，拥有渊博的知识和极高的能力。"（Dutton，1982：76）J. R. 鲍森（J. R. Bouson）认为塔莫金具有多个身份："巫师、牧师、精神分析学家、圣人。"（Bouson，1995：82）丹尼尔·维斯（Daniel Weiss）认为塔莫金"非常聪明、心理分析到位，引领威尔姆最终走向启蒙。"（Marlin，1965：138）基列·莫拉格（Gilead Morahg）称赞他"被道德驱动，使用虚构的事来影响、转变他者生活，很像一名艺术家。"（Bach，1995：94）伊哈布·哈桑（Ihab Hassan）对塔莫金的评价褒贬兼具，认为他是"假充内行的人，骗子，医疗者，发明家和哲人。"（Hassan，1961：313）有持负面观点的。乔纳森·威尔逊（Jonathan Wilson）认为他"荒唐、怪诞"（Wilson，1985：98）；鲁斯·米勒（Ruth Miller）则认为他是个"骗子"（Miller，1991：94）；威廉·J.哈蒂（William J. Handy）把塔莫金视作"当代文学中最应该受到谴责的人物之一。"（Handy，1964：542）哈罗德·布鲁姆（Harold Bloom）还汇总了部分评论家对塔莫金的负面评价（参见：Bloom, Harold. *Saul Bellow*[M]. New York: Chelsea House Publishers, 1986：148—149.）。从小说行文以及作者的意图来看，笔者认为塔莫金可被视作正面评价居多，较为合格的精神导师和引路人。

姆适应美国的经济制度，尤其是其市场经济体系，是塔莫金医生的重要职责。塔莫金医生告诉威尔姆，"要了解海藻的特性，就必须深入水中。"（76）他要威尔姆保持耐心，因为"通往胜利的征途不是笔直的！它充满了迂回曲折。"（80）塔莫金医生还让威尔姆深刻理解"此时此刻"顿悟法的强大功能。总的来说，塔莫金医生结合理论与他个人的亲身实践，建议威尔姆要自信地融入商业社会，大胆参与商业社会的竞争，充分了解商业社会的内部规则。

在塔莫金的引领下，威尔姆决定接受并深度参与美国资本主义经济体系，接受商业社会竞争的观念，把仅有的700美元全部委托给塔莫金医生去投资，投资失败后，他经历极度的沮丧、甚至一度陷入崩溃的状态，但他最终明白，他必须努力适应、积极参与资本主义经济体系。在不断领悟的过程中，他意识到自己需要深度参与社会，认真参与到这个世界中，包括这个世界的经济制度，后来逐渐萌生"和世界连为一体的感觉。"（Jung，1956：158）在小说结尾，威尔姆经历了具有启示意义的葬礼。正如理查德·H.鲁普（Richard H. Rupp）指出的那样，"葬礼仪式是最终的庆祝，因为它揭示了对最终的现实以及击败他的强权的屈服。庆祝并不总是为胜利欢呼；在这它是投降仪式，是对个人懦弱的欢庆。在投降中汤米得到重生。"（Rupp，1970：201）可见，在葬礼仪式上，威尔姆最终明白自己的缺点，向现实妥协之后接受了现实，明白了资本主义市场的残酷性，以及人人必须参与其中，适应美国经济制度的必然性。在《更多的人死于心碎》中经历一系列困境之后的犹太主人公本诺·克雷德的下列感言也表明他对美国社会制度中的经济制度秉持认同态度："唯有自由市场可以使人类避免大混乱。"（136）

珍妮·布雷厄姆认为，"对贝娄来说，个体生命不能在孤独中度过；为了寻求生命的意义，人类必须尽力把自己与社会、公共机构及共同价值观联系起来。"（Braham，1984：2）艾伦·皮弗认为贝娄作品中的主人公表现出"对生活、他者、（他们）身边的环境和世界本身的依附。"（Pifer，1990：7）丹尼尔·福克斯指出，贝娄"期望把生活变成艺术……贝娄的主人公期待参与社会。"（Fuchs，1984：9）尤金·霍拉汉（美国的期刊 *Studies in Literary Imagination* 的编辑）认为贝娄的小说，传递出人类期望接受"参与社会的观念。"（Glenday，1990：4）小说中的威尔姆也的确认识到自己与社会之间的

第八章　现代化进程中当代美国犹太文学对美国社会制度的认同

割裂状态，从而决心深度参与社会、参与资本主义经济体系，通过"融入资本主义经济社会，深入理解美国经济制度的规律"来找回自我，表明他对美国社会制度中的经济制度秉持认同态度。

贝娄的小说《奥吉·马奇历险记》中的美国犹太人奥吉发过广告，送过报纸，当过店员，摆过地摊，做过养狗者、窃书贼、工会职员、秘书、军校学员、商船事务长、推销员等，最后做了掮客，可以说奥吉一直在摸索如何适应资本主义经济体系。《贝拉罗莎暗道》中来到美国后的犹太主人公方斯坦夫妇也不断适应美国经济体系，甚至开办了自己的工厂。《赛姆勒先生的行星》中赛姆勒先生的侄儿安纳德·伊利亚·格鲁纳作为东欧犹太移民，不断尝试多个行业。罗斯的小说《美国牧歌》中出生于纽瓦克地区的塞莫尔·欧文·利沃夫，马拉默德的《店员》中的小店店主莫里斯，在逾越节过后皈依犹太教的弗兰克，以及小说中出现的萨姆、卡帕①都是勇于积极参与美国经济体系的犹太主人公，美国犹太作家通过描写这些主人公的所作所为表明了他们对美国社会制度的认同。

马拉默德的《店员》中有一名叫布列巴特的犹太人，曾开过小店，但他的弟弟却把他挣的钱输了个精光，还与他的爱人私奔了，留下一大堆债务和一个不太聪明的孩子。破产后，债主们把布列巴特剩下的家产抢个精光，他只好带着儿子住在一个又脏又小的公寓里。幸运的是，在政府的帮助下，极度困难的布列巴特能够依靠救济过活，后来成为卖灯泡的小贩。短篇小说集《魔桶》里有一则故事《哀悼者》，故事中的凯斯勒是一名犹太人，曾是一名鸡蛋对光检查员，"后来一个人靠社会保险金生活。在过去的六十五年中他本可以为不止一个黄油和鸡蛋批发商干活而赚更多的钱，因为他挑选鸡蛋和给蛋定级又快又准，可是他喜爱和别人争吵，被认为是好惹麻烦的人，所以那些批发商不愿雇他。在一段时间后，他退休了，靠社会养老金而过着十分简朴的生活。"（87）上述文字表明尽管凯斯勒的生活并不富裕，但他退休前依靠社会保险金生活，退休后则依靠社会养老金生活，他已在公寓里住了十年，而且依据小说的情节，每个月能够交足房租。贝娄的小说《奥吉·马奇历险记》中奥吉的弟弟乔治智力存在缺陷，奥吉

---

① 莫里斯、卡帕、萨姆三家先后流落到莫里斯居住的地方，三家的住房与商店紧挨着，形成了非犹太人区中的小型犹太社会。卡帕开鞋店，萨姆开酒店，而莫里斯开杂货店。

的奶奶要求奥吉的哥哥西蒙与社会福利调查员鲁宾联系，申请送乔治去福利院的指标。最后，"通知书下来了，说福利院里有个名额给他。"（83）由此可见，美国的社会保障体系为布列巴特、凯斯勒、乔治这样的犹太主人公提供了一定的生活保障，考虑到社会保障体系是美国社会制度的重要组成部分，可见，美国犹太文学作品借助诸如凯斯勒、乔治这样的犹太人之口，道出了美国犹太人对美国社会制度的认同。

第四节　认同表征三：犹太主人公秉持私有财产不可侵犯理念

洛克曾指出，私有财产权是天赋人权的重要内容，"它是针对自我保护的基本权利。"（Strauss，1952：489）深受这一观念影响的美国人对私有财产的保护意识极其强烈，在美国人看来，"私有财产以及它们各自的子范畴都被视作独立的实体。"（Wunderlich，1974：82）对美国人来说，"私有财产既与国内法律制度的健全又与法律制度所体现的价值观紧密联系在一起。"（Barnes，2013：8）在美国人看来，"对财产的保护是防止失去财产的一种豁免。"（Wunderlich，1974：95）比如，"禁止入内的标记对所有人都是一个广播信息。它描述了人际之间的基本原则，例如所有者与社会其他成员之间的关系。"（Wunderlich，1974：82）为了保护私有财产，政府制定了相应的财产法，"美国的财产法，结合当时英国法传统和美国本土文化背景，形成了法律在美国至高无上的地位，它被视为治理社会，促进国家政治、经济、文化和教育等各项事业发展繁荣的精巧的工具。"（孙祥和，2007：19）私有财产神圣不可侵犯这一理念既得到《人权法案》的保护，也深深扎根于美国人的脑海里，这种理念也深刻影响着美国犹太人，并体现在美国犹太文学作品中。

贝娄的小说《勿失良辰》中的威尔姆在期货市场投资失败后，经济上陷入困境的他求助于父亲艾德勒医生，但遭到了拒绝，艾德勒医生斩钉截铁地对威尔姆说，不能把钱给他，因为这种事一开头，就没完没了，况且"我跟你或其他任何人都一样，仍然活在世界上。我不愿意再做任何人的牛马。而且我想用同样的话劝告你，威尔基，不要做任何人的牛马。"（68）可见，小说对父子关系的刻

第八章　现代化进程中当代美国犹太文学对美国社会制度的认同

画入木三分。正如威尔斯所指出的那样："我认为，索尔·贝娄的小说《勿失良辰》，对于以父子关系为主题的小说来讲贡献极大。"（Weiss，1962：277）在父亲看来，他自己挣的钱是自己的私有财产，是养老的保障，一旦拿出一部分给威尔姆，自己可能会看别人的脸色生活。尽管说这缺少了父子之情，但从小说情节发展来看，正是父亲的拒绝让威尔姆彻底投身资本主义经济体系，彻底明白需要融入经济社会而不是将之拒之门外，因此父亲艾德勒医生对自己私有财产的强烈维护反而对儿子起到了意想不到的良好效果，贝娄借此来表明艾德勒医生对美国社会制度的认同。

在《更多的人死于心碎》中，犹太主人公植物学家本诺·克雷德的舅舅哈洛德·维利泽曾通过不法手段获取了本诺家的一些资产。本诺的第二任妻子玛蒂尔德·拉雅蒙（拉雅蒙医生的女儿）希望本诺起诉维利泽拿回那笔钱，本诺不太情愿。于是玛蒂尔德对本诺说，当时本诺家族的地产值一千五百万，而现在维利泽只给本诺几十万，这是不公平，也是不对的。后来，在拉雅蒙家族的威逼利诱下，本诺对维利泽实施了威胁，结果，压力过大的维利泽突然死亡。小说的结局意在说明，别人的私有财产不能据为己有，否则会带来不好的下场。贝娄通过描述主人公本诺·克雷德为了维护私有财产而采取的行动，表明本诺对美国社会制度的认同，这种观点还体现在以下几部小说中。

《莫斯比的回忆》是贝娄的短篇小说集，"与《晃来晃去的人》相比，它更优秀，因为像早期的小说一样，它刻画了一名忙于界定自己是谁的自传作者。"（Abbott，1980：277）的确，短篇小说集中的每一个人都在用自己的行动在界定自己是谁，自己归属于什么样的人。短篇小说集里一则故事《离别黄屋》中的主人公老海蒂用自己的实际行动把自己界定为私有财产的维护者。依据小说，她居住在西戈芜湖畔，回顾着过往的岁月，包括失去的快乐、经历的厄运、做过的蠢事、受过的屈辱以及给他人造成的伤害。小说情节显示，老海蒂受伤之后无人照顾，想为自己找点生活依靠。但是，她唯一可去的地方只有安格斯那里。海蒂想到在安格斯家居住期间遇到的种种困难，于是决定依靠自己，并对上帝发誓，一定要坚守她的黄屋。她还要给克莱博恩律师写封信，期望他把事情办得牢牢靠靠，不能让佩斯得到她的财产，她要"把这份产业，土地，房子，花园，用水的权利全留给海蒂·西蒙斯·瓦戈纳，也就是我自己！……这是我惟一愿意做的事。"（184—185）海蒂所言体现了她秉持私有财产不可侵犯理念。

《院长的十二月》中的主人公阿尔伯特·科尔德院长的妻子米娜是一位知名的天体物理学家，科尔德岳母瓦勒丽娅的妹妹琪琪"坚持认为米娜应该有一份完整的财产目录，每一块小垫布和蛋糕也都要算在内。"（279）琪琪的观点体现了她眼中的私有财产不可侵犯。在《晃来晃去的人》中，约瑟夫去他舅舅家吃饭，饭后他在楼上听唱机，他的侄女艾塔也想使用唱机，后来两人因此而吵架。艾塔说约瑟夫吃完饭后一直在用唱机，现在该轮到她使用，但约瑟夫说"这是我的唱机，你硬是不让我用我的唱机！"（53）这体现了约瑟夫对私有财产不可侵犯这一理念的认同态度。

在《拉维尔斯坦》中，叙述者齐克和前任妻子薇拉去接受一个授予外国作家的奖项时，齐克的好友作家艾贝·拉维尔斯坦因急于见齐克，于是直接进了齐克家，而当时薇拉穿的衣服很少，觉得拉维尔斯坦冒犯了自己，"从那以后，她说她永远也不能原谅他冒失地闯入她的房间。"（99）私人空间归属于个人隐私，而"个人隐私通常被认为属于个人权利范畴。"（Wunderlich, 1974：93）因此，此时的薇拉有个人权利被侵犯的感觉，因此要保护私人空间这一重要的私有财产。拉维尔斯坦也在小说中说过："我们国家的自由政治使隐私和自由成为可能，私人生活不受打扰。"（106）因此，在薇拉的眼中，私人空间作为私有财产不可侵犯，体现了她对私有财产不可侵犯这一理念的认同。

在《赛姆勒先生的行星》中，赛姆勒先生的女儿苏拉偷了拉尔博士的手稿，遭到父亲的严厉责备，父亲认为苏拉不可以窃取拉尔博士的私有财产，于是他在小说中这样呵斥苏拉："苏拉，我知道你做这件事是为了我……可是从现在起，别把我当作借口来使用（即偷手稿是为了给父亲使用——作者注）。"（200）苏拉还想把父亲的侄儿伊利亚藏在房子里的钱据为己有，再次遭到父亲的斥责："咱们不是小偷。那不是咱们的钱。"（307）这体现了赛姆勒先生对私有财产不可侵犯这一理念秉持认同态度。

在《魔桶：马拉默德短篇小说集》中的短篇小说《哀悼者》里，凯斯勒被强行搬出公寓以后，好心的邻居又将凯斯勒送回了他的公寓。公寓的主人格鲁伯知

第八章　现代化进程中当代美国犹太文学对美国社会制度的认同

道后,拿钥匙开了门,并对凯斯勒说"你知道这是犯法的吗?这是非法擅入,是犯法的,你回答我。"(92)格鲁伯的行为的确欠缺人文关怀,但在他看来,凯斯勒被勒令离开又回公寓的做法属于非法入侵,是对私有财产的侵犯。马拉默德通过描述主人公格鲁伯为了维护私有财产而采取的举措,表明了格鲁伯对美国社会制度的认同,这一观念还体现在下列作品中。

《银冠》是《魔桶:马拉默德短篇小说集》中的又一则短篇小说,在小说里,阿尔伯特的父亲患重病躺在医院的病床上,除了一个医生说他得了癌症外,没人确定他得了什么病。阿尔伯特心事重重,一天在路上遇见名叫利夫凯尔的胖女孩(犹太拉比乔纳斯·利夫斯齐兹的女儿),往他的怀里硬塞了一张用意弟绪语和希伯来文写的硬卡片,上面写着"治疗病者,拯救垂危,制作银冠。"(373)后来,基督徒阿尔伯特为了父亲甘斯的病能够好转起来,轻信了乔纳斯·利夫斯齐兹拉比的话,花费986美元打算制作一个银冠,但拉比并没有提供给他一顶真正的银冠。感觉自己被骗后,阿尔伯特要求拉比在五分钟之内提供一顶银冠,否则第二天上午就去布朗克斯县地区找检察官起诉拉比,把他关起来,并关闭他的所谓制作银冠的工厂。他还对拉比这样说:"快点把我那九百八十六块钱还给我……贼就是贼。阿尔伯特。"(392)小说对乔纳斯·利夫斯齐兹拉比的欺骗做法进行了批判,对基督徒阿尔伯特保护私有财产的努力给予了赞扬,向犹太人发出一个信号,不要以非法手段窃取他人的私有财产。在小说《杜宾的生活》中,杜宾在早晨散步时遇见以前的情人芬妮,于是邀请她一起散步,当芬妮走上一道石墙时,杜宾对她说"这是私有财产!"(236)可见,私有财产不可侵犯的概念已深入杜宾的心里。

在罗斯的小说《乳房》中,大卫·凯普什教授变成了一只重达155磅的女性乳房。变形后的大卫极度痛苦,必须从多个方面改变自己,以适应完全不同的生活,实际上,"这本书的结构标志着凯普什在内心和感官上认识到他必须'改变自己的生活'的各个阶段,就像里尔克的诗所建议的那样。"(Sabiston,1975:29)的确,变形后的凯普什教授需要在方方面面改变自己,但从小说情节来看,有一点他始终没有改变,即他对私有财产的强烈维护意识,诚如他在小说所言:"人家也许认为这样变形的后果就是牺牲者会暂时不会失去个人的财产、礼仪和荣誉。可是，因为这些东西与我那健全的心智和自尊心紧密相连，所以，我真的很'在乎'。"（31）可见，在大卫·凯普什教授看来，与他健全的心智和自尊心紧密相连的个人财产、礼仪和荣誉都属于他的私有财产，考虑到现在他正处于失去私有财产的状况，因此他变得非常焦虑。

《行话》中的叙述者罗斯一天晚上在伊凡家吃饭时，给一个"被秘密警察追至背井离乡、穷困潦倒境地的，他和伊凡共同的作家朋友"出主意如何取回20世纪70年代被当局没收的两室小寓所。伊凡建议该作家带着四个孩子直接去找布拉格的新市长雅罗斯拉夫·柯然，然后所有人躺在地板上拒绝离开，并对市长说："'我是一个作家，他们把我的寓所没收了，我想要回来'。"（54）在伊凡看来，作家的寓所是不可侵犯的私有财产。凯普什、伊凡等主人公对私有财产的强力维护，表明他们对美国社会制度的认同。

第五节 认同表征四：
作品体现出对美国法律法规的称颂和对社会秩序的期盼

一、作品体现出对美国法律法规的称颂

孙祥和指出："在美国，法律的制定、执行和解释等各个环节，都受到了人们的高度重视，被视为一种科学化的过程。认真学习法律、自觉遵守法律，成为一种社会风尚。"（孙祥和，2007：19）因此，"美国人声称的最主要原则之一就是'我们美国人坚持法治而非人治。'"（Moreno，1955：96）美国人对法律法规的重视与维护在美国犹太文学作品中也有所体现。

罗斯的短篇小说集《再见，哥伦布》中有一则故事《狂热的艾利》，故事中的犹太主人公艾利·派克律师受伍登屯小镇原有犹太居民的委托，希望通过伍登屯犹太社区管理条例来规范当地一所由利奥·图里夫创建的犹太学校里（其中一名穿黑衣戴黑帽子男士的穿着与当地原有犹太居民的穿着格格不入，这使得艾利非常不满，他希望该男子能换掉身上的服装——作者注）所有人的穿着及行为举止。期望执行条例的艾利与反对执行条例的犹太学校校长图里夫之间产生冲突。艾利认为条例会给这些新来的犹太人带来福祉，而图里夫则认为新来的那名犹太

第八章 现代化进程中当代美国犹太文学对美国社会制度的认同

人经济上太过拮据无法置办新的服装。故事中的艾利这样说道:"图里夫先生,我来这儿并不是为了谈论形而上学。人民使用法律,这是灵活的。他们保护他们珍视的东西,他们的财产,福利以及幸福"(242—243)可见,在艾利看来,人们通过法律、条例保护自己的私有财产,获取幸福是非常正确的事情。上述文字中提到"法律"二字,小说后面的行文中还提到英语表达中既有"忍受",但也有"法律",法律二字再被提及,这既表明了法律的重要性,又体现了以艾利·派克为代表的犹太主人公对美国法律法规的称颂。

贝娄在小说《院长的十二月》中描写来自美国的科尔德院长在岳母住院的医院会见医院院长,一名军衔为上校的罗马尼亚秘密警察时,这样写道:"国有法,家有规,一个机关必须遵守规矩。科尔德擅自发表了意见。"(12)擅自发言的科尔德的确给自己带来了很多麻烦,这在很大程度上说明维护法律法规的重要性,而法律法规是美国社会制度的重要内容。因此,贝娄借上校在小说中对法律法规的评价,表明主人公对法律法规的推崇和对美国社会制度的认同。

二、作品体现出对社会秩序的期盼

美国人重视社会秩序,即使是那些"认为自由精神带来进步的自由人士,也强调自由所依靠的秩序。"(Berkowitz,2007:15)在此背景下,美国犹太作家也非常重视秩序,因此经常在作品中表达出对混乱秩序的担忧与焦虑,对良好秩序的期望与重视。这些作家认为,社会秩序约束人们的行为举止,保障人们的各项权利,指引人们迈向正确的方向,因此在很大程度上具有与法律法规一样的功能,关乎人民的福祉。因此,美国犹太文学体现出对社会秩序的期盼,也从一个侧面表达了美国犹太主人公对美国社会制度的认同。

《放任》是罗斯的第一部长篇小说,故事背景是20世50年代美国的芝加哥、纽约等城市,描述了犹太人盖博·瓦拉克这名芝加哥大学教师的故事。尽管在学术上取得了成就,但他一直生活在混乱之中。他与几位女性都保持暧昧关系,其中包括自己的学生、同事保罗·赫茨的妻子莉碧、带着两个孩子的离异女性玛莎等。盖博既期盼拥有一个内涵丰富的情感世界,又不愿意被任一女性所摆布,因此在混乱与困惑之中受到煎熬,需要秩序的引领。

长篇小说《波特诺的诉怨》成为当时的畅销书,精装本以及平装本的销售数量高达150万册，但与此同时，它是继《再见了，哥伦布》之后，又一部在当时读者与评论界当中引起极大争议的作品。罗斯指出，"犹太人在世人面前谨小慎微、彬彬有礼，已然成为当时犹太人、犹太社区和白人主流社会共同认可的潜规则，而波特诺的自白却向读者展示出一个违反常规、背叛家庭秩序、过度执着于性行为的犹太小子形象，这无形中构成一种强烈反差。"（金万锋，2015：37）的确，主人公的越界行为让该小说与罗斯之前的作品在风格上有着不小的差异。纵观罗斯的一生，正如他作品中的波特诺需要作出艰难选择一样，"罗斯所受到的众多指责和非议既证明其作品的影响力和复杂性，也表明他作为一位犹太作家所要面对的众多压力和所要面临的艰难抉择。"（孟宪华，2015：1）罗斯就是那种能够遇见、并随时准备扛住压力的作家，于是他坚持让波特诺这样别具一格的犹太主人公走进读者的心中，任由读者与学界评判。作品中的犹太主人公亚历山大·波特诺极具反叛意识，不断违反伦理道德，竭力摆脱社区、家庭（尤其是他的母亲）以及社会对他的束缚。他从少年时就开始无节制的手淫，试图以此获得独立成长的体验，但随之而来是难以消除的羞耻感、焦虑以及内疚。同时，他同《放任》中的盖博·瓦拉克一样，周旋于不同的女性（犹太以及非犹太女性）之间，处于混乱之中，急需回归理性的秩序。

《欲望教授》用第一人称视角描写了犹太主人公大卫·凯普什从无知童年，到走向大学讲坛，再到文学教授的人生经历。获富布赖特奖学金之后，他前往英国研究亚瑟王传奇以及冰岛传奇文学，其间陷入与伊丽莎白、波姬塔两名瑞士女郎的三角恋。回国后又与性感演员海伦·柏德打得火热，并很快成婚，但难以在情感生活与学术研究之间保持平衡后又与海伦离了婚。之后，面对年轻美貌的大学教师克莱尔时，又陷入难以自拔的境地，但再次面临婚姻选择时，他充满担忧，因为他担心与克莱尔结婚后激情退去可能再次导致离婚。因此，凯普什教授长期以来苦苦挣扎于灵与肉、理智与情感、道德与本能的冲突之中，恰如马丁·格林所指出的那样："罗斯后期的作品，包括《乳房》和《欲望教授》，都呈现一种道德上的痛苦，给人的感觉比其他任何东西都要深刻。"（Green，1978：163）《欲望教授》中的凯普什面临的道德痛苦让他处于较为混乱的状态之中，急需回到某种秩序之中。

第八章　现代化进程中当代美国犹太文学对美国社会制度的认同

在罗斯的《祖克曼①》三部曲中，犹太主人公中年作家祖克曼在反思文学与道德、虚构与现实的关系中经常遭到困惑。《鬼作家》被比作"无与伦比的詹姆斯式散文。"（Cohen，1989：196）该小说中的祖克曼努力寻找文学之父，力求通过这一寻觅过程摆脱自己之前的精神紊乱状况。《被释放的祖克曼》被称为"罗斯一生中的一幅肖像画或片断。"（Hagen，1982：516）约瑟夫·科恩指出："在《被释放的祖克曼》中，我们看到英雄遇到各种各样的障碍，……最终在名利方面获得胜利，但往往背负着早期奋斗时带来的痛苦或者仍然远离家庭生活，因此在有可能获得安心和从容之前有必要接受有惩罚。"（Cohen，1989：198）的确，小说中的祖克曼在发表《开诺夫斯基》后，收获了名望以及金钱，但因小说极具争议色彩，这让他自己及其家人陷入尴尬与无序之中，甚至他本人的婚姻都已名存实亡。

《解剖课》中的祖克曼因莫名疾病带来的病痛，让他不但依赖四个女性而生活，并四处求医，尝试各种药物。祖克曼所患莫名其妙的疾病与紊乱的秩序密切相关。《垂死的肉身》大卫·凯普什与康秀拉以及卡罗琳之间的爱欲关系一定程度上也是他内心精神紊乱，失去秩序的重要体现，也是他渴望秩序的重要原因。《美国牧歌》中犹太主人公塞莫尔·欧文·利沃夫的女儿梅丽年仅16岁，但在20世纪动荡年代的影响下，成为社会的叛逆者和炸弹客，用自制的炸弹炸死了四名无辜的人，亲手毁掉利沃夫家族经过三代人努力获得的幸福。因此，梅丽这名反文化运动者完全是一个失去秩序的人。

托马斯·费伊认为，"罗斯的作品可以让读者洞察到他对异性恋关系和宗教的探索。"（Fahy，2000：117）罗斯的小说《垂死的肉身》就是一个很好的例证。小说中的美国犹太主人公大卫·凯普什教授不但与他的学生，古巴女孩康秀拉·卡斯底洛有着不同寻常的爱欲关系，还与卡罗琳·里昂斯保持暧昧关系。卡罗琳·里昂斯的好友珍妮·怀亚特与她的老师——一名校园诗人之间也发生了越轨行为，而珍妮对此毫不在意。这部作品中较为复杂的异性恋关系，正是当时性解放运动以及学生运动等一系列运动综合作用下的结果。罗斯曾在小说中评价说，在20世纪40—50年代，在凯普什读大学的时候，校园秩序井然。进入20世

---

① 祖克曼，经常也翻译为朱克曼。

纪60年代后，美国大学校园变得混乱起来，因为有一批校园暴乱领袖在不停地运作，卡罗琳·里昂斯的好友珍妮·怀亚特就是一位，她是"一个极富个人魅力的六十年代的暴乱领袖，蕾丝艾比·霍夫曼①一样的人物。"（54）凯普什教授、康秀拉、珍妮等在性方面较为随意的行为，正是当时美国校园社会秩序较为紊乱的写照，也是罗斯非常焦虑的问题之一。

在马拉默德的小说《杜宾的生活》中，功成名就，已56岁的传记作家威廉·杜宾陷入中年危机：婚姻生活日渐平庸、衰老日益逼近。于是，他期望从年轻性感、充满激情的22岁范妮姑娘那体验肉体上的激情，但同时又受到内心伦理道德的谴责，在相当程度上精神状况较为紊乱，急需秩序的援助。《卢布林的魔术师》中的雅夏·梅休尔成为当地有名的魔术师之后，竟打算把情人埃米莉亚带到国外生活，于是，他决定筹措出国资金而铤而走险进行行窃，结果伤了一条腿，内心同样处于无序之中，后回卢布林进行忏悔，选择苦行僧的生活进行赎罪而回归原有的社会秩序，于是这成为"《卢布林的魔术师》的最高潮之处……无道德的浪荡子选择中世纪苦行僧生活的戏剧性转变。"（Fixler，1964：382）

贝娄以《赛姆勒先生的行星》为例，也深刻说明了这一点。目睹20世纪60年代的美国社会现实，贝娄的内心非常沉重，他借助赛姆勒先生之口，道出了当时的状况，"（那时的人们）需要有好几种同时使用的语言……一个人同时要抽十支香烟；这时还得喝威士忌；还得跟三四个异性一起睡觉；听几个乐队演奏；接受几套科学的符号——现代人所期望的事物的无边无际，现代人所期望的事物的压力……就是如此。"（201）

赛姆勒先生周边的人几乎都处于混乱与无序之中。女儿苏拉热衷于怎样引起他人的关注，怎样获取堕胎的资金；女婿埃森对艺术陷入走火入魔的境地，甚至准备给病危的格鲁纳大夫画像；侄儿格鲁纳大夫的女儿安吉拉与不同的男人上床，乐此不疲，陷入肉欲之中；格鲁纳大夫的儿子华莱斯是一位同性恋者与酒徒，忙于摄影与各种交易，无暇顾及父亲的病情；布鲁克恋上女性的手臂；黑人扒手自豪于自己硕大的生殖器，并用它对自己充满好奇的赛姆勒先生进行示

---

① 艾比·霍夫曼（Abbie Hoffman）是反文化运动的著名人物，1968年芝加哥民主党大会召开时，他是与警察发生冲突而被捕的七名学生领袖之一。

第八章　现代化进程中当代美国犹太文学对美国社会制度的认同

威与威胁；来自印度的V·高文达·拉尔博士思想怪诞，痴迷于如何在月球和其他星球建立殖民地；技师莱昂内尔·弗菲尔热衷于勾引有夫之妇，"过着一种高能量的美国生活，简直达到了无政府状态和崩溃的地步"（42），甚至到公交车上拍摄那名黑人扒手行窃的照片，打算用这些照片从报社挣一笔资金。这些在无序中疯狂的人物深陷于"热切的、不顾一切的唯我论"（Wilson，1985：38）之中，"完全以自我为中心，其逻辑是通过各种各样的施虐狂行为和受虐狂行为表达自我，毁灭自我或把自己弄残……"（Bloom，1986：88）赛姆勒先生周边的人似乎"以倒行的方式进入未来。"（Newman，1995：189）知识渊博的赛姆勒先生曾接受弗菲尔的邀请到哥伦比亚大学做一场有关乌托邦思想的报告，结果，在反文化运动的推波助澜下，被现场激进的学生轰下了台，还遭到他们的叱呵："你们干吗要听这个老废物的胡说八道？……他是个死人，不中用啦。"（46）作为无序行为的见证者，赛姆勒先生也不由得感慨："过去相信的，信任的，今天心酸地被包围在无情的嘲笑之中……人们今天在证明懒散、愚蠢、浅薄、混乱、贪欲是正当的——把往日受到人们尊敬的东西翻了个个儿。"（12）凯斯·奥普戴尔指出，赛姆勒先生这个"上了年纪的主人公道出了严肃的观点。"（Rovit，1975：127）

联想到贝娄在圣弗朗西斯科州立学院做报告时也曾被激进学生终止报告这一悲伤往事，因此，在描述赛姆勒先生被学生赶下台之际，面对无序状态，贝娄应该正"满怀悲伤地注视这一切。"（Rovit，1975：127）在接受戈登·劳埃德·哈珀的访谈时，贝娄说："更强势、更有目标性的人会要求秩序,影响秩序,进行挑选和舍弃。"（哈珀，2007：126）贝娄所言道出了他对秩序的期盼。

赛姆勒先生的侄儿格鲁纳大夫同样目睹了美国社会的动荡和疯狂，见证了民权运动、反越战游行、妇女运动，以及反主流文化的思潮，他的身边随处可见以自我为中心、强调性本能、冲动、激情、堕落与癫狂的人物，心情沉重的格鲁纳大夫采用坚守伦理道德、勤奋工作、乐善好施等方式解决实际困惑，而这些方式正是传统的美国人通常采用的方式。格鲁纳用自己的实际行动诠释了美国犹太人如何应对社会混乱，如何明确方向。

实际上，贝娄认为美国人前进的方向应该与秩序紧密相关。《勿失良辰》已表明贝娄在考虑"秩序与和谐的问题。"（Scheer—Schazler，1972：60）《赛姆勒先生的行星》再次表明贝娄对此问题的考虑。贝娄曾这样指出作家的职责："建立标准，安排秩序，提供价值观和见解，引领我们通向生活的源头，通向有生命的东西。"（Kumar，2003：7）贝娄在接受采访时曾对乔伊斯的《尤利西斯》发表过评价，认为这部小说堪称描写心理混乱的佳作，同时认为乔伊斯过于悲观了，也不认为人的精神能长期忍受这样的混乱，正如他所言："精神必须忍受这种情形多久……强健、果断的心灵要求秩序、赋予秩序。"（王诜，1992：276）的确，贝娄在小说中安排格鲁纳大夫带头做出表率，让他充当了包括犹太人赛姆勒先生在内的所有美国人的引路人，对他们进行正确的引领，为他们设立标准，恢复秩序，这也体现了主人公赛姆勒先生对秩序的期盼。《晃来晃去的人》中的约瑟夫在现实生活与激进思想之间的碰撞中处于无序状态，最后期待通过军营里的秩序消除他"自由而无着"的虚无状况。《赫索格》中的大学教授赫索格因为第二任妻子马德琳与他最信任的朋友格斯贝奇私通，离婚后还被赶出家门并失去对女儿的看护权，精神一度处于崩溃状态，甚至动了枪杀格斯贝奇的念头，并为之采取了行动（后看到格斯贝奇为自己的女儿琼妮细心地洗澡，才打消刺杀的念头）。他痴迷于写信之中，写信的对象包括社会名人、亲朋好友、报社杂志、自己本人、上帝、认识以及不认识的、活着的以及死去的人，而这些信件从未寄出，思想状况混乱的他借助回忆以及联想，回顾了自己的个人经历与遭遇，家庭成员（包括情妇雷蒙娜）以及朋友的情况。在小说结尾，赫索格回到路德村的乡间古屋，在恬静的大自然中逐渐消除混乱的状况，在很大程度上恢复了秩序。《雨王汉德森》的汉德森曾经同样处于混乱无序之中，在小说的开头他买票飞往非洲时，这样描述道："是什么促使我那次去非洲旅行的呢？这不是一下子讲得清楚的。情况在不断地恶化、恶化、恶化，没多久，终至错综复杂，不可收拾……想到当时自己的境况，不由得悲从中来……一股杂乱无章的心潮在心中翻腾起来——关于我的父母、我的妻子、我的女友、我的孩子、我的农场、我的家畜、我的习惯、我的金钱、我的音乐课程、我的酗酒、我的偏见、我的蛮横、我的病牙、我的容貌、我的灵魂!……从四面八方向我袭来。情况变得一团糟。"（7）令人欣慰的是，汉德森在非洲之行之后明白了社会秩序的重要性，逐渐恢复了内心的平静。

《更多的人死于心碎》中过着中产阶级生活的本诺·克雷德在首任妻子列娜过世之后，就周旋于不同的女人，甚至和日本同行一起看脱衣舞表演。青年时期曾和裁缝柯汉的女儿相处，但因本诺胆小，她却和别人好上了，让未获得性爱的本诺备受折磨。他曾与性欲强烈的卡洛琳·邦吉邂逅，也与邻居德拉·白代尔有过一夜情，并反复受到白代尔的性骚扰，白代尔后来在本诺的门前死去，死前还呼喊着"我该拿我的性欲怎么办？"可以说本诺一直受到良心的谴责，深陷性虐待之中。本诺和第二任妻子拉雅蒙·玛蒂尔德结婚后，又一次成为性虐待对象，而且沦为拉雅蒙家族获取私利的工具，自尊与人格几乎全部丧尽。可见，本诺自从陷入混乱后，尽管一直想方设法进行摆脱，但始终未能做到，整个人的状态处于极度混乱之中，急需秩序的引领。在小说结尾处，本诺临时改变与玛蒂尔德去巴西的计划，目的是躲避玛蒂尔德到北极研究地衣，从科学研究中寻找片刻的宁静。小说的结尾似乎在一定程度上象征着本诺向秩序迈进了一步。因此，本诺的整个人生经历再次证明秩序的重要性与必要性，这也是贝娄一直试图向读者展示的内容。贝娄甚至考虑通过想象力建立秩序，他曾这样说道："小说家从无序和不和谐出发，然后通过想象的过程达到秩序。"（Bellow，1957：6）

可见，贝娄、罗斯以及马拉默德等美国犹太作家笔下主人公的无序状况，让这些作家非常担忧，于是他们在各自的作品中进行了情节上的安排，有的主人公（如杜宾、威尔姆、赛姆勒先生、汉德森、赫索格、克雷德等）最终找到或回归（至少在精神层面）社会秩序，有的（如盖博、波特诺、梅丽、《欲望教授》中的凯普什、《解剖课》中的祖克曼、《被释放的祖克曼》中的祖克曼等）仍处于无序之中，这体现了以上述犹太人为代表的美国犹太人对社会秩序的渴望，也表明了他们对美国社会制度的认同。

第六节　认同表征五：犹太主人公对美国教育制度持认同态度

"在美国意识形态框架内，每个人都可以通过教育获得成功。"（Baker，1995：261）因此，"教育作为提高美国全民族文化素养的主要手段也就理所当然地放在重要的发展位置……教育不仅成了接受文化知识的途径，而且成了人们谋生的必要手段。"（王恩铭，吴敏，张颖，2007：215）基于此，包括美国犹太人在内的美国人都高度重视教育，期望通过美国教育制度提升自我，把握命运，这在美国犹太文学作品中也得到体现。

在马拉默德的《店员》中，店主莫里斯是一名俄裔美国犹太人，到了美国后，希望通过教育改变命运，正如他在小说中对弗兰克所说："我在夜校读了一年，学过代数、德语，还有英语。我在夜校学习缺乏恒心，后来遇到我的太太，就退学了。不受教育，你就没有出息。"（87）莫里斯的女儿海伦认为美国的高等教育能够帮助自己改变命运，因此，在家庭非常困难的情况下，仍然坚持通过读夜大提升自我，表明她对美国教育制度的认同。

《奥吉·马奇历险记》中奥吉一家人都参加了奥吉的哥哥西蒙的中学毕业典礼，西蒙还代表毕业生在典礼上致辞，为家族带来了荣耀。劳希奶奶希望奥吉第二年也能站在台上致辞。奥吉感慨奶奶的打算落空了，因为尽管他曾想发奋用功，可是已经太晚，他过去的成绩比较糟糕。依据小说情节，奥吉做过各种不同的工作，知道各种工作的艰辛，他希望通过美国教育改变命运。可是，迫于家庭生计，他无法在学习上投入太多的时间，较早离开了学校，对此他不无遗憾，如小说中他所言："你被迫过早地卷入那高深莫测的城市生活目标之中，既没有穿上法衣被选到以利面前，开始在神殿里侍奉①，也没有送去学习希腊文，这又怎能使你飞黄腾达？还能得到什么幸福和解除困苦的良药？怎么有可能跟一位戴着眼镜、脸色苍白的教师哪怕只是一起散个步，或者学学小提琴呢？"（122）上述文字也体现出奥吉对美国教育制度的期待与认同。

《雨王汉德森》中的汉德森非常看重美国高等教育的声誉，在小说一开头，

---

① 依据《圣经·撒母耳记上》第1—3章，撒母耳的母亲哈娜多年未能怀孕，于是去神殿求子，并承诺如果得子，一定将他送到神殿去侍奉耶和华上帝。后来，哈娜果然得子撒母耳，于是在其断奶后将他送到神殿，交给祭司长兼士师以利，后来成为以色列的先知。

汉德森就说他是常青藤联合会①中一所名牌大学毕业生。在小说结尾处，他逃离非洲，带着幼狮回国，途中收养了一名波斯孤儿。他决心回国后重新进入大学学医，因为他认为通过美国高等教育，能够获得足够的医学知识，从而通过行医做一名对社会有用的人。可见，汉德森对美国的教育制度充满信心，并表示认同。

《勿失良辰》中汤米·威尔姆的姐姐凯瑟琳获某大学外科学士学位，他的表哥亚太就读于哥伦比亚大学，后来成为一名教授。威尔姆的父母都接受过高等教育，母亲毕业于布林马尔大学，父亲艾德勒医生大学毕业后从事医务行业，已是纽约名医，退休后仍有非常可观的积蓄。威尔姆的父母受益于美国的高等教育，已在美国主流社会站稳了脚跟，因此他们对美国高等教育非常认同。E.D.亨特利在分析美国华裔文学作品时曾指出，美国华裔母亲们希望女儿们"应该像中国人一样思考问题，又能说一口流利的英语，这样才能利用环境"（Huntley，1988：2），从而达到把美国教育资源和中国的优良传统相结合的目的。与此类似，美国犹太父辈希望达到把美国教育资源和犹太传统相结合的目的。威尔姆父母希望儿子能接受美国高等教育，改变命运的殷切期盼有力证明了这一点。依据小说，艾德勒太太曾当着威尔姆的面谈论侄子亚太如何通过大学改变命运，所以她担心儿子放弃大学学习②会断送自己的前程，因此她曾这样对威尔姆说："威尔基，如果你想学医的话，你爸爸会替你好好安排的。"（12）父亲艾德勒医生对威尔姆未完成大学学习也非常失望，诚如小说中的如下描述："他（威尔姆——作者注）一家人中就他一个没有受过高等教育。这又是一件他忌讳提及的事。他父亲也为此感到不光彩。"（13）

值得注意的是，美国犹太文学作品中还有一批生活在美国高等院校里的高级知识分子，如贝娄小说《赫索格》中知识渊博的大学历史学教授摩西·赫索格、

---

① 常青藤联合会成立于1954年，是由美国东北部8所历史悠久的顶级大学组成的大学联合会。这8所大学是：哈佛大学（Harvard University）、耶鲁大学（Yale University）、普林斯顿大学（Princeton University）、哥伦比亚大学（Columbia University）、康奈尔大学（Cornell University）、宾夕法尼亚大学（University of Pennsylvania）、布朗大学（Brown University）、达特茅斯学院（Dartmouth College）。
② 依据小说，威尔姆其实曾就读于宾夕法尼亚大学，大学二年级时，他收到来自凯西客亚电影公司的招聘员莫里斯·维尼士招聘电影演员的信件，反复考虑后决定从大学辍学，到好莱坞试试，于是他放弃了大学学业。

《洪堡的礼物》中期待在大学谋得诗歌教授的老一代作家冯·洪堡·弗莱谢尔以及经他提携后在大学担任讲师的新一代作家查理·西铁林、《院长的十二月》中担任芝加哥一所知名学院院长的阿尔伯特·科尔德、罗斯的《放任》中在芝加哥大学任教的盖博·瓦拉克、《祖克曼》三部曲（包括前奏曲《欲望教授》）以及《垂死的肉身》中的大卫·凯普什教授等主人公，虽然在高校遇到不少困惑，但也受益于美国高等教育而获得名望与地位，因此对美国高等教育秉持认同的态度。

第九章
现代化进程中当代美国犹太文学对西方意识形态的认同

第一节　美国社会中西方意识形态的核心要素

通常来说，一种社会必然产生与其对应的意识形态，美国社会也不例外。大卫·亚伦认为："意识形态可被视作一种观念体系，依据此体系特定的政治、经济或社会改革与运动得以开展。"（Aaron，2008：73）"刘易斯·福伊尔（Lewis Feuer）称意识形态是基于政治情感与社会情感之上的世界系统……它涉及情感、行动与理念。它让残忍的人获得良心上的慰藉。它是抑制人类反应的工具。丹尼尔·贝尔（Daniel Bell）认为意识形态是一种幻觉，是用准备好的公式来控制群众的有组织的思想体系。'揭开'意识形态的面纱也就揭示了理念背后的'客观'的利益，看一看意识形态发挥什么功能。C. 赖特·米尔斯（C. Wright Mills）认为意识形态与价值判断相关，任何可能具有公共意义的政治反应（对政策、制度以及有权势的人的批评或赞成）都属于意识形态。"（Huaco，1971：245）虽然不同研究者对意识形态进行了定义，但马克思与恩格斯对意识形态的界定更为精准，两位伟大的思想家、哲学家在《德意志意识形态》的一开头即指出，"意识形态是各种表现形式（从宗教到经济、从道德与美学到法律框架下的政治）的社会自我意识。"（Mcmurtry，1978：124）此外，马克思还认为，"一个社会的意识形态是统治阶级的意识形态。意识形态不但在经济上而且在上层建筑层面与统治阶层相连。"（Mcmurtry，1978：129）总之，属于哲学范畴的意识形态源自社会存在，其实质是统治阶级对其社会成员提出的一系列观念的集合。

按照阶级内容，意识形态可分为奴隶主/封建主/资产阶级/无产阶级意识形态等四种形式。受理念、思想、环境、价值观等综合影响，不同社会中的意识形态对同一事物的理解并不相同。依照政治体制、经济体制、文化背景、地理位置等要素，美国社会被归为西方社会，因此美国社会中的意识形态被归为西方意识形态，它属于资产阶级意识形态，受到资产阶级的理念、资本主义的思想、环境、价值观等综合影响，因而反映资产阶级利益的种种思想、理论、观念的总和，体现为由政治、经济、伦理、法律、教育、道德、艺术、哲学、宗教等诸多领域不同元素组成的思想体系，其核心要素是"天赋人权""主权在民"，以及"选民意识"。

美国意识形态中"天赋人权""主权在民"这些核心要素受到"英国哲学家约翰·洛克的建国理论'契约论'以及他的'天赋人权观'"（王恩铭，吴敏，张颖，2007：202）的深刻影响，在约翰·洛克看来，"人都是平等和独立的，那么任何人都不得侵害他人的生命、健康、自由或财产，这四项是天赋的人权。……自由是一切的基础。"（何小民，2015：175）约翰·洛克还认为，"每个人都有权成为天赋人权这个自然法则的执行者。这个自然法则是由上帝给的，这个自然法则的践行者不是上帝或良知，而是人类……对幸福的追求是一项必须被允许的权利，因为它不能被阻止，它是先于所有义务的权利。对幸福的渴望与追求体现出天赋人权的典型特征。"（Strauss，1952：479—482）"正如《美国独立宣言》所宣称的那样，主权在民理念是自然法则的概念或政治哲学的原则。"（Dumbauld，1950：204）美国的主权在民理念可被定义为："国家对民意的顺从，因为从程序上看，那样的民意被视为多数主义或针对宪法第五条而进行修正时应遵循的标准。"（Post，1998：437）主权在民理念是中世纪学说的一个显著特征，那时的人们已充分认识到它的深刻内涵与重要意义，如今在美国，"主权在民这一理念已经产生了惊人的影响。"（Laski，1919：202）伯纳德·雅克认为："主权在民信条让美国人把国家视作领土的主人，把人民视作国家的主人。"（Yack，2001：527）彼得·德·马尔内夫也指出："主权在民理念在美国历史上起到重要作用。最重要的是，它有助于确立《美利坚合众国宪法》以及早期的美国政府的合法性。"（Marneffe，2004：240）

"天赋人权""主权在民"这些要素在《美国独立宣言》中有明确的体现，宣言一开始就指出："我们认为下面这些真理不言而喻，即人类生而平等，造物主赋予他们若干不可转让的权利，其中如生命、自由和对幸福的追求。为了保障

第九章　现代化进程中当代美国犹太文学对西方意识形态的认同

这些权利,人类在他们之间建立政府,而政府之正当权力,是经被统治者的同意而产生的。任何政府一破坏这些目的,人民便有权力把它改变或废除,以建立一个新的政府。新政府所依据的原则,和用以组织其权力的方式,必须使人民认为这样才最可能达到他们的安全和幸福。"①（康马杰,1979:12）

美国西方意识形态中的"选民意识"与《圣经》中的契约论②紧密相关。从历史来看,犹太人的祖先亚伯拉罕代表犹太人与上帝之间立了第一个契约,在《圣经·创世纪》中,"耶和华对亚伯兰说,你要离开本地、本族、父家,往我要指示你的地去。我必叫你成为大国。我必赐福给你,叫你的名为大,你也叫别人得福。为你祝福的,我必赐福于他；那咒诅你的,我必咒诅他。地上的万族都要因你得福。"（《创世纪》12:1—3）之后上帝还答应亚伯拉罕,让他的后裔繁多,甚至数不胜数。在亚伯拉罕99岁时,耶和华与他再次立约,并对亚伯拉罕说："我是全能的神,你当在我面前做完全人,我就与你立约,使你的后裔繁多。……从此以后,你的名字不再叫亚伯兰,要叫亚伯拉罕……我要将你现在寄居的地,就是迦南全地,赐给你和你的后裔,永远为业,我也必做他们的神。你和你的后裔世世代代遵守我的约。你们都要受割礼,这是我与你们立约的证据。"（《创世纪》17:1—12）《圣经·以西结书》再次提及契约论:"主耶和华如此说,当日我拣选以色列,向雅各家的后裔起誓,说;'我是耶和华你们的神。那日我向他们起誓,必领他们出埃及地,到我为他们察看的流奶与蜜之地。'"（《以西结书》20:5）后来,摩西在西乃山顶接受上帝颁布的十诫和律法,耶和华再次申明把迦南赐给犹太人,这是犹太人与上帝签订的有法律依据的契约。契约论使犹太人变成了上帝特选选民,也让"认为以色列是耶和华最喜爱的国家这一信念根植于犹太人的秉性之中。"（Smith,1929:73）

后来,美国基督教继承了犹太教的"选民意识",但含义有所变化。在犹太教教义中,选民由上帝决定。美国基督教中的选民"是信仰耶稣为'基督'

---

① 也可参见: Commager, Henry Steele. *Documents of American History* (VolumeI, 1898) [M]. New York: Meredith Publishing Company, 1963: 66.
② 西方政治哲学理论体系中的契约论（又名社会契约论）是资本主义上升阶段关于国家起源的学说 [（最重要的代表人物是法国的 J. J. 卢梭（Jean—Jacques Rousseau, 1712—1778）], 认为国家之所以产生, 是因为人与人之间, 人民与统治者之间互相签订契约的结果。

即'默西亚'者。"(池凤桐，2006：240）可见，"前者侧重天定的结果，后者倚重人为因素。"（李增，裴云，2011：93）经过时间的积淀，选民意识已融入以基督徒为主体的美国人的血液之中。美国学者理查德·V.弗兰克维利亚高度重视对选民意识的研究，并以美国摩门教①为例，说明选民意识已经扎根于含摩门教徒在内的全体美国人的内心。在弗兰克维利亚看来，"摩门教秉持的'真正的伊甸园位于美国'这一理念具有重要意义，因为它重申并强调了摩门教徒的信念，即美国过去是，现在仍是神圣宗教事件发生的一个特别的地方。"（Francaviglia，2011：88）回顾摩门教的历史，我们发现，在19世纪，摩门教划拨资金用于西部拓展，因为该教把美国西部视作专为摩门教选民准备的天选之地。从整体上看，摩门教的选民意识与美国人的选民意识较为相似，因为总体信奉基督教的美国人认为北美就是专为信奉耶稣基督的选民而准备的天选之地。19世纪60—70年代，摩门教领导人认为，摩门教徒已经把荒野的西部变成了自己的应许之地，一个名副其实的伊甸园，因此他们声称"摩门教越来越成功，并确认了摩门教徒作为选民的地位。"（Francaviglia，2011：95）

需要注意的是，西方意识形态中强烈的"选民意识"使美国人形成向全世界推行其意识形态的既有习惯与思维定式，也赋予美国人自诩的使命感，比如，"加尔文主义者和自由主义神学学派的人士都谈到了美国的使命：带领世界走向自由与平等的黄金时代。"（Davis，1989：742）

现代化进程中当代美国犹太文学对西方意识形态的认同表征

哈佛大学的塞缪尔·亨廷顿教授曾提醒人们："不能低估意识形态的生命力……民主自由主义的胜利也不能排除新意识形态的出现和挑战。"（袁明，2003：249）由此可见意识形态强大的生命力。长期生活在美国的犹太人自然受到西方意识形态的深刻影响，已把它融入自己的思想观念甚至血液之中，他们对

---

① 摩门教（Mormon 或 Mormonism）的创始人是约瑟夫·史密斯（Joseph Smith，1805—1844），该教一般被认为是基督教一分支，它最主要的派别是耶稣基督后期圣徒教会，所以常被称作耶稣基督后期圣徒教会，总部设在犹他州。

西方意识形态的认同自然也体现在美国犹太文学作品之中。

第二节　认同表征一：
作品体现出对"天赋人权"与"主权在民"理念的认同

洛克认为，"自然让人类对幸福充满渴望，对痛苦充满厌恶，这些是与生俱来的实践原则……天赋人权表明，处于自然状态下的人完全是他自己以及私有财产的主人。"（Strauss，1952：482—483）洛克的"天赋人权"理念对后来的美国产生了非常大的影响。"主权在民"理念既与"天赋人权"理念密切关联，又关乎美国的发展，甚至"美国的法律制度必须都建立在主权在民或美国政府的同意这一基础之上。"（Dumbauld，1950：204）尽管现代民主制的发源地并非美国，但美国却将欧洲学者的"天赋人权""主权在民"等理念进行了大胆而成功的实践。"1776年杰斐逊起草的《独立宣言》作为世界近代政治思想史上的重要里程碑，其意义不仅在于宣布北美殖民地的独立，更重要的在于其表述了一种民主与自由权的理论，奠定了美国民主政治制度的基础。"（张发青，2010：40）此后，"天赋人权""主权在民"理念深入美利坚民族的内心深处，在很大程度上成为民族前进的动力与保障。美国犹太人同样深受上述理念的影响，并对其表现出认同的态度，这在美国犹太文学作品中也得到体现。

贝娄的小说《贝拉罗莎暗道》里的中欧犹太人方斯坦在二战之前，居住于加利西亚①。二战前夕，他的父亲因大量资产被德国人没收悲愤而死。二战爆发之后，方斯坦的厄运接踵而来。他的姐姐与姐夫被屠杀在集中营。他和母亲，以及无名叙述者的后妈米尔德丽德大婶的姐姐从波兰逃往萨格勒布②，再逃到拉文纳③难民营，但在意大利，犹太人的日子也非常艰难，因为墨索里尼已采纳纽

---

① 加利西亚（Galicia），指包括波兰东南部及乌克兰西北部部分地区在内的欧洲中部某地区。
② 萨格勒布（Zagreb），今克罗地亚共和国首都。
③ 拉文纳（Ravenna），意大利北部港口城市。

伦堡反犹太法令①。他的母亲很快就去世了，成为孤儿的他来到米兰、都灵等城市，为了谋生干了各种低报酬又辛苦的工作，完全成为"一个苦水里泡大的人。"（194）在罗马，因为警察发现他的证件存在问题，他被捕入狱，"那时候罗马的犹太人被成卡车地押到城外的岩洞里枪杀。可是他却被一名纽约名人救了。"（182）此名人就是比利·罗斯，一位百老汇娱乐业大亨，他创立了"贝拉罗莎暗道"地下营救组织，买通了意大利警察，才让方斯坦得以逃出，后帮助方斯坦转道古巴，入境美国。可见，二战期间，方斯坦失去了父母、姐姐与姐夫，早早成了孤儿，在恶劣的政治环境里随时有失去生命的可能，本身还是个瘸子的他生活之艰难无法形容。方斯坦的欧洲经历凸显了纳粹的残暴，对方斯坦来说，在二战爆发时的德国以及意大利，"天赋人权""主权在民"无从谈起。但是，他和妻子索莱拉来到美国后，通过不断的努力，夫妻俩已拥有自己的工厂，过上了上层生活，在美国这个全新的国度，他深切感受到"天赋人权"，"主权在民"的理念，进而达到了对这一理念接受与认同的态度。依据小说，叙述者在寻觅犹太大屠杀幸存者方斯坦及其爱人索莱拉的过程中，对当时的美国政府以及德国政府对待人权的一系列做法进行了全面而深入的比较。小说强烈抨击了德国法西斯侵犯人权的暴行，高度称颂了以比利·罗斯为代表的美国人积极帮助欧洲犹太人逃离欧洲，美国政府力所能及地帮助他们移民美国②，高度重视人权的做法，体现了犹太主人公夫妇对西方意识形态中"天赋人权""主权在民"的认同。

在贝娄的小说《赛姆勒先生的行星》中，阿特·赛姆勒先生是一战前长在

---

① 纽伦堡法令（Nuremberg Laws）指的是德国议会于1935年9月15日在纽伦堡市通过的种族法令，为德国反犹提供了法律机制与法律基础。这些法令剥夺了犹太人（包括只有四分之一血统的犹太人）的一切公民权利，为反犹暴乱、逮捕犹太人、将犹太人赶出主流文化等一系列反犹行径找到了非常合理的借口。在之后的八年里，又新增了十三条法令，对谁是雅利安人，谁是犹太人进行了严格界定。其中的第一条法令被称为德国公民权法，规定只有雅利安人才可被认为是德国公民，犹太人则丧失了德国公民权。第二条法令被称为德意志血统和荣誉保护法，禁止犹太人与德国人通婚或发生婚外关系，禁止犹太人升德国国旗或出示象征德国的颜色。
② 犹太人移居美国最重要的两个阶段是1881—1924年阶段（仅1881这一年就有大约5600人俄国犹太人移民美国，1924年移民美国的东欧犹太人就近200万人）、1937年—二战结束初期阶段（此阶段成为成规模地移民美国的最后一个阶段，尽管美国没有宣称接受欧洲犹太难民，但还是以各种方式接收了大批二战欧洲期间的犹太难民，当然与前一个阶段相比，总体数量较为有限）。

第九章 现代化进程中当代美国犹太文学对西方意识形态的认同

波兰的犹太人。在二战爆发之前的英国这个强调"天赋人权""主权在民"理念的国家,曾一直过着上层社会的生活。那时,他作为驻伦敦的一名通讯记者,为《进步新闻》《世界公民》等期刊报纸供稿。赛姆勒先生与妻子安托尼娜常接触到英国社会名流,也与英国文学界的名人保持往来,而且被布鲁斯伯里文化圈所接受。赛姆勒先生甚至与英国上层社会的杰出性人物H.G.威尔斯①成为知交,"而且这些上流人物那么慷慨地承认了他的地位。"(45)赛姆勒先生还有幸参加了威尔斯发起的一个国际项目,该项目旨在"建立一个有计划的、有秩序的、美好的世界社会;废除国家主权,宣布战争为非法;金钱和债权、生产、分配、运输、人口、军火制造等由全世界集体控制,提供普遍的义务教育,最大限度的个人自由,一个以理性的科学态度对待生活为基础的服务性社会。"(45)

令他没想到的是,当他与妻女到波兰处理岳父产业时,二战爆发了。女儿苏拉躲在波兰一修道院里,幸免于难。赛姆勒先生与妻子安托尼娜被剥去衣服,呆在万人坑等待枪决,后来妻子被射杀,他侥幸逃生。从尸体堆里爬出后,他加入扎莫希特森林②里的一支游击队,于夜间破坏德国交通线,袭击德国士兵。战争快要结束之际,波兰游击队却调转枪口开始屠杀犹太士兵,赛姆勒先生侥幸逃到扎希莫特小镇,经看管陵墓的老谢斯拉恺维茨秘密安排,躲在梅兹文斯基家族陵墓里几个月之后,靠谢斯拉恺维茨给他提供的最基本生活必需品活了下来。后经侄儿格鲁纳大夫安排,他和苏拉来到美国。二战不但给赛姆勒先生的心理上造成巨大的创伤,而且给他的生理也带来极大的伤害:被枪托击打后,一只眼睛几乎失明,神经系统受到破坏,经常出现头痛与狂怒症状。在赛姆勒先生看来,德国法西斯毫无人性可言,完全践踏了"天赋人权""主权在民"的理念,也让他在二战期间失去了二战爆发之前他获得的上层社会地位。应该说,赛姆勒先生一直积极支持"天赋人权""主权在民"的理念,他对过去上层社会地位的怀念是一个例证。此外,他之所以毫无怜悯地强杀一名德国士兵,是因为在他看来,正

---

① 赫·乔·威尔斯(H. G. Wells, 1866—1946),英国著名的小说家、历史学家,也是秉持乌托邦理念的社会学家。
② 扎莫希特(Zamość)森林,是波兰东南部,靠近乌克兰的一片森林。

是类似那名德国士兵的法西斯主义者让他以及家人失去了"天赋人权""主权在民"理念曾带给他的权利,因此,这些法西斯主义者必须为之付出代价,这表明赛姆勒先生已经在用实际行动践行上述理念,体现出他对"天赋人权""主权在民"理念的认同。尽管他到了美国之后没有继续拥有他在英国时的显赫地位,但他至少可以在"天赋人权""主权在民"理念支撑下的美国社会,从容享受他的基本人权,体现了他对西方意识形态中的"天赋人权""主权在民"理念的认同。

在《院长的十二月》中,贝娄提到主人公阿尔伯特·科尔德的岳父拉勒什曾是罗马尼亚头号神经外科医生,后主持罗马尼亚卫生部工作。在20世纪30年代,作为一名信奉共产主义的人,拉勒什天真地认为自己在刊物中读到的有关恐怖、斯大林的劳改营、西班牙共产党与希特勒签订协约等消息不过是资产阶级的宣传而已。后来,当苏联军队开进布加勒斯特①时,他还手捧玫瑰到大街上迎接苏联士兵。但是,"一个星期内,他们拿走了他手腕上的表,把他从自己的小奔驰中赶了出来。他被任命为驻美利坚合众国大使。他们不想把他留在身边。他整天抱怨他在医学界的朋友一个接一个地消失。但他并未活到去华盛顿,而只维持了一年。"(17)贝娄还提到在那次事件②中,科尔德的岳母瓦勒丽娅受到公开批判,被驱逐出党,受到监禁以及死亡的威胁。她的一个同事受到牵连,未经审判就在狱中被迫害致死,"这位在安东内斯库③以及纳粹的屠刀下幸存的老军人是被一把斧头或肉刀杀害的,瓦勒丽娅医生不知怎么躲过了这一关。"(14)由此可见,贝娄笔下以拉勒什与瓦勒丽娅这对夫妻为代表的一批政界人士,分别在20世纪40年代、50年代初受到罗马尼亚政府的各种迫害,拉勒什等一批人甚至失去了性命,瓦勒丽娅直到20世纪50年代末才被平反昭雪,恢复了养老金。贝娄通过刻画主人公的遭遇,抨击了当时罗马尼亚的集权统治,他甚至用"这个城市可怕极了"(14)来形容布加勒斯特。贝娄对集权统治剥夺人权乃至人的

---

① 指的是二战期间,苏联红军于1944年8月31日攻占罗马尼亚首都布加勒斯特。
② 指1952年罗马尼亚共产党领导层内部的斗争,民族派(以乔治乌·德治为首)清洗了莫斯科派(以安娜·保克尔为首),之后乔治乌·德治接任部长会议主席。
③ 扬·安东内斯库(Ion Antonescu,1882—1946),罗马尼亚将军、政治家,1940年任首相,实行法西斯专政,1946年6月作为战犯被处决。

第九章　现代化进程中当代美国犹太文学对西方意识形态的认同

生命这一做法深恶痛绝，于是通过科尔德的布加勒斯特之行中的所见所闻，道出主人公对人权的渴望，体现出他们对西方意识形态中"天赋人权""主权在民"的认同。

在《更多的人死于心碎》中，叙述者犹太人肯尼思·特拉亨伯格认为舅舅本诺·克雷德不断对生活进行尝试是无可厚非的，因为"在现代，每个人都需要一种新鲜的经验方式。这已经被视为一种权利，一种人权。"（10）可见，在肯尼思看来，体验生活是包括犹太人在内的全体美国人被赋予的人权，主人公的这一观念，体现出他对"天赋人权""主权在民"理念的赞赏。

在辛格的作品《在父亲的法庭上》中，辛格的爸爸曾去哈西德派学经堂与其他人讨论是否应该同意老人离婚后再迎娶新妇。经过激烈的讨论，"最后的结论是，既然夫妻双方都同意，别人无权干涉。"（3）可见，即使像辛格的爸爸这样深受犹太传统影响的拉比以及其他在哈西德派学经堂里学习经文的犹太徒，也多少受到"天赋人权"理念的影响，并对其体现一定的赞赏，这或多或少对年轻的辛格及其以后的创作理念产生一定的影响。《奴隶》是辛格的重要作品，以17世纪中叶哥萨克人对波兰犹太人的屠杀为背景。"在这部小说中，辛格立刻将他的主人公置于极端的境地，试图以尽可能严峻的方式考验他的信仰。"（Halio 1991：36）小说中的犹太主人公雅各布在大屠杀中失去了妻儿，自己被强盗卖给奴隶主做了奴隶，奴隶主的女儿旺达对他产生爱慕之情。在当时，二人的结合既触犯法律又不符合教义。后来，雅各布带着隐姓埋名、装作哑巴、皈依犹太教的旺达过着颠沛流离的生活。令人痛心的是，旺达最后死于分娩之中。雅各布被捕后又侥幸逃出。小说中的犹太人不但可能随时失去生命，而且生命被剥夺的方式多种多样，极为残酷：有活埋的、有割头的、有割掉乳房以及舌头等器官的，不一而足。故事中遭受磨难的犹太人对上帝的质疑，表达了他们对契约论的质疑，也表达了他们对"天赋人权""主权在民"的渴望。

《格雷的撒旦》受到评论界较高的赞誉，桑福德·平斯克认为："在谈论《格雷的撒旦》这部小说时，实际上，我们涉及所有内容，我们已逐渐与辛格的虚构世界联系起来：怪诞，疯狂的反律法主义，各种歇斯底里，当然，还有必不可少的灵魂。换句话说，《格雷的撒旦》的出版似乎很自然地让辛格逐渐获得经典作家的地位。"（Pinsker，1981：11）小说同样以哥萨克人对波兰犹太人的屠杀为背景，格雷小镇的幸存者尽管在等待所谓的弥赛亚时集体处于混乱与堕落之中，但考虑到之前他们刚刚经历了大屠杀，因此，犹太幸存者那种惊魂未定的心境以及对未知的恐惧凸显了剥夺人权的哥萨克刽子手的残暴。

尽管《奴隶》《格雷的撒旦》两部小说的故事背景不是辛格生活的美国而是波兰，但两部作品阴郁、悲伤的基调都透露出辛格对欧洲犹太人被草菅人命、遭受非难的愤怒。联想到生活在美国的辛格享受到了各种基本人权，获得了文学上的极高声誉，辛格自然对美国心存感激。而且，长期生活在"天赋人权""主权在民"理念扎根于人们内心深处的美国，辛格自然也深受这一理念的影响。对比欧美犹太人的不同人权状况，辛格通过两部小说的发展主线体现了欧洲犹太人对西方意识形态中的重要内容"天赋人权""主权在民"的高度认同。

辛格的《冤家，一个爱情故事》中的主人公赫尔曼·布罗德是大屠杀幸存者。尽管在美国已经生活较长时间，但赫尔曼仍无法摆脱大屠杀场景带来的困扰。在睡梦中，"赫尔曼也拿不准自己是在美国，在齐甫凯夫还是在德国难民营里。他甚至想象自己正躲在利普斯克的草料棚里。有时，这几处地方在他心里混在一起。他知道自己是在布鲁克林，可是他能听到纳粹分子的吆喝声。他们用刺刀乱捅，想把他吓出来，他拼命往草料棚深处钻。刺刀尖都碰到了他的脑袋。"（1）依据小说情节，赫尔曼·布罗德本以为塔玛拉已死于大屠杀，所以与照料他的波兰妇女雅德维珈结了婚，而事实上，塔玛拉从大屠杀中侥幸活了下来，并且来到美国寻找自己的丈夫。第一任妻子的到来引起赫尔曼对往事的恐惧，因此，此时的赫尔曼对塔玛拉的到来非常困惑，也没有与塔玛拉破镜重圆的打算。罗伯特·福里在分析该小说时指出："两性之间的差异使两性对彼此的吸引不可阻挡，但同时又让双方对彼此疯狂排斥。《冤家，一个爱情故事》的标题强调了这一矛盾：从本质上看，情人也是冤家。"（Forrey，1981：101）的确，小说中的几位女性在本质上与赫尔曼都属于情人关系，因此她们之间理论上也互为冤家，这让赫尔曼难以处理她们之间的关系，加之大屠杀历史的深刻影响，精神陷入混乱与迷茫之中的赫尔曼最后选择了逃避。无独有偶，《悔罪者》中的波兰裔犹太主人公约瑟夫·夏皮罗和他的妻子西丽亚也都是二战大屠杀幸存者，后来到

第九章　现代化进程中当代美国犹太文学对西方意识形态的认同

美国的。两部小说的基调同样从一个侧面体现辛格对欧洲反犹人士剥夺人权做法的控诉，对美国社会赋予每个个体以人权的赞赏，表明他对西方意识形态中"天赋人权""主权在民"理念的认同。

罗斯的《垂死的肉身》中反文化运动校园领袖，与凯普什教授保持暧昧关系的卡罗琳·里昂斯的好友珍妮·怀亚特，曾对与她同居的，"独自一个人生活在这温暖舒适的美国，只有酒才能使其失去自制的"（56）校园诗人这样说道："我们可以得到我们想要的一切。"（57）可见，在珍妮看来，美国社会给每个个体提供了享受人权的重要内容——平等与自由，她的话语道出了她对西方意识形态中天赋人权的赞赏。甚至是对校园秩序表示担忧，期待寻求秩序的凯普什教授本人，有时也从"天赋人权"这个视角出发为校园的混乱找到理论上的依据，即校园动荡源自两种思潮：一种是允许个体纵欲狂欢反对集体与传统利益的自由意志论，另一种是个体对公民权与反战权力的诉求。他认为"两种思潮互为关联使得动荡很难受到质疑。"（62—63）可见，凯普什教授也对"天赋人权""主权在民"理念秉持认同的态度。

小说中21岁的大学生肯尼迪在大学最后一年，让一名女生怀孕了。非常恐慌的他不敢告诉他母亲，于是求助于凯普什教授。凯普什教授建议肯尼迪劝说其女友堕胎并愿意资助肯尼迪一笔用于其女儿堕胎的费用，因为在凯普什教授看来，太过年轻的肯尼迪无法养育孩子，无法为孩子负责，况且，美国已通过堕胎法，合理的堕胎也是"天赋人权""主权在民"理念的合理应用，因此他决定不遗余力地支持肯尼迪。他告诉肯尼迪："我们生活在自由制度下，只要你的行为合法，制度根本不在乎你干些什么，发生在你身上的不幸通常都是自找的。如果你生活在纳粹占领的欧洲，那就是另外一回事了。在那里，他们会给你制造不幸；……但是在这里，没有极权主义。……读一读托克维尔①吧，假如你还没有读过的话。关键在于你不应该认为为了逃避传统习俗的束缚你非得令人不可思议地成为'垮掉派'成员或波西尼亚人②或嬉皮士。"（91）他还建议肯尼迪放弃

---

① 阿历克西·德·托克维尔（Alexis—Charles—Henri Clérel de Tocqueville, 1805 - 1859），法国政治学家与历史学家，出版《论美国的民主》等著作。
② 波西尼亚人（Bohemian），即波西米亚人，指以前生活在波西米亚王国（目前位于捷克共和国境内）的居民，本处指期望过着非传统生活风格的艺术家以及作家。

空洞的口号而找到帮助其前进的力量,并指出这些力量已经体现在南北战争的全部三个修正案①、《独立宣言》《人权法案》《葛底斯堡演说》《解放黑人奴隶宣言》等文献中,并和肯尼迪一起温习了一遍上述所有的文献。由此可见,长期生活在西方环境里的凯普什教授已把"天赋人权""主权在民"的理念浸润在自己的血液中,还能够带领肯尼迪温习体现"天赋人权""主权在民"的诸多文献,体现出他对西方意识形态的认同。

《反美阴谋》是罗斯的重要作品,"在《反美阴谋》一书中,罗斯想要改变人们阅读和理解历史的方式。"(Siegel,2012:134)丹·希夫曼认为:《反美阴谋》"强调了轻率与忠诚带来的危险。"(Shiffman,2009:67)小说的情节推进验证了上述评论者所言。故事的叙述者是一名七岁犹太裔小男孩罗斯,他冷眼观察了20世纪40年代的美国大选,结果,罗斯心中的偶像林德伯格击败罗斯福获得大选。可是,执政后的林德伯格一系列反犹政策造成美国犹太人的贫困潦倒,也给他们带来了不安、恐惧与痛苦。在这部打破现实与虚构界限的作品中,罗斯对犹太人被剥夺人权的状况表示了担忧与不满。长期生活在美国西方环境,长期受到"天赋人权""主权在民"理念影响的罗斯通过这部小说,表达出他对"天赋人权""主权在民"的渴望与认同。

在马拉默德的小说《杜宾的生活》中,杜宾的妻子基蒂不在家的那几天,杜宾曾于某个晚上独自散步,路上遇到刚看完电影走出影院、已好久不见的芬妮,他把手指向天空,邀请芬妮一起散步,并问芬妮是否介意,芬妮则说:"这是个自由的国家。"(51)芬妮下意识的回答,体现了她对西方意识形态中"天赋人权""主权在民"理念的认同。

马拉默德在描写《店员》中的莫里斯时,语调是悲伤而沉重的,因为莫里斯不但在苦苦支撑着一个勉强养家糊口的杂货店,而且还遭受欧洲移民的冷漠与敌视。小说中的反犹急先锋沃德曾与一开始有些许反犹意识的弗兰克抢劫了莫里斯的小店,沃德不但将莫里斯打伤,还用歧视性语言侮辱莫里斯,"你这个犹太佬

---

① 即《美利坚合众国宪法》第十三条修正案、《美利坚合众国宪法》第十四条修正案、《美利坚合众国宪法》第十五条修正案。这些修正案主要涉及公民权利以及平等法律保护,主要针对如何解决南北战争结束后美国社会中奴隶的权利等相关问题。

撒谎……你这个犹太猪很笨,懂吗?"(26—27)莫里斯的遭遇凸显美国社会仍需进一步强化"天赋人权""主权在民"的理念,也体现马拉默德本人对"天赋人权""主权在民"理念的重视。在马拉默德看来,"天赋人权""主权在民"理念非常重要,只是在特殊时期,可怜的莫里斯还没有完全享受到,因此莫里斯对邪恶势力的反抗表明他对"天赋人权""主权在民"理念的渴望与认同。

第三节 认同表征二:作品体现出对"选民意识"的认同

康马杰指出,美国人普遍认为,"他们的国家是上帝恩宠的特殊对象。"(康马杰 1988:249)这道出了选民意识在美国人心中根深蒂固这一事实。霍库拉尼·K.艾考以摩门教信仰普救论[即"所有人都必须承认耶稣基督的神圣性,而且通过当代先知接受新的启示"(Aikau,2012:32)]为例,剖析了选民意识深入包括摩门教徒在内的美国人内心的原因:"摩门教徒认为,正因为他们对上述信念(承认耶稣基督的神圣性——作者注)的接受,所以他们可以成为上帝的选民,获得上帝的拯救,并得到上帝的恩典。"(Aikau,2012:32)应该说,尽管犹太徒心中的选民意识与基督徒心中的选民意识存在一些差异,但都体现了包括犹太人在内的美国人的责任感、荣誉感、使命感,体现出他们勇往直前的担当精神。因此,这样的选民意识成为包括美国犹太人在内的全体美国人迎接困难、接受挑战、克服困难提供了强大动力与精神支撑,得到了包括美国犹太人在内的全体美国人的认同,这种认同在美国犹太文学作品也得到呈现。

马拉默德的小说《店员》中的莫里斯可谓经历了多种磨难。书中的布列巴特也是一名受尽苦难的犹太人。莫里斯每次见到卖灯泡的小贩布列巴特时,总请他喝一杯柠檬热茶。有一天,布列巴特把自己的经历告诉莫里斯时,两个人都哭了。在马拉默德看来,像莫里斯、布列巴特这样受苦受难的犹太人,都在接受上帝的考验,都在承担上帝交个他们的某个使命。长期生活在重视选民意识的美国,莫里斯自然受到西方环境的影响,最终成长为具有选民意识的美国人。小说中的弗兰克曾这样评价莫里斯与布列巴特:"他们活着就是为了受苦。谁的肚子最疼,憋得时间最长而不上茅厕,谁就是最了不起的犹太人。"(92)在弗兰克看来，一直坚持与困境做斗争并且决不退缩的莫里斯正是那个最能坚持，最了不起的犹太人。事实上，莫里斯的确具有强烈的选民意识，在小说中，这个强烈的选民意识与上帝交给他的使命密切相关，即维持家庭生计，带领这个家庭找到自己的幸福。

因此，在很大程度上莫里斯心中的美国迦南就是那个杂货店。为了完成撑起整个家庭的使命，他含辛茹苦、默默无闻、勤奋工作、省吃俭用，在这个不起眼的杂货店里支撑了二十二年，能够勉强维持生计。在莫里斯死后的葬礼上，教士认为莫里斯的所作所为让他成为一名真正的犹太人，这体现出马拉默德对莫里斯承担选民意识后积极采取行动的称赞。莫里斯生前未能完全完成他的使命，在他死后，海伦与弗兰克决心把这项使命继续下去。在海伦这一端，她的选民意识因父亲之死而被激发，她想到受苦受难的父亲躺在硬板板的墓穴里，心情无比悲伤，于是开始反思自己为父亲，为家庭做了什么，不禁哭了起来。"她感到一定要完成一些值得去做的事……唯有增加自己做人的价值，她才能使莫里斯的一生变得有意义。在某种意义上，她是属于他的。"（247）在此场景下，海伦决定承担其选民意识，把攻读某个学位作为她的使命，打算通过学习为家庭以及自己赢得立足美国主流社会的资本。在弗兰克这一端，他在犹太人的逾越节之后，皈依成了一名犹太教徒，决定追随莫里斯的脚步，强化自己的选民意识：努力工作，吃苦耐劳，不断改善经营方式，把杂货店经营好，维持岳母艾达、自己以及海伦的生计。可见，小说中莫里斯一家人（含弗兰克在内）都对"选民意识"高度认同。

贝娄的小说《雨王汉德森》中的汉德森年逾五十，生活在美国中西部地区，从父亲那继承了三百万美元（税后），本可过上一种丰裕的物质生活，但自称"二流子"的汉德森从未感到满足。他曾参过军，获过紫心勋章，但他行动粗鲁，脾气暴躁，常喝醉酒并且爱与人打架，喜爱在公共场所大声喧哗，和邻居也多有冲突，内心存储了太多的怨气，可谓是一个麻烦制造者。他酷爱养猪，却把养猪产业弄得一团糟。为讨父亲欢喜才和第一任妻子结婚。和第二任妻子莉莉结婚后，似乎感觉不到家的温暖。他的儿子与女儿不爱与他交流，他和孩子们的关系有异化的趋势。总体来说，这位百万富翁汉德森对荒诞无序、嘈杂混乱的现实

第九章　现代化进程中当代美国犹太文学对西方意识形态的认同

生活感到困惑，内心非常空虚，似乎看不到生活的意义，感觉到了自己的精神危机，正如丹尼尔·J. 休斯指出的那样："弗拉基米尔·纳博科夫的《洛丽塔》和索尔·贝娄的《雨王汉德森》都是十分重要的小说，这种重要性反映在它们的题材和结构上，也反映在它们对当代现实的揭示以及对小说本身和它所预示的危机方面。"（Hughes，1960—1961：345）此时，他的"心里有一个声音在不停地呼喊：我要，我要，我要！啊，我要！"（18）此后，"我要，我要"不断督促他去反思自己的过去，也不断提醒他需要采取行动来改变混乱而无序的状况。于是，在"我要，我要"的作用下，他内心深处的选民意识不断被激发。依据小说，尽管处于混乱与无序之中，汉德森始终认为自己是独特的选民，例一：他在与非洲瓦利利部落的达孚国王谈到自己的妻子莉莉时这样说道："陛下，她认定我是世界上唯一可以与之结婚的人。上帝只有一个，丈夫也只有一个。"（330）例二：汉德森在回顾二战时的一场战役时这样描述："事后我所属的部队，也被打垮了，原来的人马中只有尼基·戈尔德斯坦和我本人活了下来。说也奇怪，我们两人在这支部队里个儿最大，照说目标也最大。"（28）上述中的"唯一……"以及"只有……"在很大程度上表明在选民意识作用下汉德森对自己独特属性的肯定。因此，这个选民意识催生了他的使命感：即'采取行动把自己从精神空虚的状态中拯救出来，寻找精神上的指引，并且为那些精神空虚的美国人树立标杆'。一如他在小说中所言："不光是我，亿万美国人战后以来都在拯救现在并发现未来……我这一代美国人的命运就是要到世界各地去，努力探索生活的智慧……我不容许我的灵魂死亡。"（302）于是，他买了机票，乘坐飞机，决定到非洲腹地完成使命。在驶往非洲的飞机上，汉德森被古老的非洲大地深深吸引，"从空中望去，非洲像是人类古老的苗床，端坐在三英里高空的云层上面，我觉得自己仿佛是一颗在空中浮游的种子。"（53）这暗示着汉德森将要在非洲腹地找到生命的本质，完成他作为选民的使命。

　　他首先来到偏僻的阿内维部落，该部落唯一的水源地——水塘满是青蛙，于是塘里的水被族人禁止饮用，被部落视为生命的牛也接连渴死。为拯救部落，消除蛙灾，汉德森用自制的炸弹炸死了水塘里的青蛙，但同时也炸毁了部落唯一的水源。最后，汉德森只好离开阿内维部落。之后，汉德森并没有立刻回国，而是继续前进，来到了瓦利利部落，在这里，他连续与恐惧紧密接触：入住房间第一个晚上即出现尸体，祈雨仪式上出现达孚国王①的父亲及其祖父的头颅。也是在这个地方，他在祈雨仪式之中冒着失去生命的危险举起了巨大的木雕雨神门玛神像并把它移动20余码，从而被该部落的人推举为圣戈雨王，而且与当地部落首领达孚国王成为好友。在瓦利利部落，以达孚国王的叔叔布南姆为代表的势力集团萌生篡权的企图，他们要求达孚国王必须捕捉到格米罗，即那只象征着达孚国王父亲"灵魂"的狮子，否则他将失去王位。布南姆等还给达孚国王设置了重重险阻，对他步步紧逼。

因为与达孚国王的密友关系，汉德森同样陷入险境。与此同时，达孚国王面临的险境也彻底激发了汉德森的使命感，之后他采取一系列措施来帮助达孚国王，毫无畏惧地投身于反抗以布南姆等人为代表的邪恶势力的斗争中，决定帮助达孚国王战胜困难。为协助达孚国王捉住狮子格米罗，汉德森甚至冒着落入狮子之口的巨大危险，试图从狮子阿蒂那儿汲取勇气与力量。在小说结尾处，达孚国王在捕捉被误以为是格米罗的那只狮子的过程中，被狮子所伤致死，临死前，达孚国王按照部落规定②请求汉德森接替他的国王一职。达孚国王死后，汉德森没有接受国王一职，而是历经各种艰难险阻后带着象征国王的幼师回到了美国。

应该说，汉德森在与达孚国王接触的过程中，逐渐了解自己问题的所在。达孚国王曾对汉德森的病症进行诊断，认为汉德森的问题之一在于缺乏人性，因此需要向体内注入一些"兽性"才能恢复"人性"，因此他把汉德森带入王宫密室的兽穴与狮子阿蒂朝夕同处，让汉德森在与阿蒂的接触过程逐渐克服恐惧感，通过了解阿蒂、欣赏阿蒂、模仿阿蒂，发现阿蒂身上的美德。达孚国王还告诉汉德森："由于人为万物之灵，所以人是适应环境的大师。人是联想的艺术家。他本身就是自己的主要艺术作品……肉体的一些病痛也许是来自头脑，一切都来自头

---

① 达孚曾在西方国家留学9年，学习医学，并差一点获得医学博士学位，后回到瓦利利部落当上国王。他知识渊博，谈吐不凡，令汉德森钦佩不已。在小说中，瓦利利部落通常有一头象征国王的狮子，因此，该部落对狮子充满感情。达孚做国王后，他不能把象征父亲的狮子格米罗流浪在部落之外，因此需要把它找回。由于暂时无法捉到格米罗，达孚捉了名叫阿蒂的狮子，并把他放在王宫密室里。因为阿蒂不是格米罗，在布南姆等人的坚持下，达孚国王还需冒着生命危险把格米罗捉回来。

② 按照瓦利利部落规定，老国王若无子嗣，他死后的王位应由雨王接替。

第九章 现代化进程中当代美国犹太文学对西方意识形态的认同

脑。疾病就是心灵的一种语言表达。一个人的精神，在某种意义上，就是他肉体的创作者。"（259—260）也就是说，达孚国王认为个体的疾病源自大脑，也就是心灵上的问题。这就帮助汉德森发现自己的第二个问题，即自己的心灵出了问题。他还从达孚国王的分析中得到解决这一问题的启发，即需要适应环境，了解自己、增强人性、克服恐惧、摆脱困境、造福人类①。汉德森的非洲经历不但帮助汉德森完成了使命，还为与他类似的美国人指出了履行使命的路径：即像汉德森那样走出自我的世界，着眼于人类的福祉，把"我要，我要"变成"她要，他要，他们要。"（313）汉德森回国的时候，在飞机上对空姐说"至少还是能做些事来补救的，你知道吗？在我们等待那一天到来之前，是不是能做些事。"（365）这说明在选民意识的激发下，汉德森回国后还要继续完成新的使命。凡此种种都体现了汉德森对"选民意识"的认同。

对选民意识的认同，在贝娄的小说《赛姆勒先生的行星》中也得到体现。莱昂·罗斯②指出，"依据犹太教的传统，道德行为和宗教，尽管不完全相同，但二者无法分离。"（Roth，1960：58）小说印证了罗斯的论断。故事中的各种人物，如华莱斯、安吉拉、苏拉、埃森等人几乎失去传统犹太伦理的约束，道德行为处于崩溃的状态，因此他们已几乎告别传统犹太教传统，与异教徒无异。就赛姆勒先生来说，他不但在欧洲目睹法西斯主义各种残暴的行径，而且在美国见证身边各种堕落无序的现状，欧美的经历给他造成巨大的冲击与影响，因此他的宗教观一度非常淡薄，甚至质疑起了契约论。在赛姆勒先生的宗教观念逐渐退去之际，他的侄儿格鲁纳大夫用实际行动对赛姆勒先生进行引领。依据小说的情节，格鲁纳大夫的引领措施起到了作用。在格鲁纳大夫的临时葬礼③上，赛姆勒先生忽然获得某种启示，明白格鲁纳大夫尽管也遭遇各种困难，见证各种堕落与无序的状况，但他仍然通过一生的努力，最终成为上帝心中的那个选民。正如小说结尾处，瞧见已过世的格鲁纳大夫面部笑容，赛姆勒先生不由得感慨："请记住，上帝，伊利亚。格鲁纳的灵魂，他尽可能乐意地，在力所能及的范围内，甚

---

① 汉德森打算回国后认真学习医学知识，做一个对社会有用的人。
② 参见：Roth, Leon. *Judaism: A Portrait*[M]. London：Faber, 1960：56—58.
③ 格鲁纳大夫快要过世时，他支走了其他人，只留下赛姆勒先生目击了他过世的整个过程。之后，赛姆勒先生为他默默祷告，这可被视为一个临时葬礼。

至到了难以容忍的极限，甚至在窒息中，在死亡即将来临时，还热切地，或许孩子气地，甚至带有某种卑躬屈膝的心意，做着要他做的一切。他知道自己必须符合，而他也的确符合——他的契约的条件。"（310）在格鲁纳大夫的葬礼上，赛姆勒先生的选民意识被不断激发，他认识到，他需要像格鲁纳大夫那样，以实际行动兑现与上帝的契约，恰如他在小说结尾处的感悟："总而言之，他（赛姆勒先生——作者注）是一个活在世上的人，是一个又给打发回到起点的人，正在等候什么，奉派去解决某些事情，用浅短的目光把某种经验的精华压缩起来，并且由于这一点，还把某种杰出的才能归到了他身上。事实上，有一件未完成的事务……是不是要他做一件什么事呢？"（271—272）赛姆勒反复重申他有一件未完成的事情，这件事情就是汇集经验，提高才智，重新重视宗教信仰，这有力说明了他的选民意识被激发这一事实，体现了他对"选民意识"的认同态度。

《贝拉罗莎暗道》中方斯坦的爱人索莱拉一直希望完成心中的一个夙愿，即设法让丈夫与他的救命恩人比利·罗斯见面并进行深度交谈，以完善方斯坦的整个人生。在实现这一夙愿的过程中，索莱拉遭遇比利·罗斯带给她的各种屈辱与困境，也不断与这种屈辱与困境奋力抗争。这个夙愿已经变成了她的使命，也成为激励她成为选民的重要推手。正如索莱拉在小说中所说的那样："把哈里一生中的一章了结掉。应该了结了，那是犹太人大屠杀的一部分。在大西洋这一边，我们没受到这种威胁，我们有特殊责任来正视它。"（225）这个特殊责任再次体现出索莱拉对"选民意识"的强烈认同。

第十章
现代化进程中当代美国犹太文学对西方中心论的认同

第一节 西方中心论的内涵及其产生原因

西方中心论这一概念蕴含一个历史演进过程,"从'欧洲中心论',到'欧美中心论',直至今日的西方中心论"。(任东波,2015:36)

海外殖民以及18世纪西欧英国的工业革命成为欧洲中心论产生的温床,因为"通过冠冕堂皇的殖民主义以及工业革命带来的技术差距,欧洲成为了世界权力中心。"(Mazower,2014:299)1741年,德国著名学者,《德国百科全书》编撰者约翰·海因里希·泽德勒(Johann Heinrich Zedler[①])就曾声称,欧洲尽管是世界四大洲中面积最少,但因各种原因,其地位位居其他洲之前,这一评价显然带有欧洲中心论的论调。

作为一个术语,欧洲中心论(Eurocentrism)是由埃及马克思主义经济学家萨米尔·阿明(Samir Amin)于20世纪70年代所创,但该术语的形容词表达,即"欧洲中心论的"(*Eurocentric/Europe-centric*)至少从20世纪20年代以来,就已广泛出现于各种文本之中。持欧洲中心论的人认为:"欧洲及其人民尤其被赋予征服世界的权力,欧洲中心成为普救论、进化论信条的一部分"(Orser,2012:738—739);"欧洲在智力、外表以及有权统治其他种族方面具有天生的卓越品质"(Hoskins,1992:249);"欧洲是宇宙的中心"(Sayyid,2003:128—129);"欧洲启蒙运动对文化领域的帝国冒险与帝国神话极为重要"(Horeck & Kendall,2011:57);"欧洲人及其制度,实践以及观念架构已达到人类发展无可争辩的高度,欧洲人及其文明从根本上来说是自发的,而非因为世界上其他地方的制度、实践、观念架构或人民"(Harding,1992:

[①] 约翰·海因里希·泽德勒耗时22年(1732—1754)编撰《德国百科全书》,该全书为18世纪三大百科全书之一。

312);"欧洲以及欧洲人的价值成为意义的来源,来自欧洲的个体、群体、民族可以在种族、宗教或民族至上这一意识形态基础上建立对原住民的态度。"(Lowy,1995:714—715)

随着美国的崛起,欧洲不断认可美国,欧美同盟逐渐形成,在此背景下,欧洲以及美国期望按照欧美的政治信条、文化理念、宗教信仰、哲学观念以及经济原则培养自己的公民,建立自己的制度,打造自己的一整套价值体系,于是,欧洲中心论完成了向欧美中心论的过渡。当欧美同盟进一步向西方同盟发展时,欧美中心论这一理念逐渐为整个西方所接受,也自然演变成了西方中心论。

西方中心论是强调民主、自由、人权为核心价值的西方资本主义社会里居于主导地位的意识形态。西方中心论旨在构建以西方为中心的话语体系,这一话语体系最为突出的特征是西方凭借其发展进程中体现出的文艺复兴、现代性、科学性、理性、全球化、工业革命、个人自由、民主法治等带来的固有的自豪感与优越感,强调在政治、文化、宗教、环境、民主法治、哲学等各个领域,西方人比非西方人具有无与伦比的优越性。爱德华·W.赛义德指出:"从本质上来说,西方中心论是占支配地位的大都市中心统治偏远地区的实践、理论与态度。"(Said,1993:8)于沛也指出,西方中心论的实质是"大肆宣扬西欧诸民族人种优越,以西欧的历史视为整个人类普遍的历史,用西欧的历史来剪裁世界各地区、各国家、各民族的历史。"(于沛,2007:173)西方中心论认为:"西方是世界的中心,西方文明和文化是世界上最优秀的文明和文化,高于、优于非西方文明和非西方文化,人类的历史围绕西方文明和西方文化展开,西方文明和西方文化的特征或价值具有普遍性,代表着非西方国家和民族的未来发展方向,世界各国的现代化道路。"(李建国,2017:81)总体来说,"西方中心论包含两层含义:第一,西方是近代文明即资本主义文明的发源地,其他文明类型都不能产生出近代文明;第二,现代化的道路只有一种模式,即西方的模式,非西方国家或社会的现代化都必须走西方国家现代化的模式,即资本主义化。"(张世保,2004:116)

西方中心论的产生有多重原因。一是长期以来西方文明在全球处于主导地位,导致欧美等西方资本主义国家推行文化霸权主义,对外宣传、推销甚至要求非西方国家接受西方文化与政治制度。二是近代以来美国、英国、法国、西班牙、葡萄牙等国曾对其他国家进行殖民统治（比如美国对非裔黑人实行了200余年的奴隶制统治，欧洲殖民者曾对印第安人进行大规模屠杀，西方列强曾对中国、东南亚许多国家以及南亚的印度发动多次侵略战争）与殖民扩张，结果，近代以来以中国、印度为代表的亚洲陷入长期停滞之中，非洲成为黑人被贩卖和屠杀的地方，与此相对的是西方以胜利者自居，成为各种不公平规则的制定者。西方通过向非西方世界强行推行殖民主义，以此建构了涵盖非西方世界的全球全景图。诚如克里德斯·亚历克西斯和艾达·迪亚拉以欧洲为例，分析西方文明与殖民扩张时所言："欧洲文化优越和道德优越观念在19世纪达到顶峰，这一观念内含一个假定的历史使命，即通过扩大欧洲影响以及殖民教化其他地区，通过对欧洲社会与法律的自我界定，以欧洲作为参照基础以及'文明的标准'，世界上的国家与民族被划分为'文明的'或'非文明的'（野蛮的）。"（Heraclides & Dialla，2015：31）上述观念后被美国等欧洲之外的西方国家接受、继承与发展，为西方中心论提供了充足的理据。三是西方建构了服务于西方中心论的哲学体系，尤其在黑格尔的"努力"下，这一哲学体系逐步完备，甚至成为具有普世意义的西方哲学体系，在其影响之下，其他非西方哲学体系盲从于西方哲学体系，甚至期待成为西方哲学体系的有机组成。四是，西方世界打造了服务于西方中心论的历史观，这种历史观声称，非西方世界处于沉睡状态，而西方历史的源头既是人类历史的源头，其发展进程与取得的成就又成为人类历史的未来发展方向。正如阿瑞夫·德里克以欧洲与美国为例所分析的那样："在20世纪，尤其是二战之后，欧洲中心论一直是我们的历史建构中激励人心的原则，不仅体现在欧美编史学，而且体现在全球具有影响力的编史学的时空与空间两个维度上……欧洲征服了世界，重新命名了地点，重新规划了经济、社会、政治……在这一过程中，欧洲按照自己的形象对历史进行了标准化处理。对这一形象来说，最为重要是确立了通过欧洲启蒙运动追求人文学科的理性这一范式……在理性与科学的武装下，打着普救论的旗号，征服时空，重组社会。……这种范式把欧美的历史体验变成了全人类的命运。"（Arif，1999：3）

现代化进程中当代美国犹太文学对西方中心论的认同表征

目前美国是世界上最为发达的资本主义国家,是西方中心论积极的传播者与推动者,坚定的支持者,努力的实践者,被西方奉为标杆的引领者,也是西方中心论在美国的产生、发展、体系化的打造、将之融入美国人血液之中的重要推手。在西方中心论的作用下,美国的政治、经济、文化、宗教、人文社科等各领域都被深深打上西方中心论的烙印。生活在西方中心论处于主导地位,且扎根于每个人内心深处的美国,包括美国犹太人在内的每一位美国人都受到这种理念的影响,并赋予西方中心论以毋庸置疑、不可动摇的地位。

第二节 认同表征一:作品呈现"东方主义"论调

对西方人来说,东方主义是西方审视、评价东方(泛指亚洲)的重要理据。美国当代知名的批评理论家,后殖民批评理论领军人物,美国哥伦比亚大学教授,东方主义研究的者爱德华·W.赛义德在《东方学》指出:"东方主义是所有的对东方了解之后的沉淀:它的肉欲、独裁、畸形心态、不良的习惯,以及它的落后。"(Said,1979:205)东方主义包含两层最重要的内涵:"它是建立在东西方本体论和认识论差异基础上的一种思维方式;它是西方对付东方的体制,就东方发表声明和权威观点,对之实行统治、重构。"(Said,1979:2—3)东方主义者往往使用二分法凸显所谓的东西方差异,"前者的特征被定格为暴政、女人气的、重感性的、无道德的、落后的,而后者定格为民主的、男性化的、重理性、讲道德、进步等。在东方主义中,零星的观察结果经过总结而被当作典型,最终上升为价值判断的标准——概念化的定型。"(王守仁,2002:609)于是,在东方主义者的眼里,"西方人处于统治地位,东方人则处于被统治地位。"(Said,1979:36)因为"'他们'和'我们'不同,因此只能被统治。"(Said,1979:11)赛义德指出:"只有将东方主义视作一种话语,才能洞察欧洲文化控制东方的庞大而系统的规章制度,恰恰通过这种规章制度,欧洲文化在启蒙运动之后才能够从政治、社会、军事、意识形态、科学及想象上

第十章 现代化进程中当代美国犹太文学对西方中心论的认同

控制，甚至创造东方。"（Said，1979：3）拉曼·塞尔顿等研究者在分析赛义德相关研究后认为："东方主义包含三层重叠的领域。它首先道出了欧洲与亚洲之间四千年的文化关系；第二是培育出精通19世纪初以来东方语言和文化的科学学科；第三是长期以来把'东方'（the Orient）视为'他者'（the Other）的形象、成见以及普遍的意识形态。东方主义依赖于'西方'（the Occident）和'东方'之间的文化不同。"（Selden，Widdowson & Brooker 2004：223）当代知名的文化批评家玛丽·简·科利尔（Mary Jane Collier）上述研究者的分析表明，"为了确立和巩固自己的地位，西方社会排斥非西方文化的社会规范与价值理念，并把自己的观念与价值标准设定为唯一自然、正确、合理的观念与标准。"（薛玉凤，2007：115）生活在美国的犹太人自然受到东方主义的深刻影响，不知不觉中对东方主义论调秉持认同态度，这在美国犹太文学作品中也有所体现。

贝娄的小说《真情》中的叙述者哈里·特雷尔曼在缅甸从事古玩生意后，经危地马拉，回到了美国芝加哥，后接受亿万富翁西格蒙德·艾德勒茨基的邀请，成为艾德勒茨基的智囊团成员之一，并在那遇到了几十年来他真情眷念的乌克兰裔美国犹太人艾米·伍斯特林，亦即小说名字的由来。哈里·特雷尔曼与年老的西格蒙德·艾德勒茨基都是犹太人，他们在会见中谈及弗朗西丝和她的丈夫鲁尔克时，曾这样描述鲁尔克的言论："他一下喝了两瓶酒，发表了一篇讲话，指摘……亚洲移民。他说国内已经有太多不受欢迎的人啦。"（102）鲁尔克几年前就与弗朗西丝离了婚，但他是几家公司的董事，已成为美国主流社会的代表，他对亚洲移民的不欢迎态度体现出以他为代表的主流社会的东方主义思想。叙述者哈里·特雷尔曼曾这样说道："我生着一副中国佬或是日本鬼子的容貌，难得被人当做是一个犹太人。"（127）可见，尽管哈里·特雷尔曼是一名犹太人，但生活在美国的他早已受到东方主义影响，于是通过对中国人以及日本人的污蔑性话语，表明了他对西方中心论的认同姿态。

《赫索格》中的赫索格曾爱上日本人园子，他在写给她的信中回想起与园子在一起的时光。信中曾出现这样的描述，"她常常会跟他讲东京报刊上的最新丑闻。一个女人杀死了她负心的情人，割裂了他的尸体。一个火车司机，由于打瞌睡，没有注意信号，结果撞死了一百五十四个人。"（225）这表明，作为犹太人的赫索格俨然赋予自己东方主义者的视角，来审视园子描述的残暴无比、业务素养低下的日本人，体现了他对西方中心论的认同。

在《赛姆勒先生的行星》中，赛姆勒曾感慨："美国和苏联全是乌托邦式的设计。在东方，着重点是在低级商品上，在鞋帽、手压皮碗泵，以及供农民和工人用的镀锡铁皮脸盆上。"（158）在赛姆勒看来，美国和苏联的产品设计尽可能满足人们的乐趣，而在东方，人们侧重的是如何设计低级商品，因为它们是东方人的兴趣所在。赛姆勒还说他不愿意靠近中国人开的洗衣店的地下楼梯，因为"门厅使他恶心，像发黄的牙齿嵌在污垢里的瓷砖地板，还有那发臭的电梯通道。"（30）赛姆勒明显戴着东方主义者的有色眼镜来审视东方，体现出他对东方主义的赞赏，表明了他对西方中心论的认同。

在《拉维尔斯坦》中，叙述者齐克与拉维尔斯坦曾谈论到自己前任妻子薇拉的朋友格里莱斯库。拉维尔斯坦问齐克，格里莱斯库有没有提及自己是铁卫团[①]的创建者之一内伊·尤涅斯科的追随者？齐克则回答说格里莱斯库尽管时常说到尤涅斯科，但他更多谈论他在印度时如何跟随一位大师学习瑜伽的情况。于是拉维尔斯坦告诉齐克，"那是他（格里莱斯库——作者注）的东方魔力式的弄虚作假。你对人心太软，齐克。"（120）考虑到格里莱斯库的崇拜对象是铁卫团创始人之一的尤涅斯科这名极端反犹主义者，而他本人对此事却不愿多谈，却把与齐克的谈话重点转移到他在印度如何跟大师学习瑜伽上。拉维尔斯坦意在告诉齐克，格里莱斯库这名反犹人士与齐克谈话时所言全是违心之词。依据小说，齐克是犹太人，因此格里莱斯库不愿意暴露自己极端反犹这一事实。拉维尔斯坦把格里莱斯库的这一做法比作东方魔力式的弄虚作假，表明在拉维尔斯坦眼里，东方人非常擅长于弄虚作假，对东方人的蔑视与侮辱体现出长期生活在美国的犹太人拉维尔斯坦对东方主义的推崇态度，这也是他对西方中心论认同的体现。

在《受害者》中，阿尔比认为利文撒尔的妻子长相是亚洲式的，当利文撒尔

---

① 铁卫团（Iron Guard），全称为"基督教徒与全国防卫同盟"，又被称为"铁卫军/铁卫党/铁卫队""钢铁禁卫军"，是罗马尼亚的一个反犹、反共、曾制造多起暴力事件的法西斯组织，总部位于布加勒斯特。该组织正式成立时间是1930年，1941年解散。

不太相信时，他这样说道："当然是亚洲式的了。你瞧这眼睛，这颧骨。你娶了一个女人，却不知道她是个斜眼儿？……绝对的亚洲式的。"（221）可见，阿尔比认为亚洲人的颧骨与欧洲人不同，而且眼睛是斜的，表明他对亚洲人长相的歧视，体现出他秉持的东方主义理念。在《集腋成裘集》中，贝娄提到在大萧条期间，汤森德[①]博士目睹老妪从垃圾罐头盒里寻找食物，不禁感慨："让美国人吃带蛆的肉食？芝加哥和洛杉矶难道要变成像上海或者加尔各答那样的城市？"（31）在汤森德博士的眼里，当时的中国上海以及印度的加尔各答是贫穷、落后的城市代名词，汤森德博士的东方主义论调，表明他对西方中心论的认同。

在《院长的十二月》中，来到欧洲后的科尔德院长认为罗马尼亚政府的独裁"体现出古老专横的东方标准，痛苦折磨被接受为生存的基础，它的真正的根本，这种标准并未影响我们美国人。"（304）上述文字表明，科尔德认为罗马尼亚政府的独裁统治源自古老专横的东方标准，而且这样的标准带来的痛苦折磨被那儿的人们视作生存基础，已被人们接受，而美国却没有这样的标准，也不会受到这样的影响，贝娄借科尔德院长对东方主义的推崇态度，体现出他对西方中心论的认同姿态。

在《奥吉·马奇历险记》中，奥吉的女友西亚曾给奥吉带来一些她在中国拍摄的照片，照片中"他（西亚的父亲）派头十足地坐在人力车上。他周围有几个人呆头呆脑地朝他望着，他们人口众多，面黄肌瘦，满身虱子，是战争的炮灰。"（472—473）在描述奥立弗和中国餐馆老板傅路易打架时，小说用如下话语说明打架背景："我猜想，在中国闹饥荒的时候，他（傅路易）也许会从粪便中捡出谷子。因此，现在他把客人没喝完的酒全倒进一个啤酒瓶里，在他看来完全不值得大惊小怪。就在他把当天客人们喝剩的橘子汁倒在一起放进冰箱时，被奥立弗发现了，他猛地朝老人脸上打了一拳。"（514）奥立弗还直接辱骂傅路易是黄皮肤老头，是吸血鬼。奥吉所言向读者表明了他心中东方人的刻板形象：肮脏、落后、贫穷、可鄙、愚昧，并借此体现了他对西方中心论的认同。

[①] 弗朗西斯·埃弗雷特·汤森德（Francis Everett Townsend, 1867—1960），美国社会改革家，内科医生，曾于1934年提出汤森德计划（尽管未被政府采纳，但为罗斯福政府如何制定社会保障制度提供了一些启发），该计划规定年满60岁的失业者每月可以领取200美元养老金。

贝娄在《真情》《赫索格》《赛姆勒先生的行星》《拉维尔斯坦》《受害者》《院长的十二月》等作品中，通过揭示不同的主人公秉持东方主义理念这一事实，体现他们对西方中心论的强烈认同。这在辛格、罗斯的作品中同样得到体现。

在辛格的作品《在父亲的法庭上》中，叙述者，即辛格本人与父亲在厨房里有过一场谈话。辛格对父亲说怎么指望中国人了解《托拉》，而父亲的回答是"中国人跟你有什么相干？既然鸟儿、鱼类必然存在，那么异教徒也一样可以。"（193）可见，在辛格的父亲眼里，中国人与异教徒可以划等号，这表明了辛格父亲的东方主义姿态，体现出他对西方中心论的认同态度。

在罗斯的小说《垂死的肉身》中，与犹太人凯普什教授保持暧昧关系的康秀拉向凯普什教授坦陈，尽管她与多位男性发生过关系，但他们对她的身体并不迷恋，而凯普什教授对她的身体的迷恋让她非常自豪与感动，因此当她后来得知自己身患乳腺癌，需要切除三分之一的乳房时，她希望在乳房切除之前由凯普什教授拍摄她的一些裸体照，以留作纪念。这时的康秀拉想到可能即将到来的手术，甚至是即将到来的死亡，恰如大卫·J.拉比·朱克所分析的那样："《垂死的肉身》中的一个永恒主题是关于垂死的幽灵，以及死亡本身的必然性。"（Zucker，2008：41）凯普什拿出相机准备拍摄时，他进行了如下描述："她开始脱衣服时，这绝对是带有异域情调的东方式的舞蹈动作。非常优雅而且柔软。……最后她脱掉了短裤，你可以看到她的阴毛像以前那样仍然还在，就像我所描述的，光滑、平伏。亚洲人的毛发。"（147）作为一名犹太人，凯普什教授从康秀拉脱衣服的动作马上联想到异域情调的东方式的舞蹈动作，从康秀拉阴阜之毛马上联想到亚洲人的毛发，体现出长期生活在美国的凯普什教授深受西方中心论的影响，已俨然以东方主义者的视角来审视康秀拉，表明他对西方中心论的推崇。

罗斯的小说《人性的污秽》得到学界很高的评价，丽塔·D.雅各布的评价则是很有代表性的一个："在独具特色的美国散文领域，罗斯一直是最受我们欢迎的狂欢者，而且，在《人性的污秽》一书中，他实现了自我超越。该书用语精准，言辞感人；对书中的人物的刻画也是栩栩如生。事实上，这部小说带给你的感染力和痛苦如此之大，以至于读者有时需要暂时休息一下，在阅览室里散

第十章　现代化进程中当代美国犹太文学对西方中心论的认同

散步，这样才能达到对它的全面领略。"（Jacobs，2001：116）小说的叙述者则是犹太人内森·祖克曼教授。小说中的科尔曼·西尔克是位浅肤色的非裔美国人，为进入美国主流社会，他隐瞒自己的黑人身份，以犹太人身份进入雅典娜学院。在课堂上科尔曼将两名缺课的黑人学生称做"幽灵"，这让他被贴上了种族主义者的标签。随着校园幽灵案件的不断发酵，科尔曼64岁的妻子艾丽斯·希尔克不堪重负离开人世。在这一过程中，科尔曼与34岁的校园清洁工福尼雅·法利开始偷情，后被福尼雅的前夫莱斯特·法利发现。在故事结尾处，科尔曼与福尼雅在法利策划的车祸中丧生。作为福尼雅的前夫，莱斯特·法利曾两次赴越作战。因家庭生活不和，法利和福尼雅选择了离婚。尽管法利坚持要抚养两个孩子，但福尼雅还是把孩子带走了。一天晚上，法利偷偷来到福尼雅的住处想带走两个孩子时，却发现福尼雅和一个木匠在车里偷情，而她的住处却着了火。法利不顾一切冲进火场试图救出两个孩子，但两个孩子最终还是被烧死了。伤心过头的法利对福尼雅大打出手，后被抓送到警察局，之后被关进精神病院。精神病院的心理医生给法利做心理辅导，问法利在越战期间有没有杀过人？法利是这样回应的："他们送他去越南不就要他干那个吗？杀混账土人。他们说怎么都行？所以怎么都行。都和这个词"杀"相关。杀土人！他们还给他一个混账土人心理医生，这人像个中国瘪三。"（61）法利用侮辱性的词语描述越南人，认为他们混账，该杀，认为他去越南的目的就是去杀那些本就该杀的越南人，体现他对越南人彻头彻尾的歧视与仇恨。同时，他还认为给他进行心理辅导的那名土著医生像个中国瘪三，赤裸裸地体现了他对中国人的蔑视与不屑。不难看出，法利内心深处一贯秉持东方主义论调，体现他对西方中心论的认同姿态。

在《欲望教授》中，叙述者大卫·凯普什教授曾到伦敦一个叫陶亭碧的地方进行为期一年的文学研究，他在一家叫做午夜餐厅遇到了两位瑞典女孩伊丽莎白和波姬塔，二人合租了一间地下室。伊丽莎白告诉凯普什教授，她并不太喜欢她住的地方，其中一个原因就是，那儿的印度人"整晚在屋子里煮咖喱实在让她受不了。"（35）尽管伊丽莎白一再强调自己并不歧视印度人，但她的言语之中还是传递了印度人素养不高这一信息，这显然是她的东方主义思想在作祟，表明了她对西方中心论的认同态度。

第三节　认同表征二：作品对非裔美国人或非洲黑人进行负面描写

1975年，哈佛大学出版社出版了《民族》（*Ethnicity*）一书，里面提到民族分层话题，该话题主要"分析不同民族集团之间由于其结构性差异所引起的不平等。"（袁明，2003：42）依据民族分层的原理，美国黑人在收入、教育、职业等各个方面都与白人相差很大，这种差异显然源自美国社会对非裔美国人或非洲黑人天然的歧视。美国黑人一直受到歧视，到了20世纪20年代，"黑人仍然是受歧视的公民，私刑猖獗，甚至出现黑人士兵被杀的现象"（王守仁，2002：501）20世纪60年代末，黑人运动领袖马丁·路德·金被枪杀，这再次凸显了黑人遭受严重歧视这一事实。这种歧视，在非裔美国文学作品中也得到体现。非裔美国作家拉尔夫·埃利森在《看不见的人》中描写了一位没有名字的美国黑人青年，这名黑人是小说的叙述者，在小说引言中就告诉读者，他是看不见的人，因为美国人拒绝看见他。诺贝尔文学奖得主，著名的非裔美国作家托妮·莫里森在《宠儿》中这样写道："到了1874年，白人依然无法无天，整城整城地清除黑人；仅在肯塔基，一年里就有八十七人被私刑处死；四所黑人学校被焚毁；孩子像成人一样挨打；黑人妇女被轮奸；财物被掠走，脖子被折断。"（莫里森，1996：214）乔治·利普希茨也认为，"美国文化中的白色无处不在，但很难用肉眼看到……反对差异的无标记分类已经建立，白色从不需要说出自己的名字，从不需要承认它作为组织原则在社会与文化关系中所起的作用。"（Lipsitz，1995：369）""9·11"之后，美国民众的国家意识大增，不屑于多元文化中的小圈子利益。"（Bell，2007：导读第6页）在此背景下，"媒体和学术界开始出现反女性，反黑人的声音。"（布鲁姆，2005：1—3）可见，美国人对黑人的歧视非常严重，根深蒂固。在这种氛围下成长起来的美国犹太人也逐渐形成对美国黑人的歧视态度，并在美国犹太文学作品中有所体现。

在《洪堡的礼物》中，叙述者查理·西铁林曾在乔治·斯威贝尔家打牌而开始与他有交往，后与他成为合伙人。怀揣与西铁林的合伙资金，乔治带着西铁林初恋情人内奥米·卢茨的儿子路易一起到非洲肯尼亚首都内罗毕，在肯尼亚的丛林探寻铍矿已达一个多月，于是写信告知西铁林他在非洲的情况。在信中，乔

第十章　现代化进程中当代美国犹太文学对西方中心论的认同

治说他们刚到非洲时，迎接他们的是乔治的非洲朋友，也是他投资上的伙伴伊齐基尔的堂表兄西奥。到了非洲之后，路易希望学习斯瓦希里语，并决心要跟西奥学粗话，于是央求西奥教他，要学的第一句话就是"操你娘的"，尽管斯瓦希里语根本就没有这种表述，但"路易却怎么也不相信在非洲腹地竟会没有这种说法。他对我说：'老兄，这毕竟是非洲。这个西奥一定在开玩笑。他们不愿意告诉白人，这难道还是秘密吗？'他发誓学不会这句话就不回美国。"（559—560）可见，生活在美国的犹太人路易对非洲人有着本能的歧视与偏见。乔治给西铁林的信中还提到下面内容：西奥"这个像只杂种赛跑狗一样粗壮的黑人，非常非常黑，黑的亮晃晃的"（557）；他乘坐杰克逊公园里的火车时，发现"有两个黑人流氓在那里用刮脸刀割一个家伙的裤兜……二十个人都眼睁睁地瞅着，却奈何不得"（558）；乔治感觉他在非洲的投资前景堪忧，因为他发现"某种非洲的骗局正在形成，而伊齐基尔和西奥说不定在耍花招。"（561）信中的内容表明，乔治对非洲黑人同样充满敌意，他用侮辱性语言"杂种"来形容西奥的长相，用黑人流氓旁若无人地割他人裤兜，旁观者却无动于衷，以及伊齐基尔和西奥很可能在投资上耍花招等描述来丑化非洲黑人的品质。西铁林描述接待室的门房，黑人罗兰·斯太尔斯时，说他是个皮包骨头的、从不刮胡子的黑人老头，嘴巴和胡子已连成一体，又老又瘦的脸在抽搐着。西铁林还补充说，"他特别需要我的电剃刀，因为他那满是斑痕的黑脸上胡子又硬又长，用普通刀片简直是不可能的……他老骗我说有多么漂亮的女人来拜访我……"（69—70）在西铁林看来，以罗兰为代表的美国黑人肮脏丑陋、善于欺骗他人。考虑到乔治、查理、路易都是生活在美国的犹太人，已在他们的潜意识里把自己归为西方人，他们对非西方的非洲黑人、美国黑人使用的具有歧视性、侮辱性的语言表达，道出了他们固有的西方中心论思想，其实这也是贝娄的意图。美国犹太人对西方中心论的认同态度还在《雨王汉德森》《院长的十二月》《赫索格》等作品中得到体现。

在《雨王汉德森》中，汉德森到非洲后和向导洛米拉尤来到一处村落，见到几个高个子、厚嘴唇的黑人放牛娃，他这样描述道："鬈曲的头发上满是油腻。我从没见过这样野蛮的人。"（56）在阿内维部落，他发现自己被一群非洲男孩与女孩团团围住，他们对他大叫大嚷，光着身子，最小的一个喊叫声比牛群的吼声还要响。该部落中一个身材像拳击冠军，身穿水手衫，上身披着丝巾，下身围着白布的人，"居然对我说起英语来。我也不知道我为何如此诧异——说确切一些，我感到的是失望……我自然是又震惊、又痛心的。"（64）汉德森一直认为，阿内维部落的人只能说一些低级的语言，英语这样的语言不应该被这样的黑人掌握和使用，因此，阿内维部落中有人能说英语这一事实与他的预判不符，使得他比较吃惊、失望。在瓦利利部落的祈雨仪式上，汉德森这样写道："这些非洲人的蛮性和他们的怪叫，他们糟蹋神像、把死人倒吊起来。"（211）可见，在汉德森的眼中，非洲人无视卫生、大呼小叫、原始落后、野蛮残暴（糟蹋神像，甚至把死人倒吊起来）、没有人性。这些描述也凸显了汉德森心中的西方中心论观念。

在《院长的十二月》中，阿尔伯特·科尔德院长的外甥梅森·扎赫那与一位名叫卢卡斯·埃布里的黑人洗碗工关系密切，该黑人被控杀害了一名叫做瑞基·莱斯特白人学生。科尔德曾调阅这名黑人之前的犯罪记录：偷盗、窝藏占有赃物等。梅森认为他的黑人朋友不可能是杀人凶手，曾就此事与科尔德院长交谈，在谈话中，梅森指出，"靠食品券过活的黑人，他们是下层社会——你们这里的社会学家们就是这样称呼他们的。"（48）科尔德曾向妹妹埃尔弗里达描述梅森为了帮助黑人朋友而在这一案件中威胁证人一事，认为梅森这么做，"意味着你自己（指梅森——作者注）已经差不多是个黑人了。"（103）埃尔弗里达则这样对科尔德说："很难想象粗野的黑人流浪汉会受骨瘦如柴的梅森的恫吓。"（102）可见，在科尔德和埃尔弗里达的眼里，以埃布里为代表的美国黑人有着极强的暴力倾向、经常犯罪、极度贫穷、归属社会的底层。这体现了科尔德和埃尔弗里达内心深处的西方中心论观念。

科尔德还曾与和他一起在芝加哥长大，一起当过记者的杜威·斯潘格勒交谈，谈话过程中，杜威谈到他最终明白了科尔德报道一桩强奸案①的方式。杜威从这种强奸案的残暴性联想到非洲，于是他这样说："在乌干达之类的地方现在

---

① 科尔德曾与那桩强奸案的辩护律师有过一次谈话。在这个案件中，强奸犯先把一女性关在行李箱里，然后杀了她，之后把她的尸体藏在停车场的垃圾堆里。

这种事可能正在发生。驱逐艾迪的解放部队弄出了相当多的婴儿。被狗吃掉，或者接受毫无人性的抚养。没人教这些年轻人语言、人类习俗或宗教。他们会回到原始大森林里，像奥菲士①的野兽一样。他们不尊重任何一种人类种族的伟大契约。野兽的性交，野地里的漫游，乱伦，横尸荒野。"（277）可见，在杜威看来，非洲是一个愚昧落后，没有信仰，充满野蛮屠杀、残暴行径、淫乱堕落、弃婴凶杀的地方。这体现了杜威对西方中心论的认同。

在《赫索格》中，赫索格被妻子马德琳赶出家门后曾得到芝加哥律师桑多·希梅斯坦的照顾。赫索格在火车上给桑多写信时，提到自己在桑多家，与桑多谈论了桑多受理黑人职工汤普金斯一案。赫索格在信中写下了当时他对桑多说的一席话："他们大概因为汤普金斯是个黑人，才千方百计要搞他的吧。不幸的是，他是个醉鬼。而且他能否有能力胜任工作，也是一个问题。"（114）对美国黑人汤普金斯一案，犹太人赫索格不是报以同情，而首先想到他是醉鬼，可能没有能力胜任工作，这种种族歧视的论调，体现出他内心的西方中心论观念。

在罗斯的小说《欲望教授》中，与大卫·凯普什教授保持暧昧关系的伊丽莎白曾告诉凯普什教授，那儿的印度人使她感到不舒服，是她不喜欢她与波姬塔合租那个地方的一个原因，另一个原因是那儿的黑人也让她感到不舒服，尽管她反复说明她并不歧视黑人，但她指出，"在走廊上，那些非洲人从她身边经过时，总会伸手去摸她的头发……她每次还是会有点不自在。"（35）伊丽莎白所言显然暗含非洲人缺乏教养的含义，道出了她对西方中心论的认同态度。

第四节　认同表征三：作品对第三世界进行负面描写

第三世界这一概念由法国人口学家、人类学家以及历史学家阿尔弗雷德·索维（Alfred Sauvy）于1952年8月在法国杂志 Le Nouvel Observateur 最早提出。1973年9月，当不结盟国家通过《政治宣言》后，这一概念在国际上被正式使用。1974年2月，毛泽东主席与时任赞比亚共和国总统卡翁达会谈时曾把美苏划

---

① 奥菲士（Orpheus），希腊神话里的歌手与诗人，擅长弹奏竖琴。

为第一世界，日加澳三国以及欧洲划为第二世界，亚（日本除外）非（南非除外）拉划为第三世界。冷战时期，经济发展较为落后的一些国家也把自己划为第三世界。克里斯托弗·T. 费舍尔在其博士论文中也认为"第三世界代表归属于亚洲、非洲和拉丁美洲的国家，这些国家通常被社会科学家认为仍处于发展阶段或未进入现代化阶段。"（Fisher，2002：25）目前，第三世界包含亚非拉、大洋洲部分地区以及其他地方大约130多个国家。

在贝娄的小说《更多的人死于心碎》中，俄裔犹太主人公本诺·克雷德这名美国植物学家在第一任妻子列娜过世后，周旋于不同女子，尤其在娶了年轻貌美、家境富裕、占有欲极强的第二任妻子玛蒂尔德·拉雅蒙之后，他身心俱疲，盼望能获得真正的爱情，夫妻二人过上平静的、相互体贴的生活。本诺认为，这是全人类的目标，应该能够实现。"至少在西方，人们仍然在做这种努力，这是他们享受的许多福气之一。至于剩下的人类那就很难说了。他们还在落后的发展水平上痛苦挣扎呢。"（9）可见，在本诺看来，在西方世界过上他期望的那种生活不是难事，而且是人民的福祉之一。但在落后的发展中国家，在贫困中挣扎的人民很难获得这样的生活。这些描述表明，长期生活在西方社会中的美国，本诺显然以西方人的姿态来审视第三世界，体现出对西方中心论的支持态度。

小说中的叙述者犹太人肯尼思·特拉亨伯格是本诺·克雷德的外甥，出生巴黎，在巴黎接受教育，后移居美国，成为芝加哥的一名俄文教师。与他同居的翠姬是个性受虐狂，只有被伴侣打得鼻青脸肿才能得到畸形的性满足。蒂塔既是他的学生又是他的情人，尽管她年轻性感，身材火辣，但对自己的皮肤不太满意。为了更好地吸引肯尼思，她找了一个不靠谱的医生做了面部除皮手术。肯尼思后来去接刚刚手术后的蒂塔，在去接她的路上，肯尼思发现："我们城里的计程车司机现在多半来自发展中国家，穿着举止也像'圣战'恐怖分子，他们永远在大呼大叫，很想打架。"（198）可见，在西方接受教育，并长期生活在芝加哥的肯尼思已习惯于从西方人的视角来审视芝加哥里以计程车司机为代表的来自第三世界的那些人，认为他们野蛮、落后、穿着举止甚至与恐怖分子相似。肯尼思在回顾本诺的过去时，还曾这样感慨，"可是现在我们星球上尚未被人们探访的遥

第十章　现代化进程中当代美国犹太文学对西方中心论的认同

远地方只剩下第三世界（肮脏，被搜刮民脂的军人乱整，到处是饥饿，污秽，艾滋病，大规模杀戮）。"（319）肯尼思眼中的第三世界是肮脏、饥饿、污秽，艾滋病肆虐、大规模屠杀成为常态、军队极度腐败、人人避之不及的地方。这些都体现出他极强的西方中心论观念。

《受害者》的一开头就这样写道："人们在纽约街道上熙熙攘攘，宛如一群粗野的阿拉伯农民挤在一座座神秘莫测、宏伟惊人的纪念碑中间。"（159）可见，在贝娄眼里，阿拉伯农民不但粗野，而且怪异，从而给人神秘莫测的感觉，考虑到阿拉伯世界也归属第三世界，因此上述文字同样体现出贝娄对西方中心论持支持的态度。在《赛姆勒先生的行星》中，贝娄借助赛姆勒再次对纽约进行了描述。据赛姆勒观察，纽约的外部环境比较糟糕，大多数室外电话已被砸坏，许多电话间变成了便池，甚至比那不勒斯或萨洛尼卡①还要糟糕。"从这一点看，它好像是一座亚洲的、非洲的城市……你打开一扇嵌着宝石的大门，就置身在腐化堕落之中，从高度文明的拜占庭②的奢侈豪华，一下子就落进了未开化的状态，落进了从地底下喷发出来的光怪陆离的蛮夷世界。"（10）在赛姆勒的眼里，美国的城市属于第一方阵，其次是欧洲城市（比如那不勒斯或萨洛尼卡），而亚洲、非洲的城市属于最差之列。此外，那扇嵌着宝石的大门象征着繁华的纽约，其奢侈豪华程度如高度文明的拜占庭，但其糟糕的外部环境与第三世界那些未开化的、光怪陆离的蛮夷之地并无二致。可见，赛姆勒所言，道出了他对西方中心论的认同态度。

在罗斯的小说《垂死的肉身》中，大卫·凯普什教授曾抱着生病的康秀拉坐在沙发上看电视，电视镜头里出现古巴首都哈瓦那的一个夜总会。依据小说的描述，这个夜总会圆形剧场里像关着牲畜一样关着千余名游客，一位浓妆艳抹的加勒比性感女郎从里面走了出来，"一看就知道是来自极权国家的，在犯罪分子肆意横行的日子里，她常常去勾引那些有钱有势的有钱人。"（162）小说交代，这个夜总会的表演者身穿难看的服饰，根本不懂表演，他们手持话筒大吼大叫，根本不像是在唱歌跳舞。"歌舞女郎们怒气冲冲地走来走去，看上去像

---

① 萨洛尼卡（salonica），希腊第二大城市。
② 拜占庭（Ryzantium），又称作拜占庭帝国，是东罗马帝国的别称，首都为君士坦丁堡。

'拉丁美洲西部村庄'里那些长腿的身穿异性服装癖的人。"（162）小说的上述描写传递出的"关游客如关牲畜"，"性感女郎来自犯罪分子肆意横行的第三世界国家，品格恶劣""表演者水平低下、缺少教养、毫无品味""歌舞女郎们如拉丁美洲西部村庄里着装怪异之徒"等信息，表明作者意在对第三世界的古巴极尽各种贬低之能事。凯普什教授所言，道出了他心中秉持的西方中心论观念。

第十一章
现代化进程中当代美国犹太文学对美国优越主义的认同

第一节 美国优越主义的内涵

美国优越主义（American Exceptionalism，又译作"美国例外主义/美国卓异主义"）指这样一种理念，即以自由、平等、资本主义以及个人主义为基础的美利坚合众国具有其他国家无法赶超的优越性，因为在秉持这一主义的人看来，美国是一个民众生活特别富足幸福，人人拥有发展机会，国家特别强盛，政治环境特别稳定，世界上唯一能做到领导与捍卫自由的潮流的国家。

回顾历史，美国的个人主义，平等主义以及通过诉讼解决争端给法国政治家、历史学家阿历克西·德·托克维尔留下深刻印象，结果在1831年，"托克维尔成为第一个认为美国是优越的/例外的（exceptional）人，因为在他看来，该国从性质上来看与其他国家迥然不同。"（Chase，2002：280）按照王光华（2016）①的考证，美国优越主义这一术语正式出现于1929年，经过长期的发展、演变，加之"长期处于国际体系中心这一政治现实"（唐世平，綦大鹏，2008：66），已经扎根于美国民众的内心。梅加纳·V.纳亚克与里斯托弗·马隆认为："美国优越主义往往从文化特殊性与历史特殊性方面为美国为何成为美国找到了依据。"（Nayak & Malone，2009：259）亨廷顿则认为有多种因素造成了美国的优越主义，如"人种、民族属性、文化、意识形态"（亨廷顿，2005：11）一个不争的事实是，美国优越主义是在与欧洲的对比中（即美国是文明的，欧洲是不文明的）不断发展起来的，后来这一对比范围扩展到与非西方国家，它在美国政治思想中尤为根深蒂固。

美国优越主义认为：美国在政治体制上独一无二，而且各种公民权（如言

---

① 参见：王光华.何谓"美国例外主义"？——一个政治术语的考察[J].美国问题研究.2016（01）：93—111+186.

论自由、无罪推定、投票权等）等得到充分保障，社会主义[①]政党不成气候，拥有反对独裁统治的传统；美国的独立战争具有独特意义，因为它提升了民族对自由的深度认识：即"生活在美洲殖民地上的人民不是为一个单独的州或美洲的自由而战斗，而是为了自由本身而战斗。他们听从于上帝的旨意，旨在攀登人性的最高峰"（Bancroft，1966：146），"十三块殖民地对《独立宣言》的接受是上帝为美国历史伟大设计的顶点，是人类种族进步计划的重要部分"（高岳，2014：44）；美国拥有独特而完备的现代民主制度，分权制衡的国家政体非常成熟；美国认为自己在资本主义体制[②]方面具有独特的优越性，因为美国资本主义比其他国家的资本主义更具民主性、反帝反殖民性，因此比其他国家更加完备、更进步、更成功，堪称资本主义世界的典范；美国认为自己具有独特的国家属性[③]，肩负特别的使命，是全球秩序的创立者与维护者；美国在地理位置上独一无二，与世界上其他地区自然分割；美国并非欧洲的延伸，而是充满机会的全新国度；美国在宗教上实行政教分离的政策，尤其受到基督教的强力影响，民众拥有明确而基本统一的信仰，其宗教模式可以分奉为其他国家的楷模；美国是一个具有独特开放性与包容性的移民大国；《美利坚合众国宪法》框架下各州建构的州政府运行良好，秩序井然，政局稳定；美国拥有独特的拓荒精神（Frontier spirit），进而塑造出典型的美国精神；美国疆域辽阔，具有极其丰富的资源。上述这些特点使得美国与西欧、北欧以及信仰共产主义的国家完全不同，这些独

---

① 参见：维尔纳·桑巴特. 为什么美国没有社会主义[M]. 赖海榕，译. 北京：社会科学文献出版社，2003. 在桑巴特看来，美国工人因物质上得到满足而对资本主义秉持欢迎态度；美国工人可以利用普选权维护自己的利益；美国新政党的发展空间因为两党制的成功运行未能得到发展；美国的社会流动性较高，美国的开放精神遏制了激进主义。因为这些原因，桑巴特认为社会主义政党在美国难以形成气候。

② 福斯特认为美国资本主义的例外性体现出其优越性，参见威廉·福斯特：马克思主义与美国"例外论"[M]. 移模，译. 上海：华东新华书店总店，1948：7—10.

③ 参见：McCrisken, Trevor B. "George W. Bush, American Exceptionalism and the Iraq War" in David Ryan and Patrick Kiely, eds. *America and Iraq: Policy-making, Intervention, and Regional Politics*[C]. London and New York: Routledge, 2008: 17.
Restad, Hilde Eliassen. *American Exceptionalism An Idea that made a Nation and Remade the World*[M]. London and New York: Routledge, 2015: 3.
Foot, Rosemary and Andrew Walter. *China, the United States and Global Order*[M]. New York: Cambridge University Press, 2011: 17.

特性赋予了美利坚民族引以为豪的美国优越主义。

现代化进程中当代美国犹太文学对美国优越主义的认同表征

迈克尔·坎曼指出，"美国优越主义像美国本身一样古老，同样重要的是，它在建构美国社会的民族认同方面起到必不可少的作用。"（Kammen，1993：6）的确，作为融入美利坚民族血液中的一种信念，美国优越主义对上至总统、下至平民的全体美国人产生了深刻影响，并在当代美国犹太文学中得到具体体现。

第二节　认同表征一：作品直接传递对美国优越主义的认同信息

"美国人完全生活在新世界，这里得天独厚，无比富饶，因而形成一种夜郎自大的信念，确信美国是世界上最好的国家。"（康马杰，1988：13）正是因为有了这样的理念，美国人秉持美国优越主义显得天经地义，这样的理念也对美国犹太作家产生深刻的影响，于是美国犹太作家纷纷通过作品映射出这种影响。作品直接表达对美国优越主义理念的推崇是现代化进程中当代美国犹太文学对美国优越主义的认同表征之一。

在贝娄的小说《雨王汉德森》中，汉德森在非洲阿内维部落发现有人说英语时非常震惊，因为他认为生活在原始落后的非洲部落里的人没有资格说英语这一语言，在他的眼中，"英语是当今伟大的标准语言。"（64）这显然凸显出汉德森的美国优越主义理念，认为美国在所有方面都是世界标准，包括语言。

在《院长的十二月》中，科尔德院长和妻子米娜在罗马尼亚住在岳母家期间，接待客人时曾谈到美国在全球的政治地位，会谈中"客人们会很愿意听到院长理智地谈到美国在世界政治中的作用。他毕竟来自神圣的外部世界：西方。"（72）可见，罗马尼亚人高度赞赏、由衷钦佩美国在世界政治中的突出作用，凸显了他们对美国优越主义的认同态度。科尔德参加完岳母瓦勒丽娅的葬礼后，曾与著名地质学家比契的主要化学助手，科尔德的同事夫拉达·沃尼契谈论比契。期间，夫拉达曾这样说道："美国应该领导全世界，立即行动起来净化空气和水源,哪怕花掉几十亿美元的代价……"(246)由此得知,夫拉达眼中的美国就是世界的领袖,无论花费多少钱净化空气与水源都是应该的,表明了她秉持的美国优越主义态度。谈话中,科尔德院长认为罗马尼亚政府比较独裁,甚至杀了好多持不同政见的人,政府给痛苦制定了标准,而人民只好被动接受。他转而把这种情况与美国做了对比,并这样写道:"在家,在西方,则是不同的。美国从来没打算在痛苦的标准上采取一个公开的立场,因为它是一个愉快的社会,一个喜欢把自己想象为一个温和愉快的社会。一个温和自由的社会必须找到温和的方法来使粗暴制度化,并且以进步和轻松自由和谐地消除它。"(304)依科尔德来看,尽管美国政府也存在粗暴行为,但它并没有为痛苦制定统一的标准,而是试图去消除痛苦,从而营造一个温和愉快的社会,这再次显示出科尔德对美国优越主义的认同态度。

小说还描述科尔德的岳母瓦勒丽娅去世后,她的家中曾有很多客人到访,来访者中的一部分期望把孩子送出罗马尼亚。接着,贝娄笔锋一转,这样写道:"但是怎样才能找到赞助人,到哪儿才能弄到美元呢?你必须有美元。"(257)贝娄的口吻意在说明,美元是帮助那些希望把孩子送出罗马尼亚到其他国家(尤其是美国——作者注),摆脱罗马尼亚令人担忧现状的关键要素,这体现出贝娄对美元在全球金融体系中核心地位的自豪感,也反映出他固有的美国优越主义理念。杜威·斯潘格勒与科尔德与谈话时,曾夸赞科尔德撰写的关于芝加哥住宅区的文章。斯潘格勒认为这些文章让他回忆起很多美好的时光,他不禁这样感慨道:"那时芝加哥是一个移民城市,移民们在这里找到了工作、食物和自由,他们做着他们来自旧世界里所做的生意:盖板房的、锡匠、锁匠、从克拉考来的灌香肠的,还有从斯巴达来的做糖果蜜饯的。"(264)可见,斯潘格勒以芝加哥为例,意在表明他眼中的美国是一个具有典范效应的移民国度,人民在这样的国度里充满机会,拥有无与伦比的自由,可以不受束缚地做自己的事情,显示出他对美国优越主义的支持态度。

在《更多的人死于心碎》中,叙述者肯尼思在回忆自己刚来中西部时,感觉自己是个外国人,后经过一段时间的适应,他有融入美国的感觉,不由感慨道:"美国改变了这一切,使'外籍'一词具有了新的涵义。"(18)在肯尼思的

第十一章 现代化进程中当代美国犹太文学对美国优越主义的认同

眼里，美国这一移民大国中到处都是外国人，这些外国人自由从事不同的职业，让他丝毫没有身处异国他乡的感觉，而是有家的感觉。美国赋予了外籍以新的内涵，让叙述者这名欧洲移民对美国充满感激，也为自己生活在美国感到骄傲，不经意间体现出他的美国优越主义理念。肯尼思在回忆起费舍尔如何创业时，有感而发，认为没有几个国家比美国更欢迎独创性，而且"这种独创从来没像现在这样蔚然成风。"（165）对美国独创性的赞赏再次体现肯尼思对美国优越主义的认同态度。肯尼思认为当年之所以强迫自己离开巴黎来美国，是因为他认为"精彩热闹集中在美国"（268），他预见在美国，个体可以取得更大进展，"这里我可以指望得到真正的明晰"（221），"这里是一切真正现代的事情发生的地方。我当时需要了解的东西，在巴黎地盘上已经无法教我。"（57）肯尼思当初之所以放弃巴黎来到美国，是因为他把美国视作一个热闹繁华、充满机会、引领潮流、指引方向、切实做事的地方，这再次凸显了他对美国优越主义的认同态度。肯尼思和他的父亲，以及他父亲的朋友一起吃饭聊天时，饭桌上的科杰夫曾指出，现代美国人的物质欲望已经得到极大的满足，这是马克思及启蒙时代的哲学家做梦也无法想到的事。科杰夫甚至这样评论道："苏联以及其他结盟的一些国家比起美国差得远了。"（29）可见，科杰夫通过贬低苏联以及其他结盟国家，赞扬物质丰裕的美国，体现出他对美国优越主义持支持态度。

在《赛姆勒先生的行星》中，赛姆勒的女儿苏拉出于引人注目的目的偷走了来自印度的V.高文达·拉尔博士关于移民月球的手稿《月球的未来》，后在父亲的说服下，苏拉告诉了书稿放在她在中央车站租的衣帽柜里。拉尔博士后来开车来赛姆勒家中取他的手稿，上楼来到赛姆勒的家中，他与赛姆勒进行了一次长谈。在会谈中，赛姆勒告诉拉尔博士，自己于二十二年前来到美国时，感觉找到了一种解脱，这种解脱表明赛姆勒告别了他在欧洲经历的痛苦，而在美国这个新的国度找到了民主与自由。拉尔博士随之附和道："当然喽，在某种意义上说，现在整个世界就是美国。这是无法逃避的。"（204）可见，拉尔博士与赛姆勒一样，认为美国是世界上最为发达与民主的国家，美国在引领整个世界的发展，而且，这种趋势无法改变。赛姆勒以及拉尔博士所言，道出了他们对美国优越主义的认同态度。

第三节　认同表征二：作品对欧洲国家进行负面描写

康马杰指出，美国对其他国家与民族的轻视已达到旁若无人的境地。"早在18世纪90年代，德朗考特公爵就发现美国人有一种想法，认为'除美国人之外，别人都无所谓才能；认为欧洲人的智慧、创造力和天才早已枯竭'。150年之后，美国大兵和海员到了英国和法国，他们的主人也在他们身上发现这种明显的优越感。学校的教科书公开支持这种流行的想法。"（康马杰，1988：13）可见，美国人早就接受了唯我独尊的理念，对欧洲国家进行冷嘲热讽成为常态。美国对欧洲国家进行负面书写在美国犹太文学作品中也有所体现，这是现代化进程中当代美国犹太文学对美国优越主义的又一认同表征。

在《赫索格》中，赫索格曾在火车上给他在华沙时款待过他的贝什可夫斯基教授写信。在信中，赫索格认为在德国，"那里没有一届政府是诚实守信的。"（69）上述文字表明，赫索格眼中的德国政府从来不守信用，意在反衬美国政府的诚实守信，表明他的美国优越主义思想。他在火车上还给自己的朋友夏皮罗写信，并指出，欧洲各种粗俗的新兴阶级孜孜以求的只是食物、权力和性的特权，而且他们还在竭力维护在旧政权体制下的贵族式尊严。于是，他"打算在乡下给浪漫主义史再加写一章，把它作为现代欧洲卑贱的嫉妒和野心的表现形式。"（107）可见，赫索格眼中的欧洲充满嫉妒和野心，形象极其糟糕，这一描述衬托出美国的高大形象，再次表明赫索格秉持的美国优越主义理念。

在《院长的十二月》中，科尔德院长到罗马尼亚看望住院的岳母时，曾和妻子米娜在岳母家接待同事和一些表亲，其间，科尔德院长曾对那同事与亲戚们评论罗马尼亚与法国。他认为，法国，以及共产党执政的罗马尼亚等苏联阵营的社会主义国家实行独裁统治，给人民带来了苦难。如小说中所言："把数百万人封闭起来是共产主义的最大成就之一。当然，在被占领的法国，数百万被监禁的人们四处奔忙，维持生活。"（72）科尔德院长对罗马尼亚、法国的批判，无形中与美国式民主做了对比，体现出对美国政治体制的称颂，凸显他心中秉持的美国优越主义理念。在岳母住院的病房，科尔德院长正要和米娜说话时，被米娜

第十一章　现代化进程中当代美国犹太文学对美国优越主义的认同

打住，因为妻子用手指向安装在病房里的窃听器①，示意他不要说话，于是他们到楼外散步、聊天，等待来接他们的司机。此时，小说这样评论道："这儿的司机像东欧其他地方的司机一样，要向秘密警察汇报，因此他们的服务极佳。"（125）可见，通过对"病房安装窃听器""司机成为国家眼线"的描述，批评罗马尼亚以及东欧其他国家当时实行的独裁统治，犹太主人公流露出他们对美国式民主的赞美之意，表达了他们对美国优越主义认同的姿态。

岳母过世后，科尔德曾去过瓦勒丽娅的墓地，之后与同事夫拉达进行过一次谈话，他在谈话曾说，苏联为了建设社会主义而制定的政策，"在早期发生的饥荒中，可能会让数以百万计的人们死去。"（304）在科尔德的眼里，苏联的政策会导致饥荒，从而让大量的人失去生命。科尔德对苏联政策的批判意在说明物质丰富的美国资本主义社会不会发生这样的情况，这再次表明了他的美国优越主义理念。在谈话中，科尔德还认为苏联人缺乏理性，生性傲慢，往往导致虚无主义、不公正或自由的缺失。但在美国，情况则完全不同，因为"我们在西方所有的是一种理性的公民。一种你根本无法理解的勇气。至少我们有耐心，在危机中能保持头脑冷静，能以一种冷静、稳定的方式保持体面。'"（305）可见，以科尔德来看，美国人非常理性、非常勇敢、非常有耐心、非常冷静，因此能够保持体面，而苏联人的个性却与美国人相反，这再次反映了科尔德对美国优越主义的认同态度。

科尔德的妻子米娜在和丈夫的谈话中，还说出了她对罗马尼亚的印象："可你看看这里的人们都穿些什么，妇女是那样的沮丧。她们没有吃的，没有什么可穿的。"（93）可见，米娜眼中的罗马尼亚非常贫困，甚至无法解决吃穿问题。因此，她一直在后悔当时来罗马尼亚看母亲时没有从芝加哥把所有的东西带上。美国的富足反衬了罗马尼亚的贫困，传递了米娜对美国优越主义的认同态度。

学界认为贝娄的短篇小说《口没遮拦的人》"布局巧妙，含义丰富。"（Prescott，1986：120）小说中的叙述者肖穆特博士是一名犹太人，因为爱开

---

① 小说曾交代，科尔德的岳母瓦勒丽娅深爱自己的丈夫，已成为一名共产主义战士，且身居要职，加之科尔德院长与妻子米娜来自美国资本主义社会，所以他们三个都被当局列为监听对象。

玩笑，经常冒犯了许多人。肖穆特的妻子格达招待学界朋友时，一名教授感慨当下学术水平的低下，担心他去世时可能无人能胜任给他写个讣告。结果，肖穆特立即回答他非常愿意承担此任，而且会不辱使命，这令那名教授尴尬不已。某次在大学午餐期间，慈善家伯格太太表示自己准备写回忆录，心直口快的肖穆特立刻问伯格太太是打算用打字机写回忆录，还是用点钞机写回忆录，这令现场的伯格太太极为狼狈。他与律师克劳森在某个正在进行电路改造的俱乐部吃饭时，竟然当着在场的联邦法官、政界要人、公司高管等所有人的面，说趁电工正在施工，让他们把正在吃饭的所有人电死算了，这让在场的所有人恼恨不已。小说以肖穆特写给罗斯小姐的一封道歉信作为串联故事的主线，于是故事在他一边道歉一边反思中展开。在这封信中，肖穆特告诉读者，很多年前的某一天，走出图书馆的罗斯小姐见到戴着棒球帽的肖穆特时，对肖穆特说他戴着那顶棒球帽像个考古学家，结果，肖穆特立刻回答说，罗斯小姐就像他刚刚挖出的老古董，这给罗斯小姐造成极大的伤害。在信中，他还对政治人物进行了评价，提及某一次斯大林在克里姆林宫接见波兰共产党代表团时曾这样问道："'我怎么没看见那位善良、聪明的女同志Z？她现在还好吧？'当时在场的波兰代表们个个低头不语。他们很清楚，正是斯大林下令杀掉了那位女同志，因此，大家只好默不作声。"（35）叙述者接着又说道："这只能说明这个东方国家的君主独裁统治是何等严重……斯大林则是徒有其表。"（36）显而易见，肖穆特博士抨击了斯大林领导的苏联政府，因为他已经把斯大林贴上了独裁、残忍、滥杀无辜的标签。在贬低苏联的同时，他又给予美国民主以极高的赞誉，称赞美国"讲究民俗民风"（36），体现出长期生活在美国的这名犹太人已接受美国优越主义理念。

在贝娄的短篇小说集《口没遮拦的人》中的短篇小说《泽特兰：人格见证》里，马克斯·泽特兰（即老泽特兰）曾有过三次婚姻经历，喜欢结交艺术家，过着非常充实、丰富的生活。小说曾描写马克斯·泽特兰坐在高架列车之中，阅读报纸，俯瞰列车两旁的小砖房，感慨"就在这些小房子里，波兰人、瑞典人、爱尔兰佬、西班牙佬、希腊人过着醉生梦死的日子，充盈着赌博、强奸、野种、梅毒和喧嚣的死亡。"（193）可见，在物质上取得极大成就，认为自己已融入美国的老泽特兰这名犹太人早已把自己视为美国人，因此非常鄙视来自欧洲的这些

第十一章　现代化进程中当代美国犹太文学对美国优越主义的认同

移民,认为他们非常颓废与堕落,做了许多缺乏伦理道德的事情。因此在老泽特兰眼里,他们还没有通过奋斗融入美国社会,还不能算作真正的美国人,还无法与他这名已经融入美国社会的人相比,这体现了他固有的美国优越主义理念。

在《拉维尔斯坦》中,犹太人艾贝·拉维尔斯坦曾与叙述者齐克聊起过齐克的前妻薇拉,认为她有些装腔作势,应该是来自东欧的女性,如文中所言:"从东欧来的人常常墨守法国的成规,他们在家乡没有像样的生活,住的地方令人作呕,他们需要以法国人的眼光来看自己。"(103)上述文字表明,拉维尔斯坦心中的东欧人居住环境以及生活环境都比较糟糕,在行为方式上只好向法国人制定的成规看齐,这表明拉维尔斯坦对东欧人的轻视,体现出一直生活在美国,并受到美国方方面面深刻影响的他秉持的美国优越主义理念。

在《受害者》中,利文撒尔曾接受了哈卡维夫人的邀请,来参加他们举办的生日聚会。晚宴开始时,哈卡维和一位卖保险的本杰明先生恢复了当天晚上早些时候的一场争论。哈卡维先生猛烈批评了保险公司,认为本杰明开展的保险业具有一定的欺骗性。本杰明则进行了反驳。哈卡维的儿子丹尼尔则对本杰明给予支持,并用下列话语对本杰明进行了维护:"从前就有一些大机构和人物,他们自以为会万世永存呢。我指的是罗马、波斯、中华大帝国!"(392)可见,丹尼尔不但对古代中国、伊朗等亚洲国家进行语言攻击以体现其东方主义理念,而且讽刺了以罗马为代表的欧洲国家的大机构与人物"愚昧地认为自己能够永世长存,永不死去"的观念。在丹尼尔看来,理智的美国人非常清楚这种观念是错误的,因此保险业有理由在美国被人们接受,这体现出丹尼尔秉持的美国优越主义理念。

《基辅怨》[①]是马拉默德的第四部小说,"在素材选择和艺术处理方面都与他早期的小说截然不同。这是因为这部小说所表达的情感与之前完全不同。"(Marcus,1967:88)"在《基辅怨》中,小说家伯纳德·马拉默德揭露了关于俄罗斯反犹太主义及其对英雄——雅柯夫·鲍克的影响这一悲惨故事。马拉默德在作品中总结了鲍克的最后想法,'我学到了一件事,就是没有毫无政治色彩的人……'"(Ponder,1971:364)的确,小说中的很多人物都因为他们的反

[①] 1967年,马拉默德凭借他的第四部小说《基辅怨》获得了普利策奖。

犹行动、反犹理念而成为具有政治色彩的人。主人公雅柯夫·鲍克这名双亲早逝的犹太青年，家境极其贫寒，从小就靠双手艰难度日，但他没有悲观气馁，也不安于现状，他期望学习，希望探索外部的世界，因此独自一人远离家乡来到了基辅。在那他救了一个反犹的砖厂主尼古拉·马克西姆，得到了在砖厂工作的机会，但因为得罪了工头普罗斯柯，后被诬告杀害了一名信仰基督教的十二岁俄罗斯男孩基尼亚·戈洛夫而被捕入狱，受尽折磨，但他没有向暴政屈服，始终认为自己是无辜受害者。小说中尊重事实、敢于仗义执言的调查官比比柯夫惨遭杀害，而利用假材料当证据的检察官格鲁贝索夫却深得沙皇尼古拉二世的赏识，竭力迫害雅柯夫。依据小说情节，雅柯夫做工的砖厂是不准犹太人居住的卢基安诺夫斯基区。因此，没有居留证的雅柯夫只好用假名，在那居住了几个月。他一看到报纸上刊登的威胁要对犹太人进行大屠杀的消息时，就非常害怕。雅柯夫不到一岁的时候，父亲就被屠杀。"雅柯夫上小学时,躲过了一次大屠杀——哥萨克人历时三天的袭击,第三天早晨,房屋还在燃烧,雅柯夫和其他六个小孩被带出他们躲藏的地洞。当时,他看到一个胡须乌黑的犹太人,嘴里塞着一条白色的香肠,正躺在路上一堆血迹斑斑的羽毛里。"（马拉默德，《基辅怨》：2）小说的基调表明，马拉默德对沙皇俄国施行的暴政非常不满。

考虑到小说发表于1966年，当时的美国民权运动正在全美各地展开，并取得了极大的进步。透过美国民权运动，马拉默德联想到了19世纪末、20世纪初沙皇俄国的民权现状，"将故事置于广阔的社会现实和历史发展进程中加以阐释"（朴玉，2013：251），不经意间让读者自己对比20世纪60年代的美国与19世纪末、20世纪初沙皇俄国，在竭力贬低沙皇俄国的同时，体现出他秉持的美国优越主义理念。

第十二章
现代化进程中当代美国犹太文学对美国实用主义的认同

第一节 美国实用主义的内涵

实用主义（pragmatism）是从拉丁文中的pragmaticus以及希腊文中的pragmatikos（行为、行动）派生出来的一词，学界对其有多种定义，如"实用主义是一个我们通常用来描述一种看待问题并解决问题的特定方式，一种行动；针对过程的实用态度；一种尤其被查尔斯·桑德斯·皮尔士和威廉·詹姆斯阐述的哲学，主张依据实际结果和对人类的利益来评估行动过程"（Ormerod，2006：893—894）等等。

作为哲学运动的实用主义始于查尔斯·桑德斯·皮尔士[①]、威廉·詹姆斯[②]、约翰·菲斯克（John Fiske）、弗朗西斯·艾林伍德·阿博特（Francis Ellingwood Abbot）、昌西·赖特（Chauncey Wright）、约瑟夫·班戈·沃纳（Joseph Bangs Warner）和尼古拉斯·圣约翰·格林（Nicholas St. John Green）等形而上学俱乐部（The Metaphysical Club）成员于1872年在马萨诸塞州剑桥市学术聚会时的讨论。后来，查尔斯·桑德斯·皮尔士从康德的《纯粹理性批判》（*Kritik der reinen Vernunft*，1781）中选取了"pragmatic"一词，表示实用主义的内涵，并于1878年第一次把该词运用到哲学之中，因此被称为实用主义的创始人。他发表在《通俗科学月刊》上的学术论文《怎样使我们的观念清晰》认为："要想揭示某个思想的涵义，我们只需要确定它会产生什么样的行为，那行为对我们来说就是它的唯一的意义。我们关于一个对象的思考，要到完全的清楚，只需要考虑那个对象可能涉及了什么样实际的可以理解的结果——我们从它

[①] 查尔斯·桑德斯·皮尔士（Charles Sanders Perice，1839—1914），美国哲学家与逻辑学家，美国实用主义的创始人。
[②] 威廉·詹姆斯（William James，1842—1910），美国哲学家，心理学家，教育学家，是实用主义的重要倡导者。

那里会期待着得到什么样的感觉,我们必须准备做出什么样的反应。这称之为皮尔士的原理,即实用主义原则。"(詹姆斯,2004:4)

"真正把实用主义('pragmatism')这一术语推向世界的是威廉·詹姆斯。他的著作《实用主义:旧思想新称谓》引发了国际学术界20余年的争鸣。"(Ormerod,2006:894)作为美国实用主义最主要的代表人物之一,威廉·詹姆斯认为实用主义重视对真理的追求,而"所有的真理已被表达、存储、收藏,可被每个人获得。因此,正如我们在思考真理问题时必须保持一贯的态度一样,我们在谈论真理时也必须保持一贯的态度。过去的时间本身也代表着真理,被'与当前的一切所关联这一事实'所确定。如过去的时间本身一样,当前的时间本身也代表着真理。"(James,1978:102—103)在詹姆斯看来:"实用主义代表了哲学中人们很熟悉的一种态度,即经验主义的态度。比起经验主义已经采用过的形式,它更加彻底同时也更难以反驳。实用主义者决然地将哲学教授们所喜爱的那些根深蒂固的习惯抛在一边。它拒绝了抽象和不充分的东西,拒绝了字面上的解决,拒绝了不好的先验的理由,拒绝了固定的原则、封闭的体系和虚构的绝对和起因。它追求具体和恰当,追求事实,追求行动与力量。这意味着经验主义倾向取得支配地位而理性主义倾向则被真诚地放弃了。它意味着开放的氛围和自然的各种可能,反对教条的、人造的和假冒终极的真理……实用主义者依附于事实和具体,他在真理的特殊工作场合中观察真理并加以概括。对他来说,真理就是经验中所有各种明确的工作价值的类名。"(詹姆斯,2004:6—14)詹姆斯还这样概括他的观点:"实用主义方法并不表示任何特别的结论,而只表示一种确立方向的态度。这种态度不理会第一事物、原则、范畴、想象的必然;而是看重最后的事物、结果、后果、事实。"(詹姆斯,2004:8)从以上论述中可以看出实用主义并不是对某个纯粹理念的追寻,而是更加看重行为带来的实际效果。

约翰·杜威[①](John Dewey)是紧接着皮尔士、詹姆斯之后,实用主义的主要倡导者,也是美国实用主义的旗帜性人物,他的实用主义应用领域涵盖教育、

---

① 约翰·杜威(John Dewey,1859 - 1952),著名哲学家、教育家,美国实用主义的集大成者。

政治，甚至是特殊的领域——宗教，正如他在自己的著作中所声称的那样："如果我们承认宗教可以是多元论的或纯粹是改善主义类型的，实用主义也可以被称为宗教性的。但是，你是否最终接受这种类型的宗教，则由你自己决定。实用主义不能提供武断的答案，因为我们还不能确知，最终哪一种宗教类型最适用。……如果你是激进的固守实际者，大自然众多可感觉事实的喧闹对你来说已经足够了，你根本不需要宗教；如果你是激进的脱离实际者，你将接受更具一元论形式的宗教。"（杜威，2007：139）詹姆斯也认为实用主义不但可以应用于社会生活的不同领域，而且可以应用到宗教领域，诚如他在自己的著作中所言："实用主义拓宽了研究上帝的领域。理性主义粘附于逻辑和天堂。经验主义则粘附在外在的感觉上。实用主义愿意容纳任何事物，既遵循逻辑也遵循感觉，并且愿意接纳最卑微的和最个人的经验。只要有实际后果，它愿意接纳神秘的经验。它承认在非常肮脏处隐居的上帝——如果在那儿最有可能找到他的话。"（詹姆斯，2004：19）

除皮尔士、詹姆斯、杜威之外，康奈尔·韦斯特（Cornel West）、琼威·廉姆斯（Joan Williams）以及玛格丽特·简·雷丁（Margaret Jane Radin）等也对美国实用主义学说做出了一定贡献。总之，美国实用主义赞成采取具体的行动，反对陷入抽象的概念；主张行动产生的实际效果，反对绝对的原则与真理；赞赏积极进取的主动出击，反对无为与悲观的被动等待。

现代化进程中当代美国犹太文学对美国实用主义的认同表征

斯大林曾指出，"美国人的求实精神是一种不可遏制的力量，它不知道而且不承认有什么阻碍，它以自己求实的坚忍精神排除所有一切障碍。"（斯大林，1959：40）美国社会中的求实精神正是美国实用主义长期作用下的产物和例证。现代化进程中的美国犹太人也长期浸泡在美国实用主义的大环境中，他们已经接受并践行实用主义理念，并通过美国犹太文学作品体现出他们对美国实用主义的认同。

第二节 认同表征一：
作品体现出对"在日常生活中采用实用主义"这一理念的认同

R.舒斯特曼指出："对于实用主义来说，人类在成为理性思想的主体之前，首先是行动的生物。我们获取知识不是像唯理论者的目标那样为真理而真理，而毋宁说是以更有效的行为去实现我们生活的目的……因而行动、生存和对我们需求的满足比真理和知识的观念更为基础，这意味着生活优先于真理。"（舒斯特曼，2011：40—41）舒斯特曼所言，告诉我们在日常生活中践行实用主义的重要性。的确，日常生活是美国实用主义应用最为广泛的地方。对美国犹太人来说，他们的日常生活同样是实用主义频繁得到体现的地方。生活是文学主要的素材来源，因而，美国犹太人日常生活中的实用主义必然在美国犹太文学作品中有所反应，体现出美国犹太人对"在日常生活中采用实用主义"这一理念的认同。

贝娄的小说《奥吉·马奇历险记》中的奥吉在日常事务中，能积极践行实用主义理念，拒绝好多所谓的权威建议。他对上大学没有浓烈兴趣，因为"他不相信那种冷冰冰的金科玉律说什么不上大学就不能进入高级的思维领域。"（394）奥吉并不轻信书本知识，他认为"我（指奥吉——作者注）所学的知识，就连十分之一也没能用上。任何只是增加你所不能使用的资料的事都是非常危险的。"（616—617）他坦陈，"我本人（指奥吉——作者注）偏爱实用的思想，我指的是那些能解答你问题的思想。真理，只有在跟你的需要关系较少时才更为正确。"（593）在配偶选择上，奥吉同样遵循实用主义原则，在拒绝别人为他做出的各种安排后，选择了他认为最适合自己的斯泰拉，他认为"我（指奥吉——作者注）娶了一位自己心爱的女人，所以我正在人生唯一正确的道路上阔步前进。"（662）奥吉的哥哥西蒙为找到进入主流社会的捷径，竭力博取主流社会女子夏洛特的欢心，并最终与夏洛特成婚，过上了较为不错的生活，西蒙的举措同样体现出他推崇"在日常生活中采用实用主义"这一理念。

《勿失良辰》中的塔莫金曾建议威尔姆，如果想要培养爱的意识，过上富裕生活，就必须重视"此时此刻采取行动"这一观点。在塔莫金看来，"此时此刻"具有强大的功能，它能让个体摆脱对过去与未来的过多忧虑与纠缠，帮助个

第十二章　现代化进程中当代美国犹太文学对美国实用主义的认同

体切实聚焦具体问题,他指出:"过去对我们没有一点好处。未来又充满了奢望。只有目前才是真实的……你必须找点此时此刻最为实际的事情干一干……不要漫无边际地瞎想,立即采取行动,每次锁定一个目标,要着眼于此时此刻,争分夺秒,勿失良辰。"(82—114)塔莫金还用实例给威尔姆演示如何开展"此时此刻"的行动。其中的一个例子是,他曾给一个并不知道自己身患癫痫病、而执意去澳大利亚的男孩看病,依据"此时此刻"的办法,他把男孩留下来,不但教他希腊文,而且还与他一起探讨亚里士多德,该方法不但起到很好的效果,而且体现出他对男孩极大的关爱和对个体的尊重。他还认为威尔姆应该关注一些"此时此刻"状态下比较实际的事情,如把资金投入期货市场,用心观察行情,从中盈利,过上体面而富裕的生活。应该说塔莫金的"此时此刻"理念正是实用主义理念在日常生活中的体现。尽管塔莫金的理念从短期看还没产生直接的物质利益,但从长远看给威尔姆带来了精神上的慰藉与希望,表明威尔姆非常认同"在日常生活中采用实用主义"这一理念。

《赫索格》中赫索格的第二任妻子马德琳已多次告诉赫索格,她已经不再爱他,夫妻感情走向决裂,婚姻最终走到尽头。赫索格在经历一系列事件(马德琳与自己最好的朋友格斯贝奇私通、离婚后被赶出家门并且丧失对女儿的看护权、给各种各样的人[包括死人]写信等)后,回到了路德村,见到了来看望自己的哥哥威利。在哥哥离开之后,赫索格在柏树旁观赏路德村时,有所顿悟:"我对现状已相当满足,满足于我的以及别人的意志给我的安排,只要我能在这儿住下去,不管多久我都会心满意足。"(437)可见,在小说的结尾,赫索格采用了实用主义观念来对待婚姻带来的不幸,达到了一定的效果,体现了他对实用主义的高度认同。小说中的齐波拉也是一名重视实用主义的人物,她通过观察,发现如果她借钱给赫索格的父亲,这笔钱将有去无回,于是,断然拒绝老赫索格的借钱请求。据小说交代,赫索格的父亲为了一夜暴富,打算把私酿的威士忌酒运到边境地区。于是,他和沃伦斯基从高利贷放贷人那借了钱,把私酒装了满满一货车。当车子在到达边境之前,车子就被人抢劫一空,赫索格的父亲和沃伦斯基还被抢劫犯毒打一顿。可见,齐波拉这个讲究实际的人"拒绝借钱给赫索格的父亲无疑是对的。"(196)齐波拉的实用主义态度及其带来的正确预期,表明她对

"在日常生活中采用实用主义"这一理念的认同态度。

在《院长的十二月》中,科尔德在岳母瓦勒丽娅去世后,曾在某圣诞节那天在家休息,开始思考那场关于黑人卢卡斯·埃布里被控谋杀他人一案。这时,科尔德意识到他不顾身份地位而撰写的一系列揭露性文章,并且想把杀害白人瑞基·莱斯特的黑人凶手卢卡斯·埃布里绳之以法的做法,已使他所在的学院处于风口浪尖之中。教务长威特把科尔德视为具有感情障碍的不可教化者。小时候和他一起长大的杜威·斯潘格勒认为科尔德在与全院作对。他的妹夫扎赫纳认为科尔德是涉世不深的傻瓜。处于困境中的科尔德想到了威特"保护他的学校免受任何不合理的伤害。那种讨好奉承的风格就是这样被证明为是正当的。这是他对付分裂的办法。"(208)尽管说威特的方法本身看起来并不高雅,但是从实用主义的视角看,它的确起到了保护学校、避免造成学校分裂的目的,因此体现了出科尔德对"在日常生活中采用实用主义"这一理念的某种认同态度。

《拉维尔斯坦》中的拉维尔斯坦自从得了格巴二氏综合症之后,性格一贯倔强的他也采取了实用主义,听从了他人的建议,开始"艰苦地练习走路,恢复双手的功能。他知道他不得不屈服。"(163)在贝娄的短篇小说《泽特兰:人格见证》里,犹太青年泽特兰进入哥伦比亚大学任职后,曾把一摞摞书带回家,他告诉妻子,他喜欢符号逻辑学,但绿蒂建议泽特兰不要沉湎于逻辑之中,而需要着眼于现实与实际。她发现泽特兰在过于世俗化的哥伦比亚大学并不开心时,建议泽特兰离开大学,如文中绿蒂所言:"泽特兰,你什么也别担心,去他的逻辑。好吗?你能做许许多多的事情。你懂法语、俄语、德语,而且你的脑袋很聪明。我们的生活不需要很多东西。我也不要什么花里胡哨的奢侈品。我们在联合广场买东西,那又怎样!"(208)泽特兰问绿蒂,如果他的父亲听到他从大学辞职不开心怎么办时,绿蒂告诉他,他的父亲总是怨天尤人,无法让他自己开心,因此泽特兰只要心中爱自己的父亲就行。在绿蒂的建议与支持下,泽特兰选择从哥伦比亚大学辞职,与妻子(也辞掉了事务所的工作)来到了城里,过上了自己心中期望过上的生活。应该说泽特兰夫妇采用的实用主义方法来解决遇到的困惑,并且达到了(至少在心理层面达到)不错的效果,表明他们认同"在日常生活中采用实用主义"这一理念。

第十二章　现代化进程中当代美国犹太文学对美国实用主义的认同

在罗斯的小说《凡人》中，犹太主人公凡人厌倦绘画，陷入迷茫之际，他的女儿南希建议父亲不要灰心，要采用实用主义的理念看待绘画：应该享受绘画带来的乐趣，应该把周围的一切都视作绘画，这样就会使心情愉悦，也会帮助自己重新认识绘画，并且让自己再次拿起画笔。她还告诉父亲，要走出困境，面对现实，因为"什么都没消失。享受天气，享受散步，享受沙滩和大海吧。什么都没消失，什么也没有改变。"（85）可见，南希的所作所为传递了她认同实用主义理念的信息，也表明她希望包括美国犹太人在内的全体美国人采取实用主义解决日常生活中的具体问题。

在《垂死的肉身》中，康秀拉发现大卫·凯普什教授的朋友乔治·奥希恩，这名一辈子都只和同一个女人保持婚姻关系的诗人竟然在闹市区的一家咖啡馆里，与他的女朋友（即康秀拉的邻居）一起吃早饭，于是把这件事煞有介事地告诉了凯普什教授，但是康秀拉本人"在和一个比她大三十八岁的男人发生关系这件事情上却表现出不顾一切陈规陋习的勇气。……不管怎么说，她身上发生了某种特别的变化，一种暂时的难以预见的巨大变化满足了她的虚荣和自信。"（50）可见，康秀拉认为与长她三十八岁的凯普什教授可以给她带来虚荣与自信，因此，她不顾年龄上的巨大差距，以极大的勇气与凯普什教授保持暧昧关系，体现了她在美国这个全新的国度里采取的是实用主义态度，表达了她对"在日常生活中采用实用主义"这一理念的推崇。

在《欲望教授》中，大卫·凯普什回忆他上小学时，班上共有二十五名学生，包括他在内的犹太学生只有两名。凯普什说那时的他"深知这是个怎样的社会，深知人们更喜欢什么。因此，我绝不会在同学面前出风头……我只在成绩上超过其他同学，我知道，就算我在别的方面出尽风头，我也得不到什么好处——这甚至都用不着父亲提醒我。于是，为了取得优异成绩，我冬天在学校努力学习。"（7—8）可见，在只有两名犹太人的班级里，凯普什知道他周围都是白人学生，知道白人学生内心深处固有的对犹太学生的那种歧视，因此，为了不让白人学生找到歧视或攻击犹太学生的借口或理由，他不愿意在学习之外的领域里出风头，而是把功夫都用在刻苦学习上，从而让白人学生无话可说。因此，甚至不用父亲的提醒，年纪小小的他就懂得采用实用主义的理念来处理在校园里遇到的问题,体现了他不但认同实用主义,而且还在日常生活中积极践行实用主义,并取得了不错的效果。

《退场的鬼魂》是罗斯的重要作品,受到评论界较高的赞誉。大卫·布罗纳认为"《退场的鬼魂》是一部'往回看'而不是'朝前走'的小说,这部小说巩固了罗斯已有的成就。这部小说却比《凡人》更为广阔、更有保证。《退场的鬼魂》一书表明:即使祖克曼已经放弃了'鬼魂',但罗斯还不打算放弃。阅读罗斯后期的作品,你会感觉有点像观看罗杰·费德勒在打网球或泰格·伍兹在打高尔夫球。"(Brauner,2007:146—147)古鲁默西·尼拉康坦也给予小说很高的评价:"《退场的鬼魂》不仅记录了罗斯虚构的替身,'鬼魂'的叙述者,也是小说故事情节的推动者内森·祖克曼的命运,还展示了罗斯极具启发性的写作技巧的重复。除此之外,这部作品也是对过去那个年代文学大师的致敬,是他们滋养了艺术、启迪了人们的想象力。"(Neelakantan,2014:31)小说中的犹太主人公作家内森·祖克曼为了治疗前列腺癌手术后遗症,年逾古稀的他从居住多年的新英格兰山区搬到了繁华的纽约,在这里他重遇年轻时的偶像、现在已非常落魄的艾米·贝莱特(已故作家洛诺夫的情人),认识了一对作家夫妻,并受到准备写洛诺夫传记的年轻人理查德·克里曼的纠缠。在生命的这一阶段,他面临着衰老、退化、丑闻缠身、窥淫欲以及性欲带来的困惑等诸多困境。在小说结尾,在实用主义的启示下,他认识到:"我的想法没有根植于我的现实,而是根植于我的非现实"(罗斯《退场的鬼魂》:229),继而感慨道:"如今我回到了适合我的所在,再也不会和任何人发生摩擦,再也不会去觊觎不属于我的东西,再也不会去人模狗样地四处招摇,再也不会去扮演已经逝去的时代里的某个角色。"(232)可见,在实用主义的指导下,祖克曼找到了(至少是暂时找到了)解决或摆脱日常生活中种种困惑的途径,体现了主人公们对"在日常生活中采用实用主义"这一理念的认同。

马拉默德的小说《店员》中的莫里斯曾拒绝妻子针对小店经营提出的建议,逐渐囿于固有认知与经营模式,小店的生意举步维艰。之后,莫里斯采取了实用主义的经营策略,努力突破原有经营思路,改变进货途径,试图拯救濒临倒闭的杂货店。莫里斯过世后,弗兰克同样采取实用主义经营策略,而且改革的步伐更

第十二章 现代化进程中当代美国犹太文学对美国实用主义的认同

大，甚至把意大利式点心、小馅饼、包子等纳入经营范围，甚至"在窗口贴了一张告示，供应热三明治和热汤。"（248）在实用主义的作用下，杂货店生意渐渐好转，这些体现了主人公们对"在日常生活中采用实用主义"这一理念的认同。

在《魔桶：马拉默德短篇小说集》中的短篇小说在《头七年》里，犹太主人公鞋匠费尔德为19岁的女儿米里亚姆的婚事操碎了心。起初费尔德一直想让一个叫麦克斯的大学生与自己的女儿米里亚姆认识，因为费尔德认为，让女儿结识有文化的好小伙没有坏处，或许还能唤起女儿上大学的愿望。更重要的是"让她同一个受过教育的人结婚，将来过个好日子。"（25）因此，在麦克斯来找他修鞋时，他主动与麦克斯搭讪，并告诉麦克斯他有个漂亮、聪明又爱看书的女儿米里亚姆，并希望像他这样受过教育的小伙能认识一下她。费尔德希望麦克斯与女儿的事情能够进展顺利，主动将电话号码给麦克斯，并按照低于正常价格收麦克斯修鞋的费用。可见，鞋匠费尔德采用的是实用主义观念，希望女儿能嫁给像麦克斯这样有文化的人，过上好日子。其实，在五年前，费尔德心脏病发作后，他面临两个选择，要么卖掉鞋店，要么雇一个得力助手。恰好，那时，来自波兰的犹太大屠杀幸存者索贝尔走进鞋店，期望找到一份活。尽管索贝尔那时只有三十岁，但已秃顶，相貌极其平常，他向鞋匠表示，一定跟鞋匠学好手艺，而且工资也要得很低。在实用主义的作用下，鞋匠雇佣了索贝尔，索贝尔也没有让鞋匠失望，他任劳任怨，辛勤工作，几乎不要什么报酬。这表明，就鞋店的收益来看，鞋匠费尔德的实用主义理念带来了良好效果。

依据小说，麦克斯于星期五来到鞋匠家，米里亚姆在家接待了他，并与他出去散步聊天。当父亲问回家后的女儿约会情况时，女儿告诉他麦克斯是一个没有灵魂的，物质至上的人，自己对他非常讨厌，而麦克斯也无意于米里亚姆，再未从鞋匠家门前经过。后来，费尔德发现，索贝尔知道米里亚姆与麦克斯见面一事后，偷了鞋匠一部分钱（既生气于鞋匠安排米里亚姆与麦克斯见面，又认为自己一直也没拿过什么报酬的情况下拿走了一部分钱——作者注）离开了鞋店。愤怒的费尔德又犯了心脏病，卧床长达三周。女儿说她去把索贝尔找回来，但费尔德先是反对，后来发现这是鞋店生存的唯一办法，于是他又采取实用主义的理念，决定把索贝尔找回来维持鞋店。费尔德拖着疲惫身躯来到索贝尔的住处，索贝尔告诉鞋匠,他深爱着米里亚姆,并且为此默默无闻地在店里奉献了五年宝贵时间,在这五年里,"索贝尔把书和评注带给米里亚姆来读,这样慢慢地他让她知道他是爱她的。"(34)当鞋匠得知女儿对索贝尔也有意,自己的生意又离不开他时,尤其是得知索贝尔也深爱自己的女儿,无怨无悔地付出,他终于有条件地(等她女儿二十一岁时他们才能结婚)答应了这门婚事,这是费尔德对实用主义理念的又一次应用。小说情节表明,索贝尔同样采取了实用主义理念,而且取得了非常好的结果,体现了这些犹太主人公们高度认同"在日常生活中采用实用主义"这一理念。

第三节 认同表征二:
作品体现出对"在宗教领域采用实用主义"这一理念的认同

美国实用主义者认为在宗教领域同样可以采用实用主义,认为每一个人可按照个体的实际情况,采用不同的形式开展适合自己的宗教活动,实现个体与上帝之间直接交流。正如康马杰所指出的那样:"美国人对宗教、文化和科学都讲求实际。"(康马杰,1988:11)实用主义在宗教领域的普遍应用不但深刻影响着盎格鲁—撒克逊裔的美国人,也让美国犹太人受到影响,并在美国犹太文学作品中得到体现。

贝娄的小说《勿失良辰》中的拉巴包特曾问威尔姆是否已经在犹太教堂预定好了赎罪日那天的座位,威尔姆的回答是不需要,因为他有着不同于其他人的祈祷方式。"他不去犹太教堂,而是偶然根据自己的思想感情做祷告。"(109)他甚至雇人为过世的母亲祈祷。威尔姆所为,表明他尽管是美国犹太人,但他并不完全按照犹太教教义教规行事,而根据自己的需求进行调整,体现出他们主张在宗教领域采取实用主义的态度。

《赛姆勒先生的行星》中的安纳德·伊利亚·格鲁纳大夫既信奉犹太教,又能以实用主义态度对待宗教,使其不影响自己的世俗追求。小说情节表明,格鲁纳大夫通过打拼已跻身美国上层社会,这表明,在宗教生活采取实用主义有助于他更好地立足于美国社会。反观赛姆勒,由于陷入多种抽象的理论、主义与思想

第十二章　现代化进程中当代美国犹太文学对美国实用主义的认同

（艾克哈特的神秘主义，威尔斯的乌托邦思想、尼采的权力意志论，以及多种超验主义的思想），一定程度上造成了他在宗教领域的困惑与不知所措。在格鲁纳大夫的指引下，他后来采用实用主义的理念，"和（现实的）存在达成了妥协"（Kierkegaard，1947：133），在宗教上告别了各种让他困惑不已的理论、主义与思想，代之以信奉一元论的犹太教来明确自己的宗教信仰，这样理清了思路，摆脱了困扰。在格鲁纳大夫的葬礼上，赛姆勒的宗教伦理意识，以及道德感都得到增强，他不禁感慨："请记住，上帝，……这个人在他最好的时刻，比我在最好的时刻曾经做到的或可以做到的还要好许多。"（310）可见，在宗教领域采取实用主义给赛姆勒带来了良好的效果。

可见，贝娄在《勿失良辰》《赛姆勒先生的行星》等作品中描述了主人公采用实用主义解决宗教领域的困惑，体现了他本人认同"在宗教领域采用实用主义"这一理念。

马拉默德的小说《店员》中的莫里斯也是一位主张在宗教领域采取实用主义的犹太主人公。莫里斯与弗兰克一起剥熟土豆皮时告诉弗兰克，他有时为了养家糊口，除了赎罪节之外的其他节日也开门营业。"至于犹太教吃饭的规矩，我（莫里斯——作者注）是不在乎的。这种规矩我认为已经过时了。我关心的是信奉犹太法律。"（131）在莫里斯看来，他只要心中有犹太律法即可，其他的宗教礼仪都可以采用实用多样的形式进行。比如，他不在乎吃猪肉，吃火腿，他在乎如何脚踏实地地养家糊口，如何行善，如何做一名诚实的人。在莫里斯死后的葬礼上，教士在回顾莫里斯生平时指出，尽管莫里斯二十年来没有进过犹太教堂，没有按照犹太教的规矩保持厨房的清洁，甚至没有戴犹太人戴的小黑帽，使得他的行为不太符合犹太人的正统观念，"但他忠于我们生活的精神：自己想要得到的东西，也希望别人能得到。他信奉上帝在西奈山上交给摩西带给人们的律法。他自己所求的很少——一点也没有，但他要让他的爱女过着比他好的生活。单凭这一点，他就是个犹太人。"（242—243）也就是说，莫里斯采用实用主义方式信奉自己的宗教，得到了教友的高度认可。莫里斯的女儿海伦尽管热爱犹太民族，但其成长过程并没有严格遵循犹太传统。小说情节表明，她之前从未考虑嫁给非犹太人，但后来，她从实用主义的视角出发，认为在大萧条时期，她能找到真爱比严格遵守宗教教规教义更加紧迫，更为实际。因此，她在是否嫁给非犹太人弗兰克这个问题上不再犹豫，认为弗兰克与自己的宗教信仰存在很大的差异不是最主要的事。诚如她在文中所评价的那样："真正要紧的是双方如何尽最大的努力来使爱情开花结果。究竟哪一点更重要呢？是坚持男方的宗教信仰必须跟自己的信仰完全一样，还是双方为了共同的理想,情愿终身相爱并尽量保持他们自身的优点呢？人与人之间，共同点越多越好。这么想想，她自己就想通了。"（140）小说的结尾，海伦与弗兰克走到了一起，表明海伦的实用主义理念带来了良好的结果。这些描述，体现出她对"在宗教领域采用实用主义"这一理念"的认同。

依据辛格的回忆，在波兰期间，他的哥哥伊斯雷尔早已不囿于各种规定的宗教规矩，更早地从实用主义视角看待宗教。尽管当时的伊斯雷尔还穿着哈西德教徒的服装，"他却把时间越来越多地花在画画、读世俗书籍上。"（147）据辛格观察，伊斯雷尔非常重视现实，而不是沉浸在宗教狂热之中，他把大量的时间用于写作，期望成为一名作家。经过奋斗，去美国之前的伊斯雷尔已成为波兰文学界比较有名的作家，而且《珍珠》（*Pears,* 1922）的发表更让他一举成名。来美国后，伊斯雷尔继续有新作发表，并产生一定的影响。1968年，辛格在接受哈罗德·弗赖德的采访时曾说，他的哥哥是他最好的楷模和崇拜对象，访谈中他还这样评价他的哥哥："我看着他跟我的父母抗争，看着他如何开始写东西，然后逐渐成熟并开始发表东西。他对我的影响自然不过了。不仅如此，后来，在我发表作品之前的若干年，我哥哥还教给我许多有关写作的规矩，那些东西在我眼中显得非常神圣。"（弗赖德，2007：122）可见，在辛格的眼里，哥哥无论在欧洲，还是在美国，都是"在宗教领域采用实用主义"成功的典范，是他学习的楷模。这也表明，和他哥哥一样，辛格也认同在宗教领域采用实用主义态度。

《辛格短篇小说集》中的短篇小说《市场街的斯宾诺莎》里的菲谢尔森博士起初未能从实用主义视角对待宗教生活，大部分时间醉心于对斯宾诺莎相关学说的研究之中，拒绝世俗快乐。之后，卧病在床后的他被女黑人多比精心料理后身体逐渐恢复，并与多比成婚。在妻子温情的作用下，菲谢尔森终于采用实用主义的原则，把有关斯宾诺莎学说的书籍放到了一边，开始享受世俗的快乐，并且"体会到一种Amor Dei Intellectualis（指理性之爱）……心灵最高度的完美。"

第十二章　现代化进程中当代美国犹太文学对美国实用主义的认同

（25）小说结尾表明，实用主义理念给菲谢尔森博士带来了实实在在的幸福，尽管小说的背景是波兰，但同样体现出菲谢尔森博士推崇"在宗教领域采用实用主义"这一理念。

在罗斯的作品《信仰的卫士》中，格罗斯巴特因为信仰犹太教，曾一直无法接受军营里的饮食，甚至看到这些食物时会呕吐，但后来，他能从实用主义视角出发，面对现状与现实，在军营里开始吃一些犹太教规不主张吃的食物，体现了罗斯对宗教领域实用主义的认同。同样为犹太人的中士马克思一开始就能从实用主义理念出发，采用实用主义解决宗教问题，因此早已适应军营的伙食，体现了他对"在宗教领域采用实用主义"这一理念的认同。

第四节　认同表征三：
作品揭示了无视实用主义可能造成的负面影响

着眼具体目标，选择具体办法，采取实际行动来解决在日常生活中甚至是宗教领域中遇到的困惑，体现了实用主义的合理性与实效性。值得注意的是，相当一部分美国犹太人未能从实用主义理念出发，陷入了被逻辑、原则与原理包围的困境，这可能给他们自己以及其他人带来严重的后果，这种现象也可见于美国犹太文学作品之中。

贝娄的小说《赫索格》中的赫索格在情人雷蒙娜家谈起自己的第二任妻子马德琳时，仍心有不甘，难以摆脱。雷蒙娜希望赫索格讲究实际，不要沉湎于过去的情感纠葛中，正如她在小说中所说："你应该考虑考虑你的未来……讲点实际并不是什么丢人的事。"（255）她建议赫索格应重新拾起学术，应和她组建家庭，否则只会吃苦头。雷蒙娜给赫索格的建议是在她审时度势，彻底了解赫索格的困境、性格以及自己的实际情况之后做出的，也是基于实用主义的考量，体现出她对实用主义理念的推崇。但遗憾的是，赫索格仍未能摆脱过去的羁绊，突然心血来潮，乘坐飞机去芝加哥，准备用暴力对付马德琳与她的情人格斯贝奇，并到故居取了父亲的手枪，潜入了马德琳的住处，准备行凶报复，幸好发现格斯贝奇正在细心地给自己的女儿琼妮洗澡而打消了作案的念头。第二天他托朋友接女儿外出游玩时，途中出了车祸，折断了肋骨，而且还因为没有持枪执照而被警察拘留，后来马德琳到警局带回了女儿，他则由哥哥威利交了保释金后释放。由此可见，赫索格有时采取的是非理性的，非实用主义的一系列错误做法，差一点让自己与他人陷入困境。可见，不重视实用主义可能带来极其严重的恶果，暗示主人公应对实用主义加以重视与推崇。

马拉默德的小说《店员》中的弗兰克告诉莫里斯，他出生一星期后母亲就去世了，他五岁时父亲离家出走，几年后也离开了人世，他作为一名孤儿一直在苦水中长大。于是，他总想一夜暴富，没有采取实用主义的态度正视现实，结果，在来到莫里斯的杂货店之前一事无成，如文中他所言，"我事事急于求成，太缺少耐性。我是说，该干的事我没干。结果呢，到一个地方去时两手空空，回来时还是两手空空。"（37）不但如此，联想到他曾与沃德（一个同样不从实用主义视角出发，一心想着如何快速发财的人）一起抢劫莫里斯的小店，给莫里斯本人及其全家的身心造成极大的伤害。可见，不正视实际，无视实用主义可能给自己以及他人带来巨大的伤害。

在《杜宾的生活》中，自从杜宾与芬妮分手以后，他整日在思念她，使得自己原本不幸福的婚姻变得更不幸福。妻子基蒂告诉杜宾，她其实早已知道杜宾在威尼斯与芬妮姑娘有过艳遇，因为她见过芬妮从意大利寄来的航空信。当杜宾夫妻的性生活因杜宾习惯性阳痿而产生问题时，夫妻双方的矛盾达到高潮。基蒂强烈建议杜宾去看医生，遭到了杜宾的拒绝。基蒂甚至断定杜宾在别的女人那不会阳痿，因此她愤怒地问他是否因为阳痿而愧疚，并赌气说杜宾不妨去找别的女人。于是，双方之间发生一阵阵激烈的争吵，出现各种辱骂性的话语。"此后，他们彼此不自在。在她面前，他缺乏她所需要的东西，因为他缺乏她所缺乏的东西。每一次的失败或疏远，都产生一种相对立的失败或疏远。"（348）可见，无论是杜宾还是基蒂都没有采用实用主义的理念去解决问题，在杜宾这一方，他没有面对现实，拒绝看心理医生而陷入各种无法解决实际问题的理论阐释或哲学思辨之中。在基蒂这一方，她没有采取切实可行的抚慰丈夫的措施，也没有最大可能地给予丈夫各种温情，而报之以打击与怨恨。杜宾与基蒂夫妻感情最终走向破裂，体现出不重视实用主义理念会带来非常严重的后果。

第十二章　现代化进程中当代美国犹太文学对美国实用主义的认同

《魔桶：马拉默德短篇小说集》中的短篇小说《我的儿子是凶手》里的哈里完全不能像父辈那样从实用主义视角出发，聚焦生活中的具体目的，结果在自我封闭、高度异化中度过每一天，完全找不到生活的意义，小说的结尾也在暗示，哈里必然走向死亡，这再次体现了无视实用主义可能造成的恶果。

在辛格的作品《奇迹》中，拉齐米恩拉比固守信仰，思维僵化。当约瑟夫·马特斯咨询他是否应该给自己的爱人做剖腹产手术时，该拉比总是说他痛恨刀子，不建议采取手术，结果，约瑟夫的爱人每年生一次死婴，给约瑟夫全家造成极大的伤害，对约瑟夫爱人的生命也构成极大的危险。在某种程度上，他的固化思想使得他完全不能从实际出发，甚至无法采取实用主义理念看待他自己的病情，结果带来了可怕的结果，因为"几年后，他因为拒绝做手术，去世了。"（146）

在罗斯的小说《垂死的肉身》中，凯普什教授的儿子尼肯的难处在于，"不管付出什么代价他必须做到令人钦佩，他害怕一个女人说他不那么令人钦佩。'自私'这个词毁了他。"（93）尼肯完全没从实用主义的视角考察问题，分析自己应该走的道路，而更多的在意别人对他的看法，比如别人对他是否钦佩，是否被贴上自私的标签等。此外，未能采用实用主义理念让尼肯养成了固执的性格，结果：他在六年里三次离婚；受父亲的婚姻影响而坚决反对父亲的个人生活；自愿放弃自己的个人自由。可见，在罗斯看来，尼肯未能从实用主义视角出发分析问题、解决问题给他带来了比较大的伤害。

"《美国牧歌》通过对瑞典人利沃夫以及他激进的女儿的描写，揭露了20世纪60年代的美国状况。"（Lyons，2000：106）的确，《美国牧歌》中利沃夫的女儿梅丽这名在美国出生的犹太人思想非常激进，在20世纪60年代美国国内反越战的浪潮中，她甚至与几名极端分子一道，采用包括炸邮局在内的多种极端方式对抗美国社会，"以青年人的破坏方式将这个世界翻了个底朝天"（368），造成几名无辜者丧生，而她却毫无愧疚之意，甚至还在爷爷面前以此炫耀。梅丽的极端举动给利沃夫家族带来了沉重打击。这也表明，像梅丽这样未能从实用主义视角出发来看待社会现状，未能采用基于实用主义的办法来处理让他们不满的问题，会酿成大错。小说表明，失去实用主义理念的指引，个体容易走向激进与极端，造成危害，这体现了对实用主义理念认同的重要性。

第十三章
现代化进程中当代美国犹太文学中的空间书写与美国民族认同的建构研究

第一节 空间理论的相关概念

弗莱德里克·詹姆逊（Fredric Jameson）认为："至少从经验上来说，我们当下的日常生活、精神体验，以及文化与语言都被空间范畴而非时间范畴所控制。'"（Kort，2004：3）"福柯也指出当下文化已从时间为主导转向以空间与地点为主导，从总体上来说，现在的时代可能是空间时代。"（Kort，2004：3）大体来说，"自约瑟夫·弗兰克的《现代文学中的空间形式》发表以来，空间问题逐步受到批评理论界的重视。自20世纪后期开始，批评理论出现了'空间转向'。"（程锡麟，2007：25）20世纪法国著名哲学家、社会学家亨利·列斐伏尔（Henri Lefebvre）对空间问题进行研究，强调"空间对于时间的优先性。"（列斐伏尔，2008：5）为阐释城市问题并寻求其解决办法，他深入考察了城市空间的三个表征：自然空间、精神空间和社会空间。有评论者认为，"列斐伏尔目前对西方思想界影响最大的方面是他对'社会空间'的发现。列斐伏尔不断地将自己的最初的日常生活概念译解为一个空间与城市领域内的范畴。"（刘怀玉，2003：23—24）

大卫·哈维（David Harvey）既关注政治空间，认为"全世界的空间被非领土化，被剥夺了他们先前的各种意义，然后再按照殖民地和帝国行政管理的便利来非领土化"（哈维，2003：330），又关注地理空间，他在《资本的空间》一书中曾讨论"地理空间与公共政策、地理空间与社会需要、地理空间与道德责任。"（Harvey，2001：27—36）国内研究者陆扬也强调地理空间的重要性，认为"空间虽具有它的精神属性，一如我们所熟悉的社会空间、国家空间、日常生活空间、城市空间、经济空间、政治空间等概念，但这并不意味着空间的观念形态和

第十三章　现代化进程中当代美国犹太文学中的空间书写与美国民族认同的建构研究

社会意义可以抹煞或替代它作为地域空间的客观存在。"（陆扬，2005：34）

20世纪法国著名哲学家、社会思想家、历史学家米歇尔·福柯（Michel Foucault）也高度关注空间问题，尤其考虑空间与权力的关系，他的《关于地理学的若干问题》《权力的地理学》《不同空间的正文和上下文》以及《空间、知识、权力》对空间问题都有论述。在《规训与惩罚》一书中，福柯以监禁场所为切入点，研究了全景敞视主义，认为监禁场所"这种封闭的、被割裂的空间，处处受到监视。在这一空间中，秩序借助一种无所不在、无所不知的权力，确定了每个人的位置、肉体、病情、死亡和幸福。"（福柯，2010：221）汪民安指出，"如果说，列斐伏尔（即勒菲伏）将空间和社会（及其生产模式）的关系——这种关系为辩证法所铭刻——作为空间思考的中心的话，那么，福柯更多地将空间和个体关系作为讨论的重心。"（汪民安，2006：47）这里所言的空间和个体关系体现出空间的政治属性，因为这样的空间可能成为统治工具。美国后现代地理学家爱德华·索亚（Edward W. Soja）重点关注第三空间，指出"第三空间既是生活空间又是想象空间，它是作为经验或感知的空间的第一空间和表征的意识形态或乌托邦空间的第二空间的本体论前提,可视为政治斗争你来我往川流不息的战场,人们就在此地做出决断和选择。"（陆扬，2005：33）

总体看来，福柯主要关注政治空间，哈维更多关注政治空间与地理空间，列斐伏尔主要关注地理空间（即自然空间）、精神空间和社会空间，尤其是社会空间。索亚第三空间中的生活空间类似于地理空间与社会空间的叠加，其中的想象空间又与政治空间紧密相关。概括起来，空间理论涉及几个核心概念，如地理空间、社会空间、政治空间等,它们为文学阐释提供了很好的切入点。本书以美国犹太文学作品中的地理空间书写、社会空间书写为切入点，深入探讨它们与美国民族认同之间的关系。

第二节　地理空间书写

现代化进程中的当代美国犹太文学作品里存在大量的地理空间书写，并呈现出如下多种表征。

一是纽约、芝加哥等美国城市成为美国犹太作家笔下极其重要的地理空间。

贝娄的小说《晃来晃去的人》主要描写了犹太主人公约瑟夫在加入军营前的困惑，小说的背景是芝加哥市。作者从约瑟夫居住的地方对这个城市进行了观察，发现该城市"有许多烟囱，冒出比灰色的天空更淡的灰烟，正前方是一排排贫民窟，仓库、广告牌、阴沟、霓虹灯暗淡的闪光、停放的汽车、奔驰的汽车，偶尔还有一两棵枯树的轮廓。"（14—15）《奥吉·马奇历险记》也以芝加哥市为背景，描写了犹太人奥吉在成长过程中的一系列经历，小说在一开始就对芝加哥城市面貌进行概括："我出生在芝加哥——就是那座灰暗的城市芝加哥。"（1）小说的背景城市具有特殊内涵，也让小说得到了高度赞扬："《奥吉·马奇历险记》属于那样一种小说，要么像多斯·帕索斯的《美国》，试图传达美国的经验，要么像《天使望家乡》那样，讲述当一名美国人的经历。而在芝加哥这一场景中——也就是小说前三分之二章节中的奥吉·马奇，兼具上述两种特征，从对生活的感受来说，这恰恰让小说构思精巧，具有包容性。"（Way，1964：36）《勿失良辰》和《洪堡的礼物》的背景都是纽约市，前者主要描写了犹太人汤米·威尔姆在一天内的经历，后者描写了老一代犹太作家洪堡和新一代犹太作家西铁林之间的故事。贝娄在两部小说中除了对纽约的繁华、嘈杂、拥挤进行了描写外，还在《勿失良辰》中揭示了城市的污染状况："百老汇大街，依然是明亮的午后时光，被烟煤污染的空气在沉闷的阳光照耀下纹丝不动。"（146）《赫索格》被"被公认为索尔·贝娄的最高成就"（Rovit，1967：182），小说以纽约与芝加哥两个城市为背景，描述了主人公犹太人赫索格在两个城市的一系列经历。作者既着墨于"砖石房屋鳞次栉比的又热又挤的纽约街道"（45），又通过赫索格之口道出了他眼中的芝加哥形象："芝加哥有厚实的墙壁，黑人住的贫民窟里散发着臭气。较远的西部是工业区。在萧条的南区，到处是污水，垃圾；供骑马游玩聚会用的森林保护区，野餐的地方，谈情说爱的小径，可怕的谋杀现场；飞机场；采石场。"（359）《更多的人死于心碎》主要描写了俄裔犹太人植物学家本诺·克雷德与第二任妻子玛蒂尔德及其家人之间的故事，小说以美国中西部某个较为繁荣，公司众多，楼房林立的城市为背景。《赛姆勒先生的行星》主要描写了大屠杀幸存者犹太人赛姆勒在美国的经历，

第十三章 现代化进程中当代美国犹太文学中的空间书写与美国民族认同的建构研究

小说的背景主要是纽约市，在作者的笔下，该城市极其繁华、拥挤，其老城区则为"褐石和熟铁结构房屋。"（104）《贝拉罗莎暗道》借无名叙述者之口，描述了大屠杀幸存者犹太人方斯坦及其妻子索莱拉一生的经历，小说的背景主要是美国第五大城市费城。罗斯的小说《美国牧歌》的背景是隶属纽约都市圈的纽瓦克市，主要描述了犹太商人塞莫尔·欧文·利沃夫和他的女儿梅丽之间的一系列事情。作者笔下的纽瓦克市拥有繁华的中央大街，哥伦比亚大街和格林大街，第一忠诚银行，郊区则有早期移民居住区以及富人居住的利姆罗克村。马拉默德的小说《店员》刻画了小店店主犹太人莫里斯艰难的奋斗史。小说的背景是纽约市某个只有三户犹太人家居住的非犹太社区，莫里斯居住的房屋"是一批低矮而陈旧的黄砖楼房，楼上是住家，楼下是老式的商店。"（15）《房客》则以纽约市一破旧公寓为背景，讲述了犹太作家哈利与黑人作家威利之间的悲剧故事。

二是非洲、欧洲、拉丁美洲、亚洲所属国家、城市或地区也是美国犹太作家笔下书写地理空间的重要素材。

贝娄的小说《雨王汉德森》描写了生活在美国中西部城市丹伯里的中年人尤金·汉德森在非洲的种种经历。贝娄通过坐在飞机上的汉德森之口，说出了非洲的总体地理特征："从空中望下去，非洲像是人类的古老的温床。一条条地壳裂缝里的河流，向太阳反射出强光。"（53）小说尤其描写了非洲的阿内维和瓦利利两个原始部落，前者位于大河的河床上，随处可见用茅草盖成的尖尖的圆屋顶，后者的建筑物"有些是木头屋子，在夕阳西下和黑夜即将来临之际，这些屋子在红红的余晖里，显得比真实的体积要大一些……最大的一所红色建筑物算是王宫。"（134）《奥吉·马奇历险记》除描写芝加哥之外，还对奥吉曾旅行的地理空间给予不少笔墨，如毗临非洲加那利群岛附近的大海、欧洲的巴黎、拉丁美洲墨西哥的奇尔潘辛戈市等。《赛姆勒先生的行星》的故事背景除了纽约市外，还涉及英国（尤其是伦敦）和波兰（尤其是赛姆勒为躲避纳粹分子而藏身的陵墓与扎莫希特森林）的某些地方。《更多的人死于心碎》除了以美国中西部某城市为主要背景外，还涉及许多地理空间的书写，如印度的森林、巴西的丛林、中国的山川以及南极等。马拉默德的小说《基辅怨》刻画了犹太青年雅柯夫因为被诬陷杀死一名基督教儿童而惨遭迫害的案件，故事背景是20世纪初沙皇俄国的基辅市，该市"屹立在三座小山上。绿色屋顶的白房子、教堂和修道院星罗棋布。"（28）辛格的小说《莫斯卡特一家》描写了波兰犹太人莫斯卡特一家及其亲戚因传统观念日渐式微以及反犹给他们带来的不幸遭遇，小说以二战爆发前的华沙为背景，给予了犹太教堂与犹太社区较多的笔墨。《卢布林的魔术师》描写了主人公犹太人雅夏·梅休尔这名魔术师打算带上流社会的寡妇埃米莉亚私奔却弄巧成拙的故事。小说的背景是19世纪末波兰的卢布林市，该市的街上"充满了大车啦、马啦、外地来的买卖人和经纪人啦、男男女女的小贩啦，他们吆喝着各种货物。一家家经营食油、香醋、绿肥皂和车轴油的店铺。"（167）《格雷的撒旦》描写了犹太幸存者在大屠杀结束十几年后回到小镇时种种离经叛道的行为，小说的背景是17世纪中叶波兰的格雷小镇，在作者的笔下，"格雷小镇曾因为拥有学者和才艺超群的人士而出名，现在却变成了一片废墟。农民从事贸易的市场里长满了野草，教堂的祈祷间与习经间里到处都是马粪。"（13）《奴隶》描写了主人公犹太人雅各布这名奴隶与奴隶主的女儿旺达之间的故事，小说的背景仍然是17世纪中叶的波兰。《庄园》描写了主人公犹太人卡尔门一家在波兰犹太人刚获得较多自由这一形势下就背离传统与信仰的种种体现，小说的背景则是19世纪下半叶的波兰。《市场街的斯宾诺莎》描写了犹太人费舍尔森博士从邻居女黑人多比那儿获得世俗幸福的故事，小说以20世纪初波兰的华沙为背景，当时的华沙市场街上奔驰着救火车，救护车，以及其他各种车辆，与此同时，"窃贼啊，妓女啊，赌徒啊，买卖栽赃的人啊，都在广场上荡来荡去，从上面望下去，这广场竟像是缀满了罂粟种籽的椒盐卷饼。"（26）

三是以色列的首都耶路撒冷及其周边地区，以及月球也是美国犹太作家笔下地理空间的素材来源。

《赛姆勒先生的行星》多次写到以色列，记录了赛姆勒两次拜访耶路撒冷的过程，甚至仔细描述了这片土地上生长的香蕉树。此外，小说详细描写了以色列北部城市拿撒勒、加利利湖滨地区、耶稣训示福音之山以及开普诺姆小镇。值得注意的是，小说还对月球给予了不少笔墨。《雨王汉德森》同样给予月球以足够的笔墨，小说这样写道："月亮本身是黄色的，一轮非洲明月，在静谧的蓝色森林般的天空中，不但非常美丽，而且仿佛还在拼命追求达到更美的境界。"

(156)《贝拉罗莎暗道》对犹太商人比利·罗斯多次拜访的耶路撒冷给予了不少笔墨，甚至小说的名字也是地理空间的体现。辛格的小说《奴隶》也曾多次写到以色列，还详细描写了主人公雅各布带着孩子回到以色列的过程。

第三节 社会空间书写

毫无疑问，地理空间的存在为社会空间的形成提供了必要条件，而任何文学作品里的地理空间同样具备这样的功能。现代化进程中的当代美国犹太文学作品里大量的地理空间成为社会空间的载体。依据主人公类型及与其关联的地理空间，形成了多种社会空间，并呈现如下表征。

一是以肩负历险任务的犹太主人公为核心的社会空间。

奥吉、汉德森以及约瑟夫等犹太人无不承担各自的历险任务，从而形成各自的社会空间。从十二岁就开始外出打工的奥吉做过各种杂活。在成长过程中，他曾多次经历人生历险，其历险之地既有芝加哥市，还包括非洲、欧洲和拉丁美洲。奥吉和他在历险中结识的形形色色的人组成了一张巨大的社会空间，这个空间不断拷问奥吉该做出怎样的选择。百万富翁汉德森厌倦了在美国丹伯里市的生活，他的内心总能感觉到"我要，我要"的呼唤，于是只身一人飞往非洲。在非洲的阿内维部落，他本想帮该部落除掉蛙害，没想到却把水库炸开。在瓦利利部落，他经历各种凶险，凶猛的狮子及达乎国王的对手都曾差一点要了他的命。汉德森在非洲遇到各色各样的人（达乎国王、达乎国王的对手大祭司布南姆及叔叔霍尔科，向导罗米拉尤等）和事（驱害、祈雨、被称为雨王、夜背尸体、捕捉狮子等）形成的社会空间时刻需要他做出抉择。与汉德森、奥吉相比，约瑟夫的人生"历险"总体属于精神层面的历险，在等待参军前的日子里，他辞掉了工作，几乎断绝了与亲戚朋友的往来，靠读报纸、听收音机、看仆人打扫卫生、观察窗外的景色打发日子。拒绝接受亲朋施舍，无法容忍他人怠慢的约瑟夫在芝加哥形成的社会空间同样督促他对人生进行思考，做出选择。

二是以二战犹太大屠杀幸存者为核心的社会空间。

赛姆勒以及方斯坦是二战犹太大屠杀幸存者的代表。赛姆勒在二战中失去了妻子安托尼娜，一只眼睛几乎失明，之后躲在陵墓里侥幸逃过一劫，女儿苏拉和女婿身心都受到摧残。二战前他常出入英国上流社会，"而且这些上流人物那么慷慨地承认了他的地位。"（45）他甚至和H. G.威尔斯结为知交。二战大屠杀期间，他在波兰受难，后作为幸存者身份和女儿来到美国纽约。他在英国、波兰，尤其是在美国纽约结识了一大批人物，如自己的亲朋、黑人扒手①、激进学生、印度拉尔博士等，赛姆勒与他们的交往形成了一个庞大而复杂的社会空间，这个空间时刻拷问赛姆勒该如何做出选择。方斯坦家境殷实，父亲做珠宝生意，后因德国人没收了其家族财产悲愤离世。二战爆发后他的姐姐和姐夫被杀害于集中营，母亲在逃难中病死，自己被德国人逮捕，后以大屠杀幸存者身份通过贝拉罗莎地下组织来到古巴，之后辗转到美国新泽西地区。他与父母、妻子索莱拉、儿子吉尔伯特、小说叙述者等人，以及在波兰、意大利及美国经历的事组成了自己的社会空间。

三是以较为殷实的犹太商人为核心的社会空间。

塞莫尔·欧文·利沃夫是瑞典裔犹太移民的后代，通过不断的打拼，成为纽瓦克市知名的皮革公司老板。令利沃夫沮丧的是，女儿梅丽是一个思想激进，行为极端的人，曾参加反越战行动，并采取炸邮局等激进方式宣泄对美国社会的不满，结果导致多名无辜者丧生，只好潜逃在外，后被其父亲找到。利沃夫、梅丽、利沃夫家族其他成员以及周边相关人员组成了利沃夫在纽瓦克的社会空间，该空间同样督促利沃夫对人生进行思考。比利·罗斯以及赛姆勒的侄儿格鲁纳大夫都是自欧洲移居美国的犹太人，前者为营救二战时期的意大利犹太人成立了地下营救组织（即小说名称的由来），后者把赛姆勒及其女儿苏拉从欧洲带到了美国；二人都通过自己的打拼成为亿万富翁：比利是美国纽约百老汇娱乐界大亨，与美国上流社会不同层面的人形成了属于他的社会空间，他只愿意与名人接触，而"依据比利心中的名人等级制度，方斯坦是无法接触他的。"（Bach，1995：331）比利的社会空间不断对其性格及世界观进行塑造；格鲁纳大夫在美

---

① 长期在公共汽车上行窃的黑人扒手让赛姆勒先生非常着迷，以至于他每看见那个扒手一次，就渴望再看一次，而那名黑人扒手似乎也乐于被赛姆勒先生观看，结果"被主流文化边缘化的非裔美国人和犹太人都卷入了相互认同和镜像的关系中；实际上，在《再见，哥伦布》和《赛姆勒先生的行星》中，非裔美国人赋予犹太人某种人性。"（Grobman 1995：80）

第十三章　现代化进程中当代美国犹太文学中的空间书写与美国民族认同的建构研究

国纽约和以色列投资了股票及地产，与自己的亲朋、同事及其他相关人物形成了他的社会空间，并受之影响。

四是以处于社会底层的犹太人为核心的社会空间。

魔术师雅夏·梅休尔尽管有高超的表演技巧，但他为之工作的剧院老板从不给他涨薪，仍为社会底层人物，为了挣钱，甚至尝试在绳索上翻筋斗，而"这样惊人的表演以前还没有人尝试过。"（67）从小就是孤儿的他担心自己死于表演过程之中，曾如他对妻子埃丝特所言："要是我死在路上，你会怎么办？这样的事情会发生的，你知道。"（26）在卢布林市，他与妻子，几个情人以及其他人物形成了他的社会空间，在这个空间里他既遭遇各种困境，又受到欲望的煎熬，何去何从需要他做出选择。《店员》中的莫里斯同样是社会底层的人物，在纽约这个繁华的都市里，他与妻子、女儿、曾抢劫小店的弗兰克、小店买主、以及卡帕、萨姆等犹太邻居形成了他的社会空间。《勿失良辰》中的汤米·威尔姆同样处于社会底层，好莱坞明星之梦破碎后，在精神导师塔莫金的劝说下把全部资产投资股市，结果遭遇失败。求助父亲艾德勒医生遭拒，期望和妻子玛格丽特离婚而娶奥莉芙不成，与身边的熟人呈异化状态，他在纽约这所城市形成的社会空间不断迫使他做出选择。

五是以作家、大学教授、学者、科学家等知识分子为核心的社会空间。

"贝娄长达半个世纪的小说创作集中讨论了美国当代知识分子的困境。"（刘文松，2004：221）洪堡和西铁林是当代犹太知识分子中作家的代表，前者曾是后者的精神导师，也曾帮助过后者，而后者则在前者落魄之际没有伸出救援之手。洪堡死后，西铁林陷入艺术低谷，依靠洪堡生前留给他的剧本提纲而拍成了电影，轰动了世界，因此，在纽约这座城市里，西铁林与洪堡及其周边一系列人和事形成了属于他的社会空间，在这个空间里他需要做出自己的选择。知识渊博的大学历史教授赫索格遭遇妻子的背叛、被迫离婚、被赶出家门等一系列困境后，与纽约某花店店主雷蒙娜保持亲密的关系，但总体来说赫索格的精神几近崩溃。在纽约这座城市里，他借助联想和回忆，不断叙述他的妻儿、亲朋、情妇及其自己的情况，赫索格和这些形形色色的人形成了他独特的社会空间。像其他主人公一样，赫索格需要在这个空间里进行反思。《市场街的斯宾诺莎》中的费舍尔森博士是一名潜心研究哲学的犹太学者，在喧嚣的华沙市显得孤单寂寥，他醉心于斯宾诺莎学说而几乎忽视其他的一切。辛格喜欢围绕斯宾诺莎展开讨论，"这些话题（有关斯宾诺莎的话题）可见于辛格的很多短篇小说，但其他短篇小说没有像《市场街的斯宾诺莎》这一引人注目的故事那样给予这一问题那么多的关注。……故事的主人公，菲舍尔森博士，不仅仅是斯宾诺莎主义哲学家，也是斯宾诺莎式的人物。"（Mintz, 1981: 75）对斯宾诺莎学说的痴迷，让体质较弱的费舍尔森博士卧床不起，此时幸亏黑人邻居多比对其进行了细心照料，之后两人之间产生了感情。与其他主人公相比，费舍尔森的社会空间较为简单，也便于他做出应该做出的选择。克雷德则是犹太知识分子中科学家的代表，作为一名知名的植物学家，发现第二任妻子玛蒂尔德为他设置了婚姻骗局，因为玛蒂尔德及其家族成员试图利用他为拉雅蒙家族谋取经济利益。在美国中西部这座城市里，克雷德与第二任妻子、身边和他有暧昧关系的多位女性、克雷德的外甥肯尼思（也是小说的叙述者）以及舅舅维利泽等诸多人和事形成了克雷德的社会空间，在这个空间里，他需要自己进行深刻的反省并作出慎重的选择。

六是以二战前受排犹迫害的犹太人为核心的社会空间。

17世纪中叶哥萨克人对波兰犹太人的屠杀，成为《格雷的撒旦》和《奴隶》的素材。在《格雷的撒旦》中，波兰格雷小镇的幸存者笃信救世主弥赛亚即将来临，认为弥赛亚的到来将终止摩西戒律，于是开始反对正统犹太戒律，小镇陷入混乱和反传统之中。查尔斯·艾森伯格指出："作为一个鬼故事，《格雷的撒旦》参与构建了辛格作品的一个重要趋势：描述那些试图（要么因为他们受到某种力量的驱使，要么因为他们没有意识到自己已经'死亡'）像以往一样生活的'死者'"。（Isenberg, 1986: 54）这里的以往，就是指过去混乱的生活。小镇幸存者、自称他们的首领盖达里亚，以及自称是弥赛亚的萨巴泰等形成了幸存者（这些幸存者的所作所为，又让他们与"死者"，即"灵魂已死的人"毫无二致）的社会空间，该空间不断拷问幸存者的道德底线。

《奴隶》中的雅各布在大屠杀中失去了妻子和孩子，被卖到波兰偏僻的山区地主家做了奴隶，与地主女儿旺达的相爱让他们过着东躲西藏的生活，并经历了失去旺达之痛，被捕后的煎熬等困难，雅各布的社会空间不断迫使他做出选择。

第十三章　现代化进程中当代美国犹太文学中的空间书写与美国民族认同的建构研究

"伯纳德·马拉默德在《基辅怨》（迄今为止他最优秀的作品）一书中，把我们的注意力集中雅柯夫·鲍克（虚构的孟德尔·贝利斯）痛苦的监狱生活上。他对这种苦难，现代人和现代犹太人的本性以及命运的分析如此的深刻，以至于马拉默德强化了他在该时代杰出小说家中的显赫地位。"（Wohlgelernter，1966：66）小说中的雅柯夫来到基辅后，故意隐瞒自己的犹太身份，但很快被识破身份，并蒙冤入狱，受尽折磨与苦难。他与存有宗教偏见的检察官格鲁贝索夫、尊重事实的调查官比比柯夫、虚伪的砖厂包工头尼古拉等形成了他在基辅的社会空间，这种紧张的社会空间迫使雅柯夫做出自己的抉择。

《莫斯卡特一家》中已年届八十的老莫斯卡特即将离世，他的继承人却盼望这一天的早点到来。他的姻亲——艾沙·班内特等人放弃了犹太教传统，转而追求世俗快乐，这批生活华沙的犹太人形成了自己的社会空间，在这样的空间里，他们既受到排犹的压力，又面临如何面对犹太传统和大屠杀问题。

第四节　地理空间书写与美国民族认同的建构

"地理空间不是简单的故事背景的设置和自然地理概念的空间符号……这些地理空间具有强烈的隐喻作用和文化表征意义。"（苏鑫，2015：49）的确如此，罗斯在接受赫米奥娜·李的采访时，曾说他从1962年开始在纽约居住，《波特诺的怨诉》发表后才搬到乡下，"我不想用任何东西换取那些年在纽约的生活。在某种意义上，纽约给了我《波特诺的怨诉》……在纽约，我跟别人体会到了道德、政治和文化的可能性。"（李，2013：112—113）可见纽约这一地理空间对罗斯的重要意义，这也佐证了美国犹太文学中地理空间的深刻内涵。和主人公一样，美国犹太作家在美国这一地理空间里也遭遇种种困惑，他们对地理空间的态度从笔下主人公对待地理空间的态度可见一斑。依据地理空间分类，现代化进程中的当代美国犹太文学作品中的主人公可分两种类型：即美国国内的、美国之外的犹太人主人公。

对美国国内的犹太主人公而言，面临困惑的他们首先期望从精神层面解决在地理空间上遇到的困惑，于是，他们首先想到了美国之外的，精神层面的地理空间——以色列的耶路撒冷及其周边城市。《赛姆勒先生的行星》中在美国定居后的赛姆勒对耶路撒冷有着极其特殊的情感，他多次去以色列的耶路撒冷，以期获得某种宗教启示，寻找摆脱现实困惑的途径。格鲁纳大夫也多次到访以色列，除业务上的原因外，也希望在圣地感受上帝恩典，设法从精神层面解决现实问题。《贝拉罗莎暗道》中的比利·罗斯也因类似原因多次前往以色列。还有一些遭遇困境的主人公则把眼光投向了美国之外的其他地理空间：非洲大陆，欧洲，拉丁美洲，亚洲等所属国家或城市。《雨王汉德森》中精神空虚的汉德森只身来到非洲腹地，期望从非洲的原始部落中寻找某种精神慰藉与心灵启示。《奥吉·马奇历险记》中的奥吉不但在芝加哥，甚至在毗邻非洲的大海、欧洲的巴黎，以及拉丁美洲墨西哥的奇尔潘辛戈市等地寻找人生的导航和精神坐标。赛姆勒除了到以色列之外，甚至经常回忆他在英国的上流社会生活，以及在波兰不堪回首的岁月，试图在回忆中找到与现实的平衡。《基辅怨》中的雅柯夫试图在基辅市完成自我救赎。格雷小镇的居民，奴隶雅各布，费舍尔森博士，梅休尔都试图在波兰这个令犹太民族伤心不已的波兰做出选择。

不容忽视的是，无论在精神层面的地理空间（即以色列），还是美国之外的其他地理空间，这些主人公（几乎全是犹太人）都无法完全摆脱现实困惑。赛姆勒的确从以色列获得某些宗教启示，也的确在回忆中找到些许慰藉，他甚至思考过能否移民月球来解决现实问题，但定居美国的他仍需面对诸多离经叛道的人（女儿、女婿、侄孙等），以及诸多疯狂的、甚至是充满邪恶与堕落的事（对父母不孝、性乱①等）。格鲁纳大夫虽从以色列获得某些宗教启示，但回国后面临与赛姆勒类似的问题。在非洲经历一系列遭遇后的汉德森发现非洲大陆是一个充满罪恶、阴谋、不公的地方，远没有想象的那么单纯与浪漫。奥吉在非洲加那利群岛的经历（差一点葬身大海）以及拉丁美洲墨西哥的奇尔潘辛戈市（被女友西亚背叛，驯鹰失败、身心遭受重创）的经历同样充满心酸和无奈。《更多的人死

---

① 格鲁纳大夫的女儿安吉拉和赛姆勒先生聊天时，曾谈到父亲希望她与沃顿结婚，但沃顿因为安吉拉参加了一场有关性的聚会而和她争吵一事。安吉拉认为沃顿对此事有些大惊小怪，她甚至认为让父亲格鲁纳大夫知道"性乱在当时的美国比较普遍"这一情况是很有必要的，这样，父亲就不会责怪她。

第十三章 现代化进程中当代美国犹太文学中的空间书写与美国民族认同的建构研究

于心碎》中的克雷德企图待在南极、巴西的丛林、印度的森林以及中国的山川等地理空间里来摆脱玛蒂尔德及其家族成员的控制，但始终无法成功做到这一点。《卢布林的魔术师》中的梅休尔曾想带着情妇离开波兰到别的城市去生活，但最终落得个腿脚残疾而告终。《美国牧歌》中的利沃夫虽时常期望在瑞典找到解决困惑的路径，但仍然必须面对女儿梅丽变成炸弹客的现实。

尽管美国国内的犹太主人公遭遇各种现实困境[①]，但经过尝试与挣扎，他们终于明白精神层面的及美国之外的地理空间都无法帮助他们彻底摆脱现实困惑，于是他们回到了现实版的地理空间——美国之中。多部作品的发展主线告诉我们，他们已深知只有在这个不太完美的（尽管这些地理空间更多地展示出其高楼林立，人口众多，商业与金融业高度繁华，工业和科技极其发达等积极的一面，但也存在贫民窟、受污染场所、犯罪场所较多，社会底层居住环境堪忧等阴暗的一面）地理空间，才能最大程度地解决现实困惑，避免或减轻在欧洲及其他地方曾遭受的那种暴行，于是逐渐理解并认同这个地理空间。汉德森后来明白他的最终归属是美国而不是非洲。赛姆勒尽管有过各种念头，但还是被"吸引着回到人类环境中来。"（117）因为他坚信，在美国这个现实版的地理空间，"暴力可以平息，崇高的观念可能重新恢复其重要意义。"（181）莫里斯虽在经济上举步维艰，但他始终热爱、眷念并认同自己赖以生存的地理空间，所以能一直苦心经营这个地理空间。

对美国之外的犹太主人公而言，他们虽然对其生存的地理空间（毕竟这些地方也曾或一直拥有喧嚣与繁华，神秘与浪漫，文化与文明，历史与传奇）有许多感情，但更多的是无奈和不满。《格雷的撒旦》中的格雷小镇居民虽最终回归犹太宗教传统，但仍生活在新一轮屠杀的阴影中。《奴隶》中生活在波兰的雅各布虽不顾世俗偏见接受了皈依犹太教的基督徒旺达的爱情，但难逃反犹人士的迫害，他被捕后逃离了波兰，曾带孩子去以色列，多年后他又回到波兰。雅各布死

[①] 这种困境甚至包括种族歧视问题，因为美国国内对犹太人的歧视一直存在，19世纪末20世纪初，以及20世纪二三十年代，美国分别发生规模较大的排犹行动。但应该承认的是，美国从未发生过像大屠杀那样的惨剧，而且二战后美国成为欧洲犹太人的避风港。

后葬在波兰，他与已故妻子萨拉的墓穴碰巧相邻，这虽体现辛格对波兰的感情，但哥萨克人实施的大屠杀无法让辛格释怀。《市场街的斯宾诺莎》中的费舍尔森博士虽收获了世俗幸福，但在华沙险些丧命。《卢布林的魔术师》中的魔术师雅夏·梅休尔虽明白道德航标的重要性而去忏悔，但在波兰受到种种歧视。"在《庄园》（1967）中，存在总是意味着相同的混乱；自我总想要为了自己而得到一切：金钱、名誉、性、知识、力量、不朽。"（Kahn，1979：197）诚如洛塔尔·卡恩（Lothar Kahn）所言，《庄园》中的犹太人生活在被俄国镇压后的波兰，随着时代的变迁，在恶劣的环境、金钱、荣誉、性等不同元素的作用下，他们原先珍视的犹太道德伦理处于分崩离析的混乱状态。此外，《莫斯卡特》中以艾沙·班内特为代表的犹太人感到无处可躲，难逃被屠杀的厄运。来到基辅的雅柯夫虽然揭示出沙俄政府的阴谋但仍然成为反犹牺牲品。除马拉默德的《基辅怨》中的雅柯夫外，本处涉及的主人公大部分是辛格笔下生活在波兰的犹太人。应该承认，辛格对波兰犹太人居住地的那份情感自然难以割舍，但这些作品中主人公的结局显然表达了辛格对以波兰为代表的东欧这一地理空间的不满。"事实上，辛格对斯拉夫人的波兰的描述是矛盾的——甚至他的某些书名《冤家，一个爱情故事》《奴隶》《迷失美国》也可见他强烈的爱恨交加的情绪。"（Gladsky，1986：5）在辛格的笔下，"发生于东欧犹太小镇上田园诗般的故事，如《短暂的星期五》和《小鞋匠》，栩栩如生地描绘了一个世界，在这个世界里美轮美奂的虚构的存在具有强烈的悲剧色彩，因为它因历史演进而走向了消亡。"（Wisse，1981：148）显然，这个历史演进包含了犹太人被歧视、屠杀的那一段历史，也是使犹太小镇以及村落消亡的重要推手。

以辛格为首的一部分美国犹太作家主要生活在美国，但其笔下的主人公几乎都生活在东欧的波兰。这些作家目睹了或深入了解犹太人在波兰被歧视、被屠杀的诸多不幸，从而明白只有在美国，这个他们真正生活的地理空间里，犹太人才最大可能地避免了在波兰遭受的歧视、屠杀等暴行，因此，这些作家对美国之外的地理空间不满，而对美国这个地理空间秉持认同的态度就不足为怪了。

第十三章　现代化进程中当代美国犹太文学中的空间书写与美国民族认同的建构研究

第五节　社会空间书写与美国民族认同的建构

前面讨论的当代美国犹太文学作品中的六种社会空间可划分为两大类型，即美国国内的社会空间、美国之外的社会空间。随着现代化进程的推进，地理空间中两种类型的犹太主人公对两大类型的社会空间的理解也在不断加深。

对美国国内的犹太主人公而言，他们虽然对美国国内社会空间里的人际关系、官僚作风、腐败行为、堕落行径、种族歧视、疯狂举止、社会动荡等有过不理解、不适应，反感甚至厌恶的经历，但他们在这一社会空间里通过处理人与人、人与社会、人与国家、犹太民族与美利坚民族等多重关系后逐渐成长，成熟起来，进而看到美国国内社会空间里诸多阳光的，正面的一面，对所处社会空间有了更深的理解和认识。他们最终明白，尽管美国国内社会空间不尽完美，但与美国之外的社会空间有着本质上的差别，于是他们从一开始的被动应对，发展到积极融入，最后达到深度认同美国国内社会空间。

《赛姆勒先生的行星》中的格鲁纳大夫虽然遇到子女不孝等困境，但始终对所处的社会空间充满信心，无私关爱着该空间里的每一个人；《晃来晃去的人》中"固守人文主义的权力观，坚持知识与权力分离"（刘文松，2004：221）的约瑟夫最后明白，他必须改变认识，全面理解美国现状，把自己置于美国这一大语境之中，并真正参与到其中，这样才能找到真正的自我。恰如萨巴思尼克所评价的那样："我们最好将《晃来晃去的人》，尤其是它的结尾，放在当今美国的语境中考虑，这种语境不仅有助于解释小说内容，而且有助于解释这些关键的反应。"（Saposnik，1982：389）《贝拉罗莎暗道》中的比利·罗斯虽然犹太信念有所淡薄，但仍然竭力帮助身边的以及远在欧洲的犹太人；《店员》中的莫里斯尽管遭遇艰苦处境，但最终还是义无反顾地融入所处的社会空间，并认识到每个美国人都不容易这一事实。《受害者》中的犹太青年阿萨·利文撒尔不断反思他和柯比·阿尔比的矛盾，认识到人人都是社会受害者这一现实，最终明白"受难是负担上升的必要部分，因为它源自对任务的承担，正义的人将任务承担在自己身上，"（傅有德，2009：131）于是能积极乐观地看待生活。汉德森经历非洲之行后，渴望立刻飞回美国，而且一想到回国，他就"心潮澎湃，百感交集……激动非凡地在一片纯白的大地上飞奔。"（373）贝娄在《勿失良辰》中精心设置看似平凡实则不凡的威尔姆，实则体现了他极高的写作技巧，正如费德勒所评价的那样："随着《勿失良辰》的出版，索尔·贝娄不仅成为一位可能与之达成妥协的作家，而且成为一位有必要与之达成妥协的作家。如果我们想要了解如今的小说在探讨什么，也许他是所有小说家中最需要了解的一位。（Fiedler, 1957: 103）威尔姆的确是看似平凡而实则伟大的人物，他没有因为精神导师塔莫金医生给他带来重大经济损失而自甘沉沦，最后意识到自己仍然可以东山再起。《更多的人死于心碎》的确揭示了社会空间里丑恶的一面，如库兹马所评价的那样："《更多的人死于心碎》不是对某一特定文本或作者，而是对时下流行的话语方式——玩世不恭进行了戏仿。尽管小说装出公正的姿态，但其叙述揭露了这一现象：打着价值中立和时下流行的玩世不恭的旗号，无休止地，甚至是近乎疯狂地追求自我利益。"（Faye Kuzma, 1998: 308）但与此同时，小说结尾处的克雷德也在美国这一社会空间里试图寻找摆脱现实困惑的途径，即反思自我，告别过去。《赫索格》中的赫索格在不断解决困境的过程中既发现美国社会空间不完美的一面，同时又积极拥抱这一空间，并对它充满信心。同样，《洪堡的礼物》中的西铁林也发现这一社会空间的某些缺陷，但他知道这一社会空间对他的重要性，并在这一空间里发现自己的义务与责任，正如朱迪·纽曼所指出的那样："贝娄的《洪堡的礼物》巧妙地明确了人们不可避免的束缚和义务。"（Newman, 1981: 238）《奥吉·马奇历险记》中的奥吉在小说中感慨，尽管他的努力可能付之东流，也可能成为一名失败者，但他生活的美洲大陆依然充满魅力。

对美国之外的犹太主人公而言，他们对比美国国内社会空间与美国之外的社会空间之后，已充分认识到尽管犹太人在美国之外的社会空间（主要是欧洲）里遵纪守法、辛勤工作、小心谨慎、融入社会、吃苦耐劳、忍辱负重、勇于奉献，认真处理这一社会空间里的各种关系，期望在这一社会空间里得到最基本的人权、福利、家庭幸福、为所在国做出可能的贡献，但他们发现自己的想法往往是一厢情愿的，因为总体来说，美国之外的社会空间带给他们的是痛苦、屈辱、不

第十三章　现代化进程中当代美国犹太文学中的空间书写与美国民族认同的建构研究

公、歧视、困难，甚至是各种形式的屠杀。因此，在他们看来，这一社会空间极其可怕，随时可能置犹太人于死地。他们最终明白只有在美国国内社会空间里，犹太民族才能避免可怕的暴行，才能获得更好的发展，因而，对比分析之后，他们对美国国内社会空间也秉持认同态度。

《格雷的撒旦》中的格雷小镇居民期望在自己的社会空间里获得平静与秩序，但歧视无处不在，屠杀随时可能再次发生，让他们有如鲠在喉的感觉。《奴隶》中的雅各布在自己的社会空间里，失去了妻子，在接受旺达的爱情时，又遭遇各种磨难，无法从这一社会空间里获得最基本的人权。《市场街的斯宾诺莎》中的波兰犹太人费舍尔森博士在简单的社会空间里期望通过斯宾诺莎哲学解决现实困惑，但无法破除波兰犹太人被歧视、屡遭不公的窘境。《卢布林的魔术师》中的魔术师雅夏·梅休尔精心编织自己的社会空间，但这一空间仍然未能帮他摆脱社会底层的命运。《庄园》中的波兰犹太人试图在自己的社会空间里享受自由，但无法适应形势的变化，也无法消除犹太人遭受的各种不公。《莫斯卡特》中的波兰犹太人对自己的社会空间非常绝望。《基辅怨》中的雅柯夫无法从自己的社会空间得到丁点儿希望与幸福。这些都说明美国国内社会空间才是真正能给犹太人带来福祉的社会空间。

上述作品中生活在美国之外的犹太主人公们无法在美国之外的社会空间找到自由民主与幸福，表明他们无法认同美国之外的社会空间，生活在美国国内的犹太主人公找到了属于自己的自由民主与幸福，暗示了美国犹太作家期待犹太主人公在美国国内的社会空间找到归属的信息。应该看到，和地理空间一样，社会空间是民族生存与发展最基本的载体。因为任何一个民族的生存与发展若离开属于那个民族的地理空间与社会空间，则该民族将不复存在。因此，美国国内社会空间是全体美国人生存与发展最基本的载体，离开这个载体，美利坚民族将不复存在。因此，犹太主人公对美国国内社会空间的认同，正是他们建构美国民族认同的重要体现。

第十四章
现代化进程中当代美国犹太文学建构美国民族认同的文学意义

现代化进程中当代美国犹太文学对美国民族认同核心内容或建构策略主要体现在十一个方面。每一个建构策略并非孤立存在，而是与其他建构策略相互关联。宏观层面的文化包括人类全部的精神活动以及这些活动的产品，从广义来说，现代化进程中当代美国犹太文学对美国文化的认同是美国民族认同中最基本的认同，几乎涵盖了所有的认同。宗教是文化发展到一定阶段的产物，据此，对美国基督教的认同是对美国文化认同的补充。从历史的视角来看，文化是人类社会发展过程中的产物并打上了历史的烙印，可见，对美国历史的认同也是对美国文化认同的补充。文化发展到一定阶段必然产生社会制度，对美国社会制度的认同同样是对美国文化认同的补充。从广义来说，"美国意识形态、西方中心论、美国优越主义、美国精神、美国公民身份、美国实用主义"是美国社会制度长期作用下的产物，对"美国意识形态、西方中心论、美国优越主义、美国精神、美国公民身份、美国实用主义"的认同，是对美国社会制度认同的进一步补充。此外，任何认同，都离不开一定的空间，因此美国犹太文学中的空间书写所体现的美国民族认同对是对其他认同的补充与完善。

在现代化进程中，当代美国犹太作家仔细观察美国犹太人的成长历程，深刻体悟犹太民族在发展过程中的诸多感受，敏锐捕捉不同阶段美国社会的微妙变化，及时通过各自的作品对此作出回应，借助多种策略建构美国民族认同就是他们共同回应的方式之一，这些举措背后蕴含丰富的文学意义，具体如下。

第十四章　现代化进程中当代美国犹太文学建构美国民族认同的文学意义

第一节　现代化进程中当代美国犹太文学对"美国基督教"认同的文学意义

现代化进程中当代美国犹太文学中的犹太主人公通过多种方式表达对美国基督教的认同，如理解基督徒的困境并赞赏其高尚品质、部分或一定程度上信奉基督教、皈依基督教、与基督徒通婚、承认耶稣基督的合理性等。文学作品通常对读者产生一定的影响，因此，随着越来越多的美国犹太人（甚至是其他族裔的美国人）受到美国犹太文学的影响，必然会有更多的美国犹太人（或其他族裔的美国人）为了融入美国社会与谋求自身更好的发展而坚定地秉持对美国基督教的认同态度，这在扩大基督教徒数量的同时，也扩大了美国基督教的影响力，促进了美国基督教的发展。

尽管基督教曾是犹太教的一个新宗派，与犹太教有很深的历史文化渊源，但"重视信徒以感性方式表达内在的宗教体验"（徐其森，2013：135）的基督教与相对来说更强调严格遵守教规教义的犹太教在诸多方面仍存在差异，双方有过误解，甚至有过较为激烈的冲突与对抗，这种冲突与对抗即使在现代美国也继续存在，只不过程度较轻而已。如果冲突与对抗继续下去，对双方都会造成重大的伤害。现代化进程中当代美国犹太文学对美国基督教认同的建构，则引领美国犹太人正面看待美国基督教，帮助美国犹太人理性对待两个宗教之间的差异，减少对美国基督教的误解，这既有益于化解犹太教与美国基督教之间的矛盾，也有利于美国犹太人更好地融入美国宗教生活。

对任何国家来说，宗教问题历来都是一个棘手、难以处理的问题，美国也不例外。"从历史上看，美国宗教的发展经历了三个阶段：基督教绝对统治时期、犹太——基督教主导时期和非犹太——基督教传统信仰的持续增长时期。"（徐其森，2013：137）稳定这一态势对美国宗教界的发展至关重要。现代化进程中的当代美国犹太文学对美国基督教的认同，向美国犹太人道出了犹太教与美国基督教如何和平共存，共同发展的方法与策略：坚持与时俱进理性对待甚至革新教规教义、采取包容政策、增进宗教之间的交流、减少宗教之间的摩擦等。这些方法与策略也为其他多宗教信仰国家如何处理类似问题，提供了切实可行的借鉴。

从宗教发展史来看,欧洲基督教的反犹传统(很多时候是极其残忍的行径)曾给欧洲犹太人造成巨大的伤害,美国国内的反犹活动(包括美国国内两次反犹高潮)和反犹意识也给美国犹太人带来一定的伤害。生活在美国的犹太人深知两种宗教之间的冲突,尤其难以忘记基督教反犹主义曾经施加给犹太民族的残暴行径,因此,他们有时处于无所适从的境地,给犹太民族的生存造成一定的负面影响。犹太教与基督教之间的冲突在犹太文学作品中多有体现,比如"美国犹太作家马拉默德后期的作品从更高层面客观、公正地展现两教之间的摩擦、碰撞与冲突。"(苗青,2015:5)像马拉默德所做的那样,现代化进程中的当代美国犹太文学在表达对美国基督教认同的同时,通常会在一定程度上揭示美国犹太人的宗教困境(如《店员》中的犹太移民莫里斯遭受基督教徒的敌视;《赛姆勒先生的行星》中的赛姆勒无法摆脱大屠杀历史,宗教信仰曾不断淡漠),这有助于美国主流社会更多地反思宗教问题,并督促信奉基督教的美国主流社会给予犹太教徒的生存状况以更多的关注。

第二节 现代化进程中当代美国犹太文学对"美国历史"与"美国文化"认同的文学意义

一、现代化进程中当代美国犹太文学对"美国历史"认同的文学意义

美国犹太文学作品对美国历史秉持认同态度,这实则反映了美国犹太作家对美国历史的认同态度。

在散文集《集腋成裘集》收录的《心灵问题》这篇散文中,贝娄结合自己的体验,从美国长期资助大学里的文学家、艺术家等举措谈起,对战后美国几十年的历史进行回顾,并给出了如下总结:"从某种意义上说,大学依然是我的赞助者,或者说,当我过去需要赞助的时候,曾经是我的赞助者。二战后繁荣昌盛的几十年中,美国大学里聚集了诗人、小说家、画家和音乐家,并给他们庇护。"(95)回顾贝娄生平,他在明尼苏达大学任教期间,曾获得古根海姆基金资助,游历欧洲并开始创作《奥吉·马奇历险记》,因此他本人正是美国对高

第十四章 现代化进程中当代美国犹太文学建构美国民族认同的文学意义

校文学家、艺术家等实行资助这一政策的受益者。可见，在贝娄看来，战后这几十年时间里，正是因为美国既重视对大学里文学家、艺术家的资助又给予他们以庇护，才让美国大学成为诗人、小说家、画家和音乐家等艺术家心灵的港湾。

在《行话》中，罗斯谈到自己曾于1990年2月采访捷克斯洛伐克犹太裔作家伊凡·克里玛，访谈中伊凡告诉罗斯，"他早年因为其犹太人身份的缘故，和父母一起被纳粹放逐到特莱津集中营。"（47）这揭示了捷克犹太人在二战大屠杀期间的悲惨遭遇。1968年，苏联入侵捷克斯洛伐克之后，他的生活状况变得更加糟糕，到1978年，他感慨他的余生可能在悲伤中度过："我们这里的生活不太令人鼓舞，畸形和压抑的生活时间太长。我们始终受到迫害，不容许我们在这个国家发表一个字还不算完，我们还要受审，我许多好友都被短时间监禁过。我没有被监禁，但我的驾照被没收了（当然没有任何理由的），我的电话被切断了。最为糟糕的是：我的一个同事……"（52）伊凡所言，道出了苏联入侵捷克斯洛伐克之后像伊凡那样的捷克作家现状。依据对话时的细节，当时的苏联禁止捷克斯洛伐克文艺家进行文化创作，禁止作家写作、禁止画家开办画展，科学家（尤其是社科领域）无法独立开展研究，大部分大学被摧毁，地下出版也异常艰难。罗斯在采访过程中这样说道："自从苏联占领捷克斯洛伐克之后，一大群捷克斯洛伐克当代作家的作品在美国出版：流亡中的作家有昆德拉、帕维尔·科胡特、什克沃雷茨基、伊日·格鲁沙、阿尔诺斯特·卢斯蒂格，留在捷克斯洛伐的作家有你自己、瓦楚利克、赫拉巴尔、赫鲁伯、哈维尔。"（69）可见，在罗斯看来，自从苏联占领捷克斯洛伐克以来，美国为捷克斯洛伐克的作家（包括许多犹太作家，如伊凡·克里玛、阿尔诺斯特·卢斯蒂格等）提供了出版的机遇，让全世界的读者能够及时阅读他们的作品，领略其中的思想。罗斯的这一访谈，在揭示二战期间以及20世纪60年代之后像伊凡·克里玛这样的犹太作家（也包括捷克斯洛伐克其他作家）遭遇的困难历史，斥责了德国政府（二战期间）与苏联政府（1968年入侵捷克斯洛伐克之后）的错误做法，同时，又称赞了同一时期美国政府出台的相关举措。道出了罗斯对20世纪60年代以来的美国历史的认同态度。

贝娄、罗斯等美国犹太作家回顾了犹太人在欧洲的历史，以及犹太人在美国的历史，对比分析后他们披露了犹太人在欧洲不堪回首的历史，展示了美国犹太人在美国受到眷顾的发展史。一般来说，贝娄、辛格、罗斯、马拉默德、奥齐克等犹太作家要么是欧洲移民的后代要么是从欧洲来到美国发展起来的作家，他们在美国这个接纳他们、对他们比较宽容（虽然有时候也有一点歧视）、为他们创造很多便利条件与机遇的国度里获得了文学上的成功，从而进入主流社会的生活，享受到了美国社会方方面面的权利，得到了更多的民主与自由，物质生活已得到极大的满足，反犹行为一般不以直观的方式呈现，生活环境得到极大的改善，所以，透过他们的小说，不难发现他们通常以直接的（直接对所处美国历史的认同）或间接的方式（对比欧洲历史与美国历史后隐射出对美国历史的认同），体现出对美国历史的认同态度。当然，从纵向来看，他们对美国不同时期的历史（包括前面讨论过的二战历史）总体持认同态度，因为这些历史让犹太民族在困苦与磨练中走向了成熟，民族走向了繁荣复兴。

德国哲学家沃尔特·本雅明（Walter Benjamin）指出，"幸福的观念与救赎的观念牢不可破地联系在一起，而这正是历史最为关切的。过去携带着一份秘密清单，并据此指向救赎……一个不分主次地记录历史事件的历史学家所遵循的是这样一条真理：所有曾经发生的事情都不应该被历史否弃。诚然，只有被救赎，人类才能拥有一个完满的过去——也就是说，只有被救赎，过去的每时每刻才可以被引证。"（本雅明，2009：39）本雅明的观点道出了历史救赎的重要性和必要性。美国犹太作家对美国历史的认同，同样体现出某种意义上的历史救赎，即只有关注、记住过去的历史，人类才能完善自我，获得幸福。

"共同的记忆是族群形成的基础。"（崔明，2016：257）犹太民族与美利坚民族共同经历了经济危机、罗斯福新政、第二次世界大战、越战等诸多重大历史事件，美国犹太文学中的很多作品也正是基于上述历史事件而创作发表的。现代化进程中当代美国犹太文学对美国历史的认同，就是在构建犹太民族与美利坚民族的共同历史记忆，这不但有助于在历史层面增强美国犹太人对美利坚民族的归属感，使他们之间产生同呼吸、共命运的感觉，推动犹太民族与美利坚民族的融合，而且也为其他国家的民族融合提供了一条极具参考价值的途径。

对美国犹太人来说，只有认同美国的过去，才能融入美国的现在。比如，

第十四章　现代化进程中当代美国犹太文学建构美国民族认同的文学意义

《美国牧歌》中犹太作家祖克曼在全面了解、积极参与美国历史后，对其深度认同，将美国视为自己的精神家园，因而，对于二战的胜利，他与其他美国人一样，表现出无比的兴奋。对战后的美国重建，他也体现出极高的热情。因此，现代化进程中当代美国犹太文学对美国历史的认同，有助于美国犹太人深度理解美国，从而培养犹太民族全面参与美国建设的积极性。

历史是民族发展的基石，没有历史就不可能形成民族意识以及国家意识。对于犹太移民来说，"移民所造成的新族群环境，往往促成原来没有共同'历史'的人群，以寻根来发现或创造新的集体记忆，以凝聚新族群认同。"（王明珂，2006：32）美国犹太文学对美国历史的认同过程，也是帮助犹太民族重构国家集体记忆、建构美国民族认同的过程，这一过程有助于犹太民族形成基于历史维度的极其强烈的国家意识，这种国家意识对美国软实力的提升大有裨益。

二、现代化进程中当代美国犹太文学对"美国文化"认同的文学意义

美国犹太文学作品对美国文化秉持认同态度，这体现出美国犹太作家对美国文化，尤其是对美国多元文化的认同态度。

罗斯在采访以色列作家阿哈龙·阿佩尔菲尔德时说，自从苏联占领捷克斯洛伐克以来，很多捷克斯洛伐克当代作家的作品在美国得到出版，并得到国外许多作家的关注与赞赏，"他们（国外作家——作者注）一直特别倾听着你们的声音，你们的生活和作品中也吸纳了许多他们的思想。"（70）可见，在罗斯看来，作家需要在作品中融合不同文化，不同思想，这样，他们才能获得国内外同行的认可，这体现了一直生活在美国多元文化环境中的罗斯对文化融合这一理念的赞赏态度，并据此给阿佩尔菲尔德提出了写作上的建议。1980年，罗斯在采访捷克斯洛伐克作家米兰·昆德拉时，曾问在法国生活的昆德拉是否觉得自己是个陌生人，是否适应法国文化，昆德拉的回答是："我对法国文化非常喜爱，也多受惠于此，特别受惠于旧文学。"（108）昆德拉所言，表明了接受多元文化的影响是他走向文学成功的重要元素。可见，罗斯通过昆德拉的话语表明了多元文化对一名作家的重要意义，也从一个侧面表明了像罗斯这样的美国犹太作家对美国多元文化的认同态度。

米哈伊尔·巴赫金指出："失去自我最主要的原因就是决裂、隔绝、自我

封闭……人是一种通过他人成为自我的人。"(托多罗夫,2001:308—309)"在文化方面,异地是理解最有力的手段。只有通过另一种文化的视点,一种外国文化才能完整地、深刻地表现出来。"(托多罗夫,2001:329)克洛德·列维·斯特劳斯指出,"任何文化'进步'都取决于文化之间的'联盟'。"(列维·斯特劳斯,2006:111)美国犹太作家深知文化隔绝会带来严重的负面后果,懂得文化融合才是美国犹太民族的重要选择。因此,美国犹太作家期望通过文化并存或文化融合这一尝试,来强化多元文化之间的"联盟"关系,服务多元文化融合这一总体战略,这一总体战略对美国犹太文化的可持续发展至关重要。

克洛德·列维·施特劳斯认为:"人类文化并不以同一方式,也不在同一层面上有所不同。……人类文化的多样性比我们一向知道的都更为繁多。目前如此,过去亦然,不管从事实出发还是就理论而言都是如此。……真正的文化贡献在于文化之间的'区别性差距'"(列维·施特劳斯,2006:37—38)可见,文化的多样性是人类文化的固有属性,而且这种差异性带来了文化的贡献。此外,文化建构还是一个不断变化的动态过程,这一过程包含对他文化的吸收、借鉴甚至是认同。文化的多样性及建构特征必然对文学创作产生影响,使其做出反应。现代化进程中的当代美国犹太文学既描写了犹太民族在美国之外的各种过往(有关于犹太民族灿烂文化、深厚传统的描写,也有民族悲惨遭遇的刻画),又通过"对平等与民主、竞争理念、为美国梦而奋斗等理念的推崇""对多元文化/文化融合的赞赏"等描述对美国文化做出了反应。应该看到,"犹太人在美国生活已经有几代人。一方面,现代社会不断使他们美国化,赋予他们美国人的特点,因此他们的作品具有美国文学的共性,这也是他们能够被美国文学界接受的基础。另一方面,他们又大多生活在集聚区,多少继承了共同的传统和信仰——即使他们不再严格遵从犹太教法典的道德教规,也至少在其潜移默化的影响下生存。因此,他们又有别于非犹太民族,形成了强大的美国主流文化包围下别具风格的文化群落。"(虞建华,1990:20)可见,美国犹太文学不光为本民族书写,而且把作品置于美国文化这一宏大背景下,从不同层面描述美国文化,并展示了美国文化的多样性、包容性等特点。因此,现代化进程中的当代美国犹太文学对美国文化的认同,在体现美国平等与民主理念、竞争理念、为美国梦而奋斗理念、推崇多元文化/文化融合理念的同时，还彰显了美国文化独特的魅力、强大的生命力以及深厚的文化软实力。

犹太民族曾是一个流浪民族，因其独特的文化历史，而具有独特的民族特色，这样的民族特色自然成为美国犹太文学重要的写作素材。与此同时，犹太人移民美国的历史，以及来美国之后的奋斗历程、克服困境与困惑的举措、获得的幸福与喜悦，尤其是美国犹太人如何在文化层面努力达成对美国的民族认同，同样是美国犹太文学的重要素材。因此，围绕对美国文化认同而进行的文学书写，有助于现代化进程中的当代美国犹太文学形成特色，并被美国主流文学广泛接受，从而获得发展动力，助力美国犹太文学的持续发展。毫无疑问，作为美国文学的重要组成，美国犹太文学的不断发展，也在一定程度上推动了美国文学的发展，丰富了美国文学的内涵。

第三节 现代化进程中当代美国犹太文学对"美国公民身份"与"美国社会制度"认同的文学意义

一、现代化进程中当代美国犹太文学对"美国公民身份"认同的文学意义

美国犹太文学作品中的主人公对美国公民身份秉持认同态度，这实际折射出美国犹太作家对美国公民身份的认同态度。

以贝娄为例，他的作品对犹太人心路历程的刻画映射了他本人的心路历程。在加拿大蒙特利尔市一个环境恶劣的贫民区中长大的贝娄，自然对美国公民身份有着强烈的渴望。贝娄难忘那段艰难岁月，他说"童年时期（刚好一战之后）我生活过的蒙特利尔市的犹太贫民区与波兰和俄罗斯的隔都并无二致。"（Bellow，1963：13）随家人移居美国芝加哥这座国际都市之后，贝娄获得了与他在蒙特利尔市迥然不同的感觉，他非常欣慰地说道："我成长在那儿，并且认为自己完全是一名芝加哥人。"（Kunitz，1956：72）贝娄从此有了融入主流的感觉，并且不喜欢别人给他贴上犹太作家这一标签，"贝娄担忧的是，那些标签很褊狭，很容易让人忽略他作品中的普世性本质和价值。"（周南翼，2003：223）他曾说："我不知道'美国犹太作家'是不是暗含贬低之意。毕

竟，人们不再说'美国爱尔兰作家''美国意大利作家'或者因此说'美国白种盎格鲁—撒克逊新教徒作家'。"①（祝平，2006：27）贝娄还这样说："我从未有意识地作为一名犹太人去创作，从未让自己变得具有犹太味。我从不竭力迎合某个群体的口味，也没打算要单独为犹太人去写作……我把自己视作出身为犹太人的人——是美国人，具有犹太血统。"（Miller，1991：42—43）由此可见，贝娄更愿意被视为美国作家，美国公民，而不仅仅是犹太人，这些都表明贝娄对美国公民身份持高度认同态度。

在《集腋成裘集》的一则散文《我的巴黎》中，贝娄在描写自己定居芝加哥后，直接写道："我已经是美国人了，而且还是个犹太人。在犹太人的意识之上，又增加了美国的观点。"（294）这再次体现了贝娄对美国公民身份的渴望之情与认同态度。在另外一则散文《西班牙来函》中，贝娄回顾他在马德里车站饭店见到一位男服务员，该服务员见到贝娄时，"现出了一脸的尊严。我是美国人。"（242）贝娄接着还补充道："他从我的口音，从我衣服的剪裁，从我鞋子的样式，从谁也不知道是什么不经意的特点上，认出了我是美国人，一个人间的新权贵，以拥有机器和美元而充满了骄傲，随随便便地走过铁路交叉口；而他的命运，则是要留在那里霉烂死亡。"（242）可见，在贝娄的眼中，他作为一名美国公民所具有的特性一下子让这名服务员认出了自己是有身份、有地位的美国人，并获得了服务员的尊敬，而该服务员则不可能像他那样成为有声望的美国人，只可能在车站饭店里终老一生。这又一次体现贝娄本人对美国公民身份的认同。在该集收录的《杰弗逊讲座演说》这篇散文中，贝娄回顾了在20世纪二三十年代的纽约，在考休斯科纪念日那天，参加过一战的波兰老兵，集合在洪堡公园，"由乐队演奏着美国歌曲……颇显出一派爱国风范。游行者或者说波兰话，或者说以英语为主的混合语，也就是美国话。因为他们是美国人。"（182）可见，这些生活在美国的波兰老兵唱美国国歌，总体使用英语，贝娄借助老兵的行为，表明了他对美国的公民身份持认同姿态。

---

① 本处引用文字是祝平对"Saul Bellow of Chicago"这篇文章2—3页中的部分译文。英文原文参见：Epstein, Joseph. "Saul Bellow of Chicago" in *New York Times Book Review*[N]. 1971 (May 9), quoted from Braham, Jeanne. *A Sort of Columbus: The American Voyage of Saul Bellow's Fiction*[M]. Athens: The University of Georgia Press, 1984：2—3.

第十四章　现代化进程中当代美国犹太文学建构美国民族认同的文学意义

贝娄在接受诺曼·马内阿的访谈曾说："在美国，我可以做我愿意做的任何事，我可以去任何想去的地方，没有人否定我的公民权。如果有任何破坏我的公民权利的企图，它就变成一个丑闻。美国永远不会赞同那样的事。所以我四处走动，不带证明文件，不带护照，不带身份证，一切都没有问题。"（马内阿，2015：76）可见，贝娄毫不避讳他通过美国化获得美国公民身份的做法，再次凸显了他对美国公民身份的向往。

罗斯曾这样袒露自己的内心："假如我不是一名美国人，那么我什么都不是，成为一名美国人正是我应被赋予的身份。"（Shostak，2004：236）《狂热的艾利》中纽约伍登屯社区里的美国犹太人对美国公民身份的那种渴望，也恰恰体现了罗斯本人对美国公民身份的渴望之情。

贝娄与罗斯都认为自己是有犹太血统的美国作家①，是美国人，而不是犹太作家。贝娄在接受诺曼·马内阿的访谈时，不但坦陈自己对美国公民身份的渴望，他还谈到罗斯对美国公民身份的看法："一些美国人，包括菲利普，在被告知他们处于散居之地时，显得相当狂躁。他过去常说：'什么样的散居之地？我不是在任何散居之地。我是在自己的国家，我在这里，我是自由的，我可以成为任何我想成为的人。'"（马内阿，2015：55）贝娄所言，表明菲利普·罗斯并不认为自己是散居各地之人，而高度认可自己所居之地美国，并欣然接受、非常自豪于美国公民身份，继而认为自己是美国作家。高婷在分析贝娄、罗斯的作品后，认为贝娄、罗斯界定自己为美国作家、美国人是合理的，因为在高婷看来，他们的作品体现了对犹太性的超越，这一超越性认识主要体现在："第一，犹太身份的淡化与升华；第二，流浪是犹太人的一种生存状态；第三，罗斯和贝娄对传统女性形象进行了颠覆。"（高婷，2011：144—147）以罗斯的作品为例，他很多时候通过主人公来"突破传统犹太束缚，拥抱美国信念，调整与犹太传统的距离"（薛春霞，2015：138），体现主人公对美国公民身份的渴望（当然后期作品对此有所反思），这其实也是罗斯自己的心声。罗斯一直在思考犹太

---

① 贝娄、辛格、罗斯、马拉默德等拒绝接受犹太作家的标签，而更愿意被称为美国作家，这并不表明他们否定犹太身份，而是因为他们认为犹太作家这一标签明显带有贬义，暗含他们的创作视野不够开阔这一信息。

人的美国公民身份问题，他清楚地知道，与父辈相比，美国犹太人对自己的生活有了更多、更大的选择空间，"他们基本可以摆脱欧洲犹太人的受害者心理；在与犹太历史建立联系的过程当中，他们可以选择以美国方式来重新塑造它。"（薛春霞，2015：139）

辛格在接受记者采访时曾说："依我之见，世界上只有意第绪语作家，希伯来语作家，英语作家，西班牙语作家。有关犹太作家或天主教作家的整个想法在我看来有点牵强附会。"（王逸，1992：186）可见，辛格不太承认自己是犹太作家，认为这一称号自然与犹太身份挂钩而略带贬义。1976年，罗斯曾对辛格进行采访，他们谈论到犹太作家的公民身份问题。辛格说，波兰的犹太作家在文坛上很有地位，但"对于他们是犹太人这样的事实非常谨慎"，因为，"他们的敌人，那些不喜欢他们的人称他们是犹太人。我想即使在这个国家里（即美国——作者注），那些用英语写作并且非常熟悉英语的犹太作家也有点相似。"（101）可见，来到美国之后的辛格尽管无法改变他是犹太人这一事实，但他像波兰犹太作家一样不希望自己被称为犹太作家，而是希望被称为美国作家。"正如欧文·豪在多个场合对我们说的那样，辛格不属于任何清晰的分类：他用意第绪语写作，但不是一个操意第绪语的人；他是一个'反对普罗米修斯'的人，然而他的作品中却反复出现'普罗米修斯式的努力'"。（Jriedman，1969：388）梅尔文·J.吉里德曼所言不属于任何清晰的分类，意指辛格不能被简单地归为犹太作家，或美国犹太作家，而至少应归为美国作家。要成为美国作家，就必须具有美国公民身份或至少被人认为基本具有美国公民身份的特征，因此，辛格通过其作品试图说明，他的作品具有国际视野（尤其是美国主流视野，而不限于犹太人的视野），并以此表明他对美国公民身份秉持认同态度。

不仅辛格期待美国公民身份，辛西娅·奥齐克与马拉默德同样渴望拥有美国公民身份。奥齐克曾这样说："我是以美国小说家身份开始文学创作的，但写完之后又成为犹太小说家。"（Cole，1984：214—215）她的所言表明她对美国公民身份的那种渴望，同时又对犹太身份有较深厚的感情。林琳指出，"作为在美国长大的犹太移民的后代，马拉默德的人生经历也是他逐步美国化的过程。"（林琳，2015：3）像贝娄等美国犹太作家一样，马拉默德也希望被视作美国公

第十四章　现代化进程中当代美国犹太文学建构美国民族认同的文学意义

民，而不仅仅是一名美国犹太人，他高度认同并渴望拥有美国公民身份，诚如他所表白的那样："我并不把自己仅仅当作犹太作家。我有更广泛的兴趣。我认为我在为所有的人写作。"（李公昭，2000：237）

简要回顾当代美国犹太文学史可以看出，早期的美国犹太作品通常侧重对犹太主题的描写，例如以马拉默德为代表的早期美国犹太作家在"长达三十年的创作生涯中，呈现于文本内的正是他别具一格的犹太主题思想。"（王晓敏，2009：12）显然，这种犹太主题思想与犹太身份的描写密不可分。需要指出的是，这样的描写虽体现出深刻的思想内涵，但犹太主人公因坚决秉持犹太身份属性而体现出的生活方式、行为举止等有时让美国主流社会感到困惑与不解，甚至感到反感。随着美国现代化进程的推进，美国犹太作家逐渐明白，犹太身份是不断建构、不断变化的过程，因为"人类身份不是自然形成的，稳定不变的，而是人为建构的。"（陈厚诚、王宁，2000：518）美国犹太作家自然把他们对犹太身份问题新的思考反映在美国犹太文学之中。之后，许多美国犹太作家"在作品中没有（一味地）强调主人公的犹太身份，甚至对犹太身份进行了比较明显的摆脱。"（刘洪一，2002：106）最终，美国犹太作家根据形势的变化开始调整写作策略，在作品中弱化犹太民族身份，强化美国公民身份，表达了对美国公民身份的认同态度。因此，现代化进程中当代美国犹太文学对"美国公民身份"认同实质上为美国犹太人如何解决身份认同危机提供了一个切实可行的办法。

此外，现代化进程中当代美国犹太文学对美国公民身份的认同，将督促美国犹太人反思并改变之前在身份问题上的固执理念与既有做法，帮助他们逐步达成对美国公民身份的认同，这种认同将弱化犹太民族与美利坚民族之间的对立关系，也有助于美国主流社会消除或减轻对美国犹太人长期以来的歧视和误解。这种情形不但有益于美国社会的和谐发展，也为犹太民族更好地融入美国主流社会，获得更好的生存与发展提供了契机。

二、现代化进程中当代美国犹太文学对"美国社会制度"认同的文学意义

美国犹太文学作品中的主人公高度认同美国社会制度，这实际道出了美国犹太作家对美国社会制度的认同态度。

以贝娄为例，他在接受诺曼·马内阿的访谈时，曾谈到他对美国社会制度

的看法:"美国变成了犹太人的天堂。你是安全的,而犹太人在欧洲从未感到安全。在欧洲,他们的头上总是悬着威胁,希特勒将之变成了现实。但在美国,你得到承诺,不可能发生这样的事,在这种宪法政府的形式之下不会,这里的平等有着某种真实的含义。在这里,你可以意识到犹太人的所有世俗的野心:变得富裕,变得快乐,变得安全。而那对欧洲犹太人来说从来只是幻想。"(马内阿,2015:75—76)在访谈中,贝娄还谈到辛格,认为"像艾萨克·巴什维斯·辛格这样的犹太出身的欧洲人而言,是美国在造就他,因为在波兰,他永远不会有这种待遇和机会。"(马内阿,2015:120)可见,在贝娄的眼中,他认为在美国社会制度下,美国犹太人享受到了欧洲犹太人无法享受到的一切,这体现了他对美国社会制度的高度认同。

当然,贝娄知道美国社会制度还不是完美的,甚至是有一定缺陷的,但"贝娄与当代作家不同之处在于他设法在现实世界与他对人类的信任之间创造张力。他并没有把暴力、混乱和危险的世界排除在小说创作中;他坚持把人物置于这个世界中。但他并不认为整个情形毫无希望或荒诞不已……嘲笑和虚无主义不是贝娄所期望的。理智,人类的理智仍然对贝娄有重要意义,因为它使人类明白……个体与社会及自我处于矛盾中。贝娄仍然保持人文主义传统。实际上,贝娄意识到人类的混乱以及文明社会中人的专横……但是他认为人类除了继续在这些元素中生活别无它法。他认为逃脱世界或拒绝世界都不可能、也不现实。"(Schraepen & Michel,1981:7—8)可见,贝娄是非常包容的,他接受了美国社会制度的不完美,并通过多部作品道出了他本人对美国社会制度秉持认同态度。

其实,贝娄、罗斯、马拉默德等美国犹太作家本人是通过美国社会制度中的美国教育制度改变命运的。

贝娄迁入芝加哥后,先后在拉斐特小学、哥伦布小学、萨宾中学、图莱中学完成小学以及中学学习。之后于1933年进入芝加哥大学学习,两年后转学至西北大学,1937年从该校毕业。同年,他开始攻读威斯康星大学人类学硕士学位,后退学。他曾任芝加哥大学思想委员会主席,并被授予多所大学荣誉博士学位。贝娄曾一度担任过编辑、记者,但其绝大部分时间都是在大学度过的,还分别于1952年、1961年受聘任波多黎各大学客座教授,普林斯顿大学创作中心研究员,1962年他获得芝加哥大学为期五年的教授聘期。

第十四章　现代化进程中当代美国犹太文学建构美国民族认同的文学意义

　　罗斯在威考希克中学完成中学学业后，于1950年考入纽瓦克罗特格斯学院，第二年转入巴克内尔大学，1954年，以优异的成绩获该大学的英语学士学位。1955年他获得芝加哥大学文学硕士学位。之后，他回到芝加哥大学，开始攻读英语博士学位，后因为某种原因，于1957年放弃学业。自1960年起，罗斯开始在衣阿华大学的作家工作室任教。1962年，他担任普林斯顿大学的住校作家。

　　马拉默德于1928—1932年在伊拉莫斯院完成中学学业，后考入纽约市立学院，并于1936年毕业。1942年他获哥伦比亚大学英语硕士学位。从1949年开始，他执教于俄勒冈州立大学，任英语系副教授，教授学生写作，并在那成长为美国主要作家。1961年他离开俄勒冈州立大学，执教于本宁顿学院，教授学生创造性写作，并担任这一教职直到退休。

　　总体看来，贝娄、罗斯、马拉默德等美国犹太作家对美国社会制度中的美国高等教育是充满感情的，非常认同的，他们在大学执教的同时，也创作了许多作品，这些作品为他们带来了无数的奖项、荣誉、地位与声望。有感于此，美国犹太作家把自己对美国社会制度的认同态度通过自己笔下的许多主人公来体现。

　　应该看到，美国犹太文学作品通过多种方式体现对美国社会制度的认同，如称颂美国政治制度中的三权分立制、经济制度、社会保障制度、美国教育制度、法律法规，强烈维护私有财产等，这种描写有助于美国犹太人正确看待美国社会制度，并让他们明白，这一社会制度在理论上跨越了种族与阶级界限，适用于美国社会中包括犹太民族在内的每一个少数民族。因此，现代化进程中当代美国犹太文学对美国社会制度的认同，既有助于美国犹太人找到制度上的归属感，为他们如何融入美国生活提供了行事依据，又督促了美国主流社会强力维护这一社会制度，因而对保障美国犹太人充分享受各种正当权益大有裨益。

　　此外，美国社会制度经过两百多年的运行与实践，已逐渐完善，为美国的发展提供了有力保障。现代化进程中当代美国犹太文学对美国社会制度的认同，向包括美国犹太人在内的全体美国人展示了美国社会制度的合理性，以及践行这一制度的相关举措，这显然有助于通过制度手段来化解美国这一大熔炉中不同文化、不同种族背景下的冲突与矛盾，减少各种纠纷，有利于美国和谐社会局面的形成。

第四节　现代化进程中当代美国犹太文学对"美国精神"与"美国实用主义"认同的文学意义

一、现代化进程中当代美国犹太文学对"美国精神"认同的文学意义

美国犹太文学作品中的主人公对美国精神秉持认同态度，这实际表明贝娄、罗斯、辛格等美国犹太作家对美国精神的认同态度。

贝娄在接受诺曼·马内阿的访谈时这样说道："我猜你仍旧沉迷于美国化。这显见于《奥吉·马奇历险记》和其他地方，你显然在那些地方寻找自己的使命。"贝娄的回答是："完全正确。"（马内阿，2015：48）对此，贝娄进行解释说，自己受到哥哥们的影响，尤其是他大哥，"他大大地美国化了，我们来此才两三年，而他已穿起奇装异服，花哨的衣服，花哨的衬衫。他对犹太教饮食教规和犹太仪式充满了蔑视。"（马内阿，2015：44）他表示，在哥哥的影响下，"我很高兴变得美国化。那时候，变得美国化就意味着你穿衣打扮的方式、你说话的方式、你看待自己的方式、你读的书、你对自己未来的想象、你的职业。"（马内阿，2015：46）考虑到美国化是美国精神的外在体现，贝娄所言，体现出他对美国精神的推崇。

1966年，贝娄接受了戈登·劳埃德·哈珀对他的访谈，在访谈过程中承认在创作《受害者》时，他感到压力很大，而这"压力与我的生活环境和在芝加哥作为一个移民的儿子的成长经历有关。"（哈珀，2007：122）也就是说，贝娄在创作《受害者》时之所以感到压力是因为当时像他这样的犹太移民缺乏足够的自由环境。在谈到《奥吉·马奇历险记》的创作时，贝娄坦陈尽管担心会被主流社会的人视作不守创作规矩的外国人或闯入者，但他仍不愿意模仿英国人去做一名创作风格过于保守的作家，决心按照自己的风格来创作，寻求像奥吉一样的自由精神。访谈时他这样感慨道："一个俄罗斯犹太人的儿子，我恐怕对种种盎格鲁—撒克逊传统以及英文单词缺乏体贴的感同身受。我甚至在大学还意识到，向我指出这个问题的朋友不见得就很客观公正。但他们对我会产生一定的影响。我必须以此为契机自求超越。我要为自由而战，因为我必须如此。"（哈珀，2007：122—123）由此可见，贝娄要通过《奥吉·马奇历险记》证明自己，并

第十四章　现代化进程中当代美国犹太文学建构美国民族认同的文学意义

体现对美国精神中的自由精神的强烈认同。

马拉默德在接受丹尼尔·斯特恩的采访时被问及《基辅怨》中的囚禁主题。马拉默德回答他是用囚禁主题比喻人人面对的两难处境："我们既有必要洞悉他人的樊篱，但不要试图朝里张望。社会不公、冷漠、无知普遍存在。沉溺于过去的经历、内疚、困扰，这种个人囚禁，换言之，这些东西使人看不清自我了。一个人必须要构建、开拓自己的自由……我把它视为生命中自我超越的重要的战斗，即为拓展个人的自由王国的疆域而战。"（斯特恩，2008：127）可见，马拉默德认为人类不能过多陷入"囚禁"状态，否则会迷失自我，他把为自由而战当作自己毕生的追求，体现出他对美国精神中的自由精神的高度认同。

无独有偶，辛格在接受哈罗德·弗赖德访谈时同样道出了他对美国精神中的自由精神的认同："人类获赠的最大的礼物莫过于自由选择。我们可供自由选择的余地固然有限，但我们拥有的这种微不足道的自由选择仍然是一种伟大的赏赐，而且具有很大的潜在价值，只为它本身，生命就有价值体验。"（弗赖德，2007：127）从辛格的《奴隶》《庄园》《莫斯卡特一家》《格雷的撒旦》等作品来看，主人公几乎都是失去自由、遭受迫害的犹太人，而《萧莎》《冤家，一个爱情故事》等大屠杀幸存者则在美国找到了自由，主人公命运的对比体现了辛格对美国自由精神的推崇。

值得注意的是，美国精神体现在"重视自由、赞赏冒险、自发爱国、保持乐观、强调博爱、重视亲情、强调传统道德"等诸多方面，它不但影响盎格鲁—撒克逊裔美国人，也深刻影响着包括美国犹太作家在内的美国犹太人，诚如刘洪一所指出的那样："美国精神在犹太生活中的体现，特别集中在那些与世俗生活紧密联系的部分，从生活习俗到法律规章，从婚姻家庭甚至到一般生活观念、价值观念等。"（刘洪一，2002：63—64）受美国精神影响的美国犹太作家通常会把美国精神纳入写作框架，并对美国精神进行褒扬性描述，以引领美国犹太人正面了解美国精神。因此，现代化进程中当代美国犹太文学对美国精神的认同，有助于美国犹太人把握美国精神的实质与内涵，对美国犹太人融入美国主流，更好地适应美国社会的发展大有裨益。

此外，一个国家的民族精神往往与该国的国民性紧密相关，因此美国精神与美国国民性密不可分。美国的国民性包含诸多内容，如追求独立、强调民主、热爱祖国、乐观向上、重视个人主义[①]等，了解美国国民性对深度认知美国非常重要。因此，现代化进程中当代美国犹太文学对美国精神的认同，有助于美国犹太人增强对美国国民性的认知，减少对美国社会的误解，这对维护美国社会的稳定不无裨益。

二、现代化进程中当代美国犹太文学对"美国实用主义"认同的文学意义

前已讨论，美国犹太文学作品中的主人公对美国实用主义持认同态度，这实则传递了贝娄、罗斯、辛格等美国犹太作家对美国实用主义的认同信息。

事实上，"实用主义从来就不是书斋型的哲学，从詹姆斯、杜威开始，古典实用主义者们一直关注社会问题，将现实生活看作哲学的起点和归宿。从某种意义上说，实用主义是一种人本主义，一种与生活密不可分的实践哲学。实用主义尤其是美国社会文化的理论基础，它的影响渗透在美国社会的方方面面，可以说，要了解美国人的政治、外交、法律、道德，乃至美国人的日常生活，不了解实用主义是做不到的。"（陈亚军，2017：39）"当詹姆斯、杜威以及皮尔士的研究被认为建构了基本的生命哲学时，实用主义成了美国知识分子话语体系中的一个传统"（Hollinger，1980：104），也使美国实用主义成为典型的美国哲学和当代西方哲学思潮中一支极其重要的力量。可见，自提出之后，该学说在美国得到大力发展。威廉·詹姆斯在《实用主义》一书出版的第二年，即1908年曾预测，"实用主义将成为引领未来的哲学。"（Kloppenberg，1996：100）如今，实用主义在美国不仅切实存在，而且无处不在。

美国实用主义深刻影响着美利坚民族的方方面面。在竞争尤为激烈的美国，实用主义的务实态度及进取精神直击美国人的内心，流入了美国人的血液之中，逐渐演变为包括美国犹太作家在内的全体美国人信奉的生存哲学，成为民族基因的一部分。

---

① 李莉，宋协立认为，个人主义是美国国民特性中较为突出的一点，他们指出："当代西方个人主义理论的核心是尊重人和尊重人的价值，强调个人自由和个人权利，最大限度地发挥个人的创造性和主动精神。个人主义的独立奋斗精神、开拓进取精神成为美国人的生命基调，是美国发展的内在驱动力。"
（李莉，宋协立，2003：460）

第十四章 现代化进程中当代美国犹太文学建构美国民族认同的文学意义

在接受戈登·劳埃德·哈珀的访谈时，贝娄曾谈到《赫索格》，他这样说道："任何为了迈出第一步而摆脱华而不实思想的人都需要干出点有意义的事情。……为了生存，赫索格需要从大堆毫无意义和互不相关的事物中解脱出来。……如果我们要过人特有的或人性的生活，就得抛弃形形色色的思想。"（哈珀，2007：127）贝娄以赫索格为例，证明了采用实用主义的重要性。

在《集腋成裘集》收录的散文《作家·文人·政治·回忆纪要》中，贝娄回顾了自己最后一次参加文学聚会（即在纽约举行的国际笔会）的情况，在这次文学研讨会上，贝娄被分入"国家与作家的异化"讨论组。贝娄认为"这是一个多余的愚蠢话题"，在他看来，国家在关心作家这一方面做得并不到位，因为国家并没有弄清楚："艺术、哲学和人类更高的关注，并不是国家的事情。这里所强调的，在于福利，在于一种实用的人文主义。"（139）也就是说，贝娄认为无论是艺术、哲学还是人类，他们真正的关心是从实用主义视角出发的一系列福利，以及以福利作为支撑的人文主义，这样的描述表明贝娄高度重视文学、艺术、人文等领域的实用主义，而不是空洞地谈论诸如"国家与作家的异化"那样不切实际的内容，再次表明贝娄主张实用主义的态度。

就辛格来说，尽管他一直生活在浓郁的宗教环境里（父辈以及祖父辈都是当地有名的拉比），对犹太教有着深厚的感情，但他早在波兰期间，就已经"受到现代思想的影响。"（142）"在《在父亲的法庭上》这部带有成长小说某些特点的作品中，你可以发现一系列结构松散的随笔和短篇小说，试图体现叙述者，即次子辛格的成长历程。该书中辛格的观点体现了他对父母的爱，以及在超自然与自然相互对立过程中辛格内心不断形成的张力。"（Schanfield，2000：137）辛格心中的张力就是如何在宗教与现实之间实现平衡，这一张力正是他在波兰这一艰难环境中形成的，也是这一生活环境的必然产物，因为辛格知道自己必须直面现实，而不是生活在纯粹的宗教领域。在这一张力的作用下，辛格采用了实用主义方法，于是他开始写作，后来对写作甚至到了痴迷的程度。

回顾辛格的一生，他之前在欧洲遇到困境就曾萌生通过实用主义改变囿于宗教的现状，到美国之后，更是长期受到实用主义的影响，因此在作品中自然流露出对美国实用主义的认同态度。尽管辛格的作品基本以波兰为背景，但对生活在美国的辛格来说，无论是欧洲犹太人还是美国犹太人在他的心中都有着同等重要的地位。因此，这些作品的主线折射出辛格的期望，即美国犹太人应该像他笔下的那些欧洲犹太人一样，采用实用主义解决宗教困惑，体现了辛格对"在宗教领域采用实用主义"这一理念的认同态度。

需要注意的是，自从在美国产生，实用主义理念就与美国社会紧密联系到了一起。美国之所以能成为今天的国际强国也与"鼓励人们相信他们能塑造自己的命运"（高峰，2008：70）的实用主义的作用密不可分，因此，实用主义哲学在美国占据非常重要的地位。自建国以来，来自世界各地具有不同文化、历史以及宗教背景的犹太移民来到美国，他们都有一个共同的愿望，即努力建好美国这个现实家园。为此，这些犹太移民（包括犹太作家）及其后代不约而同地在日常生活各个领域、甚至宗教领域采用了务实的态度，重视实际行动及其实用效果，强调交流与合作。因此，现代化进程中的当代美国犹太文学对美国实用主义的认同，有助于指引美国犹太人从实用主义视角更加有效地开展与美国主流社会的合作与交流，从而更好地推动美国的发展。

此外，美国犹太人在长期的发展过程中遇到诸多问题，如何解决身份困惑、如何融入主流、如何看待历史、如何解决文化困惑等问题，如何解决或一定程度地解决这些问题是美国犹太作家必须考虑的问题。美国犹太作家对实用主义的认同，将引导犹太民族采用实用主义理念来解决民族自身存在的问题，在一定程度上推动了美国犹太人的自身发展。

第五节　现代化进程中当代美国犹太文学对"西方意识形态"与"西方中心论及美国优越主义"认同的文学意义

一、现代化进程中当代美国犹太文学对"西方意识形态"认同的文学意义

美国犹太文学作品中的主人公对西方意识形态秉持认同态度，这种态度实则体现了贝娄、罗斯、辛格等美国犹太作家对西方意识的认同信息。

美国社会中的西方意识形态深刻影响着包括美国犹太作家在内的每个个体。

就美国犹太作家而言，他们拥有深厚的文化积淀、敏锐的洞察力、丰富的社会体验、渊博的知识、较强的逻辑推理能力，远超一般个体的综合素养，因此他们对西方意识形态有着比一般个体更深的认知与理解。应该说，长期生活在美国这个被美国犹太作家视为现实迦南①的国度，总体上已受到西方意识形态的深刻熏陶，自然而然已把它融入自己的思想观念、思维方式与行为规范之中，自然形成对西方意识形态的认同态度。

需要指出的是，现代化进程中当代美国犹太文学对西方意识形态中"天赋人权""主权在民"等理念的认同，有助于引领美国犹太人进一步强化对上述理念的认识，为美国犹太人自信地融入美国社会提供了理据，这显然有利于他们主动争取自己的合法权利。另外，这种认同还与盎格鲁—撒克逊裔美国人的传统认知相契合，因而有助于美国犹太人更好地融入美国社会，推动犹太民族更好地发展。

此外，现代化进程中当代美国犹太文学对美国民族认同的建构策略还体现在对西方意识形态中"选民意识"的认同上。这种"选民意识"既与基督教的"选民意识"有极大的相似度，又与犹太教的特选子民（the Chosen People）观念密不可分，因为"在犹太民族的观念世界中，犹太民族是受上帝眷顾的'特选子民'，担负着传播上帝旨意的神圣职责。这一神圣职责使他们油然而生一种强烈的使命感。"（高婷，2011：19）因此，对"选民意识"的认同将让美国犹太人认识到犹太民族是美国社会的重要组成，这将激发他们的使命感与责任感，调动他们的潜能，既推动犹太民族的自身发展，又促进了美利坚民族的发展。

二、现代化进程中当代美国犹太文学对"西方中心论及美国优越主义"认同的文学意义

美国犹太文学作品中的主人公对西方中心论及美国优越主义秉持认同态度，这其实道出了美国犹太作家对西方中心论及美国优越主义的认同态度。

---

① 迦南（Canaan），"巴勒斯坦、叙利亚、黎巴嫩等地的古称。公元前3000年至公元前2000年上半叶为闪密特族人迦南部落所属地。在古埃及碑铭中以此称泛指埃及与小亚细亚之间的沿海地带。这一时期该地带的文化，常被称作'迦南文化'。《圣经》故事称该地为上帝赐给以色列人祖先的'应许之地'。"（周燮藩 2003：293）

古迪孔斯特在考察主流与非主流社会之间的文化交流后发现："主流社会通常使用如下方式使他者（Others）实现文化归属：控制并提炼观念、把'他们'视作负面的而把'我们'或'我的经历'视作正面的。这些做法具有体现主流社会的特权功能。于是，对特定族裔群体负面的既定偏见呈现在人们面前，并存在于对他者的描述之中。通常来说，这一过程暗含一个二者比较的标准，以及对优势群体的偏爱。"（Gudykunst，2014：251）

就美国而言，它的主流文化在诸多因素的综合作用下，已经拥有凌驾于东方文化之上的理论基础与规则体系，形成了较为完备又看似合理的西方文化体系，从而达到驾驭其他文化，实现美国东方主义者的文化归属，为西方中心论打下了扎实的基础。正如梅加纳·V.纳亚克与里斯托弗·马隆所总结的那样："美国东方主义是一种关于'西方'与'东方'差异性的思维方式，这种思维方式给'美国'叙事提供了基础。"（Nayak & Malone，2009：253）随着美国的不断发展与变化，"美国东方主义已植根于美国民族认同之中。"（Leong，2005：165）长期生活在西方中心论盛行的美国，以贝娄、罗斯、马拉默德等为代表的美国犹太作家自然受到其影响，因此在不知不觉中把自己归为主流文化的一方，进而成为西方中心论的支持者、传播者与实践者。正如美国文学与美国文化中的华裔（比如无恶不作的傅满洲成为美国文化中广为流行的华裔刻板形象）常被贴上大烟鬼、流氓、骗子、恶棍等标签一样，美国犹太文学作品中也随处可见西方中心论的书写，这些书写旨在歪曲刻画卑贱的东方形象或强调高贵的西方形象，从而实现美国犹太作家心中的文化归属，以及对东方的文化霸权统治，体现了美国犹太作家对西方中心论的认同。

美国犹太作家还对美国优越主义推崇有加。总体来说，"美国优越主义遵循美国主流的政治、社会以及经济方面的世界观，认为美国在历史上具有独特地位，从性质来看与其他国家根本不同，强调'天定命运'以指导其他国家。"（Nayak & Malone，2009：254）查尔斯·弗朗西斯·亚当斯（Charles Francis Adams）认为美国优越主义的本质在于："坚定不移地相信美国的独特性以及致力于完成上帝的使命，即按照美国的形象改变其他国家。"（Nayak & Malone，2009：254）

第十四章 现代化进程中当代美国犹太文学建构美国民族认同的文学意义

对美国来说,美国优越主义具有重要意义。基辛格指出:"美国的优越主义是传经布道式的,认为美国有义务向世界的每个角落传播其价值观。"(基辛格,2012:序VI)基辛格的观点反映了美国优越主义对整个美国思价值观的强大影响,为美国国际地位以及对外关系的独特性找到了理论依据。"'9·11'事件之后,美国优越主义已成为主要的新闻主题。"(Koh,2003:1480)在2009年的二十国集团峰会上,《金融时报》记者曾提问时任总统奥巴马是否像其他美国总统一样认同美国优越主义,奥巴马的回答是坚定的。2013年9月10日,奥巴马针对是否应对叙利亚部队进行空袭发表电视讲话时声称:"我亲爱的美国同胞们,近70年来,美国一直为全球安全的基石……承担世界领袖的担子往往是沉重的,但正因为我们担负起了这个重担,这个世界才变得更加美好……,但我们珍视的理念与原则受到挑战之际……我认为我们应该采取行动,这恰恰让美国变得与众不同。这让我们变得出类拔萃。让我们满怀谦和之心,并下定决心,永远记住这个最重要的真理。"①奥巴马成为美国历史上第一位在任时公开使用美国优越主义一词的总统,他的论述道出了美国优越主义一贯秉持的观点,这也是美国犹太作家一贯秉持的观点。

以贝娄为例,他在《集腋成裘集》中,回顾了当年随父母来到美国时,他们一家很快成为美国的"俘虏",进而发现他们来美国是非常正确、非常幸运的事情。作为俄裔犹太移民,他对比分析了"教养有素的美国"(165)与人权状况堪忧的俄国,认为俄国的东方专制主义源自过去的专制传统,给人民造成了巨大的伤害,但"我们的美国世界是一个奇观。这里,从物质方面说,人类的长期梦想已经实现。我们向人们表明,最后征服匮乏已近在咫尺。已经为人类的各种需求做好了准备。在美国——在西方——我们生活在其中的社会,生产出了童话般丰盛的物质的东西。"(143)可见,贝娄眼中的美国是一个奇迹的代名词,是一个即将完全征服匮乏、物质已达到极其丰裕、可满足人类各种需求、真正意义上美梦成真的国度,由此可见,长期生活在美国的贝娄对美国优越主义秉持坚

---

① 这是笔者对奥巴马讲话的译文。原文参见:Remarks by the President in Address to the Nation on Syria, https://www.Whitehouse.Gov/the-press—office/2013/09/10/remarks -president—address—nation—Syria.

定不移的支持态度。贝娄在《集腋成裘集》中还提到沃尔特·惠特曼谴责美国文学,以及门肯针对"攻击他者"而给西奥多·德莱塞写信等事件,认为无论是美国文学还是美国社会受到攻击或谴责,都会促使美国进行反思,因而对美国都是好事,于是他感慨道:"受到谩骂比受到褒扬更切实有用;如果心灵要筑起雄伟的大厦,那么,离开你的敌人所能提出的颇具影响的建议,就寸步难行。美国人必定是历史上最身体力行的人民。"(175)可见,贝娄眼中的美国人胸襟宽阔,听得进逆耳之言,并能反思自我,他甚至认为美国人是人类历史上最身体力行的人,这些都凸显了以他为代表的美国犹太作家对美国优越主义的认同态度。

因种种原因,在较长时期内,以盎格鲁—撒克逊裔美国人为代表的美国主流社会通常更多关注非少数民族的美国文学作品,很少关注包括美国犹太文学在内的美国少数民族文学。就美国犹太文学而言,直到贝娄、辛格、罗斯、马拉默德等作家的作品逐渐进入主流文学行列,美国犹太文学才渐渐向美国文学的中心靠近。因此,现代化进程中当代美国犹太文学对西方中心论以及美国优越主义的认同书写,将促进美国主流社会与美国犹太人之间的交流,帮助美国主流社会找到与美国犹太人在价值观(尤其是西方中心论以及美国优越主义方面的理念)方面的契合点,进而使得美国主流社会深度认识并在一定程度上认同美国犹太文学,推动美国犹太文学的健康发展,这对犹太民族以及美国的发展也不无裨益。

此外,对生活在美国的犹太民族来说,美国犹太文学作品中对西方中心论及美国优越主义的认同,对"引导美国犹太人认同其现实家园——美国,帮助美国犹太人更好地融入美国价值体系具有重要意义。因为,只有当美国犹太人融入美国价值体系而非游离于该体系之外时,他们才能找到这样的价值体系所指引的方向,才能增强美国犹太人的国家自豪感与归属感,从而真正把美国视作犹太民族可以依靠,可为之奋斗的家园。

第十四章 现代化进程中当代美国犹太文学建构美国民族认同的文学意义

第六节 现代化进程中当代美国犹太文学进行空间书写的文学意义

美国犹太作家笔下两种类型的犹太主人公在美国国内/美国之外的地理空间与社会空间里感受完全不同，经历迥然不同，这说明美国国内的地理空间与社会空间才是真正能给犹太人带来福祉的地理空间与社会空间。考虑到犹太主人公在很大程度上是美国犹太作家的代言人，他们为践行美国民族认同而采取的种种举措恰恰道出了美国犹太作家建构美国民族认同的坚定立场。因此，美国犹太文学作品通过对两种类型的犹太主人公不同人生际遇的刻画，实际上传递了美国犹太作家对美国国内的地理空间与社会空间认同的信息。美国地理空间与社会空间是美利坚民族生存与发展的最基本载体之一，它们不但具有自身特征，相互之间还具有严密的内在逻辑关系，美国犹太文学作品对地理空间与社会空间的认同的最终目标指向了美国民族认同的建构，美国犹太作家对美国国内地理空间与社会空间的认同蕴含深刻的文学内涵，体现了他们对美国民族认同建构的赞同态度，这对推动美国犹太人发展以及整个美利坚民族发展大有裨益。

克里斯蒂安·诺伯格·舒尔茨指出："任何人类行为都具有空间性。"（舒尔茨，2005：225）菲利普·罗斯对这一观点也持赞成态度，其赞成态度可见于《事实：一个小说家的自传》，这一被称为"一本写得很好的《鲍德克》"（Jacobs，1989：486），"最接近罗斯的一本自传作品。"（O'Donoghue 2010：155）在《事实：一个小说家的自传》中，罗斯写道，他离开犹太居住区后来到康奈尔校园，顿时觉得仿佛是进入了世外桃源一般。罗斯还说，正是这一空间环境的改变，导致他改变了自我认知，并对他此后的发展产生了十分重要的影响，在相当程度上引领他走向了文学上的成功。可见，现代化进程中当代美国犹太文学的空间书写，既反映了作家对空间的深度认识，又体现了美国犹太作家为建构美国民族认同而做出的努力。

应该说，地理空间以及社会空间的书写是当代美国犹太文学中的重要内容。这样的空间书写不是简单的地理环境与社会现象的累加，而是作家深思熟虑之后作出的精妙安排。美国犹太作家通常将一段时间内的历史事件、社会环境、文化氛围等真实空间环境与文学想象相结合，因此，现代化进程中当代美国犹太文学中这样的空间书写，有助于美国犹太文学作品通过强烈的空间感来丰富作品的内涵，营造逼真气氛，帮助读者感受美国犹太人的幸福与快乐，体悟他们的困惑与苦涩，从而使得美国犹太文学作品更具可读性和真实性。

无论是现实生活中还是文学作品中的主人公往往在一定的空间里开展活动。因此，现代化进程中当代美国犹太文学中的空间书写无疑为作品中的人物活动提供了背景和场所，为读者提供了了解美国社会以及犹太文化背景的契机，有助于读者理解这些角色面临的各种冲突与危机背后的深层原因，以及作家本人对空间的情感与关切。以美国犹太文学中的城市空间书写为例，美国犹太作家E.L.多克托罗[①]（E.L. Doctorow）的作品经常以纽约作为背景，在很大程度上，纽约对多克托罗来说，就像"都柏林之于乔伊斯、伦敦之于狄更斯、巴黎之于波德莱尔。"（鲜于静，2015：29）贝娄在游记《耶路撒冷去来》中的《谈作家和创作》里，曾向采访他的美国记者格雷坦陈："我在芝加哥过了大半生。早晨从窗口往外一看就足以引起无穷无尽的联想了。单单气候本身就够我联想的……芝加哥是我心灵生活的一个大领域。"（245）可见，城市空间对美国犹太作家来说具有十分重要的作用，美国犹太作家通过城市景观、人文场景等空间描写，表达了他们对城市的浓厚感情与深切关切。

安德鲁·巴兰坦曾指出："我们在不同的环境中一般都会有不同的举动……当处于熟悉的环境中时，我们知道应该怎样行事……在公共交通工具上坐姿与在自家沙发上的坐姿也截然不同。"（巴兰坦，2007：155—156）这里的"环境"，其实就是我们所指的"空间"。巴兰坦所言表明，不同的空间将让人们做出不同的选择，并且影响人们的行为举止。因此，美国犹太文学中的空间书写不但有助于塑造人物性格，推动情节发展，也有益于读者更深入理解空间书写对当代美国犹太文学作品的全方位影响。

正如"艺术品的问世并不代表'创作'的完成"（郭继民，2015：129）一样，美国犹太文学作品的问世也不代表创作的完成，仍需学界"深刻理解其时代文化特点和创作主体精神"（王颖，2015：143），跟踪新时代背景下其精神转

[①] 按照前面的分析，E.L.多克托罗并非典型的美国犹太作家。

第十四章　现代化进程中当代美国犹太文学建构美国民族认同的文学意义

型的趋势,深挖其"作为精神转型象征的符号意义。"(意娜,2015:127)应该说随着时代的发展,尤其是"9·11"事件之后,美国社会发生了深刻变化,美国犹太文学中的空间书写会有新的元素,这需要学界继续跟进相关研究,探究其背后深邃的文学意蕴。

第十五章
"现代化进程中当代美国犹太文学建构美国民族认同"对"现代化进程中中国少数民族文学及中国文学"的启示

中国少数民族文学与中国文学概念简概

中国少数民族文学是对中国除汉族以外的民族文学总称。中国自古以来疆域辽阔，各族文化不尽相同，各民族文学也存在较大差异。少数民族文学是一个伟大的文学宝库，是对中国文学的有益补充。各少数民族的神话、传说、歌谣等作品，通过生动形象的艺术画面，记录了他们的社会历史、精神文明，同时也向世人展示了少数民族的精神文化和生活现状以及对未来的憧憬。从文化层面来看，一直以来，在各民族文学传统、中国文学与世界优秀文学营养的滋润下，中国少数民族文学始终保有淳朴、正气的优良品质。从政治层面来看，中国少数民族文学高举中国特色社会主义伟大旗帜，坚持正确的政治方向，认同国家的政治制度。在社会层面上，中国少数民族文学表达了社会意志，释放了社会的正能量。

中国文学意指中华民族的文学，是以汉民族文学为主干的各民族文学的共同体。它凭借着悠久的历史、丰富的著作成为世界文学上浓墨重彩的一笔。中国文学分为古典文学、现代文学与当代文学。在现代化进程中，中国文学能够表现出新时代的文学特色，积极反映中国人民在反封建斗争中的主导作用和革命精神，对社会主义制度的认同与新时代中国的向往。随着中国改革开放的不断深入，新作家的不断涌现，中国文学又迎来的新的发展。

第十五章 "现代化进程中当代美国犹太文学建构美国民族认同"对"现代化进程中中国少数民族文学及中国文学"的启示

对中国少数民族文学及中国文学的启示

贾平凹曾指出:"越有民族性地方性,越有世界性,这话说对了一半。就看这个民族性是否有大的境界,否则难以走向世界。我近年写小说,主要想借鉴西方文学的境界,如何用中国水墨画写现代的东西。"(孙建喜,2001:299)贾平凹所言表明,仅有民族性、地方性还不够,文学作品还需具有世界性眼光,这种世界性眼光也是中国作家需要培养的。现代化进程中的当代美国犹太文学通过一系列策略,体现了它对美国民族认同的建构,这样的建构具有重要意义。就中国少数民族文学以及中国文学而言,它们不妨放眼世界文学版图,依据美国犹太文学建构美国民族认同的相关举措,大体按照一一对应的方式找到一些启示,体现出对中国民族认同的建构。

当然,中国少数民族文学以及中国文学在汲取启示时,也应辩证地看待问题,做到取其精华,弃其糟粕。一方面,中国少数民族文学以及中国文学应承认美国民族认同的积极作用,因为在这一认同作用下,美国人积极参加公共生活,"从开展慈善团体的志愿活动以及加入家长和教师联谊会,到参加选举以确信政府是真正意义上的'民治政府'。"(Schildkraut,2005:103)另一方面,中国少数民族文学以及中国文学还应明白,现代化进程中的当代美国犹太文学建构美国民族认同的某些策略并非十全十美,比如现代化进程中的当代美国犹太文学之所以认同"西方中心论,以及美国优越主义"有其特殊的原因和背景,但这并不代表西方中心论、美国优越主义等观念无懈可击,因为,这样的观念显然与西方的霸权逻辑、种族歧视、傲慢自负、固有偏见密不可分。鲍比·S.赛义德就曾指出:"欧洲(西方)中心论是一种内化的智力空间,旨在打造带有偏见的文化中心。"(Sayyid,2003:128—129)莱纳斯·A.霍斯金斯也指出,"欧洲(西方)中心论实际上代表一种种族的、引起纷争的、不顾史实的、不正常的世界历史观。"(Hoskins,1992:247)哈罗德·洪菊·高曾这样评价美国优越主义的傲慢无礼,"美国优越主义包含两个方面信息,一是高谈阔论,二是当它发出的信息被忽视后,就用不屑一顾作为回应。"(Koh,2003:1480)

总体看来,"现代化进程中当代美国犹太文学建构美国民族认同"对"现代化进程中中国少数民族文学及中国文学"的启示主要体现在如下几个方面。

第一节 作品应体现对中国历史的认同

"一个民族的历史发展,就如同一道江河的过程,河流越大,荟萃的支流也越多,中国民族的情形正是如此,它在悠久历史的融合过程中,不断地加入了新的成分,吸收了新的血液。"(王仲孚,1999:13—14)的确,中国历史源远流长,在这一历史长河中,中国少数民族文学及中国文学不断发展,丰富了中国历史内涵。钱穆指出,"如果一个民族漠视自己的历史,对其置若罔闻的话,那么这个民族也就失去了自身的文化符号与文化身份,那么这个民族的人民也就不会对自己的民族有热爱之心,更不可能为其抛头颅洒热血,因此这个民族也就丧失了在世界民族之林中的一席之地……因而,要想国民热爱它们的国家,肯为国家无私奉献,不怕牺牲,就要先让国民对他们的国家有清醒而深刻的历史认识和认同。"(钱穆,1996:3)据此,在现代化进程中,中国少数民族文学与中国文学应采取多种写作举措,来体现中国历史进程中不同阶段的民族心理结构、价值观念和审美意识的变化过程,以便最终达成对中国历史的认同这一目标。

一、现代化进程中的中国少数民族文学及中国文学应重视对中国历史独特性的描写

中国历史的独特性主要有三点:一是中国历史源远流长,自虞朝的公孙轩辕算起,约有5000年历史。二是中国历史史学发达,史籍丰富。西汉司马迁的《史记》开创了"纪传体"的先河,较为详细客观地记录了从黄帝时代到汉武帝时代的历史变迁,对后世史学研究产生了奠基性的作用。春秋时代,《论语》记录了孔子及其弟子的言行,被后世学者尊称为中国的"圣经"。此外,北宋司马光的《资治通鉴》(编年体)、春秋左丘明的《国语》(国别体)、东汉班固的《汉书》(断代史体)等无不体现了中国历史的厚重文化底蕴和内涵。此外,清朝的《四库全书》的史集部分全面梳理了中国历史。三是中国历史具有很强的包容性,汉族历史与少数民族历史形成共存局面。因此,现代化进程中的中国少数民族文学及中国文学应体现对中国历史独特性的描写。

第十五章 "现代化进程中当代美国犹太文学建构美国民族认同"对"现代化进程中中国少数民族文学及中国文学"的启示

　　清朝龚自珍的《定庵文集》，严厉批评了封建专制，揭露了清朝的腐朽，充满了忧国忧民的基调，揭开了清中后期中国独特的历史画卷。鲁迅的短篇小说集《呐喊》收录了他的14篇短篇小说（1918—1922），揭示了当时的社会矛盾，批判了当时的社会制度，刻画了辛亥革命至五四运动时期这一阶段中国的独特历史。赵树理的《小二黑结婚》的故事背景是抗战时期山西某解放区的山村刘家峻，描写了小二黑与于小芹勇于追求爱情的故事，对了解抗战时期解放区的独特历史大有裨益。彝族作家李乔是中国彝族文学的开拓者，他在长篇小说三部曲《欢笑的金沙江》（包括《早来的春天》《醒了的土地》《呼啸的山风》）中，书写了20世纪50年代初凉山彝族人民努力争取解放，进行民主改革，最后成功平息叛乱的整个历程，作品可谓是反映彝族人民的历史画卷。

　　因此，龚自珍、鲁迅、赵树理、李乔等为其他作家如何描写中国历史独特性树立了榜样。

　　二、现代化进程中的中国少数民族文学及中国文学应突出中国历史的社会功用

　　历史具有"垂训鉴戒"的功用。中国历史也不例外。例如《诗经·大雅·荡》云："殷鉴不远，在夏后之世"（孔丘，2006：340）；《尚书·召诰》云："我不可不鉴于有夏，亦不可不鉴于有殷"（孔丘，2009：205）；西汉贾谊说"前事之不忘，后事之师也"（缪文远等，2007：234）；唐太宗的名言："以古为鉴，可以知兴替"（欧阳修，宋祁，1975：89）；《资治通鉴》中的"资治"是"资政"的近义词，意指"辅佐治理"，体现了司马光撰写此书的初衷，即借鉴前世王朝兴衰更迭的历史教训，来审视当前治国大政的得失。考虑到"以古鉴今、资政育人"是该书的核心要义之一，因此在某种程度上，《资治通鉴》具有"教化人"的作用，对中国历史的意义重大。宋神宗曾称赞此书"从历史事实教训出发，对辅佐治理国家大政，大有裨益。"（司马光，2009：2）清代问世的《资政要览》由顺治帝福临亲撰，收集了历代封建君王治国理政的要略，从前朝的兴衰中吸取教训，在某种程度上对后世君王加以告诫警醒。顺治帝为此书撰序言道，"帝王为政，贤哲修身，莫不本于德而成于学。"（向斯，2008：79）古代君王的嘉言善行、治国良策在书中得以分析概括，以期为后世执政者在治国理政方面提供参考借鉴。上述所说的历史功用与陈寅恪

提出的续命河汾一脉传承，即"通过学习历史先哲的善言善行,为后世垂范。"（陈寅恪，2001：182）除提供借鉴功用外，中国历史在发扬民族精神、提振国民信心方面也起着不可替代的作用。因此，现代化进程中的中国少数民族文学及中国文学应突出中国历史的社会功用。

老舍的话剧《茶馆》的背景是位于老北京的"裕泰"茶馆，从茶馆的风雨沉浮可以管窥"清末—北洋军阀—抗战胜利"近半个世纪的中国历史。话剧刻画了勤劳善良的茶馆掌柜王利发、痛恨洋人的常四爷、懒散但仁厚的松二爷等诸多人物。值得注意的是，话剧中的茶馆房东、民族资本家秦仲义曾主张实业救国，他曾不畏权贵，敢于与庞太监作斗争，还相信可以通过经济手段打败洋人，这样的描述既让人们谨记落后就要挨打的历史教训，又起到振奋民族精神的作用。高晓声的小说《陈奂生上城》刻画了主人公陈奂生进程时销售油条、购买帽子、住县城招待所的种种经历，道出了进入改革开放后新时期农民的精神状态。作品认为新时期的农民尽管遭遇困惑，但前景是光明的，作品的字里行间颂扬了这一时期的改革开放政策，体现了该小说的历史功用，提升了以陈奂生为代表的新时期农民的精神面貌。满族作家端木蕻良在其作品中塑造了许多"硬汉"形象，比如《大江》中的李三麻子和铁岭，《风陵渡》中的老船工马老汉，《爷爷为什么不吃高粱米粥》中的爷爷等，他们热爱家乡、热爱祖国，他们意识到只有团结一致才能度过国家面临的巨大民族危机，因此他们奋力反抗外来侵略者，不惜献出宝贵的生命，为后人树立了榜样，这既体现了作品的历史功用，又彰显了民族精神。

因此，老舍、高晓声、端木蕻良等人的文学作品突出了中国历史的社会功用，为其他作家做出了表率。

三、现代化进程中的中国少数民族文学及中国文学应重视对中国历史脉络的梳理，突出对中国历史的传承

中国历史博大精深，如不进行仔细梳理则无法理解其深刻内涵，如不进行传承则会造成历史脉络的中断。因此，现代化进程中的中国少数民族文学及中国文学应重视对中国历史脉络的梳理，突出对中国历史的传承。

孙皓晖的《大清帝国》、熊召政的《张居正》、姚雪垠的《李自成》、唐浩

第十五章 "现代化进程中当代美国犹太文学建构美国民族认同"对"现代化进程中中国少数民族文学及中国文学"的启示

明的《曾国藩》、二月河的《康熙大帝》等从不同视角反映了清朝和清朝以前不同阶段的中国历史。柳亚子的诗作《吊鉴湖秋女士》表达了作者对革命战士秋瑾女士不幸遇难的悲痛之情,反映了中国民主革命的历史。柳亚子的《孤愤》一诗谴责了袁世凯复辟帝制的企图,同样映射了那段历史。莫言的《红高粱》通过对生活在山东高密的余占鳌、九儿、罗汉大叔等人的描述,从一个侧面展示了中国的抗战史。网络作家有时糊涂的《重生之共和国同龄人》描写了富家子弟楚明秋的成长历程,小说在相当程度上也是一部新中国的成长史。这些作品从不同视角反映、梳理了中国历史,达到了对中国历史的传承。

新中国成立后,少数民族作家不断涌现,具有代表性的中国少数民族文学作品不断问世。由史绩武等云南纳西族作家所著的《创世纪》,描写了纳西族人民辛苦创业的过程,体现了新中国成立后,各族人民平等、团结的民族关系,表达了他们对幸福生活的向往以及中国历史的认识,道出了中国历史是由各民族共同创造这一事实。蒙古族的《乌恩射太阳》,讲述了乌恩为了射日被压在大山底下,最后化为草药拯救当地人民性命的故事,这一神话故事与后羿射日有极大的相似之处,传承了中国历史文化,通过神话故事,表现了少数民族与汉族之间的文化交流,体现了新中国成立后,民族关系变得更加团结、和谐。藏族的《格萨尔》塑造了一个努力为人民除害,给人民带来幸福生活的英雄形象,体现了藏族人民的宗教信仰、族群记忆和民间智慧,这部凝聚了中华民族精神的作品在多个民族中传播,很好地传承了中华民族的历史。20世纪80年代,随着国民教育水平的不断提高,涌现了一批优秀的民族作家,如藏族的阿来和扎西达娃、蒙古族的阿尔泰和彝族的吉狄马加等。其中,藏族阿来的代表作《尘埃落定》书写了藏族部族的生活,土司制度①是其叙事的重点。这部作品描写了中国历史上针对少数民族的统治政策的变化,体现了少数民族对中国历史的认同与传承。

因此,莫言、姚雪垠、柳亚子、二月河、孙皓晖、熊召政、唐浩明、有时糊涂、由史绩武、阿来等重视了对中国历史脉络的梳理,突出了对中国历史的传

---

① 土司制度是元、明、清三朝在少数民族居住区设立的地方政权组织形式。土司即土官,由朝廷任命或分封,元明清时期,西南等民族地区广泛实行这一制度,主要形式是"以土制土"。清朝雍正之后,随着"改土归流"的推行,土司制度解体,但因其特殊的历史因素,直至20世纪上半叶,一些地区仍延续着土司制度。

承，为其他作家树立了榜样。

第二节 作品应体现对中国文化的认同

中华民族幅员辽阔、民族众多、历史悠久，这对中国文化产生了深刻影响。总的来说，中国文化具有三个特点，一是鲜明的民族性（我国是一个多民族融合的国家，各个民族在中国历史发展的过程中逐渐形成自己独特的文化），二是中国文化具有兼容性和多元性特点（中国文化虽以汉民族文化为主体，但仍然借鉴和吸收其他民族、其他国家文化的影响），三是伦理性（中华传统文化重孝悌、忠信、恭敬等伦理传统）。考虑到文化认同对一个国家、一个民族的发展具有举足轻重的意义，因而文学作品应认识并体现文化认同的重要功能。为此，在中国的现代化进程中，中国少数民族文学及中国文学应体现对中国文化的认同，服务中国社会发展的需要。

一、现代化进程中的中国少数民族文学及中国文学应体现中国文化的民族性

中国文化的民族性是中国文化的重要属性，应该引起中国少数民族作家以及汉族作家的高度关注。

玛拉沁夫是中国当代文学史上著名的蒙古族作家之一，因长期受到蒙古族传统文化的熏陶，他的作品始终洋溢着浓浓的蒙古族文化和地方色彩，草原文化是他的作品最典型的特征。在玛拉沁夫的处女作《科尔沁草原的人们》中，女主人公萨仁高娃在与情人桑布约会之前，发现了一位反革命分子宝鲁，于是带着自己的大红马和爱犬展开追捕，最终在桑布、白依热以及阿木古朗等人的支援下打败了坏人，保护了草原。小说向人们展示了蒙古族特有的民族文化。虽然作者一直用汉文进行创作，但是小说的多个地方使用了蒙古语言，"这只小狗的名字叫嘎鲁……叫我给科尔沁旗白音温都尔的嘎拉僧，捎一个口信。"（林三木，1989：3—5）"嘎鲁""白音温都尔"都为蒙古语，意为"雁""富饶的高地"。为了全方位展示草原文化，作品中还引入了蒙古族特有的民俗民风，草原上的牛群、马、萨日伦花（内蒙古草原上的一种小花）、炒米（蒙古族的一种食品）等无不体现出浓浓的蒙古族风情。

第十五章 "现代化进程中当代美国犹太文学建构美国民族认同"对"现代化进程中中国少数民族文学及中国文学"的启示

"神话是人类精神的开端，是民族文化精神最早的土壤，也是最早的文学艺术形式。"（张文杰，2006：149）现代化进程中的中国少数民族文学和中国文学中的许多作品取材于中国神话，充满了奇特瑰丽的想象。郭沫若的诗集《女神》中的重要诗作《女神之再生》取材于家喻户晓的神话传说——女娲补天，"用共工和颛顼争霸暗示当时国内的南北军阀混战的现实。"（谭杰，2006：78）《女神之再生》还表现了作者心中美好的愿景：摧毁万恶的旧社会，建立新中国。除此以外，诗集《女神》中许多诗篇的艺术形象与我国古代的神话有关，如天狗、凤凰以及被神话的屈原等。

因而，郭沫若、玛拉沁夫等作家的文学作品为其他作家如何刻画中国文化的民族性提供了参考。

二、现代化进程中的中国少数民族文学及中国文学应体现中国文化的兼容性和多元性

韦建国，李继凯指出，"不同的民族在各自的繁荣和发展过程中创造了自己的文化，无论其规模与历史如何，它们的文化都具有历史性，实践性和终极价值。世界多元文化格局在相当长的一段时间内形成并存在的根本原因在于，民族文化没有任何分裂。在当今世界，没有一个地方能够完全独立。"（韦建国，李继凯2004：2）由此可见，当今世界，任何一个国家或民族的文化都无法独立存在，而是与其他国家或民族的文化紧密关联，形成一种世界文化格局，中国文化也不例外。事实上，中国文化自古以来就有着强大的兼容并包的精神，比如对佛教文化、基督教文化的吸收就是很好的例证。这里所说的中国文化的兼容性和多元性指中国文化能达到汉文化、少数民族文化、外国文化的相通相融。文学为文化服务，因此，中国少数民族文学作家及汉族作家在进行文学创作时，需要把自己置于全球化背景下，保持对文化秉持开放态度，吸收、借鉴他文化之中的有益元素，做到把中国传统文化、当地文化、外国文化进行有机结合，体现出中国文化的兼容性和多元性，展示了中国作家深厚的文化素养与浓郁的人文关怀，丰富作品的文化内涵。

罗振亚指出，现代诗派是中西结合的产物，"在古老民族与法国象征诗学的交汇处，实现了古典与现代的成功嫁接。"（罗振亚，2011：11）戴望舒是现

代诗派的典型代表,他的诗歌《雨巷》,是将中国古典诗歌中的意象与西方象征派诗学的意境进行融合的典型。诗歌中隐喻象征的手法,极大增加了诗歌的思想内涵和情感浓度,营造了一种深远悠长的意境。诗歌中用"油纸伞""寂寥而又悠长的雨巷""丁香一样的姑娘"等(戴望舒 2007:134)描绘了一幅哀伤、惆怅的画面。这种画面,显然在更深层次象征着个体在现代社会中孤苦无依、精神家园缺失的痛苦,这种痛苦也是国内外的恋人在失恋之后普遍经历的痛苦。

佤族作家袁智中的小说《落地的谷种,开花的荞》渗透着浓郁的佤族风情。依据小说,信仰自然崇拜的佤族人民与外来人的沟通上存在一些问题,但他们仍然尝试打破种族间的隔阂。作者在作品中这样描述佤族人民对汉文化的接受与推崇:"每年从汉人住的地方用骡子驼来谷种,让山上的杂草变成了黄黄的谷子……"(袁智中,2006:34)小说描写了汉族对佤族的文化繁荣、经济发展、技术创新等提供的无私帮助,既表明作者对各民族文化交融的渴望,又体现了汉文化的兼容性与多元性。

莫言的《檀香刑》《娃》《四十一炮》,陈忠实的《白鹿原》,贾平凹的《废都》《秦腔》等都是具有国际视野,融合多种文化的作品。余华同样是一位注意吸收多元文化的作家,他的著名作品《活着》以解放前与解放后中国诸多重大历史阶段为背景,刻画了地主的儿子余福贵悲惨的人生,这个沉湎于放荡生活的颓废人被国民党征兵入伍参加内战两年后,回到家中,发现他的亲人(母亲、儿子、女儿、女婿)一个个先他而去,唯一幸存者是他的孙子(后也不幸死去)。小说注意吸收多种文化,成为乡村文化、城市文化、战争文化、贫困文化的交汇地与试验田。余华坦诚,小说的灵感来自美国民谣《老黑奴》,而且受到包括福克纳在内的美国作家的深刻影响。在小说的英文版自序中,余华这样写道:"老黑奴和富贵是两个截然不同的人。他们生活在不同的国家,经历着不同的时代,属于不同的民族和文化,有着不同的肤色和不同的嗜好,然而有时候他们就像是同一个人……这样的神奇曾经让我,一位遥远的中国读者在纳撒尼尔·霍桑、威廉·福克纳和托尼·莫里森作品里读到我自己。"(余华,2008:12—13)贾平凹也曾有类似感慨与评价:"作为人类应该是大致相通的,也正是如此,所以我们能够理解古人的作品,并为古人流泪。"(贾平凹,1992:398)

第十五章 "现代化进程中当代美国犹太文学建构美国民族认同"对"现代化进程中中国少数民族文学及中国文学"的启示

贺永芳指出："有成就的作家如王蒙、汪曾祺、贾平凹、莫言等人都善于在既融会中西文化精神与文学传统，又融会中国古典文化各家精神、各种审美思潮乃至尝试各种文体创作方面不断探索。"（贺永芳，2010：221）可见，莫言、余华、贾平凹、袁智中等作家为其他作家如何书写中国文化的兼容性和多元性提供了借鉴。

三、现代化进程中的中国少数民族文学及中国文学应体现中国文化的伦理性

中国文化往往把人置于一定的伦理关系中进行考察，体现对中国文化伦理性的关照。因此，中国少数民族文学作家及汉族作家在进行文学创作时，应高度重视中国文化的伦理性。

《雷雨》描写了19世纪30年代夫妻之间、父子之间和兄弟之间的伦理关系与伦理文化，对当时社会的家庭伦理关系进行了深入的剖析。以父子关系为例，至少从形式上来说，周朴园还是比较重视家庭教育，家庭伦理的，在一定程度上也是正统的封建家长制的维护者，他不允许家庭成员违背自己的意思，在家庭中时刻树立着一家之主的形象，如他在文中所言："我的家庭是我认为最圆满，最有秩序的家庭。"（曹禺，2014：74）周朴园的儿子周萍是与其他人员伦理关系最复杂的一个，他严守着父为子纲的传统道德观念，对父亲十分尊重，但背地里又与继母偷情，做了大逆不道的事情。周萍与四凤发生了不正当的伦理关系，后发现四凤是自己同母异父的妹妹，而且四凤还怀上了孩子，违反伦理道德带来的压力最终导致周萍精神崩溃，已经没有了再活下去的勇气，选择了自杀。作品显然对各种伦理关系进行了深入的思考。

路遥的《平凡的世界》聚焦20世纪70年代中期—80年中期的中国农村，小说中的众多人物经历了大量的伦理拷问。对孙少安、孙少平兄弟二人来说，他们经历了爱情、欢乐、追求、痛苦、挫折、磨难。在这一过程中，他们（孙少平与郝红梅、孙少平与田晓霞、孙少平与金波、田润生与郝红梅、孙少安与田润叶、田润叶与李向前等多对人物之间面对婚姻、爱情时的伦理选择）经历了太多的伦理抉择，这些抉择体现了他们都对中国文化的伦理性的思考。

因此，著名的现代话剧剧作家曹禺、小说家路遥等能积极宣扬与社会发展相适应的伦理关系，为其他作家树立了榜样。

总之，中国文化在长期的发展过程中，能够与其他文化相互交融，博采众长，铸就了今天灿烂多彩、有着鲜明民族特征的中国文化。在现代化进程中，中国少数民族文学及中国文学应积极融入中国文化的民族性、兼容性、多元性以及伦理性等特征，以促进其更好的发展。

第三节　作品应体现对中国精神的认同

"中国精神就是以爱国主义为核心的民族精神和以改革创新为核心的时代精神，这是中国人民在长期的社会实践中形成的，能够发出正能量的各种优秀品德、价值总和；是我们中华民族的凝聚力所在，是我们的兴国之魂和强国之魂。"（《高层大讲堂》编写组，2016：179）由此可以看出，最能体现中国精神的是爱国主义，它反映了人与国家的典型关系，体现了中国人的家国情怀。中国精神还表现为不畏艰难的奋斗精神，以及对独立人格的塑造。在中华民族的历史进程中，中国精神也是国人无私奉献、勤劳善良、自强不息、积极进取等一切美好品德的集中体现。中国精神是中华民族屹立世界民族之林所体现出来的独特的精神风貌，使得国民的思想、文化、道德、法律、风俗、习惯等有别于其他国家。因此，在中国的现代化进程中，中国少数民族文学及中国文学应该通过文学作品表达对中国精神的认同。

一、现代化进程中的中国少数民族文学及中国文学应突出中国人的家国情怀

在中国近现代历史的进程中，中华民族经历了艰难曲折的发展历程，但始终屹立不倒，尤其在中国共产党的领导下，中华民族日益强盛，新中国在经济、政治、文化等方面都取得了举世瞩目的成就，这些成就的取得离不开中华儿女的家国情怀。因此，现代化进程中的中国少数民族文学及中国文学应突出中国人的家国情怀。

郁达夫的《怀乡病者》一方面描写了主人公质夫身在异国留学，意志消沉的现状，另一方面还涉及对钱塘江上的小县城，情窦初开在河边漫步的少男少女，以及质夫几年前报考留学生经历的描述。通过虚实结合，时空变化，作品凸显了

第十五章 "现代化进程中当代美国犹太文学建构美国民族认同"对"现代化进程中中国少数民族文学及中国文学"的启示

质夫这名天涯游子孤独的心境以及对祖国的怀念之情。同样以留学为背景,鲁迅先生在《藤野先生》中回顾了自己早年在日本留学的经历,他赞扬藤野先生不持民族偏见的态度,同时也揭露了清朝留学生在国外受到的不公正待遇,正是由于遭受到"中国是弱国,所以中国人当然是低能儿"(鲁迅《朝花夕拾》:43)的歧视和偏见,促使鲁迅的人生发生转向,弃医从文,以文艺运动唤醒人民群众的爱国精神和革命斗志,从此投入同封建帝国主义斗争的浪潮中去。因此,郁达夫、鲁迅等作家的写作策略,为现代化进程中的中国少数民族作家及汉族作家树立了如何书写家国情怀的榜样。

二、现代化进程中的中国少数民族文学及中国文学应该体现出中国人的奋斗精神

受中国古代传统文化"天行健君子以自强不息"的熏陶和影响,自强不息的奋斗精神一直延续至今,这也应该是现代化进程中中国少数民族文学及中国文学的重点关注内容。路遥的《平凡的世界》以1975—1985年的中国社会为背景,通过孙氏兄弟10年的成长经历,展示了中国社会的巨大变迁。不管生活多么艰苦,知识型农民孙少平总能以一种乐观主义的精神去面对生活,在沉重的生活中演绎着自强不息的奋斗精神。张洁的长篇小说《沉重的翅膀》通过对郑子云等人反抗旧观念的描写,歌颂了像郑子云、陈咏明等人在改革的洪流中不断奋斗,锐意进取的奋斗精神。可以说,路遥、张洁等作家的写作思路为其他作家如何书写、推崇国人自强不息,刚健进取,锐意改革的奋斗精神提供了借鉴。

三、现代化进程中的中国少数民族文学及中国文学应该注重对国人独立人格的塑造

所谓的独立人格,是指在面对各种艰难困苦仍能够不屈服,不妥协的高尚人格。现代化进程中的中国少数民族文学及中国文学作品应该塑造国人的独立人格,体现国家与民族的核心价值理念。

鲁迅一直以来就是追求独立人格的作家和革命家,他曾在《中国人失掉自信力了吗?》一文中,表明了自己的态度,他认为"我们自古以来,就有埋头苦干的人"(鲁迅《鲁迅文集·散文诗歌卷》:166),并期望以此唤醒民众的民族

自信心。鲁迅的《伤逝》突出体现了主人公子君在五四新思想浪潮的推动下,对独立人格的追求。从社会背景来看,《伤逝》的创作正处于社会变革时期,当时的五四运动唤醒了一批广大知识青年,让他们走上了追求个性解放,追求婚姻自主之路。《伤逝》中的男主人公涓生虽然代表五四时期先进的知识分子形象,但他灵魂深处仍然存在着自私、冷漠、卑怯等缺点,最终导致他和子君的婚姻以悲剧收场,并将子君推向绝境。子君最后喊出的:"我是我自己的,他们谁也没有干涉我的权利。"(鲁迅《呐喊彷徨》:240)子君的呐喊更像是鲁迅先生本人发出的对独立人格的呼唤。路遥的《平凡的世界》中孙少平、孙少安面临各种艰难困苦,有时甚至是绝境,但仍然能够保持独立人格,体现了作者对那些能够保持独立人格的人物无比崇敬之情。因此,鲁迅、路遥等作家为其他作家如何书写国人的独立人格做出了表率。

四、现代化进程中的中国少数民族文学及中国文学应该注重对国人"无私奉献、勤劳善良"等优秀品格的塑造

中国人的"无私奉献、勤劳善良"等优秀品格形成于中华民族长期的历史文化演进过程之中,是中国人代代相传的美德,应该引起现代化进程中的中国少数民族文学及中国文学的高度关注。

刘醒龙的小说《天行者》讲叙了一群民办教师[①]在艰苦的环境下,仍然对生活充满信心,教书育人的故事。文中默默奉献的乡村民办教师,承担着乡村教育的使命。他们处于艰苦的环境之中,入不敷出,因为"村里已经有九个月没给我们发工资了"(刘醒龙,2014:9),但他们不畏条件的艰苦,始终奋斗在农村教育一线。尤其是文中的余校长,一直认为一无所有的自己仍需本着良心做事,他认为"这么多孩子,不读书怎么行呢?"(刘醒龙,2014:11)作品中这群身份卑微的乡村教师身上所展示的无私奉献,勤劳善良等优秀品格,为乡村教育甚至民族的发展注入了希望。苗族作家沈从文的《边城》集中体现人性的美好,

---

① 民办教师出现于 20 世纪 50 年代,指那些未被列入国家教师编制的教师,但他们是中国特定历史阶段中小学教师队伍的重要组成。民办教师主要集中在农村小学,在工作生活等方面存在亟待解决的困难。1977 年,我国有 491 万民办教师。1999 年到 2000 年,全国有 25 万民办教师获得编制。2000 年之后,民办教师逐渐退出讲台。

第十五章 "现代化进程中当代美国犹太文学建构美国民族认同"对"现代化进程中中国少数民族文学及中国文学"的启示

尤其是下层劳动人民固有的良好品德。《边城》中的老船夫虽然自己的生活也不富裕，但却一直勤劳善良、恪守本分，他为过往行人撑船摆渡，绝不收不该收的钱，如文中所写的那样："渡头为公家所有，故过渡人不必出钱。"（张福贵，2007：286）同样，老船夫的孙女翠翠，继承了老船夫所有的优良品质，天真可爱、善良、乐于助人。

因此，沈从文、刘醒龙等作家为其他作家如何塑造"国人无私奉献、勤劳善良等优秀品格"提供了借鉴。

五、现代化进程中的中国少数民族文学及中国文学应该突出中华民族独特的精神风貌

中国精神作为一种国家精神，是中华民族在长期历史演进中形成的，它体现出与其他国家不同的，具有中国特色的精神，如长征精神、抗战精神、雷锋精神等。改革开放以后，随着我国社会主义现代化进程的加快，社会主义核心价值观的形成，各种要素共同作用铸就了中华民族独特的精神风貌，这需要引起现代化进程中的中国少数民族文学及中国文学的重视。

廖文指出："讲述中国故事、具有中国风格和中国气派的原创文学……意味着整体客观呈现中国社会生活，展现文明古国在现代化进程中的经验、情感和精神世界。"（廖文，2013：人民日报）中国少数民族文学及中国文学中的不少作品围绕多种题材展开书写，力求历史与艺术的统一，反映了当时的社会风貌，民族发展的历史，展现了中国形象。莫言的《红高粱》不但展示了山东高密独特的风土人情，而且把余占鳌为代表的中国人的抗战精神刻画得惟妙惟肖，感人肺腑。徐光耀的《平原烈火》、刘流的《烈火金刚》、冯志的《敌后武工队》等抗战作品都体现了中国中华民族宁死不屈，不屈不挠的独特精神风貌。因此，莫言、徐光耀、刘流、冯志等作家的写作思路为其他作家如何书写中华民族独特的精神风貌提供了某种启示。

如上所述，在中华民族长期发展与实践过程中，中国精神不断吸收优秀元素，与时俱进，其内涵不断丰富，并在不同时代有不同的体现。中国少数民族文学及中国文学在现代化进程中应加强对中国精神的理解和抒写，展现中华民族的精神风貌。

第四节　作品应体现对中国公民身份的认同

作为"个体进入社会获得社会归属感和价值感的基本途径"（许瑞芳，2015：49），身份认同对个体、国家的发展都非常重要。目前，中国社会在"经济建设、政治建设、社会建设和文化建设"（商红日，2008：5）的全面推动下迈入新的纪元。与此同时，广大民众对公民身份的自我认识和思考也随之不断加深，并在新时期中国特色和谐社会建设中起到关键性的指向作用。前文在讨论美国公民身份时，对其进行了总体上的讨论。从层次类型来说，冯建军提出公民身份认同由于其自身的"双重性"可分为"自我认同"与"社会认同"（冯建军，2012：13），受到学界的广泛认同与肯定。

考虑到文学作品具有"认识功能、文化功能、政治功能与智育功能"（张炯 2014：1）等功能，新时期的中国少数民族文学及中国文学在弘扬文化精神的同时，应当肩负起激励并引导社会民众的教育重任，分别从自我认同与社会认同两方面逐步加强民众对其公民身份的自豪感与归属感，进而为社会的团结稳定发展提供活力。

一、现代化进程中的中国少数民族文学及中国文学应该体现对公民的自我认同

自我认同即公民个体对其所处社会地位及其所属权利和义务的肯定与支持。我国的宪法既规定了公民的权利，也强调了公民的义务。现代化进程中的中国少数民族文学及中国文学作品若能通过对故事情节的铺设以及多种叙事手法的运用对公民相关权利和义务进行分析与肯定，可促进并加深民众对自我的认同。

（一）现代化进程中的中国少数民族文学及中国文学应体现对公民社会地位的认同

社会地位是"人们在一定的社会关系和社会关系体系中所处的位置"，与"一定的权利及义务"（时蓉华，1988：77）紧密相连，对公民"参与公共事务"（万斌，章秀英，2010：178）以及其他政治参与活动产生直接效应，这应该在中国少数民族文学及中国文学作品中得到体现。

赫哲族的民间诗歌《乌苏里江流水潺潺》通过对比新旧社会"春天"与"寒夜"的极大反差，突出强调在共产党领导下赫哲人的社会地位发生翻天覆地的变

第十五章 "现代化进程中当代美国犹太文学建构美国民族认同"对"现代化进程中中国少数民族文学及中国文学"的启示

化,诗歌的字里行间难掩歌者对新时期社会生活的满意与认同。《没有织完的筒裙》是白族作家杨苏的短篇小说,在小说的一开始,我们就读到景颇族的谚语:"男人不会耍刀,不能出远门;女人不会织筒裙,不能嫁人"(方谦,李平,1983:483),这为文章定下了新旧社会风俗习惯及社会地位冲突的基调。景颇族姑娘娜梦不愿将心思和时间花费于编织筒裙,母亲因此非常焦虑,希望娜梦留在家中将筒裙编织好以求得如意郎君,了却终身大事。然而娜梦认为外出工作劳动,接触新事物,学习新本领才是自己乐于完成的事情,矛盾就此展开。作者通过刻画敢于向社会陈旧习俗发起挑战、正视自我社会地位的人物形象,突出新时期少数民族年轻女性崭新的精神风貌,强调了对社会地位的追求。无独有偶,羌族作家谷运龙在《飘逝的花瓣》这部小说中成功塑造春英这一新时代女性形象,她拒绝成为男性附庸,勇于追求独立生存的行为具有较强的感染力,对广大民众追求社会关系的合理化,以及社会地位的平等化提供明确的指引。应该说,杨苏、谷运龙等作家的写作手法为其他作家如何书写对公民社会地位的认同提供了参考。

(二)现代化进程中的中国少数民族文学及中国文学应当体现对公民自我权利的认同

公民权利是国家公民根据该国法律规定,受到政府保障而享有的参与公共社会生活的基本权利,象征着"社会中公民享有自由的维度"(孙丽岩,2013:27),是基于国家行政管控下的相对自由,应当受到中国少数民族文学及中国文学的重视。

巴·布林贝赫在其代表作《生命的礼花》这部诗集中,充分描写了蒙古族人民与苦难作斗争的经历,肯定了中国共产党领导广大群众的正确性与先进性,同时也对蒙古族人民在新时期的美好生活进行了畅想,传递了新时期的民众对社会权利的认同和获得那份权利的感激。"蒙古人赋诗的时代,如今已经开始"(布林贝赫,1983:109)这一描述洋溢着对同胞生活现况的满足与激动;"我们幸福的国家呵!自由的国家呵!"(布林贝赫,1983:111)是对自己幸福、自由身份的欢呼;"每个喉咙都在激响。古老的布达拉宫,响彻着生命的歌声。新生的昭觉市,闪射着春天的光芒"(布林贝赫,1983:111)等描述反映出民众的心声，肯定了民众对社会发展的影响力，易于引起读者的共鸣。

蒙古族作家李準在小说《李双双小传》中，以"大跃进"为背景，突出"新旧思想的对立与冲突"（王泽龙，刘克宽，2002：342），成功塑造李双双这一人物性格饱满的农村妇女形象，以表现新时代农村女性追求平等、自尊的强烈愿望和先进意识。李双双在新时代先进思想的传播影响下不再满足于家庭妇女角色，而是选择积极融入社会，努力在社会实践与工作中谋求与男子同等的待遇和机会，妇女解放的时代精神在她身上留下深刻的痕迹。随着新时代的到来以及新思想的传播，广大民众，尤其是女性同胞渴望获得自由、平等的权利成为当时社会境况的缩影，无疑得到了作者的肯定与推崇。

将现实社会中民众对于公民权利的追求映射到文学作品，并通过故事情节的铺陈构造引以正面积极的结局，对于社会民众了解和认识自我的权利起到良好的促进作用。在这方面，巴·布林贝赫、李準等作家的写作手法为其他作家如何书写对公民自我权利的认同提供了借鉴。

（三）现代化进程中的中国少数民族文学及中国文学应当体现对公民自我义务的认同

中国宪法明确了公民的权利以及义务。只有当公民对应承担的义务高度认同、无私为国奉献或为国解忧、努力为国家发展与建设建言献策时，"民主才能巩固，法治才能进步，社会才能发展"（胡玉鸿，2013：83）。因此，现代化进程中的中国少数民族文学及中国文学应当体现对公民自我义务的认同。

老舍代表作《四世同堂》的故事场景是抗战时期的北平，作为情节和人物中心的祁家祖孙性格各异，命运也有所不同。在描述祁老人、祁天佑等辈的不幸遭遇与所做选择时，也着力刻画祁瑞全积极投身于民族革命战争的英勇以及祁瑞宣革命意识的觉醒，充分肯定了瑞全、瑞宣的爱国情怀以及履行义务保家卫国的气魄。作为新中国成立之后首部聚焦农业合作化运动的小说，赵树理的《三里湾》刻画了那个时代农民的独特形象。其中担任三里湾党支部书记的王金生被塑造成一位勤勤恳恳，求真务实，具有无私奉献精神的人物角色。尽管文化水平不高，但是王金生却始终铭记自己作为公职人员的使命和义务，凭借自己的耐心细心和聪明才智在工作中为广大村民解决实际问题的同时，也实现了个人价值。诸如王

第十五章 "现代化进程中当代美国犹太文学建构美国民族认同"对"现代化进程中中国少数民族文学及中国文学"的启示

玉生、范灵芝等农村积极分子形象，也在赵树理的笔下积极践行各自义务，或在农业科学领域潜心研究，或在乡村田地辛苦耕耘，积极响应党和时代号召，努力实现农村社会主义现代化建设。在杜鹏程的长篇小说《在和平的日子里》中，作者虽刻画了工程队副队长梁建这一终日浸淫于个人利益得失的人物形象，但同样塑造了诸如阎兴、张如松等正面角色，通过对比充分肯定了后者不畏艰险的探索精神和严谨治学的职业态度，再次强调各行业工作者需要坚定职业操守，践行公民义务，保持高度责任感。

作家将公民对自我义务的认同作为素材纳入创作框架，缩短了读者与主人公之间的距离，更易使读者对文学作品所表达的思想与情感产生共鸣，从而发挥文学作品引导公民的作用，在这方面，老舍、杜鹏程等作家起到了表率作用。

二、现代化进程中的中国少数民族文学及中国文学应该体现对中国社会的认同

社会认同指的是公民对其所处社会共同体的认同，强调"自我价值与社会共同价值观念的一致性。"（付安玲，张耀灿，2015：4）中国公民作为国家的成员，对中央政府、国家政策以及社会文化持肯定认同态度，是维护国家统一、促进国家稳定发展的重要条件。现代化进程中的中国少数民族文学及中国文学作品需充分发挥其传播科学文化、弘扬精神文明的功能，帮助并引导民众加深对中国社会的认识。

（一）现代化进程中的中国少数民族文学及中国文学应当体现对国家政治和文化的认同

作为一个多民族国家，中国始终致力于如何把不同民族、不同文化置入统一的国家政治体系，如何创造良好的政治氛围，以期获得广泛的社会认同，增强民族向心力。尽管受到全球化和认同冲突的影响，但同属中华民族大家庭的中国公民依旧可以通过积极看待国家政治以及文化，继而加深对中国社会的深度理解，最终达到对中国社会的认同，这应在中国少数民族文学及中国文学作品中有所体现。

《创业史》是柳青的长篇小说，它聚焦中国农村，重点围绕农业合作化运动塑造人物性格，探索了社会主义农村改革的重要性。文章以蛤蟆滩农民梁生宝及其成立的互助组的成长历程为主要线索，通过对互助组在村中组织开展各种惠民活动的描写，生动展示集体的力量以及国家政策的先进性，贴近生活实际的情节

铺设让读者产生共鸣。贾平凹在小说《腊月·正月》中，"通过为农村中旧的观念和习惯唱挽歌来礼赞农村新变化"（孔范今，1997：1303），在叙述专业户王才开设工厂、广开门路进而发家致富的经历时，生动展现了农村改革力量从弱到强的发展历程与趋势，颂扬了农村经济发展的成就。莫言的《红高粱》以土匪抗击日军为故事主线，渲染刻画了余占鳌和戴凤莲率真坦荡、自由蓬勃的人生。在描述戴凤莲于伏击战中英勇牺牲的场景时，莫言将战斗过程描绘得格外生动，让读者清晰感受到民族气节的浩荡与壮阔。而小说所重点描写的意象——红高粱则与故事中的人物、情节、场景等融为一体，象征着顽强的生命力，伟大的民族精神与独特的文化魅力，强烈震撼每个人的内心。可见，贾平凹、莫言等作家为其他作家如何书写对国家政治和文化的认同，提供了某种启发。

（二）现代化进程中的中国少数民族文学及中国文学应当体现对"中国梦"的认同

"中国梦"这一理念表达了中华民族的"共同利益、共同理想、共同追求、共同愿景与期盼"（许瑞芳，2015：50），体现了中国公民及其所处社会共同体利益、文化和梦想的一致性和关联性。因此，现代化进程中的中国少数民族文学及中国文学应引导民众加深对这一概念的理解，助力中国梦的实现。

蒋子龙的短篇小说《乔厂长上任记》发表于20世纪70年代，涉及对中国梦的描述。作为改革者的典型代表，主人公乔光朴立志改革、重视基础设施建设，凭借其雷厉风行的行事作风以及丰富的知识储备，领导民众积极推动工业改革，为国家的工业建设事业奉献力量。池莉在《烦恼人生》中细腻描述武汉工人印家厚平凡的生活，字里行间虽透露出普通工人面临的生存压力与困顿无助，但作者却并未就此指责抨击社会问题的残酷，而是侧面肯定了主人公敢于承担家庭的责任，勇于追求幸福生活这一梦想。作品在叙述印家厚诸多生存烦恼的同时，着力表现其面对失意或窘迫时积极乐观的心态，以及不屈不挠的生活态度，为广大读者提供正面能量。

张洁的中篇小说《祖母绿》刻画了一位为爱情奉献一切却因政治问题而被流放边地、恰又遭遇爱子夭折的女性形象——曾令儿。尽管受尽打击，主人公却以顽强的意志、坚定的信念，以及对事业的执着，坚强地度过了黑暗。在艰难困苦

第十五章 "现代化进程中当代美国犹太文学建构美国民族认同"对"现代化进程中中国少数民族文学及中国文学"的启示

中,主人公未因美好事物的逝去而消沉,也未因未来生活的不确定而恐慌,而是明确自己的梦想,在努力实现自己个人梦想的同时,还甘于为社会慷慨奉献自己的一切。作者对主人公曾令儿的刻画深入人心,她作为现代女性所体现的独立人格与伟大理想给予了读者榜样的力量。

新时期中国少数民族文学与中国文学在增强美学效果的同时,更需要实现对"中国梦"的解读与传承,鼓舞社会民众积极参与国家建设,为人们追求人生价值提供正面引导,在这方面,蒋子龙、张洁等作家起到了表率作用。

第五节 作品应体现对中国社会主义制度的认同

纵观文学史,中国少数民族文学虽有过不平衡的发展,但经过数代少数民族作家的努力,中国少数民族文学已有了长足发展,它所拥有的多元化和广泛性更是填补了中国文学发展的不足与缺憾。充满智慧的各少数民族人民通过文学作品,记录和叙述着他们的生活、传达和凝聚着他们的思想。随着中华人民共和国的成立,我国的社会体制发生了变化,各族人民也纷纷响应着政府的号召。中国各族作家,也将手上的笔转化成最好的声音,把对中国社会主义制度的认同传承下来。

中国社会主义制度,在政治上始终贯彻民族区域自治制度、基层群众自治制度以及人民代表大会制度。与以往阶级社会服务于少数人的社会制度相比,"中国特色社会主义社会制度的服务对象不分城乡、不辨种族、不论阶层,坚持全覆盖、宽领域,服务于每一位社会主义公民,爱人民、爱国家,以人民为中心,为人民服务。"(郑德荣,2009:10)这一制度的优越性,需要文学作品的宣传。因此,在中国现代化进程中,中国少数民族文学及中国文学应采取积极的写作措施,体现对中国社会主义制度的认同。

一、现代化进程中的中国少数民族文学及中国文学应表明"坚持中国共产党的领导和支持社会主义制度"的政治观点

纵观中国历史,各族人民在不同时期,对不同的社会制度有着不同的反应。

一个事实是，我国各族人民非常憎恶剥削人的旧制度，热情拥抱造福人民的新制度。他们大力拥护中国共产党的领导，坚定支持社会主义制度，表明了自己的政治观点，这样的政治观点应该在中国少数民族文学及中国文学中得到呈现。

胡也频的《到莫斯科去》政治倾向鲜明。小说描写的新女性——素裳（国民党官僚徐大齐的妻子）厌恶奢华的资产阶级生活，期望追求独立自主的新生活。在认识了共产党员施洵白后，素裳更加坚定了自己的信念，从而决定参加革命，跟施洵白一起去了莫斯科。后来，徐大齐发现施洵白的身份后残忍地杀害了他，这一血的教训使素裳再次坚定了对党的信念，使她更加期盼建立新的社会制度。现代作家杜鹏程的《保卫延安》被誉为"英雄史诗"，作品主要描写了解放战争中的延安保卫战；曲波根据自己的经历创作的小说《林海雪原》描述了李勇奇等青年拥军爱党爱国的事迹；吴强著名的红色经典小说《红日》描写了中国人民解放军可歌可泣的英勇事迹。梁斌的长篇小说《红旗谱》成功地塑造了许多典型的北方农民的英雄形象。在中国文学史上具有举足轻重的地位，作品"以农民自发的革命失败与在共产党的领导下的革命成功相对照，反证了'只有共产党，才能救中国'的政治结论。"（黄水源，2001：99）

应该指出，上述作品都明确了一个事实，即各族人民只有坚持中国共产党的领导，才能不断地取得胜利，过上幸福生活。

在新中国成立之前，我国少数民族遭受万恶旧制度的各种剥削，于是少数民族人民通过歌声表达了他们对新制度的期盼。

彝族歌谣《唯有歌声才是自己的》这样唱道："遍山的羊群是奴隶主的，软软的牧鞭是奴隶主的，牧羊的姑娘是奴隶主的。牧场响起了悲歌，唯有歌声才是自己的。"歌谣唱出了人民内心的悲愤，因为人民所有的一切都被统治阶级剥削掠夺。歌谣指出，人民需要去"战斗"，需要去反抗旧社会的压迫以及阶级剥削。歌曲体现了彝族反对剥削制度，期待新制度的政治观点。高山族歌谣《美酒肥肉我们没尝》这样写道："美酒肥肉我们没尝，三堂两屋我们难享；只因为我们住在高山，事事都和人家不一样。事事都和人家不一样，难道是我们民族低等？你看那些肥头大耳的高官，身体哪有我们剽悍？"歌谣表明，旧的制度需要变革，各族人民需要民主，中国各少数民族期盼的平等生活不能以任何理由、任

第十五章 "现代化进程中当代美国犹太文学建构美国民族认同"对"现代化进程中中国少数民族文学及中国文学"的启示

何借口被剥削。各族人民通过自己的歌谣，抒发了对旧制度的憎恨与怨念，既传达出各族人民对幸福生活的向往，又道出了他们的政治观点：建立人民当家作主的民主政治制度。苗族民歌《有血性的苗家青年》这样写道："有血性的苗家青年们，丢下我们的锄头吧，穿上我们的四块裤，去和官家厮杀！去和官家厮杀！"（朱宜初，李子贤，1983：112）歌谣歌颂了苗族青年们勇于战斗、勇于反抗的精神，表达出苗族人民对开明政治制度的期盼。

随着新中国的成立和社会主义制度的建立，中国少数民族文学的许多作品道出了少数民族对中国社会主义制度的认同态度。

《茫茫的草原》是蒙古族作家玛拉沁夫的代表作之一。"小说塑造了跟随共产党领导的党员苏荣、洛卜桑等人物，这些具有少数民族独特心理素质的革命者，在中国共产党的领导下，将蒙古族人民紧紧团结在一起。"（郭一平2004：187）作者直接指出了少数民族紧跟共产党的政治观点，为少数民族人民指明了唯一正确的政治方向。彝族作家李乔的长篇小说《欢笑的金沙江》，主要讲述了阿火黑日、阿罗接受了政治觉悟高的丁政委的教育之后，把自己从奴隶身份解放出来的故事。作者李乔在自序中坦陈，伟大的党给他带来了未曾有过的激动和喜悦。小说指出，国家和党的政策是人民前进的指路明灯，它使得两位主人公觉醒，但"这不仅是两个人物的觉醒，更是长期受压迫人民的觉醒，结束了长久以来痛苦的奴隶制度。"（晓夫，1997：64）小说阐明了彝族（包括其他各族人民）人民的政治观点，即对社会主义制度的完全认同。

可见，在现代化进程中，胡也频、杜鹏程、梁斌、玛拉沁夫、李乔等作家通过自己的作品表明了"坚持中国共产党的领导和支持社会主义制度"的政治观点，体现了鲜明的政治立场，对其他作家起到了很好的引领作用。

二、现代化进程中的中国少数民族文学及中国文学应该做到对中国社会主义制度优势的认同

饱受苦难的各族人民在新中国成立后迎来了新的时代，也让人们对新中国充满了信心与期盼，这是对中国社会主义制度优势的认同，这种认同应该在中国少数民族文学及中国文学中有所体现。

周而复的长篇小说《上海的早晨》（1958）的背景是新中国成立初期，小

说"反映了工人阶级和资产阶级这一基本矛盾，但却打破了左翼文艺习惯中，工人与资本主义家之间的对立，二者必然只得一的叙事结构。"（卢燕娟，2017：101）在小说中，素有"铁算盘"之称的沪江纱厂经理徐义德，堪称是社会主义初期中国民族资本家的典型代表。他是个地地道道的拜金主义者，为保全自己的地位，费尽心思，想尽伎俩，却在这场不可阻挡的革命大潮中输得心服口服。朱延年同样是个标准的资本家，为了钱无所不为，他在小说中甚至这样说道："不管是共产党也好，青年团也好，只要他跨进我们福佑药房，我就有办法改造他的思想。"（周而复，1958：36）当然，依据小说，他最终落得应有的下场。令人欣喜的是，"中国共产党对民族资产阶级有着科学的认识，创造性地制定了对其进行和平改造的政策与制度，以使资本主义私营工商业逐步改造成为社会主义经济实体。"（郭传梅，2016：72）当时的中国正处于社会主义初级阶段，该作品的创业题材既充分展示了中国社会主义制度的建设历程，又体现了对中国社会主义制度优势的认同。

"毛泽东的诗词充满了革命主义精神，弘扬了中华优秀传统文化。"（刘大先，2009：129）作为中国社会主义制度的开创者，毛主席的心中始终牵挂人民，他创作的《七律二首·送瘟神》这样写道：

绿水青山枉自多，华佗无奈小虫何！
千村薜荔人遗矢，万户萧疏鬼唱歌。
坐地日行八万里，巡天遥看一千河。
牛郎欲问瘟神事，一样悲欢逐逝波。

春风杨柳万千条，六亿神州尽舜尧。
红雨随心翻作浪，青山着意化为桥。
天连五岭银锄落，地动三河铁臂摇。
借问瘟君欲何往，纸船明烛照天烧。（中共中央文献研究室，1996：104）

在创作这首七律诗之前，毛主席得知血吸虫病重疫区湖北省余江县的民众深受血吸虫病之害，焦虑万分。后来，当他得知血吸虫病被消灭时，内心万分激动，整夜未寐，创作了这首七律诗。诗的第一节主要描述了许多地区的人民，饱受这场灾难带来的巨大痛苦。同时，一句"一样悲欢逐逝波"也道出了旧社会给

第十五章 "现代化进程中当代美国犹太文学建构美国民族认同"对"现代化进程中中国少数民族文学及中国文学"的启示

人民带来的痛苦，广大人民渴望迎来新的社会制度。第二节承接上一节的末尾，"毛主席以一颗热爱人民的心，直接表明了对旧社会旧制度的怨念，对比封建制度对人民群众的蔑视，新中国新社会对人民的关心和关怀才是中国人民所心心相念的根本。"（吴超来，2002：227）在毛主席看来，只有中国社会主义制度才是人民期盼的，能帮助人民战胜困难的，走向幸福的制度。毛主席作为一个无产阶级革命家，通过自身的作品传达了他的爱国爱民之情，作品不仅包含了对旧时代人民苦难生活的同情，同时包含了对新中国成立后，新时代美好生活的愿景，表达了他对中国社会主义制度优势的认同。

康朗英是傣族作家，长诗《流沙河之歌》是他的代表作之一，诗歌通过对比分析了新旧社会，刻画了中国共产党领导傣族人民改造山河、为民造福的壮举，高度赞扬了社会主义制度的优越性。彝族民间叙事诗《阿诗玛》以阿诗玛与阿黑勇敢追求爱情为线索，称赞了撒尼人民（撒尼族为彝族的一个分支）为幸福生活而抵抗封建专制的精神。1964年，该叙事诗后被搬上银幕，影片让人们感受到当下中国社会主义制度的优势，这让解放前的叙事诗具有新的时代内涵。

可见，伟大领袖毛主席，以及周而复、康朗英等作家的作品体现出对"中国社会主义制度优势的认同"，为其他作家做出了表率。

三、现代化进程中的中国少数民族文学及中国文学应该做到对中国社会主义制度的发展趋势认同

在中国共产党的领导下，中国社会主义制度的发展趋势良好，这种良好态势在现代化进程中的中国少数民族文学及中国文学中应该得到呈现。

王蒙的《组织部来了个年轻人》围绕北京某区委组织部新来的年轻人林震如何解决麻袋厂党支部的事情展开故事情节，小说一方面提醒"国家的'主人'在中国社会主义发展的道路上时刻不能松懈"（温奉桥、张波涛，2016：144），一方面又指出我们应该拥有更高更远的追求和理想，必须改造那些生活中思想腐朽、退步的人们，这样我国的社会主义制度才会越来越好，体现了作者对社会制度发展趋势的认同。

铁凝的《哦，香雪》是一篇情感意味深长的短篇小说，文中以一位女中学生的视角，向读者展示了在物质和文化生活贫乏的台儿沟小山村里的女孩极度渴望

现代化文明生活的心路历程。小说中人物心理和外表的前后变化，道出了中国社会制度发展可能带来的巨大影响，预示着一个伟大的国家即将觉醒，体现了对中国社会主义制度发展趋势的认同。

20世纪80年代中期以后，许多少数民族文学作品描写了在民族—国家体制内有政治身份的人物（比如土司），在长期的相处过程中，"土司与共产党高层政治人物之间的惺惺相惜，政治合作。"（中国作家协会 2013：117—130）同时，"土司对汉族文化的学习与认同，并在此基础上产生了开明的政治理念，正是对于中国社会制度中，遵循党的领导、人民当家作主的最好认同"（朝戈金，尹虎彬，杨彬，2016：532），体现出对中国社会制度发展趋势的认同。

《最后一个女土司》是藏族作家降边嘉措的著作。作者结合当时的社会环境，描述了主人公德钦旺姆一生的政治理想以及对国家建设所作出的贡献。德钦旺姆是一个极富传奇色彩的女人，也是康巴地区最后一个女土司，她在失去了深爱的人后，一心投入自己的伟大政治抱负与理想中去，为了新中国新社会制度的建设而奋斗终生。在她眼中，社会主义制度是唯一能给康巴地区以及其他少数民族地方带来幸福的制度。降边嘉措正是通过民族文学作品，直接表达了自己对祖国新时代发展的憧憬，体现了对中国社会主义制度发展趋势的认同。

应该说，王蒙、铁凝、降边嘉措等作家的作品体现了对"中国社会主义制度发展趋势的认同"态度，为其他作家树立了榜样。

第六节 作品应体现对社会主义核心价值观的认同

社会主义核心价值观的内涵为"倡导富强、民主、文明、和谐，倡导自由、平等、公正、法治，倡导爱国、敬业、诚信、友善"（胡锦涛，2012：78），寥寥数语，寓意深远，从中可以看出，党和国家十分重视社会主义核心价值观的建设。"富强、民主、文明、和谐是中国特色社会主义孜孜追求的目标"（张伟，2014：8）。自由、平等、公正、法治体现了人民群众对于社会公平正义的渴求，反映了他们对于美好社会生活的向往，指明了社会主义建设的方向。爱国、敬业、诚信、友善是中华文化自古以来强调的道德准则和价值标准，为实现

第十五章 "现代化进程中当代美国犹太文学建构美国民族认同"对"现代化进程中中国少数民族文学及中国文学"的启示

个人的全面发展指明了道路，有助于树立正确的道德观，进而实现个人价值和人生价值。值得注意的是，长期以来儒家思想深刻影响着中国人的价值观，社会主义核心价值观的某些内涵也与儒家思想有所关联。

对社会主义核心价值观的认同指的是对中国社会的主流价值观秉持认同的态度，这有助于"凝聚社会共识，引领社会思潮，形成强大的国家和民族凝聚力"（李小玲，2012：16）。文学与价值理念紧密相关，因此，在现代化进程中，为体现文学的社会功能，中国少数民族文学与中国文学应体现对社会主义核心价值观的认同。

一、现代化进程中的中国少数民族文学与中国文学应体现对社会道德规范的认同

社会道德规范是社会主义核心价值观的重要内容，在现代化进程中，中国少数民族作家和汉族作家应通过文学作品，来表达他们对爱国、敬业、诚信、友善的追求，体现了他们对社会道德规范的认同。

铁依甫江·艾力耶甫是现代维吾尔族诗人，他毕生为祖国和人民歌唱。其在《祖国，我生命的土壤》一诗中唱出了这样的诗句：

祖国——我生命的土壤，你是生我育我的母亲，
你的儿子眷恋着你，犹如灯蛾迷恋光阴。
……
祖国的每一粒沙土，对我都是无比珍贵的图蒂亚，
跋涉在她的戈壁滩上，我也会感到处处有花丛绿荫。
……
到异国即使黄袍加身，我也觉得通体不适，局促拘谨，
在祖国纵然衣衫褴褛，我也感到熨帖自在，踏实舒心。（铁依甫江，王一之译1981：129—130）

这首诗体现了诗人在国难当头表现出的强烈的爱国主义情感，诗人热爱祖国的一切包括每一粒沙土，在异国即使穿华丽的衣服，也会感到不适，而在祖国，哪怕是衣衫褴褛也会欢畅舒心。

内蒙古诗人齐·莫尔根善于寄情于景，通过描绘自然景观抒发内心情感，赋

予前者丰富的社会内涵。《礁岩》用这样的诗句咏叹礁岩："大地的丹田上，你像一根钢钉铁柱，卓然耸立。"（赛音巴雅尔，1999：264）《半圆月》中用下面诗句赞赏半圆月："假如你暗的一半亮了，缺的一半圆了，你将会发射出更强的光亮，你将会焕发出更美的丰彩"（赛音巴雅尔，1999：265）这些描述都体现作者对故乡、对祖国的赞美与热爱。《蝈蝈之歌》则以蝈蝈之声作为全诗的线索，缓缓道出作者自己的成长经历与心路历程，更是在诗歌最后迸发自己的浓烈情感：若能在祖国怀抱获得重生，定将"歌颂乳汁""歌颂恩典"（赛音巴雅尔，1999：267），表达了诗人对祖国的热爱，以及对美好生活的渴望。

郭沫若早在青年时期，就有一种强烈的爱国情怀。面对当时的帝国主义侵略的困境，郭沫若弃文从医，他曾道："从幼就读书。十岁以来就在当时的富国强兵的思想中受着熏陶，早就知道爱国，也早就想学些本领来报效国家。为了满足这种志愿，离开了四川，一九一四年到日本留学，学了十年的医。"（郭沫若，1997：5）但是他在学医的同时，还被文学深深吸引，加上受到了歌德、海涅、泰戈尔、席勒等诗人的影响，最终弃医从文，后来写了《地球，我的母亲》《炉中煤》等诗篇及其代表作《女神》，这些作品是其强烈的爱国主义思想的真实写照。张承志的《黑骏马》塑造了一系列人物：如索米娅、白音宝力格与白发奶奶等，揭示了草原生活和现代文明之间的相互渗透、相互影响。作者笔下的白发奶奶是伟大而又坚韧的母亲形象，她对生命的尊重与崇拜深刻影响了索米娅等人，激励着晚辈们勇敢追求幸福，摆脱悲惨命运。通篇故事向读者传达着尊重生命、珍视生命、捍卫自由的价值观，引导人们努力实现精神层面的升华。《人到中年》是谌容的著名小说，它表达了作者对积极价值观、人生观的推崇与称颂。主人公陆文婷被刻画为医术精湛、兢兢业业的眼科医生，为帮助千万罹患眼疾的群众消除病痛，无私奉献，牺牲自我。小说的人物角色体现出高尚的职业操守与人格魅力，带给读者以很强的感染力。沈从文在《边城》中对老船夫的友善进行了描写，路遥则在《平凡的世界》中对孙氏兄弟敬业与诚信进行了刻画，都体现了作家对道德规范的重视。

因此，铁依甫江·艾力耶甫、齐·莫尔根、郭沫若、沈从文、路遥、张承志、谌容等作家的作品体现了对我国社会道德规范的认同，为其他作家做出了表率。

二、现代化进程中的中国少数民族文学与中国文学应体现对我国社会主义现代化国家的建设目标的认同

我国社会主义现代化国家的建设目标就是富强、民主、文明、和谐。纵观中国历史,各族人民虽历经磨难,但仍然希望国家能变得富强、民主、文明、和谐,这应该引起中国少数民族文学和中国文学的关注。《女神》是郭沫若留学日本期间的诗集和散文序的合集。他突破了以往旧诗歌的束缚,创造了自由诗体,成为一代诗风的奠基之作。其中收录的《凤凰涅槃》讲述了凤凰集体自焚,又从烈焰中获得新生的故事,表达了对旧社会的深恶痛绝,体现了反帝反封建的精神,传递了作者希望中华民族获得新生,国家变得富强、民主、文明、和谐的愿望。彝族作家李乔的作品《早来的春天》描写了凉山地区解放后,在党的民族政策的正确指引下,彝族人民通过了"和平协商改革条例",进行了一系列深入的民主改革,表达了彝族人民对民主的渴望,希望祖国变得富强的迫切心情。因此,郭沫若、李乔等作家的作品体现了对我国社会主义现代化国家的建设目标的认同,为其他作家树立了榜样。

三、现代化进程中的中国少数民族文学与中国文学应体现对社会公平正义的认同

社会公平正义是社会主义核心价值观的重要内容,因此,在现代化进程中,中国许多少数民族作家和汉族作家通过文学创作,来表达他们对自由、平等、公正、法治的追求,体现他们对社会公平正义的认同。

在《摩罗诗力说》中,鲁迅反思历史,指出了解放前的中国缺乏自由精神的原因所在,"中国之治,理想在不撄,而意异于前说。有人撄人,或有人得撄者,为帝大禁,其意在保位,使子孙王千万世,无有底止,故性解(Genius)之出,必竭全力死之;有人撄我,或有能撄人者,为民大禁,其意在安生,宁蜷伏堕落而恶进取,故性解之出,亦必竭全力死之。"(鲁迅,1981:68)作品批判了中国封建专制限制了人民行使自由权利,也论述了人民在丧失自由权利后逐渐丧失了自由意识。因此,鲁迅意识到,要实现中国现代化,必须建立现代自由意识,争取自由权利,从而改变中国缺乏自由精神的现状。满族作家端木蕻良的作品《科尔沁旗草原》是20世纪30年代东北作家群产生重大影响的著作之

一。端木蕻良在《科尔沁旗草原》描写:"母亲是一个天真淳朴的农家少女,因为其美丽的外貌,被作为地主少爷的父亲看中,遭到了严词拒绝之后,我的父亲便决意去'抢亲',在一个黑夜里,他雇佣了四十多个打手,到黄家去劫亲。那时我的大舅,也早有了准备,约了一些他的亲友,来同我父亲混战,结果被打得头破血流,母亲还是被抢去了。"(端木蕻良,2010:16—17)小说中母亲被"抢亲"一事,表现出在那个时代,穷人的命十分卑贱低下,与富人为敌,只能是以卵击石,穷人们只有团结起来才有可能战胜富人,这体现了端木蕻良对出身微贱的平民们的深深同情,揭露了科尔沁旗草原不公平、不正义的现象,同时也表达了作者对公平、正义的渴望。因此,鲁迅、端木蕻良等作家的写作风格体现了对社会公平正义的认同,为其他作家做出了榜样。

四、现代化进程中的中国少数民族文学与中国文学应体现对儒家思想的认同

儒学是中国传统文化中浓墨重彩的一笔,对弘扬发展社会主义核心价值观具有重要的作用。"中国儒家思想在两年多年的历史长河中经久不衰、历久弥新,在中华文化宝库里熠熠生辉,构成了中国文化价值体系主干。"(孙进,1998:24)儒家的中心思想是"仁""礼""和",儒家政治、伦理、哲学倡导人的追求和实践,强调人的主观精神,强调主体修养的重要性,以实现整体和谐稳定。当前,"要促进社会主义核心价值观的发展,加大精神文明建设,可以从儒家思想中汲取智慧,发挥儒学在社会主义核心价值体系中的重要作用,为实现和谐社会和社会主义现代化建设提供智力保障。"(陈巧玲,范雨佳,2014:104—105)因此,中国少数民族文学作家以及汉族作家应高度关注儒家思想中"仁""礼""和",这在一定程度上也体现了对社会主义核心价值观的认同。

儒家思想强调"仁政"和"仁爱",其最终的归宿是充满仁爱的大同社会。孔子认为,"夫仁者,已欲立而立人,已欲达而达人。"(孔丘,2007:83)孔子还说:"己所不欲,勿施于人"(孔丘,2007:71)。后来,孟子继承和发扬了孔子的学说,提出"仁者爱人"的思想。可见,"仁"的本质就是"爱"。老舍在《骆驼祥子》开篇写道:"祥子,不是骆驼,因为'骆驼'只是个外号。""骆驼——在口内负重惯了——是走不快的,不但是得慢走,还须极小心

第十五章 "现代化进程中当代美国犹太文学建构美国民族认同"对"现代化进程中中国少数民族文学及中国文学"的启示

地慢走,骆驼怕滑;一汪儿水,一片儿泥,都可以教它们劈了腿,或折扭了膝。骆驼的价值全在四条腿上;腿一完,全完!"(老舍,2017:3)老舍将祥子比作为骆驼,并对其特性进行描述,表现出他对被侮辱的弱者的深切同情,体现了作者的"仁爱"。

"礼"是儒家进行道德教化的准则。在古代,"礼"指的是周礼,也指道德准则和社会礼仪。孔子强调道德教化要严格遵从"礼",倡导"非礼勿视,非礼勿听,非礼勿言,非礼勿动。"(孔丘,2007:71)在中国两千多年的封建社会中,"三纲五常"等儒家思想强调的"礼"对巩固封建统治起到了举足轻重的作用。唐浩明的《曾国藩》展示了曾国藩的文韬武略,以及他的成功与失败,得意与失意。作品在展示曾国藩人生沉浮的同时,还刻画了曾国藩对"礼"的重视:既重视君臣之礼,还重视与同僚之间的礼,与下属之间的礼。曾国藩还把重视"礼"的理念应用到自己的日常生活与政治生涯之中,让他身后获得了很高的评价。《骆驼祥子》中,虎妞十分爱她的丈夫祥子。结婚以后,她遵从"三纲五常",关爱、照顾祥子。因为不忍祥子拉车赚苦力钱,她自己管理父亲的车厂,把车租出去,靠车租赚钱。虎妞所作所为符合儒家思想中的"礼"。

"和"是儒家重要思想,可见于《论语》(学而第一篇):"礼之用,和为贵。先王之道,斯为美。"(于丹,2006:123)在孔子看来,礼的作用是要产生人与人之间的和谐关系,古代先王也是通过保持君臣和谐,人与人之间的和谐来达到治国的目的。《国语·郑语》的如下描述也体现了儒家"和"的理念:"夫和实生物,同则不继。以他平他谓之和,故能丰长而物归之"(左丘明,2007:83),大意是和谐是事物相处的基本原则,如果所有的东西都相同的话,就不能得到发展。和谐是指许多不同的事物集聚到一起,达到一种相对均衡的状态。正因如此,儒学讲究和而不同。沈从文在《边城》中描写了湘西地区的原生态风貌,那里的人民与自然和谐共处,因此保留了该地区的原生态风貌,船家少女翠翠十分善良美好,与周围人和睦共处。

因此,老舍、唐浩明、沈从文等作家的作品体现了对儒家思想的认同,为其他作家做出了表率。

第七节　作品应弘扬共产主义精神

共产主义指的是以马克思主义理论为指导，未来要实现的"一种社会制度"（胡乔木，2016：4），以及"为实现这种思想而进行的实践——共产主义运动。"（胡乔木，2016：5）为了推动共产主义思想与运动在实践中不断得到完善与进步，中国少数民族文学及中国文学也需积极承担教育重任，积极弘扬传播共产主义精神，助力社会共同发展。

一、现代化进程中的中国少数民族文学及中国文学应突出对马克思主义与共产主义的执着信仰

马克思主义信仰指的是人们"对共产主义理想社会的主观确信"（张秀芹，2010：18），是人们生产生活实践的行动指南，应该受到中国少数民族文学及中国文学的高度重视。

杨沫的长篇小说《青春之歌》以"九一八"事变到"一二·九"运动这一特殊的历史时期为背景，刻画了青年知识分子林道静如何从小资产阶级知识分子转变为无产阶级战士的过程。小说借助主人公林道静这一个体，成功映射当时社会环境及历史背景下广大革命知识分子群体的普遍遭遇和心路历程。此外，小说还围绕主人公的命运抗争成功刻画了多位共产党员形象，在曲折情节的铺设中突出其英勇顽强、坚韧不屈的革命精神与人格魅力。整篇小说基于对主人公命运的描写、对革命历程的记录，着力渲染动荡年代里青年知识分子积极向上的精神风貌，充分肯定他们对于共产主义的执着信仰与追求。个人理想往往与国家社会的命运紧密相连，只有坚守马克思主义与共产主义信仰，并且把个人命运与国家命运相关联，才能实现自我价值，在这方面，杨沫为其他作家提供了创作上的借鉴。

二、现代化进程中的中国少数民族文学及中国文学应坚决维护爱国主义与集体主义

爱国主义是"动员和凝聚全民族为振兴中华而奋斗的强大精神力量"（中共中央文献研究室，2013：527），在维护国家社会和谐发展、捍卫主权与领土完整以及认同公民权利义务等方面发挥极其重要的作用。集体主义是社会主义核心

第十五章 "现代化进程中当代美国犹太文学建构美国民族认同"对"现代化进程中中国少数民族文学及中国文学"的启示

价值观的重要组成,它反映了"社会主义公有制的本质要求、社会成员的共同利益,凝聚了社会成员的价值共识。"(骆郁廷,2014:105)爱国主义与集体主义作为共产主义的重要组成,应该引起中国少数民族文学及中国文学的关注。

维吾尔族诗人铁依甫江·艾里耶夫在其大量诗作、译文中热情歌颂祖国大地、人民政党,真诚赞美社会主义事业。在爱国主义抒情诗《祖国,我生命的土壤》当中,作者将祖国喻作自己生命的土壤以及生养培育自己的母亲,将自己个人生命与祖国母亲间的亲情纽带系紧;另外,诗歌还将共产党比喻为指引人民生命航程的灯塔,肯定其引领中国社会发展前进的先进性与正确性。"祖国之爱就是我的爱,祖国之恨就是我的恨;我同你,伟大的祖国,共有一条命,共有一颗心!"(郑兴富,2009:12—13)这一描述更是直接而又坚定地将诗人对祖国的款款深情推至高潮。除此之外,作为新旧社会过渡的见证者,老舍在其《龙须沟》《茶馆》等话剧作品中通过新旧社会的对比,对新时期社会主义的美好生活给予了称赞。以前者为例,作者以市民在不同历史时期治理臭水沟的经历与成效作为基本线索,通过新旧社会政府对臭水沟治或不治、真治或假治的矛盾对比,以小见大地从反映北京市民生活的巨大变化,突出新时期共产党与人民政府对市民百姓的真切关怀与热心帮助,表达了对新中国、新社会以及新政府与共产党的热爱与支持。

周立波在其长篇小说《山乡巨变》中,以湖南某偏僻乡村农业合作社的发展进程及其矛盾冲突为故事主线,设计布局多个富有浓厚市井气息的生活事件,生动展现了中国社会农业生产个体化向集体化过渡的革命性转变。作者精心塑造了多位具有鲜明性格特色的农民形象,在主次矛盾的对立冲突中,细腻描写不同个体接受社会主义公有制时不同的心理变化与态度,指明农业生产集体化改革的深远影响,高度评价了农村的社会主义改革。

应该说,艾里耶夫、周立波等作家为现代化进程中的中国少数民族作家及汉族作家如何维护爱国主义与集体主义提供了参考。

三、现代化进程中的中国少数民族文学及中国文学应充分肯定无私奉献的精神品质

作为"高尚的民族精神和社会意识"(林栋,2002:85),奉献精神被视作"社会主义、共产主义精神和道德的组成部分,其本质特征是全心全意为人民

服务"(林栋 2002：85)。这种无私奉献的精神品质对中国特色社会主义建设非常重要，也必将助力中华民族的伟大复兴。因此，现代化进程中的中国少数民族文学及中国文学应充分肯定无私奉献的精神品质。

杜鹏程在其1954年出版的《保卫延安》一书中，通过正面描写延安保卫战这一著名战役，在宏大战争规模与磅礴军队气势的衬托下，成功塑造一批智勇双全、英勇无畏、无私奉献的革命先锋形象。无论是"运筹帷幄"（王泽龙，刘克宽，2002：316）的司令员彭德怀将军，亦或是"身先士卒"（王泽龙，刘克宽，2002：316）的指挥员周大勇等人，还是"英勇顽强"（王泽龙，刘克宽 2002：316）的战士们，在国家安全受到威胁、人民利益受到损害之时，均不遗余力奉献自我，为取得革命胜利艰苦奋斗。峻青的短篇小说《黎明的河边》，描写了战士小陈如何护送武工队干部穿越敌人封锁线，设置了小陈在武工队干部与家人之间进行抉择的矛盾冲突。战士小陈最终的选择令人心碎，但其为了革命大局牺牲小我的崇高精神令人震撼与感动。

柯尤慕·图尔迪是维吾尔族作家，其代表作《吾拉孜爷爷》描写新疆民族青年如何在被称为"魔鬼峡谷"的地方，修筑水渠以"驾驭经年为害的洪水，变荒漠为良田"（邓美萱，1982：68）的故事，反映边疆经济建设的同时，着力塑造了吾拉孜爷爷这位曾受苦于旧社会、现将美好生活希望寄托于新社会并为之无私奉献、忘我劳动的人物形象。当建筑工程师向他寻求意见时，早已上了年纪的吾拉孜爷爷总是回以斩钉截铁地肯定并即刻动身行动；感受到众人对他的歉意后，他也总以"你们为我们受尽了千辛万苦，我这算得了什么"（丁子人，2009：53）进行宽慰。从最初的激动转变为自觉的行动，作者生动地反映并肯定了吾拉孜爷爷为群众利益不惧任何困难、甘于无私奉献的精神品质。

所以，现代化进程中的中国少数民族作家及汉族作家可以从杜鹏程、峻青、柯尤慕·图尔迪等作家的写作思路上获得灵感，以充分体现对无私奉献的精神品质的认同。

四、现代化进程中的中国少数民族文学及中国文学应树立建设和谐社会的美好理想

社会主义和谐社会被认为是"一种和睦、融洽并且各阶层齐心协力的社会

第十五章 "现代化进程中当代美国犹太文学建构美国民族认同"对"现代化进程中中国少数民族文学及中国文学"的启示

状态"(温长青,2014:78),其主要内容包括"民主法治、公平正义、诚信友爱、充满活力、安定有序、人与自然和谐相处"(温长青,2014:78)等方面,构建和谐社会是党和人民坚持不懈并始终为之努力奋斗的永恒追求。因此,现代化进程中的中国少数民族文学及中国文学应树立建设和谐社会的美好理想。

在长篇小说《克孜勒山下》中,柯尤慕·图尔迪描写了维吾尔族农民如何引雪水下山改造农田,如何通过艰苦奋斗来建设社会主义新农村。小说充分肯定了农村领导者的领袖力量,并热情"歌颂了民族团结。"(邓美萱,1982:67)蒙古族作家李準在其短篇小说《不能走那条路》中描写了土地改革运动之后的一个社会现实,即农村的贫富差距不断拉大,各种矛盾与冲突不断出现,小说流露出作者对农村合作化运动的深切关切。主人公宋老定执着于通过置业获得财富,致使贫民在失去土地后变得更加艰难,作品借助虚拟的故事情节真实反映当时的社会情况,获得广大民众的高度关注。作者在文中对个人主义的否定以及对集体主义互帮互助精神的呐喊,在引起社会共鸣的同时,也传递了渴望建设和谐社会这一信息。

作为著名的苗族作家,沈从文的著作不仅在中国现当代文学的成长与发展历程中具有长远而深刻的影响,而且还为新时期建设社会主义和谐社会的伟大事业提供宝贵借鉴。沈从文的《边城》以茶峒小镇为背景,描写了天宝、傩送兄弟(船总顺顺的两个儿子),与翠翠(船夫的外孙女)之间凄美的爱情,刻画了众多忠厚淳朴的人物,凸显了人性的美与善。作者笔下充盈湘西民俗风情的山地边城寄托了其对爱与美的追求与珍惜,小城的自然风光秀丽、民风淳朴,民众之间的真诚相待,和善友爱是作者内心理想的社会环境,同时也是社会大众所期盼和向往的世外桃源。在这里,人际关系是单纯而和谐的,端午节龙舟竞赛中人们视团结合作胜过竞争和名次;在这里,政府与百姓之间是平等而轻松的,驻军长官亲近百姓与民同乐,拒绝官僚主义与形式主义;在这里,情敌之间是公平友好的,他们尊重彼此、重视情义。沈从文虽然在小说中描写了比较封闭、原始的生活方式,但是他在书中所表达的对美好生活、善良人性以及高尚品德的追求与推崇代表了广大社会民众的共同理想与普遍追求,对当下中国如何建构和谐社会具有一定的借鉴意义。

可见，柯尤慕·图尔迪、沈从文等作家的作品为现代化进程中的中国少数民族作家及汉族作家如何书写"树立建设和谐社会的美好理想"提供了一定的借鉴。

第八节　作品应服务于社会主义现代化建设的需求

1954年第一届全国人民代表大会提出要实现四个现代化（即工业化、农业化、交通运输业和国防的四个现代化）的建设目标，经过很多年的建设，社会主义现代化建设的内涵越来越丰富，十七大报告明确了其四个方面的内容："文化的现代化""社会的现代化""政治的现代化"和"经济的现代化。"①文学通常与现实紧密相连，体现对现实的关切，现代化进程中的中国少数民族文学及中国文学应关注我国社会主义现代化建设，为此需要采取一定的举措，服务于社会主义现代化建设的需求。

一、现代化进程中的中国少数民族文学及中国文学作品应对"社会主义现代化建设"理念持认同态度

社会主义现代化建设是中国长期以来一直奋力推进的伟大事业，对中华民族的伟大复兴具有举足轻重的作用。文学作品同样需要投身这一伟大事业的建设之中。因此，出于这种考量，中国少数民族文学及中国文学领作家应精心构思，应在情节设置以及主题营造上对"社会主义现代化建设"理念持认同态度。

柳青的长篇小说《创业史》以农村社会主义改造为背景，直接指向了新中国成立初期的农业现代化建设。小说中的梁生宝具有改革思想，能积极投身于农村社会主义改造，反衬了有着极强小农意识的郭世福、姚世杰等人物。小说这样描述当时的改革情况："许多军队干部和地方干部，都转向工业。参加工业已经变成一种时尚了。眼下，工人比农民挣得多，所以才会有盲目流入城市的现象……将来消灭了城乡差别的时候，才能没有人不安心在农村的现象。"（柳青，1960：447）小说没有回避改革中的问题，如农村人口大量进入城市带来的问题，但总体基调对这一时期的农村现代化建设持赞同态度。徐迟的报告文学《哥

---

① 于歌.现代化的本质[M].南昌：江西人民出版社，2009.

第十五章 "现代化进程中当代美国犹太文学建构美国民族认同"对"现代化进程中中国少数民族文学及中国文学"的启示

德巴赫猜想》(*Goldbach Conjecture*)(1978年4月由人民文学出版社出版)聚焦陈景润等一大批投身现代化建设的科学家,对科学界的现代化建设给予高度赞赏。

藏族诗人久美多杰的诗歌同样对现代化建设给予称颂。在《风扶着一棵树》中他描写了现代化过程中藏族人民对城市的理解、包容、接受:"人类的一把/扎念琴/陪伴歌手千年/诉说身边的故事/如今,天空降临大地/扎念琴来到了城市/陌生的弹奏者/满脸的胡须里/仿佛有几只虱子/在寻找出路。"(久美多杰,2016:121—122)贺继新是裕固族诗人,他的诗歌《故乡在长满老茧的手心上变样》同样歌颂了现代化建设给族人带来的变化:"牧人们接完羔、割完草/到乡村文化站的娱乐世界畅游/直到疲惫的视线沿着幸福的笑纹绊倒/他们把帐篷的笑语和歌声揉进生活的面条/他们把黄昏的灯光和炊烟让进黎明的怀抱/故乡在长满老茧的手心上变样/他们的生活节奏构成了网上旅游的商标/家乡的歌谣、灵魂的舞蹈/……(贺继新,2015:133)

可见,柳青、徐迟、久美多杰、贺继新等为现代化进程中的中国少数民族作家及汉族作家如何书写"对社会主义现代化建设的认同"提供了借鉴。

二、现代化进程中的中国少数民族文学及中国文学界应形成认同"社会主义现代化建设"的共识

在现代化进程中,中国少数民族文学及中国文学界自身如果能形成认同"社会主义现代化建设"的共识,则会起到整体引领中国作家群体的作用,为他们的创作指出正确的方向,这对服务社会化现代化建设大有裨益。

徐迟早就呼吁文学界应主动服务社会主义现代化建设,并率先垂范,通过其报告文学《哥德巴赫猜想》呼吁文学界关注参与社会主义现代化建设的科学家群体。刘再复(文学评论家)和杨志杰(作家)曾著文呼唤:"我们伟大的社会主义祖国正在经历一场宏伟而漫长的征程。生命的活力正在承担新时代的整体使命。我们必须用我们的文学艺术和为现代化而奋斗的人的野心,为建设伟大的社会主义强国做出贡献。"(刘再复,杨志杰,1978:245—250)此外,作家与文学评论者还应参加各种形式的研讨会,把认同"社会主义现代化建设"的观点传给更多的人。比如,1979年,不少作家、文学评论者、文学编辑参加了在昆

明举行的全国文艺学研究计划会议。与会人员围绕文学研究如何适应四个现代化的需要这一中心问题展开广泛的讨论。"在会议的讨论中，有人强调应该研究特殊问题和新问题。比如，现在大家共同关心的一个问题是：文学事业如何能够更快地发展以适应四个现代化的需要？这里面是有一些规律可循的。"（柯舟，1979：92—93）

另外，中国文联的机关报《文艺报》（1949年创刊，1957年中国文联委托中国作家协会主办）起到了很好的引领作用。1979年，著名作家、评论家雷达（原名雷达学）在《文艺报》第1期以及第2期相继发表评论文章，呼吁广大文艺工作者在国家粉碎"四人帮"之后，应该振奋精神，鼓起勇气，努力承担历史使命，用文艺服务于我国社会主义现代化建设。

可见，徐迟、刘再复、杨志杰、雷达等用实际行动，为中国少数民族文学及中国文学界如何形成认同"社会主义现代化建设"的共识，树立了榜样。

参考文献

一、英文部分

Aaron, David. *In Their Own Words: Voices of Jihad-Compilation and Commentary*[M]. Santa Monica: Rand Corporation, 2008.

Aarons, Victoria. "Review: *Modern Critical Views* by Harold Bloom and Philip Roth; *Portnoy's Complaint. Modern Critical Interpretations* by Harold Bloom and Philip Roth"[J]. *Studies in American Jewish Literature*, 23 (2004): 170—171.

Abbott, H. Porter. "Saul Bellow and the 'Lost Cause' of Character"[J]. *Novel: A Forum on Fiction*, 3 (1980): 264—283.

Abramson, Edward A. "Bernard Malamud and the Jews: An Ambiguous Relationship"[J]. *The Yearbook of English Studies*, 24 (1994): 146—156.

Ackerman. Bruce. "The New Separation of Powers"[J]. *Harvard Law Review*, 3 (2000): 633—729.

Ackerman, Nathan W. & Marie Jahoda. *Anti-Semitism and Emotional Disorder: A Psychoanalytic Interpretation*[M]. New York: Harper, 1950.

Adams, James Truslow. *The Epic of America*[M]. New Jersey: Transaction Publishers, 2012.

Adorno, Theodor W. "Nachtrag zu den *Minima Morali*" in Jean Paul, ed. *Vermischte Schriften II*[C]. Suhrkamp Verlag: Frankfurt a/M, 1986.

Aharoni, Ada & Ann Weinstein. "Memorial: Judaism as Reflected in the Works of Saul Bellow"[J]. *American Jewish Literature*, 6 (2006): 26—39.

Aikau, Hokulani K. *A Chosen People, a Promised Land: Mormonism and Race in Hawai'i*[M]. Duluth: University of Minnesota Press, 2012.

Alkana, Joseph. "'Do We not Know the Meaning of Aesthetic Gratification? ': Cynthia Ozick's *The Shawl*, the Akedah, and the Ethics of Holocaust Literary Aesthetics"[J]. *Modern Fiction Studies*, 43 (1997): 963—990.

Alston, Reginald J. & Carla J. Mccowan. "Racial identity. African self—consciousness, and career decision makig in African Ameren college women"[J]. *Journal of Multicultural Counseling and Deveoment*, 2 (1998): 98—108.

Alves, Teresa F. A. "In Praise Of Saul's Soul"[J]. *American Studies International*, 1 (1997): 32—43.

Antin, Mary. *The Promised Land*. Boston and New York: Houghton Mifflin Company, 1912.

——. "The Lie" in Jules Chametzky, John Felstiner, Hilene Flanzbaum & Kathryn Hellerstein, eds. *Jewish American Literature: A Norton Anthology*[M]. New York: W. W. Norton & Company, Inc. , 2001.

Arruñada, Benito. "Protestants And Catholics: Similar Work Ethic, Different Social Ethic"[J]. *The Economic Journal*, 547 (2010): 890—918.

Atlas, James. *Bellow: A Biography*[M]. New York: Random House, Inc. , 2000.

Bach, Gerhard. "Saul Bellow and the Dialectic of Being Contemporary" in Gerhard Bach, ed. *Saul Bellow at Seventy-five: A Collection of Critical Essays*[C]. Tübingen: Narr, 1991.

——. *The Critical Response to Saul Bellow*[C]. London: Greenwood Press, 1995.

Bailey, Jennifer M. "The Qualified Affirmation of Saul Bellow's Recent Work"[J]. *Journal of American Studies*, 1 (1973): 67—76.

Baker, Glen. "American Dream"[J]. *Phylon*, 4 (1949): 397—398.

Baker, Richard. *Dos Mundos: Rural Mexican Americans, Another America*[M]. Boulder: University Press of Colorado, 1995.

Bancroft, George. *History of the United States of America from the Discovery of the Continent* [M]. Chicago: University of Chicago Press, 1966.

Baris, Sharon Deykin. "Intertextuality and Reader Responsibility: Living On in Malamud's 'The Mourners'"[J]. *Studies in American Jewish Literature*, 1 (1992): 45—61.

Barnes, Richard A. "The Capacity of Property Rights to Accommodate Social—Ecological Resilience"[J]. *Ecology and Society*, 1 (2013): 1—15.

Bartling, Björn, Ernst Fehr, Michel André Maréchal & Daniel Schunk. "Egalitarianism and Competitiveness"[J]. *The American Economic Review*, 2 (2009): 93—98.

Begley, Louis. "Saul Bellow"[J]. *Proceedings of the American Philosophical Society*, 4 (2007): 435—439.

Bell, Bernard Well. *The Contemporary African American Novel: Its Folk Roots and Modern Literary Branches*[M]. Beijing: Foreign Language Teaching and Research Press, 2007.

Bellow, Saul. "The trip to Galena"[J]. *Partisan Review*, 17 (1950): 779—794.

——. "Distraction of a Fiction Writer" in GranvilleHicks, ed. *The Living Novel: A Symposium*[M]. New York: Macmillan, 1957.

——. *Great Jewish Short Stories*[M]. New York: Dell Publishing, 1963.

——. *It All Adds Up: From the Dim Past to the Uncertain Future*[M]. New York: Penguin Books, 1994.

Berkowitz, Peter. *Liberalism for a New Century*[M]. Oakland: University of California Press, 2007.

Betsky, Seymour. "In defence of literature: Saul Bellow's *The Dean's December*"[J]. *Culture, Education &Society*, 1 (1984): 59—84.

Biddy, John F. *Governing by Consent: An Introduction to American Politics*[M]. Washington: Congressional Quarterly Inc. 1992.

Bilik, Dorothy S. "Singer's Diasporan Novel: *Enemies, A Love Story*"[J]. *Studies in American Jewish Literature*, 1 (1981): 90—100.

Blau, Joseph L. *Modern Varieties of Judasim*[M]. Columbia: Columbia University Press, 1966.

Bloom, Harold. *Saul Bellow*[M]. New York: Chelsea House Publishers, 1986.

Bouson, J. R. "Empathy and Self—Validation in Bellow's *Seize the Day*" in Gerhard Bach, ed. *The Critical Response to Saul Bellow*[C]. London; Greenwood Press, 1995.

Boutroux, Emile. "Morality and Democracy"[J]. *The North American Review*, 789 (1921): 166—176.

Bradbury, Malcolm. *Saul Bellow*[M]. New York: Methuen Co. Ltd., 1982.

Braham, Jeanne. *A Sort of Columbus: The American Voyage of Saul Bellow's Fiction*[M]. Athens: University of Georgia Press, 1984.

Brauner, David. "Review: *Exit Ghost* by Philip Roth"[J]. *Philip Roth Studies*, 3 (2007): 144—147.

Brawer, Naftali. *A Brief Guide to Judaism: Theology, History and Practice*[M]. London: Running Press, 2008.

Bressler, Charles E. *Literary Criticism*[M]. Beijing: Higher Education Press, 2004.

Brubaker, Rogers. *Citizenship and Nationhood in France and Germany*[M]. Cambridge (Mass): Harvard University Press, 1998.

Budick, Emily Miller. "The Place of Israel in American Writing: Reflections on Saul Bellow's *To Jerusalem and Back*"[J]. *South Central Review*, 1 (1991): 59—70.

Burgin, Richard. "The Sly Modernism of Isaac Singer"[J]. *Chicago Review*, 4 (1980): 61—67.

Burns, Eveline M. *The American Social Security System*[M]. Boston: Houghton Mifflin Co., 1949.

Cahan, Abraham. *The Rise of David Levinsky*[M]. New York: Harper & Brothers. 1917.

Calhoun, Craig, ed. *Social Theory and the Politics of Identity*[M]. Oxford: Blackwell, 1994.

Carmody, Denise Lardner & John Tully Carmody. *Christianity: An Introduction*[M]. Belmont: Wadsworth Publishing Company, 1983.

Caulkins, Jonathan P., Jay Cole, Melissa Hardoby & Donna Keyser. *Intelligent Giving: Insights and Strategies for Higher Education Donors*[M]. Santa Monica: Rand Corporation, 2002.

Cayton, Andrew R. L. "Writing North American History"[J]. *Journal of the Early Republic*, 1 (2002): 105—111.

Chametzky, Jules. "Stereotypes and Jews: Fagin and *The Magician of Lublin*"[J]. *The Massachusetts Review*, 1 (1961): 372—375.

——. "Death and the Post—Modern Hero/ Schlemiel"in Michael P. Kramer,ed. *New Essays on Seize the Day*[C]. London: Cambridge University Press, 1998.

Chase, Oscar G. "American "Exceptionalism" and Comparative Procedure"[J]. *The American Journal of Comparative Law*, 2 (2002): 277—301.

Citino, Nathan J. "Between Global and Regional Narratives"[J]. *International Journal of Middle East Studies*, 2 (2011): 313—316.

Clasby, Nancy Tenfelde. "Gimpel's Wisdom: I. B. Singer's Vision of the 'True World'" [J]. *Studies in American Jewish Literature*, 15 (1996): 90—98.

Cohen, Joseph. "Paradise Lost, Paradise Regained: Reflections on Philip Roth's Recent Fiction"[J]. *Studies in American Jewish Literature*, 2 (1989): 196—204.

Cole, Diane. *Twentieth-Century American–Jewish Fiiction Writers*[M]. Detroit: Gale Research, 1984.

Colwell, Richard. "A Time for Optimism"[J]. *Music Educators Journal*, 1 (1985): 11+13.

Commager, Henry Steele. *Documents of American History* (Volume I, 1898) [M]. New York: Meredith Publishing Company, 1963.

Cracraft, James. "Implicit Morality"[J]. *History and Theory*, 4 (2004): 31—42.

Cronin, Gloria L. & L. H. Goldman, eds. *Saul Bellow in the 1980s: A Collection of Critical Essays*[M]. East Lansing: Michigan State University Press, 1989.

Cushman, Isabel. "Ideal Patriotism"[J]. *The Advocate of Peace*, 4 (1899): 91—92.

Cutler, Lloyd N. & David R. Johnson. "Regulation and the Political Process"[J]. *The Yale Law Journal*, 7 (1975): 1395—1418.

Davis, David Brion. "American Equality and Foreign Revolutions"[J]. *The Journal of American History*, 3 (1989): 729—752.

Debra Shostak. *Philip Roth: Countertext, Counterlives*[M]. Columbia: University of South Carolina Press, 2004.

Degler, Carl N. "Remaking American History"[J]. *The Journal of American History*, 1 (1980): 7—25.

Desai, Anita. "Bellow, *the Rain King*"[J]. *Salmagundi*, 107 (1995): 63—65.

Diamond, Martin. "The American Idea of Equality: The View from the Founding"[J]. *The Review of Politics*, 3 (1976): 313—331.

Dirlik, Arif. "Is There History after Eurocentrism?: Globalism, Postcolonialism, and the Disavowal of History"[J]. *Cultural Critique*, 42 (1999): 1—34.

DiTomaso, Nancy. *The American Non-Dilemma: Racial Inequality Without Racism*[M]. New York: Russell Sage Foundation, 2013.

Dobbelaere, Karl. *Secularization: An Analysis at Three Levels*[M]. Brussels: PIE—Peter Lang, 2002.

Dumbauld, Edward. "Judicial Review and Popular Sovereignty"[J]. *University of Pennsylvania Law Review*, 2 (1950): 197—210.

Dutton, Robert R. *Saul Bellow*[M]. Boston: Twayne Publishers, 1982.

Edel, Leon. "Narcissists Need Not Apply" [J]. *The American Scholar*, 1 (1980): 130—132

Ekbladh, David. *The Great American Mission*[M]. New Jersey: Princeton University Press, 2010.

Ennis, Edward J. "The Meaning of American Citizenship"[J]. *The Journal of Educational Sociology*, 1 (1943): 3—7.

Epstein, Joseph. "Saul Bellow of Chicago" in *New York Times Book Review*[N]. 1971 (May 9), quoted from Braham, Jeanne. *A Sort of Columbus: The American Voyage of Saul Bellow's Fiction*[M]. Athens: The University of Georgia Press, 1984.

Everett, William. "Patriotism"[J]. *The Advocate of Peace*, 7 (1900): 151—157.

Fahy, Thomas. "Filling the Love Vessel Women and Religion in Philip Roth's Uncollected Short Fiction"[J]. *Shofar*, 1 (2000): 117—126.

Fairlie, John A. "The Separation of Powers"[J]. *Michigan Law Review*, 4 (1923): 393—436.

Ferguson, Jeffrey B. "Freedom, Equality, Race"[J]. *Daedalus*, 1 (2011): 44—52.

Fiedler, Leslie A. "Saul Bellow" [J]. *Prairie Schooner*, 2 (1957): 103—110.

Field, Leslie. "The Early Isaac Bashevis Singer: *The Family Moskat*"[J]. *Studies in American Jewish Literature*, 1 (1981): 32—36.

Fisher, Christopher T. *"The Hopes of Man": The Cold War, Modernization Theory, and the Issue of Race in the 1960s*[D]. New Brunswick: Rutgers, The State University of New Jersey, 2002.

Fixler, Michael. "The Redeemers: Themes in the Fiction of Isaac Bashevis Singer"[J]. *The Kenyon Review*, 2 (1964): 371—386.

Foot, Rosemary & Andrew Walter. *China, the United States and Global Order*[M]. New York: Cambridge University Press, 2011.

Forrey, Robert. "The Sorrows of Herman Broder: Singer's *Enemies, A Love Story*"[J]. *Studies in American Jewish Literature*, 1 (1981): 101—106.

Francaviglia, Richard V. *Go East, Young Man: Imagining the American West as the Orient*[M]. Boulder: University Press of Colorado, Utah State University Press, 2011.

Freeman, David L. "Book Reviews —— *Patrimony: A True Story* by Philip Roth"[J]. *The New England Journal of Medicine*, 13 (1991): 973—973.

Fuchs, Daniel. Saul Bellow: *Vision and Revision*[M]. Durham: North Carolina, 1984.

Fulmer, Hal W. & Carl L. Kell. "A Sense of Place, a Spirit of Adventure: Implications for the Study of Regional Rhetoric"[J]. *Rhetoric Society Quarterly*, 3 (1990): 225—232.

Galloway, David. "*Mr. Sammler's Planet*: Bellow's Failure of Nerve"[J]. *Modern Fiction Studies*, 1 (1973): 17—28.

Garceau, Oliver. "Research in the Political Process"[J]. *The American Political Science Review*, 1 (1951): 69—85.

Gentry, Marshall Bruce. "Newark Maid Feminism in Philip Roth's *American Pastoral*"[J]. *Shofar*, 1 (2000): 74—83.

Gericke, Philip O. "Saul Bellow's *The Adventures of Augie March* and its Picaresque Antecedents"[J]. *Pacific Coast Philology*, 2 (1990): 77—83.

Gerstle, Ellen. "Review: *The Human Stain*"[J]. *Studies in American Jewish Literature*, 20 (2001): 94—99.

Giddens, Anthony. *Modernity and Self-identity: Self and Society in the Late Modern Age*[M]. Cambridge: Polity Press, 1991.

Gitelman, Zvi. ed. *Religion Or Ethnicity?: Jewish Identities in Evolution*[M]. New Brunswick: Rutgers University Press, 2009.

Gladsky, Thomas S. "The Polish Side of Singer's Fiction"[J]. *Studies in American Jewish Literature*, 1 (1986): 4—14.

Glenday, Michael K. *Saul Bellow and the Decline of Humanism*[M]. London: The Macmillan Press LTD., 1990.

Gordon, Andrew. " 'Pushy Jew': Leventhal in *The Victim*"[J]. *Modern Fiction Studies*, 1 (1979): 129—138.

——. "Philip Roth's *Patrimony* and Art Spiegelman's *Maus*: Jewish Sons Remembering TheirFathers"[J]. *Philip Roth Studies*, 1 (2005): 53—66.

Gorzkowska, Regina. "The Poor Slav Devil of Malamud's *The Assistant*"[J]. *The Polish Review*, 4 (1982): 35—44.

Gray, Paul. "Victims of Contemporary Life" [J]. *Time*, 15 (1987): 71—71.

Green, Martin. "Philip Roth"[J]. *Ploughshares*, 3 (1978): 156—168.

Grobman, Laurie. "African Americans in Roth's *Goodbye Columbus*, Bellow's *Mr. Sammler's Planet* andMalamud's *The Natural*"[J]. *Studies in American Jewish Literature*, 14 (1995): 80—89.

Gudykunst, William B., ed. *Theorizing About Intercultural Communication*[M]. Shanghai: Shanghai ForeignLanguage Education Press, 2014.

Guth, Hans P. "English as a Many—Splendored Thing"[J]. *The English Journal*, 4 (1972): 513—523.

Hagen, W. M. "Review: *Zuckerman Unbound* by Philip Roth"[J]. *World Literature Today*, 3 (1982): 516—516.

Halio, Jay L. "The Individual's Struggle For Faith in the Novels of I. B. Singer"[J]. *Studies in American Jewish Literature*, 1 (1991): 35—43.

Hall, Stuart. "Cultural Identity and Cinematic Representations"[J]. *Framework*, 36 (1989): 68—81.

Handy, Willam J. "Saul Bellow and the Naturalistic Hero"[J]. *Texas Studies in Literature and Language*, 5 (1964): 538—545.

Hanson, Sandra L. & John Zogby. "Trends—Attitudes About The American Dream"[J]. *The Public Opinion Quarterly*, 3 (2010): 570—584.

Harding, Sandra. "After Eurocentrism: Challenges for the Philosophy of Science"[J]. *Proceedings of the Biennial Meeting of the Philosophy of Science Association*, 2 (1992): 311—319.

Harvey, David. *Spaces of Capital*[M]. Edinburgh: Edinburgh University Press, 2001.

Hassan, Ihab. *Radical Innocence: Studies in the Contemporary American Novel*[M]. Princeton: Princeton University Press, 1961.

Hedgehog, Juniper. "Universal Brotherhood"[J]. *The Advocate of Peace and Universal Brotherhood*, 5 (1846): 114—118.

Hennings, Thomas. "Singer's 'Gimpel the Fool' and 'The Book of Hosea'"[J]. *The Journal of Narrative Technique*, 1 (1983): 11—19.

Heraclides, Alexis & Ada Dialla. *Humanitarian Intervention in the Long Nineteenth Century: Setting the Precedent*[M]. Manchester: Manchester University Press, 2015.

Higham, John. "The Future of American History"[J]. *The Journal of American History*, 4 (1994): 1289—1309.

Hollinger, David A. "The Problem of Pragmatism in American History"[J]. *The Journal of American History*, 1 (1980): 88—107.

Horeck, Tanya & Tina Kendall, ed. *The New Extremism in Cinema: From France to Europe*[M]. Edinburgh University Press, 2011.

Hoskins, Linus A. "Eurocentrism vs. Afrocentrism: A Geopolitical Linkage Analysis"[J]. *Journal of Black Studies*, 2 (1992): 247—257.

Huaco, George A. "On Ideology"[J] *Acta Sociologica*, 4 (1971): 245—255.

Huddy, Leonie & Nadia Khatib. "American Patriotism, National Identity, and Political

Involvement"[J]. *American Journal of Political Science*, 1 (2007): 63—77.

Hughes, Daniel J. "Reality and the Hero: *Lolita* and *Henderson the Rain King*"[J]. *Modern Fiction Studies*, 4 (1960—1961): 345—364.

Hulan, Renée. *Northern Experience and the Myths of Canadian Culture*[M]. Kingston: McGill—Queen's University Press, 2002.

Huntley, Edelma. D. *Amy Tan. A Critical Companion*[M]. London: Greenwood Press, 1998.

Isenberg, Charles. "'Satan in Goray'and Ironic Restitution"[J]. *Religion & Literature*, 1 (1986): 53—69.

Jacobs, Rita D. "Review: *The Facts: A Novelist's Autobiography* by Philip Roth"[J]. *World Literature Today*, 3 (1989): 486—486.

——. "Review: *The Human Stain*" [J]. *World Literature Today*, 1 (2001): 116—116.

James, William. *Pragmatism: A New Name for Some Old Ways of Thinking*[M]. Cambridge: Harvard University Press, 1978.

Johnson, David A. "American Culture and the American Frontier: Introduction"[J]. *American Quarterly*, 5 (1981): 479—481.

Johnson, Greg. "Novellas for the Nineties"[J]. *The Georgia Review*, 2 (1991): 363—371.

Joslyn, Richard A. "Adolescent Attitudes toward the Political Process: Political Learning in the Midst of Turmoil"[J]. *Polity*, 3 (1977): 373—383.

Jriedman, Melvin J. "Singer and the Tradition"[J]. *The Journal of Religion*, 4 (1969): 388—391.

Judd, Charles H. "Standards in American Education"[J]. *The School Review*, 7 (1914): 443—433.

Jung, C. G. *Two Essays on Analytical Psychology*[M]. Trans. R. F. C. Hull. New York: Meridian, 1956.

Kahn, Lothar. "The Talent of I. B. Singer, 1978 Nobel Laureate for Literature"[J]. *World Literature Today*, 1 (1979): 197—201.

Kammen, Michael. "The Problem of American Exceptionalism: A Reconsideration"[J]. *American Quarterly*, 1 (1993): 1—43.

Kelemen, R. Daniel & Eric C. Sibbitt. "The Globalization of American Law"[J]. *International Organization*, 1 (2004): 103—136.

Kelson, Robert N. "Review: Congress and the Court: A Case Study in the American Political Process"[J]. *The Canadian Journal of Economics and Political Science*, 1 (1965): 149—151.

Kennedy, Sheila Suess. *Talking Politics? : What You Need to Know before Opening Your Mouth*[M]. Georgetown: Georgetown University Press, 2014.

Kessler, Henry H. & Eugene Rachlis. *Peter Stuyvesant and His New York*[M]. New York: Random House, 1959.

Kierkegaard, Soren. *Fear and Trembling: A Dialectical Lyric*[M]. Trans. David F. Swenson and Walter Lowrie. Princeton: Princeton UP, 1947.

Kiley, Frederick S. "Another Try: *A New Life* by Bernard Malamud"[J]. *The Clearing House*, 6 (1962): 380—381.

Klingenstein, Susanne. "Destructive Intimacy: The Shoah between Mother and Daughter in Fictions by Cynthia Ozick, Norma Rosen, and Rebecca Goldstein"[J]. *Studies in American Jewish Literature*, 11 (1992): 162—173.

Kloppenberg, James T. "Pragmatism: An Old Name for Some New Ways of Thinking?"[J]. *The Journal of American History*, 1 (1996): 100—138.

Kluemper, Donald H., Laura M. Little & Timothy Degroot. "State or trait: effects of state optimism on job—related outcomes"[J]. *Journal of Organizational Behavior*, 2 (2009): 209—231.

Koh, Harold Hongju. "On American Exceptionalism"[J]. *Stanford Law Review*, 5 (2003): 1479—1527.

Kohler, Max J. "Incidents Illustrative Of American Jewish Patriotism"[J]. *Publications of the American Jewish Historical Society*, 4 (1896): 81—99.

Kornblith, Gary J. "Review: *Engines of Change: The American Industrial Revolution, 1790-1860* by Brooke Hindle and Steven Lubar"[J]. *The Business History Review*, 2 (1987): 325—326.

Kort, Wesley A. *Place and Space in Modern Fiction*[M]. Gainesville: University Press of Florida, 2004.

Kraidy, Marwan M. *Hybridity: Or the Cultural Logic of Globalization*[M]. Philadelphia: Temple University Press, 2005.

Kumar, Shiv K. & Keith McKean. *Critical Approaches To Fiction*[M]. New Delhi: Atlantic Publishers and Distributors, 2003.

Kurland, Stuart M. "*Ravelstein* by Saul Bellow; *Disgrace* by J. M. Coetzee; *The Human Stain* by Philip Roth"[J]. *Academe*, 4 (2001): 58—60.

Kuzma, Faye. "The Demonic Hegemonic: Exploitative Voices in Saul Bellow's *More Die of Heartbreak*"[J]. *Critique*, 4 (1998): 306—323.

Laan, Thomas F. Van. "*Everyman*: A Structural Analysis"[J]. *PMLA*, 78 (1963): 465—475.

LaHood, Marvin J. "*The Bellarosa Connection* by Saul Bellow"[J]. *World Literature Today*, 3 (1990): 463—463.

LaHood, Marvin J. "*Talking Horse*: Bernard Malamud on Life and Work by Bernard Malamud, Alan Cheuse, Nicholas Delbanco"[J]. *World Literature Today*, 1 (1997): 164—164.

Lamont, Rosette. "The Confessions of Moses Herzog"[J]. *The Massachusetts Review*, 3 (1965):

630—635.

Lamoreaux, Naomi R. "The Mystery of Property Rights: A U. S. Perspective"[J]. *The Journal of Economic History*, 2 (2011): 275—306.

Laski, Harold J. "The Theory of Popular Sovereignty: I"[J]. *Michigan Law Review*, 3 (1919): 201—215.

Latham, Michael Edward. *Modernization as Ideology: Social Scientific Theory, National Identity, and American Foreign Policy, 1961-1963*[D]. Los Angeles : University of California, 1996.

Lazerwitz, Bernard. *Jewish Choices: American Jewish Denominationalism*[M]. New York: Suny Press, 1998.

Leibowitz, Herbert. "A Lost World Redeemed"[J]. *The Hudson Review*, 4 (1967): 669—673.

Lemon, Lee. "A Browningesque Portrait"[J]. *Prairie Schooner*, 4 (1984): 110—110.

Leong, Karen J. *The China Mystique: Pearl S. Buck, Anna May Wong, Mayling Soong, and the Transformation of American Orientalism*"[M]. Oakland: University of California Press, 2005.

Levine, Lawrence W. "Jazz and American Culture"[J]. *The Journal of American Folklore*, 403 (1989): 6—22.

Lipsitz, George . "The Possessive Investment in Whiteness: Racialized Social Democracy and the 'White' Problem in American Studies"[J]. *American Quarterly*, 3 (1995): 369—387.

Louie, Vivian. *Keeping the Immigrant Bargain: The Costs and Rewards of Success in America*[M]. New York: Russell Sage Foundation, 2012.

Lowy, Richard F. "Eurocentrism, Ethnic Studies, and the New World Order: Toward a Critical Paradigm"[J]. *Journal of Black Studies*, 6 (1995): 712—736.

Lutz, William D. "The American Economic System: The Gospel According to the Advertising Council"[J]. *College English*, 8 (1977): 860—865.

Lyons, Bonnie. "Boxing with *I Married a Communist*"[J]. *Studies in American Jewish Literature*, 19 (2000): 103—109.

Malamud, Bernard. *God's Grace*[M] . New York: Penguin Books, 1982.

——. *A New Life*[M]. New York: Farrar, Straus and Giroux, 2004.

Malcolm, Roy. "American Citizenship and the Japanese"[J]. *The Annals of the American Academy of Political and Social Science*, 93 (1921): 77—81.

Manning, John F. "Separation Of Powers As Ordinary Interpretation"[J]. *Harvard Law Review*, 8 (2011): 1939—2040.

Marcus, Robert D. "Presidential Elections in the American Political System"[J]. *The Review of Politics*, 1 (1971): 3—23.

Marcus, Mordecai. "The Unsuccessful Malamud"[J]. *Prairie Schooner*, 1 (1967): 88—89.

Marlin, Irving, ed. *Psychoanalysis and American Fiction*[C]. New York: Dutton, 1965.

Marneffe, Peter De. "Popular Sovereignty, Original Meaning, and Common Law Constitutionalism"[J]. *Law and Philosophy*, 3 (2004): 223—260.

Mazower, Mark. "The End of Eurocentrism"[J]. *Critical Inquiry*, 4 (2014): 298—313.

McCrisken, Trevor B. "George W. Bush, American Exceptionalism and the Iraq War" in David Ryan & PatrickKiely, eds. *America and Iraq: Policy-making, Intervention, and Regional Politics*[C]. London and New York: Routledge, 2008.

McFadden, Patrick M. "Fundamental Principles of American Law"[J]. *California Law Review*, 6 (1997): 1749—1755.

McGiffert, Arthur Cushman. "Christianity and Democracy"[J]. *The Harvard Theological Review*, 1 (1919): 36—50.

McGovney, Dudley O. "American Citizenship. Part I. Definitional"[J]. *Columbia Law Review*, 3 (1911): 231—250.

Mcmurtry, John. *Structure of Marx's World-View*[M]. Princeton: Princeton University Press, 1978.

Meriam, Lewis, *Reorganization of the National Government: Part I: An Analysis of the Problem*[M]. Washington, D. C. : Brookings Institution, 1939.

Michaels, Leonard. "On *Ravelstein*"[J]. *The Threepenny Review*, 86 (2001): 11—13.

Miller, Ruth. *Saul Bellow: A Biography of the Imagination*[M]. New York: St. Martin Press, 1991.

Mintz, Samuel I. "Spinoza and Spinozism in Singer's Shorter Fiction"[J]. *Studies in American Jewish Literature*, 1 (1981): 75—82.

Moreno, Jacob Levy. "American Culture—in—Transition"[J]. *Sociometry*, 4 (1955): 95—99.

Morgenstern, Julian. "American Culture and Oriental Studies"[J]. *Journal of the American Oriental Society*, 48 (1928): 97—108.

Morone, James A. "The Struggle for American Culture"[J]. *Political Science and Politics*, 3 (1996): 425—430.

Munson, William. "Knowing and Doing in *Everyman*"[J]. *The Chaucer Review*, 19 (1985): 252—271.

Nash, Gerald D. "The Great Adventure: Western History, 1890—1990"[J]. *Western Historical Quarterly*, 1 (1991): 5—18.

Nayak, Meghana V. & Christopher Malone. "American Orientalism and American Exceptionalism: A Critical Rethinking of US Hegemony"[J]. *International Studies Review*, 2 (2009): 253—276.

Neelakantan, Gurumurthy. "Fiction as Faith: Philip Roth's Testament in *Exit Ghost*"[J]. *Philip Roth*

Studies, 10 (2014): 31—45.

Neem, Jonann. "American History in a Global Age"[J]. *History and Theory*, 1 (2011): 41—70

Neusner, Jacob. *Stranger at Home: "The Holocaust," Zionism, and American Judaism*[M]. Chicago: The University of Chicago Press, 1981.

Newman, Judie. "Bellow's 'Indian Givers': *Humboldt's Gift*"[J]. *Journal of American Studies*, 2 (1981): 231—238.

——. "*Mr. Sammler's Planet*: Wells, Hilter, and the World State" in Gerhard Bach, ed. *The Critical Response to Saul Bellow*[C]. London: Greenwood Press, 1995.

O'Donoghue, Gerard. "Philip Roth's Hebrew School"[J]. *Philip Roth Studies*, 2 (2010): 153—166.

Ormerod, Richard. "The History and Ideas of Pragmatism"[J]. *The Journal of the Operational Research Society*, 8 (2006): 892—909.

Orser, Charles E. "An Archaeology Of Eurocentrism"[J]. *American Antiquity*, 4 (2012): 737—755.

Ozick, Cynthia. *The Shaw*[M]. New York: Knopf, 1989.

Padover, Saul K. "The 'American Dream'"[J]. *The American Journal of Economics and Sociology*, 4 (1956): 404—404.

Page, Brian & Richard Walker. "From Settlement to Fordism: The Agro—Industrial Revolution in the American Midwest"[J]. *Economic Geography*, 4 (1991): 281—315.

Parrish, Timothy L. "The End of Identity: Philip Roth's *American Pastoral*"[J]. *Shofar*, 1 (2000): 84—99.

Peter, Hyland. *Saul Bellow*[M]. London: Macmillan Education Ltd., 1992.

Pifer, Ellen. *Saul Bellow Against the Grain*[M]. . Philadelphia: University of Pennsylvania Press, 1990.

Pinsker, Sanford. "Saul Bellow in the Classroom"[J]. *College English*, 34 (1973): 975—982.

——. "'Satan in Gory' and the Grip of Ideas"[J]. *Studies in American Jewish Literature*, 1 (1981): 14—23.

Ponder, Gerald. "The Teacher as Activist"[J]. *Theory Into Practice*, 5 (1971): 363—367.

Popkin, Henry. "Jewish Stories"[J]. *The Kenyon Review*, 4 (1958): 637—641.

Porter, Glenn. "Review : *Engines of Change: An Exhibition on the American Industrial Revolution,1790-1860*" [J]. *The Business History Review*, 2 (1987): 320—322.

Post, Robert. "Democracy, Popular Sovereignty, and Judicial Review"[J]. *California Law Review*, 3 (1998): 429—443.

Prescott, Peter S. *Never in doubt: Critical essays on American books (1972—1985)*[M]. New York: ArborBooks, 1986.

Quayum, M. A. *Saul Bellow and American Transcendentalism*[M]. New York: Peter Lang Publishing, Inc., 2004.

Radu—Cucu, Sorin. " 'The Spirit of the Common Man': Populism and the Rhetoric of Betrayal in Philip Roth's *I Married a Communist*"[J]. *Philip Roth Studies*, 2 (2008): 171—186.

Reiner, Ronal, ed. *Theorizing Citizenship*[M]. Albany: State University of New York Press, 1995.

Restad, Hilde Eliassen. *American Exceptionalism An Idea that made a Nation and Remade the World*[M]. London and New York: Routledge, 2015.

Richman, Sidney. *Bernard Malamud*[M]. New Haven: College & University Press, 1966.

Rink, Oliver A. "Private Interest and Godly Gain: The West India Company and the Dutch Reformed Church in New Netherland, 1624"[J]. *New York History,* 72 (1994): 245—264.

Rosenberg, L. M. "Fate VS Accident; Will VS. Desire: *Dubin's Lives* by Bernard Malamud"[J]. *Southwest Review*, 4 (1979): 395—398.

Rosenthal, Regine. "Memory and Holocaust: *Mr. Sammler's Planet* and *The Bellarosa Connection*" in Gerhard Bach, ed. *The Critical Response to Saul Bellow*[C]. London: Greenwood Press, 1995.

Ross, Edward Alsworth. *The Old World in the New: The Significance of Past and Present Immigration to the American People*[M]. New York: The Century Co., 1914.

Ross, Eva J. "Review: *The American Social Security System* by Eveline M. Burns; *American Social Insurance* by Domenico Gagliardo"[J]. The American Catholic Sociological Review, 4 (1949): 285—286.

Roth, Henry. *Call It Sleep*[M]. New York: Ballou, 1934.

Roth, Leon. *Judaism: A Portrait*[M]. London: Faber, 1960.

Roth, Philip. *The Plot Against America*[M]. New York: Vintage Books. 2005.

Rovit, Earl. "A 'Bellow in Occupancy'" in Irving Malin, ed. *Saul Bellow and the Critics*[C]. New York: New York University Press, 1967.

Rovit, Earl, ed. *Saul Bellow: A Collection of Critical Essays*[C]. Englewood Cliffs: Prentice—Hall, Inc., 1975.

Rowell, Charles H. "On Teaching Works by and about Black Americans: A Review of Articles"[J]. *Negro American Literature Forum*, 2 (1969): 64—68.

Royal, Derek Parker. "Editor's Column"[J]. *Philip Roth Studies,* 2 (2010): 127—129.

Rudin, Neil. "Malamud's Jewbird and Kafka's Gracchus: Birds of a Feather"[J]. *Studies in American Jewish Literature*, 1 (1975): 10—15.

Rupp, Richard H. *Celebration in Postwar American Fiction*[M]. Florida: University of Miami Press,

1970.

Sabiston, Elizabeth. "A New Fable for Critics: Philip Roth's *The Breast*"[J]. *International Fiction Review*, 2 (1975): 27—34.

Said, Edward W. *Orientalism*[M]. New York: Vintage, 1979.

——. *Culture and Imperialism*. [M]. New York: Knopf, 1993.

Salzberg, Joel. "Bernard Malamud's Literary Imagination: a New Look"[J]. *Studies in American Jewish Literature*, 14 (1995): 1—3.

Saposnik, Irving S. "*Dangling Man*: A Partisan Review"[J]. *The Centennial Review*, 4 (1982): 388—395.

Sayyid, Bobby S. *A Fundamental Fear: Eurocentrism and the Emergence of Islamism*[M]. London: Zed Books, 2003.

Schaff, David S. "The Movement and Mission of American Christianity"[J]. *The American Journal of Theology*, 1 (1912): 51—69.

Schanfield, Lillian. "Mystical Vs. Realistic Influence in Isaac Bashevis Singer's *In My Father's Court*"[J]. *Journal of the Fantastic in the Arts*, 2 (2000): 133—142.

Scheer—Schäzler, Brigitte. *Saul Bellow*[M]. New York: Frederick Ungar Publishing Co., 1972.

Schildkraut, Deborah J. *Press "ONE" for English: Language Policy, Public Opinion, and American Identity*[M]. New Jersey: Princeton University Press, 2005.

Schneider, David M. & George C. Homans. "Kinship Terminology and the American Kinship System"[J]. *American Anthropologist*, 6 (1955): 1194—1208.

Schraepen, Edmond. "*Humboldt's Gift*: A new bellow?"[J]. *English Studies*, 2 (1981): 164—170.

Schraepen, Edmond & Pierre Michel. *Notes to Henderson the Rain King*[M]. Beirut: Immeuble Esseily, 1981.

Strauss, Leo. "On Locke's Doctrine of Natural Right"[J]. *The Philosophical Review*, 4 (1952): 475—502.

Schwartz, Daniel B. *The First Modern Jew*[M]. Princeton: Princeton University Press, 2012.

Schweinitz, Karl De. "Review: *The American Social Security System*"[J]. *The Annals of the American Academy of Political and Social Science*, 269 (1950): 175—176.

Selden, Raman, Peter Widdowson & Peter Brooker. *A Reader's Guide to Contemporary Literary Theory*[M]. Beijing: Foreign Language Teaching and Research Press, 2004.

Shiffman, Dan. "*The Plot Against America* and History Post—9/11"[J]. *Philip Roth Studies*, 1 (2009): 61—73.

Shumway, David R. "Incorporation and the Myths of American Culture"[J]. *American Literary*

History, 4 (2003): 753—758.

Siegel, Ben. "The Jew as Underground/Confidence Man: I. B. Singer's *Enemies, A Love Story*"[J]. *Studies in the Novel*, 4 (1978): 397—410.

Siegel, Ben & Saul Bellow. "Artists and Opportunists in Saul Bellow's *Humboldt's Gift*"[J]. *Contemporary Literature* , 2 (1978): 143—164.

Siegel, Jason. "*The Plot Against America*: Philip Roth's Counter—Plot to American History"[J]. *Melus*, 1 (2012): 131—154.

Singer, Isaac Bashevis. *The Family Moskat*[M]. London: Jonathan Cape, 1966.

——. *Satan in Goray*[M]. New York: Avons Books, 1955.

——. *The Slave*[M]. London: Jonathan Cape, 1973.

——. *The Penitent*[M]. London: Jonathan Cape, 1983.

Skloot, Floyd. "Malamud Partly Revealed"[J]. *The Sewanee Review,* 1 (2008): 18—21.

Small, Albion W. "Christianity and Industry"[J]. *American Journal of Sociology*, 6 (1920): 673—694.

Smith, James Morton. "The Sedition Law, Free Speech, and the American Political Process"[J]. *The William and Mary Quarterly*, 4 (1952): 497—511.

Smith, John. Merlin. Powis. "The Chosen People"[J]. *The American Journal of Semitic Languages and Literatures*, 2 (1929): 73—82.

Smith, Roger M. "Citizenship and the Politics of People—Building"[J]. *Citizenship Studies,* 1 (2001): 73—96.

Sommers, Christina Hoff. "Filial Morality"[J]. *The Journal of Philosophy*, 8 (1986): 439—456.

Spigelman, James. "The Forgotten Freedom: Freedom From Fear"[J]. *The International and Comparative LawQuarterly*, 3 (2010): 543—570.

Stanley Kunitz. *Twentieth Century Author*[M]. New York: H. W. Wilson Company, 1956.

Stearns, Peter N. "Modernization and Social History Some Suggestions, and a Muted Cheer"[J]. *Journal of Social History*, 2 (1980): 189—209.

Story, Joseph. "American Law"[J]. *The American Journal of Comparative Law*, 1 (1954): 9—26.

Strandberg, Victor. "The Art of Cynthia Ozick"[J]. *Texas Studies in Literature and Language*, 25 (1983): 266—312.

Strauss, Leo. "On Locke's Doctrine of Natural Right"[J]. *The Philosophical Review*, 4 (1952): 475—502.

Strayer, Joseph R. Strayer. "Compulsory Study of American History—An Appraisal"[J]. *The Public Opinion Quarterly*, 4 (1942): 537—548.

Sullivan, John L. , Amy Fried and Mary G. Dietz. "Patriotism, Politics, and the Presidential Election of 1988"[J]. *American Journal of Political Science*, 1 (1992): 200—234.

Thelen, David. "Memory and American History"[J]. *The Journal of American History*, 4 (1989): 1117—1129.

Thomas J. Csordas. "Morality as a Cultural System?"[J]. *Current Anthropology*, 5 (2013): 523—546.

Tiger, Lionel . *Optimism: The biology of hope*[M]. New York: Simon & Schuster, 1979.

Tipps, Dean. C. "Modernization Theory and the Comparative Study of Societies: A Critical Perspective"[J]. *Comparative Studies in Society and History*, 2 (1973): 199—226.

Torres, Eddie. "American Dream"[J]. *Callaloo*, 1 (1994): 191—192.

Trendel, Aristie. "Master and Pupil in Philip Roth's *The Dying Animal*"[J]. *Philip Roth Studies*, 1 (2007): 56—65.

Turek, Richard. "Understanding Isaac Bashevis Singer by Lawrence S. Friedman"[J]. *Studies in American Jewish Literature*, 1 (1981): 118—120.

Wallace, James D. "'This Nation of Narrators': Transgression, Revenge and Desire in *Zuckerman Bound*"[J]. *Modern Language Studies*, 3 (1991): 17—34.

Walters, Ronald W. "Party Platforms as Political Process"[J]. *Political Science and Politics*, 3 (1990): 436—438.

Wasson, James B. "Christianity Becoming Materialized"[J]. *The North American Review*, 390 (1889): 645—646.

Way, Brian. "Character and Society in *The Adventures of Augie March*"[J]. *Bulletin British Association for American Studies*,8 (1964): 36—44.

Weber, Donald. *Haunted in the New World: Jewish American Culture from Cahan to the Goldbergs*[M]. Bloomington: Indiana University Press, 2005.

Weiss, Daniel. "Caliban On Prospero: A psychoanalytic study on the novel *Seize the Day*, by Saul Bellow"[J]. *American Imago*, 3 (1962): 277—306.

Wilson, Jonathan. *On Bellow's Planet: Readings fromthe Dark Side*[M]. London and Toronto: Associated University Presses, 1985.

Wilson, John R. M. *Forging the American Character* (Vol. 1) [M]. New Jersey: Prentice Hall, 1991.

Wisse, Ruth R. "Singer's Paradoxical Progress"[J]. *Studies in American Jewish Literature*, 1 (1981): 148—159.

Wohlgelernter, Maurice. "Of Books, Men and Ideas: Blood Libel — Fact and Fiction"[J]. *Tradition: A Journal of Orthodox Jewish Thought*, 3 (1966): 62—72.

Workman, Michael E. "Review: *Engines of Change: The American Industrial Revolution, 1790-1860 byBrooke Hindle and Steven Lubar*"[J]. *The British Journal for the History of Science*, 1 (1988): 115—115.

Wright, Louis B. "Historical Implications of Optimism in Expanding America"[J]. *Proceedings of the American Philosophical Society*, 1 (1950): 18—23.

Wunderlich, Gene. "Property Rights and Information"[J]. *The Annals of the American Academy of Political and Social Science,* 412 (1974): 80—96.

Yack, Bernard. "Popular Sovereignty and Nationalism"[J]. *Political Theory,* 4 (2001): 517—536.

Young, Robert. *Colonial Desire: Hybridity in Theory, Culture and Race*[M]. London & New York: Routledge, 1995.

Zucker, David J. Rabbi. "Roth's *The Dying Animal* as Homage to Malamud's *A New Life*"[J]. *Studies in American Jewish Literature,* 27 (2008): 40—48.

二、中文部分

阿历克西·德·托克维尔. 论美国的民主下卷[M]. 董果良, 译. 北京：商务印书馆, 1997.

阿瑟·林克, 威廉·卡顿. 一九〇〇年以来的美国史（下册）[M]. 刘绪贻等, 译. 北京：中国社会科学出版社, 1984.

艾萨克·巴什维斯·辛格. 在父亲的法庭上[M]. 傅晓微, 译. 成都：四川文艺出版社, 2010.

——. 卢布林的魔术师[M]. 鹿金, 吴劳, 译. 上海：上海译文出版社, 1979.

——. 辛格短篇小说集[M]. 戴侃, 译. 北京：外国文学出版社, 1980.

——. 萧莎[M]. 徐崇亮, 译. 成都：南京大学出版社, 1993.

——. 傻瓜城的故事[M]. 任溶溶, 译. 上海：上海译文出版社, 2008.

——. 庄园[M]. 陈冠商, 译. 上海：上海译文出版社, 1981.

——. 冤家：一个爱情故事[M]. 杨怡, 译. 南昌：江西人民出版社, 1982.

安德鲁·巴兰坦. 建筑与文化[M]. 王贵祥, 译. 北京：外语教学与研究出版社, 2007.

安东尼·史密斯. 民族主义——理论, 意识形态, 历史[M]. 叶江, 译. 上海：上海人民出版社, 2006.

巴·布林贝赫. 巴·布林贝赫诗选[M]. 北京：人民出版社, 1983.

巴拉克·奥巴马. 无畏的希望：重申美国梦[M]. 罗选民, 王璟, 尹音, 译. 北京：法律出版社, 2008.

白爱宏. 抵抗异化. 索尔·贝娄小说研究[M]. 北京：中国社会科学出版社, 2012.

伯纳德·马拉默德.店员[M].杨仁敬,刘海平,王希苏,译.南京:江苏人民出版社,1980.

——.杜宾的生活[M].杨仁敬,杨凌雁,译.南京:译林出版社,1998.

——.魔桶:马拉默德短篇小说集[M].吕俊,侯向群,译.南京:译林出版社,2001.

——.基辅怨[M].杨仁敬,译.南京:江苏人民出版社,1984.

曹禺.雷雨[M].北京:人民文学出版社,2014.

查尔斯·泰勒.自我的根源:现代认同的形成[M].韩震等,译.南京:凤凰出版传媒集团,2008.

朝戈金,尹虎彬,杨彬.全媒体时代少数民族文学的选择[M].北京:中国社会科学出版社,2016.

车成凤.索尔·贝娄作品的伦理道德世界[M].北京:中国社会科学出版社,2010.

陈广兴.身体的变形与戏仿:论菲利普·罗斯的《乳房》[J].国外文学,2009(02):98—104.

陈红梅.《复仇女神》:菲利普·罗斯又出新作[J].外国文学动态,2011(04):26—27.

——.菲利普·罗斯:在自传和自撰之间[J].国外文学,2015(02):78—86+158.

陈厚诚,王宁.西方当代文学批评在中国[M].天津:百花文艺出版社,2000.

李继利.族群认同及其研究现状[J].青海民族研究,2006(01):51—53.

陈立思.当代世界的思想政治教育[M].北京:中国人民大学出版社,1999.

陈巧玲,范雨佳.社会主义核心价值观的儒家思想渊源探究[J].传播与版权,2014(08):104—105.

陈寅恪.陈寅恪集——寒柳堂集[M].北京:生活·读书·新知三联书店,2001.

陈亚军.实用主义研究四十年——基于个人经历的回顾与展望[J].天津社会科学,2017(05):33—39.

程爱民,郑娴.论艾·辛格的小说的主题模式[J].外国文学,2001(05):57—64.

程锡麟等.叙事理论的空间转向—叙事空间理论概述[J].江西社会科学,2007(11):25—35.

池凤桐.基督信仰的起源[M].上海:华东师范大学出版社,2006.

褚慧敏,刘凤主编.美国当代犹太作家研究[M].北京:中国戏剧出版社,2011.

茨韦塔·托多罗夫.巴赫金、对话理论及其他[M].蒋子华,张萍 译.天津:百花文艺出版社,2001.

崔明.历史记忆与族群重构研究[D].兰州:兰州大学,2016.

D. B. 阿克瑟洛德,S. 巴肯,J. G. 汉德·辛格谈文学创作[J].徐新,译.当代外国文学,1989(02):145—150.

大卫·鲁达夫斯基.近现代犹太宗教运动[M].傅有德,李伟,刘平,译.济南:山东大学出版社,1996.

戴维·哈维. 后现代的状况：对文化变迁之缘起的探究[M]. 阎嘉，译. 北京：商务印书馆，2003.

戴望舒. 雨巷[M]. 内蒙古：远方出版社，2014.

戴维·莫利. 凯文·罗宾斯. 认同的空间——全球媒介、电子世界景观和文化边界[M]. 司艳，译. 南京：南京大学出版社，2001.

丹尼尔·斯特恩. 伯纳德·马拉默德访谈录[J]. 杨向荣，译. 青年文学，2008（08）：123—128.

丹尼尔·桑德斯托姆. 囚困笼中的恐惧已不再强烈——菲利普·罗斯访谈[J]. 杨卫东，译. 世界文学，2017（06）：269—279.

邓美萱. "一个具有共产主义品质的老人"——谈克尤木·吐尔迪的《吾拉孜爷爷》[J]. 新疆师范大学学报（社会科学版），1982（02）：67—70.

丁扬. 菲利普·罗斯：世界欠他一个诺贝尔文学奖[N]. 国际先驱导报，2013年10月11日.

丁子人. 新疆文学作品大系短篇小说卷[M]. 乌鲁木齐：新疆美术摄影出版社，新疆电子音像出版社，2009.

董衡巽. 当代的也要"拿来"[J]. 读书，1979（02）：19—19.

董小川. 20世纪美国宗教与政治[M]. 北京：人民出版社，2002.

——. 美国文化特点综论[J]. 东北师大学报（哲学社会科学版），2002（04）：13—20.

——. 美利坚民族认同问题探究[J]. 东北师大学报（哲学社会科学版），2006（01）：48—56.

杜承铭. 美国社会保障制度的结构、特点及其启示——兼论广东省社会保障制度的构建及完善[J]. 广东商学院学报，2004（02）：42—48.

约翰·杜威等. 实用主义[M]. 杨玉成，崔人元编译. 北京：世界知识出版社，2007：139.

端木蕻良. 科尔沁旗草原[M]. 南京：江苏文艺出版社，2010.

范悦. 美国历史文化阅读教材[M]. 北京：对外经济贸易大学出版社，2005.

樊义红. 文学的民族认同特性及其文学性生成——以中国当代少数民族小说为中心[M]. 北京：中国社会科学出版社，2016.

方谦，李平. 中国当代文学作品选[M]. 北京：中央广播电视大学出版社，1983.

菲利普·罗斯. 美国牧歌[M]. 罗小云，译. 南京：译林出版社，2011.

——. 再见，哥伦布[M]. 俞理明，张迪译. 北京：人民文学出版社，2009.

——. 凡人[M]. 彭伦，译. 北京：人民文学出版社，2009.

——. 人性的污秽[M]. 刘珠还，译. 南京：译林出版社，2011.

——. 我嫁给了共产党人[M]. 魏立红，译. 南京：译林出版社，2011.

——. 等. 鬼作家[M]. 董乐山，译. 北京：中央编译出版社，2010.

——. 被释放的祖克曼[M]. 郭国良，译. 上海：上海译文出版社，2013.

——.欲望教授[M].张延佺,译.上海:上海译文出版社,2011.
——.垂死的肉身[M].吴其尧,译.上海:上海译文出版社,2010.
——.乳房[M].姜向明,译.上海:上海译文出版社,2010.
——.解剖课[M].郭国良,高思飞,译.上海:上海译文出版社,2013.
——.退场的鬼魂[M].姜向明,译.上海:上海译文出版社,2011.
——.反生活[M].楚至大,张运霞,译.长沙:湖南人民出版社,1988.
——.我作为男人的一生[M].周国珍,陈龙,齐伟均,译.长沙:湖南文艺出版社:1992.
——.遗产:一个真实的故事[M].彭伦,译.上海:上海译文出版社,2011.
——.行话:与名作家论文艺[M].蒋道超,译.上海:上海译文出版社,2010.
冯建军.公民身份认同与公民教育[J].中国人民大学教育学刊,2012(01):5—20.
付安玲,张耀灿.社会主义核心价值观社会认同实现路径探析[J].学校党建与思想教育,2015(01):4—7+33.
复旦大学历史系,复旦大学中外现代化进程研究中心.近代中国的国家形象与国家认同[M].上海:上海古籍出版社,2003.
福柯.规训与惩罚[M].刘北成,杨远婴,译.北京:生活·读书·新知三联书店,2010.
傅勇.菲利普·罗斯与当代美国犹太文学[J].外国文学,1997(04):26—33.
——.在父辈的世界里——对马拉默德小说中"父与子"母题的文化解读[J].当代外国文学,2008(02):62—71.
——.马拉默德与美国神话[J].外国语文,2011(06):1—6.
利奥·拜克.犹太教的本质[M].傅永军,于健译.济南:山东大学出版社,2002.
傅有德主编.犹太研究[C].济南:山东大学出版社,2009.
《高层大讲堂》编写组.高层大讲堂十八大以来中央政治局集体学习的重大议题[M].北京:红旗出版社,2016.
高峰.美国实用主义思想产生的历史条件——威廉·詹姆斯实用主义思想成因[J].历史教学(高校版),2008(08):68—71.
高婷.超越犹太性——新现实主义视域下的菲利普·罗斯近期小说研究[M].北京:光明日报出版社,2011.
高岳.德国的历史观与美国民族史学的建立[J].历史教学问题,2014(05):41—47.
戈登·劳埃德·哈珀.索尔·贝娄访谈录[J].杨向荣,译.青年文学,2007(05):121—128
顾嘉祖.美国基督教(新教)的主要教派及其渊源[J].江苏师院学报,1981(03):94—97.
顾宁.美国文化与现代化[M].沈阳:辽海出版社,2000.
郭大方.美国政府"三权分立"体制透析[J].北方论丛,2000(04):11—16.
郭传梅.周而复《上海的早晨》研究述评[J].延安大学学报(社会科学版),2016(38):

70—74.

郭继民. 艺术之"真"的追问[J]. 阅江学刊, 2015（04）：128—134.

郭沫若. 郭沫若选集（全四册）[M]. 北京：人民文学出版社, 1997.

郭台辉. 公民身份认同：一个新研究领域的形成理路[J]. 社会, 2013（05）：1—28.

郭晓宁，苏鑫. 文学腹语师的表演——当代美国犹太作家菲利普·罗斯创作观念评述[J]. 山东社会科学, 2012（07）：175—180.

郭一平. 少数民族知识专题文库—少数名族文学（上）[M]. 北京：学苑出版社, 2004.

H. S. 康马杰. 美国历史文献选粹[M]. 香港：今日世界出版社, 1979.

——. 美国精神[M]. 南木等译. 北京：光明日报出版社, 1988.

哈罗德·布鲁姆. 西方正典[M]. 江宁康, 译. 南京：译林出版社, 2005.

哈罗德·弗赖德. 艾萨克·辛格访谈录[J]. 杨向荣, 译. 青年文学, 2007（06）：122—128.

海舟子. 索尔·贝娄发表新作[J]. 世界文学, 1997（06）：311—313.

韩毅. 美国工业现代化的历史进程（1607—1988）[M]. 北京：经济科学出版社, 2007.

贺继新. 故乡在长满老茧的手心上变样[J]. 民族文学, 2015（10）：133—134.

何良. 美国少数民族的国家认同研究[D]. 北京：北京外国语大学, 2010.

赫米奥娜·李. 菲利普·罗斯访谈[J]. 杨向荣, 译. 书城, 2013（01）：108—114.

何小民. 民主简史[M]. 济南：山东人民出版社, 2015.

贺永芳. 20世纪中国文学的传统与现代化[J]. 中州学刊, 2010（04）：220—222.

亨利·列斐伏尔. 空间与政治（第二版）[M]. 李春, 译. 上海：上海人民出版社, 2008.

亨利·基辛格. 论中国[M]. 胡利平等, 译. 北京：中信出版社, 2012.

胡锦涛. 坚定不移沿着中国特色社会主义道路前进为全面建成小康社会而奋斗——在中国共产党第十八次全国代表大会上的报告[M]. 北京：人民出版社, 2012.

胡凌. 《再见，哥伦布》中文化身份认同的困惑[J]. 温州职业技术学院学报, 2015（03）：76—79.

胡乔木. 关于共产主义思想的实践[J]. 思想理论教育导刊, 2016（04）：4—7.

胡玉鸿. 公民美德与公民义务[J]. 苏州大学学报（哲学社会科学版）, 2013（02）：83—88.

黄丽双. 论索尔·贝娄小说中犹太性的嬗变[J]. 大庆师范学院学报, 2009（04）：91—94.

黄凌. 在传统与现实的十字架下——辛格宗教题材短篇小说初探[J]. 外国文学研究, 1998（04）：32—34.

黄陵渝. 当代犹太教[M]. 北京：东方出版社, 2004.

黄水源. 二十世纪中国政治文学概论[D]. 苏州：苏州大学, 2001.

暨爱民. 国家认同建构：基于民族视角的考察[M]. 北京：社会科学文献出版社, 2016.

吉姆·麦克盖根.文化民粹主义[M].桂万先,译.南京:南京大学出版社,2001.

季铸.世界经济导论[M].北京:人民出版社,2003.

贾平凹.人极[M].武汉:长江文艺出版社,1992.

江宁康.美国当代文学与美利坚民族认同[M].南京:南京大学出版社,2008.

江颖.论菲利普·罗斯《复仇女神》的叙事策略[J].前沿,2013(24):131—133.

杰罗姆·巴伦,托马斯·迪恩斯.美国宪法概论[M].刘瑞祥等,译.北京:中国社会出版社,1995.

金万锋.越界之旅:菲利普·罗斯后期小说研究[M].北京:北京大学出版社,2015.

久美多杰.风扶着一棵树[J].民族文学,2016(05):121—122.

凯瑟·波利特.辛格谈创作[J].凯瑟·波利特,徐新,译.当代外国文学,1981(02):60—64.

克洛德·列维·斯特劳斯.种族与历史、种族与文化[M].于秀英,译.北京:中国人民大学出版社,2006.

柯舟.文学研究工作要适应四个现代化的需要——全国文学学科研究规划会议略记[J].文学评论,1979(02):91—93.

孔范今.二十世纪中国文学史[M].济南:山东文艺出版社,1997.

孔丘.诗经[M].王秀梅,译注.上海:中华书局,2006.

——.论语[M].张燕婴,译注.上海:中华书局,2007.

——.尚书[M].慕平,译注.上海:中华书局,2009.

老舍.骆驼祥子[M].天津:天津人民出版社,2017.

刘大先.中国少数民族文学的认同与主体问题[J].文艺理论研究,2009(05):129—136.

李冰.美国爱国主义教育对我国思想政治教育的启示[D].沈阳:辽宁大学,2016.

李公昭.20世纪美国文学导论[M].西安:西安交通大学出版社,2000.

李莉,宋协立.西方个人主义价值观与美国精神[J].烟台大学学报(哲学社会科学版),2003(04):460—464.

李建国.马克思主义视野下的"西方中心论"[J].思想教育研究 2017(04):80—82.

李剑鸣,章彤编.美利坚合众国总统就职演说全集[M].天津:天津人民出版社,1997.

李乃刚.艾萨克·辛格小说《巴士》中叙事空间的构建[J].广西师范大学学报(哲学社会科学版),2010(01):19—22.

李其荣.美国精神[M].武汉:长江文艺出版社,1998.

李素华.政治认同的辨析[J].当代亚太,2005(12):15—22.

李小玲.加强社会主义核心价值观社会认同研究[J].上海商学院学报,2012(06):16—19.

李增，裴云.选民意识·先知声音·预言诗人——论华兹华斯《序曲》中诗人定位及其中的犹太教思想因素[J].解放军外国语学院学报，2011（05）：92—97.

梁翠，邓天中.菲利普·罗斯的《凡人》中的"生命宗教"[J].名作欣赏，2017（03）：101—103.

梁丽萍.中国人的宗教心理——宗教认同的理论分析与实证研究[M].北京：社会科学文献出版社，2004.

廖文.提升中国文学的原创力[N].人民日报，2013年11月08日.

林栋.积极倡导和弘扬无私奉献的时代精神[J].中国高教研究，2002（06）：85—86.

林琳.苦难中的坚守——伯纳德·马拉默德文学思想研究[M].成都：西南交通大学出版社，2015.

林三木编.玛拉沁夫代表作[M].郑州：河南人民出版社，1989.

刘洪一.走向文化的诗学——美国犹太小说研究[M].北京：北京大学出版社，2002.

——.犹太文化要义[M].北京：商务印书馆，2004.

——.犹太性与世界性：一块硬币的两面——关于犹太文学本体品性的思考[J].国外文学，1997（04）：16—23.

刘怀玉.西方学界关于列斐伏尔思想研究现状综述[J].哲学动态，2003（05）：21—24.

刘吉昌.民族认同与中华民族的发展[J].贵州民族学院学报（哲学社会科学版），2003（04）：33—38.

刘敏霞.美国哥特小说对民族身份的想象：1776—1861[D].上海：上海外国语大学，2011.

柳青.创业史（第一部）[M].北京：中国青年出版社，1960.

刘文松.贝娄小说中知识分子夫妻之间的权力关系[J].厦门大学学报（哲学社会科学版），2002（05）：122—128.

——.索尔·贝娄小说中的权力关系及其女性表征[M].厦门：厦门大学出版社，2004.

刘醒龙.天行者[M].上海：上海文艺出版社，2014.

刘兮颖.论索尔·贝娄长篇小说中隐喻的"父与子"主题[J].外国文学研究，2004（03）：61—68+172.

——.贝娄与犹太伦理[J].外国文学研究，2010（03）：114—122.

——.受难意识与犹太伦理取向：索尔·贝娄小说研究[M].武汉：华中师范大学出版社，2011.

刘再复，杨志杰.社会主义文艺的根本方向与四个现代化[J].社会科学战线，1978（03）：245—250.

娄礼生等.改革中的民族精神[M].徐州：中国矿业大学出版社，1990.

陆凡.美国犹太文学[J].文史哲，1979（05）：52—60.

——.菲利普·罗斯新著《鬼作家》评介[J].文史哲，1980（01）：32—36.

16—23.

陆建德.傻瓜吉姆佩尔[M].北京：人民文学出版社，2006.

陆镜生.美国人权政治[M].北京：当代世界出版社，1997.

鲁迅.鲁迅全集（卷1）[M].北京：人民文学出版社，1981.

——.鲁迅文集.散文诗歌卷[M].北京：中国商业出版社，2016.

——.朝花夕拾[M].北京：中国言实出版社，2016.

——.呐喊 彷徨[M].北京：中国言实出版社，2016.

卢燕娟.独特的"早晨"——周而复《上海的早晨》再解读[J].首都师范大学学报（社会科学版），2017（02）：101—108.

罗小云.美国文学研究[M].重庆：重庆出版社，2013.

——.叛逆与回归：菲利普·罗斯作品的身份焦虑[J].外国语文，2017（01）：7—11.

陆扬.析索亚"第三空间"理论[J].云南社会科学，2005（02）：32—37.

骆郁廷.论社会主义的核心价值[J]. 马克思主义研究，2014（08）：102—111+160.

罗振亚.中西艺术交汇处的卓然创造——论20世纪30年代的"现代诗派"[J]. 长江学术，2011（01）：9—16.

马德益.民族认同心理：美国教育改革的动力源[J].成人教育，2005（03）：74—76.

迈克尔·A.豪格，多米尼克·阿布拉姆斯.社会认同过程[M].高明华，译.北京：中国人民大学出版社，2010.

迈克尔·基恩.基督教概况[M].张之璐，译.北京：北京大学出版社，2005.

麦克斯·J.斯基德摩，马歇尔·卡特·特里普.美国政府简介[M].张帆，林琳译，北京：中国经济出版社，1998.

迈尔威利·斯徒沃德.当代西方宗教哲学[M].周伟驰等，译.北京：北京大学出版社，2001.

曼纽尔·卡斯特.认同的力量（第二版）[M].曹荣湘，译.北京：社会科学文献出版社，2006.

梅仁毅.美国研究读本[M].北京：外语教学与研究出版社，2002.

孟宪华.追寻、僭越与迷失——菲利普·罗斯后期小说中犹太人生存状态研究[M].北京：人民出版社，2015.

米歇尔·福柯.规训与惩罚[M].刘北成，杨远婴，译.北京：生活·读书·新知三联书店，1999.

苗青.伯纳德·马拉默德小说的犹太教主题与基督教专题研究[D].北京：中央民族大学，2015.

摩迪凯·开普兰.犹太教：一种文明[M].黄福武，张立改，译.济南：山东大学出版社，2002.

莫里斯·迪克斯坦.伊甸园之门：六十年代美国文化[M].方晓光，译.上海：上海外语教育出版社，1985.

聂林.固守与回归——兼论辛格创作的传统取向[J].山东外语教学，1994（Z1）：138—142.

克里斯蒂安·诺伯格·舒尔茨.西方建筑的意义[M].李路珂,欧阳恬之,译.北京:中国建筑工业出版社,2005.
诺曼·马内阿.索尔·贝娄访谈录:在我离去之前,结清我的账目[M].邵文实,译.北京:中信出版社,2015.
潘洞庭.论菲利普·罗斯《普通人》的叙事艺术与主题意义[J].当代外国文学,2011(03):104—111.
潘光,汪舒明,盛文沁.纳粹大屠杀的政治和文化影响[M].北京:时事出版社,2009.
庞连栓.探析美利坚民族精神及其对美国社会的影响[D].镇江:江苏大学,2008.
彭述华.美国经济的国家因素:经济制度与主要国内经济政策[J].国际观察,2005(06):72—77.
朴玉.评马拉默德在《基辅怨》中的历史书写[J].英美文学研究论丛,2013(01):250—261.
欧阳修,宋祁.新唐书[M].上海:中华书局,1975.
齐格蒙特·鲍曼.作为实践的文化[M].郑莉译,北京:北京大学出版社,2009.
戚咏梅.试析索尔·贝娄小说中的人文主义精神[J].外国文学研究,2004(03):69—73+172.
钱穆.国史大纲[M].北京:商务印书馆,1996.
乔传代,杨贤玉.困惑、冲突和回归——菲利普·罗斯小说欲望主题的转向[J].河南科技大学学报(社会科学版),2014(04):50—54.
乔国强.辛格研究[M].上海:上海外语教育出版社,2006.
——.论辛格对"契约论"的批判[J].国外文学,2007(03):96—104.
——.美国犹太文学[M].北京:商务印书馆,2008.
——.从小说《拉维尔斯坦》看贝娄犹太性的转变[J].外国文学评论,2012(04):63—76.
——.新世纪美国贝娄研究概述[J].当代外国文学,2012(03):17—24.
——.贝娄:一位伟大的跨世纪作家[J].外国文学,2015(06):48—57+158.
——.从边缘到主流:美国犹太经典作家研究[M].上海:世界图书出版公司(上海),2015.
乔纳森·D.萨纳.美国犹太教史[M].胡浩,译.郑州:大象出版社,2009.
乔伊斯·卡罗尔·欧茨.两位文坛大师的对话——乔伊斯·卡罗尔·欧茨访谈菲利普·罗斯[J].金万锋,译.当代外国文学,2013(03):167—173.
且东.美国精神[M].北京:中国友谊出版公司,2006.
R.舒斯特曼.实用主义对我来说意味着什么:十条原则[J].李军学,译.世界哲学,2011(06):39—44.
任东波.构建超越"西方中心论"的话语体系[J].理论导报,2015(09):36—37.
塞缪尔·亨廷顿:我们是谁?—美国国家特性面临的挑战[M].程克雄,译.北京:新华出版社,2005.

商红日. 公民概念与公民身份理论——兼及中国公民身份问题的思考[J]. 上海师范大学学报（哲学社会科学版），2008（11）：1—6.

时蓉华. 社会心理学词典[M]. 成都：四川人民出版社，1988.

斯大林. 论列宁主义基础[M]. 中共中央马克思恩格斯列宁斯大林著作编译局，译. 北京：人民出版社，1959.

司马光. 资治通鉴[M]. 湖南：岳麓书社，2009.

斯图亚特·霍尔，保罗·盖伊编著. 文化身份问题研究[M]. 庞璃，译. 开封：河南大学出版社，2010.

苏鑫. 美国文坛活神话：菲利普·罗斯[J]. 世界文化，2010（08）：12—13.

——. 当代美国犹太作家菲利普·罗斯创作流变研究[M]. 上海：上海三联书店，2015.

孙丽岩. 行政权下的公民权利之辩[J]. 政法论坛，2013（02）：27—35.

孙建喜. 贾平凹前传[M]. 广州：花城出版社，2001.

孙进. 儒道思想对中国古代文学的影响[J]. 山东工业大学学报（社会科学版），1998（03）：23—25.

孙祥和. 美国私有财产权宪法保护法律变迁及其路径依赖[D]. 沈阳：辽宁大学，2007.

索尔·贝娄. 勿失良辰[M]. 王誉公，译. 长沙：湖南人民出版社，1981.

——. 奥吉·马奇历险记[M]. 宋兆霖，译. 石家庄：河北教育出版社，2002.

——. 洪堡的礼物[M]. 蒲隆，译. 石家庄：河北教育出版社，2002.

——. 赫索格[M]. 宋兆霖，译. 石家庄：河北教育出版社，2002.

——. 雨王汉德森[M]. 毛敏渚，译. 石家庄：河北教育出版社，2002.

——. 赛姆勒先生的行星[M]. 汤永宽，主万，译. 石家庄：河北教育出版社，2002.

——. 更多的人死于心碎[M]. 李耀宗，译. 北京：中国文联出版公司，1992.

——. 偷窃真情贝拉罗莎暗道[M]. 段惟本，主万译. 石家庄：河北教育出版社，2002.

——. 只争朝夕莫斯比的回忆[M]. 王誉公，孙筱珍，董乐山译. 石家庄：河北教育出版社，2002.

——. 晃来晃去的人受害者[M]. 蒲隆，译. 石家庄：河北教育出版社，2002.

——. 口没遮拦的人[M]. 郭建中，王丽亚等，译. 石家庄：河北教育出版社，2002.

——. 院长的十二月[M]. 陈永国，赵英男，译. 石家庄：河北教育出版社，2002.

——. 拉维尔斯坦[M]. 胡苏晓，译. 南京：译林出版社，2004.

——. 集腋成裘集[M]. 李自修等，译. 石家庄：河北教育出版社，2002.

——. 耶路撒冷去来[M]. 王誉公，张莹，译. 石家庄：河北教育出版社，2002.

谭杰. 女娲神话的现代阐释——《补天》与《女神之再生》比较[J]. 江西社会科学，2006（12）：77—81.

唐世平，綦大鹏.中国外交讨论中的"中国中心主义"与"美国中心主义"[J].世界经济与政治，2008（12）：62—70.

特·赛音巴雅尔.中国蒙古族当代文学史[M]．呼和浩特：内蒙古教育出版社，1999.

铁依甫江，王一之译.祖国，我生命的土壤[J].中国民族，1981（09）：129—130.

田九霞.论美国文化软实力的建构[J].学术界，2013（04）：208—219+29.

托妮·莫里森.宠儿[M].潘岳，雷格，译.北京：中国文学出版社，1996.

万斌，章秀英．社会地位、政治心理对公民政治参与的影响及其路径[J]．社会科学战线，2010（02）：178—188.

王长国，黄铁池.犹太文化格托的启示——以艾·巴·辛格作品为观照[J].外国文学研究，2008（06）：48—56.

王恩铭，吴敏，张颖.当代美国社会与文化[M].上海：上海外语教育出版社，2007.

王光华.何谓"美国例外主义"？——一个政治术语的考察[J].美国问题研究.2016（01）：93—111+186.

汪汉利.索尔·贝娄小说研究[M].杭州：浙江大学出版社，2016.

王鉴，万明钢.多元文化与民族认同[J].广西民族研究，2004（02）：21—28.

王立新，王钢.《八月之光》：宗教多重性与民族身份认同[J].南开学报（哲学社会科学版），2011（01）：9—15.

汪民安.空间生产的政治经济学[J].国外理论动态，2006（01）：46—52.

王明珂.华夏边缘：历史记忆与族群认同[M].北京：社会科学文献出版社，2006.

王齐迤.存在主义与美国当代小说[J].外国文学研究，1979（04）：11—14.

王选.世界著名作家访谈录[M].南京：江苏文艺出版社，1992.

王守仁主撰.新编美国文学史（第四卷）[M].上海：上海外语教育出版社，2002.

王希恩.民族过程与国家[M].兰州：甘肃人民出版社，1997.

王晓敏.二战后美国犹太文学人物和主题的演变[D].哈尔滨：黑龙江大学，2009.

王阳.索尔·贝娄与二项对立[J].外国文学评论，1996（02）：47—54.

王颖."涧底松"的审美和文化意蕴[J].阅江学刊，2015（1）：143—148.

王泽龙，刘克宽．中国现代文学[M]．北京：高等教育出版社，2002.

王仲孚.历史认同与民族认同[J].中国文化研究，1999（03）：10—16+3.

威廉·福斯特：马克思主义与美国"例外论"[M].移模，译.上海：华东新华书店总店，1948.

威廉·詹姆斯.詹姆斯集：为实用主义辩护[M].万俊人，陈亚军编选.上海：上海远东出版社，2004.

韦建国，李继凯.秦地文学的世界性——试论陕西当代作家与外国文学、异质文化的关系[J].唐都学刊，200（05）：1—10.

维尔纳·桑巴特. 为什么美国没有社会主义[M]. 赖海榕, 译. 北京: 社会科学文献出版社, 2003.

魏小梅. 论辛格短篇小说《巴士》的空间叙事[J]. 外国文学, 2012（02）: 3—9+157.

温长青. 试论文学的价值功能与和谐社会建设[J]. 安阳师范学院学报, 2014（03）: 78—81.

瓦尔特·本雅明. 写作与救赎——本雅明文选[C]. 李茂增, 苏仲乐, 译. 上海: 东方出版中心, 2009.

温奉桥, 张波涛. 一部小说与一个时代:《组织部来了个年轻人》[M]. 青岛: 中国海洋大学出版社, 2016.

吴超来. 忠实代表最广大人民根本利益的光辉典范——重温毛泽东同志《七律二首·送瘟神》[J]. 江西社会科学, 2002（s1）: 226—229.

武跃速. 索尔·贝娄小说中的现代性忧思——从《赫索格》谈起[J]. 江西社会科学, 2014（10）: 109—114.

吴银燕, 李铭敬. 论索尔·贝娄作品中的弥赛亚救赎理想[J]. 理论界, 2015（12）: 123—129.

西格蒙德·弗洛伊德. 弗洛伊德主义原著选辑[M]. 车文博编选. 沈阳: 辽宁人民出版社, 1988.

丁夏林. 美利坚民族认同的文学阐释——简评《美国当代文学与美利坚民族认同》[J]. 学术界, 2011（04）: 230—233+271.

鲜于静. E.L.多克托罗小说中的纽约城市书写研究[D]. 北京: 北京外国语大学, 2015.

向斯. 清代皇帝读书生活[M]. 北京: 中国书店, 2008.

小风, 刑历. 美刊载文评介索尔·贝娄新作[J]. 世界文学, 1982（02）: 304—305.

晓夫. 回到历史的语境——也评《欢笑的金沙江》[J]. 西昌师专学报, 1997（04）: 62—66.

邢淑, 陈小强. 俄罗斯的索尔·贝娄研究[J]. 解放军外国语学院学报, 2013（03）: 116—120.

许晶. 菲利普·罗斯五部小说的女性主义解读[J]. 齐齐哈尔大学学报（哲学社会科学版）, 2014（02）: 100—103.

徐贲. 知识分子——我的思想和我们的行为[M]. 上海: 华东师范大学出版社, 2005.

徐其森. 当代美国基督教的新发展及其影响[J]. 国际关系研究, 2013（04）: 131—142.

许瑞芳. 公民身份: 认同与教育[J]. 福州大学学报（哲学社会科学版）, 2015（04）: 49—53.

徐新. 美国作家贝娄析论[J]. 当代外国文学, 1991（01）: 162—168.

——. 犹太文化史[M]. 北京: 北京大学出版社, 2006.

薛春霞. 永不消逝的犹太人: 当代经典作家菲利普·罗斯作品中犹太性的演变[M]. 杭州: 浙江大学出版社, 2015.

薛玉凤. 美国华裔文学之文化研究[M]. 北京: 人文文学出版社, 2007.

雅各·瑞德·马库斯.美国犹太人,1585—1990年:一部历史[M].杨波,朱立宏,徐娅囡,译.上海:上海人民出版社,2004.
杨傲雪.20世纪下半期美国犹太人异族通婚问题研究[D].长春:东北师范大学,2008.
杨锐.论早期基督教与罗马帝国[D].上海:复旦大学,2003.
杨恕,李捷.当代美国民族政策述评[J].世界民族,2008(01):20—30.
杨卫东.美国国家特性中的宗教因素及对外交的影响[J].国际关系学院学报,2011(01):47—52.
杨筱.认同与国际关系:一种文化理论[D].北京:中国社会科学院,2000.
杨怡.《当代美国短篇小说集》读后[J].读书,1979(06):56—58.
意娜.藏密坛城(曼荼罗)的文化符号意义[J].阅江学刊,2015(6):127—134.
尹钛.美国精神[M].北京:当代世界出版社,1998.
尤尔根·哈贝马斯.交往与社会进化[M].张博树,译.重庆:重庆出版社,1989.
于丹.于丹《论语心得》[M].北京:中华书局,2006.
于歌.现代化的本质[M].南昌:江西人民出版社,2009.
余华.活着[M].北京:作家出版社,2008.
虞建华主编.美国文学大辞典[M].北京:商务印书馆,2015.
——.美国犹太文学的"犹太性"及其代表价值[J].外国语(上海外国语学院学报)[J].1990(03):19—23.
——.美国犹太文学的"犹太性"及其代表价值[J].上海外国语学院院报,1990(03):19—23.
于沛,史学思潮与社会思潮 关于史学社会价值的理论思考[M].北京:北京师范大学出版社,2002.
余志森.美国史纲:从殖民地到超级大国[M].上海:华东师范大学出版社,1992.
袁明.美国文化与社会十五讲[M].北京:北京大学出版社,2003.
袁其波.政治认同的概念与特征初探[J].太原师范学院学报(社会科学版),2008(01):46—48.
袁雪生.论菲利普·罗斯小说的伦理道德指向[J].江西社会科学,2008(09):122—125.
袁智中.最后的魔巴[M].昆明:云南大学出版社,2006.
约翰·斯帕尼尔.第二次世界大战后美国的外交政策[M].段若石,译.北京:商务印书馆,1992.
詹姆斯·M.伯恩斯等.美国式民主[M].谭君久等,译.北京:中国社会科学出版社,1995.
张宝成.民族认同与国家认同[M].北京:人民出版社,2012.
张发青."天赋人权"——美国早期民主政治的旗帜[J].吕梁高等专科学校学报,2010

（04）：40—42.

张福贵主编.中国现代文学经典[M].上海：北京大学出版社，2007.

张海超.微观层面上的族群认同及其现代发展[J].云南社会科学，2004（03）：80—84.

张建军.从《人性的污秽》看菲利普·罗斯的身体意识[J].外国文学研究，2016（01）：77—89.

张炯.文学功能与价值新探[J].甘肃社会科学，2014（02）：1—8.

张军.显性功能与隐性功能的交相辉映——索尔·贝娄成长小说《勿失良辰》中的引路人研究[J].外语教学，2013（06）：78—82.

张璐.弗洛姆的人性异化理论与人的全面发展[J].国外理论动态，2009（08）：105—108.

张群.男人世界中的女性——论索尔·贝娄小说中的女性形象[J].外国语（上海外国语大学学报），2002（06）：74—78.

张生庭，张真.自我身份的悖论——菲利普·罗斯创作中的身份问题探究[J].外语教学，2012（04）：78—82.

张世保.从西化到全球化 20世纪前50年西化思潮研究[M].北京：东方出版社，2004.

张伟.社会主义核心价值观教育的整合路径[J].中学政治教学参考，2014（04）：8—11.

张文杰.力的抗争，悲的超越，美的升华——论中国古代神话的悲剧特征与民族审美精神[J].江淮论坛，2006（03）：149—155+18.

张秀芹.马克思主义信仰的内涵及其主要特征[J].河海大学学报（哲学社会科学版），2010（03）：18—21+90—91.

赵林.基督教思想文化的演进[M].北京：人民出版社，2007.

赵娜.他者、流亡与困顿：论《微光世界的继承者》中犹太知识分子的困境[J].西安外国语大学学报，2017（03）：116—120.

赵霞.城市想象和人性救赎：索尔·贝娄小说研究[M].北京：中国社会科学出版社，2016.

郑德荣.毛泽东新民主主义革命理论实践的集中成果：中华人民共和国的成立[J].毛泽东思想研究，2009（05）：10—14.

郑丽.重新解读潘多拉之谜——贝娄小说中的女性形象解析[J].天津外国语学院学报，2009（02）：67—73.

——.索尔·贝娄《受害者》中的希伯来哲学与宗教[J].当代外国文学，2012（01）：14—22.

郑晓云.文化认同论[M].北京：中国社会科学出版社，1992.

郑兴富.新疆文学作品大系·诗歌卷[M].乌鲁木齐：新疆美术摄影出版社，新疆电子音像出版社，2009：11—13.

中共中央文献研究室.毛泽东诗词集[M].北京：中央文献出版社，1996.

——.十七大以来重要文献选编（下）[M].北京：中央文献出版社，2013.

中国基督教三自爱国运动委员会，中国基督教协会.《圣经》和合本[M].上海：中国基督教两会出版部发行组，2007.
中国作家协会.新时期中国少数民族文学作品选集（藏族卷）[M].北京：作家出版社，2013.
仲子.辛格的新作[J].读书，1989（03）：123—126.
周大鸣.论族群与族群关系[J].广西民族学院学报（哲学社会科学版）.2001（02）：13—25.
周而复.上海的早晨[M].北京：人民文学出版社，1958.
周敏.后殖民身份认同[M].上海：上海外语教育出版社，2010.
周南翼.贝娄[M].成都：四川人民出版社，2003.
周宪主编.文学与认同：跨学科的反思[C].北京：中华书局，2008.
——.中国文学与文化的认同[M].北京：北京大学出版社，2008.
周燮藩.犹太教小词典[M].上海：上海辞书出版社，2003.
朱殿勇.身份荒野中的流浪与追寻——论菲利普·罗斯小说前后主题的嬗变[J].外语与外语教学，2014（06）：92—96.
朱路平.精神的漂泊与回归——论索尔·贝娄作品中的"流浪"主题[J].浙江社会科学，2005（05）：174—177.
祝平.乌云后的亮光——索尔·贝娄小说（1944-1975）的伦理指向[D].上海：上海师范大学，2006.
——.索尔·贝娄的肯定伦理观[J].外国文学评论，2007（02）：27—35.
朱维之，韩可胜.古犹太文化史[M].北京：经济日报出版社，1997.
朱宜初，李子贤.少数民族民间文学概论[M].昆明：云南人民出版社，1983.
朱永涛.美国价值观一个中国学者的探讨[M].北京：外语教学与研究出版社，2002.
庄锡昌，顾晓鸣，顾云深等.多维视野中的文化理论[M].杭州：浙江人民出版社，1987.
庄锡昌.二十世纪的美国文化[M].杭州：浙江人民出版社，1994.
曾艳钰.论马拉默德小说创作中的自然主义倾向[J].外国文学研究，2003（04）：45—49+170.
宗教研究中心.世界宗教总览[M].北京：东方出版社，2004.
邹云敏.索尔·贝娄的遗产——《索尔·贝娄书信集》出版[J].外国文学动态，2012（01）：47—48.
邹智勇.当代美国犹太文学中的异化主题及其世界化品性[J].武汉大学学报（人文社会科学版），2000（04）：572—575.
——.论当代美国犹太文学的犹太性及其形而上性[J].外国文学研究，2001（04）：37—40.
左丘明.国语[M].尚学峰，夏德靠，译注.上海：中华书局，2007.